서사민요와 발라드 : 나비와 장미

Narrative Songs and Ballads : Butterflies & Roses

서 영 숙 Youngsook Suh

섬진강 어귀 은빛 물결 감도는 숨은 고을에서 태어나
어머니가 들려주던 홍글소리의 애잔한 기억에 이끌려
오랜 시간 여성들의 숨겨진 노래를 조사하고 연구해 왔다.
시집살이 노래에서 시작해 한국 여성가사, 한국 서사민요로,
그리고 영·미, 유럽 여성들의 노래인 발라드와의 비교로,
연구의 기반을 다지고 영역을 넓혀가고 있다.
현재 한남대학교 국어교육과에서
우리 노래문학을 어떻게 수용하고 재창조할지
학생들과 함께 이야기하며 미래 세대의 노래를 준비한다.
그 결실로 『시집살이노래 연구』, 『우리 민요의 세계』,
『한국 서사민요의 날실과 씨실』, 『한국 서사민요의 짜임과 스밈』
『금지된 욕망을 노래하다』 등을 출간하였고,
이어서 한국을 넘어 세계 여성들의 숨겨진 이야기노래로,
그녀들의 슬프고도 아름다운 꿈을 펼쳐나간다.

서사민요와 발라드 : 나비와 장미
Narrative Songs and Ballads : Butterflies & Roses

초판 1쇄 발행 2018년 6월 5일
초판 2쇄 발행 2019년 11월 26일

지은이 서영숙 ▌**펴낸이** 박찬익 ▌**편집장** 황인옥 ▌**책임편집** 강지영
펴낸곳 ㈜ **박이정** ▌**주소** 서울시 동대문구 천호대로 16가길 4
전화 02) 922-1192~3 ▌**팩스** 02) 928-4683 ▌**홈페이지** www.pjbook.com
이메일 pijbook@naver.com **등록** 2014년 8월 22일 제305-2014-000028호

ISBN 979-11-5848-382-1 (93810)

* 책값은 뒤표지에 있습니다.

서사민요와 발라드

Narrative Songs and Ballads :
Butterflies & Roses

: 나비와 장미

서영숙 지음

(주)박이정

　2016년 4월, 필자는 아일랜드의 리머릭대학교에서 열린 국제 발라드학회 (International Ballad Conference)에서 세계에서 모인 많은 발라드 학자들 앞에 섰다. "Meaning of Death in Tragic Love songs: Comparison between Korean Narrative Songs and Anglo-American Ballads"란 논제를 가지고 한국 서사민요에 대해 이야기하기 위해서였다. 한국 서사민요와 영·미 발라드의 비극적 사랑 노래에 나타난 죽음의 의미가 중심 주제였다. 거의 외우다시피 한 영어 원고를 읽어 내려가면서 난 어긋난 사랑으로 인해 죽음을 맞아야했던 한 남녀의 이야기를 노래하고 있는 〈이사원네 맏딸애기〉의 마지막 부분을 영어로 번역해 들려주었다.

　　가매채가 닐앉고 꿈적도 아니하니
　　Her palanquin is stuck in the ground and doesn't move,

　　거게 니라노니 미(묘)대가리 벌어지디
　　The top of the grave cracks all of a sudden,

　　새파란 나부 나오더니 치매 검어지고(거머쥐고)가고
　　A blue butterfly comes out and takes her skirt into the grave,

　　붉은 나부 나오더니 저구리 검어지고
　　A red butterfly comes out and takes her coat into the grave,

　　푸른 나부 나오더니 허리 담삭안고 미속으로 드까부고
　　A blue butterfly comes out and clasps her waist into the grave,

　　이세상에 원한지고 시원지거 후세상에 만내가주
　　The resentment and hatred we had in this world,

원한풀고 시원실고 다시한분 살아보자
Let's cast off the resentment and live again in the other world

(이선달네 맏딸애기 노래, 조동일, 「서사민요 연구」, 322-324쪽, 필자 영역)

"A red butterfly comes out and takes her coat into the grave, / A blue butterfly comes out and clasps her waist into the grave"를 읽는 순간, 좌중에서 나지막한 탄성 소리가 들려왔다. 어둡고 우울한 죽음의 공간을 붉고 푸른 나비의 춤으로 환하게 바꾸어놓는 한국 서사민요의 초월적 상상은 세계 발라드 학자들의 감탄을 이끌어냈다. 더구나 "이세상에 원한지고 시원지거 후세상에 만내가주 / 원한풀고 시원실고 다시한번 살아보자"임에랴!

한국 서사민요가 '나비'를 통해 억압적 현실로부터의 해방과 자유를 노래한다면, 영·미 발라드의 경우는 비슷한 주제를 다른 방식으로 노래한다.

> They buried her in the old churchyard 그들은 그녀를 오래된 교회묘지에 묻었네.
>
> Sweet William's grave was neigh hers 달콤한 윌리엄의 무덤은 그녀 곁에 있네.
>
> And from his grave grew a red, red rose 그의 무덤에서 붉고 붉은 한 송이 장미가 자랐네.
>
> From hers a cruel briar. 그녀 무덤에서는 한 송이 잔인한 들장미가 자랐네.

They grew and grew up the old church spire 그들은 오래된 교회 탑 위로 자라고 자랐네.

Until they could grow no higher 그들이 더 이상 오를 수 없을 때까지.

And there they twined, in a true love knot, 그들은 엉키었네. 참된 사랑의 매듭으로.

The red, red rose and the briar. 붉고 붉은 장미와 들장미로.

(Child 84 Barbara Allen. 필자 번역)

영·미 발라드 중 가장 널리 알려진, 지금도 여전히 불리고 있는 〈Barbara Allen〉의 마지막 대목이다. 여자를 향한 남자의 사랑은 받아들여지지 않았고, 이 어긋난 사랑은 결국 두 사람의 죽음으로 이어진다. 하지만 노래는 그들의 사랑이 결코 끝나지 않았음을 그들의 무덤에서 피어난 '장미와 들장미(the rose and the briar)'로 표현한다. 장미와 들장미가 서로 엉키어 맺은 '진실한 사랑의 매듭(a true love knot)'은 오래된 교회의 탑 위로 더 이상 자랄 수 없을 때까지 기어오른다. 현실, 교회로 상징되는 그 중세적 이념에 두 남녀는 서로를 풀어낼 수 없는 장미의 매듭으로 저항한다.

나비와 장미 – 서사민요와 발라드를 불렀던 한국과 영·미 여성들이 삶의 질곡을 넘어 이루고자 했던 세계의 또 다른 자아이다. 서사민요 속에서 여성들은 부당하게 가해지는 억압적 삶에서 끊임없이 벗어나고자 했지만, 그 출구 끝에는 언제나 죽음과 같은 고통이 기다리고 있었다. 하지만 노래 속 여성들은 그 고통 끝에서 나비가 되어 또 다른 세계로 떠나는 꿈을 꾸었다. 서사민요 속 여성들이 그리던 삶과 꿈이 '나비'였다면, 발라드에서는 '장미'로 나타난다. '나비'와 '장미' 모두 현실 속 여성들의 모습과는 달리, 화려하고 아름다운 모습으로 사랑받는 존재이다. 하지만 '나비'와 '장미'가 되기까지 두 존재는 모두 '번데기'와 '가시'라는 고통을 자신의 몸으로 겪어낸다. 그리고 마침내 그 어둠과 아픔을 견뎌내고 '나비'는 두 날개를 활짝 펴 자유롭게 비상하며, '장미'는 그 무엇보다 아름다운 꽃을 피워낸다. 그러므로 묘지에서 날아오른 한 쌍의 나비, 묘지 위에 피어난 장미와 들장미의 매듭이 모두 '묘지'라는 죽음의 공간을 뚫고 나와 하늘로, 교회의 탑으로 높이높이 오른다는 묘사는 한국과 영·미 여성들이 겪어야 했던, 죽음처럼 고통스런 삶과 그 삶에서 벗어나고자 하는 꿈을 상징적으로 보여준다.

서사민요와 발라드는 모두 '하나의 스토리를 이야기하는 노래(a song that tells a story)'로서, 평범한 사람들의 생활과 노동 속에서 창작·전승돼 온 보통 사람의 서사시이며 생활 서사시이다. 한국 서사민요를 오랫동안 연구해 오면서, 서사민요가 한국만의 특수한 문학 갈래가 아니라 세계적으로 존재하는 보편적 문학 갈래임을 밝히고자 했고, 그러기 위해서는 영·미 유럽 지역에서 서사민요와 마찬가지로 평민 여성들에 의해 오랫동안 전승돼 내려온 발라드와의 비교가 필요했다. 이 과정 속에서 한국과 영·미 여성들이 모두 비슷한 시기에 비슷한 문제를 가지고 울고, 웃고, 노래해 왔음을 발견하며 가슴이 뛰었다. 동과 서로 멀리 떨어져 있지만 한국과 영·미 여성들이 오랜 세월 동안 노래를 통해 자신들의 아픔을 드러내고 그 아픔에 함께해줄 것을 외쳐왔음을 깨달으며 가슴이 아팠다. 이 책의 글들은 이런 공감과 아픔 속에서 써 온 글들이다. 학술적 글이지만, 동과 서, 두 지역 여성들의 노래에 나타난 여성들의 삶과 꿈을 발견하고자 하는 독자라면 누구나 읽을 수 있는 대중적 글이기도 하다.

I부에서는 '서사민요와 발라드의 유형분류'로 서사민요와 발라드를 함께 논의하기 위한 기본 작업으로 두 갈래를 인물 관계에 따라 유형을 공통적으로 나누고 고찰할 수 있는 방안을 모색하였다.

II부에서는 '가족 갈등 서사민요와 발라드'로 서사민요와 발라드 중 가족 관계 유형을 중심으로 전승양상과 향유의식, '아내'의 형상, '남매'의 갈등과 치유 방식 등을 살폈다.

III부에서는 '애정 갈등 서사민요와 발라드'로 서사민요와 발라드 중 비극적 사랑 노래에 나타난 심리의식, 구애의 노래에 나타난 수수께끼, 말대답 노래에 나타난 대결의 양상과 의미 등을 고찰했다.

IV부에서는 '신앙·죽음 관련 서사민요와 발라드'로 서사민요와 발라드에 나타난 민속신앙, '여성의 죽음'에 대한 인식, '어머니/자식'의 죽음, 죽음의 노래에 나타난 역설의 기능과 의미에 대해 논의했다.

V부에서는 'Comparison between Narrative Songs and Ballads'로 영어로 발표한 논문 두 편을 함께 싣는다. 하나는 2016년 국제발라드학회 (International Ballad Conference)에서 발표하고, *Journal of Ethnography and Folklore*에 게재한 "Meaning of Death in Tragic

Love songs"이고, 다른 하나는 2016년 미국 서부민속학회(Western States Folklore Society)에서 발표하고 보완한 "Impossible Conditions and Tasks to Meet a Dead Person"이다.

마지막으로 '자료'에서는 본문에서 논의한 서사민요와 발라드 중 주요 작품의 원문 및 번역문을 독자들의 참고를 위해 수록하였다. 본문의 논의에 맞춰 I. 가족 갈등(Family Conflicts), II. 애정 갈등(Love Conflicts), III. 신앙과 죽음(Faith & Death)으로 나누어 실었으며, 출처는 각주로 밝혔다.

오래된 노래가 지금 우리에게 무슨 의미가 있는가 물을지도 모르겠다. 하지만 안타깝게도 이들 노래에 나타난 여성들의 현실과 목소리는 지금도 여전히 현재 진행형이다. 지금이라도 이들 노래 속에서 외쳐온 여성들의 목소리에 귀 기울이고, 지금도 여전히 크게 달라지지 않은 현실 속에서 고통 받는 여성들에게 힘을 보태기 위해 부족한 글을 내놓는다. 오랜 세월 고통 속에서 '나비와 장미'를 꿈꾸고 불러온, 세계의 여성들과 함께 하면서.

2018년 4월,
잔인한 그 봄날을 기억하며,
저자 서영숙 적음.

차 례

I

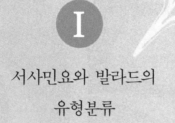

서사민요와 발라드의
유형분류

한국 서사민요와 영·미 발라드의 유형분류방안

1. 머리말

서사민요는 '일정한 인물과 사건을 갖춘 이야기로 된 민요'[1]로, 발라드 역시 '하나의 스토리를 이야기하는 노래(A ballad is a song that tells a story)'[2] 등으로 정의되는 보편적 장르이다. 둘 다 '이야기'와 '노래'의 복합적 성격을 지닌 구비 서사시이면서도, 평범한 사람들의 생활과 노동 속에서 창작·전승돼 온 범인(凡人) 서사시이며 일상 서사시라는 공통점을 지니고 있다. 또한 서사민요와 발라드는 구비문학 장르 중에서도 스토리를 갖추고 있다는 점에서 설화(folk-tale)와, 노래로 부른다는 점에서 다른 구비 시가(oral poetry)와 일정 부분 특질을 공유하고 있다.[3] 조동일은 리치(M.Leach)[4]가 밝혀놓은 발

---

1 조동일, 『서사민요 연구』, 계명대출판부, 1970초판 1979 증보판, 16쪽.
2 Thomas A. McKean, "Introduction", *The Flowering Thorn: International ballad studies*, T. A. McKean ed., Utah State University Press, Book 68, 2003, p. 10.
3 한국에서는 조동일에 의해 '서사민요'란 용어가 쓰인 이후 장르적 성격에 대한 논쟁이 지속돼 왔으나 용어 자체는 대부분 거의 그대로 받아들여지고 있다. 이에 비해 서구에서는 '이야기를 지니고 있는 노래'의 경우 보편적으로 발라드(Ballad)라는 용어가 쓰이고 있으나, 근래에 와서는 보다 넓은 개념으로 확대하기 위해서 '전승된 서사적 노래'(the traditional narrative songs)라는 용어를 쓰기도 한다.(D.K. Wilgus, "A Type-Index of Anglo-American Traditional Narrative Songs", *Journal of the Folklore Institute*, Vol.7, No. 2/3, 1962, p.162.) 이런 면에서 한국의 '서사민요'란 용어는 일단 세계적 용어로 확장될 수 있는 개연성을 지니고 있으나 이 글에서는 각 지역의 기존 관습을 존중하여 '서사민요'와 '발라드'라는 용어를 그대로 사용하기로 한다.

라드의 특징을 소개하면서 서사민요와 발라드를 유사 개념으로 보면서도 한국 서사민요가 여성들에 의해 길쌈노동요로 불리며 여성 생활의 고민을 나타내고 그들의 욕구와 세계관을 나타내는 것은 한국 서사민요만의 특수성이라 보고 있다. 또한 이런 내용을 나타내는 형식에도 독자성이 있을 것으로 추정하고 있으나,[5] 이는 정밀 비교에 의한 연구 결과가 아니어서 검증이 필요하다.

지금까지 한국 서사민요와 영·미 발라드에 대한 연구는 다른 구비문학 분야에 비해 그리 활발하게 이루어지지 못했다. 한국 서사민요에 대한 연구는 조동일에 의해 본격적으로 시작된 이후 강등학, 고혜경, 이정아, 박경수, 강진옥, 허남춘, 김학성 등이 주목할 만한 업적을 내놓았다.[6] 이중 대부분은 서사민요의 장르적 성격에 대한 집중적인 논의로서, 고혜경, 이정아, 박경수, 허남춘, 김학성은 각기 서사민요의 서술방식, 주제적 특성 등에 대한 치밀한 분석을 통해 서사민요에 나타나는 서정적, 서술적, 혼합적 특성을 밝히고 있다. 이는 서사민요를 '서사' 장르로 분류하는 데에 대한 반론이긴 하나 서사민요가 지니고 있는 '이야기'와 '노래'의 복합적 특성을 잘 간파하고 있다는 점에서 일면 긍정적 측면을 지니고 있다.

---

4 M. Leach, "Ballad", *Standard Dictionary of Folklore*, Vol.1, ed. by Maria Leach, New York: Funk & Wagnalls, 1940, pp.106~111.

5 조동일, 앞의 책, 51~52쪽.

6 강등학, 「서사민요의 각편(Version) 구성의 일면: 시집살이 노래를 중심으로」, 『도남학보』 5, 도남학회, 1982; 고혜경, 『서사민요의 일유형 연구: 부부결합형을 중심으로』, 이화여대 석사학위논문, 1983; 고혜경, 「서사민요의 장르적 성격」, 『민요론집』 4, 민요학회, 1995; 이정아, 『서사민요 연구: 양식적 특성을 중심으로』, 이화여대 석사학위논문, 1993; 박경수, 「민요의 서술성과 구성원리: 서사민요의 장르적 성격과 관련하여」, 『한국서술시의 시학』, 태학사, 1998; 허남춘, 「서사민요란 장르규정에 대한 이의」, 『고전시가와 가악의 전통』, 도서출판 월인, 1999; 강진옥, 「여성서사민요에 나타난 관계양상과 향유의식」, 『한국 고전여성작가 연구』, 태학사, 1999; 강진옥, 「서사민요에 나타나는 여성인물의 현실대응양상과 그 의미: 시집살이, 애정갈등노래류의 '여성적 말하기' 방식을 중심으로」, 『구비문학연구』 9, 한국구비문학회, 1999; 김학성, 「시집살이노래의 서술구조와 장르적 본질」, 『한국시가연구』 14, 한국시가학회, 2002.

특히 강등학은 〈시집살이노래〉를 대상으로 서사민요 각편의 구성 원리를 밝힘으로써 서사민요에 대한 모범적인 분석방안을 제시하였는데, 이는 차후 서사민요의 유형 분류에도 긴요하게 적용할 수 있어 주목할 만하다. 또한 강진옥은 서사민요의 주향유층인 여성인물의 현실 대응양상, 향유의식 등을 심층적으로 분석하고 있어 서사민요 연구의 또 다른 길을 열어놓았다. 본인은 이러한 성과를 발판으로 삼아 서사민요의 유형별 특징, 지역별 전승양상 등에 대한 연구를 지속적으로 전개해왔다.[7]

영·미 발라드에 대한 연구 역시 국내에서는 그리 활발하지 못하다. 국내의 대표적 연구로는 피천득·심명호, 박일우, 한규만 등을 들 수 있다.[8] 박일우는 영국의 민요와 발라드의 개념, 수집, 주제와 레퍼터리, 현대적 변모양상 등 영국의 민요와 발라드를 전반적 특징을 밝히고 있다. 한규만은 영·미 발라드 전통을 역사적으로 고찰하고 발라드에 나타난 주제를 '인간과 자연', '여성', '사랑과 성'으로 나누어 심층적으로 분석하고 있다는 점에서 주목할 만하다. 한규만의 연구 중에서도 특히 「한국의 서사민요와 포크 밸러드의 주제 비교」는 피천득·심명호와 함께 한국 서사민요와 영·미 발라드 비교 연구의 선도적 업적으로서, 이 연구의 발판이 되었다. 피천득·심명호는 서사민요와 발라드를 외형적 특성, 문체적 특성, 내면적 특성의 세 범주로 나누어 비교함으로써 두 장르가 단일한 사건을 집중적, 극적으로 묘사하며 일상적이고 비개성적이라는 점 등 많은 공통적 특성을 지니면서도 인물의 계층이나 주제, 정서 등에서 차이점을 지니고 있음을 밝혔다. 본인은 이들 선도적 업적

7 　서영숙, 『한국 서사민요의 날실과 씨실: 우리 어머니들의 노래』, 도서출판 역락, 2009에 그간의 주요 성과와 자료가 수록돼 있다.

8 　피천득·심명호, 「영·미의 Folk Ballad와 한국 서사민요의 비교연구」, 『연구논총』 2, 서울대학교 교육회, 1971, 169~237쪽; 한규만, 「한국의 서사민요와 영·미의 포크밸러드에 나타난 주제의 비교분석」, 『울산대 연구논문집』 19, 울산대학교, 1988, 1~28쪽; 한규만, 『영·미 포크 밸러드의 주제연구: 인간과 사랑』, 울산대학교 출판부, 2005; 박일우, 『영국의 민요와 발라드』, 한양대출판부, 2003.

을 바탕으로 유사 유형의 서사구조 비교 분석 작업을 시작해나가고 있다.[9]

한편 국외에서의 영·미 발라드에 대한 연구는 국내에 비해 매우 풍부하다. 그중 주목할 만한 것으로 S. E. Hyman, R. D. Abrahams, G. List, D. K. Wilgus, T. A. Mckean 등을 들 수 있다.[10] S. E. Hyman은 발라드 연구의 정전이면서 본 연구의 주 대상인 Child 발라드가 미국에서 어떻게 변모되고 있는지를 고찰하고 있고, R. D. Abrahams 역시 미국에서 조사된 Child 발라드를 중심으로 유형 내 역할 관계(role relation)를 논하고 있어 본 연구에 참조가 된다. G. List와 D. K. Wilgus는 발라드의 유형분류방안을 제시하고 있어 본 연구와 직접적으로 관계가 있다. T. A. Mckean은 발라드의 이야기와 노래로서의 이중적 특성을 잘 밝혀놓고 있으며, 그가 편찬한 *The Flowering Thorn*(꽃 피운 가시)은 KfV(Kommission für Volkdichtung 민속시가 협회)의 1999년 국제 발라드 학술대회(International Ballad Conference)에서 발표된 주요 논문을 수록한 것으로, 세계 각국 발라드의 최근 연구 동향을 파악할 수 있다. 특히 이 책에는 이 연구의 주 대상인 Child 발라드뿐만 아니라 기타 영·미권 발라드에 대한 구조와 모티프, 사회적 상황, 전승과 변이양상 등에 대한 분석 논문이 다수 수록되어 있어 참조할 만하다.

이에 이 연구에서는 선행 연구를 발전적으로 계승하면서 한국 서사민요와

---

9 서영숙, 「한·영 발라드에 나타난 '여성의 죽음'에 대한 인식 비교」, 『고시가연구』 31, 한국고시가문학회, 2013, 219~246쪽; 서영숙, 「한국 서사민요와 영·미 발라드에 나타난 '아내'의 형상 비교」, 『한국민요학』 38, 한국민요학회, 2013, 105~128쪽.

10 S. E. Hyman, "The Child Ballad in America: Some Aesthetic Criteria", *The Journal of American Folklore* Vol.70, No. 277, 1957; R. D. Abrahams, "Patterns of Structure and Role Relationships in the Child Ballad in the United States", *The Journal of American Folklore* Vol.79, No. 313, American Folklore Society, 1966, pp. 448~462; G. List, Toward the Indexing of Ballad Texts, *The Journal of American Folklore* Vol.81, No.319, the American Folklore Society, pp.44~61, 1968; T. A. McKean, "Introduction", *The Flowering Thorn: International ballad studies*, T. A. McKean ed., Utah State University Press, Book 68, 2003; D. K. Wilgus, "Ballad Classification", *Midwest Folklore* Vol.5, No.2, Indiana University Press, 1955, pp.95~100.

영·미 발라드의 심층적 비교를 위한 기반 작업으로서, 우선적으로 두 장르의 기존 유형분류방안을 검토한 뒤 두 장르를 아우를 수 있는 공통적인 유형분류방안을 모색하려고 한다. 한국 서사민요와 영·미 발라드는 둘 다 서사적 스토리를 갖춘 노래라는 점에서 동일한 기준에 의한 분류가 가능하며, 이는 앞으로의 비교 연구를 위해 반드시 필요하다. 다만 한국 서사민요와 영·미 발라드의 모든 유형을 분류하는 것은 불가능하므로 우선적으로 주요 자료집을 대상으로 가족 관계 유형을 추출하여 이들을 대상으로 유형분류방안을 제시할 것이다.[11] 가족 관계 유형은 한국 서사민요와 영·미 발라드 두 장르에 공통적으로 존재하므로 비교 대상으로서 적절할 뿐만 아니라, 한국과 영·미 사회 모두 근대 이후 산업화를 겪으면서 전통적 가족 구조와 여성의 위상에 급속한 변모가 나타났다는 점에서 차후 이러한 사회 양상과의 관련 하에 서사민요와 발라드에 나타난 가족 관계 갈등을 비교 고찰하는 데 발판이 될 수 있기 때문이다. 단 이 연구는 고찰 대상 자료집 내에서 추출한 가족 관계 유형만을 대상으로 한 것이어서 앞으로 자료의 확대를 통해 수정 보완할 필요가 있음을 밝혀둔다.

2. 한국 서사민요의 유형분류방안

설화의 경우에는 『한국구비문학대계』에 수록된 설화를 중심으로 한국설화 분류체계가 이루어졌으나,[12] 민요의 경우에는 기능별 분류가 주조를 이루고

---

11 한국 서사민요의 경우는 『한국구비문학대계』(총85권), 한국정신문화연구원, 1980~1989; 『한국민요대전』(총9권), 문화방송, 1993~1996를 주 대상으로 하고, 영·미 발라드의 경우는 *The English and Scottish Popular Ballads*(Five Volumes), ed. by F. J. Child, New York; Dover Publications, 1965. (First published in 1884-1898)를 주 대상으로 한다. 기타 본인, 앞의 책과 조동일, 앞의 책의 자료 등을 보조 자료로 삼는다.
12 조동일, 「한국구비문학대계의 자료수집과 설화 분류의 원리」, 『한국정신문화연구』 27,

있어서 고정된 기능이 없는 서사민요의 경우에는 뚜렷한 유형분류방안을 마련하지 못하고 있는 실정이다.[13] 한국 서사민요의 유형분류방안 중 주요한 성과로는 조동일, 강등학, 이정아, 서영숙 등의 연구를 들 수 있다.[14]

1) 조동일의 유형분류방안

조동일은 경북의 영양, 청송, 영천에 걸쳐 있는 태백산맥 산곡 지방을 대상으로 서사민요를 조사하고, 이를 14개 유형으로 분류하고 있다. 그에 따르면, 유형이란 "여러 각편들의 공통적인 단락들이 가지는 공통적인 체계 즉 유형구조로서 존재"하는 것으로, 통시적으로 변화하지 않는 고정체계면에 속한다. 이에 비해 하위유형은 같은 유형에 속하면서도 단락 중 몇 가지가 더 있고 덜 있는 차이에 따라 구분하며, 각편은 단락에 속하는 다양한 소단락으로 인해 구체화 특수화된 것으로 창자, 지역, 시대 등에 따라 변화하는 비고정체계면에 속한다. 한 각편이 어느 유형에 속하는지는 나타난 단락을 보고서 판단해야 하며, 어느 유형의 단락들 중 하나 이상을 지니고 있고, 그 유형의 단락이 아닌 다른 단락을 지니고 있지 않으면 그 유형에 속한다고 보았다.[15]

조동일이 이러한 방법으로 제시한 서사민요의 14개 유형은 다음과 같다.

A 시집살이 B 우리선비 C 진주낭군 D 첩의집에 E 부모죽은 F 삼촌집에 G 이내방에 H 한번가도 I 신부죽은 J 이행실이 K 큰쾌자를 L 주은댕기 M 생가락지 N 옥단춘아[16]

한국정신문화연구원, 1985, 3~16쪽.

13 박경수, 「한국민요의 기능별 분류 체계」, 『한국구비문학대계』 별책부록(III), 한국정신문화연구원, 1992.

14 조동일, 앞의 책; 강등학, 앞의 논문; 이정아, 앞의 논문; 서영숙, 「서사민요의 구조적 성격과 의미: '며느리-시집식구'형을 중심으로」, 『한국문학이론과 비평』 제2집, 한국문학이론과 비평학회, 1998, 221~246쪽에서 처음 서사민요의 유형분류방안을 제시하였고, 이후 계속 수정 보완하여, 서영숙, 앞의 책, 11~76쪽에 그 중간 결과를 수록하였다.

15 조동일, 앞의 책, 63~76쪽의 주요 내용을 필자가 요약한 것이다.

조동일의 유형론은 유형-하위유형-각편의 세 단계에 의한 유형구조의 분석 방법을 체계적으로 제시하고 있다는 점에서 큰 의미가 있다. 이는 아직까지 영·미 발라드 관련 논문에서도 찾아보지 못한 획기적인 발상으로, 한국 서사민요와 영·미 발라드를 아우를 수 있는 보편적인 유형분류방안의 가장 기본적인 토대가 된다. 그러나 아쉽게도 서사민요의 전체 유형을 분류하는 방법에 대해서는 아무런 기준을 제시하지 않고 있다. 그가 서사민요 유형으로 제시한 14개 유형은 국한된 지역의 현장조사 자료를 바탕으로 추출한 것으로, 그 이외의 지역에서 전승되는 서사민요 유형을 전혀 포괄하지 못하고 있다는 점에서 한계를 지니고 있다. 뿐만 아니라 제시된 14개 유형의 제목만으로는 유형의 내용과 유형 간 변별성을 구분하기 어렵다. 또한 유형과 하위유형을 구분하는 방법에 대해서도 뚜렷한 기준이 제시되지 못하고 있다. 따라서 전국적으로 전승되는 서사민요를 바탕으로 일정한 기준에 의해 유형을 분류하는 체계가 마련되어야 하며, 같은 유형 내에서도 하위유형과 각편을 분류하는 일관된 방법을 정립할 필요가 있다. 또한 이왕이면 유형의 이름으로도 대체적 내용을 짐작할 수 있게 명명하는 방법도 생각해봄직 하다.

2) 강등학의 유형분류방안

강등학은 본격적인 유형분류 방안은 아니나, 〈부모부음〉 유형을 대상으로 각편 구성의 원리를 찾고 있다는 점에서, 유형의 분류와 각편의 내용상 차이를 변별할 수 있는 방안을 모색하는 데 참조할 만하다. 그는 〈부모부음〉 유형에 속하는 각편 9편을 대상으로 이야기의 가장 작은 단위인 모티프를 추출하여 제시하고 있다.[17]

이 모티프 분석을 바탕으로 그는 기본 모티프와 보조 모티프를 구별하고,

---

16 유형의 제목은 영문 알파벳 대문자로만 제시하고 따로 원칙을 설정하고 있지는 않다. 자료편 차례에 나온 제목이 위와 같이 제시돼 있다. 조동일, 앞의 책, 191쪽.

17 강등학, 앞의 논문, 40~41쪽.

기본 모티프는 각편의 전승소이자 고유소로서 유형 유지의 기능을 담당하며, 보조 모티프는 각편의 변화소로서 기본 모티프를 부연하여 각편의 개성을 형성한다고 설명하고 있다. 기본 모티프를 중심으로 보면 이 유형은 '①어머니가 죽어 부고가 왔다. → ②친정에 갔다. → ③이미 치상이 끝났다. → ④어머니 무덤에 가서 울었다.'로 구성되는 출가녀의 시련을 보여주는 노래로 보고 있다. 또한 이 유형을 크게 모티프 ③④가 있는 그룹과 없는 그룹으로 나눔으로써, ③④가 있는 그룹은 없는 그룹보다 시가에 동화되기까지 출가녀가 겪는 시가와 친정 사이에서 갈등을 더 구체화하여 보여주고 있다고 해석하고 있다.[18]

강등학은 서사의 가장 작은 단위인 모티프의 정밀한 분석을 통해, 서사민요의 유형과 하위유형, 각편의 차이를 밝힐 수 있는 단초를 마련하고 있다는 점에서 큰 의미가 있다. 특히 모티프 분석은 유형분류와 병행하여 별도의 검색 시스템을 마련할 필요가 있기 때문에 모든 구비서사의 분류에 있어서 반드시 수행해야 할 작업이기도 하다. 그러나 이를 바탕으로 유형과 하위유형, 각편을 분류하는 데 있어서는 지나치게 세분화되어 있어 범주화하기에 난점을 지니고 있다. 서사 단위를 쪼개는 데 있어서 어느 수준으로 할 것인가에 대한 모색과 합의가 필요함을 절감케 한다.

3) 이정아의 유형분류방안

이정아는 서사민요가 민요로서 가창된다는 점을 감안하여 서사민요를 "민요의 창자에 의해서 불려지는 인물과 사건이 있는 이야기 노래"[19]라고 재정의하고, 주로 서사민요가 서사성과 서정성이 공존하는 언어예술로서의 특성을 지니고 있음을 세밀하게 밝히고 있다. 서사민요의 유형분류방안에 대해서 구

---

18 강등학, 앞의 논문, 42쪽.
19 이정아, 앞의 논문, 6쪽.

체적으로 제시하고 있지는 않으나, 제시한 유형과 분석의 방법에서 어느 정도 유형분류를 염두에 두고 유형을 구분하고 있음을 짐작해 볼 수 있다.

그는 전국적인 조사자료집인 『한국구비문학대계』를 대상으로 각편이 3개 이상 존재하는 자료를 추출해 서사민요 13개 유형을 제시하고 있는데,[20] 이는 다음과 같다.

중이 된 며느리, 능금 훔친 며느리, 친정모친 죽은 소식, 꼬댁각시, 삼촌집에, 남편 때문에 목맨 여인, 첩의 집에 간 본처, 후실장가 들다 죽은 남편, 저주로 죽은 도령, 처자와 선비, 강남땅 강소제, 못갈 장가, 첫날밤에 아기 낳은 신부

그러나 이 13개 유형은 조동일이 특정 지역을 대상으로 하여 제시한 유형보다도 오히려 숫자가 적어 전국의 서사민요 유형을 제대로 추출해냈다고 보기 어렵다. 〈저주로 죽은 도령〉은 2편뿐인데 예외로 선정하였다고 하고 있어서 유형 추출에 일관된 기준을 잃고 있다. 또한 대부분의 유형의 자료 편수가 실제 존재하는 자료 편수보다 적게 나타나 있다. 예를 들어 〈친정모친 죽은 소식〉 유형의 경우 4편을 제시하고 있으나 필자가 조사한 바에 의하면 19편에 이르고 있다.[21] 이로 미루어 볼 때 추출되지 않은 서사민요 유형이 더 존재함을 부정하기 어렵다.

노래 제목에 있어서는 어느 정도 원칙을 설정하여 "설화 작명의 원리를 도용하여 붙인 것"으로 "관용적으로 쓰이고 내용을 짐작할 수 있는 제목"으로 잡았다고 하고 있다. 그러나 〈중이 된 며느리〉, 〈첫날밤에 아기 낳은 신부〉 같은 경우는 중심 사건과 행위의 주체가 잘 드러나는 반면, 〈꼬댁각시〉, 〈처자와 선비〉, 〈강남땅 강소제〉 등은 중심인물을 제목으로 삼고, 〈못갈 장가〉,

---

20 이정아, 앞의 논문, 14~16쪽.
21 서영숙, 앞의 책, 47~76쪽에 유형을 분류하고 유형별 각편 수를 제시하였다.

〈삼촌집에〉는 관용적인 어구 중의 하나를 제목으로 삼고 있어서 일관성을 갖추지 못하고 있다. 하지만 〈중이 된 며느리〉와 같은 작명 방식은 간단하면서도 중심인물과 사건의 핵심적 내용을 압축적으로 보여줄 수 있어 앞으로 서사민요 유형의 작명에 요긴하게 적용할 만하다.

이정아는 서사민요를 다시 소재별로 묶어 네 가지로 제시하고 있다.

a. 시집살이와 불행한 여인을 소재로 한 서사민요
b. 남편의 외도를 소재로 한 서사민요
c. 남녀 간의 연정과 배우자의 죽음을 소재로 한 서사민요
d. 부정한 여인을 소재로 한 서사민요[22]

이는 유형들을 몇 개의 카테고리로 묶을 수 있는 상위유형의 예로 생각해 볼 수 있다. 단 네 가지 소재 역시 어떤 일관된 기준과 원칙이 제시되지 않고 있어 이에 대한 세심한 고안이 필요하다.

그는 또한 서사민요의 서사적 특징을 비극적 결말구조로 보면서 서사민요는 두 가지 형태의 비극적 서사구조를 가지고 있다고 보았다. 즉 하나는 불행의 상황에서 출발하여 강화된 불행으로 끝나는 '불행의 상황-극복의 시도-시도의 좌절-죽음(강화된 불행)'이라면, 다른 하나는 기대의 상황에서 출발하여 불행의 상황으로 끝나는 '기대-기대의 좌절-불행의 상황'이라는 것이다.[23] 이는 조동일의 유형구조 분석방법을 원용하면서도 두 가지 다른 경우가 있음을 밝혀내고 있다는 점에서 의미가 있다. 하지만 유형, 하위유형, 각편의 체계라든지 유형 아래 하위유형이나 각편의 차이에까지는 세심하게 고려하지 않고 있어서 한계가 있다. 이정아의 유형분류 역시 여전히 유형분류의 기준과 방법이 제시되지 않고 유형 제목의 명명이 일관성이 없어 앞으로

---

22 이정아, 앞의 논문, 21~25쪽.
23 이정아, 앞의 논문, 29~30쪽.

의 서사민요 유형분류에 있어 나아가야 할 점이 무엇인지 뚜렷하게 보여준다. 그런 가운데서도 유형의 소재별 분류나 유형구조의 분석 방법, 일부 유형 제목의 명명 방법은 어느 정도 유형분류방안에 부분적으로 수용해 수정 보완할 필요가 있다.

4) 서영숙의 유형분류방안

본인은 서사민요에 대해 "작품 외적 자아인 창자가 작품 내적 자아인 작품 내 주인물과 작품내적 작품내 상대인물(또는 현실) 사이에서 벌어지는 대결(사건)을 노래로 부르는 문학이다.(중략) 즉 서사민요는 ①창자가 작품내적 자아와는 별개의 독립된 존재로서 ②작품내적 자아(인물, 의인화된 사물)에게 일어난 사건을 ③자신의 말로 직접적으로 전개하기도 하고 인물의 말로 간접적으로 전개하기도 한다. 이 기본 여건을 모두 갖추고 있다면 전형적 서사민요라 할 수 있고, 이중 어느 한두 요건이 약화되어 있다면 다른 장르의 속성을 부차적으로 갖는 서사민요라 할 수 있다."[24]고 장르적 특질을 밝히고 다음과 같이 유형분류방안을 제시한 바 있다.[25]

이에 따르면 서사민요는 인물, 사건, 이야기가 서사의 중요 요소이므로, 서사민요의 유형을 분류할 때에는 이 인물들 간의 관계와 이들 사이에서 빚어지는 사건의 형태를 쉽게 구별할 수 있는 방법을 택하는 것이 좋으리라고 판단하였다. 이는 작품 내 주인물과 상대인물의 관계, 핵심사건을 중심으로 분류하는 것으로, 다음과 같이 상위유형-유형-하위유형의 단계로 구분하여, 총 64개 유형을 제시하였다.

⑴ 상위유형: 주인물과 상대인물의 관계에 의해 14가지 상위유형으로 분

---

24 서영숙, 앞의 책, 25쪽.
25 서영숙, 앞의 책, 49~56쪽. 이하는 이 부분을 요약해 설명한 것이다.

류한다. 이는 A 며느리–시집식구 B 아내–남편 C 딸–친정부모 D 자식–부모 E 동생–오빠 F 조카–삼촌 G 신부–신랑 H 여자–외간남자 I 처녀–총각 J 본처–첩 K 처가식구–사위 L 사람–기타 사람 M 동물–사람 N 동물–동물 관계로 분류한다.

(2) 유형: 각 상위유형 내에서 일어나는 핵심 사건의 차이에 따라 유형을 분류한다.

(3) 하위유형: 한 유형 내에서 일어나는 사건 전개의 차이에 따라 하위유형을 분류한다.

한편 유형 제목은 주인물과 상대인물, 핵심 사건의 모티프가 드러나게 명명할 것을 제시하였다. 예를 들면 상위유형 A 며느리–시집식구 관계에 속한 유형 Aa는 주인물인 며느리, 상대인물인 시집식구, 핵심사건인 '구박하다'와 '중이 되다'를 반영하여, 〈시집식구가 구박하자 중이 되는 며느리〉유형이라 명명하였다. 하위유형은 한 유형 내에서 일어나는 사건 전개양상의 차이 또는 결말의 해결양상에 따라 나누었다. 이렇게 분류할 경우 모든 서사민요를 체계적으로 분류할 수 있을 뿐만 아니라, 서사민요 속 인물들 간의 관계, 갈등의 핵심 내용이 분명하게 드러남으로써 제목만을 가지고도 유형의 내용을 쉽게 추정할 수 있다고 하였다.

이 유형분류방안에 의해 분류한 A 며느리–시집식구 관계에 속하는 유형을 다음과 같이 제시하였다.

Aa 시집식구가 구박하자 중이 되는 며느리

Ab 시집식구가 구박하자 자살하는 며느리

Ac 시집식구가 구박하자 한탄하는 며느리

Ad 시집식구가 깨진 그릇 물어내라자 항의하는 며느리

Ae 시집식구가 벙어리라고 쫓아내자 노래를 부른 며느리

Af 시어머니가 며느리를 소송하자 박대하는 며느리

Ag 시누가 옷을 찢자 항의하는 며느리

Ah 시누가 모함하자 자살하는 며느리

Ai 시누가 죽자 기뻐하는 며느리

Aj 방귀를 뀌어 시집식구에게 쫓겨난 며느리

Ak 밥을 해주지 않자 한탄하는 사촌동생

하위유형의 경우는 한 유형에 속하면서도 주제나 배경 등에 차이가 있어 주제를 달리하는 것도 있는데, 이런 경우에 하위유형으로 재분류하여 다음과 같이 제시하였으나, 모든 유형에 일관되게 적용하고 있지는 않다.

상위유형	유형	하위유형
주인물과 상대인물	중심적인 사건의 형태	주제, 배경 등의 차이
F 삼촌식구와 조카	Fa 삼촌식구 구박받다 혼인하나 배우자가 죽은 조카	Fa-1 삼촌식구 구박받다 시집가나 신랑이 죽은 조카
		Fa-2 삼촌식구 구박받다 장가가나 신부가 죽은 조카

이 인물 관계에 의한 유형분류는 사건의 주인물과 상대 인물뿐만 아니라 핵심 사건에 따라 체계적으로 서사민요의 상위유형과 유형을 분류할 수 있을 뿐만 아니라, 유형의 제목에 인물과 중심 사건을 드러냄으로써 유형 제목만으로도 쉽게 해당 유형의 내용과 특징을 파악할 수 있는 장점이 있다. 그러나 하위유형의 구분에 있어서 서사단락의 유무 또는 중심인물의 차이 등 일정한 기준을 제시하지 못하고 있어 여전히 문제점을 안고 있다. 또한 서사민요의 각편들을 대상으로 유형을 처리할 때 다른 유형과 복합된 경우라든지, 한 유형의 중심 사건과는 다른 개성적 내용의 사건 전개를 이루고 있는 경우라든

지 등, 다양한 편차를 어떻게 처리할지에 대한 세심한 고찰이 이루어지지 않아 여전히 문제점이 남아 있어 수정 보완을 필요로 한다. 뿐만 아니라 서사민요가 한국만의 고유한 장르가 아니라 세계 각국에서 전승되는 보편적 장르라고 할 때, 한국 서사민요에만 통용되는 유형분류가 아니라 영·미 발라드를 포함한 세계 서사민요를 포괄해 분류할 수 있는 보편적인 유형분류방안을 고안할 필요가 있다. 이는 다음 장에서 영·미 발라드의 유형분류방안을 검토한 뒤 종합적으로 모색할 것이다.

3. 영·미 발라드의 유형분류방안

영·미 발라드의 유형분류에 대해서는 F. J. Child가 *The English and Scottish popular Ballads*(잉글랜드와 스코틀랜드의 대중 발라드)에 305개 유형을 제시하고 각 유형에 속하는 각편을 수록한 이후 현재까지 발라드 유형의 전범이 되고 있다.[26] 그러나 1965년 Freiburg에서 유럽 발라드에 대한 Type-Index의 문제를 놓고 민속시가협회의 발라드 학회(the Kommission für Volksdichtung's ballad conferences)를 개최한 이후 구조분석을 바탕으로 한 유형분류 방안에 대한 지속적인 논의가 이루어져 왔다.[27] 그중 G. List와 D. K. Wilgus의 방안이 주목할 만하다.

1) F. J. Child의 유형분류방안

Francis J. Child는 *The English and Scottish popular Ballads*에

---

[26] *The English and Scottish Popular Ballads*(Five Volumes), ed. by F. J. Child, New York; Dover Publications, 1965. (First published in 1884-1898).

[27] D. K. Wilgus, "A Type-Index of Anglo-American Traditional Narrative Songs", *Journal of the Folklore Institute*, Vol.7, No. 2/3, 1970, pp.161~176.

스코틀랜드, 잉글랜드를 중심으로 전승되다가 미국에까지 건너가 전승되고 있는 발라드를 수집해 305개 유형으로 분류하고 그 아래 총 1,000여 편에 이르는 각편을 수록해 놓고 있다. 이는 1882~1898년에 걸쳐 총 5권으로 완성한 것으로 영·미 학계에서는 발라드를 Child 발라드와 non-Child 발라드로 구분할 만큼 Child 발라드의 유형제목과 분류 기호가 큰 영향력을 미치고 있다. 이는 한국 서사민요 자료와는 달리 구연상황에 대한 정보가 자세히 나와 있지는 않지만, 한 항목에 다양한 각편이 일목요연하게 정리돼 있어 유형과 각편 차원에서의 주제와 변이양상을 고찰할 수 있는 기초 자료를 제공하고 있다는 점에서 장점이 있다.

F. J. Child는 발라드의 뚜렷한 유형분류 방안을 제시하지는 않았다. 다만 영·미 발라드를 305가지 유형으로 분류해 번호를 붙이고, 각 유형에 속하는 각편들에 영문 알파벳을 붙여 구분하였다. 대체로 서로 유사한 소재나 주제를 가진 것들로 인접되어 배열돼 있어 서로 더 큰 상위유형으로 묶일 수 있는 연관성을 짐작케 한다. 예를 들면 Child 1에서 Child 4까지는 대체로 기사와 여자(〈The Fause Knight Upon the Road〉의 경우만 소년임)의 관계에서 벌어지는 대결로 이루어져 있으며, 여자나 소년이 재치에 의하여 기사를 물리치는 이야기로 되어 있다. 이는 차일드가 발라드 유형을 배열하고 숫자를 부여하는 데 있어서 어느 정도 발라드 간의 '친족 관계-공통의 기원과 텍스트 관계'를 염두에 두었음을 알 수 있다.[28]

Child 발라드 305개 유형 자료는 Child가 부여한 번호와 제목으로 인터넷에서 원문을 검색(http://www.sacred-texts.com/neu/eng/child)할 수 있다.

---

28 이는 D. K. Wilgus, "Ballad Classification", *Midwest Folklore* Vol.5, No.2, Indiana University Press, 1955, pp.97-98에서 다음과 같이 언급하고 있다. "차일드는 추정된 역사적 배열 내에서, 발라드를 주제적으로 그룹지려고 시도했다. 그러나 결과는 만족스럽지 않다. 차일드의 분류는 비평가들로부터 거의 아무런 코멘트를 받지 못했다. 엄격히 말하면 그들 대부분은 무의식적으로 차일드의 원칙을 받아들였다. 원칙은 기원과 텍스트의 파생에 관한 것이다. 발라드는 공통의 기원과 텍스트 관계를 지니고 있는 일군의 그룹으로 간주된다."

이 역시 아무런 분류 체계 없이 F. J. Child가 부여한 고유 번호를 Child 1, Child 2.....Child 305와 같이 그대로 사용하고 있다. 노래의 제목 역시 주인물과 상대인물의 이름을 그대로 드러내거나, 주인물이나 상대인물의 인물 관계상의 특징, 핵심적인 사건 등 일관성 없이 제시되고 있다. 이외에도 발라드 원문을 검색할 수 있는 사이트가 여럿 개설되어 있지만, 자료들이 뚜렷한 분류 기준 없이 대부분 수집자가 부여한 번호나 노래 제목, 키워드 등에 따라 탑재돼 있을 뿐이다.[29] 이를 통해 볼 때 영·미를 비롯한 유럽 지역에서도 발라드의 수집과 연구는 매우 활발하게 이루어졌으나, 일관되고 체계적인 유형분류방안이 아직 나오지 않았음을 알 수 있다. 이에 우선적으로 발라드의 정전처럼 여겨지고 있는 Child 발라드만을 대상으로 해서라도 발라드를 분류할 수 있는 뚜렷한 기준과 노래 명 부여, 체계화된 분류와 배열이 필요한 실정이다.

2) G. List의 유형분류 방안

G. List는 인디애나대학 전통음악 아카이브(The Indiana University Archives of Traditional Music) 소장 자료 중 Child 4 〈Lady Isabel and Elf Knight(숙녀 이사벨과 요정 기사)〉를 대상으로 '플롯 개요(plot gist)'를 설정하고 극적 서사 요소(dramatic-narrative elements)의 차이에 따라 체계적으로 변별 기호를 붙이는 방안을 제시하고 있다. 그가 제안한 분류 시스템은 다음과 같다.

아라비아 숫자 = 발라드 플롯 번호(Child가 부여한 번호)
알파벳 대문자 = 살인의 방법

---

29 http://ebba.english.ucsb.edu/ 같은 경우는 영국 브로드사이드 발라드 아카이브로서 키워드 검색이 가능하다. Samuel Pepsys가 수집한 발라드의 경우는 몇 가지 주제별 카테고리로 분류가 되어 있다.

알파벳 소문자 = 소녀의 책략

4. 소녀가 자신을 죽이려고 계획하는 살인자를 이기고, 대신에 그를 죽인다.

    A. 소녀는 물에 던져져 빠진다.

        a. 악한은 벌거벗은 소녀를 보지 못하게 등을 돌리도록 요청받는다.

        b. 악한은 소녀의 머리에 얽히지 않게 쐐기풀과 가시나무를 제거하도록 요청받는다.

    A1. 소녀는 자신의 머리를 넘는 물을 건너도록 강요당해 물에 빠진다.

        a. 그녀는 마지막 키스를 요구한다. 악한이 그의 말에서 아래로 기울일 때, 그를 끌어당겨 빠뜨리고 헤엄쳐 탈출한다. 또는 말의 꼬리를 잡음으로써.

    B. 소녀에게는 죽음의 수단을 선택하도록 주어지고, 그녀는 칼을 선택한다.

        a. 그녀는 악한이 자신의 망토를 벗도록 제안한다. 왜냐하면 소녀의 피가 멀리 퍼져나가기 때문에. 그가 등을 돌렸을 때, 그녀는 그의 검을 취해서 그의 머리를 벤다.

    C. 소녀는 악한이 파놓은 무덤에 묻힌다.

        a. 그녀는 악한에게 그의 이를 잡을 수 있도록 자신의 무릎에 머리를 놓도록 요청한다. 그녀는 그가 잠이 들었을 때, 그를 묶고 일어나 그를 처치한다.

    D. 소녀는 목이 매달리게 된다.

        a. 그녀는 세 번 외칠 수 있도록 허락받는다. 한번은 예수에게, 한번은 마리아에게, 세 번째는 그녀의 오빠에게. 오빠가 이 소리를 듣고 그녀를 구하고, 악한을 죽이도록.

여기에서 플롯 개요는 "소녀가 그녀를 죽이려고 계획하는 살인자를 이기고, 대신에 그를 죽인다."이고, 악한이 소녀를 죽이려 시도한 방법은 A, A1, B, C, D...로 구분한다. 또한 소녀가 기지를 써서 대신 악한을 물리치는 방법은 대문자 아래 소문자로 a, b... 등으로 구분한다. 이러한 방법에 의해 Child 4 중 각편 A는 4Ba, 각편 B는 4Aa와 같이 분류할 것을 제시하였다.

이는 한 유형에 속하는 모든 각편의 '플롯 개요(plot gist)'를 세심하게 변별해낼 수 있다는 점에 장점이 있다. 그러나 이는 유형분류라기보다 Child 발라드에 속하는 여러 각편들의 구성상 차이점을 기호에 의해 구별하는 것이라 할 수 있다. 또한 플롯 개요에 결말 상의 다양한 결과가 반영되어 있지 않아서 각편에 따라 나타나는 변이양상을 어떻게 처리할지가 여전히 문제로 남아있는데, 이 점은 이후 D. K. Wilgus에 의해서도 문제점으로 지적되고 있다.[30] 한편 궁극적으로 Child 발라드 전체를 어떻게 체계화할지, non-Child 발라드는 어떻게 분류할지에 대해서는 아무런 방안을 내놓지 않고 있어, 모든 발라드를 포함한 유형분류방안을 마련해야 한다는 과제를 여전히 안고 있다.

3) D. K. Wilgus의 유형분류 방안

발라드 학계에서 Child가 부여한 유형 번호를 무시하고 새로운 분류체계를 마련하는 것은 그리 쉽지 않은 작업으로 여겨졌던 듯하다. D. K. Wilgus는 "차일드 정전이 신성불가침으로 남아있는 동안, 우리는 어떠한 논리적 조직을 시도할 수 없다. 왜냐하면 그 정전은 모든 조직적 체계에 우선하기 때문이다."[31]라고 지적하면서 차일드의 유형 분류와 번호 체계에서 벗어날 것을 제시하고 있다. 그는 발라드는 "특별한 이야기 또는 이야기 타입을 지니고

---

30 D. K. Wilgus, op.cit., 1970, p.174.
31 D. K. Wilgus, op.cit., 1955, p.97.

있는 서사적 민요"[32]라고 정의하고, 발라드라는 용어 대신 "전통적인 서사적 노래(The traditional narrative song)"라고 하는 것이 포괄적인 것으로서 더 낫다고 하고 있어,[33] 발라드와 서사민요를 아우를 수 있는 용어로 '서사적 노래' 또는 '서사민요'를 사용할 만한 가능성을 보여준다.

그는 발라드는 분명한 서사적 내용을 지니고 있으므로, 주제적 분류가 영·미 발라드 자료를 질서화하기 위한 가장 편리한 방법이라고 하며 서사적 주제에 의한 발라드 분류 방법을 제안하고 있다. 또한 분류(classification)와 배열(arrangement)을 구분하고,[34] 분류뿐만 아니라 하위 유형과 각편들의 배열, 자료들에 대한 표준 제목을 제공할 필요성도 제기하고 있다.

영·미 발라드는 대체로 "Western Songs(서부 노래)", "Criminal and Outlaw Songs(범죄와 범법 노래)", "Murder Ballads(살인 발라드)", "Humorous Ballads(희극적 발라드)", "Miscellaneous Ballads and songs (기타 발라드와 노래)" 등으로 분류돼 왔다.[35] 그러나 Freiburg에서 1966년 9월 28일~30일에 열린 독일민속시가학회에서 발라드의 범주, 일명 '프라이버그 시스템(The Freiburg System)'을 규정하면서부터 발라드의 분류에 대한 논의가 본격화되었다. '프라이버그 시스템(The Freiburg System)'에 의하면 발라드는 I. Ballads with Magical/Mythical Content (마법적/신화적 발라드); II. Religious Ballads (종교적 발라드); III. Conflicts Related to Love (애정 발라드); IV. Family (가족 발라드); V. Social Conflicts (사회적 갈등 발라드); VI. Historical Ballads (역사적 발라드); VII. Agons and Heroic Struggles (영웅의 투쟁에 관한 발라드); VIII. Disaters and Catasrophes (재난과 재앙에 관한 발라드); IX. Unmotivated Human Brutality (이유 없는 인간의 만행에

---

32 D. K. Wilgus, op.cit., 1955, p.96.
33 D. K. Wilgus, op.cit., 1970, p.162.
34 D. K. Wilgus, op.cit., 1955, p.95. 분류는 발라드 텍스트를 그것들의 친족들과 함께 놓는 것이고 배열은 발라드 텍스트들을 질서화하는 것이라고 한다.
35 D. K. Wilgus, op.cit., 1955, p.96.

관한 발라드); X. Fabliau Ballads (우화적 발라드); XI. Nature and Cosmos (자연과 우주에 관한 발라드)의 11가지 범주로 나뉜다.[36]

그러나 D. K. Wilgus는 이 프라이버그 시스템 역시 위로부터 물려받은 선입견에 기초한 작업의 좋은 예라고 하면서 이 시스템만으로는 분류 문제를 해결하지는 못한다고 보고 있다. 왜냐하면 비슷한 서사단위를 가지고 있는 발라드들, 예를 들면 〈Fairy Lover(요정 연인)〉 전승이 "프라이버그 시스템"에서는 I 매직, III 사랑과 관련된 갈등, IV 가족 등 다른 카테고리에 속하게 되기 때문이라고 한다. 그는 발라드 분류의 목적은 발라드에 대한 연구를 돕기 위하여 실제적이고 가능한 발라드 관계를 보여주는 것이라고 하면서, 프라이버그 시스템은 다른 전통적인 분석과 마찬가지로 이러한 분류에 있어서 완전한 실패라고 언급하였다.[37] 그가 이에 대한 대안으로 제시한 것이 바로 발라드 서사 유형을 형성하는 단위인 '서사 단위(the narrative unit)'이다.

그에 의하면 서사 단위는 '그 자체로 발라드를 구성할 수 있는 하나의 주제'이다. 그러나 발라드를 형성하기 위하여 다른 단위들과 결합할 수 있다. 즉 작품의 일부가 다른 작품의 일부로 나타나기도 한다. 이러한 양상은 일부에서 발라드의 쇠퇴 양상으로 부정적으로 보기도 하지만 그는 오히려 발라드 전승의 일반적인 양상으로 취급한다.[38] 즉 대부분의 발라드는 실질적으로 하나의 단일한 주제 단위 즉 단일한 '서사 단위'에 속하는 것으로 분류되지 않는다. 오히려 다른 서사 단위들과 결합하여 더 복합적인 발라드를 구성한다. 이 단위들은 인물, 성격, 지위, 상태, 특성 또는 대상이 아니라, 사건 또는 행위에 기초하고 있다는 점에서 모티프와 구별된다고 한다.[39]

그는 프라이버그 시스템 중 가족 발라드(Family Ballads) 내에서 특히

---

36 D. K. Wilgus, op.cit., 1970, p.166

37 D. K. Wilgus, op.cit., 1970, pp.166~171.

38 D. K. Wilgus, op.cit., 1970, p.173.

39 D. K. Wilgus, op.cit., 1970, p.169.

〈Fairy Lover(요정 연인)〉 발라드 전승을 시험적인 유형분류 대상으로 삼아, 유형을 형성하는 '서사 단위(the narrative unit)'들을 대략적으로 분석해내고 있다. 그가 〈Elveskud(Fairy Lover 요정 연인)〉 전승을 서사 단위로 나누고, 이와 서사적으로 관련 있는 발라드들을 이 서사단위에 의해 분석해 제시한 관계도는 다음과 같다.

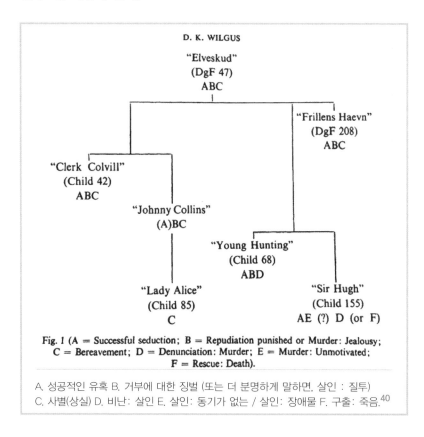

Fig. 1 (A = Successful seduction; B = Repudiation punished or Murder: Jealousy; C = Bereavement; D = Denunciation: Murder; E = Murder: Unmotivated; F = Rescue: Death).

A. 성공적인 유혹 B. 거부에 대한 징벌 (또는 더 분명하게 말하면, 살인 : 질투)
C. 사별(상실) D. 비난: 살인 E. 살인: 동기가 없는 / 살인: 장애물 F. 구출: 죽음.[40]

이에 의하면 〈Elveskud(Fairy Lover 요정 연인)〉는 A. 성공적인 유혹 B. 거부에 대한 징벌 (또는 더 분명하게 말하면, 살인 : 질투) C. 사별(상실)의 서사 단위

---

40   D. K. Wilgus, op.cit., 1970, p.170.

로 이루어져 있으며, 〈Clerk Colvill(Child 42)〉, 〈Frillens Haevn(DgF 208)〉 역시 이와 동일한 서사 단위로 있음을 밝히고 있다. 기타 〈Johnny Collins〉, 〈Young Hunting(Child 68)〉는 두 가지 서사 단위를 공유하고 있고, 〈Lady Alice(Child 85)〉, 〈Sir Hugh(Child 155)〉는 한 가지 서사 단위만을 공유하면서, 대신 다른 서사 단위로 구성되어 있음을 분석하고 있다. 이는 발라드들의 친족 관계를 유추함으로써 발라드 그룹을 묶을 수 있는 방안을 모색한 것으로, 발라드의 유형 분류를 염두에 둔 기초 작업이라고 할 수 있다.

D. K. Wilgus는 이러한 방법에 의해 발라드의 유형별 서사단위를 면밀하게 분석함으로써 발라드의 서사 단위 주제를 확정하고 주제 분류 목록을 완성하는 것을 과제로 남겨두고 있다. 그러기 위해 우선 첫 번째로 주제를 분명하게 특징화할 것, 두 번째로는 그것들을 적절하게 나열할 것을 제시한다. 배열은 프라이버그 시스템을 벗어나, 잠정적으로 세 개의 항목 아래에 서사 단위를 조직할 것을 제안하고 있는데, 세 항목은 인간관계의 사건들 (Inter-Personal Events), 사회적 사건들(Social Events), 자연적 사건들 (Natural Events)이다.[41] 그러나 그는 여전히 배열의 문제는 부차적인 것이며, 주제를 완전하게 분류하는 데에 분류의 성패가 달려 있다고 강조한다.[42]

결론적으로 그는, 실질적인 주제 분류를 위해서는 단지 한 그룹의 발라드 각편을 인용하는 데 그치지 말고 모든 서사적 노래의 각편들을 면밀히 고찰할 것을 요구하고 있다. 즉, 각 각편들이 어떻게 주제적 변이나 변경을 하고 있는지 점검해야 한다고 한다. 이는 분류의 기초로서 각편별 서사 단위의 선택으로부터 시작해서, 궁극적으로는 주제적 인덱스로 나아가야 한다고 한다. 그러면서도 분류를 위한 다른 기준, 예를 들면, 모티프, 공식구와 같은 공통점, 또는 기능에 기초한 목록 등에 대한 필요 역시 남겨놓고 있다. 그러면서 주제적 인덱스가 많은 지역에서 전승되고 있는 발라드 연구의 기본 도구가

---

41 D. K. Wilgus, op.cit., 1970, p.173.
42 D. K. Wilgus, op.cit., 1970, p.174.

될 것이라고 재차 역설한다.[43]

D. K. Wilgus의 방안은 발라드 주제의 전승 및 변이 과정에서 일어나는 복합 과정,[44] 즉 동일한 서사 단위가 여러 발라드에 유동적으로 나타나는 양상을 쉽게 추출하는 데 장점이 있으나, 전체적인 유형 분류의 방안과 체계는 내놓지 않고 있어 이를 만들기 위한 각각의 유형, 각편들의 서사 단위 분석 및 그 유용성에 대한 검증이 여전히 앞으로의 과제로 남아 있다.

4) 전통 발라드 인덱스: 영어권 민요의 해설 목록(The Traditional Ballad Index: An Annotated Bibliography of the Folk Songs of the English-Speaking World)

전통 발라드 인덱스(The Traditional Ballad Index)는 영어권 민중 발라드에 대한 정보를 검색할 수 있도록 공동으로 고안한 시스템으로 인터넷 상에서 이용할 수 있다.[45] 이 검색 시스템은 제목이나 키워드를 통해 발라드를 찾게 되어 있으며, 탑재된 데이터베이스는 각각의 발라드에 대한 다양한 정보를 제공한다. 이는 발라드의 간단한 내용 요약, 해당 발라드를 싣고 있거나 언급한 문헌, 역사적 배경, 동일 발라드에 대한 다른 노래 제목(이칭)들이 나와 있다. 대부분의 발라드는 검색을 돕는 키워드들을 가지고 있으며, 키워드 목록 리스트도 따로 제공하고 있다.[46]

이 발라드 인덱스는 노래 제목 또는 내용의 키워드에 따라 영어권 발라드를 효과적으로 검색할 수 있게 되어 있어, 같은 키워드를 지니고 있는 노래들을 검색하는 데 매우 유용하다. 뿐만 아니라 탑재된 각각의 발라드마다 간단한 내용 요약을 제시하고 있는데, 이는 G. List의 '플롯 개요'에 가깝다. 예를

---

43 D. K. Wilgus, op.cit., 1970, p.176.
44 D. K. Wilgus, op.cit., 1970, p.173.
45 http://www.fresnostate.edu/folklore/BalladSearch.html
46 위 검색 홈페이지에서 설명하고 있는 개요(The instruction)를 바탕으로 요약한 것임.

들어 〈The Farmer's Curst Wife (농부의 저주받은 아내)〉(Child 278)의 경우 "악마가 농부의 아내를 벌을 주기 위해 온다. 그녀는 가족에게 했던 것처럼 지옥에서 작은 악마들을 공격함으로써 큰 문제를 일으킨다. 악마는 그녀를 다시 되돌려 보내게 된다."로 내용을 요약하여 제시하고 있다. 이외에도 작자, 가장 이른 채록 시기, 키워드, 전승지역, 참조 문헌, 녹음, 브로드 사이드, 함께 참조할 것, 비슷한 이름, 노트 등의 정보를 제공하고 있다.[47]

하지만 키워드로 발라드를 검색할 경우 동일한 유형이나 유사한 주제가 아니더라도 그 키워드만 지니고 있으면 모두 추출되기 때문에 이용자가 꼭 필요한 발라드를 찾아내기가 쉽지 않다. 또한 검색할 수 있는 키워드가 제한돼 있는 점도 한계이다. 이용자들이 일일이 키워드 목록을 살펴본 후 목록 안에 있는 키워드만을 검색할 수는 없으므로, 이용자 중심의 다양한 키워드나 키워드의 동의어, 유사어, 하위어, 관련어 등으로도 검색할 수 있는 시소러스 (Thesaurus) 시스템을 마련할 필요가 있다. 또한 녹음 자료나 텍스트의 원문을 직접 링크해놓지 않은 것도 아쉬운 점으로 남는다. 수많은 각각의 발라드를 체계적으로 분류할 수 있는 유형 분류체계와 함께 키워드 시소러스 색인, 사운드, 동영상 등의 시청각 자료와 텍스트 자료를 연동해서 함께 살펴볼 수 있는 검색 시스템을 고안할 필요가 있다.

5) 독일 발라드 카탈로그(Der deutsche Balladenkatalog)

독일 발라드 카탈로그(Der deutsche Balladenkatalog)는 1965년 독일 프라이버그에서 열린 민속시가 협회의 발라드 학회(the Kommission für Volksdichtung's ballad conferences) 이후 유럽 발라드 인덱스를 만들어내는 것을 목표로 하여 고안한 것으로, 주제적 분류 시스템에 의하여 독일 민속 발라드를 검색할 수 있도록 제공하고 있다.[48] 이는 유럽 발라드를 대상으로

---

47 http://www.fresnostate.edu/folklore/ballads/C278.html

단일한 국가적 전승에서 온 발라드를 발견할 수 있을 뿐만 아니라, 서로 연관된 다른 전승에서 온 발라드를 발견하고 비교할 수 있도록 하는 데 목적을 두고 있다. 이 발라드 카탈로그가 기반을 두고 있는 주제적 시스템은 위에서 살핀 D. K. Wilgus가 제시한 '서사 단위(the narrative unit)'를 적용해 주제 단위(thematic units), 짧게 말하면 주제(Themes)를 추출하고 여기에 극적 역할(Dramatic Role) 관계를 복합하여 발라드를 분류한 것이다. 이를 위해 수백 건의 노래 유형을 검토하고 여기에서 유형별 서사 상황과 행위를 추출하는 수천 건의 보고서가 이루어졌다고 한다.[49] 이 검색 시스템은 David G. Engle이 제시한 "서사 주제와 극적 역할의 완성 목록(Complete List of Narrative Themes and Dramatic Roles)"에 의해 발라드를 분류하고, 검색할 수 있게 되어 있다. 또한 한 발라드 유형이 어느 한 주제에만 귀속되는 것이 아니라, 여러 분류 항목에서 검색할 수 있게 융통성을 두고 있다.

David G. Engle이 제시한 발라드의 서사 주제와 역할 관계 표의 큰 항목만 제시하면 다음과 같다.[50]

[100 OFFERS, REQUESTS, DEMANDS] 제안, 요청, 요구

[200 OBLIGATIONS, COMMITMENTS, EXPECTATIONS] 의무, 약속, 기대

[300 DEPARTURES, QUESTS] 떠남, 원정

[400 CONTESTS] 경쟁

[500 JOURNALLISTIC ACCOUNTS, ORDEALS, ADVERSITY] 신문 기사적 사건, 시련, 역경

---

48 http://www.fresnostate.edu/folklore/balladenindex/
49 검색 시스템의 해설(introduction) 참조.
    http://www.fresnostate.edu/folklore/balladenindex/intro.html
50 http://www.fresnostate.edu/folklore/balladenindex/list1.html

[600 DEATH AND DISASTER] 죽음과 재난

[700 SOCIAL EVENTS] 사회적 행사

[800 DISCOVERIES, INFORMATION AND CONNECTIONS] 발견, 정
보와 연계

[900 JUSTICE] 정의

[000 METAPHORICAL NARRATIVES] 은유적 서사

ROLE RELATIONSHIPS among the ACTORS 행위자들 사이에서의 역
할 관계

L   Lovers 연인들

F   Family 가족

O   Occupational & Economic Figures 직업적 & 경제적 인물

I   Institutional Figures 제도적 인물

V   Victims (and Helpers and Wrongdoers) 희생자(원조자와 배신자)

R   Religious and Supernatural Figures 종교적 그리고 초자연적 인물

A   or N Animals, Natural Things (Plants, Stars, Streams, etc.)
    동물, 자연물(식물, 별, 강물 등)

C   Contestants 경쟁자

G   Gratuitous Figures 여분의 인물

이 독일 발라드 카탈로그는 발라드의 주제와 극중 인물의 역할을 결합하여
검색을 다양하고 세밀하게 할 수 있다는 점에서 유용하다. 뿐만 아니라 각편
마다 서사 단위(또는 주제 단위)를 자세하게 제시하고 있어, 각편별 공통점 및
차이점을 분명하게 파악할 수 있다는 장점이 있다. 이는 수많은 발라드의 각
편을 일일이 분석한 뒤에야 나올 수 있는 것으로서, 매우 많은 인력에 의해
상당히 오랜 시간에 걸친 치밀한 작업이 수행되었음을 짐작할 수 있다. 그러
나 상위유형, 유형, 하위유형 등의 단계적 분류체계는 제시하고 있지 않아

이들 각편의 서사단위를 몇 가지 카테고리로 묶는 작업은 해결되지 않고 있다. 또한 세심하게 이루어진 주제 분류에 비해 인물의 역할 구분은 지나치게 대략적으로 잡혀 있어서 극중 인물간의 역할 관계에 대한 정밀한 분석을 해야 할 경우에는 일일이 재분류를 해야 할 필요가 있다. 또한 아직 독일 발라드만 검색이 가능하게 해놓고 있어 영어권 발라드까지 확대하는 작업도 여전히 과제로 남아있다.

4. 보편적 유형분류방안 모색

한국 서사민요와 영·미 발라드를 비교하기 위해서는 본인의 서사민요 유형과 D. K. Wilgus, G. List, David G. Engle 등이 제시한 발라드 유형을 함께 검토하여 공통적으로 활용할 수 있는 보편적 유형분류 방안을 마련하는 것이 반드시 필요하다. 동일한 기준과 체계에 의해 유형을 분류하는 것은 비교 연구를 위해 가장 우선적으로 이루어져야 할 작업이기 때문이다. 그러므로 여기에서는 한국 서사민요와 영·미 발라드의 비교 연구를 위한 선결 과제로 양 장르에 통용될 수 있는 보편적 유형분류 방안을 모색하고자 한다.

본인의 기존 유형분류방안과 G. List, D. K. Wilgus, David G. Engle의 유형분류방안은 큰 흐름에서는 유사한 방법론을 사용하고 있음을 알 수 있다. 즉 본인이 택한 '핵심사건'은 G. List의 '플롯 개요(plot gist)'나 D. K. Wilgus의 '서사 단위(narrative unit)', David G. Engle의 '주제 단위(thematic unit)'와 일면 상통한다. 그러나 본인의 '핵심사건'이 유형 결정의 기본 단위로 설정한 것인 데 비해, G. List의 '플롯 개요(plot gist)'이나 D. K. Wilgus의 '서사 단위(narrative unit)'는 발라드의 유형보다는 각편별 차이를 찾는 데 더 유용하다. 또한 본인의 기존 유형분류 방안에서 노래 속 주인물과 상대인물과의 관계에 따라 상위범주를 설정하는 방안은 영·미 학자들의 유형분류 방안이나 한국 학자들의 유형 분류 방안에도 전혀 나타나지 않고 있다. 독일 발라드 카탈로그에서 David G. Engle이 제시한 역할 관계가 본인의 인물 관계와 발상은 비슷하나 그 역할이 주인물의 것인지, 상대인물의 것인지 분명하지 않다. 또한 이는 발라드의 극중 인물의 역할을 분석하기 위한 것이지, 유형 분류를 염두에 둔 체계로 활용할 수는 없게 되어 있다. 반면 본인의 기존 유형분류 방안은 G. List, D. K. Wilgus, David G. Engle 방안에서 분석한 것처럼 각편에 따라 나타나는 세심한 구성상 차이까지는 분류기호를 부여하지 않고 있어 하위유형이나 각편의 분류까지는 나아가지 못하고 있다. 이에 양쪽 유형분류 방안의 적용 가능성을 검토함으로써 서사민요와 발라드, 나아가 서사적 노래 모두를 함께 분류할 수 있는 보편적인 유형분류방안과 체계를 도출해 낼 필요가 있다.

이상의 비교 고찰을 바탕으로, 서사민요와 발라드의 유형분류는 다음과 같이 크게 네 단계 시스템으로 이루어지는 것이 바람직하다고 판단된다.

1) 상위범주: 행위자들의 역할 관계에 따라 카테고리를 정한다.
2) 유형: 핵심사건을 공유하는 노래를 동일 유형으로 설정한다.
3) 하위유형: 부수적 사건(특히 핵심 사건에서 나타난 갈등의 해결 단락)의 차이에 따라 설정한다.
4) 각편: 각편의 차이는 각 서사 단락의 구체적 내용에 대한 별도의 내용 분류를 마련해, 서사단락의 결합 양상에 따라 구별한다.

1) 상위범주

발라드 학계에서는 유사 유형을 아우르는 범주로 Freiburg System이 제시되긴 했으나, 같은 유형이 서로 다른 범주에 속할 수 있다고 판단되어 유명무실하게 되었다. 이를 대신할 수 있게 고안된 것이 바로 역할 관계를 주제 분류에 복합한 독일 발라드 카탈로그이다. 그러나 이는 인물들 간의 관계를 나타내기도 하고, 한 극중 인물의 역할만을 나타내기도 하여 일관성을 갖추지 못하고 있다. 즉 L(Lovers 연인들), F(Family 가족)는 관계를 나타낸다면, 나머지 O(Occupational & Economic Figures 직업적 & 경제적 인물), I(Institutional Figures 제도적 인물), V (Victims and Helpers and Wrongdoers 희생자, 원조자, 배신자), R(Religious and Supernatural Figures 종교적 그리고 초자연적 인물), A or N(Animals, Natural Things : Plants, Stars, Streams, etc. 동물, 자연물: 식물, 별, 강물 등), C(Contestants 경쟁자), G(Gratuitous Figures 부수적 인물) 등은 각 행위자의 특성을 나타낸다. 그러므로 이 역시 유형분류의 개념보다는 발라드 각편에 어떤 성격의 인물이 나타나는가를 구별하기 위한 것이다. 따라서 유형분류를 위해서는 각 인물의 기능별 특성은 별도의 색인 작업으로 남겨 두고 우선 핵심사건에 나타나는 중심인물의 관계에 따라 몇 개의 범주로 분류할 필요가 있다.

본인의 인물 관계에 의한 범주는 A 며느리-시집식구 B 아내-남편 C 딸-친정부모 D 자식-부모 E 동생-오빠 F 조카-삼촌 G 신부-신랑 H 여자-외간남자 I 처녀-총각 J 본처-첩 K 처가식구-사위 L 사람-기타 사람 M 동물-사람 N 동물-동물 관계로 나눈 바 있는데, 이는 한국 서사민요의 경우 특히 가족 관계에 집중돼 있으며, 가족 관계 중에서도 여러 가지 다양한 관계가 나타나기 때문에 가족 관계를 미세하게 분류한 결과이다. 하지만 발라드에서는 '며느리-시집식구' 관계는 거의 나타나지 않고 '아내-남편'과 '동생-오빠', '자식-부모' 간의 관계가 많이 나타난다. 이에 한국 서사민요와 영·미 발라드, 나아가 다른 지역의 서사적 노래를 모두 포함하는 포괄적이고 보편적인 분류체계를 마련하기 위해서는 논리적으로 가능한 다양한 행위자 관계 체계를 마련할 필요가 있다.

따라서 상위범주는 우선 핵심 사건이 행위자들의 어떤 관계에서 일어나는가를 두고 구분한다. 이 행위자 관계는 서사 전개에 따라 달라질 수 있지만, 가장 중심적인 관계가 어디에 있는지를 두고 판단한다. 물론 핵심 사건이 복합되어 있는 경우는 두 가지 이상을 함께 나타낼 수 있다. 이를 위해서 우선 노래의 핵심사건 속에서 대화나 행위의 주체 또는 객체로서 작용하는 사물이나 동식물을 포함한 행위자 관계를 다음과 같이 분류할 것을 제안한다. 이는 독일 발라드 카탈로그의 역할 관계보다 훨씬 분명하고 자세하며, 어떤 서사민요나 발라드라도 이에 의해 상위범주 분류가 가능하다고 추정된다. 또한 상위범주 분류만으로도 노래의 갈등 관계나 내용을 짐작할 수 있다는 장점이 있다. 그러나 이는 아직 한국 서사민요와 일부 영·미 발라드만을 기반으로 추론한 것으로서, 앞으로 구체적인 분석 결과를 통해 새로운 관계가 나타날 경우 얼마든지 추가하거나 수정할 수 있는 열린 기호 체계 방식을 택한다.

F 가족관계(Family Relation)

00 일반

01 며느리-시집식구(시집식구 중 한 사람인 경우 포함)

02 아내-남편

03 딸-친정식구(시집간 후 딸, 친정오빠와 여동생 포함)

04 자식-부모(부자, 부녀, 모자, 모녀)

05 자식-계부모

06 남매, 형제, 자매(사촌 포함)

07 계부모 자식과의 남매, 형제, 자매

08 본처-첩

09 처가식구-사위

10 조카-삼촌식구(외가 포함)

11 기타 친척 관계

M　남녀관계(Male Female Relation)

00　일반

01　신부-신랑

02　여자-외간남자

03　처녀-총각

O　기타관계(Other Relation)

00　일반

01　사람-기타 사람(가족이나 남녀 관계를 제외한 빈부, 상하, 우열 관계 등)

02　사람-초현실적 존재(신, 신적 인물, 저승차사, 악마, 요정, 귀신 등)

03　사람-자연적 존재(자연물, 동물, 식물, 사물 포함)

04　초현실적 존재-초현실적 존재

05　자연적 존재-자연적 존재

06　초현실적 존재-자연적 존재

2) 유형과 하위유형

유형은 '독립적으로 전승되는 이야기'이다. 어느 이야기가 한 유형으로 인식되기 위해서는 그 유형의 모든 각편들이 공통적으로 지니고 있는 사건을 반드시 갖추고 있어야 한다. 이 공통적인 사건을 '핵심사건'이라 부르기로 한다. 그 밖의 사건들은 유형 성립에 있어서 반드시 있지는 않아도 되는 부수적 사건이다. 모든 이야기와 이야기 노래(서사민요, 발라드)는 이 핵심사건과 부수적 사건으로 이루어진다. 핵심사건이 오랜 세월 동안 전승되면서도 변하지 않는 고정체계면이라고 한다면, 부수적 사건은 가창자, 지역, 구연상황 등에 따라서 변할 수 있는 비고정체계면이라 할 수 있다. 이 핵심 사건은 적어도 두 개 이상의 서사 단락으로 이루어진다. 왜냐하면 이야기가 구성되기 위해서는 적어도 두 가지 이상의 행동이 있어야 하기 때문이다. 하나가 시작이라면 나머지 하나는 전개 또는 결말이다. 하나가 원인이라면 다른 하나는 결과이고, 하나가 갈등이라면 다른 하나는 이에 대한 해결의 시도이거나 해결이다. 어떤 이야기나 노래가 이 핵심 사건을 지니고 있으면 동일한 유형으로 본다.

상위범주 중 F01 며느리-시집식구 관계 노래를 대상으로 유형 분류를 어떻게 할 것인지 모색해 보기로 하자. 우선 F01 며느리-시집식구 관계 노래 중 〈시집식구가 구박하자 중이 되는 며느리 노래〉를 가지고 유형과 하위유형을 구분해 보는 것이 생각을 집중하기 쉽다.

〈시집식구가 구박하자 중이 되는 며느리 노래〉의 유형에 포함되기 위해서는 이 유형의 핵심사건을 포함하고 있어야 한다. 〈시집식구가 구박하자 중되는 며느리 노래〉에 등장하는 주요 서사단락을 살펴보면 다음과 같다.

가) 시집식구가 며느리를 구박한다.
나) 며느리가 중이 되어 나간다.
다) 딸이 친정을 간다.
라) 며느리가 시댁을 간다.
마) 아내가 남편의 무덤 속으로 들어간다.

여기에서 가), 나), 다), 라), 마) 단락은 둘 이상이 모여야 하나의 사건을 이룰 수 있다. 각각 하나의 단락만으로는 사건이 이루어지지 않는다. 적어도 이 유형이 되기 위한 핵심사건을 이루기 위해서는 가)와 나)가 필요하다. 가)는 나)의 원인이고 갈등의 원천이다. 이를 나)로써 해결하고자 한다. 다), 라), 마)는 며느리가 중이 되어 나간 후 일어나는 사건으로서, 노래마다 있기도 하고 없기도 하다. 따라서 이들은 이 유형이 성립하기 위한 필수적인 서사

단락은 아니다. 그러므로 가)와 나), 적어도 이 두 서사단락이 있어야 〈시집
식구가 구박하자 중이 되는 며느리〉 유형이라고 할 수 있다. 각편에 따라서
는 가)가 탈락된 노래가 있을 수 있으나 이는 본래 있던 것인데 창자의 기억
이나 연행 과정에서 상실된 경우로, 창자들은 말로라도 주인물이 중이 되어
나가게 된 원인을 설명한다.

이에 비해 다), 라), 마)는 본래부터 없다고 생각하는 창자도 많이 있어,
창자, 지역, 상황에 따라 얼마든지 추가나 삭제가 가능한 부수적 단락이다.
이 부수적 단락이 어떻게 결합되느냐에 따라 하위유형을 정할 수 있다. 이는
다음과 같이 이루어진다.

① 가)+나)
② 가)+나)+다)
③ 가)+나)+다)+라)
④ 가)+나)+다)+라)+마)

①은 핵심사건만으로 이루어진 것으로 시집살이를 중이 되는 것으로 해결
하는 '출가형'이다.

②는 중노릇에 만족하지 못하고 친정에 돌아가 안주하는 것으로 해결하는
'친정회귀형'이다.

③은 친정에서도 살지 못하고 시댁에 돌아가는 것으로 해결하는 '시댁회귀
형'이다.

④는 시댁에서도 살지 못하고 남편 무덤 속에 들어가 결합하는 것으로 해
결하는 '저승결합형'이다.

이들 유형과 하위유형의 부호는 다음과 같이 부여할 수 있다. 부호를 어떻
게 부여할 것인가는 전산 검색 시스템 전문가에 의해 더 유용한 방식으로 달
라질 수 있다.

F01 며느리-시집식구 관계

F01.01.00 시집식구가 구박하자 중이 되는 며느리

F01.01.01 시집식구가 구박하자 중이 되는 며느리(출가형)

F01.01.02 시집식구가 구박하자 중이 되는 며느리(친정회귀형)

F01.01.03 시집식구가 구박하자 중이 되는 며느리(시댁회귀형)

F01.01.04 시집식구가 구박하자 중이 되는 며느리(저승결합형)

3) 각편

각편은 서사단락의 결합 양상과 나타난 서사단락들의 구체적 내용 차이에 따라 구별한다. 각편의 구체적 내용을 기호로 구별하기 위해서는 독일 발라드 카탈로그에서 제시한 바와 같은 주제 분류가 필요하다. 우선 독일 발라드 카탈로그의 주제 분류를 〈시집식구가 구박하자 중이 되는 며느리〉 유형에 속하는 각편들에 적용할 수 있는지 살펴보기로 하자.

〈먹굴 114〉(양금순, 여, 70, 곡성군 고달면 고달리 먹굴, 1982. 4. 5. 필자조사)는 F01.01.04 시집식구가 구박하자 중이 되는 며느리(저승결합형)에 속한다.[51] 이 각편의 서사 단락을 나누고, 각 서사단락의 내용을 독일 발라드 카탈로그의 주제 분류에서 적절한 것을 찾아 ( ) 안에 표시하면 다음과 같다.

가-1. 며느리가 혼자 밭을 매다 들어간다.
   (540 일회적 구박 또는 550 반복적 학대)
가-2. 시어머니가 죽을 부뚜막에 준다.
   (540 또는 550)
나-1. 머리를 깎고 중이 되어 나간다.
   (320.3 떠남과 작별 중 순례)

---

51 자료 원문은 서영숙, 앞의 책, 470~473쪽에 수록돼 있다.

다-1. 친정집에 동냥을 간다.

  (823 귀환, 재결합 또는 824 낯선 사람으로 도착)

라-1. 남편을 만나 가자고 하나 삼년 후에 간다고 한다.

  (157a 동반 실패)

라-2. 시댁에 가니 시집식구들이 모두 죽어있고 꽃이 피어있다.

  (630 죽음 또는 815.1 징벌의 징조, 예를 들면 식물이나 새가 지시,
  960 징벌)

마-1. 남편 묘소가 벌어져 들어간다.

  (820 재결합)

가-1은 시집식구가 며느리를 부당하게 학대하는 것이다. 카탈로그에는 540 구박, 550 학대만 나와 있을 뿐 구체적 세부 내용은 없어 적절한 것을 찾기 어렵다.

가-2 역시 시집식구가 며느리를 부당하게 학대하는 것이다. 역시 540 구박, 550 학대에 속하나, 자세한 하위 분류가 없어 적절한 것을 찾기 어렵다. 따라서 540 구박 또는 550 학대의 구체적 내용을 세분할 필요가 있다. 즉 구체적 내용으로는 '중노동을 시키다', '밥을 주지 않거나 조금 주다', '언어적 폭력을 가하다', '신체적 폭력을 가하다' 등으로 분류하면 내용을 뚜렷하게 변별할 수 있을 것이다.

나-1은 며느리가 시댁을 떠나 중이 되어 나가는 것인데 카탈로그 중 적절한 분류항목을 찾을 수 없다. 일단 320.3의 순례로 표기했으나, 그리 마땅하지 않다. 320 떠남과 작별, 탐색의 하위나 다른 상위 항목에 '종교에 귀의하다'와 같은 소항목이 들어가면 좋겠다.

다-1는 며느리가 친정집으로 돌아가는 것인데, 역시 마땅한 항목을 찾기 어렵다. 823 귀환 또는 재결합의 하위 항목에 고향으로 돌아가 가족과 재결합하길 원하나 실패하는 항목이 있어야 한다.

라-1은 길에서 우연히 만난 남편이 함께 가자고 하나 거절하는 것이다. 175a 동반의 실패가 비교적 적절하다.

라-2는 시집에 돌아가나 시집식구들이 모두 죽어있는 것으로, 여러 가지 항목에 두루 걸친다. 630 죽음 아래에 징벌의 징조가 나타나는 항목이 있을 필요가 있다.

마-1은 남편의 묘소가 벌어져 아내가 그 안으로 들어가 결합하는 것으로, 단순히 820 재결합으로 보기 어렵다. 630 죽음이나 820 재결합 아래에 죽음으로 인하여 재결합하는 세부 항목이 필요하다.

분석 결과 〈먹굴 114〉는 며느리-시집식구 관계 〈시집식구가 구박하자 중이 되는 며느리 유형의 저승결합형에 속한다. 각편 기호는 상위유형, 유형, 하위유형, 본래 자료번호를 차례로 표기하여 [F01.01.04.먹굴 114]와 같이 표기할 수 있다. 각편의 서사단락과 주제는 '학대: 중노동-학대: 밥을 적게 줌-출가: 중이 됨-귀환: 재결합 실패-동반: 실패-죽음: 징벌, 징조(꽃)-재결합: 죽음, 징조(나비)'으로 구성된다. 이와 같이 분석한 결과에 따라 유형분류 기호를 부여한다면 상위유형, 유형, 하위유형의 차이뿐만 아니라, 각편별로 나타나는 서사단락의 결합 양상과 서사단락의 구체적 내용 또한 구별할 수 있다. 물론 동일한 지역이나 동일한 창자에게서 조사한 각편은 서사단락의 구성과 내용이 거의 일치할 수 있으나, 어휘나 어법까지 완전히 동일한 각편은 거의 나타나기 어렵다.

이로써 한국의 〈시집식구가 구박하자 중이 되는 며느리〉 유형을 상위범주, 유형, 하위유형, 각편의 차이까지 밝히는 방안을 제시해 보았다. 이러한 방법으로 모든 유형을 분류하기 위해서는 일단 기존 동일 유형이라고 판단한 유형들을 행위자의 관계에 따라 상위범주를 결정하여 큰 카테고리로 묶는다. 다음 하나의 상위범주 아래 속해 있는 유사한 유형들의 서사 단락을 분석한 뒤 변별적인 핵심 사건을 추출함으로써 유형을 분류한다. 그 다음으로는 각 유형별로 갈등을 해결하는 부수적 사건의 결합 양상에 따라 하위유형을 결정한다. 마지막으로 각편 별로 서사 단락의 결합 양상과 구체적 내용을 주제별 분류 기호에 따라 부여한다.

이때 가장 방대하고 난해한 문제는 각 서사 단락의 내용(주제) 분류 체계를 어떻게 마련할 것이냐이다. 앞의 분석 결과에서 나타나듯이 독일 발라드 카탈로그로는 한국 서사민요의 구체적 내용에 알맞은 항목을 찾기 어렵다. 이에 독일 발라드 카탈로그의 주제 분류 방식을 참조하되, 한국 서사민요를 바탕으로 영·미 발라드, 세계 서사민요까지 아우를 수 있는 보편적 주제 분류 체계를 마련할 필요가 있다. 그러기 위해서는 무엇보다도 먼저, 한국 서사민요 각편들을 모두 검토해 서사단락을 나누고, 각 서사단락의 구체적 내용을 추출한 뒤, 이를 귀납하여 일정한 주제별 분류체계를 마련하는 작업이 수행되어야 한다. 이는 방대하고 지난한 일이지만, 서사민요의 연구와 대중화, 한국 서사민요의 세계화, 세계적으로 전승되고 있는 서사적 노래와의 비교를 위해 반드시 필요한 일이고, 시급하게 요구되는 작업이다.

5. 맺음말

한국 서사민요와 영·미 발라드를 아우를 수 있는 공통적인 유형분류방안의 모색은 이 연구에서 처음 시도하는 것이다. 그러나 이는 앞으로 구체적인 작업을 필요로 하는 모색과 시안에 불과할 뿐이다. 앞으로 구체적 분석 작업을 통해 한국 서사민요와 영·미 발라드를 아우를 수 있는 유형분류방안과 유형구조 분석방법을 개발할 필요가 있다. 이는 한 개인의 힘으로는 도저히 수행하기 어려운 작업이다. 이에 지금까지 조사된 서사민요의 모든 각편들에 대한 철저하고 세심한 분석과 이를 데이터베이스화하는 작업, 이 결과를 바탕으로 서사 단락의 내용별, 역할관계별 분류체계를 마련하는 작업이 한국민요학회 또는 『한국구비문학대계』 연구팀에 의해서 수행되기를 제안한다.

이러한 서사민요 유형분류 방안이 마련된다면, 이는 한국 서사민요와 영·미 발라드를 체계적으로 비교할 수 있는 토대가 될 뿐만 아니라 세계 서사민요와의 비교로 나아갈 수 있는 발판이 될 수 있을 것이다. 또한 미진하나마 이 연구의 결과는 서사민요와 발라드에서 나아가 서사무가, 설화, 체험담 등 모든 구비서사문학(oral narrative literature)의 유형분류방안과 분석방법을 마련하는 데에도 한 시사점을 줄 수 있으리라 본다.

II

가족 갈등 서사민요와
발라드

한국 서사민요와 영·미 발라드의 전승양상과 향유의식
: 가족 관계 유형을 중심으로

1. 머리말

서사민요와 발라드는 조동일이 그 유사성에 대해 언급한 이래,[1] 피천득·
심명호, 한규만의 비교 연구를 이어, 본인이 일련의 비교 작업을 해옴으로써
그 공통점과 차이점이 점차로 밝혀지고 있다.[2] 두 갈래는 모두 근대 이전 평
민 여성들이 주로 일을 하면서 향유하고 전승하며, 그네들이 일상생활에서

---

[1] 조동일, 『서사민요연구』, 계명대 출판부, 1979 증보판, 51쪽에서 M. Leach가 정의한 발라드
    의 특징이 서사민요에서도 그대로 드러난다고 하였다. 서사민요와 발라드를 '서사민요
    (Traditional narrative songs)'로 통합하는 것이 바람직하다고 판단되나, 영·미 유럽
    학계에서는 서사민요라고 할 경우 기존 발라드 외에 다양한 장르까지 포함하게 되므로
    일단 지역 학계의 일반적인 명칭을 그대로 사용하기로 한다. D.K.Wilgus, "A Type-Index
    of Anglo-American Traditional Narrative Songs", *Journal of the Folklore
    Institute*, Vol. 7, No. 2/3, [Special Issue: The Anglo-American Folklore
    Conference], 1970, pp. 161-162.

[2] 피천득·심명호, 「영·미의 Folk Ballad와 한국 서사민요의 비교연구」, 『연구논총』 2,
    서울대학교 교육회, 1971, 169~237쪽; 한규만, 「한국의 서사민요와 영·미의 포크밸러드
    에 나타난 주제의 비교분석」, 『울산대연구논문집』 19, 울산대학교, 1988, 1~28쪽; 서영
    숙, 「한·영 발라드에 나타난 '여성의 죽음'에 대한 인식 비교」, 『고시가연구』 31, 한국고시
    가문학회, 2013, 219~246쪽; 「한국 서사민요와 영·미 발라드에 나타난 '아내'의 형상
    비교」, 『한국민요학』 38, 한국민요학회, 2013, 105~128쪽; 「한국 서사민요와 영·미 발라
    드에 나타난 심리의식 비교: 비극적 사랑노래를 중심으로」, 『어문연구』 79, 어문연구학회,
    2014; 「한국 서사민요와 영·미 발라드의 유형분류방안 비교」, 『한국민요학』 40, 한국민
    요학회, 2014, 57~93쪽 등.

겪는 기대와 좌절을 단편적 사건을 중심으로 엮어낸다는 공통점을 지니고 있다. 두 갈래가 동서의 지역적 거리에도 불구하고 비슷한 시기에 유사한 문제를 소재로 삼아 이야기하듯이 불려 왔다는 점은, 한국 서사민요의 보편성을 보여주는 것으로서 중요한 의미가 있다. 그러면서도 영·미 발라드와 다르게 한국 서사민요에 나타나는 차이점은 한국 서사민요의 지역문학으로서의 특수성을 가늠케 하는 것이라 할 수 있다. 이 연구가 한국 서사민요와 영·미 발라드의 비교 연구를 통해 나아가고자 하는 지향점은 바로 이 점, 즉 한국 서사민요의 세계문학으로서의 보편성과 특수성을 밝히는 데 있다. 이는 한국 문학 연구의 한 방향인, '세계문학으로서의 한국문학', '한국문학의 세계화'라는 명제에 조금이라도 다가가고자 하는 노력의 일환으로 이루어진다.

이 글에서는 한국 서사민요와 영·미 발라드 중 가족 관계 유형을 연구 대상으로 한다. 서사민요와 발라드는 인물과 인물 간의 관계에 따라 유형을 분류할 수 있으며, 그중 가족 관계는 두 갈래에서 큰 비중을 차지하고 있다. 이는 서사민요와 발라드의 주 향유층인 근대 이전 평민 여성에게 가족은 인간관계의 대부분을 차지했으며, 그런 만큼 생활 서사시라고 할 수 있는 서사민요와 발라드의 중심 소재가 되었기 때문이다. 그러므로 이 글에서는 주로 이들 가족 관계 유형에서 가족 간의 갈등은 어떤 방식으로 전개되며 어떻게 해결되는지, 그 과정에서 많이 채택되는 주요 모티프는 무엇인지 등을 고찰함으로써 이에 드러나는 향유층의 삶과 의식을 밝힐 것이다.

이는 주로 작품의 텍스트(text)에 대한 내면적 비교를 통해 이루어질 것이다.[3] 한국 서사민요와 영·미 발라드의 내면적 비교를 위해서는 유형 체계

3 　한국 서사민요와 영·미 발라드는 그 조사시기나 조사방법, 자료 분류의 방법 등에 차이가 있어 비교에 신중할 필요가 있다. 그러나 기본적으로 두 갈래의 향유층, 향유시기, 향유방법이 유사하므로, 구비문학조사방법에 의해 채록된 자료의 경우 텍스트를 통해 향유층의 삶과 의식을 비교하는 것도 의미가 있으리라 판단한다. 또한 이는 텍스트뿐만 아니라 연행방식이나 사회상황 등 콘텍스트(context)에 대한 연구가 병행될 때 분명한 결론을 도출할 수 있다. 보다 종합적이면서도 면밀한 연구는 추후 과제로 남겨둔다.

중 동일한 범주로 되어 있는 유형들을 택하는 것이 필요하다. 한국 서사민요가 영·미 발라드와 공통 범주로 되어 있는 것은 '프라이버그 체계(the Freiburg System)'중 '가족(Family)'과 '애정 갈등(Conflicts Related to Love)'뿐이다.[4]

이중에서도 한국 서사민요에는 가족 관계 유형이 대부분을 차지하고 '애정 갈등'은 일부 유형에만 나타나며, '사회적 갈등(Social Conflicts)'이나 '역사적 발라드(Historical Ballads)' 등은 거의 나타나지 않는다. 그러므로 두 장르의 심층 비교를 위해서 우선적으로 가족 관계 유형들을 비교 대상으로 잡는 것이 적절하다고 판단된다. 특히 가족 관계는 한국과 영·미 사회가 모두 근대 이후 산업화를 겪으면서 전통적 가족 구조와 여성의 위상에 급속한 변모가 나타났다는 점에서 이러한 사회 양상과의 관련 하에 서사민요와 발라드에 나타난 향유층의 삶과 의식을 비교 고찰하는 것은 큰 의미가 있다. 이를 바탕으로 하여 한국 서사민요와 영·미 발라드 중 가족 관계 유형에 나타나는 두 갈래의 보편성과 특수성을 비교 고찰할 수 있으리라 본다.

한국 서사민요는 『한국구비문학대계』와 『한국민요대전』에서 추출한 자료들을 중심으로 기타 지방자치단체나 기관, 개인 등이 발행한 자료 1,667편을 연구 대상으로 삼고,[5] 영·미 발라드는 F. J. Child의 *The English and Scottish Popular Ballads* 소재 305 유형 1,212편을 연구 대상으로 삼는다.[6]

---

4 독일 프라이버그에서 1966년 9월 28일에서 30일에 열린 독일민속시가학회에서 발라드의 범주를 11가지로 나눈 바 있다. D.K.Wilgus, "Ballad Classification", *Midwest Folklore* Vol.5, No.2, Indiana University Press, 1955, p.166; 서영숙, 「한국 서사민요와 영·미 발라드의 유형분류방안 비교」, 76쪽 참조.

5 서사민요의 유형별 자료는 서영숙, 『한국 서사민요의 날실과 씨실: 우리 어머니들의 노래』, 도서출판 역락, 2009, 51~76쪽에 제시하였으며, 계속적인 수정 보완을 하고 있다. 이 책에서 서사민요를 각 인물 관계 유형별로 고찰한 바 있으며, 이 글은 이를 바탕으로 영·미 발라드와의 비교로 확장한다.

6 『한국구비문학대계』(총85권), 한국정신문화연구원, 1980~1989; 『한국민요대전』(총9권), ㈜문화방송, 1993~1996; *The English and Scottish Popular Ballads* (Five

2. 가족 관계 유형의 전승양상

서사민요와 발라드는 주로 평민 여성들이 일을 하면서 부른다. 한국 서사민요의 경우는 본래의 기능이 여성들의 길쌈노동요로 알려져 왔으나, 길쌈으로만 기능이 고정된 것이 아니라 밭매기, 가사노동 등 여성들이 다양한 집안일을 하면서 불렀음을 확인할 수 있다. 혼자 있을 때 부르기도 하고 여럿이 있을 때 부르기도 하나 주로 독창으로 부르며 후렴 없이 길게 이어지는 연속체로 되어 있다. 한편 노동요로뿐만 아니라 길게 사설을 이어나가야 하는 〈강강술래〉, 〈둥당애타령〉, 〈칭칭이소리〉 등의 유희요, 〈회다지는 소리〉와 같은 의식요의 선소리로도 불리는 것을 볼 수 있다.[7] 이는 서사민요가 노동요뿐만 아니라 유희요, 의식요 등의 다양한 기능을 지니고 있음을 보여준다. 또한 주로 여성들에 의해 향유, 전승되지만 어렸을 때 할머니, 어머니의 모임에 따라다녔던 남성들도 기억에 의해 이들 노래를 전승하는 것을 볼 수 있다. 이들은 서사민요의 내용을 창의적으로 개변하기도 하고, 비극적 서사민요보다는 희극적 서사민요들을 즐겨 부르는 특성을 보인다.[8]

영·미 발라드의 경우도 이와 크게 다르지 않아서 본래 평민 여성들이 옷감을 짜거나 실을 수축시키면서 많이 불렀다. 한국 서사민요처럼 혼자서 부르는 경우도 있지만, 여럿이 공동 작업을 하면서 불렀기 때문에 독창보다는

Volumes), ed. by F. J. Child, New York; Dover Publications, 1965. (First published in 1884~1898). Child 자료 인용시에는 출처를 생략하고 그가 부여한 번호로 대신하며 모든 번역은 필자가 직접 한 것을 제시한다. 자료의 원문은 Internet Sacred Text Archive(http://www.sacred-texts.com/neu/ eng/child/index.htm)에서 참조할 수 있다.

7 서영숙, 「서사민요의 연행예술적 실현양상」, 『우리민요의 세계』, 도서출판 역락, 2002, 17~47쪽 참조.

8 조동일의 조사에 의하면 주로 남성들이 개변적 창자의 특징을 지니며, 〈훗사나타령〉과 같은 경우 남자들이 많이 부르는 것을 볼 수 있다. 조동일, 앞의 책, 141~143쪽; 389~397쪽 참조.

선후창 형식으로 많이 불렀다.[9] 그에 따라 노래의 형태도 긴 연속체보다는 한 행씩 번갈아가며 앞소리와 뒷소리를 메기고 받는 식으로 되어 있다. 흔히 4행씩 한 연을 이루도록 채록되어 있는데, 이는 가락의 반복에 따라 음악적으로 연을 구분한 것으로 판단된다. 또한 발라드 역시 일할 때만 부르는 것이 아니라, 일을 하고 난 뒤 쉬는 시간이나 저녁 시간에 모닥불 주위에 모여 부르기도 하고 팝과 같은 주막에서 부르기도 했던 것으로 확인된다.[10]

또한 영·미 발라드의 경우 평민 여성들뿐만 아니라 남성들도 많이 불렀으며, 인기 있는 작품들은 종이에 인쇄되어 저렴한 값에 거리에서 판매되기도 하였다. 남성들이 농장 오두막에 거주하며 여가시간에 부른 발라드를 바씨 발라드(Bothy ballads)라고 지칭하고, 종이에 인쇄해 판매된 발라드를 브로드사이드 발라드(Broadside Ballads)라고 일컫는다.[11] 그러므로 영·미발라드는 구전 외에도 인쇄라는 또 다른 매체를 통해 향유됨으로써 전승이 훨씬 복잡하고 다양하게 이루어졌다. 게다가 현재까지 기성 가수들이 리메이크해서 부르는 경우도 많을 뿐만 아니라, 일반 대중들이 발라드 부르는 것을 배우고 즐기는 이벤트가 다양하게 이루어지고 있어서 변형된 모습이나마 활발한 전승과 향유가 이루어지고 있음을 볼 수 있다.

한국 서사민요와 영·미 발라드가 어떠한 인물과 사건을 주로 노래로 부르는지 비교하기 위해서는 두 갈래를 모두 인물 관계에 의해 유형을 분류할 필요가 있다. 두 갈래를 크게 가족관계, 남녀관계, 기타 관계로 크게 나누어 구분하여 그 비중을 살펴보면,[12] 한국 서사민요의 경우는 연구 대상 자료를

---

9   Education Scotland (http://www.educationscotland.gov.uk/scotlandssongs) 참조.
10 영국의 민요 수집가의 홈페이지에서 제보자들의 증언을 통해 확인할 수 있다. The Song Collectors Collective (http://songcollectorscollective.co.uk) 참조.
11 Education Scotland, 앞 홈페이지 참조.
12 기타 관계로는 가족 간의 갈등이나 남녀 간의 사랑을 제외한 모든 사회적 인간관계(예를 들면 상하 관계, 이웃 관계, 비특정 인물 관계 등)뿐만 아니라 동물–인간 관계, 동물–동물 관계, 인간–초월적 존재 관계나 역사적 사건, 영웅적 인물 등을 다룬 유형들을 모두 포함한다.

중심으로 본인이 추출한 서사민요 자료 총 73유형 1,667편 중 가족관계가 31유형 957편(57.51%)로 가장 큰 비중을 차지하고, 다음이 남녀 관계로 21유형 351편(21.06%), 기타 관계 21유형 359편(21.54%)를 차지한다.

이에 비해 영·미 발라드의 경우는 F.J.Child가 제시한 총 305개 유형 1,212편 중 가족 관계는 53개 유형 303편(25.00%), 남녀 관계는 134개 유형 591편(48.76%), 역사 외 기타 유형이 118개 유형 318편(26.23%)을 차지한다. 이로 볼 때 한국 서사민요는 가족 관계가 가장 큰 비중을 차지하는 반면, 영·미 발라드는 남녀 관계가 가장 큰 비중을 차지하는 것을 볼 수 있다. 이는 한국 서사민요가 주로 권위적인 가족 제도에서 일어나는 갈등을 주로 표현했다면, 영·미 발라드는 이보다는 남녀 관계에서 일어나는 갈등이 더 큰 관심사였음을 알 수 있다.

이중 이 글에서 다루고자 하는, 가족 관계가 사건의 중심을 이루고 있는 유형들과 채록된 각편수를 제시하면 다음과 같다.[13]

유형기호	서사민요 유형명 / 편수(비중%)		발라드 유형명 / 편수(비중%)	
F01.01.00	중되는 며느리	63(3.78)		0
F01.02.00	시집살이로 죽는 며느리	30(1.8)		0
F01.03.00	시집살이 한탄하는 며느리	38(2.28)		0
F01.04.00	그릇 깬 며느리	29(1.74)		0
F01.05.00	벙어리라고 쫓겨난 며느리	11(0.66)		0
F01.06.00	과일 먹다 들킨 며느리	5(0.3)		0
F01.07.00	시누에게 항의하는 며느리	22(1.32)		0

---

13 한국 서사민요의 경우는 본인이 노래 제목과 상관없이 인물관계와 중심사건에 의한 유형분류인 반면, 차일드 발라드는 유형에 따라 편차가 있어 재분류가 필요하나 영·미 학계에서는 거의 관습적으로 그대로 받아들이고 있다. 여기에서는 비교의 편의상 본인이 마련한 서사민요 유형분류안에 따라 그에 해당하는 Child 발라드 제목을 배치하기로 한다.

유형기호	서사민요 유형명 / 편수(비중%)		발라드 유형명 / 편수(비중%)	
F01.08.00	밥 안해 준 사촌형님	23(1.38)		0
F01.09.00	시집살이 호소하는 사촌형님	111(6.66)		0
F01.10.00	방귀 뀐 며느리	1(0.06)		0
F01.11.00	며느리 소송한 시어머니	1(0.06)		0
F01.12.00	말대꾸하는 며느리	1(0.06)		0
F02.01.00	베짜며 남편을 기다리는 아내	190(11.4)		0
F02.02.00	남편이 기생첩과 놀자 자살한 아내	72(4.32)		0
F02.03.00	바람피우다 들킨 아내	19(1.14)	C80 Old Robin of Portingale(1), C81 Little Musgrave and Lady Barnard (or "Matty Groves")(15), C82 The Bonny Birdy(1), C83 Child Maurice(7), C194 The Laird of Wairston(3), C200 The Gypsy Laddie(12), C204 Jamie Douglas(15), C264 The White Fisher(1), C266 John Thomson and the Turk(2), C274 Our Goodman(2), C291 Child Owlet(1)	60(4.95)
F02.04.00	남편이 죽자 한탄하는 아내	4(0.24)	C210 Bonnie James Campbell(4), C230 The Slaughter of the Laird of Mellerstain(1)	5(0.41)
F02.05.00	남편이 몰라보자 한탄하는 아내	1(0.06)		
F02.06.00	남편에게 편지해 한탄하는 아내	3(0.18)		
F02.07.00	집안일을 돌보지 않는 남편	3(0.18)	C275 Get Up and Bar the Door(3)	3(0.25)
F02.08.00	집안일을 돌보지 않는 아내	0	C277 The Wife Wrapt in Wether's Skin(5)	5(0.41)

유형기호	서사민요 유형명 / 편수(비중%)		발라드 유형명 / 편수(비중%)	
F02.09.00	후실장가 가는 남편	14(0.84)	C62 Fair Annie(10), C235 The Earl of Aboyne(12)	22(1.82)
F02.10.00	아내를 악마에게 보내는 남편	0	C278 The Farmer's Curst Wife(2)	2(0.17)
F02.11.00	부정한 아내 골라내기	0	C29 The Boy and the Mantle(1), C268 The Twa Knights(1)	2(0.17)
F02.12.00	남편에게 쫓겨난 아내	0	C229 Earl Crawford(2)	2(0.17)
F02.13.00	죽어서 찾아온 남편의 영혼	0	C243 James Harris (The Daemon Lover)(8), C265 The Knight's Ghost(1)	9(0.74)
F02.14.00	아내의 지참금 때문에 결혼한 남편	0	C231 The Earl of Errol(6)	6(0.50)
F03.01.00	어머니 묘를 찾아가는 딸	93(5.58)		
F03.02.00	친정부모 장례에 가는 딸	58(3.48)		
F03.03.00	딸의 시집살이를 한탄하는 친정식구	7(0.42)		
F03.04.00	부모와 이별하고 전쟁에 나간 자식	8(0.48)		
F03.05.00	아버지의 재혼을 원망하는 자식	10(0.6)		
F03.06.00	자식을 두고 일찍 죽은 엄마	13(0.78)		
F03.07.00	자식을 죽인 엄마	0	C20 The Cruel Mother(17), C173 Mary Hamilton(28)	45(3.71)
F03.08.00	자식이 죽자 애통해하는 엄마	0	C79 The Wife of Usher's Well(3), C40 The Queen of Elfan's Nourice(1)	4(0.33)
F03.09.00	아이를 낳다 죽은 엄마	0	C91 Fair Mary of Wallington(7)	7(5.78)
F03.10.00	자식의 배우자(연인)를 반대하는 부모	0	C6 Willie's Lady(1), C65 Lady Maisry(11), C269 Lady Diamond(5)	17(1.40)
F03.11.00	가족에게 버림받은 딸	0	C95 The Maid Freed from the Gallows(11)	11(0.91)

유형기호	서사민요 유형명 / 편수(비중%)		발라드 유형명 / 편수(비중%)	
F03.12.00	계모로 인해 죽는 자식	4(0.24)	C261 Lady Isabel(1)	1(0.08)
F03.13.00	계모의 구박을 원망하는 자식	4(0.24)		
F03.14.00	전처자식의 혼인을 방해하는 계모	15(0.9)	C106 The Famous Flower of Serving-Men(1)	1(0.08)
F03.15.00	전처 자식의 모습을 변하게 한 계모	0	C34 Kemp Owyne(2), C36 Laily Worm and the Machrel of the Sea, The(1)	3(0.25)
F04.01.00	오빠에게 부정을 의심받은 동생	76(4.56)		
F04.02.00	물에서 구해주지 않는 오빠를 원망하는 동생	28(1.68)		
F04.03.00	여동생을 죽인 오빠	0	C11 The Cruel Brother(14), C69 Clerk Saunders(7)	21(1.73)
F04.04.00	여동생을 죽인 언니	0	C10 Twa Sisters(25)	25(2.06)
F04.05.00	아우를 죽인 형	0	C13 Edward(3), C49 The Twa Brothers(8), C211 Bewick and Graham(1), C250 Henry Martyn [aka Henry Martin](5)	17(1.40)
F04.06.00	오빠와 결혼할 뻔한 여동생	0	C14 The Babylon, or, The Bonnie Banks o Fordie(6), C47 Proud Lady Margaret(5), C50 The Bonny Hind(1), C52 The King's Dochter Lady Jean(4)	16(1.32)
F04.07.00	오빠의 아이를 밴 여동생	0	C16 Sheath and Knife(6), C51 Lizie Wan(2)	8(0.66)
F04.08.00	여동생의 정조를 시험한 오빠	0	C246 Redesdale and Wise William(3)	3(0.25)
F04.09.00	남자에게 살해당한 뒤 오빠에게 나타난 여동생의 혼	0	C86 Young Benjie(2)	2(0.17)
F04.10.00	옥에 갇힌 동생을 구하는 형제	0	C188 Archie o Cawfield(6)	6(0.50)
		957(57.51)		303(25.00)

앞에 정리한 표를 통해 분석해 보면 한국 서사민요의 경우 며느리-시집식구 관계 335편(20.19%), 아내-남편 관계 306편(18.36%), 자식-부모 관계 212편(12.72%), 남매 · 자매 · 형제 관계 104편(6.24%)인 반면, 영 · 미 발라드의 경우는 자식-부모 관계 13유형 89편(7.34%), 아내-남편 유형 24유형 116편(9.57%), 남매 · 자매 · 형제 관계 16유형 98편(8.08%)으로 나타난다. 한국 서사민요의 경우는 며느리-시집식구 관계 다음으로 아내-남편 관계가 주된 비중을 차지하는 반면, 영 · 미 발라드의 경우는 며느리-시집식구 관계는 전혀 나타나지 않고 아내-남편 관계가 가장 큰 비중을 차지하며, 다음으로 남매 · 자매 · 형제 관계, 자식-부모 관계의 순으로 비중이 크게 나타나는 것을 볼 수 있다.[14]

이는 두 지역의 사회 및 가족 구조와 기층 여성의 삶의 양식과 큰 관련을 맺고 있을 것이라 추정된다. 한국의 가족 구조는 여러 세대가 함께 사는 대가족 제도를 근간으로 하고 있기 때문에 여기에 새로 편입된 며느리는 시집식구와의 갈등을 겪지 않을 수 없었다. 특히 평민 여성의 경우 가족 중에서 가장 낮은 위치에 처해 있으면서 집안일뿐만 아니라 바깥일의 과중한 노동을 도맡아야 하는 힘겨운 시집살이를 겪어야 했다. 전통 사회에서 한국의 여성들이 혼인 후 시댁으로 들어가 시부모 및 시집 식구들과 함께 생활해야 했던 데 비해, 영 · 미 사회에서는 혼인과 함께 분가하여 소가족 형태의 생활을 주로 했다.[15]

따라서 한국의 혼인한 여성들에게는 시집식구들과의 갈등을 해결하고 온전하게 시집식구의 일원이 되는 것이 가장 우선시되는 과제였던 데 비해,

---

14   이 비중은 조사 채록된 자료를 바탕으로 본인이 분류한 결과에 의한 것이므로, 실제 향유층에 의해 전승되는 양상과는 차이가 있을 수 있다.

15   중세 영국에서 귀족층이나 농민층을 불문하고 소가족제가 지배적인 형태였다. 이는 영국 대부분의 지역에서 남성 중심의 단독 상속제가 시행되었는데, 이때 상속자를 제외한 아들들은 혼인과 함께 분가함으로써 소가족 형태가 양산될 수 있었기 때문이다. 홍성표, 『서양 중세사회와 여성』, 도서출판 느티나무, 1999, 42~43쪽, 152~154쪽 참조.

영·미의 혼인한 여성들에게는 친정식구에게서 온전하게 독립하여 원만한 가정생활을 이끌어나가는 것이 가장 중요한 과제였다고 할 수 있다. 그러므로 영·미 사회의 여성들은 한국의 여성과는 달리 상대적으로 시집식구와의 갈등을 크게 겪지 않았을 것이다. 이는 혼인을 하면 분가를 하는 제주도 지역에서 며느리-시집식구 관계 서사민요가 육지에 비해 잘 전승되지 않는 것과 유사한 양상이라 할 수 있다.[16] 영·미 발라드에서 며느리-시집식구 관계 갈등보다는 오히려 혼인과 관련하여 겪는 부모를 비롯한 가족들과의 갈등이나 혼인 후 남편, 자식과의 관계에서 겪는 갈등이 많이 나타나는 것은 바로 이런 가족 제도에 한 원인이 있다고 할 수 있다.

3. 가족 관계 유형의 향유의식

한국 서사민요와 영·미 발라드 중 가족 관계 유형에 나타난 향유층의 의식을 살피기 위해서는 동일한 인간관계에서 일어나는 사건을 다룬 유형들을 대상으로 할 필요가 있다. 따라서 두 갈래 중 동일한 인간관계 유형이 나타나는 자식-부모 관계, 아내-남편 관계, 남매·자매·형제 관계 유형을 대상으로 각 유형의 서술방식과 그에 나타난 향유의식을 고찰하고자 한다.

3.1. 자식-부모 관계

한국 서사민요와 영·미 발라드 중 자식-부모 관계 유형은 다음과 같이 나타난다.

F03.01   어머니 묘를 찾아가는 딸 〈타박네야〉,

---

16   서영숙, 「제주 지역 서사민요의 전승양상 연구」, 『한국민요학』 37, 한국민요학회, 2013, 98~102쪽 참조.

한국 서사민요와 영·미 발라드에서 자식과 부모 간의 직접적인 갈등을 다루고 있는 유형은 매우 드물다. 대부분 자식과 부모 간의 갈등은 직접적으로 나타나기보다는 남녀 간의 사랑이나 혼인을 결정하는 데 있어서 간접적으로 나타난다. 우리 서사민요 중 〈상사병으로 죽는 총각〉에서 직접적으로 드러나지는 않지만 총각이 상사병에 걸려 죽게 되는 것은 남자의 부모가 처녀와의 혼인을 허락하지 않기 때문에 나타나는 것이라 할 수 있다. 영·미 발라드에서도 Child 73 〈Lord Thomas and Fair Ellinor〉과 같은 경우 부자인 여자와 혼인하라는 어머니로 인해 사랑하는 여자와 헤어지게 됨으로써 결국 모두 죽음에 이르게 되는 내용으로 되어 있다.[17] 오히려 두 갈래 모두 자식과 부모 관계에서 어머니가 일찍 돌아가시고 아버지가 재혼한 후 벌어지는 자식과 계모 간의 갈등이 공통적으로 나타난다. 이를 통해 자식과 계모 간의 갈등은 동서를 막론하고 설화뿐만 아니라 서사민요와 발라드에도 보편적으로 일어나는 가족 갈등임을 확인할 수 있다.

한국 서사민요 중 자식과 부모 관계를 다루고 있는 대표적 유형으로는 〈계모로 인해 죽는 자식〉, 〈부모의 재혼을 원망하는 자식〉 등을 들 수 있다.[18] 이들 유형은 모두 자식과 부모 간의 관계가 계모로 인해 파탄이 나거나, 파탄이 날 것을 두려워하여 원망하는 내용으로 되어 있다. 즉 자식과 부모 간이라는 혈연관계에서 벗어나 있는 제3의 존재인 '계모'로 인해 자식과 부모 관계에 파탄이 나는 것이다. 〈계모로 인해 죽는 자식〉에서는 계모의 말만을 믿은 아버지가 자식을 죽이는 내용으로 되어 있으며, 〈부모의 재혼을 원망하는 자식〉에서는 아버지의 재혼으로 인해 들어온 계모가 자식들을 구박하는 내용이거나, 재혼하는 아버지를 저주하자 아버지가 신방에서 죽는 내용으로 되어 있다.

〈계모로 인해 죽는 자식〉은 계모가 아버지에게 형제가 일을 하지 않고 낮잠을 잔다고 이르자, 아버지가 이를 확인도 하지 않고 형제를 죽인다는 내용

---

17 서영숙, 「한국 서사민요와 영·미 발라드에 나타난 심리의식 비교: 비극적 사랑 노래를 중심으로」, 『어문연구』 79, 어문연구학회, 2014, 261~267쪽 참조. 이들 유형은 남녀 간의 관계를 중심 소재로 다루고 있으므로 여기에서는 자세히 분석하지 않는다.
18 서영숙, 『한국 서사민요의 날실과 씨실』, 164~165쪽.

이다. 나중에 확인해보니 형제가 일을 다 해놓고 자는 것이어서 아버지가 후회한다는 대목도 덧붙여져 있다. 이 노래는 단편화되어 흔히 〈모심는 소리〉의 한 대목으로 불리기도 한다.

논매러가세 논매러가세 우리나 성제 논매러가세
넘실넘실 너마지기 담실담실 닷마지기
열다섯이 내는논을 우리성제 다맷구나
잔지심(작은 잡초)은 떼어가고 굵은지심 묻어감성
우리성제 다매놓고 정재나무 밑에
석자세치 명지수건 두성지 맞게붙고
이붓어멈 거동보소 빈밥구리 되세우고 오든길로 도생허네
울아바니 거동보소 가래장부 바래짓고
이붓에멈 말만듣고 성지목에다 칼을였네
성지목에 칼열때는 울아버지도 갱정주시 논귀라고 둘러봉게
넘실넘실 너마지기 담실담실 닷마지기 즈그성제 다맷는디
이붓에멈 말만듣고 성지목에다 칼을 였네
이밑에라 농군들아 자숙두고 후실장개를 가자마라 ["그르드래."][19]

이렇게 계모가 전처 자식을 죽이거나 죽음에 이르게 하는 내용은 영·미 발라드에도 마찬가지로 나타난다. Child 261 〈Lady Isabel〉, Child 34 〈Kemp Owyne〉, Child 36 〈Laily Worm and the Machrel of the Sea, The〉가 그 대표적인 경우이다. Child 261에서는 계모가 전처 딸을 남편의 첩이라고 몰아붙이며 독이 있는 포도주를 마시게 해서 죽인다. Child 34와 Child 36에서는 전처 딸 또는 전처 자식을 벌레나 물고기 등으로 변신시킨다는 점에서 우리 서사민요와 다른 특징을 보인다. Child 34에서는 Kemp

---

19 먹굴 21, 〈이붓어멈 노래〉, 강예옥(여 76세), 곡성군 고달면 목동리 먹굴, 1981.7.31., 서영숙, 『한국 서사민요의 날실과 씨실』, 551~552쪽.

Owyne이라는 왕자의 세 번의 키스에 의해 마법이 풀려 딸이 본래 모습으로 돌아온다. 각편에 따라서는 마지막 부분에 계모가 괴물의 모습으로 변하게 된다. Child 36에서는 이 사실을 안 아버지가 계모로 하여금 다시 아들을 본래 모습으로 돌아오게 시킨다. 하지만 물고기로 변한 딸은 계모가 다시 자기에게 마법을 쓰는 것을 거부하며, 아버지는 계모를 화형에 처한다는 결말에 이른다.

'I WAS but seven year auld 나는 고작 일곱 살이었네
When my mither she did die; 내 어머니가 돌아가셨을 때
My father married the ae warst woman 아버지는 가장 사악한 여인과 결혼했네
The warld did ever see. 세상에서 볼 수 있는 여인 중에서.
'For she has made me the laily worm, 그녀는 나를 추악한 벌레로 만들었네,
That lies at the fit o the tree, 나무 그루터기에 누워있는,
An my sister Masery she's made 나의 여동생 매즈리는
The machrel of the sea. 바다의 고등어로 만들었네. (중략)
He has sent to the wood 그는 숲속으로 보냈네.
For whins and for hawthorn, 검은 바위와 산사나무가 가득찬,
An he has taen that gay lady, 그는 그 방탕한 숙녀를 데려가
An there he did her burn. 거기서 그녀를 불태워버렸네. (Child 36)

이렇게 한국 서사민요와 영·미 발라드 모두 계모를 전처 자식을 죽게 하거나 벌레로 변하게 하는 등 사악한 존재로 그려낸다. 한국 서사민요에서는 계모가 자식들을 아버지에게 모함함으로써 아버지가 죽이는 반면, 영·미 발라드에서는 계모가 직접 자식들에게 위해를 가한다는 차이가 있다. 한국 서사민요에서의 계모는 일상에서 볼 수 있는 사실적 존재로 그려지고 있다면, 영·미 발라드에서의 계모는 자식들을 흉측한 벌레나 괴물로 변화시키는 마법적 힘을 지닌 존재로 그려진다. 서사민요에서는 아버지가 후실 장가

를 간 데에 대한 후회를 하는 것으로 결말을 맺고 있다면, 발라드에서는 아버지가 계모를 화형에 처하는 것으로 되어 있어 계모를 마녀와 같은 사악한 존재로 여겼음을 볼 수 있다. 두 갈래 모두 아버지가 재혼을 하는 데 대한 부정적 의식을 드러내는 동시에 계모에 대한 심각한 편견을 가지고 있었음을 보여준다.

자식과 부모 관계에서 두 갈래 모두 가장 중요한 소재로 다루고 있는 것은 자식 또는 부모 어느 한쪽의 죽음으로 인한 두려움이나 상실감이다. 한국 서사민요에서는 〈어머니 묘를 찾아가는 딸〉(타박네야)과 〈친정부모 장례에 가는 딸〉(친정부고) 등을 들 수 있다. 전자는 시집가기 전 딸이, 후자는 시집간 후 딸이 주인물로 등장한다. 두 유형 또한 친정어머니의 죽음을 다루고 있다는 점에서 공통적이다. 이에 비해 영·미 발라드에서는 Child 20 〈The Cruel Mother〉, Child 79 〈The Wife of Usher's Well〉에서 어머니가 아닌 자식이 죽는다. 전자에서는 사생아로 태어난 아이를 어머니가 죽이자 죽은 아이들의 혼이 어머니에게 나타나며, 후자에서는 멀리 떠났다가 아이들이 죽자 어머니가 바다를 저주하고, 이에 자식들의 혼이 어머니에게 나타난다.

두 갈래 모두 자식과 부모 관계의 유형에서 대부분 '죽음'이라는 극단적인 결말을 가져오고 있다는 점은 많은 의미를 던져준다.[20] 이는 우선적으로 서사민요와 발라드의 향유자들이 가지고 있는 '자식 또는 부모의 상실과 부재'에 대한 두려움을 보여준다. 차이점이 있다면, 한국 서사민요에서는 부모의

---

20 학회 발표시 토론을 맡아주신 박경수 선생님께서는 한국 서사민요에 비해 영·미 발라드에서는 부모가 자식 또는 자식의 연인을 죽이는 잔인한 '살해' 모티프가 매우 빈번하게 나타남을 지적해주셨다. 이는 영·미 중세 사회에서 문제시되었던 '영아 살해' 현상이 노래에도 반영된 것이라 생각되는데, 그렇다고 해서 이러한 현상이 영·미의 일반적 자식-부모 관계라 일반화하기는 어렵다. 이와 반대로 자식의 죽음에 비통해하는 어머니를 노래한 발라드도 있기 때문이다. 다만 영·미 발라드에서 한국 서사민요보다 잔인한 모티프가 더 많이 나타나게 된 원인 중 하나로 영·미 발라드의 경우 브로드사이드로 인쇄 판매되기도 하면서, 신문기사에 날 법한 충격적 사건들이 노래의 모티프로 더 많이 채택되고 전승되었을 가능성이 있다. 이에 대한 본격적 논의는 추후의 과제로 미뤄둔다.

죽음이 많이 나타나는 데 비해, 영·미 발라드에서는 자식의 죽음이 많이 나타난다. 대체로 한국 서사민요에서는 어머니를 잃은 자식이 주체가 되고, 영·미 발라드에서는 자식을 잃은 어머니가 주체가 된다. 이는 두 사회가 각기 주로 어느 주체를 중심에 놓고 인식하느냐 하는 미세한 차이와 연관될 수 있다. 하지만 이러한 차이를 넘어서 두 갈래 모두 자식 또는 부모 상실의 아픔과 어머니 부재의 두려움을 노래로 부르면서 자식 또는 부모를 떠나보내며, 비로소 어느 누군가의 '자식'에서 어느 누군가의 '어머니'로, 다시 그 누군가의 '어머니'가 아닌 '자기 자신'으로 거듭날 수 있었을 것이다.[21]

3.2. 아내–남편 관계

아내와 남편의 관계는 한국 서사민요와 영·미 발라드에서 모두 중요하게 다루고 있는 소재이다. 두 갈래에서 아내와 남편 관계 유형은 다음과 같이 나타난다.

F02.01   베짜며 남편을 기다리는 아내 〈베짜는 노래〉
F02.02   남편이 기생첩과 놀자 자살한 아내 〈진주낭군〉
F02.03   바람피우다 들킨 아내 〈훗사나타령〉
         Child 80 〈Old Robin of Portingale〉, Child 81 〈Little Musgrave and Lady Barnard (or "Matty Groves")〉, Child 82 〈The Bonny Birdy〉, Child 83 〈Child Maurice〉, Child 156 〈Queen Elanor's Confession〉, Child 194 〈The Laird

---

21   본인은 이전 글에서 이들 유형의 노래들이 혼인 전에는 자식과 부모 관계를 수직적 주종 관계로 바라보고 강한 의존의식을 보이다가, 혼인 후에는 그러한 계층적 가족 구조에서 벗어나 부부 중심의 수평적 결합과 사랑을 이루고자 하는 주체적이고 독립적인 의식을 보이고 있다고 분석하고, 이들 노래들을 '자식과 부모의 고리에서 벗어나 홀로 서기'를 그리는 노래라고 논의한 바 있다. 서영숙, 앞의 책, 188~191쪽 참조.

of Wairston〉, Child 200 〈The Gypsy Laddie〉, Child 204 〈Jamie Douglas〉, Child 264 〈The White Fisher〉, Child 266 〈John Thomson and the Turk〉, Child 274 〈Our Goodman〉, Child 291 〈Child Owlet〉

F02.04 남편이 죽자 한탄하는 아내 Child 210 〈Bonnie James Campbell〉, Child 230 〈The Slaughter of the Laird of Mellerstain〉

F02.05 남편이 몰라보자 한탄하는 아내

F02.06 남편에게 편지해 한탄하는 아내

F02.07 집안일을 돌보지 않는 남편 〈갱피훑는 마누라〉, Child 275 〈Get Up and Bar the Door〉

F02.08 집안일을 돌보지 않는 아내 Child 277 〈The Wife Wrapt in Wether's Skin〉

F02.09 후실장가 가는 남편 〈후실장가〉, Child 62 〈Fair Annie〉, Child 235 〈The Earl of Aboyne〉

F02.10 아내를 악마에게 보내는 남편 Child 278 〈The Farmer's Curst Wife〉

F02.11 부정한 아내 골라내기 Child 29 〈The Boy and the Mantle〉, Child 268 〈The Twa Knights〉

F02.12 남편에게 쫓겨난 아내 Child 229 〈Earl Crawford〉

F02.13 죽어서 찾아온 남편의 영혼 Child 243 〈James Harris (The Daemon Lover)〉, Child 265 〈The Knight's Ghost〉

F02.14 아내의 지참금 때문에 결혼한 남편 Child 231 〈The Earl of Errol〉

여성들이 부르는 서사민요와 발라드의 주된 소재 중 하나가 바로 아내와 남편 사이에서 벌어지는 갈등이다. 여성들은 노래 속에서 자신을 버리고 또 다른 여자를 얻는 남편으로 인해 자살하기도 하고, 집안일을 돌보지 않는 남편으로 인해 남편과 힘겨루기를 하며, 남편 아닌 다른 남자와 바람을 피우기도 한다. 아내와 남편과의 갈등을 다루고 있는 대표적 유형으로는 한국 서사민요에서는 〈남편이 기생첩과 놀자 자살하는 아내(진주낭군)〉, 〈집 나갔던 아내가 붙잡자 뿌리치는 남편(갱피 훑는 마누라)〉, 〈외간남자와 정 통하다 남편에게 들킨 여자(훗사나타령)〉 등을, 영 · 미 발라드에서는 Child 62 〈Fair Annie〉, Child 235 〈The Earl of Aboyne〉, Child 274 〈Our Goodman〉, Child 275 〈Get Up and Bar the Door〉, Child 277 〈The Wife Wrapt in Wether's Skin〉, Child 278 〈The Farmer's Curst Wife〉 등을 들 수 있다.

〈남편이 기생첩과 놀자 자살하는 아내(진주낭군)〉는 3년 만에 돌아온 남편이 자신은 돌아보지 않고 기생첩과 어울려 놀기만 하자 아내가 자살하는 내용으로, 최근까지 비교적 활발하게 불리고 있는 유형이다. 아내가 자살한 후에야 남편은 버선발로 뛰어나와 '기생첩은 삼년이오 본댁정은 백년이라'며 후회한다. 영 · 미 발라드에서는 〈후실장가 가는 남편〉 유형에 속하는 Child 235 〈The Earl of Aboyne〉에서 이와 비슷한 대목이 나타난다.

[앞부분 생략]

When the letters he got, they were all sealed in black, 그가 편지를 받았을 때, 편지는 검은 색으로 봉해져있었네.

And he fell in a grievous weeping; 그는 슬픔에 빠져 울었네.

He said, She is dead whom I loved best 그는 말했네, 내가 가장 사랑했던 그녀가 죽었네.

If I had but her heart in keepin. 난 오직 그녀만을 가슴에 담고 있었네.

Then fifteen o the finest lords 가장 멋진 영주 15명을

That London could afford him, 런던에서 그에게 제공했네.

From their hose to their hat, they were all clad in black, 양말부터 모자까지. 그들은 온통 검은 색으로 입었네.

For the sake of her corpse, Margaret Irvine. 그녀 마가렛 어빈의 시신을 위해.

The furder he gaed, the sorer he wept, 그가 나아갈수록, 그는 더 심하게 울었네.

Come keping her corpse, Margaret Irvine. 그녀 마가렛 어빈의 시신에 다가 가면서.

Until that he came to the yetts of Aboyne, 그가 애보닌에 올 때까지.

Where the corpse of his lady was lying. 그곳은 그녀의 시신이 누워있는 곳. (Child 235)

남편은 아내가 자신의 재혼으로 인해 죽자, 그제야 자신이 가장 사랑했던 여자가 죽었다며 애통해한다. 죽은 아내를 위해 15명의 집사들을 불러 모아 엄숙한 장례를 치른다. 이렇게 서사민요와 발라드 모두 남편들이 아내의 죽음 이후에 자신들의 행동을 후회하는 것은 죽은 이후에라도 남편의 사랑을 확인하고 되찾고자 하는 아내의 마음이 투영돼 있다고 할 수 있다.

한국이나 영·미 사회 모두 남편이 본처를 두고 또 다시 장가가는 경우가 종종 있었던 것으로 보인다. 한국 서사민요에서 후실 장가가는 남편을 저주해 남편이 첫날밤 급사를 하는 〈후실장가〉가 그것이라면, 영·미 발라드에서는 위의 Child 235 〈The Earl of Aboyne〉 외에도 Child 62 〈Fair Annie〉가 많은 각편이 조사되었다. 이 유형에서 남편은 아내와 자식들을 버려두고 혼수를 많이 해온다고 하는 지체 높은 여자를 다시 아내로 맞아들인다. 노래에서 아내는 새 부인의 시중을 들며 자신의 신세를 한탄한다. 이 대목은 버림받은 아내의 처절한 상황과 그로 인한 좌절을 잘 나타내며, 남편들의 잘못된 행실에 대한 비판적 의식을 잘 보여준다.

'LEARN to mak your bed, Annie, 애니, 침대를 정리하는 것을 배워라.

And learn to lie your lane, 그리고 홀로 눕는 것을 배워라.

For I maun owre the salt seas gang, 왜냐하면 나는 바다를 건너가,

A brisk bride to bring hame. 활기찬 신부를 집에 데려올 테니.

'Bind up, bind up your yellow hair, 묶어라, 네 노란 머리칼을 묶어라.

And tye it in your neck, 그것을 네 목 안에 묶어라.

And see you look as maiden-like 네가 하녀처럼 보이도록.

As the first day that we met.' 우리가 처음 만났던 날처럼.

'O how can I look maiden-like, 오 어떻게 내가 하녀처럼 보이게 할 수 있나요,

When a maid I'll never be; 나는 결코 하녀가 될 수 없어요.

When seven brave sons I've born to thee, 나는 당신에게 7명의 용감한 아들을 낳아주었어요.

And the eighth is in my bodie? 그리고 여덟째 아이가 내 몸 속에 있는데요.(중략)

When bells were rung and mass was sung, 벨이 울리고 미사곡이 불리고,

And all were boune for rest, 그리고 모두가 쉬러 갔을 때

Fair Annie laid her sons in bed, 애니는 그녀의 아들들을 침대에 뉘였네.

And a sorrowful woman she was. 그녀는 슬픔으로 가득찼네.

'Will I go to the salt, salt seas, 난 소금 바다로 가서,

And see the fishes swim? 고기들이 헤엄치는 것을 봐야 할까?

Or will I go to the gay green-wood, 아니면 푸른 숲으로 가서,

And hear the small birds sing?' 작은 새들이 노래하는 것을 들어야 할까?

(Child 62)

이 노래에서 남편은 새 아내를 들이기 위해 전처에게 하녀 옷차림을 하라고 하고, 신부를 맞을 준비와 하객들의 시중을 들게 한다. 그녀는 그를 위해 7명의 아이들을 낳았고 여덟 번째 아이까지 갖고 있다고 하소연한다. 그녀가 바다와 숲으로 가고 싶다고 하는 것은 막다른 골목에서 죽음을 생각하는 비

유적 표현이다. 이 유형은 영·미 사회에서 역시 아내들이 남편의 후실 장가를 막을 수 없는 종속적 위치에 있었으며, 이로 인한 고통이 매우 심각했음을 잘 보여준다.

여기에서 남편이 새 아내를 들이려 한 가장 큰 이유는 새 아내가 부자여서 많은 혼수와 지참금을 가져오기 때문이었다. 이런 문제를 직접적으로 다룬 유형 중의 하나가 바로 아내의 지참금 때문에 결혼한 남편 Child 231 〈The Earl of Errol〉로, 이 역시 비교적 많은 각편을 지니고 있다. 이 유형은 아내의 지참금을 받기 위해 결혼한 후 아내를 학대하는 내용이다. 아내가 이혼을 요구하지만 지참금을 돌려주지 않기 위해 이혼에도 응하지 않는 내용으로 되어 있어 영·미 유럽 사회의 아내와 남편 관계의 일면을 짐작해 볼 수 있다.[22]

이외에 집안일을 돌보지 않는 남편에 대해 화가 난 아내의 대처방식을 그리고 있는 유형으로, 한국 서사민요에서는 〈집 나갔던 아내가 붙잡자 뿌리치는 남편(갱피 훑는 마누라)〉가, 영·미 발라드에서는 Child 275 〈Get Up and Bar the Door〉가 대조적이다. 〈집 나갔던 아내가 붙잡자 뿌리치는 남편(갱피 훑는 마누라)〉은 집안일을 돌보지 않고 공부만 하는 남편 때문에 아내가 화가 나 집을 나가자 이후 과거 급제해 돌아온 남편이 아내를 버린다는 내용이다. 마지막 부분에 남편에게 버림받은 아내가 나무에 매달려 남편을 바라보며 울다 매미가 되었다는 설화적인 결말이 붙기까지 한다.

> 징기 멩기 갱피뜰에 갱피 훑는 저 마느래
> 그 마느래 팔자 좋아 갱피자루 못면하고
> 이내 나는 팔자 험해 경상감사 살러가네
> 갱피 훑던 그 마느래 고개를 버쩍들고 체다보니

---

22 영국을 비롯한 유럽에서는 혼인을 통하여 여성이 보유한 토지에 대한 실질적인 권리가 남성에게 평생권으로 이전되었기 때문에, 이혼을 할 경우 이에 대한 권리를 빼앗길 위험이 있었다. 홍성표, 앞의 책, 214쪽.

하늘같은 갓을 쓰고 구름겉은 말을 타고
번개겉이 가는 모양 본냄편이 아니던가
여보시오 서방님은 나도 같이 가옵시다
나도 같이 가옵시다
말물이나 들어주께 나도 같이 가옵시다
쇠물이나 들어주께 나도 같이 가옵시다
들은체도 본체도 아니하고 번개겉이 달아나네
미루나무 상상봉에 올라가서
여보시오 서방님은 매림정도 하옵니다
매옴매옴 울다보니 매미가 됐더래요[23]

이 유형에는 남편을 제대로 뒷바라지 못한 아내에 대한 비판적인 의식과
교훈적인 의도가 덧붙여있지만, 여성 창자들이 부를 때에는 버림받은 아내의
가련한 처지와 그럴 수밖에 없었던 데에 대한 동정적인 의식도 개입되었으리
라 여겨진다. 이에 비해 Child 275 〈Get Up and Bar the Door〉는 집안일
에 바쁜 아내에게 남편이 문을 잠그라고 일을 시키자 아내가 남편에게 누가
오랫동안 말하지 않고 견디는지 내기를 한다. 집안에 도둑이 들어와 아내에
게 키스하려고 하자 남편이 할 수 없이 말을 하게 된다. 결국 아내가 이겨서
남편이 문을 잠그기 위해 일어난다. 일하지 않는 남편에 대한 경계와 아내와
남편 사이의 의사 소통의 부재를 희극적으로 풍자하는 노래이다.[24]
　아내와 남편 관계에는 다른 관계 유형들과는 달리 희극적 성향이 많이 나
타나는데 특히 아내의 부정을 다루고 있는 노래들이 그러하다. 이는 남편의
외도 또는 축첩을 소재로 한 유형들이 대부분 비극적인 결말을 맞는 것과 상

23　영동 3-3, 〈징기 멩기 갱피뜰에〉, 김소용(여, 1911), 영동군 용산면 신항2리 수리, 1993.
　　12. 9. 『한국민요대전』(충북), 119쪽.
24　서영숙, 「한국 서사민요와 영·미 발라드에 나타난 '아내'의 형상 비교」, 122~123쪽
　　참조.

반된다. 한국의 〈훗사나타령〉에서는 바람피운 여자가 남편에게 들키자 이를 감추기 위해 곤혹을 치르는 내용을 그리고 있는 반면, 영·미의 〈Our Goodman〉에서는 바람피우다 남편에게 들켰는데도 이를 모면하기 위해 익살스러운 말로 상황을 둘러대는 내용을 그리고 있다. 이들 유형들은 성에 대한 억압과 금기에서 일탈하는 과감한 시도를 보여주면서, 바람피우는 주체를 여성으로 놓고 남편에게 발각되는 현장을 상상하게 함으로써 긴장과 흥미를 자아낸다.[25]

이밖에도 아내가 바람을 피우는 내용의 유형 중 남편에게 들켜 죽임을 당하는 Child 81 〈Little Musgrave and Lady Barnard (or "Matty Groves")〉와 남편을 버리고 집시를 따라간 아내인 Child 200 〈The Gypsy Laddie〉역시 많은 각편을 지니고 있는데, 대부분 아내 또는 아내의 정부가 살해되는 내용이다. 이는 한국 서사민요에서 폭력 후 용서로 끝나는 것과는 다른 양상으로, 그만큼 영·미 사회에서 남편과의 불화로 인한 아내의 외도 또는 가출이 심각성을 띠고 있었으며 이에 대한 제재 역시 매우 강했음을 보여준다.

죽어서 찾아온 남편의 영혼 Child 243 〈James Harris(The Daemon Lover)〉역시 이와 유사하게 아내의 정조 문제를 다루고 있다. 이 유형은 남편이 죽은 줄 알고 재혼한 아내에게 죽은 남편의 영혼이 찾아오는 초현실적 모티프로 되어 있다. 남편의 영혼은 많은 배를 가지고 왔다고 아내를 유혹해서 따라온 아내를 배와 함께 침몰시킨다. 죽은 남편의 영혼은 아내에게 맹세를 지키지 않은 것을 벌주기 위해 찾아왔다고 말한다. 이는 정절을 지키지 않고 재혼한 아내에 대한 직접적인 경계를 담고 있다.

---

25 아내의 외도를 다룬 서사민요(발라드)를 통해 향유층은 한편으로는 외설스런 장면에 대한 상상의 즐거움을 누렸을 것이고, 다른 한편으로는 자신들이 현실에서 감히 꿈꾸지 못하는 일탈의 욕망을 꿈꿀 수 있었을 것이다. 서영숙, 위 논문, 122~123쪽 참조.

[앞부분 생략]

Ye'se neer be buried in Scottish ground, 너는 스코틀랜드 땅에 묻힐 수 없고,

Nor land ye's nae mair see; 그 땅을 더 이상 볼 수도 없다.

I brought you away to punish you 나는 너를 벌주기 위해 데려왔다.

For the breaking your vows to me. 내게 한 맹세를 어긴 것에 대해.

'I said ye shoud see the lilies grow 너는 백합이 자라는 것을 보게 될 것이라고
　　말했지.

On the banks o Italy; 이탈리의 연안에서.

But I'll let you see the fishes swim, 하지만 나는 네가 물고기가 헤엄치는
　　것을 보게 할 것이다.

In the bottom o the sea.' 바다의 밑바닥에서.

He reached his hand to the topmast, 그는 그의 손을 돛대로 뻗어,

Made a' the sails gae down, 돛이 아래로 내려가게 했네.

And in the twinkling o an ee 눈 깜빡할 사이에

Baith ship and crew did drown. 배와 선원 모두 가라앉았네. (Child 243)

　이를 통해보면 남편의 경우 아내를 두고도 다시 장가가는 경우가 크게 문제시되지 않았던 듯하나, 그와 반대로 아내의 경우 남편이 죽었음에도 불구하고 재혼하는 것은 사회적으로 크게 비난받았던 것으로 보인다. 특히 과부나 여상속인과 혼인하려는 남성은 그녀의 영주로부터 혼인허가를 받아야 하고 그에 합당한 세금을 납부하게 함으로써,[26] 여성의 재혼에 대한 재가를 쉽지 않게 만들었다. 그러므로 과부가 재혼하는 것조차 전남편에 대한 정절을 지키지 않은 것으로 인식해 노래를 통해 이에 대한 경계를 드러냈다고 볼 수 있다.

　하지만 이처럼 영·미 발라드에서 여성의 부정을 다루는 내용이 많이 나타

26　홍성표, 앞의 책, 214쪽.

나는 것은 영·미 사회에서 여성의 정조가 매우 중요하게 여겨졌던 데 반해, 이에 대한 일탈 역시 매우 빈번하게 일어났기 때문이라고도 할 수 있다. 이는 중세 유럽 사회에서 징수되었던 '순결상실세'의 경우를 보아도 쉽게 추정할 수 있다.[27] 순결상실세는 순결을 잃거나 능욕을 당한 여성이 내야하는 일종의 신분세로서, 이에 대한 납부의 책임은 남성에게 있었으므로 남성은 그만큼 이와 같이 아내와 남편의 관계를 다룬 한국 서사민요와 영·미 발라드 역시, 일부 희극적 유형을 제외하면 대부분 어느 한쪽의 죽음으로 귀결되는 결말을 지닌다. 이는 아내와 남편의 관계가 노래를 부르는 향유자들의 바람과는 달리 그리 행복하게 유지되지 못했음을 보여주는 구체적인 증거이다. 그 중요한 원인 중 하나로 아내와 남편 사이의 소통의 부재를 들 수 있는데, 이는 어느 한쪽의 외도나 가출, 그로 인한 자살이나 살해 등 비극적인 파탄을 가져올 수밖에 없었을 것이다.[30] 한국과 영·미 지역 향유층 모두 이러한 비정상적인 아내와 남편의 관계와 이를 당연시하는 사회 현실에 대해 때로는 절망하고 때로는 비판하면서, 바람직한 아내와 남편의 관계에 대한 자신들의 기대와 좌절을 노래를 통해 표현했다.

이처럼 서사민요와 발라드는 당대의 사회적 현상을 비극적으로 또는 희극적으로 그려내기도 하고, 그에 대한 비판과 경계를 직설적으로 또는 우의적으로 담아내었다. 특히 영·미 발라드의 경우 한국 서사민요에 비해 아내가 오히려 남편보다 우위에서 관계를 이끌어나가는 희극적 내용이 많이 나타나는데, 이는 영·미 사회에서 점차 여권이 높아지는 추세가 반영된 것일 뿐만 아니라, 발라드의 향유층이 여성뿐만 아니라 남성 향유자들에게까지 확대되고 대중화되면서 비극적이고 자탄적인 내용보다는 희극적이고 풍자적인 경향이 강화되었기 때문이 아닐까 한다.

3.3. 남매 · 자매 · 형제관계

한국 서사민요와 영·미 발라드에서 남매 · 자매 · 형제 관계 역시 중요한 소재로 다루어졌다. 한국 서사민요에서는 남매 관계를 다루고 있는 유형만 나타나는 데 비해, 영·미 발라드에서는 남매 관계뿐만 아니라 자매, 형제

한국고시가문학회, 2013, 219~246쪽 참조.
30 서영숙, 앞의 책, 127~128쪽 참조.

관계 등 다양하게 나타난다. 남매 관계에서는 혈연관계이면서도 남자와 여자로서의 원초적인 애증으로 인한 사건들이 나타나는 반면, 자매 · 형제 관계에서는 자매나 형제 간에서 자연스럽게 나타나는 시기와 경쟁으로 인한 사건들이 나타난다.

우선 남매 관계 사이에서 나타나는 사건을 다루고 있는 유형들은 다음과 같다.

F04.01 오빠에게 부정을 의심받은 동생 〈쌍가락지〉

F04.02 물에서 구해주지 않는 오빠를 원망하는 동생 〈시누올케 노래〉

F04.03 여동생을 죽인 오빠 Child 11 〈The Cruel Brother〉, Child 69 〈Clerk Saunders〉

F04.04 여동생을 죽인 언니 Child 10 〈Twa Sisters〉

F04.05 아우를 죽인 형 Child 13 〈Edward〉, Child 49 〈The Twa Brothers〉, Child 211 〈Bewick and Graham〉, Child 250 〈Henry Martyn (aka Henry Martin)〉

F04.06 오빠와 결혼할 뻔한 여동생 Child 14 〈The Babylon, or, The Bonnie Banks o Fordie〉, Child 47 〈Proud Lady Margaret〉, Child 50 〈The Bonny Hind〉, Child 52 〈The King's Dochter Lady Jean〉

F04.07 오빠의 아이를 밴 여동생 Child 16 〈Sheath and Knife〉, Child 51 〈Lizie Wan〉

F04.08 여동생의 정조를 시험한 오빠 Child 246 〈Redesdale and Wise William〉

F04.09 남자에게 살해당한 뒤 오빠에게 나타난 여동생 Child 86 〈Young Benjie〉

F04.10 옥에 갇힌 동생을 구하는 형제 Child 188 〈Archie o Cawfield〉

우선 남매간의 갈등을 다루고 있는 유형으로는 한국 서사민요에서는 오빠에게 부정을 의심받은 동생 〈쌍가락지 노래〉와 물에서 구해주지 않는 오빠를 원망하는 동생 〈시누 올케 노래〉를, 영·미 발라드에서는 여동생을 죽인 오빠 Child 11 〈The Cruel Brother〉, Child 69 〈Clerk Saunders〉 등을 들 수 있다. 두 갈래 모두 오빠와 여동생의 관계에서 오빠가 여동생을 죽이거나, 자살을 하게끔 하거나, 죽는 것을 내버려두거나 함으로써 여동생의 죽음으로 사건을 귀결 짓는 공통점을 보인다. 〈쌍가락지 노래〉에서는 여동생의 방에서 숨소리가 둘이 난다고 여동생의 부정을 의심함으로써, 여동생이 자신의 결백을 하소연하며 자살을 결심하거나 결행하는 내용으로 되어 있다. 각편에 따라서는 죽은 이후에 연꽃으로 피어나 자신의 결백을 증명하는 내용이 덧붙여지기도 한다.

> 생금생금 생가락지 호작질로 딱어내여
> 먼데보니 달일레라 젵에보니 처잘레라
> 그처자야 자는방에 숨소리도 둘일레라
> 말소리도 둘일레라
> 오라바님 오라바님 거짓말씀 말어주소
> 앞문에는 물레놓고 딧문에는 비틀놓고
> 거기어디 둘이잘데있어
> 멩주전대 목을매여 자는듯이 죽구제라
> 오라바님 오라바님 이내나는 죽그들랑
> 앞산에도 묻지마고 뒷산에도 묻지마고
> 연대밭에 묻어주소
> 가랑비가 오그들랑 우장삿갖 던저주고
> 눈이라고 오그들랑 모지랑비짜리 씰어주소
> 그래 고기 묻어노이 거짓말이 아이드라너더
> 고 미에 들어 냉중에는 올러오는데 대가 두낱이 똑 올러오는데

그 오라바이가 그대로 그냥 나두이 또 밀어가주

그걸 뿔거뿌이 마디매중 피가 짤짤 나드라이더[31]

이와 유사하게 Child 11 〈The Cruel Brother〉에서는 여동생이 혼인을 앞
두고 신랑감이 오빠의 허락을 받지 않음으로써, 혼인식 날 오빠가 여동생을
칼로 찌르는 내용으로 되어 있다. 결말 부분에서는 죽어가는 여동생이 모든
식구들에게 자신의 소중한 물건들이나 자신의 억울함을 증명해 줄 물건들을
남기지만, 오빠에게는 그를 처형할 교수대를 남긴다고 함으로써 오빠에 대한
원망과 복수의 마음을 드러내고 있다.

[앞부분 생략]

'Ye may ga ask my father, the king: 당신은 나의 아버지, 왕에게 물어야
해요.

Sae maun ye ask my mither, the queen. 당신의 나의 어머니, 왕비에게
물어야 해요.

'Sae maun ye ask my sister Anne: 당신은 나의 자매 안느에게 물어야 해요.

And dinna forget my brither John.' 그리고 나의 오빠 존에게 묻는 걸 잊지
말아요.

He has asked her father, the king: 그는 그녀의 아버지, 왕에게 물었네.

And sae did he her mither, the queen. 그는 그녀의 어머니, 왕비에게 물었네.

And he has asked her sister Anne: 그는 그녀의 자매 안느에게 물었네.

But he has forgot her brother John. 하지만 그는 그녀의 오빠 존을 잊었네.[중략]

'What will ye leave to your sister Anne?' 당신 언니 안느에게 무얼 남길
건가요?

'My gude lord, to be wedded on.' 내가 혼인하려고 한 멋진 영주를요.

---

31 M19 〈생가락지〉, 남봉기(여 43, 안덕면 신성동), 청송군 부남면 감연 2동, 1970. 2. 19.,
    조동일, 『서사민요 연구』, 358~359쪽.

'What will ye leave to your brither John?' 당신 오빠 존에게는 무얼 남길 건가요?

'The gallows pin to hang him on.' 그의 목을 매달 교수대를요.

'What will ye leave to your brither's wife?' 오빠의 아내에겐 무얼 남길 건가요?

'Grief and sorrow a' the days o her life.' 그녀의 평생 동안 비통과 슬픔을요.

'What will ye leave to your brither's bairns?' 오빠의 자식들에게는 무얼 남길 건가요?

'The meal-pock to hang oure the arms.' 팔에 걸고 다닐 음식 주머니를요.

Now does she neither sigh nor groan: 이제 그녀는 더 이상 한숨짓지도 신음하지도 않네.

She lies aneath yon marble stone. 그녀는 저 대리석 아래에 누워있네.

(Child 11)

이러한 여동생과 오빠의 갈등은 남매가 서로 의지하고 자라나다가 서로가 다른 이성과 혼인하게 되자 서로를 다른 남자나 여자에게 빼앗기게 된다고 느끼는 질투의 감정이 한 원인이라고 할 수 있다. 뿐만 아니라 오빠가 혼인을 승낙 받지 않은 여동생을 죽이는 것은 혼인허가를 둘러싼 가족 간의 갈등이나 경제적 문제 또한 있었으리라는 것을 배제하기 어렵다. 여동생이 오빠의 승인을 받지 않고 혼인한다는 것은 근대 이전 사회에 있어 남자들에게는 큰 도전으로 여겨졌던 것으로 보인다. 특히 영국 및 유럽에서는 혼인을 할 경우 영주에게 혼인허가를 받아야 했는데, 이때 혼인허가를 받는 일은 당사자만의 문제가 아니라 촌락공동체의 공동의무였다. 만약 구성원 중에서 어떤 자가 이를 위반하면 위반자 방지를 게을리한 대가로 공동체 구성원들에게 벌금이 부과되었다.[32]

---

32 홍성표, 앞의 책, 220~221쪽.

특히 혼인하고자 하는 여성이 영주권을 이탈하여 배우자를 구할 때 초혼이건, 재혼이건 엄격한 규제가 가해졌다. 왜냐하면 예속민이 영주권을 벗어나는 것은 영주권의 침해인 동시에 혼인지참금, 과부의 재산, 혹은 상속지를 보유하고 장원을 이탈함으로써 영주에게 경제적 손실을 끼칠 수 있었기 때문이다. 이때 대부분 혼인 허가세를 아버지나 오빠가 대납하였기 때문에, 아버지를 중심으로 한 가족의 동의도 여성의 혼인 결정에 매우 큰 영향력을 끼쳤음을 알 수 있다.[33] 그러므로 여동생의 혼인 허가에 대한 책임을 상당 부분 지고 있는 오빠로서는 자신에게 혼인 승인을 받지 않은 여동생에 대해 분개하지 않을 수 없었을 것이다.

한국의 〈시누 올케 노래〉는 올케와 시누가 물에 같이 빠지자 올케를 건지는 오빠를 여동생이 물에 떠내려가며 원망하는 내용으로 되어 있다. 여동생으로서는 오빠를 누구보다도 믿고 의지했을 텐데 혼인으로 인해 자신보다 더 중요하게 여기고 사랑하는 또 다른 여자가 생겼음을 자각하게 됨으로써 이런 노래가 형성되었을 것이다. 이는 앞 유형에서처럼 남매간에 존재하는 원초적인 사랑과 질투가 밑바탕을 이루고 있다고 판단된다.[34] 즉 이러한 유형들에는 모두 남매가 서로에 대한 사랑에서 다른 연인에 대한 사랑으로 전환해 가면서 일어나는 갈등이 잘 나타나 있다.

대체로 한국 서사민요에서는 앞의 두 유형에서와 같이 남매간에 흔히 있을 수 있는 시기와 질투의 감정선을 크게 벗어나지 않는 반면, 영·미 발라드에서는 아예 남매간에 이루어진 '근친상간'으로 인한 비극을 다루는 유형들이 매우 다양하고 풍부하게 나타난다. 오빠와 결혼할 뻔한 여동생 Child 14 〈The Babylon or, The Bonnie Banks o Fordie〉, Child 47 〈Proud Lady Margaret〉, Child 50 〈The Bonny Hind〉, Child 52 〈The King's

---

33 홍성표, 앞의 책, 207~212쪽.
34 이들 유형은 원천적으로 오빠와 여동생 사이에 내재하는 성적인 선망과 질투에서 사건이 발생한다고 볼 수 있다. 이에 대해서는 서영숙, 앞의 책, 216~218쪽 참조.

Dochter Lady Jean〉이나 오빠의 아이를 밴 여동생 Child 16 〈Sheath and Knife〉, Child 51 〈Lizie Wan〉 등이 그러하다. 대개는 남매간인지 모르고 관계를 갖게 되나 나중에 그 사실을 알게 되면서 여동생이 자살하거나, 이를 숨기기 위해 오빠가 여동생을 죽이는 내용으로 되어 있다. 이렇게 '근친상간' 모티프가 많이 나타나는 것은 근대 이전 영국 사회에서 흔히 이루어진 근친혼의 한 영향이라 할 수 있다. 영국에서는 이를 막기 위해 교회법을 통해 근친혼을 금지하기까지 했다고 한다.[35]

이렇게 남매간의 갈등이 남매간에 존재하는 원초적인 감정이나 경제적 문제에 기반을 두고 발생한다면, 자매나 형제간의 갈등은 이보다는 서로에 대한 시기나 경쟁 심리에서 비롯한다고 할 수 있다. 이는 동기간 경쟁의식(Sibling Rivalry)이라고 일컬을 수 있는 것으로, 상대보다 자신이 더 나은 부와 명예와 능력을 갖고자 하는 욕망에서 온다고 할 수 있다. 이러한 형제 자매간 갈등이 심각하게 나타나면서 살해로까지 이루어지는 내용이 한국 서사민요와는 달리 영·미 발라드에서는 많이 나타난다. 여동생을 죽인 언니 Child 10 〈Twa Sisters〉와 아우를 죽인 형 Child 13 〈Edward〉, Child 49 〈The Twa Brothers〉, Child 211 〈Bewick and Graham〉 등이 그러하다.

특히 Child 10 〈Twa Sisters〉는 초현실적 발라드의 하나로, 자매가 한 기사(또는 왕자)를 사랑하게 되나 기사가 동생을 사랑하자, 언니가 질투해 동생을 물에 빠뜨려 죽이는 내용으로 되어 있다. 물에 떠밀려 내려간 동생의 시신을 한 악사가 바이올린으로 만들어 언니의 결혼식에서 연주를 하자 바이올린이 저절로 울려 언니의 살해를 밝혀내는 초현실적 내용이 덧붙어 있다. 자매간의 갈등과는 달리 형제간의 갈등을 다루고 있는 유형들은 매우 사실적으로 나타나는데, 서로 다투다 실수로 살해가 이루어지기도 하고, 한 여자를 함께 사랑하는 데서 싸움이 일어나 살해로 귀결되기도 한다.

---

35 홍성표, 앞의 책, 168~170쪽.

이처럼 한국 서사민요와 영·미 발라드에서 남매·형제·자매 갈등을 다루고 있는 유형들은 대부분 어느 한 편의 죽음으로 귀결을 맺는다. 또한 이들의 관계는 대부분 두 사람만의 문제에서 갈등이 나타나는 것이 아니라 서로 간에 제3의 존재가 개입됨으로써 갈등이 일어난다. 그 제3의 존재는 남매·형제·자매가 가족이라는 울타리를 벗어나 맞게 되는 이성인, 배우자로 나타난다. 차이가 있다면, 한국 서사민요에서의 죽음은 간접적으로 이루어지는데 비해, 영·미 발라드에서의 죽음은 직접적으로 이루어지는 경우가 많이 나타난다.

하지만 이러한 차이에도 불구하고 두 갈래에 나타나는 남매·형제·자매의 '죽음'과 '살해' 모티프는 두 사회에서 이들 관계에서 빚어지는 갈등과 고통이 매우 심각했음을 보여준다. 그러므로 이들 유형에 나타나는 갈등과 고통은 남매·형제·자매가 자라나면서 겪게 되는 일종의 성장통으로서, 이들이 남매, 형제, 자매라는 가족 관계에서 벗어나 사회화하면서 나타나는 시련을 보여주는 것이라 할 수 있다.[36] 즉 남매·형제·자매 관계 유형은 노래의 향유층이 성장 과정에서 겪는 남매·형제·자매 간 갈등을 표면화하고, 아울러 이 갈등이 극단화되었을 때 빚어지는 비극을 노래로 부름으로써, 이에 대한 경계를 드러낸다.

4. 맺음말

이 글에서는 일정한 스토리를 이야기하는 노래라는 공통적 특질을 지닌 한국 서사민요와 영·미 발라드 중 가족 관계 유형을 중심으로 그 전승양상과 향유의식을 비교하였다. 한국 서사민요와 영·미 발라드는 주로 평민 여성들이 길쌈 등의 일을 하면서 불렀다는 공통점을 지니면서도 서사민요가 주로

---

36 서영숙, 앞의 책, 218쪽 참조.

독창으로 불린 데 비해, 발라드는 선후창으로 많이 불렸다는 차이점을 보인다. 또한 서사민요는 거의 구전으로 불리다가 근래에 이르러서야 채록된 데 비해, 영·미 발라드는 구전이 중심이 되면서도 18세기부터 인쇄돼 판매되기도 하면서 향유층이 폭넓게 확대되었다.

서사민요와 발라드를 인물 관계 유형으로 분류했을 때, 서사민요는 가족 관계 〉 남녀 관계 〉 기타 관계의 순으로 조사 채록되었다면, 발라드는 남녀 관계 〉 기타 관계 〉 가족 관계의 순으로 조사 채록된 것을 볼 수 있다. 가족 관계 유형만을 놓고 본다면, 서사민요는 며느리–시집식구 관계 〉 아내–남편 관계 〉 자식–부모 관계 순으로, 발라드는 아내–남편 관계 〉 남매·자매·형제 관계 〉 자식–부모 관계 〉 며느리–시집식구 관계 순으로 비중이 낮아진다. 이러한 차이는 한국과 영·미의 근대 이전 사회의 가족 구조와 밀접한 관계를 지니고 있을 뿐만 아니라, 서사민요와 발라드가 연행, 전승되던 방식에서도 영향을 입었으리라 추정된다.

서사민요와 발라드의 가족 관계 유형에 나타난 사건의 전개 양상 및 중심 모티프를 중심으로 향유층의 의식을 비교해 본 결과, 자식–부모 관계, 아내–남편 관계, 남매·자매·형제 관계 대부분 주인물 내지 상대인물의 비극적 '죽음'으로 귀결된다는 공통점을 보인다. 자식–부모 관계에서는 자식 또는 부모의 상실과 부재의 아픔이, 아내–남편 관계에서는 상대의 외도와 부정 등 비정상적 관계로 인한 고통이, 남매·자매·형제 관계에서는 동기간의 지나친 시기나 경쟁으로 인한 갈등이 죽음 또는 살해 모티프를 통해 첨예하게 표면화된다. 이를 통해 향유층은 가족관계에서 빚어지는 부당한 억압과 바람직하지 못한 갈등에 대한 비판의식을 드러낸다. 아울러 이들 노래를 통해 향유층은 각각의 관계에 대한 지나친 의존과 애착에서 벗어나 참된 자아의 정체성을 모색하고 그 과정 속에서 겪는 아픔을 치유할 수 있었을 것이다.

이처럼 한국 서사민요와 영·미 발라드가 동서 간의 지역적 거리에도 불구하고 많은 공통점을 지니고 있는 것은 근대 이전 사회에 있어서 여성의 삶과 의식이 크게 다르지 않았기 때문이라 생각된다. 그러면서도 한국 서사민요가 주로 가족 관계를 중심으로 하면서 며느리−시집식구 관계가 큰 비중을 차지하고 있으며, '살해'나 '복수' 모티프가 많이 나타나는 영·미 발라드에 비해 '자살'이나 '한탄' 모티프가 두드러진다는 점은 영·미 발라드와 구별되는 한국 서사민요의 고유한 특질이라 할 수 있다. 이로써 한국 서사민요는 세계문학의 한 갈래인 발라드와 장르적 특질을 공유하는 보편성을 지니고 있으면서, 한국 서사민요만의 특수성도 지니고 있음을 확인하였다. 그 원인에 대한 사회적 맥락, 연행방식, 전승방식 등에 대한 치밀한 고찰은 앞으로 지속적으로 검토해 나가야 할 과제로 남겨둔다.

한국 서사민요와 영·미 발라드에 나타난 '아내'의 형상

1. 머리말

한국 서사민요와 영·미 발라드[37] 모두 주 향유층은 여성이다. 두 지역 모두 여성 중에서도 평민 여성들이 베를 짜거나 밭을 매고 가축을 치는 등의 집안과 밖의 일을 두루 하면서 불렀다.[38] 이들이 부른 서사민요(발라드)에는 여성들이 가족 관계에서 겪는 일상의 갈등이 주요 소재로 등장한다.[39] 한국 서사민요가 가족 관계 중 며느리와 시집식구 사이에서 나타나는 갈등을 주로

---

37 발라드(Ballad)는 '이야기를 갖추고 있는 노래'로서, 한국에서는 서사민요라 칭해 왔다. 두 갈래가 유사성을 지니고 있음은 조동일, 『서사민요연구』, 증보판, 계명대출판부, 1979, 51쪽에서 논한 바 있다. 발라드의 개념과 특징에 대해서는 MacEdward Leach, *The Ballad Book*, New York: A.S.Barnes & Company, INC., 1955, pp.1~44의 Introduction에 잘 정리돼 있다.

38 한국 서사민요의 경우는 조동일의 위의 책에, 영·미 발라드의 경우는 한규만, 『영·미 포크 밸러드의 주제 연구: 인간과 사랑』, 울산대출판부, 2005에 그 전승양상이 잘 정리되어 있다. 한국 서사민요와 마찬가지로 영·미 발라드의 경우도 여성들의 문학으로서, 나이든 여성이나 유모가 주로 길쌈을 하거나 가축을 지키면서 부르며 전승했다고 한다.

39 한국 서사민요는 주로 가족관계 중 며느리와 시집식구, 부부, 남매 갈등이 가장 많이 나타나는 데 비해, 영·미 발라드에서는 남녀관계에서의 애정 갈등이 가장 많이 나타난다. 필자가 영·미 발라드 선집 중 가장 대표적인 저서로 꼽히는 F.J. Child의 *The English and Scottish Popular Ballads*, New York; Dover Publications, 1965(First published in 1884~1898)의 305개 항목을 개관해 본 결과에 의해서도 대부분 애정 갈등이 많이 나타나고 다음으로 가족 관계 중 부부나 남매 갈등이 나타나며, 한국 서사민요에서 많이 나타나는 며느리와 시집식구 간의 갈등은 거의 나타나지 않는다. 서영숙, 『한국 서사민요의 날실과 씨실』, 도서출판 역락, 2009, 47~75쪽; 한규만, 위의 책, 156쪽 참조.

나타내고 다음으로 아내와 남편 사이의 갈등을 나타낸다면, 영·미 발라드는 아내와 남편 사이의 갈등을 주로 그려내고 다음으로는 형제, 남매, 자매 사이의 갈등을 그려낸다. 그러므로 한국 서사민요와 영·미 발라드를 비교하기 위해서는 두 갈래가 공통으로 다루고 있는 소재인 아내와 남편 사이의 갈등을 다루는 노래를 대상으로 하는 것이 좋으리라 본다.[40]

한국 서사민요 중 아내-남편 관계 서사민요에 속하는 유형 중 주목할 만한 것으로는 〈집나갔던 아내가 붙잡자 뿌리치는 남편(갱피훑는 마누라)〉, 〈진주낭군이 기생첩과 놀자 자살하는 아내(진주낭군)〉, 〈외간남자와 정 통하다 남편에게 들킨 여자(훗사나타령)〉 등이나 본처와 첩과의 갈등을 그린 〈첩을 죽이러 간 본처(첩집방문)〉 등을 함께 살필 필요가 있다. 영·미 발라드 중 아내-남편 관계를 다루고 있는 유형 중 주목할 만한 것으로는 Child 62 〈Fair Annie(멋진 애니)〉, Child 274 〈Our Goodman(우리의 선한 남자)〉, Child 275 〈Get Up and Bar the Door(일어나 문을 걸어라)〉, Child 277 〈The Wife Wrapt in Wether's Skin(양가죽에 싸인 아내)〉 등이 있다.[41]

이들 유형을 중심으로 한국 서사민요와 영·미 발라드에 여성, 그중에서도 결혼한 여자인 아내가 노래 사설 속에 어떤 모습으로 형상화되어 있는지를

---

40 한국 서사민요와 영·미 발라드의 비교는 피천득·심명호, 「영·미의 Folk Ballad와 한국 서사민요의 비교연구」, 『연구논총』 2, 서울대학교 교육회, 1971, 169–237쪽과 한규만, 「한국의 서사민요와 영·미의 포크밸러드에 나타난 주제의 비교분석」, 『울산대 연구논문집』 19, 울산대학교, 1988, 1–28쪽을 들 수 있다. 이들 논문은 서사민요와 발라드의 특징에 대해 전반적으로 비교함으로써 비교연구의 단초를 열었다는 점에서 의의가 있으나, 한국 서사민요의 경우 비교의 대상으로 조동일의 『서사민요연구』 자료만으로 한정하고 있어 자료의 확대가 요구된다. 필자는 유형별 세심한 비교 연구가 필요하다고 판단해 '여성의 죽음'에 대한 인식을 「한영 발라드에 나타난 '여성의 죽음'에 대한 인식 비교」, 『고시가연구』 31, 한국고시가문학회, 2013, 219–246쪽에서 비교 고찰한 바 있다.

41 한국 서사민요는 『한국구비문학대계』(총 85권), 한국정신문화연구원, 1980–1989; 『한국민요대전』(총9권), ㈜문화방송, 1993–1996; 조동일, 앞의 책; 서영숙, 앞의 책 등의 자료를 대상으로 하고, 영·미 발라드는 F.J. Child, 위의 책의 자료를 주 대상으로 한다. F.J. Child는 총 305개 항목에 각편까지 포함하여 약 1,000여편의 발라드를 제시하고 번호를 부여하고 있는데, 인용 시 Child 번호로 제시한다.

살펴보고자 한다. 이들 대상 작품은 아내와 남편 사이에서 일어난 중심 사건을 바탕으로 크게 세 부류로 나눌 수 있다. 첫째, 가사 노동에 대한 아내와 남편의 대응, 둘째, 남편이 데려온 여자에 대한 아내의 대응, 셋째, 바람난 아내에 대한 남편의 대응이다. 첫째가 가사 노동으로 인한 부부 사이의 주도권(세력) 갈등을 그리고 있다면, 둘째와 셋째는 또 다른 여자(남자)로 인한 부부 사이의 애정 갈등을 그리고 있다.[42] 이는 두 사회에서 여성이 어떠한 위치에서 어떤 삶을 살고 있는지, 이를 서사민요(발라드)의 창자와 청중은 어떻게 인식하고 있는지를 비교적 관점에서 살펴보는 계기가 될 것이다.

2. 가사 노동에 대한 아내와 남편의 대응

한국과 영·미의 전통 사회에서 여성들은 마찬가지로 끝없이 계속되는 일 속에서 헤어나지 못했다. 이와는 대조적으로 남자들은 책을 읽거나 술을 마시면서 여가를 즐겼고, 여자들이 자신들을 위해 봉사해야 한다고 여겼다. 서사민요와 발라드에는 이러한 여성과 남성의 다른 처지를 사실적으로 잘 묘사하고 있다. Child 275 〈Get Up and Bar the Door(일어나 문을 잠가라)〉와 〈갱피 훑는 마누라〉의 일부를 함께 인용해 살펴보자.

> IT fell about the Martinmas time, 마틴마스 성인절이었네.
> And a gay time it was then, 멋진 시간이었네, 그때.
> When our goodwife got puddings to make, 우리의 선한 아내는 푸딩을 만들고,
> And she's boild them in the pan. 팬에 그것을 끓였네.// [//는 연 구분 표시]

---

42 영·미 로맨틱 발라드에서는 결혼 전에는 부모의 반대가, 결혼 후에는 라이벌(또 다른 남자 또는 여자)의 방해가 주된 장애로 나타나는 것으로 연구된 바 있다. David Buchan, Propp's Tale Role and a Ballad Repertoire, *The Journal of American Folklore*, Vol.95, No. 376, American Folklore Society, 1982, pp. 162-164.

The wind sae cauld blew south and north, 바람이 남북으로 불었네.

And blew into the floor; 그리고 마루로 불어 들어왔네.

Quoth our goodman to our goodwife, 선한 남자가 선한 아내에게 말했네.

'Gae out and bar the door.' '나가서 문을 잠가라'//

'hand is in my hussyfskap, '손이 정신없이 바빠요.

Goodman, as ye may see; 선한 남자여, 당신이 보다시피

An it shoud nae be barrd this hundred year, 그건 100년 동안 잠겨있지
   않아요.

It's no be barrd for me.' 난 잠그자고 안할래요.'//

y made a paction tween them twa, 둘은 협상을 했네.

They made it firm and sure, 그들은 그것을 굳건하고 확실하게 했네.

That the first word whaeer shoud speak, 누구든지 먼저 말하는 사람이

Shoud rise and bar the door. 일어나서 문을 잠가야 한다고.//

Then by there came two gentlemen, 그때 두 명의 신사가 왔네.

At twelve o clock at night, 밤 12시에.

And they could neither see house nor hall, 그들은 집이나 홀에서

Nor coal nor candle-light. 석탄 연료나 촛불조차 볼 수 없었네. //[중략]

Then said the one unto the other, 한 남자가 다른 남자에게 말했네.

'Here, man, tak ye my knife; '여기, 내 칼을 잡아서

Do ye tak aff the auld man's beard, 늙은 남자의 수염을 깎아라

And I'll kiss the goodwife.' 그리고 난 선한 아내에게 키스할 테니'//

'But there's nae water in the house, '하지만 집에 물이 없네.

And what shall we do than?' 그러면 무엇으로 하지?'

'What ails ye at the pudding-broo, '푸딩 국물로 하는 건 어떤가

That boils into the pan?' 팬에서 끓고 있는.'//

O up then started our goodman, 오 그때 우리의 선한 남자가 일어났네.

An angry man was he: 그는 화가 났네.

'Will ye kiss my wife before my een, '내 눈 앞에서 내 아내에게 키스하겠다고?

And scad me wi pudding-bree?' 푸딩 국물로 나를 데게 하겠다고?'//

Then up and started our goodwife, 그때 우리의 선한 아내가 일어났네.

Gied three skips on the floor: 마루 위에서 세 발을 뛰었네.

'Goodman, you've spoken the foremost word, '선한 남자여, 당신이 먼저 말을 했네요.

Get up and bar the door.' 일어나 문을 잠가요.'

(Child 275A 〈Get Up and Bar the Door〉, 필자 번역)

전라도땅 구만리들 진계 맹계 너른 들에
갱피 훑는 저 마누래
저 갱피를 못민하고 저기 가서 갱피 훑네
삼시번을 거듭하니 쟁피자리 팽개치고
천방 지방 내려와서 쌍가매를 꼭 붙잡고
정승감사 정승감사 나도 갈라오 나도 갈라오
쏟안 물을 우예 담소 쏟안 물을 우예 담소
["남편이 이칸다"]
말쭉 물도 들다 주고 세수 물도 들다 주고
당신따라 나도 갈라
["냉수를 한 잔 떠 가져오라 따부어 가주고서 다 주어 담으라 하는 거야"]
쏟안 물을 우예 담소
["쏟안 물을 몬담으깨 나캉 몬사는기라 그래 사인교를 타고 가뿌랬다.
간 깨로 하도 원통해서"]
매양매양 바래보자 매양매양 바래보자
["그카맨서 죽어뿌렀어"] (민요대전 경북 7-25)

발라드와 서사민요 두 유형에서 모두 노동을 두고 아내와 남편 사이에 갈
등이 발생한다. Child 275에서는 아내와 남편이 문을 잠그는 문제로 힘을
겨룬다. 아내는 푸딩을 만드느라고 바쁜데, 남편이 아내에게 문을 잠그라고

한다. 두 사람은 먼저 말을 꺼내는 사람이 일어나 문을 잠그자고 제안한다. 내기가 시작되고, 한 밤중에 나그네 두 명이 들어온다. 두 사람은 이런 상황에서도 내기 때문에 말을 하지 않는다. 나그네가 끓는 푸딩으로 남편의 수염을 면도하고 아내에게 키스를 하자고 하자 그때서야 남편이 화가 나 말을 꺼냄으로써 아내가 승리한다.

일하느라 정신없는 아내에게 또 다른 일을 시키는 남편, 잠그지 않은 문, 서로 말하지 않는 아내와 남편, 나그네에게 추행당할 위기에 처한 아내—이 모든 것은 가족 내 아내와 남편의 관계에서 벌어지는 일상적 현실을 그대로 반영한다. 또한 이 모든 것은 아내와 남편의 갈등으로 인해 벌어지는 가정의 위기에 대한 알레고리이기도 하다. 문을 100년 동안 잠그지 않았다는 것은 남편이 외부로부터의 침입과 위험에 대해 전혀 대비하지 않았다는 것이고, 나그네가 허락 없이 들었다는 것은 그로 인해 가정에 위기가 닥쳤음을 보여주는 것이다. 그런데도 남편은 가정을 지키려는 의지를 보이지 않으며 그조차 아내의 책임으로 떠맡긴다. 아내는 자신의 일로 바쁠 뿐만 아니라, 문을 잠그고 집을 방어하는 일은 자신의 일이 아니라고 생각한다. 이러한 갈등은 마침내 아내와 남편 사이에 소통의 단절을 야기한다. 노래 속에서는 마지막에 아내의 입술을 나그네에게 빼앗기고 자신조차 끓는 푸딩으로 수염이 깎이는 모욕을 당할 위기에 처해서야 남편은 입을 열고 아내에게 굴복한다.

Chid 275가 아내가 남편을 길들여 마침내 승리하는 서사로 이루어져 있다면 〈갱피 훑는 마누라〉는 그와는 반대로 되어 있다. 이 노래는 책만 읽는 남편과 혼자 모든 일을 도맡아야 하는 아내가 중심인물로 설정돼 있다.[43] 아내

---

43 이 노래는 설화로도 전해진다. 강태공의 아내가 널어놓은 베를 비가 오는데도 거둬들이지 않은 강태공을 떠나 개가했다가 나중에 강태공이 벼슬을 해서 돌아오자 매달리지만, 엎질러진 물을 주워담으라는 과제를 해결하지 못하고 죽었다는 내용으로 되어 있다. 설화에서는 아내에 대한 비판과 비난이 다음과 같이 강하게 드러난다. "그 죽어 가지고 지금 우리도 부끄다 북쪽에 길 가 가다 보면 돌을 던지고 던지고 하는데 그게 강태공이 여자 죽은 그 굽시래요. 드럽다고 재가해가서 드럽다고. 그 사방서 사람마다 춤 뱉고 이제 돌을 던져요." (〈가난을 참지 못하고 개가했다가 죽은 강태공의 부인〉, 『강원의 설화』 3, 강원도 동해안

가 갱피를 훑으러 나간 사이, 비가 오는데도 남편은 책만 읽느라고 마당에 널어놓은 곡식이 떠내려가는 것도 모른다. 들에서 일하다 돌아온 아내는 화가 나 집을 나가버린다. 이후 남편이 경상감사가 되어 돌아오는데 아내는 여전히 들에서 갱피를 훑고 있다. 이 유형의 대부분은 도입 부분의 서사 없이 바로 경상감사가 된 남편과 여전히 갱피 훑는 마누라가 들판에서 만나게 되는 장면에서부터 시작한다. 남편은 자신을 버리고 간 아내가 여전히 그 신세를 벗어나지 못하는 것을 조롱하며, 아내는 남편의 마소시종을 하면서라도 남편을 쫓아가려 한다. 하지만 남편은 아내를 아예 쫓아버리거나, 아내에게 불가능한 과제를 냄으로써 거부한다.

아내는 혼자서 모든 일을 떠맡아야 하는 현실에 좌절하고, 일하지 않는 남편을 길들이려 했지만 실패하고 만다. 남편이 아내에게 낸 과제는 애초부터 불가능한 과제로서, 엎질러진 물을 담으라거나, 굽 높은 나막신을 신고 청동화로에 불을 담아 머리에 이고 쫓아오라는 등의 일들이다.[44] 이러한 과제는 서사무가 〈도랑선비 청정각시〉나 설화 〈뱀신랑〉에서 남편이 아내에게 제시하는 과제와 유사하다. 한국의 구비서사에서 아내들은 대부분 '아내'가 되기 위해 갖은 시련을 다 거치며 어려운 과제를 극복해야 한다. 그러나 설화나 서사무가의 아내가 그 과제를 해결해내는 데 비해, 서사민요의 아내는 그 과제를 해내지 못한다는 차이가 있다. 이는 설화나 서사무가가 현실에서 이루지 못하는 꿈을 이야기하는 것이라면, 서사민요는 현실의 경험과 현실을 이야기하는 것이라는 장르적 차이에서 온다고 할 수 있다. 〈갱피 훑는 마누라〉는 일에서 벗어나지 못하는 현실에서 벗어나려다가 결국 남편에게서 버림받고 마는 한 평범한 여자의 비극적 현실을 있는 그대로 보여준다.

지역_동해시편 pp. 398-399. http://www.oneclick.or.kr/contents/nativecult/area09.jsp?cid=79923에서 인용)

44 "말머리나 들어주까 말머리종부 나도있네 / 시머리나 들어주까 시머리종부 나도있네 / 꿈높은나무계 신고 청동화리에 불담아여고 / 날따라서 오라더요" (구비대계 8-5 거창군 웅양면 42)

한국과 영·미의 서사민요(발라드)는 모두 전통사회에서 집안에서 전혀 일 하지 않는 남편과 모든 집안일을 도맡아야 하는 아내 사이의 갈등과 힘겨루 기를 묘사하고 있다. 영·미 발라드에서는 특히 아내가 집안일을 잘해내지 못한다는 남편의 불평에 대응하는 아내의 모습을 그린 유형이 많이 나타난 다. 예를 들면 〈Father Grumble(투덜이 남자)〉에서는 남편이 자신이 아내보 다 훨씬 더 집안일을 잘할 수 있다고 불평하자 아내의 제의로 서로 집안일과 바깥일(밭가는 일)을 바꿔 하게 되는데, 남편은 끝없이 계속되는 집안일에 지 쳐 굴복하게 된다. 그리고는 다시는 아내가 일을 하지 않더라도 결코 그녀를 억압하지 않겠다고 해와 달, 별, 나무를 두고 맹세하기도 한다.[45] 이는 두 사 회권에서 전통적인 아내-남편의 관계와 삶의 방식은 유사했음을 보여준다.

하지만 해결의 방법과 결과는 대조적이다. 한국이 아내가 집을 나가는 극 단적인 방법을 택하고 있다면, 영·미권에서는 내기를 통해 아내의 승리로 해결하고 있다. 극단적인 방법은 결국 실패하고, 내기에 의해서는 성공한다. 한국이 비극적으로 풀어내고 있다면, 영·미권에서는 희극적으로 풀어낸다. 이를 통해 영·미 발라드의 아내가 낙관적으로 반 운명론적으로 상황을 헤쳐 나가고 있다면, 한국 서사민요의 아내는 비관적으로 운명론적으로 상황을 받 아들이고 있음을 알 수 있다. 한국 서사민요가 대부분 현실을 비극적으로 그 려내는 것은 현실에서의 고난의 강도가 그만큼 더 컸으며, 고난의 해결이 현 실적으로 불가능함을 보여주는 것이라 할 수 있다.

3. 남편이 데려온 여자에 대한 아내의 대응

한국과 영·미의 서사민요(발라드)에서 모두 남편은 자신의 아내를 두고 또

---

45 Arthur K. Moore, Types of the Folk Song "Father Gtrumble", *The Journal of American Folklore*, Vol 64, No. 251, American Folklore Society, 1951, pp. 89-94.

다른 여자를 집안으로 불러들인다. 이때 이 여자는 단순한 바람기의 상대가 아닌 두 번째 아내 또는 첩으로 되어 있다. 첩으로 인한 문제 역시 두 전통 사회에서 모두 아내와 남편 사이의 중대한 갈등이었음을 말해준다. 영·미의 Child 62 〈Fair Annie(멋진 애니)〉가 그러하고, 한국의 〈진주낭군〉이 그러하다. 각 유형에서 아내는 또 다른 아내(첩)를 데려온 남편과 또 다른 아내(첩)에게 어떻게 대응하며, 어떻게 형상화하고 있는지 살펴보자.

> LEARN to mak you bed, honey, 여보, 침대 정리하는 걸 배워요.
> And learn to lye your lane, 그리고 복도를 깨끗이 닦는 걸 배워요.
> For I'm gaun owre the salt seas, 왜냐하면 난 바다를 건너가서
> A fair lady to bring hame. 한 멋진 숙녀를 집에 데려올 거요.//
> 'And with her I'll get gold and gear, '그녀와 함께 난 금과 가구를 가져올 거요.
> With thee I neer got nane; 당신 올 때 난 아무 것도 가져오지 못했소.
> I took you as a waaf woman, 난 당신을 첩으로 택했소.
> I leave you as the same.' 난 당신을 그대로 둘 거요.'//
> 'What aileth thee at me, my lord, '당신은 내게 무슨 짓을 하시나요, 나의 주인이여.
> What aileth thee at me, 내게 무슨 짓을 하시나요.
> When seven bonnie sons I have born, 일곱 명의 멋진 아들을, 난 낳았어요.
> All of your fair bodie? 모두 당신의 멋진 모습을 닮은//[중략]
> 'O wha will bake my bridal bread, '오 내 신부의 빵을 누가 구울것인가.
> Or wha will brew my ale? 누가 내 맥주를 담글 것인가.
> Or wha will cook my kitchen neat, 누가 내 부엌에서 요리할 것인가.
> Or give my men their meal?' 내 시종들에게 음식을 줄 것인가?'//
> 'For love I'll bake your bridal bread, '사랑으로 내가 당신 신부의 빵을 구울게요.
> To brew your ale I'm fain, 내가 기꺼이 당신의 맥주를 담글 게요.
> To cook your kitchen, as I have done, 내가 해온 것처럼, 당신의 부엌에서
>   요리할 게요.

Till you return again.' 당신이 다시 돌아올 때까지.' //[중략]

She served them up, she served them down, 그녀는 그들에게 시중들었네

And she served all their cries, 그녀는 그들의 모든 요구에 시중들었네.

And aye as she came down the stair 그녀가 계단 아래로 내려왔을 때,

The tears fell from her eyes. 눈물이 그녀의 눈에서 흘러내렸네//

When mass was sung, and all bells rung, 미사곡이 불리고, 모든 벨들이 울렸네

And all men boune for bed. 그리고 모든 사람이 자러 돌아갔네.

The good lord and his fair lady 선한 주인과 그의 멋진 숙녀는

Were in their chamber laid. 그들의 방에 누웠네.//

But poor Annie and her seven sons 그러나 불쌍한 애니와 일곱 아들은

Was in a room hard by, 옆방에 초라하게 있었네.

And as she lay she sighed and wept, 그녀는 누워서 한숨쉬며 흐느꼈네.

And thus began to cry: 그리고 소리내 울기 시작했네.//[하략]

(Child 62C 〈Fair Annie〉, 필자 번역)

시집오는 삼년만에 시어머니 하신말씀

아가아가 며느리아가 진주낭군 오셨으니

아랫방에 내려가라

[나 이것 못하겠다. 청중: 아무쌋도 안해 조사자: 진주남강에 빨래가라 아니
에요?]

진주낭군이 오셨으니 진주낭군 빨래를 가거라

진주낭군 빨래를 가서보니 물도좋고 돌도좋게

빨래를 빨다가보니 난데없는 발자국소리

얼큰덩덜튼덩 나서 곁눈으로 슬쩍보니

하늘같은 갓을쓰고 요왕같은 말을타고

못본 듯이 지내강구나 못본 듯이 지내강구나

검은빨래 검게빨고 흰빨래는 희게빨아

집에라고 들어가보니 시어마니 하시는말씀

아가아가 며느리아가 아랫방에 내려가봐라

진주낭군 오셨다 보선발로 뛰어가보니

기상첩을 양쪽에끼고 아홉가지 술잔벌에

퉁땅퉁땅 하는구나 그것을 보던부인

보선발로 뛰어나와 석자가끈 명주수건 목에걸고

아홉가지 약을 입에넣고 목을매어 죽었네

시어머니 하시는말씀 진주낭군 애야

며느리애기 숨졌다 저것보아라

진주낭군 보선발로 뛰어나와 보니

여영갔네 여영갔네 기상첩은 삼년이오

우리둘이는 백년뿐이란데 그순간을 못참았던가

당신은죽었고 나비가되어 나는죽어 나비가되어

화초밭에 만내 이별없이 살자구나 (서영숙 자료, 옥갓 3 〈진주낭군〉)

Child 62 〈Fair Annie〉는 매우 많은 각편을 가지고 있다. 여자의 남편이 어느날 그녀보다 멋지고 부유한 여자를 데려온다고 한다. 여자는 자신이 이미 7명의 아들을 낳았으며, 그 아이들은 모두 남편을 위해 시중을 들고 있다며 호소한다. 일곱 번째 아이는 젖을 빨려야 하는 어린 아이이며, 각편에 따라서는 뱃속에 있기도 하다. 그러나 남편은 여자를 데려올 때 아무것도 받지 못했으며, 새로운 여자에게서 귀한 지참물을 받을 것이라고 한다. Child 62C에서 남편은 여자를 하녀처럼 아이들을 사생아처럼 취급한다. 남자는 여자에게 새 신부를 위해 누가 빵과 맥주를 만들며 침대와 부엌을 정리할 것인지 묻는다. 여자는 남편에게 쫓겨날 것이 두려워 자신이 하겠다고 한다. 여자는 남편과 새 신부를 환영하고 그들에게 하녀처럼 시중든다. 아이들도 마찬가지로 그들의 시종처럼 일한다. 여자는 자신의 아이들이 고양이로, 자신은 사냥개로 변하면 좋겠다고 탄식하며 운다. Child 62A에서는 마지막에 새 신부가 여자의 친 자매인 것으로 밝혀지면서 새 신부가 돌아가는 행복한 결말로 맺는다.

　이 유형의 핵심 부분은 여자가 새 신부와 남편을 받아들이며, 이들에게 하녀처럼 봉사하는 대목에 있다. 여성들이 이 발라드를 전승하는 이유는 바로 이 부분에서 받는 정서적 충격 때문이라고 할 수 있다.[46] 많은 각편이 이 부분에서 시작되며 여자와 새 신부의 관계에 대한 결말이 생략되며 불리는 이유도 여기에 있다. 이 노래를 부르는 여성들은 주인물 애니가 새 신부를 받아들여야 하는 운명, 남편과 새 신부에 의해 하녀처럼 부려지며, 그들의 잠자리까지 준비해야 하는 시련에 가장 크게 정서적으로 반응한다. Child 62D와 Child 62G의 마지막 부분이 주인물 여자의 흘러내리는 눈물, 뚜껑이 벗겨져 흘러넘치는 포도주(눈물의 비유로 여겨짐)로 끝나는 것은 주인물의 시련과 탄식에 향유자들이 가장 많이 공감하기 때문에 나타난 양상이라 할 수 있다.

　〈진주낭군〉은 시집간 지 3년 만에 떨어져 있던 남편이 느닷없이 돌아온다. 시어머니는 여자에게 진주남강으로 빨래가라고 한다. 고운 옷을 입고 남편을 맞이하지 못하고 빨랫감을 인 체 강으로 나간 여자는 자신을 본체도 않고 지나가는 남편을 보게 된다. 허겁지겁 빨래를 마치고 집으로 돌아오지만, 남편은 자신이 아닌 기생첩을 옆에 끼고 즐기고 있다. 여자는 자기 방으로 돌아와 목을 매 자살한다. 남편은 아내가 자살한 것을 알고서야 "기생첩은 삼년이오 우리둘은 백년이라"고 후회한다. 비극적 해결이면서, 죽어서야 남편의 사랑고백을 듣는 역설적 해결이다.

　영·미 발라드와 한국 서사민요 모두 아내에게 남편과의 사이에 걸림돌은 또 다른 여자(한국의 경우 기생첩)였다. 두 유형에서 모두 여자는 또 다른 여자로 인한 남편의 박대나 무시로 고통 받는다. 그러나 영·미 발라드 Child 62

46　일반적으로 발라드는 가장 중요한 요소가 행동(action)이며, 통일된 플롯을 구성하는 자세한 묘사보다는 "정서적 핵심(emotional core)"에 초점을 둔다. Tristan P.Coffin, "Mary Hamilton" and the Anglo-American Ballad as an Art Form, *The Journal of American Folklore*, Vol. 70, No.277, American Folklore Society, 1957, p.209.

〈Fair Annie〉의 일부 각편에서 새 신부가 본처와 자매로 밝혀지는 엉뚱한 결말로 해피엔딩을 가져오는 것과는 달리, 한국 서사민요에서는 자살하거나 자신의 의지를 관철하지 못하는 것으로 행복한 결말과는 거리가 멀다. 자살로 결말을 맺는다는 것은 이 역시 현실에서는 해결이 불가능함을 말해주는 것이라 할 수 있다. 영·미 발라드와 한국 서사민요 모두 남성의 축첩(바람)에 대해서는 여성이 거의 속수무책인 것으로 나타난다. 이는 부부 관계에 있어서 두 사회 모두 여성이 이를 해결할 수 없는 열등한 위치에 있었음을 보여준다. Child 62A 〈Fair Annie〉의 마지막 부분에서 아내는 자신은 사냥개가 되고 아이들은 고양이가 되어서 성 위로 올라갔으면 좋겠다고 탄식한다. 이는 그 울타리를 벗어나고픈 욕망을 나타낸 것이며, 그것이 가정(If)에 불과하다는 데에 노래의 비극성이 자리 잡고 있다.

〈진주낭군〉에서 아내의 선택은 더욱 비극적이다. 노래의 처음부터 끝까지 아내의 대사는 한 마디도 나오지 않는다. 오직 시어머니와 남편의 목소리만 나올 뿐이다. 진주남강으로 빨래를 나가라는 시어머니의 지시에 자신의 생각을 내비치지도 못하며, 자신을 본체도 않고 지나가는 남편을 소리쳐 부르지도 못한다. 죽은 이후에야 듣는 남편의 고백은 주인물에게는 아무 소용이 없다. 설령 살아있다고 한들 삼년뿐이라는 핑계로 자신의 바람기를 합리화하려는 남편의 변명을 여자들은 진심으로 받아들이지 못한다. 한국 서사민요 중 본처와 첩의 갈등을 다루고 있는 〈첩집방문〉은 아내와 남편의 갈등이 직접적으로 나오지는 않지만, 첩으로 인해 남편을 빼앗긴 본처가 첩을 죽이려고 째끼칼을 품고 첩의 집에 찾아가는 내용으로 되어 있다. 여기에서 본처는 첩의 나긋나긋한 태도에 죽이지도 못하고 돌아오지만 결말은 대부분 본처 또는 첩이 죽는 장면으로 끝이 난다. 이렇게 죽음을 통해서만 갈등이 해결된다는 것은 기생첩으로 인한 아내와 남편의 갈등이 현실에서는 원만하게 해결될 수 없다는 비극적 인식에서부터 온다고 볼 수 있다.[47]

죽음이라는 극단적인 방법으로밖에 해결의 방법을 찾을 수 없었던 사회,

또 다른 여자의 시중을 들어야 하는 비인격적인 대우를 받으면서까지 가정이라는 울타리를 벗어날 수 없었던 사회, 이는 자신의 목소리를 제대로 낼 수 없게끔 하는 여자들에 대한 극단적인 통제에서 온다. 그러기에 남편의 사랑을 받지 못했던, 남편의 사랑을 받고 싶었던, 아내들의 목소리는 두 사회에서 서사민요로 실현되며 전승돼 왔다.

4. 바람난 아내에 대한 남편의 대응

서사민요(발라드)는 대부분 비극적이며 여성들이 주로 부른다. 하지만 모든 서사민요(발라드)가 그런 것은 아니다. 일부이기는 하지만 남성들에 의해 불리는 서사민요(발라드)의 경우는 희극적인 성향을 띠는 것이 일반적이다. 이는 한국이나 영·미권 모두 마찬가지인 것으로 연구되어 있다. 남성들이 부르는 서사민요(발라드)는 희극적인 데다가 성적인 주제를 많이 다룬다. 한국 서사민요 중 대표적인 것이 〈훗사나타령〉이며, 영·미 발라드 중에는 Child 274 〈Our Goodman〉(우리의 선한 남자)이 그러하다.

> **HAME came our goodman,** 집에 왔네. 우리의 선한 남자가.
> **And hame came he,** 집에 왔네. 그가.
> **And then he saw a saddle-horse,** 그때 그는 안장이 있는 말을 보았네.
> **Where nae horse should be.** 거기엔 말이 있을 리 없다네.//
> **'What's this now, goodwife?** '지금 이게 뭐요? 선한 아내여.

---

47 영·미 발라드에서는 대개 결혼하는 데 있어 아버지의 반대에 부딪혀 주인물 처녀가 죽는 내용이 많이 나온다. 린 올스타트는 발라드 속에서 여성들이 오직 자신들의 죽음으로써만 자신들의 생을 조절할 수 있다는 것은 오랜 세월 동안 발라드가 전승돼 온 가부장적 사회 구조에 기인한다고 보고 있다. Lynn Wollstadt, "Reading Gender in the Ballads Scottish Women Sang", *Western Folklore*, Vol.61, No.3/4, Western States Folklore Society, 2002, p.304.

What's this I see? 이게 뭐요, 내가 보는 게?

How came this horse here, 이 말이 여기에 어떻게 와 있지?

Without the leave o me?' 내가 남겨놓지 않았는데.'

'A horse?' quo she. '말이요?' 그녀가 말하네.

'Ay, a horse,' quo he. '응, 말', 그가 말하네.//

'Shame fa your cuckold face, '수치스러워라, 바람난 여자 남편의 얼굴

Ill mat ye see! 당신이 본 건 그게 아녜요.

'Tis naething but a broad sow, 이건 큰 암퇘지에 불과해요,

My minnie sent to me.' 나의 어머니가 내게 보냈어요.'

'A broad sow?' quo he. '큰 암퇘지?' 그가 말하네.

'Ay, a sow,' quo shee. '예, 암퇘지', 그녀가 말하네.//

'Far hae I ridden, '내가 멀리 나가봤지만,

And farrer hae I gane, 그리고 더 멀리 가봤지만

But a sadle on a sow's back 등에 안장을 한 암퇘지는

I never saw nane.' 난 전혀 본 적이 없네.'//[중략]

'Ben went our goodman, 안방에 들어갔네, 우리의 선한 남자는.

And ben went he, 안방에 갔네, 그는.

And there he spy'd a study man, 거기서 그는 건장한 남자를 보았네

Where nae man shoud be. 거기에 남자가 있을 리 없네.//

'What's this now, goodwife? '지금 이게 뭐요, 선한 아내여?

What's this I see? 이게 뭐요, 내가 보는 게?

How came this man here, 이 남자가 여기에 어떻게 왔소?

Without the leave o me?' 내가 데려다 놓지 않았는데.'

'A man?' quo she. '남자요?' 그녀가 말하네.

'Ay, a man,' quo he. '응, 남자', 그가 말하네.//

'Poor blind body, '불쌍한 눈먼 남자.

And blinder mat ye be! 눈이 더 멀게 되다니.

It's a new milking-maid, 그건 우유 짜는 새 하녀일 뿐이에요.

My mither sent to me.' 나의 어머니가 내게 보내신.'
'A maid?' quo he. '하녀?' 그가 말하네.
'Ay, a maid,' quo she. '예, 하녀', 그녀가 말하네.//
'Far hae I ridden, '내가 멀리 다녀봤지만,
And farer hae I gane, 더 멀리도 가봤지만,
But lang-bearded maidens 긴 수염이 있는 하녀를
I saw never nane. 나는 전혀 본 적이 없네.'

(Child 274A 〈Our Goodman〉, 필자 번역)

[앞부분 생략]
오오 덜구야 / 가시내 거동바래이 / [/은 후렴 표시]
김도령의 음성소리 / 넌즉히도 알아듣고 /
대문아칸에 마중나오이 / 대문을걸고 중문닫고 /
섬섬에옥술 이끌잡고 / 대청에마루 올라서세이 /
분합문을 장짓문에이 / 방안으로 들어갈제 /
체다가보니 소로반자 / 나리다보니 각자장판 /
자개나함농 반다지에 / 각개나수리 더욱좋대이 /
은빛같은 놋요강에이 / 발치나 끝에 밀어놓고 /
모란병풍 둘러치고이 / 홍공단이불 피어놓고이 /
둘이나비자 두폭비게 / 무자나비게 돋우놓고이 /
인조나법단 전주새로이 / 홀홋이 벗어놓고이 /
전동에겉은 팔을비고이 / 분동에겉은 젓을쥐고이 /
원앙에금침 잣비게에 / 둘이몸이 한몸되어 /
장포리밭에 금자라에 / 아기자기 잘도논대이 /[중략]
대문아칸에 소리나네 / 기집애년에 거동바래이 /
본남편에 이도령에 / 음성에소래 넌직듣고 /
겁이나서 혼을잃고 / 발가나벗은 김도령을 /
두주나속에 집어넣고이 / 대문칸에 마중나오이 /

임아임아 서방임요이 / 무정도하다 낭군임요이 /
외방에장사 간다더니 / 아니나밤중 워에왔내이
[뒷부분 생략] (조동일 자료, 〈홋사나타령〉)

　　Child 274와 〈홋사나타령〉에서 모두 아내가 남편 몰래 다른 남자를 집안
으로 끌어들인다. 남편은 집에 들어와 아내의 정부를 발견한다. Child 274
에서는 서술자–아내–남편 목소리의 반복적 교체를 통해 차례차례로 남편이
집에 돌아와 자신의 것이 아닌 다른 남자의 소유물을 발견하고 그것이 무엇
인지를 아내에게 물으면, 아내는 그것이 엄마가 보낸 다른 물건이라고 둘러
대면서 남편이 잘못 본 것이라고 나무란다. 남편은 그때마다 아내가 말한 물
건의 이상한 모습에 의아해한다. 남편은 바깥부터 안으로 이동하며 차례로
안장 놓인 말, 잭 부츠, 칼, 가발, 큰 코트를 발견한다. 그런 것들이 집안에
있을 리 없다는 남편의 물음에 아내는 큰 암퇘지, 물병, 암탉, 담요로 둘러댄
다. 남편은 자신이 멀리 다녀봤지만 그렇게 이상한 모습을 한 암퇘지, 물병,
암탉, 담요는 본 적이 없다고 한다. 마지막 장면에서 남편은 침대에서 한 남
자를 발견하며(각편에 따라 세 남자로 나오기도 함), 아내에게 그가 누구냐고 묻
자 아내는 어머니가 보내준 우유 짜는 하녀라고 둘러댄다. 남편은 자신이 멀
리 다녀봤지만 긴 수염을 가진 소녀는 보지 못했다고 중얼거린다.
　　이 유형에서 서술자는 남편을 'Our Goodman'(우리의 선한 남자)이라고 부
르며, 남편은 아내를 'goodwife'(선한 아내)라고 부른다. 이런 호칭은 실제 내
용과는 어긋난 것으로 각기 어리석은 남편과 사악한 여자에 대한 아이러니로
받아들여진다. 하지만 남편이 다른 남자의 물건들의 정체를 묻자 아내는 남
편을 'your cuckold face'(바람난 여자 남편의 얼굴), 'Poor blind body'(가엾은
장님) 등으로 면박을 준다. 아내가 남편에게 이런 류의 욕설을 하는 것을 직
접 드러내고 있다는 것은 이 노래가 사악한 아내에 대한 경계의 입장에서 불
렸음을 보여준다. 하지만 이 유형의 노래는 누가 부르고 듣느냐에 따라 다른

효과를 내며 받아들여질 수 있다. 여성들이 이 노래를 부를 때에는 표면적으로는 아내의 외도에 대한 비판을 드러내면서도, 이면적으로는 아내의 임기응변에 웃음을 터뜨리며, 어리숙한 남편의 모습에 통쾌함을 느낄 수 있다. 경계와 교훈이 전복과 일탈, 심지어 점잖음과 권위에 대한 공격으로 바뀌는 것이 희극적 발라드(Comic Ballad)의 숨겨진 본질이라 할 수 있기 때문이다.[48]

이는 〈훗사나타령〉에서도 마찬가지로 나타난다. 남편이 아닌 훗사내(샛서방)를 위해 범벅을 빚어 대접하며 즐기는 아내는 남자들과 그들이 중심이 된 사회에서는 경계되어야 할 대상이다. 남편에게 발각되자 샛서방을 뒤주에 숨기지만 아내의 방책은 남편에게 쉽게 드러난다. 남편은 뒤주를 태워버린다며 아내를 속인 후 훗사내를 놓아주며, 제사를 지내며 통곡하는 아내를 매로 다스린다. 그러면서도 아내 외도의 상대인 김도령에게는 "나도남우집에 아달로 / 너도남우집에 아달이라 / 기집년이 행실글러 / 이지경이 된것이지 / 잔말 말고 돌아가래이" 하고 돌려보낸다. 게다가 바람피운 아내에 대한 남자의 폭력은 정당화되고 당연시되고 있다. 이는 남편의 시각일 뿐만 아니라 사회의 시각으로, 당대 성에 대한 잣대가 남자와 여자에게 달리 적용되고 있음을 여실히 보여준다.[49]

영·미 발라드와 한국 서사민요에서 이렇게 아내가 바람을 피우는 내용을

---

48 희극적 발라드에서 아내와 남편의 고정적 역할에 대한 전복이 일어나는 것은 "카니발레스크"적인 유머로도 읽을 수 있다. 이외에도 희극적 발라드는 그 의미의 애매성, 다중성 등으로 인해 상당히 다양한 관점에서 읽힐 여지가 있다. 이에 대해서는 David Atkinson, "…the wit of a woman it comes in handy./At times in an hour of need": Some Comic Ballads of Married Life", *Western Folklore*, Vol.58, No.1, Western States Folklore Society, 1999, pp.57–84. 참조.

49 서영숙, 앞의 책, 302쪽. 마음에 들지 않는 아내를 폭력에 의해 다스리는 것은 비단 한국 서사민요에만 나타나는 것은 아니다. 영·미 발라드 중 Child 277 〈The Wife Wrapt in Wether's Skin(양가죽에 싸인 아내)〉은 높은 가문의 여자가 지체가 낮은 집안의 남자와 혼인해 집안일을 하지 않자 남편이 여자를 양가죽에 싸서 때려 길들이는 내용으로 되어 있다. 이 역시 희극적 발라드(Comic ballad)로서, 겉으로는 게으른 아내를 경계하는 듯 보이지만, 뒤집어보면 아내를 폭력으로 제압해 집안일을 하게끔 하는 남편의 무자비함과 교활함에 대한 비판이 내재돼 있다.

다루는 유형이 있는 것은 흥미롭다. 아무리 가부장적인 사회에서도 일탈은 일어나게 마련이다. 아니 어쩌면 지나치게 가부장적인 억압이 존재하기에 일탈의 문학이 나타나는 것일 수 있다. 그러나 이러한 일탈을 다루는 두 사회의 방법을 주목할 필요가 있다. 〈Our Goodman〉과 〈훗사나타령〉 모두 아내의 외도를 희극적으로 다룬다. 앞 장에서 다룬 남편의 외도 또는 축첩이 비극적으로 다루어지는 것과 대조적이다. 전통 사회에서 남편의 외도(축첩)는 사회적으로 공공연하게 묵인된 것이었다. 그랬기에 노래를 부르는 여성들에게 남편의 외도(축첩)는 그들의 재량으로는 해결할 수 없는 현실적으로 심각한 문제였으며, 목숨까지도 걸어야 할 정도로 자신들의 행복을 위협하는 중대한 고난이었다.

이와는 대조적으로 아내의 외도는 상당히 가볍게 희극적으로 다루어진다. 두 전통 사회에서 모두 아내의 외도는 허용되지 않았고 쉽게 표면화되기 어려웠다. 만일 표면화되었을 경우 사회적인 비난과 처벌을 받아야했다. 그러므로 여성들 스스로 아내의 일탈을 노래했다고는 보기 보다는 오히려 여성의 일탈이나 성적 욕망은 남성들에 의해 형상화되었다고 보는 것이 자연스럽다. 〈훗사나타령〉이 여성보다는 주로 남성들에 의해 불리는 것은 이런 이유에서 라고 볼 수 있다.[50] 그러나 서사민요(발라드)로 만들어진 이후 이 유형은 여성들에 의해 수용되면서, 바람난 아내에 대한 경계 또는 어리석은 남편에 대한 조소 등의 다양한 주제로 전승되었을 것이다. 즉 아내의 외도를 다룬 서사민요(발라드)를 통해 남자들은 외설스런 장면에 대한 상상의 즐거움을 누렸을 것이고, 간혹 여자들은 자신들이 현실에서 감히 꿈꾸지 못하는 일탈의 욕망을 꿈꾸었을 것이다.

지금 현재 우리가 접하는 서사민요(발라드)의 수많은 각편은 이러한 과정을 통해 변이되며 전승해 온 것이다. 그런데 주목할 것은 한국 서사민요에서는

50　조동일, 앞의 책, 369-397쪽; 서영숙, 앞의 책, 302쪽.

남편이 이런 아내를 폭력으로 제압하는 반면, 영·미 발라드에서는 남편이 아내를 어찌하지 못하고 도리어 아내가 자신을 의심하는 남편을 나무란다. 같은 소재를 희극적으로 다루면서도 한국 서사민요에서는 남편의 우위가, 발라드에서는 아내의 우위가 나타난다. 영·미 발라드에서의 아내가 자기 목소리를 낼 수 있었던 데 반해, 한국 서사민요에서의 아내는 자기 목소리를 내지 못하고 있는 것은 두 사회에서의 아내와 남편의 모습이 어떠했는가를 돌아보게 한다.

5. 맺음말

이 글에서는 한국 서사민요와 영·미 발라드 중 아내와 남편의 관계를 다루고 있는 유형 속에 아내의 모습이 어떻게 형상화되어 있는지를 비교하였다. 남편의 무관심 속에서 일만 해야 하는 아내, 남편이 데려온 또 다른 여자로 인해 탄식하는 아내, 남편을 두고 다른 사랑을 찾다 발각되는 아내의 모습은 영·미 발라드와 한국 서사민요에 공통적으로 나타난다. 이는 두 사회 모두 발라드와 서사민요가 남성 중심적 가부장제 사회에 처해있는 여성의 삶을 주로 다루고 있기 때문에 나타나는 것이라 할 수 있다. 그러나 영·미 발라드 속 아내가 임기응변이나 재치, 내기 등으로 자신의 요구를 관철시키는 모습으로 형상화된 반면, 한국 서사민요 속 아내는 남편에게 쫓겨나거나, 자살하거나, 남편에게 매를 맞는 등 자신의 요구를 관철하지 못하는 모습으로 형상화된다. 즉 영·미 발라드의 아내가 주로 개인적인 요구를 달성하는 능동적이고 적극적인 모습으로 나타나는 데 비해, 한국 서사민요의 아내는 개인적인 요구를 달성하지 못하는 수동적이고 소극적인 모습으로 나타난다.

아내와 남편의 관계 유형에서 영·미 발라드는 행복한 결말이 주로 나타나는 반면, 한국 서사민요는 불행한 결말이 주로 나타난다. 이는 상대적으로 영·미 발라드에 반영된 여성들의 의식이 반 운명론적이라면, 한국 서사민요에 반영된 여성들의 의식은 운명론적임을 보여준다. 이러한 차이는 아마도 영·미 사회와 한국 사회에 형성돼 있는 가부장적 권위와 규제가 얼마나 견고하며 이에 여성들이 얼마나 영향을 받았는지의 차이에서 온 것이라 생각된다. 서사민요와 발라드에 이러한 차이를 배태한 두 사회의 모습에 대해서는 보다 정밀한 고찰을 필요로 한다.

영·미 사회와 한국 사회 이제 모두 21세기로 들어섰다. 21세기 현재 두 사회를 살아가고 있는 여성의 모습은 오랜 세월 이전 두 사회에서 창작, 전승되어 온 서사민요(발라드)에 형상화된 아내의 모습과 얼마나 어떻게 달라졌는가? 과연 지금 현실 속에서 노래 속 '아내'의 형상이 여전히 보이고 있지는 않은지 반성적으로 되새겨 볼 일이다.

한국 서사민요와 영·미 발라드에 나타난 남매 갈등과 치유
: 〈쌍가락지 노래〉와 〈The Cruel Brother(잔인한 오빠)〉를 중심으로

1. 머리말

신흠은 시조를 통해 다음과 같이 노래했다.

> 노래 삼긴 사람 시름도 하도할샤
> 일러 다 못 일러 불러나 푸둣든가
> 진실로 풀릴 것이면 나도 불러 보리라

노래를 부르는 사람에게 시름이 많다는 것이다. 시름을 말도 하다 다 못해 노래로 불러 푼다는 것이다. 노래에는 시름이 있고 그 시름의 풀이가 있다. 민요 조사를 하다 보면, 민요의 레퍼토리가 풍부한 사람들은 대개 삶의 굴곡이 크거나 곤궁하게 살았던 사람들이다. 편안하게 아무 걱정 없이 살았다는 사람들은 노래가 많지 않다. 특히 서사민요의 경우에는 사연이 많은 사람들, 다시 말하면 시름이 많은 사람들이 잘 부른다. 서사민요 속에는 자기와는 다른 인물이 말로 다하기 어려운 기막힌 사건을 겪는데, 노래 부르는 사람들은 그 사건을 마치 자신이 겪은 일처럼 부르며, 노래 듣는 사람들도 마치 자신의 일인 냥 공감하고 안타까워한다.

서사민요는 사람과 사람 사이의 갈등으로 일어난 사건을 주로 노래한다.

특히 서사민요를 주를 부르는 사람들이 여성들이기에 여성들이 겪는 일상생활에서의 갈등이 대부분을 차지한다. 며느리와 시집식구, 올케와 시누, 아내와 남편, 신부와 신랑, 처녀와 총각, 딸과 친정식구, 자식과 부모, 동생과 오빠 등, 시집가기 전 또는 시집간 후 여성들이 주변사람들과의 관계에서 겪는 갈등으로 인해 사건이 벌어지고, 서사민요는 사건의 묘사와 함께 작품 내 주인물이 겪는 심정을 표출한다. 여성들은 서사민요 속에 자신의 실제 경험을 반영해 사건을 더욱 실감나게 묘사하기도 하고, 자신의 꿈과 기대를 반영해 사건의 전개와 결말을 허구적으로 펼쳐나가기도 한다. 이 과정을 통해 서사민요는 누군가의 서사에 자기 서사가 결합되는 양상을 보인다.

서사민요가 동일한 사건의 발단을 놓고 매우 다양한 전개와 결말로 나아가는 것은 바로 노래를 부르고 듣는 여성들이 노래를 통해 자신의 시름을 풀고자 하는 데에서 나온 것이라 할 수 있다. 그러므로 서사민요의 다양한 유형과 하위유형과 각편들을 따라가다 보면, 서사민요를 통해 여성들이 주변 인물들과 어떤 갈등을 겪었는지 이를 어떻게 풀려 했는지 하는 보편적 양상뿐만 아니라, 노래 부르는 당사자의 개인적 성향을 추출해 낼 수 있다. 여성들이 서사민요를 통해 어떻게 자기서사를 만들어나갔으며, 이를 통해 어떻게 자신의 갈등을 치유했는지에 대한 고찰은 서사민요가 예전 여성들에게 어떻게 문학치료적 역할을 해왔는지에 대한 성찰의 기회를 제공하며, 앞으로 서사적 노래를 통한 문학치료에의 활용 가능성을 생각해 볼 계기가 되리라 본다.

이 글에서는 서사민요 중 동생과 오빠, 즉 남매 갈등을 다루고 있는 노래를 살펴보려고 한다. 서사민요는 주로 여성들이 불렀으므로 여동생이 겪는 오빠와의 갈등을 다룬 노래라 할 수 있다. 그런데 이 남매 갈등은 한국 서사민요에만 나타나는 것이 아니라 유럽, 영·미 여성들에 의해 불린 서사민요(발라드)에도 나타난다.[51] 대표적인 유형으로 한국 서사민요 중에서는 〈쌍가락지

---

51 한국 서사민요뿐만 아니라 영·미 유럽 발라드 역시 주 향유계층은 평민 여성들인 것으로 밝혀져 있다. 조동일, 『서사민요 연구』, 계명대 출판부, 1979 증보판, 52~59쪽; 한규만,

노래〉, 영·미 발라드에서는 〈The Cruel Brother(잔인한 오빠)〉를 들 수 있다. 두 유형에서는 모두 오빠와의 갈등으로 인해 여동생이 죽는다. 〈쌍가락지 노래〉에서는 오빠로부터 부정을 의심받은 여동생이 자살을 하고, 〈The Cruel Brother(잔인한 오빠)〉에서는 자신의 허락을 받지 않고 혼인하는 여동생을 오빠가 살해한다. 이는 두 유형 모두 여동생의 사랑과 혼인을 둘러싸고 야기된 남매의 갈등이 죽음을 불러올 만큼 골이 깊었음을 보여준다.

이에 여기에서는 두 유형을 중심으로 작품에 나타난 남매 갈등의 양상을 파악하고, 특히 이들 유형을 통해 노래를 부른 여성들이 자신의 갈등을 어떤 방식으로 풀어나갔는지에 대해 살펴보고자 한다. 이는 한국 여성들과 영·미 유럽의 여성들이 공통적으로 겪은 오빠와의 갈등이 무엇인지, 두 지역 여성들이 이를 풀어나간 방법에 대한 비교 고찰이 될 것이다. 이를 통해 동서양의 여성들이 겪은 오빠와의 갈등 양상과 노래를 통한 치유 방식의 같고 다른 점들을 찾을 수 있으리라 본다.

분석 자료는 한국 서사민요는 『한국구비문학대계』, 『한국민요대전』 및 본인과 조동일 조사 자료를 주 대상으로 하고, 영·미 발라드는 구전 발라드 수집의 선구자인 F. J. Child가 엮은 *The English and Scottish Popular Ballad* 소재 자료를 대상으로 한다.[52]

2. 사회적 이념의 내면화: <쌍가락지 노래>

〈쌍가락지 노래〉는 혼기가 찬 처녀가 오빠로부터 부정을 의심받고 결백을

『영·미 포크 밸러드의 주제 연구: 인간과 사랑』, 울산대출판부, 2005, 129~133쪽 참조.
52 『한국구비문학대계』(총85권), 한국정신문화연구원, 1980~1989; 『한국민요대전』(총9권), (주)문화방송, 1993~1996; 서영숙, 『한국 서사민요의 날실과 씨실: 우리 어머니들의 노래』, 도서출판 역락, 2009; 조동일, 『서사민요 연구』, 계명대 출판부, 1979 증보판; *The English and Scottish Popular Ballads*(Five Volumes), ed. by Child, F. J., New York; Dover Publications, 1965. (First published in 1884-1898).

주장하지만 받아들여지지 않자, 죽음을 결심하고 유언을 남기는 내용으로 되어 있다.[53] 공통적인 서사단락과 이 단락들을 잘 갖추고 있는 각편을 예로 들면 다음과 같다.

　가) 처자의 방에서 숨소리가 둘이 난다고 한다.

　나) 처자가 오빠에게 거짓말이라며 항변한다.

　다) 처자가 죽겠다고 한다.(자살한다.)

　라) 자신을 연대밭에 묻어달라고 유언한다.

　　　라)-1 연꽃이 피면 자신인 줄 알아달라고 한다.

　　　라)-2 눈비가 오면 잘 보살펴달라고 한다.

　　　라)-3 식구들이 찾아오면 잘 대접하라고 한다.

　　　라)-4 동생이나 친구가 찾아오면 연대꽃을 끊어주라고 한다.

　　쌍금쌍금 쌍가락지 먼데보니 달일래라

　　곁에보니 처잘래라

　　그처자야 자는방에 말소리로 둘일래라

　　숨소리도 둘일래라

　　오라바님 그말마소 쪼끄마는 재피방에

　　물레놓고 베틀놓고

　　이내혼자 자는방에 뉘가와서 둘일랜공

　　원통하고 애닯어서 명주전대 목을매여

　　자는듯이 죽었단다

53　〈쌍가락지 노래〉는 서사단락의 결합 양상에 따라 항변형, 자살형, 매장형, 환생형의 하위유형으로 분류할 수 있다. 여기에서는 이중 가장 많은 단락을 지니고 있는 환생형을 중심으로 살펴보기로 한다. 〈쌍가락지 노래〉의 분석은 서영숙, 「남매관계 서사민요의 구조적 특징과 의미」, 『한국민요학』 25, 한국민요학회, 2009, 153~186쪽(졸저, 『한국서사민요의 날실과 씨실: 우리 어머니들의 노래』, 도서출판 역락, 2009, 193~220쪽에 재수록); 서영숙, 「〈쌍가락지 노래〉의 서사구조와 전승양상」, 『어문연구』 65, 어문연구학회, 2010, 207~237쪽의 논의 결과를 주로 따르면서 갈등과 치유의 측면에서 새로운 견해를 추가한다.

어마님요 어마님요 이내내가 죽거들랑
앞산에도 묻지말고 뒷산에도 묻지말고
연대밭에 묻어주소
연대꽃이 피거들랑 날본듯이 반겨하소
가랑비가 오거들랑 덕석자리 덮어주고
굵은비가 오거들랑 우장대기 덮어주소
가는눈이 오거들랑 대비짜리 씰어주고
굵은눈이 오거들랑 대비로서 씰어주소
["그카머 그 끝탕은 모르겠다"고 하면서 끝냈다.]54

〈쌍가락지 노래〉는 어느 각편이든 한결같이 "쌍금쌍금 쌍가락지 호작질로
닦아내어 / 먼데보니 달일러니 곁에보니 처잘레라"는 신비하고 아름다운 구
절로 시작한다. '쌍가락지-달-처자'는 모두 둥글고, 빛나는 아름다움을 지
닌 존재이다. 쌍가락지는 흔히 혼인을 약속하면서 남자가 여자에게 주는 사
랑의 징표로, 여자가 혼인할 시기가 다 되었음을 말해준다. 그러므로 쌍가락
지, 달, 처녀 세 가지는 모두 생식력을 강하게 내포하는 상징적 존재라 할
수 있다.

그런데 이 경쾌하고 즐겁던 분위기는 갑자기 다음 구절로 넘어가면서 파탄
에 이른다. "그 처자야 자는방에 말소리도 둘일레라 / 숨소리도 둘일레라."라
고 한다. 이는 혼인을 앞두고 순결해야 할 처녀가 무언가 부정을 저질렀음을
의심하는 말이다. 더군다나 이 소문의 진상을 파악하지도 않고 처녀를 다그
치는 것은 다른 사람도 아닌 처녀의 오빠이다. 처녀는 오빠에게 이런 저런
말로 자신의 결백을 주장하지만 이미 덮어씌워진 누명에서 벗어날 길이 없
다. 결국 처녀는 이로 인해 목숨을 끊을 것임을 얘기하며, 자신이 죽은 뒤에

---

54 구비대계 7-1 [경주시 현곡면 26] 쌍가락지, 이선재, 여·61, 가정 2리 갓질, 1979.2.25.,
    조동일, 임재해 조사.

해주었으면 하는 일들을 당부한다. 일종의 유언인 셈이다.

여기에서 주목해야 할 것은 우선 처녀의 부정을 둘러싼 오빠와 여동생의 갈등이다. 다른 많은 식구들이 있는 데도 불구하고 유독 처녀를 다그치는 존재가 오빠로 나오는 이유는 무엇인지, 또 그로 인해 여동생이 죽기까지 할 만큼 상처를 입는 이유는 무엇인지, 그 바탕에 자리하고 있는 필연적인 요인이 무엇인지를 추정해 볼 필요가 있다. 이는 원천적으로 남매 사이에 놓여있는 성적 갈등이 그 저변에 깔려있는 것으로서, 남매가 서로 다른 짝을 찾아가면서 생기게 되는 잘못된 집착과 질투로 인해 비극이 생겨난 것이라 할 수 있다.[55]

게다가 여성에게 가해지는 '순결'과 '정조'에 대한 사회적 억압 또한 처녀로 하여금 자신에게 씌워진 부정의 모함에서 자유로울 수 없게 한다. 가정 내에서 이러한 사회적 억압의 대변자는 으레 남성인 아버지와 오빠가 맡게 된다. 특히 〈쌍가락지 노래〉 속에서 오빠가 이 역할을 맡는 것은 노래의 향유층인 여성들이 아버지보다는 오빠에게서 더욱 이질적인 분리의 감정을 느끼기 때문이라 할 수 있다. 오빠는 동기로서 함께 자라나지만 점차 성장하면서 가족과 사회로부터 받는 오빠와의 차별 대우는 여동생에게 심각한 박탈감을 느끼게 한다. 더욱이 오빠에게 있어서 여동생의 '정조'는 가문의 명예뿐만 아니라 자신의 출세와도 관련된 것이었기 때문에 더욱 가혹했을 수 있다. 그러므로 여동생의 죽음은 '순결' 이데올로기로 포장된 사회적 억압과 이를 내면화한 개인적 감정이 불러온 간접적 살해라고 할 수 있다.

또한 처녀가 이렇듯 오빠로 대변된 사회의 추궁에 죽음으로 답할 수밖에 없었던 것은 여성의 목소리가 용인되지 않는 의사소통 부재의 상황을 보여준다. "쪼끄마는 재피방에 물레놓고 베틀놓고 / 이내혼자 자는방에 뉘가와서 둘일랜공" 하며 자신의 결백함을 합리적으로 설득해보지만, 이미 굳어버린

---

55 이에 대해서는 서영숙, 앞의 책, 209~220쪽 참조.

이념 앞에서 논리적인 이성은 통하지 않는다. 각편에 따라서 처녀는 '숨소리'가 아니라 '동남풍에 문풍지 떠는 소리', '은종지 놋종지에 기름 닳는 소리' 등으로 항변해 보기도 하지만, 전혀 받아들여지지 않는다. 처녀의 부정에 대한 '소문'은 진실 자체를 가리려는 시도조차 허용되지 않는 벗길 수 없는 '낙인'이 되어 눈에 보이지 않는 폭력을 휘두른다.[56]

> 쌍금쌍금 쌍가락지 호작질로 닦아내야
> 먼데보니 달일로세 젓에보니 처자로세
> 그처자라 자는방에 숨소리가 둘이라네
> 홍달복숭 오라바님 거짓말씀 말아시오
> 동남펭이 디리불어 풍지떠는 소리로세
> 은종지라 놋종지라 지름닳는 소리로세
> 그리해도 아니돼서 아랫방에 내리가서
> 아홉가지 약을먹고 열두가지 옷을입고
> 명지전대 목을잘라 자는듯이 가고없네 [이하생략][57]

결국 처녀는 자신의 결백을 주장하는 길이 막혀버린 상황에서 죽음이라는 막다른 길을 선택하고 만다. 이는 믿었던 오빠에 대한 실망감, 배신감과 함께, 부정한 처녀로 낙인찍힌 사회에서 정상적 삶이 불가능하다는 현실적 인식 때문이다. 그러므로 처녀의 자살은 자신의 결백을 증명하기 위한 수단이

---

56 18세기 후반 『흠흠신서』에 나타난 가족살해 사례를 보면 18건 가운데 13건이 부부 사이의 살인사건이며, 2건이 오빠가 여동생을 죽인 경우이다. 오빠가 여동생을 죽인 경우는 처녀가 몰래 간통하자 오빠가 거듭 찔러 죽임, 출가한 누이가 음란한 행동으로 쫓겨나자 물에 빠뜨려 죽임으로 사건 개요가 나타나 있다. 이 경우 간통 혹은 간음의 사실이 확인되지도 않은 상황에서 짐작 혹은 소문만으로도 살해되거나 혹은 자살하는 수가 종종 있었다. 최재천 외, 『살인의 진화심리학: 조선 후기의 가족 살해와 배우자 살해』, 서울대 출판부, 2003, 52~53쪽.

57 구비대계 8-5 [거창군 웅양면 28] 쌍금쌍금 쌍가락지, 동호리 동편, 1980.5.24., 최정여, 박종섭 조사. 이선이, 여·76.

면서, 다른 한편으로는 '여자는 순결해야 한다.'는 사회적 이념에 스스로 포로가 된 데 기인한다. 이는 처녀 스스로 자신의 결백을 공표하며 떳떳하게 살 수 없을 만큼 사회적 억압이 컸기 때문이기도 하지만, 처녀 스스로도 자신을 옭아맨 이념의 그물망에서 자유로울 수 없었기 때문이기도 하다. 즉 처녀 스스로 지켜야 할 최고의 가치로 '순결'을 자신의 생각으로 내면화함으로써 죽음으로 '부정'을 씻어내고 '순결'을 지키고자 자살을 택했던 것이다.

처녀는 죽음을 결행하면서 유언을 남기는데, 그 내용은 대체로 다음과 같은 것들이다. 첫째, 자신을 연대밭에 묻어줄 것, 둘째, 연꽃이 피면 자신으로 여겨줄 것, 셋째, 눈비가 오면 잘 보호해 줄 것, 넷째, 식구들이 찾아오면 잘 대접해 줄 것, 다섯째, 친구나 동생이 찾아오면 연꽃을 끊어줄 것 등이다. 여기에 처녀가 오빠(나아가 사회)에게 말하고자 하는 메시지가 모두 응축돼 있다. 우선 연대밭은 멀리 떨어진 산이 아닌 집과 가까이 위치한 노동과 생활의 공간으로서 가족, 친구와 늘 함께하고 싶은 마음의 표현이다. 특히 연대밭은 여성들의 노동 공간으로 어머니와 친구들이 늘 드나드는 곳이다. 이는 혼기를 앞둔 처녀가 가족 또는 친구들과의 분리에서 겪는 두려움이 나타난 것이라 할 수 있다.[58]

이 연대밭에 연꽃이 피어나면 자신처럼 여겨달라고 한다. 연꽃은 진흙 속에서 아름답게 피어나는 순결한 꽃으로 처녀에게 연꽃은 자신의 '순결'을 증명해주는 꽃이라 여겨졌을 것이다.[59] 그 연꽃과 연잎에 눈비가 오면 쓸어주고 덮어주며 보호해 달라고 한다. 이 역시 아직 혼인하지 않은 여자의 보호받고 싶은 본능이 표출된 것이다. 비록 살아서는 가족과 사회로부터 보호받지 못한 채 죽고 말았지만, 죽어서라도 사랑과 보호를 받고자 하는 의식이 이런 당부로 구체화된 것이다. 자살은 내적 자아가 초자아로부터 사랑받는 대신

---

58 서영숙, 「〈쌍가락지 노래〉의 서사구조와 전승양상」, 『어문연구』 65, 어문연구학회, 2010, 223~225쪽 참조.

59 위 논문, 226~228쪽 참조.

증오받고 박해받는다고 느끼기 때문에 행해진다고 한다.[60] 〈쌍가락지 노래〉
의 처녀에게 산다는 것은 사랑받는 것, 다시 말하면 사회적 초자아(오빠를 비
롯한 가족)로부터 배려와 인정을 받는 것을 의미한다. 그러므로 오빠를 비롯한
가족, 그리고 사회로부터 사랑을 받지 못한다는 좌절이 처녀로 하여금 자살
을 감행하게 만들었다고 볼 수 있다.

하지만 각편에 따라서는 이러한 피보호 의식에서 벗어나 배려와 연대의 정
신으로 나아가기도 한다.

[앞부분 생략]
내 죽거든 내 죽거든
앞산에도 묻지 말고 뒷산에도 묻지 말고
연당밭에 묻어 주소
연당꽃이 피거들랑 날만 이게 돌아보고
울 아부지 날 찾거등 약주 한 잔 대접하고
우리 엄마 날 찾거든 떡을 갖다 대접하고
우리 오빠 날 찾거든 책칼 한 잘 대접하고
우리 언니 날 찾거든 연지 한통 대접하고
내 친구야 날 찾거든 연대밭에 보내주고
내 동상야 날 찾거든 연대꽃을 끊어주소[61]

자신의 가족들이 자신을 찾으면 아버지에게 약주, 엄마에게 떡, 언니에게
연지를 대접해 달라고 한다. 이는 처녀가 가족에게 보살핌을 받던 존재에서
가족을 배려하며 베푸는 존재로 변화하고 있음을 보여준다. 아버지, 엄마,
언니에게 각기 그들에게 필요한 것을 대접하라고 함으로써 그들에 대한 배려

---

60 알프레드 알바레즈, 『자살의 연구』, 최승자 역, 청하, 1995, 144~145쪽.
61 민요대전 포항 14-32 생금생금(1993. 2. 24 / 포항시 흥해읍 북송리 북송 / 김선이, 여, 1927)

와 사랑을 나타낸다. 또한 동생이나 친구와 찾아왔을 때 연대꽃을 끊어주라는 것에는 자신의 죽음을 잊지 말아달라는 당부가 담겨있다. 연대꽃을 통해 자신의 억울한 죽음을 알아주고 함께 슬퍼해 주며, 자신의 원통함을 풀어줄 것을 바라는 공감과 연대의식을 표출하고 있다.

그러나 배려와 연대가 누구에게나 베풀어지는 것은 아니다. 자신을 의심하고 죽음으로 내몬 오빠에게 대접하라는 채칼 속에는 이와는 다른 이중적 의미가 내포돼 있다. 채칼은 '주머니칼'의 방언으로, 남자들이 주머니 속에 넣거나 허리에 차고 다니면서 호신용으로 쓰는 작은 칼이다. 여자들 역시 호신용이나 자결용으로 사용한다. 채칼은 언뜻 생각하면 오빠에게 꼭 필요한 물건인 듯하면서, 뒤집어보면 여동생의 죽음을 각인시켜주는 물건이기도 하다. 즉 채칼을 통해 자신의 죽음의 원인이 오빠에게 있음을 상기시킴으로써 자신의 원한을 드러내는 소극적 복수이면서, 어쩌면 오빠도 자신과 같이 그 칼로 목숨을 끊으라는 무언의 요구일 수 있다.

결국 〈쌍가락지 노래〉는 혼기에 찬 처녀가 '부정'을 의심하는 오빠(또는 사회)의 억압에 죽음을 통해 자신의 결백을 밝히고 억울함을 하소연하는 노래이다. 결백 증명의 수단이 죽음일 수밖에 없었던 것은 그만큼 제 목소리를 낼 수 없었던 여성의 극한적 처지를 대변한다. 그러므로 이들 여성에게 노래는 자신의 목소리를 낼 수 있는 유일한 수단이었다. 자살은 순결을 여성의 최고 미덕으로 꼽았던 당대 사회적 이념을 내면화한 결과이다. 여성들은 〈쌍가락지 노래〉를 통해 자유로운 사랑을 허용하지 않았던 오빠로 대변되는 사회에 대한 미움을 토해내고, 같은 처지의 여성들과 감정을 공유하고 위로받을 수 있었다. 현실에서 낼 수 없었던 목소리를 노래를 통해 마음껏 표현하고, 현실에서 표현할 수 없었던 미움과 분노의 감정을 노래 속에서 마음껏 드러내고, 언제든 자신의 편이 되어 줄 수 있는 어머니, 언니, 동생, 친구들과 함께 노래를 부름으로써 외로움과 억울함과 시름을 이겨낼 수 있었다. 이는 〈쌍가락지 노래〉가 단순한 일노래나 놀이노래가 아닌 치유의 노래인 까닭이다. 조선후기 여성들이 현실적 억압 속에서 끊임없이 일어나는 자기 파괴적 욕구, 즉 죽음의 본능은 이러한 노래를 통해 해소되고 치유될 수 있었으리라 본다.[62]

3. 억압된 욕망의 투사: <The Cruel Brother(잔인한 오빠)>

〈The Cruel Brother(잔인한 오빠)〉는 1776년 David Herd가 그가 들은 노래를 필사한 것에서부터 F. J. Child가 1860년 아일랜드에서 미스 마가렛 리번(Miss Margaret Reburn)에게서 채록한 데에 이르기까지 오랜 세월 동안 여성들에 의해 발라드로 불려왔으며 수차례 기록과 녹음으로 발라드 학자들에게 채록되었다. F. J. Child는 1882-1898년에 5권으로 발행한 그의 *The English and Scottish Popular Ballads*에 이 유형에 속하는 11편의 각편을 함께 수록하고 있다. John Jacob Niles가 1932년 켄터키에서 채집하기도 한 것으로 보아 이 노래는 근래에 이르기까지 영국 스코틀랜드를 중심으로 아일랜드, 포르투갈, 독일, 덴마크, 노르웨이, 미국 등에서 창작, 전승되어 왔음을 알 수 있다.

조지 리먼 키트리지(George Lyman Kittredge)는 차일드의 발라드 선집을 다시 간행하면서 이 노래가 스코틀랜드 발라드 중 가장 유행했던 유형 중의 하나로, 모든 각편들이 '오빠로부터 혼인 승낙을 받는 것을 무시한 데에 대해 치명적인 공격을 받는다.'는 핵심적 줄거리를 공유하고 있다고 설명하고 있다. 특히 신부가 그녀의 친구들에게는 좋은 것을 물려주고, 자신을 죽게 한 오빠에게는 나쁜 것을 물려주는 유언은 이 발라드의 가장 두드러진 특징이라고 덧붙였

---

62 정신 분석적 치료가 갖는 목적 중의 하나는, 환자를 도와 그로 하여금 자기 내부에서 끊임없이 작용하고 있는 파괴적 욕구, 즉 죽음의 본능과 화해하도록 하는 데 있다고 본다면, 〈쌍가락지 노래〉는 이러한 기능을 훌륭히 수행할 수 있었다고 생각한다. 알프레드 알바즈, 앞의 책, 145쪽.

다.[63] 각편의 제목은 〈Brother's Revenge(오빠의 복수)〉, 〈The Bride's Testament(신부의 유언)〉, 〈Ther waur three ladies(세 명의 숙녀가 있었네)〉, 〈The Three Knights and Fine Flowers in the Valley(세 명의 기사와 계곡의 예쁜 꽃들)〉 등으로 다양하게 나온다.

각편에 따라 차이가 있기는 하지만 〈The Cruel Brothe(잔인한 오빠)〉는 한 연이 4행(후렴 2행 포함)으로 이루어져 있으며, 총 20연 이상으로 전개되는 서사적 줄거리를 갖추고 있다. 〈The Cruel Brother(잔인한 오빠)〉의 공통적인 서사 단락과 대표적인 각편을 들면 다음과 같다.

a) 세 명의 자매가 공놀이를 하고 있었다.
b) 기사가 와서 막내에게 청혼을 했다.
c) 부모와 언니, 오빠에게 물어보라고 했다.
d) 부모와 언니에게는 물어봤으나 오빠는 빠뜨렸다.
e) 혼인날 부모와 언니가 데려나오고, 오빠가 말에 태웠다.
f) 오빠에게 키스하려 할 때 오빠가 칼로 찔렀다.
g) 말을 타고 가다 피를 흘리자 언덕에 쉬면서 유언했다.
  g)-1 아버지에게는 자기를 데려온 멋진 말을 준다고 했다.
  g)-2 어머니에게는 자기가 입은 피 묻은 옷을 준다고 했다.

---

63 This was formerly one of the most popular of scottish ballads. There are many versions, most of which agree in all essentials. The point of the story is the mortal offense given by the neglect to ask the brother's consent to the marriage. The same idea occurs in a number of Scandinavian ballads. In a very common German ballad, 'Graf Friedrich' (Uhland, No. 122), the bride receives a fatal wound during the bringing home, but accidentally, and from the bridegroom's hand. The peculiar testament made by the bride in 'The Cruel Brother,' by which she bequeaths good things to her friends, but ill things to the author of her death, is highly characteristic of ballad poetry. F. J. Child, *English and Scottish Popular Ballads*, ed. by Helen Child Sargent and George Lyman Kittredge, Boston & New York: Houghton Mifflin Company, 1904, p.20.

g)-3 언니에게는 자기의 머리띠와 부채를 준다고 했다.

g)-4 오빠에게는 그를 매달 교수대를 준다고 했다.

g)-5 올케에게는 평생 슬픔과 고통을 준다고 했다.

g)-6 조카들에게는 평생 빌며 다닐 넓은 세상을 준다고 했다.

THERE was three ladys in a ha, 세 명의 숙녀가 홀에 있었네.

Refrain:Fine flowers i the valley 후렴: 골짜기에 멋진 꽃들.

There came three lords amang them a', 그들 사이에 세 명의 영주가 왔네.

Refrain:Wi the red, green, and the yellow 후렴: 빨간색, 초록색, 노란색을
입은.[중략] //

The third of them was clad in yellow: 그들 중 셋째는 노란 옷을 입었네.

'O lady fair, will you be my marrow?' 오 멋진 숙녀여, 내 배우자가 되겠어요? //

'You must ask my father dear, 당신은 나의 아버지께 물어야 해요.

Likewise the mother that did me bear.' 마찬가지로 나를 낳은 어머니께도요 //

'You must ask my sister Ann, 내 언니 앤느에게 물어야 해요.

And not forget my brother John.' 내 오빠 존도 잊지 말아요 //

'I have askt thy father dear, 나는 당신 아버지께 물었어요.

Likewise thy mother that did thee bear. 역시 당신을 낳은 어머니께도요 //

'I have askt thy sister Ann, 당신 언니 앤느에게 물었어요.

But I forgot thy brother John.' 하지만 당신 오빠 존은 잊었어요 //

Her father led her through the ha, 아버지는 그녀를 홀을 지나 데려왔네.

Her mother dancd before them a'. 어머니는 그들 앞에서 춤을 추었네. //

Her sister Ann led her through the closs, 언니 앤은 그녀를 현관을 지나
데려왔네.

Her brother John put her on her horse. 오빠 존은 그녀를 말에 태웠네. //

'You are high and I am low; 넌 높이 있고 난 낮게 있네.

Let me have a kiss before you go.' 네가 떠나기 전에 키스를 하게 해다오 //

She was louting down to kiss him sweet, 그녀가 달콤한 키스를 하기위해

허리를 굽히자

Wi his penknife he wounded her deep. 그의 펜칼로 그는 그녀를 깊이 찔렀네[중략]

'O what will you leave your father dear?' 당신 아버지께 무얼 남길거요?

'That milk-white steed that brought me here.' 나를 데려온 저 우윳빛
말을요. //

'O what will you leave your mother dear?' 당신 어머니에게 무얼 남길거요?

'The silken gown that I did wear.' 내가 입었던 실크 가운요. //

'What will you leave your sister Ann?' 당신 언니 앤에게 무얼 남길거요?

'My silken snood and golden fan.' 나의 실크 머리띠와 금 부채를요. //

'What will you leave your brother John?' 당신 오빠 존에게는 무얼 남길거요?

'The highest gallows to hang him on.' 그를 매달 가장 높은 교수대를요. //

'What will you leave your brother John's wife?' 당신 오빠 존의 아내에게
무얼 남길거요?

'Grief and sorrow to end her life.' 그녀의 삶을 끝낼 비통과 슬픔을요. //

'What will ye leave your brother John's bairns?' 당신 오빠 존의 자식들에게
무얼 남길거요?

'The world wide for them to range.' 그들이 떠돌아다닐 넓은 세상을요.[64]

〈The Cruel Brother(잔인한 오빠)〉에서는 여동생과 오빠의 사이에 기사가
등장한다. 기사가 청혼하자 여동생은 자신의 가족들에게 먼저 승낙을 받으라
고 요구한다. 기사는 부모와 언니에게는 승낙을 받지만 오빠에게 승낙 받는
것은 잊은 채 혼인식을 거행한다. 결국 혼인식 날 오빠는 말에 탄 채 자신에
게 작별 인사를 하는 여동생을 칼로 찌르며, 여동생은 죽어가면서 유언으로
자신들의 가족들에게 줄 물건을 남긴다.

우선 오빠가 자신의 승낙을 받지 않고 혼인하는 여동생을 칼로 찔러 죽이

---

[64] Child 11G 〈The Cruel Brother〉 http://www.sacred-texts.com/neu/eng/
child/ch011.htm //는 연이 나뉘는 부분임. 모든 자료의 번역은 필자가 한 것이다.

는 것의 내면에는 〈쌍가락지 노래〉와 마찬가지로 남매 사이에 존재하는 원천적인 성적 갈등이 자리 잡고 있는 것으로도 읽을 수 있다. 비단 성적 갈등이 아니더라도 오빠가 여동생에게 갖는 지배와 소유의 관념은 여동생이 자신의 허락을 받지 않고 자신의 울타리를 벗어나는 것을 용납하지 않는 왜곡된 심리로 표출되게 된다.

또한 〈The Cruel Brother(잔인한 오빠)〉를 통해 중세 시대 영국의 혼인 풍습을 추정해 볼 수 있는데, 여자의 혼인에 여자 자신의 의사보다는 가족들의 의사가 우선시되었음을 알 수 있다.[65] 그런데 기사가 혼인 승낙을 다른 가족들에게는 다 받으면서도 오빠에게 받지 않았거나 받지 못한 것은 기사와 오빠 간에 보이지 않는 알력이 자리 잡고 있음을 암시한다. 한국의 경우도 그렇지만 영·미 유럽의 경우도 마찬가지로 여자의 혼인은 가문 간의 결합이었으며,[66] 남성들의 신분 상승과 세력 확장의 도구가 되기도 했다. 오빠는 자신의 승인을 받지 않은 가문 또는 남자와의 혼인을 달갑게 여길 리 없었고 결국 이러한 불만은 여동생을 혼인날 찔러 죽이는 것으로 나타난다. 특히 오빠가 여동생이 떠나기 전 여동생에게 'You are high and I am low / Let me have a kiss before you go.'('넌 높이 있고 난 낮게 있네 / 네가 떠나기 전에 내가 키스를 하게 해다오.')라고 하는 데에는 자신을 무시한 지체 높은 기사에게 혼인하는 여동생에 대한 불만과 '인정 욕구'가 배어 있다.[67]

이처럼 오빠가 여동생을 죽이는 데에는 지금도 아랍권에 존속하는 '명예살

---

65 세속인들은 혼인을 남성 중심의 혈연 계승과 재산 상속의 수단으로 간주하였으며, 이로부터 족내혼이 성하고 혼인의 계약사상이 발달하였다. 따라서 혼인당사자들의 합의와 공개혼이라는 혼인 형식에 주요 관심이 있는 것이 아니라 세속적인 문제, 즉 친족 결속을 통한 정치적 세력 확대, 재산상속이나 그 이동에 따른 경제적인 문제, 혈연계승 등에 더 큰 관심이 있었다. 실제로 혼인 계약은 혼인당사자의 父들 사이의 계약으로 성립되는 것이 통례였다. 홍성표, 『서양 중세사회와 여성』, 느티나무, 1999, 191~196쪽.

66 아베 긴야, 『중세 유럽 산책』, 양억관 역, 한길사, 2005, 247~252쪽 참조.

67 오빠들의 심리를 고려할 때 〈The Cruel Brother〉는 '오빠의 인정욕구에서 비롯된 비극'을 다룬 노래라는 토론자 조하연 교수의 견해를 참조한 것이다.

인'과 유사한 흔적이 엿보인다.[68] '명예살인'은 순결하지 않은 여자를 가족 중 어린 남자가 살해하는 것으로서, 여기에는 부정한 짓을 저지르거나 강간 당한 여자까지 포함된다. 〈The Cruel Brother(잔인한 오빠)〉에서 오빠가 여 동생을 죽인 데에는 자신에게 혼인 승낙을 받지 않은 데에 대한 모욕감 이외 에도 여동생을 부정한 여자로 단정한 데서 온 것일 수 있다. 같은 유형의 다 른 각편의 경우 서두 부분 기사와 여동생의 만남 장면에 이러한 양상이 잘 나타난다.

THERE was three ladies playd at the ba, 세 명의 숙녀가 공놀이를 하고 있었네.

Refrain: With a hey ho and a lillie gay 후렴. 헤이 호 아름다운 릴리를 가지고

There came a knight and played oer them a'. 한 기사가 와서 그들과 놀았네.

Refrain: As the primrose spreads so sweetly 프림로즈가 아주 달콤하게 퍼질 때. //

The eldest was baith tall and fair, 가장 나이 많은 숙녀는 키 크고 멋졌네.

But the youngest was beyond compare. 하지만 막내는 비교를 뛰어넘었네. //

The midmost had a graceful mien, 가운데 숙녀는 우아한 태도를 지녔네.

But the youngest lookd like beautie's queen. 하지만 막내는 미의 여왕처럼 보였네. //

The knight bowd low to a' the three, 기사가 세 여자에게 고개숙여 인사했네.

But to the youngest he bent his knee. 하지만 막내에겐 무릎을 꿇었네. //

The ladie turned her head aside, 숙녀는 고개를 돌렸네.

The knight he woo'd her to be his bride. 기사는 그녀에게 신부가 돼달라고 청했네. //

---

68 이는 물론 우리나라 역시 〈제석본풀이〉나 〈김유신전〉 등을 통해 유사한 관습이 나타남을 확인할 수 있다. 당금애기가 애를 가지자 아버지와 오빠들이 당금애기를 죽이기 위해서 칼을 간다든지, 김춘추와 관계를 가진 여동생을 김유신이 화형을 시키려 한 것 등에서 남자 들에게 가족 여자들에 대한 개인적 살해권이 허용되었음을 알 수 있다.

The ladie blushd a rosy red, 숙녀는 장미처럼 얼굴을 붉혔네

And sayd, 'Sir knight, I'm too young to wed.' 그리고 말했네, "기사님,
전 결혼하기에 너무 어려요." //

'O ladie fair, give me your hand, 오 멋진 숙녀여, 내게 당신 손을 주세요,

And I'll make you ladie of a' my land.' 난 당신을 내 땅의 여주인으로 만들거요,

[이하생략][69]

여기에서 보면 세 자매가 공놀이를 하고 있을 때 한 기사가 나타나 그녀들
과 공놀이를 하는데, 이때 숙녀들이 낯선 남자와 공놀이를 하며 함께 놀았다
는 것은 성 관계까지는 아니라 할지라도 혼인을 앞둔 여자의 정숙한 행실로
여겨지기 어렵다. 이때 기사는 세 자매 중 특히 막내에게 관심을 보이며 그녀
에게 무릎 꿇고 청혼을 한다. 오빠가 유독 여동생의 혼인을 탐탁찮게 여긴
데에는 이런 과정을 통해 진행된 여동생의 혼인을 신성하고 순결한 것으로
인정하지 않는 데에서 온 것일 수 있다. 영·미 유럽의 경우도 중세 시대에는
혼인은 가문을 가려서 부모들 간의 의혼과 중매를 통해서 이루어졌지 개인
간의 자유연애에 의한 혼인은 순결하지 못한 것으로 금지되었기 때문이다.

주목할 것은 〈The Cruel Brother(잔인한 오빠)〉에서 여자가 죽어가면서 가
족들에게 유물을 남기는데, 이 역시 〈쌍가락지 노래〉에서 처녀가 자신이 죽
은 후 찾아온 가족들에게 무엇을 대접할지 유언을 남기는 것과 매우 흡사하
다. 여자는 아버지께는 우윳빛 말을, 어머니께는 실크 가운을, 언니에게는
실크 머리띠와 황금 부채를 남기지만, 자신을 죽인 오빠에게는 그를 매달 교
수대를, 올케에게는 슬픔과 고통을, 조카들에게는 구걸하며 떠돌아다닐 넓은
세상을 남기겠다고 한다. 아버지, 어머니, 언니에게는 배려와 사랑을 베풀지
만, 오빠와 그의 가족들에게는 저주와 원한을 내린다. 또한 각편에 따라 어머

---

69 Child 11A: 〈The Cruel Brother〉 http://www.sacred-texts.com/neu/eng/
child/ch011.htm

니나 언니에게는 자신이 입었던 피 묻은 옷을 남김으로써 자신의 죽음을 기억하고 설원해 주기를 기대하기도 한다.

이처럼 〈The Cruel Brother(잔인한 오빠)〉는 혼인을 둘러싸고 일어난 여동생과 오빠의 갈등을 그리는 노래이다. 오빠는 자신의 승낙을 받지 않은 혼인을 인정할 수 없었으며, 그로 인해 여동생을 혼인날 살해하는 비극적 사건을 일으킨다. 이 노래가 오랜 세월 동안 영·미를 비롯한 유럽 지역에서 여성들에 의해 활발하게 불렸다는 점은 중세 유럽 사회에서 여성들의 혼인이 매우 강압적으로 이루어졌으며, 여성들의 자유의사에 의한 연애나 혼인이 금기시되었음을 보여 준다. 여성들은 이 노래를 통해 자신들이 현실에서 겪는 억압을 드러내고, 처녀의 입을 통해 이러한 억압에 대한 원망을 토해낸다.

특히 여성들의 현실 속에서 억압된 욕망에 대한 원망은 노래 속 오빠와 그의 가족들을 향한다. 노래 속 처녀의 죽음은 현실에서 억압된 욕망의 표현이며, 노래 속 처녀의 유언은 그 억압된 욕망을 오빠에게 투사하여 표출한 것이다.[70] 여성들에게 오빠는 사랑과 혼인을 억압하는 사회의 대변자로 인식되며, 처녀의 원망의 대상으로 화한다. 유언을 통해서나마 오빠를 매달 교수대를 남겨놓겠다는 것은 이러한 원망을 말로 표현한다는 점에서 의미가 있다. 현실 속에서 표현할 수 없었던 원망과 분노를 노래를 통해 표출함으로써, 여성들의 현실적 억압을 드러내고 녹여낼 수 있었을 것이다. 노래는 가슴속 울화를 풀어내는 수단으로서, 이를 치유하고 현실을 견뎌나가는 힘이 되었을 것이다.

---

70 투사(projection)는 주체가 자신 속에 존재하는 생각, 감정, 표상, 소망 등을 자신으로부터 떼어내 그것들을 외부 세계나 타인에게 이전시켜 그 곳에 존재하는 것처럼 만드는 심리적 작용을 말한다. 특히 주체가 거부하고 싶은 고통스러운 감정이나 생각을 자신의 외부로 밀어내는 원초적인 방어 형태를 의미한다.(문학비평용어사전 http://terms.naver.com/ entry.nhn?docId=1531024&cid=272&categoryId=272)

4. 노래를 통한 치유: 억압된 자아의 죽음과 자유의지의 표출

〈쌍가락지 노래〉와 〈The Cruel Brother(잔인한 오빠)〉는 모두 남매 갈등의 이야기를 담고 있는 서사적 노래로서, 전자는 한국에서, 후자는 영·미를 비롯한 유럽에서 주로 여성들에 의해 불렸다. 〈쌍가락지 노래〉가 여동생의 사랑을 둘러싼 남매 갈등을 그리고 있다면, 〈The Cruel Brother(잔인한 오빠)〉는 여동생의 혼인을 둘러싼 남매 갈등을 그리고 있다. 여동생의 사랑과 혼인에 오빠의 간섭이 끼어든다는 점, 이로 인해 여동생이 죽는다는 점에서 두 노래는 매우 유사하다. 그러면서도 두 노래는 하나는 자살을, 다른 하나는 타살을 그리고 있다는 점에서 차이가 있다. 여기에서는 두 노래에 공통적으로 나타나는 보편성과 각기 나타나는 특수성은 무엇인지에 대한 고찰과 함께 각 지역에서 노래를 통한 갈등의 치유가 어떤 방식으로 이루어졌는지에 논의의 초점을 모아보기로 한다.

〈쌍가락지 노래〉와 〈The Cruel Brother(잔인한 오빠)〉에서 모두 노래 속 화자는 여성(여동생)이며 적대자는 오빠로 나타난다. 두 노래에서 모두 여동생은 '낭만적 사랑과 혼인'을 꿈꾸며, 오빠는 그 '사랑과 혼인의 방해자'로 나타난다. 〈쌍가락지 노래〉에서 '쌍가락지'를 호작질로 닦아내는 주체가 누구인지, 쌍가락지를 통해 달과 처자를 바라보는 시선의 주체가 누구인지는 확실치 않다. 그러나 〈쌍가락지 노래〉를 부르는 순간 노래 부르는 여성들은 자신들 스스로 호작질로 쌍가락지를 닦는 주체가 되기도 하고, 쌍가락지를 통해 누군가의 시선을 사로잡는 객체(달과 같은 처자)가 되기도 한다. 스스로 노래 속 대상인 처녀와 거리를 두기도 하고 거리를 좁히기도 하면서 노래를 부르는 여성 스스로 그 은밀한 사랑의 주체 또는 객체가 되어 가슴을 설레게 된다.

〈The Cruel Brother(잔인한 오빠)〉에서 역시 노래를 부르는 여성들은 노래 속 주인물인 막내 처녀에게 자신을 동일시한다. 멋진 차림을 하고 나타난 기사들은 자매들과 공놀이를 한다. 각편에 따라 다르지만 Child 11A의 후렴 "With a hey ho and a lillie gay 헤이 호 아름다운 릴리를 가지고", "As the primrose spreads so sweetly 프림로즈향이 달콤하게 퍼질 때"라든지 Child 11G의 "Fine flowers i the valley 골짜기에 멋진 꽃들 / Wi the red, green, and the yellow 붉은 색, 초록색 그리고 노란 색을 입은 (기사들)"과 같은 것은 기사(영주)와 처녀가 만나는 장면을 매우 아름다운 백합과 프림로즈의 향이 널리 퍼지는 낭만적 분위기로 연출한다. 골짜기에 핀 멋진 꽃들이 여성들은 의미한다면, "붉은 색, 초록색 그리고 노란색을 입은"과 같은 것은 화려한 옷을 차려입은 멋진 기사를 의미한다. 그런 가운데 벌어진 기사와 자매들과의 공놀이가 얼마나 즐겁고 유쾌했을지는 더 이상 설명이 필요치 않다. 노래를 부르는 여성들은 이러한 낭만적 분위기에서 기사로부터 선택돼 청혼을 받는 막내와 자신을 동일시한다.

두 노래는 모두 이렇게 '낭만적 사랑'으로 시작한다. 하지만 〈쌍가락지 노래〉와 〈The Cruel Brother(잔인한 오빠)〉가 불리던 당시의 실제 현실은 이렇게 '낭만적'이지 못했다. 한국과 영·미 두 지역 모두 근대 이전에는 남녀의 자유로운 사랑과 혼인이 불가능했다. 서구보다 한국의 경우는 더 심각해서 노래에서처럼 집안 간의 의혼 없이 쌍가락지를 사적으로 주고받을 수 있었던 것이 아니다. 영·미 유럽에서도 마찬가지로 혼기에 찬 남녀가 함께 어울려 놀이를 하고 자유롭게 혼인 의사를 주고받는 것은 쉽게 허용되지 않았다. 그러므로 노래 속 남녀 간의 사랑과 청혼은 노래 속 화자를 통해 당대의 여성들이 꿈꾸던 은밀한 사랑의 욕망을 표현한 것이라 할 수 있다.

하지만 이러한 '낭만적 사랑'에 대한 꿈은 다음 장면에서 급속하게 깨져버린다. 〈쌍가락지 노래〉에서는 오빠가 여동생의 부정을 의심하면서부터, 〈The Cruel Brother(잔인한 오빠)〉에서는 기사(영주)가 오빠의 승인을 받지 못하면서부터 일어난다. 오빠는 한결같이 당사자들 간의 사적 혼인을 규제

하는 '사회적 이념'의 대변자로서 자유로운 연애와 혼인을 꿈꾸는 여동생의 '내적 자아'를 죽음으로 몰아간다. 오빠는 여동생의 자유로운 사랑과 이탈을 막음으로써 자신의 미래에 가져야 할 가부장적 권한을 공고히 한다. 이렇게 두 노래에 나타난 '여동생의 죽음'은 현실 속에서 억압된 여성들의 사랑과 혼인에 대한 욕망의 좌절을 보여준다. 여성들의 억압된 욕망은 노래 속 '여동생의 죽음'을 통해 처절하게 좌절되고 파괴된다.

단 〈쌍가락지 노래〉에서는 여동생 스스로가 자신의 목숨을 끊는다면, 〈The Cruel Brother(잔인한 오빠)〉에서는 오빠가 여동생의 목숨을 앗아간다. 여동생의 살해가 전자에서는 간접적으로 이루어진다면, 후자에서는 직접적으로 이루어진다. 이는 〈쌍가락지 노래〉의 여동생이 자신이 부정을 저질렀다는 누명을 쓰고는 이 사회 속에서 더 이상 살아갈 수 없다는 판단이 작용한 것이지만, 결과적으로는 "부정한 여자는 죽어야 한다."는 사회적 강요를 이겨내지 못함으로써 그러한 사회적 이념을 용인하고 만 모순된 결과를 낳게 된다. 이에 비해 〈The Cruel Brother(잔인한 오빠)〉의 여동생은 오빠의 혼인 승낙을 받지 못했음에도 불구하고 혼인을 감행함으로써 혼인에 있어서 친족의 승인을 중요시한 사회적 이념과 관습을 위반했으며, 그 위반의 결과 죽임을 당하고 만다. 〈쌍가락지 노래〉에서는 여동생 스스로가 사회적 이념을 내면화함으로써 자기 자신을 사회적 이념의 희생자로 만들었다면, 〈The Cruel Brother(잔인한 오빠)〉에서는 여동생의 죽음의 원인을 사회적 이념의 대변자인 오빠에게 투사하여 외면화하고 있다.

이러한 차이점에도 불구하고 두 유형 모두 여동생이 죽으면서 '유언'을 남긴다는 점에 주목할 필요가 있다. '유언'은 죽은 사람의 남겨진 말로서, 사회에 커다란 파장을 일으킨다. 〈쌍가락지 노래〉 속 여동생의 유언이 주로 자신의 결백을 주장하고 공감과 배려를 간접적으로 호소하고 있다면, 〈The Cruel Brother(잔인한 오빠)〉 속 유언은 가족들에게 남기는 물건을 통해 가족들의 공감을 얻어내고 오빠에 대한 복수를 직접적으로 요구한다. 또한 두 유형 모두 유언을 통해 오빠의 잘못을 지적하고 시정을 촉구하는데, 이 역시 〈쌍가락지 노래〉가 오빠에게 채칼을 대접하라고 함으로써 스스로 깨닫게 하는 우회적 방법으로 이루어진다면, 〈The Cruel Brother(잔인한 오빠)〉는 교수대를 남겨주라고 함으로써 직접적 방법으로 이루어진다. 두 지역 노래의 여성 향유층은 이렇게 유언을 통해서나마, 오빠가 대변하는 '사회적 초자아'의 억압을 부정한다. 여동생의 사랑과 혼인을 좌우하는 오빠의 지나친 간섭을 사회적 초자아의 개입이라고 본다면, 여동생은 이로부터의 자유와 이탈을 꿈꾼다.

그러므로 두 세계 모두 서사적 노래를 통해 사회적 초자아에 의한 내적 자아의 죽음을 애도하고, 유언을 통해 자아의 이상을 표출함으로써 연애와 혼인에 대한 자유 의지를 드러내고 부당한 사회적 억압에 대해 비판한다. 이는 현실에서 표현할 수 없었던 여성들의 내면의 목소리를 노래를 통해 표출함으로써 가슴 속의 응어리를 풀어내는 기능을 한다. 여성이 겪는 가족 내에서의 갈등, 특히 오빠와의 사이에서 겪는 갈등은, 오빠를 다른 가족들보다 더 가깝게 믿고 의지했기 때문에 더 크게 느껴졌을 것이다. 하지만 현실 속에서 오빠는 아버지에 버금가는 권위를 가지고 있었고, 여동생이 이에 맞서 자신의 목소리를 낸다는 것을 불가능했다. 그러므로 노래는 이러한 억압된 목소리의 탈출구이자 해방구였다. 여성들은 노래를 통해 자신뿐만 아니라 자신과 같은 처지에 있는 여성들을 위로하고, 자신들의 목소리를 풀어놓음으로써 현실에서의 고통을 치유할 수 있었다. 그네들이 슬프면서도 웃을 수 있었던 것은, 바로 이들 노래를 부를 수 있었기 때문일 것이다.

5. 맺음말

이상에서 한국 서사민요 〈쌍가락지 노래〉와 영·미 발라드 〈The Cruel Brother(잔인한 오빠)〉에 나타난 남매 갈등의 양상과 치유 방식을 고찰하였다. 두 유형의 노래는 여동생의 사랑과 혼인을 둘러싸고 오빠의 간섭이 이루어지며, 이로 인해 여동생이 죽는다는 공통점을 지니고 있다. 이로써 두 세계의 거리가 상당히 멀리 떨어져 있는데도 불구하고, 남매 갈등의 양상이 매우 유사하게 나타나는 것을 확인할 수 있었다. 그러나 〈쌍가락지 노래〉에서는 오빠가 부정을 의심하자 여동생이 결백을 주장하며 자살을 결심하거나 감행하고, 〈The Cruel Brother(잔인한 오빠)〉에서는 오빠가 자신의 승낙을 받지 않고 혼인하는 동생을 죽인다는 점에서 차이가 있다.

〈쌍가락지 노래〉와 〈The Cruel Brother(잔인한 오빠)〉 모두 오빠는 여성을 억압하는 사회적 대변자의 역할을 한다. 여성들은 자신들의 사랑과 혼인에 대한 내적 욕망의 좌절을 오빠의 간섭과 그로 인한 죽음으로 나타낸다. 〈쌍가락지 노래〉에서 여동생이 자살하는 것은 사회적 이념을 내면화함으로써 나타나는 것이라면, 〈The Cruel Brother(잔인한 오빠)〉에서 오빠가 여동생을 죽이는 것은 좌절된 욕망의 원인을 오빠에게 투사함으로써 나타나는 것이다. 두 유형 모두 여동생이 죽으면서 유언을 남기는데, 〈쌍가락지 노래〉에서는 자신의 결백을 주장하고 억울함을 알아주기를 바라는 공감과 연대로 표현된다면, 〈The Cruel Brother(잔인한 오빠)〉에서는 자신을 죽음으로 몰고간 오빠에 대한 미움과 원망으로 표현된다. 두 노래의 여성 향유층은 유언을 통해 비로소 자신들의 내적 목소리를 표출함으로써 갈등을 치유한다.

〈쌍가락지 노래〉와 〈The Cruel Brother(잔인한 오빠)〉 모두 자유로운 사랑과 혼인이 금지되었던 사회적 현실 속에서 창작, 전승되었다. 그런 현실 속에서 여성들은 사랑하는 사람과 헤어지는 아픔을 겪었을 것이고, 이로 인해 가족과의 갈등을 겪었을 것이다. 가족 중에서 특히 오빠와의 갈등이 부각된 것은 오빠에 대한 심정적 의지가 그만큼 컸기 때문이며, 여동생의 죽음은 이러한 좌절의 정서가 표출된 것이라 할 수 있다. 그러나 노래는 좌절로 끝나지 않고 유언을 통해 노래 부르는 여성들의 희망을 이야기한다. 사랑과 배려를 받으며 누구에게나 찬탄을 일으키는 아름다운 존재가 되고픈 희망, 자신이 사랑하는 이들에게 인정받으며 자유롭게 사랑하고 혼인하고픈 희망, 노래는 여성들의 이러한 솔직한 목소리를 담아냄으로써 그네들로 하여금 잠시나마라도 현실적 시름과 고통에서 벗어나게 한다.

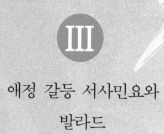

III

애정 갈등 서사민요와

발라드

한국 서사민요와 영·미 발라드에 나타난 심리의식
: 비극적 사랑 노래를 중심으로

1. 머리말

구비문학에 대한 심리학적 분석은 오래 전부터 이루어져 왔고 상당한 연구 성과가 축적돼 있다.[1] 이는 구비문학이 오랜 세월 동안 민중들의 입에서 입으로 전승돼 오면서 개인의 경험에 기반을 둔 표면적 의식보다는, 집단의 보편화된 경험에 기반을 둔 내면적 의식(무의식)을 담지하고 있다고 여겨지기 때문이다. 그러나 이러한 분석은 주로 신화나 민담을 비롯한 설화를 대상으로 집중적으로 이루어졌을 뿐, 민요 특히 서사민요에 대한 심리학적 분석은 거의 이루어지지 않은 상태이다. 하지만 민요 특히 서사민요 역시 오랜 세월 동안 기층 여성들에 의해 전승돼 오면서, 그네들의 보편화된 경험과 내면의 의식을 표출하고 있어 이에 대한 고찰이 필요하다. 특히 설화가 남성들에 의해 이야기돼 오는 갈래라면, 서사민요는 여성들에 의해 향유돼 온 갈래로서

1 　프로이드(G.Freud)가 신화, 전설, 민담을 '민족심리학적 구성의 일부'로 생각하고 꿈의 해석과 이론체계를 해명하는 데 이용한 이래, 융(C.G. Jung)은 신화와 민담에서 인간무의 식의 보편적, 원초적 조건을, 폰 프란츠 M.L. von Franz는 민담에 나타나는 무의식적 원형상, 정신세계 등을 지속적으로 탐구해왔다. 이부영, 「분석심리학과 민담」, 『민담학개론』, 김열규 외, 일조각, 1982, 111-142쪽; 카르린 푀게-알더, 『민담, 그 이론과 해석』, 이문기 역, 유로, 2009, 390-445쪽 등을 통해 민담에 대한 정신분석학적 해석의 연구 동향을 파악할 수 있으며, 해석의 실례로 이부영, 『한국민담의 심층분석-분석심리학적 접근』, 집문당, 2008이 대표적이다.

여성들의 의식세계를 보여준다는 점에서 고찰의 의의가 있다.

서사민요는 오랜 세월 동안 여성들에 의해 창작되고 전승되어 온 노래이다. 서사민요 속에는 실제 여성들의 현실적 경험이 집약돼 있으며, 때로는 현실 세계를 넘어 초현실적인 상상이 펼쳐지기도 한다. "이야기는 거짓말, 노래는 참말"이라면서도, 서사민요는 실제 노래를 부르는 사람이 겪은 실제 체험이라기보다는 누군가가 겪었을 법한 허구적인 이야기로 되어 있으며, 때로는 현실에서는 도저히 일어날 수 없을 듯한 초현실적 세계를 끌어들이기도 한다. 구연자와 청중들은 하나같이 이 이야기들에 눈물을 적시며 안타까워하고 공감한다. 서사민요 속 이야기에서 구연자들이 자신들의 이야기로 받아들일 만큼 수많은 여성들에게 보편화된 경험으로 받아들여지는 모티프는 무엇인지, 그 모티프들에 숨겨져 있는 여성들의 심리의식은 무엇인지가 이 글의 탐색 주제이다.

이 글에서는 이러한 탐색을 한국 서사민요뿐만 아니라 영·미 발라드로까지 확대하여 살펴보려고 한다. 이는 한국 서사민요와 마찬가지로 영·미 발라드 역시 주로 여성들에 의해 오랜 세월 동안 구비 전승되어 온 구비 서사민요로서, 영·미를 비롯한 유럽 지역 여성들의 보편적 삶과 심리의식을 담고 있다. 따라서 한국 서사민요와 영·미 발라드는 비슷한 시기에 동서의 두 세계 여성들의 삶과 심리의식을 비교해 볼 수 있는 좋은 대상이 된다. 동서의 두 세계 여성들이 서사적 노래들을 통해 담아내고자 했던 이야기들은 무엇인지, 그 속에 담겨있는 여성들의 삶과 의식이 어떻게 같고 다른지를 살펴보는 것은 비단 근대 이전 두 세계 여성들을 이해하는 데 도움이 될 뿐만 아니라, 현재의 우리와 세계를 이해하는 데에도 도움이 되리라고 여겨지기 때문이다.

한국 서사민요와 영·미 발라드에는 여러 가지 공통된 이야기 소재가 있지만, 여기에서는 그중 인류 보편의 관심사인 '남녀 간의 사랑'을 다룬 노래를 대상으로 하고자 한다. 특히 두 세계 모두 사랑 중에서도 아직 혼인하지 못한 남녀 간의 이루어지지 못한 사랑 노래가 많이 불린다. 그것도 남녀 연인 중의 하나가 죽거나 둘 다 모두 죽는 비극적 사랑 노래가 많이 나타난다. 왜 이들은 이루어지지 못한 사랑 노래를 불렀을까. 왜 이들 노래들에서 남녀 연인은 죽는 것일까. 사랑하는 사람의 죽음에 남겨진 연인은 어떻게 대응하는가. 이러한 의문의 해결은 결국 이들 노래에 나타난 이야기 구조와 모티프를 분석하고 이에 투영된 여성 향유층의 심리의식을 추출해내는 데서 올 수 있다.

분석 대상 자료는 한국 서사민요는 『한국구비문학대계』, 『한국민요대전』 및 본인과 조동일 조사 자료를 주 대상으로 하고, 영·미 발라드는 구전 발라드 수집의 선구자인 F.J. Child가 엮은 The English and Scottish Popular Ballad 소재 자료를 대상으로 한다.[2] 특히 이루어지지 못한 사랑을 다룬 노래 중 대표적인 유형으로 한국 서사민요에서는 〈서답개 노래〉, 〈이사원네 맏딸애기〉를, 영·미 발라드에서는 〈Barbara Allen〉, 〈Lord Thomas and Fair Ellinor〉 등을 주 비교 대상으로 삼는다. 이들 작품을 크게 두 유형─〈상사병으로 죽는 총각〉과 〈다른 데로 장가가다 죽는 신랑〉 유형으로 나누어 대표적인 각편 속에 나타난 심리의식을 분석하기로 하자. 〈상사병으로 죽는 총각〉 유형은 두 남녀 간에서 이루어지는 일방적 사랑으로 인해 빚어지는 비극을 노래한다면, 〈다른 데로 장가가다 죽는 신랑〉 유형은 두 남녀의 사랑을 방해하는 또 다른 존재로 인해 빚어지는 비극을 노래한다.

2. 억압된 욕망의 투사: <상사병으로 죽는 총각> 유형

한국 서사민요와 영·미 발라드에서는 모두 혼인을 하지 않은 처녀와 총각

2　『한국구비문학대계』(총85권), 한국정신문화연구원, 1980~1989; 『한국민요대전』(총9권), (주)문화방송, 1993~1996; 서영숙, 『한국 서사민요의 날실과 씨실: 우리 어머니들의 노래』, 도서출판 역락, 2009; 조동일, 『서사민요 연구』, 계명대 출판부, 1979 증보판; The English and Scottish Popular Ballads (Five Volumes), ed. by Child, F. J., New York; Dover Publications, 1965. (First published in 1884-1898).

사이의 비극적 사랑을 다룬 노래가 존재한다. 대부분 총각이 처녀를 짝사랑하다 죽는 내용으로 되어 있다. 한국의 〈서답개 노래〉, 〈처자과부 노래〉 등이 그러하고, 영·미의 〈Barbara Allen〉, 〈Lord Lovel〉, 〈Lady Alice〉 등이 그러하다. 우선 한국 서사민요 〈서답개 노래〉의 서사 구조를 제시하면 다음과 같다.

a) 처녀가 밤중에 강가로 서답개(월경대) 빨래를 하러 간다.
b) 총각이 월경수를 떠달라고 하나 처녀가 맑은 물을 떠준다.
c) 월경수를 받지 못하고 집에 돌아 간 총각이 상사병을 앓는다.
d) 갖은 방법을 다 써도 낫지 않는다.
e) 죽어서 상여가 나가다 처녀 집 앞에 선다.
f) 처녀가 속적삼을 덮어주니(꽃을 문지르니) 총각이 살아나 혼인한다.

  (하위유형: 처녀가 흰 가마를 타고 따라나서니 상여가 움직인다. -시댁에 가서 처녀과부로 이름 짓고 산다.)

〈서답개 노래〉는 처녀의 월경대 묘사에서부터 시작한다. 월경대는 보통 무명천으로 만드는데, 이 노래 속의 월경대는 보통 천으로 만든 것이 아니라, '강남서 나온 백달백사주'를 '금자옥자'와 '은가위'를 이용해서 '남장사죽 골을 달아 북방사죽 선을 둘러' 고귀하고 화려하게 만든다. 월경대는 여성들에게 누구에게도 보여서는 안 되는 은밀한 것인데도, 이를 아주 귀하고 아름다운 것으로 묘사함으로써 월경을 하는 몸인 처녀의 몸을 매우 소중하고도 신성하게 여기고 있음을 보여준다.

  강남서나온 백달백사주는 금자옥자 둘러잡고
  구부구부 서슨구부 은가세를 손에들고
  어리썽둥 베어내서 외무릎팍에 엉거놓고

엉침덩침 누빈 것이 쉰닷줄을 누볐구나

[아그, 짜잔해서 못허겠구마.]

[청중: 아, 해 주시오. 그렇게도 우린 못 헝게.]

[재조사에서는 창자가 "그것이 다 너그 몸뚱이다."라고 했다. 또한 '남방사 죽 골을달아 / 북방사죽 선을둘러'가 첨가된다.)

밤중밤중 야밤중에 허리아로 둘러두고

세조금 사흘만에

[재조사시에 창자는 "지랄이야, 사흘까지 차고 있었나 몰라."라고 했다.]

어리선득 끌러내서

상나무 바가치에다 담갔다가

전나무 방아치를 손에들고

상나무 바가치를 옆에찌고

열두모퉁 돌아가서 은돌놋돌 마주놓고

아리찰찰 씻노랑게 (서영숙 자료, 새터 60)

'월경대', '월경을 하는 처녀'는 생식력이 가장 왕성한, 성숙한 여성의 표징이다. 그런 여성이 한 밤중에 몰래 빨래터로 나간다. 빨래터는 공공의 장소로서 한 밤중이라 하더라도 누군가의 눈에 뜨일 수 있는 공간이라는 위험성을 지니고 있다. 이렇게 월경을 하는 여자가 아름다운 월경대를 가지고 빨래터로 나가는 행동에는 감추어야 할 은밀한 것을 슬며시 들춰 보이고 싶은 내적 욕망이 숨겨져 있다.

이때 우연인지, 우연을 가장한 필연인지 처녀 앞에 총각이 나타난다. 총각은 마실 물 또는 세숫물로 월경수를 떠 달라고 하지만, 처녀는 한사코 월경수 대신 익경수(웃물인 듯함)를 떠준다. 둘 사이에 한쪽은 월경수를 떠주지 않으려고 하고, 다른 쪽은 한사코 이를 요구하는 실랑이가 오간다.

도령보소 도령보소 [아그 짜잖어, 잉?]

[청중: 아니요, 그렇게 유식한 노래가 좋다요.]

삼단같은 조소머리 물길같이 흘러빗고

반비단 모란뱅이 붕애만치 물려들여

허리아래 떤져놓고 열두쪽 세경보선

감당까신에 아리살득 세워서

떠달라네 떠달라네 세숫물을 떠달라네

한번그래도 아니듣고 두 번그래도 아니듣고

삼세번을 거듭해서 상나무 바가치를

씻고씻고 또씻고 [청중: 웃음]

월경수를 제쳐놓고 익경수를 떠다중게

익경수를 마다하고 월경수를 떠달라네

[청중: 옛날에는 그리 상한이 셌어.] (서영숙 자료, 새터 60)

　　총각이 월경수를 떠 달라고 하는 것은 처녀에 대한 구애, 구혼의 표현이라
고 할 수 있고,[3] 처녀가 자신의 몸에서 나온 가장 은밀한 물을 총각에게 떠
주는 것은 그 구애, 구혼에 대한 승낙의 표시라 할 수 있다. 처녀에게는 한편
으로는 총각의 구애를 받아들이고자 하는 욕망이 자리 잡고 있다면, 다른 한
편으로는 이를 선뜻 받아들여서는 안 된다는 사회적 초자아에 의한 제어가
자리 잡고 있다.[4]

　　각편에 따라 다르게 나타나기는 하지만,[5] 처녀의 거절에 좌절하고 집으로

3　〈상사병으로 죽은 총각 노래〉의 구조적 특성과 여성의식, 면; 제보자들의 말에 의하면
　　월경수를 마시면 상사병이 난다고 하는 속설이 있다고도 한다.

4　초자아(Super Ego)는 삼중 구조 모델의 세 가지 체계 중 하나로서, 이상과 가치, 금지와
　　명령(양심)의 복잡한 체계를 형성하고 유지하는 역할을 하는 심리적 대리자를 가리키는
　　용어. 초자아는 자기를 관찰하고 평가하며, 이상과 비교하고, 비판, 책망, 벌주기 등 다양한
　　고통스런 정서로 이끌기도 하고, 칭찬과 보상을 통해 지존감을 높여주기도 한다. (정신분석
　　용어사전 http://terms.naver.com/entry.nhn?docId=656009&cid=1137&category
　　Id=1137)

돌아간 총각은 상사병이 들어 갖은 수단을 다 쓰지만 죽고 만다. 여기에서 총각의 죽음은 처녀의 마음속에 자리 잡은 이상적 남성상(아니무스)이 사회적 초자아에 의해 죽임을 당한 것이란 해석이 가능하다. 즉 처녀는 자신의 굳어 버린 사회적 초자아에 의해 자신의 마음 속 아니무스를 죽이고 만다. 자신이 그리던 아니무스를 죽이고 마는 것은 마음속에 품고 있던 사랑이 현실화하여 진행되는 것에 대한 두려움 때문일 수 있다.[6] 이 두려움은 무엇보다도 처녀와 총각의 자유로운 연애를 금지했던 사회적 관념에 의한 것이다. 처녀의 집 앞에 와 멈춘 총각의 상여는 바로 융통성 없이 굳어버린, 잘못된 사회적 관념의 단적인 상징이다.

> 날지다리네 날지다리네 학광서당이 날지달려
> 학광서당을 높이올라 공자자를 들여다봉게
> 공자자를 다잊어 부렸다네
> 동자를 앞세우고 이간문전 들어강게
> [재조사시에는 '열두대문 열고 들어강게'라고 함.]
> 정지 내 종아들이 쏙나심서
> 도련님 진지조반 늦어졌소
> 진지상을 들려들고 한번뜨고 두번뜨고 세번뚱게
> 먹을질이 전혀없네
> 아부님도 들어오시고 어머님도 들어오시래라

---

5   필자가 조사한 〈새터 60〉에서는 처녀와 총각이 손을 잡고 논다고 되어 있다.
6   이러한 심리 현상에 대해 클라리사 에스테스의 다음과 같은 해석을 참조할 만하다. "죽음은 우리가 연애를 하는 과정에서 상대방의 마음을 사로잡았다거나 대어를 낚았다고 확신하는 순간 불쑥 나타나는 이상한 습관을 갖고 있다. 두 사람 모두 이 사랑은 계속될 수 없고 계속되어서도 안 된다고 확신하며 동굴 속으로 뛰어드는 바로 그런 순간이다.... 이때 사람들은 자기가 사랑의 압력을 피해 도망치고 있다고 생각하지만 사실은 그렇지 않다. 그들은 삶/죽음/삶으로부터 도망치고 있는 것이다. 심리학자들은 이를 '친밀함이나 언약에 대한 두려움'이라고 지적한다." 클라리사 에스테스, 『늑대와 함께 달리는 여인들』, 손영 · 미 역, 이루, 2013, 164-165쪽)

그래서 들어강게
초당안에 삼석순은 눈에든 보름눈이 되었다고
죽어불드라네 (서영숙 자료, 새터 60)

상여꾼들은 처녀에게 나와 이 상여를 움직이게 해 줄 것을 요구한다. 경화
된 사회적 초자아를 풀어낼 수 있는 방법은 아니무스에 대한 내적 욕망을 풀
어내는 방법뿐이다. 즉 사회적 관념에 구애되지 않고 내면의 숨겨진 욕망을
풀어내는 것, 곧 총각의 사랑을 받아들이는 것뿐이다. 이에 처녀는 상여 위에
속적삼을 덮어주거나 꽃을 문지름으로써 죽은 총각을 살려낸다.

초당안에 삼석순은 임인줄 알걸랑은
속적삼이나 던져달라고
[그렁게로]
삼십일명 종아들아 팔십일명 행상꾼들 질위에 행상놓고
[질아래로 물러가라고 하더란다. 대처, 질위에 행상 놓고 질아래로 물러성게]
흰꽃을 문대면서 일어나오 일어나오
이승부부 될라그당 어서배삐 일어나오
새파랑꽃을 문대면서 일어나오 일어나오
이승부부 될라그당 어서배삐 일어나오
뻘건꽃을 문대면서 일어나오 일어나오
이승부부 될라그당 어서배삐 일어나오
[항게 벌떡 일어나 불드란다. 그런데 인쟈 저 뭐라그냐 또.]
[이하생략] (서영숙 자료, 새터 60)

상여 위에 속적삼을 덮어주거나 꽃을 문지르는 행위는 모두 간접적 성행위
의 은유적 표현이다. 이상적 남성상의 죽음을 치유하는 방법은 바로 억압된
욕망을 바깥으로 끌어내는 것, 즉 투사를 하는 것이다.[7] 그렇게 함으로써 외

면적 초자아와 내면적 자아 이상이 갈등하지 않고 조화를 이룰 수 있다.[8] 그러므로 이 노래는 억눌린 욕망을 바깥으로 이끌어내 표현하는 것, 즉 억눌린 욕망의 투사에 의해 불린 노래로 읽을 수 있다.

하지만 하위유형에 따라서는 이 갈등이 끝내 해결되지 못하고, 처녀가 흰둥(흰 가마)을 타고 시댁에 가서 평생 '처녀과부'로 사는 결말을 취하기도 한다. 이는 사회적 초자아에 의해 끝내 처녀의 내적 욕망이 좌절된 경우이다.

> 그러구러 돌아가서
> 돌아간날 샘일만에 편지왔네 편지왔소
> 딸아딸아 둘째딸아 니일도 큰일인데
> 내말조끔 들어봐라 니일[청중이 "속적삼 벗어서."하자 다시 시작했다]
> 아홉가닥 땋은머리 구름겉이 풀어주라
> 그리해도 안가거등 꽃댕이라 신던발에 우묵신을 신어주라
> 그리해도 아니가면 니입더나 속옷적삼 구마걸이 걸어주라
> 그리해도 아니가면 흰등타고 나서거라
> 이래해도 아니가고 저리해도 아니가니
> 흰등타고 나서니께 부지거처 따라가네
> 그러구러 따라가서 초상장사 마치시고 시가집에 가니께네
> 시아바씨 하는말씀 아가아가 며늘아가 무엇보고 묵어낼래

---

7   투사(projection)는 주체가 자신 속에 존재하는 생각, 감정, 표상, 소망 등을 자신으로부터 떼어내 그것들을 외부 세계나 타인에게 이전시켜 그 곳에 존재하는 것처럼 만드는 심리적 작용을 말한다. 특히 주체가 거부하고 싶은 고통스러운 감정이나 생각을 자신의 외부로 밀어내는 원초적인 방어 형태를 의미한다.(문학비평용어사전 http://terms.naver.com/entry.nhn?docId=1531024&cid=272& categoryId=272)

8   현대 대상관계이론의 대가인 샤스귀에르 스미젤의 해석에 따르면, 자아이상(The Ego Ideal)은 자기가 바라는바 대로 하려는 무의식적 욕망이며 매우 원초적인 기쁨만을 향한 욕망이라는 점에서 기쁨의 원리(Pleasure Principle)를 따르려는 욕망인 반면, 초자아(Super Ego)는 현실의 원리(Reality Principle)를 따르려는 후천적으로 형성된 무의식적 욕망에 속한다. 김용신, 『심리학, 한국인을 만나다』, 시담, 2010, 63~67쪽 참조.

시오마씨 썩나서미 아가아가 며늘아가 무엇보고 묵어낼래
그아묵던 식기대접 그것보고 묵어낼래
아버님도 그말마소 어머님도 그말마소
이내나는 이름이나 짓거들랑 청춘과부 짓지말고 애문과부 지어주소
[애문과부다. 맞다. 애문과부다. 애문과부거등.]

(구비대계 8-10, 칠곡면 민요 7)

이 각편에서는 처녀 집 앞에 멈춘 상여가 어떤 방법을 써도 움직이지 않는다. 이는 사회적 관념이 그만큼 경화돼 있음을 보여준다. 결국 처녀가 흰 가마를 타고 총각을 따라나서자 상여가 움직인다는 것은 처녀는 총각의 죽음의 원인 제공자이므로 죽은 총각과의 혼인을 받아들여야 한다는 사회적 관념을 보여준다. 처녀는 사회적 초자아를 극복하지 못하고 사회적 관념이 요구하는 대로 혼인하지도 않은 총각의 집으로 가서 평생을 수절하며 살게 된다. 내면적 욕망을 잠시 드러낸 죄로 인한 징벌치고는 너무나 가혹하게 여겨진다. 처녀가 이웃사람들에게 자신을 그냥 과부가 아닌 '애먼 과부'라 불러달라고 호소하는 데에는 풀어보지 못한 자신의 '처녀성'에 대한 회한과 억울함이 담겨있다. 억눌린 욕망을 이상적인 남성(아니무스)에 투사해 풀어내고자 했지만, 이 욕망은 사회적 관념과의 상호작용 속에서 조화롭게 해결되기도 하고 좌절에 이르기도 하는 것이다.[9]

한국 서사민요에 이렇게 상사병으로 죽은 총각을 살려내 혼인하거나, 살려내지 못한 채 처녀 과부로 평생 살아야 하는 유형이 있다면, 영·미 발라드에도 마찬가지로 처녀에 대한 상사병으로 총각이 죽는 유형이 발견된다. 하지만 사건의 전개방식과 결말의 해결 양상은 한국 서사민요와 다르게 나타난다.

영·미 발라드 〈Barbara Allen〉의 서사 전개를 요약하면 다음과 같다.

---

9 대체로 해결에 이르는 하위유형은 호남 지역에, 좌절에 이르는 하위유형은 영남 지역에 주로 전승된다는 사실은 흥미롭다.

a) 총각이 처녀(알렌)에게 반하여 병이 나다.

b) 하인을 처녀에게 보내어 와달라고 하다.

c) 처녀가 아주 천천히 찾아가 그가 죽게 될 거라고 말하다.

d) 처녀가 돌아오는 길에 조종이 울리는 것을 듣다.

e) 처녀가 돌아와 죽자 총각의 무덤 옆에 묻다.

f) 두 무덤에서 장미가 피어나 서로 엉키다.

〈Barbara Allen〉은 〈서답개 노래〉와 마찬가지로, 총각이 처녀에게 반하여 앓아눕는다. 총각은 시종을 보내 처녀에게 자신에게 와 달라고 청한다. 처녀는 마지못해 아주 느리게 일어나 누워있는 총각의 침상에 다다른다. 총각은 자신을 따뜻하게 위로해줄 것을 기대하지만 처녀는 냉정하게 대하고 돌아섬으로써, 총각은 죽음에 이르게 된다. 각편에 따라서는 처녀가 총각의 침상에서 총각이 예전에 술집에서 자신을 무시했던 사실을 말함으로써, 냉정하게 대하는 이유를 밝히기도 한다.

In Scarlet town where I was born, 난 스칼렛 타운에서 태어났다네.
There was a fair maid dwellin' 거기엔 한 멋진 소녀가 살고 있었지.
Made every youth cry Well-a-day, 모든 청년을 하루 종일 울게 만들었네.
Her name was Barb'ra Allen. 그녀의 이름은 바바라 알렌.

All in the merry month of May, 모두가 즐거운 멋진 5월에.
When green buds they were swellin' 초록 봉오리들이 피어날 때.
Young Willie Grove on his death-bed lay, 젊은 윌리 그로브는 죽음의 침상에
  누워있었네.
For love of Barb'ra Allen. 바바라 알렌에 대한 사랑 때문에

He sent his servant to her door 그는 하인을 그녀의 집으로 보냈네.
To the town where he was dwellin' 그가 살고 있는 도시로

Haste ye come, to my master's call. 서둘러 와야해요, 내 주인님이 부르셨어요.
If your name be be Barb'ra Allen. 당신 이름이 바바라 알렌이라면.

So slowly, slowly got she up. 천천히, 아주 천천히 그녀는 일어났네.
And slowly she drew nigh him. 그리고 천천히 그에게 다가갔네.
And all she said when there she came: 그녀가 거기 가서 말한 것은
"Young man, I think you're dying!" "젊은이여, 당신은 죽을 거에요!" (Child 84)[10]

처녀가 총각의 침상에서 한 말 한마디는 "젊은이여, 당신은 죽을 거에요!"
뿐으로, 매우 냉정하고 잔인한 말이다. 총각이 기대되는 말은 "사랑하는 이
여, 죽지 말아요."와 같은 것이 아니었을까. 하지만 처녀의 이 말은 총각의
가슴에 비수처럼 꽂혀 결국 총각은 숨을 거두고 만다. 노래는 처녀의 이러한
잔혹함을 조종의 벨 소리가 "Oh, cruel Barb'ra Allen(오, 잔인한 바바라 알
렌)"이라고 말하는 것 같다는 표현을 통해 드러낸다. 하지만, 처녀 역시 집에
돌아와 총각의 죽음에 대한 비통함으로 죽고 만다. 이는 처녀의 잔인한 말과
냉정한 태도가 결코 진심이 아니었음을 말해준다. 두 사람은 나란히 묻히게
되고 무덤에서 장미와 들장미가 피어나 서로 엉키어 진정한 사랑의 매듭을
이룬다.

When he was dead and laid in grave. 그가 죽어서 무덤에 묻힐 때,
She heard the death bell knelling. 그녀는 조종이 울리는 것을 들었네.
And every note, did seem to say 모든 음이 말하는 것 같았네.

---

10 F.J.Child가 앞의 책에 부여한 번호임. http://www.contemplator.com/child/
brballen.html에 원문이 수록돼 있으며, 다음과 같이 설명돼 있다. "바바라 알렌에는 셀
수 없을 만큼의 많은 각편들이 있다. 각편들은 영국, 스코틀랜드뿐만 아니라 이탈리나 스칸
디나비아와 같이 멀리 떨어진 곳, 물론 미국에서도 발견된다. 한 자료에는, 버지니아에서만
98편이 넘는 각편들이 수집돼 있다. 사무엘 펩피스는 1666년 그의 일기에 '짤막한 스코틀랜
드 곡'이라고 언급했다." 모든 자료의 번역은 필자가 한 것임.

Oh, cruel Barb'ra Allen 오 잔혹한 바바라 알렌

"Oh mother, mother, make my bed 오 어머니, 어머니, 내 자리를 만들어줘요.
Make it soft and narrow 부드럽고 좁게요.
Sweet William died, for love of me, 달콤한 윌리엄이 죽었어요. 나에 대한 사랑
    때문에.
And I shall of sorrow." 난 슬픔으로 죽게 될 거예요.

They buried her in the old churchyard 그들은 그녀를 오래된 교회묘지에
    묻었다네.
Sweet William's grave was neigh hers 달콤한 윌리엄의 무덤은 그녀 곁에
    있네.
And from his grave grew a red, red rose 그의 무덤에서 붉고붉은 한송이
    장미가 자랐네.
From hers a cruel briar. 그녀의 무덤에서 한 송이 잔인한 들장미가 피어났네.

They grew and grew up the old church spire 그들은 오래된 교회탑 위로
    자라고 자랐네
Until they could grow no higher 더 이상 오를 수 없을 때까지.
And there they twined, in a true love knot, 그들은 엉키었네. 참된 사랑의
    매듭으로.
The red, red rose and the briar. 붉고 붉은 장미와 들장미로. (Child 84)

노래의 겉으로 드러난 사설만으로는 처녀의 총각에 대한 마음을 알기 어렵
다. 그러나 총각이 죽고 나서 처녀가 슬픔으로 인해 죽었다는 것은 처녀 역시
총각에 대한 사랑을 지니고 있었음을 나타내준다. 그런데 처녀가 죽어가는
총각에게 냉정하게 대했던 이유는 무엇일까. 이는 아마도 두 사람의 사랑이
현실적으로 실현되기 어려운 상황들로 이루어져 있기 때문이라 생각된다. 시
종을 보내 처녀를 자신의 침상으로 오게 할 만큼 총각은 처녀보다 높은 지위

에 있다.[11] 높은 지위에 있는 총각이 미천한 신분의 처녀를 사랑하는 경우, 순탄하게 혼인에 이르기보다는 일순간의 욕망을 채우는 데 그칠 우려가 높았다. 처녀가 총각의 사랑을 선뜻 받아들이지 못한 것은 이러한 사회적 현실과 장벽 때문일 수 있다.[12]

자신이 사랑하는 사람에게 냉랭하게 대하는 것은 심리학적으로 보면 투사로 설명할 수 있다. 자신이 좋아한다는 감정을 부끄럽게 여겨 들키지 않고 싶을 때 일부러 정반대의 행동을 하게 되는 것이다. 즉 처녀가 총각에 대한 사랑을 감추었던 것은 두 사람의 사랑이 실현되기 어려우므로 이를 함부로 드러내서는 안 된다는, 사회적 초자아에 의한 제어 때문이라 할 수 있다. 처녀와 총각 사이의 연애가 자유롭지 않았던 사회적 현실, 신분이 다른 남녀의 혼인이 흔치 않았던 상황이 처녀로 하여금 자신의 솔직한 욕망을 억누르게 한 것이다.

자신을 사랑하는 총각의 죽음은 그런 억눌린 욕망의 좌절을 표현한 것이다. 하지만 정작 총각의 죽음을 접하고서야 처녀는 비로소 자신의 감정을 솔직히 드러낸다. 자신이 총각을 사랑했음을, 자신 역시 총각의 죽음에 대한 슬픔으로 죽을 수밖에 없음을 고백하며, 자신을 총각의 곁에 묻어달라고 한다. 두 사람의 무덤에서 각기 장미와 들장미가 피어나 서로 엉키어 교회의 천정 꼭대기까지 다다랐다는 것은 두 사람의 사랑이 현실에서는 이루어지지 못했지만, 현실 너머의 세계에서는 이루어졌음을 상징하는 것이다. 현실 너

---

11 한규만은 〈바바라 알렌〉을 "귀족 남자와 평민 여인의 신분으로서 이를 극복하는 사랑을 원하나 둘의 사랑을 이 세상에서 누리지 못하고 저승에서 누리게 되는 슬픈 이야기이다.… 이 노래에서 창자와 청자로서의 포크는 결혼시 자유의지에 의한 배우자 선택과 신분 차별 없는 평등한 사회에 대한 갈망을 이 밸러드를 통하여 표출하고 있다."라고 분석하고 있다. 한규만, 앞의 책, 105쪽 참조. 뿐만 아니라 토론을 맡은 김팔남 선생에 의하면 노래 속 장미와 들장미의 매듭은 영국에서 각기 귀족 신분과 평민 신분의 결합의 상징으로 여겨진다고 한다.

12 중세 유럽에서는 여성이 12세가 넘으면 집 창문 밖도 나가기가 힘들었으며, 기사를 비롯한 상층 남성들은 미혼 평민 여성을 성적으로 농락하는 일이 빈번하게 일어났다. 한규만, 위의 책, 142쪽 참조.

머의 세계에서나마 진실한 사랑의 매듭을 맺음으로써 두 사람의 인연을 맺고
자 하는 것은, 현실 세계에서는 이루어질 수 없었던 불가능한 사랑, 드러낼
수 없었던 억압된 사랑의 욕망에 대한 심리적 보상에 의한 것이라고 할 수
있다.[13]

이렇게 한국 서사민요와 영·미 발라드 모두 총각이 처녀에 대한 상사병으
로 죽는다는 공통점이 있다. 단 해결에서는 한국에서는 두 가지 하위유형—
처녀과부형(불행한 결말형), 재생혼인형(역설적 해결형)으로 나타나는 반면,
영·미에서는 대부분 한 가지 유형—사랑매듭형(역설적 해결형)만으로 나타난
다. 공통적으로 나타나는 '역설적 해결형'만을 놓고 본다면 두 세계 모두 혼
인하지 않은 처녀와 총각, 특히 신분이 다른 남녀 사이에 자유로운 연애가
불가능했음을 말해준다. 처녀의 입장에서 사랑하는 남자에 대한 욕망을 드러
내서는 안 된다는 사회적 초자아의 제어에 의해 욕망을 억눌러야 했고, 이는
바깥으로 투사되어 사랑하는 남자에 대한 거부와 남자의 죽음으로 표현된다.
두 세계 모두 여성들에게 이러한 초자아를 강요했고, 이로 인해 여성들은 자
신들의 욕망을 자유롭게 표현하지 못했다. 〈상사병으로 죽은 총각〉 유형은
이러한 여성들의 억눌린 욕망의 투사체로서, 여성들은 이를 통해 억압적 현
실을 견뎌나갈 수 있는 힘과 위안을 얻었다.

그러면서도 억압된 욕망을 노래로 해결하는 데 있어 지역적으로 차이를 보
이는 것은 흥미롭다. 이는 사회적 환경에 의해 형성된 집단무의식이 다르게

13　육체적·정신적인 의미에서 자신에게 만족스럽지 못한 면이 있거나, 열등감 또는 사회적
　　지위에 대한 불만이 강할 때, 그 불쾌감을 보충하려는 심리작용. 보상작용은 자신의 결함을
　　방위하고 남이 호의적 태도를 갖게 하기 위해서 또 자존심을 유지하기 위해서도 필요한
　　것으로, 경쟁적인 사회에서 가장 두드러지게 나타난다. 보상작용은 노력에 의해 결함이
　　극복되어 도리어 우수한 업적이 달성되거나 결함의 대상(代償)이 될 만한 훌륭한 업적이
　　다른 점에서 성취되면 열등감이나 불쾌감이 없어지고, 자신을 얻어, 더욱 건설적 노력을
　　하게 된다. 그러므로 교육적 측면에서는 바람직한 것이나, 그 노력 때문에 비사교적 또는
　　고립적인 성격이 된다면 바람직하지 못한 것이다. (두산백과사전 http://terms.naver.com/e
　　ntry.nhn?docId=1102567&cid=200000000& categoryId =200000046)

나타남을 보여주는 좋은 예이다.[14] 즉 한국의 영남 지역에서 처녀과부로 수절하고 사는 하위유형이 많이 불린 것은 그 지역 여성들에 대한 사회적 제어가 다른 지역에 비해 더욱 견고했음을 보여주는 것이라 할 수 있다. 이에 비해 한국의 호남 지역과 영·미 유럽 지역에서 초현실적인 방법을 통한 역설적 해결을 많이 보이는 것은 이들 지역의 사회적 규제가 영남 지역보다는 비교적 유연했기 때문이 아닐까 한다. 특히 한국의 호남 지역에서 죽은 총각을 살려내는 환상적 결말이 나타나는 것은 자유로운 사랑에 대한 열망과 의지를 가장 강렬하게 보여주는 것으로서, 이 지역 여성들의 사랑에 대한 적극성과 주체성을 보여주는 것이라 할 수 있다.

3. 불안한 사랑의 방어: <다른 데로 장가가다 죽는 신랑> 유형

앞 장에서 사랑의 비극이 두 사람 사이에서 일어나는 경우를 살펴봤다면, 이 장에서는 두 사람 사이에 또 다른 제3자가 개입돼 비극이 일어나는 경우를 살펴보려고 한다. 이는 처녀와 총각이 서로 사랑하는 사이이거나 아니면 처녀가 총각에게 먼저 구애를 하나, 총각이 이를 거부하고 다른 여자와 혼인을 하게 됨으로써 사건이 발생하는 경우로 편의상 <다른 데로 장가가다 죽는 신랑> 유형이라 칭하기로 한다. 한국에서는 <이사원네 맏딸애기>가 대표적이고, 영·미권에서는 <Lord Thomas and Fair Ellinor>, <Fair Margaret and Sweet William> 등 다양한 작품이 나타난다. 우선 <이사원네 맏딸애기>의 서사단락을 살펴보면 다음과 같다.

---

14 집단무의식은 그 집단의 구성원이 공동으로 가지는 일련의 무의식적 양상을 의미하는 것으로, 대상관계이론에 따르면 집단무의식도 집단 구성원과 외부 세상과의 내사와 투사를 통하여 형성된다고 한다. 예를 들면 어떤 특정 지역에 사는 집단들은 그들이 공통적으로 맞이하는 외부의 환경적 영향과 이를 받아치는 공통적인 투사적 입장에 E라 독특한 그 집단의 무의식이 형성된다고 한다.(김용신, 앞의 책, 25-27쪽 참조)

a) 남자가 삼촌집에서 구박받고 자라며 과거공부를 열심히 하다.

b) 과거보러 가는 남자를 본 맏딸애기가 들렀다 가라고 한다.

c) 남자가 거절하고 가자 혼인날 죽으라고 저주한다.

d) 남자가 혼인날 죽고 맏딸애기 시집가는 길에 묻히다.

e) 맏딸애기가 시집가는 길에 쉬다 나비가 당겨 무덤 안으로 들어가다.

맏딸애기는 이사원의 딸로서, 모든 총각들이 선망하는 미모와 재력을 지니고 있는 여성이다. 이에 비해 총각은 어려서 일찍 부모를 여의고 삼촌 집에서 구박을 받고 자라는 가난한 서생으로 나온다. 하지만 서당에 다니며 과거 준비를 하는 것으로 보아 가문은 본래 높은 집안으로 생각된다. 당연히 몰락한 가문을 되살리기 위해 글공부에 전력을 다할 수밖에 없었기 때문에, 맏딸애기의 유혹을 받아들이지 않았던 것이다.

> 한살먹어 어마죽고 두살먹어 아바죽고
> 호붓다섯 글로배와 열다섯제 과게가니
> 과게라고 가니끄네
> 이선달네 맞딸애기 밀창문을 밀체놓고
> 저게가는 저손볼랑 앞을보니 시선보고 뒤로보니 글선본데
> 이내집에 와가주고 잠시잠판 노다가나 가이시소
> 아그락신 배운글로 잠신들 잊을소냐
> 글코말고 잼이나 한숨 둘러가소
> 아그락신 배운글로 잠신들 잊을소냐 <small>(조동일 자료, G30)</small>

이는 맏딸애기가 사회적 초자아를 이겨내고 구애를 먼저 했는데도 불구하고, 총각은 사회적 초자아로 인해 맏딸애기의 구애를 거부한 것으로 읽을 수 있다. 총각은 맏딸애기에게 있어 구원의 남성상(아니무스)으로 여겨지는 존재이나, 아니무스와의 이상적인 결합이 쉽게 이루어지지 않는다. 이에 맏딸애

기는 자신을 거부하고 가는 총각이 혼인날 죽으라고 저주를 내린다.

조게가는 조선부는 과게라고 해가주고
장개라도 가그들랑 가매타고 타그들랑
가매잙이 닐앉이소
삽찍거레 들거들랑 청삽사리 물어주고
마당안에 들거들랑 사삽사리 물어주고
모리모리 돌거들랑 천살급살 맞어주고
짱때비나 따라주고
방안에야 드가거든 문천이나 널쪄주고
구들에라 앉거들랑 구들쩽이나 띤세주고
경방상을 받그들랑 판다리나 꺾어주고
그술로 들거들랑 수절이나 꺾어주고
다례청에 수물두폭 백패아래
서발가웃 꼬지때에 한장대이나 뿔어지소
암달잡어 총포싸고 장달잡어 황포싼거
달졸가리 뿔거지고
황새병에/ 목지다 자래병에 목짜리다
황새병에 병목아지 뿔어지소
첫날밤을 채리거든 겉머리가 떠끔하고
속머리가 떠끔하고
우야주야 아퍼가주 숨이깔딱 넘어가소
이말대로 다되여
첫날지녁 가이께네 겉머리가 하도아퍼
평풍넘에 앉인각시 내머리나 짚어도고
언제봤던 선보라고 머리조창 짚어주노
글꼬말고 이내머리 짚어도고
내죽겠네 내죽겠네 할수없이 내죽겠네

머리나 짚어도고
평풍넘에 앉인각시 이내머리 짚어도고
사정해도 아니짚고 숨이딸깍 넘어가니
참으로 죽었구나
[이하생략] (조동일 자료, G30)

맏딸애기가 자신을 거부한 남자를 죽으라고 저주를 하는 것은 사랑의 양가
적 감정(Ambivalence)에 의한 것으로도 볼 수 있는데,[15] 이 역시 자신의 감정
을 들키고 만 데 대한 일종의 방어 기제에 의한 것이다. 누군가를 사랑하지
만, 이 사랑이 이루어질 수 없다는 불안감이 이러한 극단적인 행동으로 나타
난다. 사랑했던 남자가 자신이 아닌 다른 여자와 혼인을 한다는 것은 심적으
로 쉽게 받아들일 수 없으며 큰 정신적 혼란을 야기한다. 남자의 신부 역시
자신보다는 무언가 부족한 존재로 여겨진다. 남자가 아파서 머리 한 번 짚어
달라고 하는데도 신부가 '언제봤던 남자라고' 머리 한 번 짚어 주지 않는 것
은 그 혼인이 잘못된 것임을 말하려는 의도가 숨겨져 있다. 그에 비해 남자가
자신을 맏딸애기가 시집가는 길목에 묻어달라고 하는 것은 남자의 마음속에
도 맏딸애기가 자리 잡고 있었음을 말해준다.

이선달네 맞딸애기 시집가는 갈림질에 묻어노니
이선달네 맞딸애기 시집을 가다가보니
거게서니 시집을 가다가 거게서니
가매채가 닐앉고 꿈적도 아니하니
거게 니라노니(내려놓으니) 미(묘)대가리 벌어지디

---

15 최현재, 「서사민요 '처녀의 저주로 죽는 신랑' 유형에 나타난 양가성 고찰」, 『우리말
   글』 제43집, 2008.8, 135–159쪽에서는 이 유형을 "사랑과 증오, 천사 이미지와 마녀 이
   미지, 남성성과 여성성 등의 대립적이고 이분법적인 도식을 깨뜨려 그 경계를 허물려는
   양가성의 전략이 내재"해 있다고 분석하고 있다.

새파란나부 나오더니 치매 검어지고가고
붉은나부 나오더니 저구리 검어지고
푸른나부 나오더니 허리담삭안고 미속으로 드가뿌고
이세상에 원한지고 시원진거 후세상에 만내가주
원한풀고 시원실고 다시한분 살아보자 (조동일 자료, G30)

결국 남자는 맏딸애기가 시집가는 길목에 묻히고, 맏딸애기는 그 무덤 앞
에서 쉬다가 무덤이 벌어진다. 무덤에서 붉은 나비 푸른 나비가 나와 맏딸애
기의 치마, 저고리, 허리를 안고 무덤 안으로 데리고 들어간다. 죽음의 무덤
속에서 솟아 나온 **빨간 나비**, 파란 나비는 죽음을 초극하는 강력한 생명의
에너지를 보여준다. 죽음을 이겨내는 나비들의 춤, 이를 통해 여성들은 죽음
과 같은 현실을 이겨내는 새로운 '자기(Self)'를 찾는다. 맏딸애기가 나비에
의해 무덤 속으로 들어간다는 것은 이러한 '자기'를 찾아 사랑을 이루어내고
자 하는 의지를 실현하고자 하는 것이다. 하지만 그 '자기'의 실현은 현실이
아닌 초현실의 세계에서만 가능하다는 데에서 비극이 발생한다.

〈이사원네 맏딸애기〉는 서로 사랑하거나 마음에 둔 남자가 다른 곳으로 장
가가는 것을 바라다볼 수밖에 없었던 전통 시대 여성들의 안타까움과 불안함
이 투영된 노래라 할 수 있다. 자신의 구애와 사랑이 실패로 돌아갈 수밖에
없다는 불안감은 거꾸로 상대방의 혼인이 파탄에 이르기를 바라는 잘못된 소
망으로 이어진다. 남자에 대한 저주와 그 실현은 이러한 불안감의 투사이며
방어 기제이다.[16] 하지만 많은 각편에서 무덤이 갈라져 두 연인이 결합하게

---

16 방어(Defense)는 애정 대상의 상실, 대상의 애정 상실, 거세 그리고 초자아의 비난과 같은
    위험하고 불쾌한 정동으로부터 자신을 보호하기 위해 애쓰는 자아의 분투를 일컫는 용어이
    다. 실제적이거나 공상적인 처벌에 관한 억압된 소망, 생각, 또는 감정은 의식 안으로 들어
    오고자 시도한다. 여기에는 불안, 우울, 수치, 또는 죄책감 같은 고통스런 감정들이 신호
    정동으로서 뒤따라오는데, 이러한 감정들은 자아로 하여금 소망이나 욕동을 멀리하도록
    강요한다. 방어는 무의식적으로 작용한다; 따라서 개인은 자신이 위험스런 욕동이나 소망
    을 피하기 위해 방어 기제를 사용한다는 사실을 깨닫지 못한다. 방어 기제가 작용하면 현실적

되는 역설적 해결로 결말을 삼는 것은 향유자 여성들의 소망이 단순한 자기 방어에 머물러 있지 않았음을 말해준다. 즉 이는 향유층 여성들의 내면에 자리 잡고 있는 사랑의 실현에 대한 강렬한 내적 의지가 표면화된 것이자, 현실에서의 좌절에 대한 보상심리(Compensation)에 의한 것으로 읽을 수 있다. 하지만 그 의지를 역설적으로 해결함으로써, 현실에 대한 원망과 억울함을 함께 나타낸다. 노래 속에서 "이세상에 원한지고 시원진거 후세상에 만내가주 / 원한풀고 시원실고 다시한분 살아보자"라고 한 것은 이러한 여성들의 심리의식을 단적으로 보여준다.

영·미 발라드 중에는 〈다른 데로 장가가다 죽는 신랑〉 유형에 속하는 것으로 〈Lord Thomas and Fair Ellinor〉(Child 73)[17]의 서사단락을 요약하면 다음과 같다.

a) 남자가 사랑하는 여자(엘리노어)와 부자인 다른 여자(갈색 소녀) 사이에서 갈등한다.
b) 남자의 어머니가 부자인 갈색 소녀와 혼인하라고 한다.
c) 남자가 여자에게 이별을 통보하자 여자는 그런 일이 일어나지 않기를 빈다.
d) 남자의 결혼식에 여자가 나타나자 갈색 소녀가 여자를 칼로 찌른다.
e) 남자가 갈색 소녀를 죽이고 자신도 죽는다.
f) 남자와 여자의 무덤에서 장미가 자라나 넝쿨이 되어 얽힌다.

인 측면은 삭제되거나 왜곡된다. (정신분석용어사전 http://terms.naver.com/entry.nhn?docId=655814&cid=1137&categoryId=1137)

17 http://www.contemplator.com/child/thomas.html에 원문이 수록돼 있고 다음과 같이 설명돼 있다. "이 노래는 〈갈색 소녀〉로도 잘 알려져 있다. 엘리노어는 다른 스펠링으로도 적혀있고, Percy에 의해서는 Annet으로 불리기도 한다. 마지막 두 연은 〈바바라 엘렌〉의 마지막 연과 거의 일치한다. 이야기는 적어도 찰스 2세 이전으로 소급해 올라간다. 지금도 영국, 아일랜드, 스코틀랜드에서 전승되고 있으며, 북 유럽이나 다른 유럽의 발라드에도 유사한 스토리가 존재한다. 북미 아팔라칸 지역에서도 발견된다."

〈Lord Thomas and Fair Ellinor〉에서 토마스와 엘리노어는 서로 사랑하는 사이로 나타난다. 하지만 토마스는 결혼의 상대자로 아무 것도 가지지 않은 엘리노어와 부자인 갈색 소녀 사이에서 고민한다. 중세 영국 사회 역시 혼인은 한국과 마찬가지로 가문과 가문의 결합이었으며, 신부 측은 신랑 측에게 많은 지참금을 내야만 했다. 또한 두 사람 간의 자유로운 연애는 거의 금기시되었고, 부모나 교회에 의해 조혼이 이루어졌다. 이 유형 대부분에서 신부가 '갈색 소녀(Brown Girl)'로 나타나는 것은 아직 성숙하지 않았거나 미모가 떨어지는 신부를 비하하여 지칭하는 것으로, 이러한 혼인 풍속의 일단을 보여준다. 남자의 고민은 본인 자신에 의한 것이라기보다는 어머니를 비롯한 친족의 강요 때문이라고 할 수 있다. 어머니가 갈색 소녀를 집으로 데려와야만 축복할 것이라고 말하는 것에 이러한 강압이 잘 나타나 있다.

Lord Thomas was a bold forester; 토마스경은 용감한 삼림관리원이였네.
And the lodge-keeper of the king's deer. 왕의 사슴 목장의 관리인이기도 했네.
Fair Ellinor was as a gay lady; 엘리노어양은 쾌활한 숙녀였네.
Lord Thomas he loved her dear. 토마스경은 그녀를 매우 사랑했네

Now riddle me, dear mother, said he, 내 문제를 해결해주세요. 어머니, 그가 말했네
And riddle it all in one, 문제를 한 번에 해결해주세요.
Whether I shall marry the brown girl, 난 갈색 소녀와 결혼해야 할까요.
or bring fair Ellinor home. 아니면 엘리노어양을 집으로 데려와야 할까요.

The brown girl she has houses and land 갈색 소녀는 집과 땅이 있어요.
Fair Ellinor she has none; 엘리노어양은 아무것도 없어요.
Wherefore I charge you upon my blessing, 네가 나의 축복을 받으려면,
To bring the brown girl home. 갈색 소녀를 집으로 데려와야 한다. (Child 73)

남자는 급히 사랑하는 여자의 집으로 달려가 다른 여자와의 결혼을 알리고 이별을 고한다. 여자는 "O God forbid that any such thing / Should ever pass by my side; 오 신이 그런 일을 막으시기를. 그런 일이 내게서 비껴가기를." 하고 기원한다. 이는 〈이사원네 맏딸애기〉에서처럼 직접적인 저주는 아니라 할지라도 사랑하는 남자가 다른 데로 혼인하는 것을 막아달라고 신에게 기원하는 것으로서 말과 기원대로 일이 이루어지리라는 주술적 관념을 기반으로 하고 있다.

So way he flew to fair Ellinor's bow'r, 그길로 그는 엘리노어의 집으로 달려갔네.
And tingled so loud at the ring 그리곤 종을 크게 울렸다네.
No one was so ready as fair Ellinor 엘리노어양만이 준비돼 있었네.
To let Thomas in. 토마스를 들어오게 할.

What new, what news, what news? she cried, 무슨 새로운 소식이 있나요,
　그녀가 소리쳤네.
What news hast thou brought unto me? 당신이 내게 가져온 새로운 소식이
　무엇인가요?
I am come to bid thee to my wedding, 나는 당신에 대한 내 결혼 약속을
　파하러 왔어요.
Beneath the sycamore tree. 단풍나무 아래에서 했던.

O God forbid that any such thing 오 신이 그런 일을 막으시기를.
Should ever pass by my side; 그런 일이 내게서 비껴가기를.
I thought that thou wouldst have been my bridegroom 난 당신이
　내 신랑이 되리라 생각했어요.
And I should have been the bride. 난 당신의 신부가 되고요. (Child 73)

엘리노어는 화려하게 옷을 차려 입고 결혼식이 열리는 토마스의 집에 나타

난다. 토마스가 엘리노어의 백합같이 하얀 손을 잡고 홀 가운데를 지나 그녀를 가장 멋진 의자에 앉혔다는 것은 토마스의 마음에 여전히 엘리노어에 대한 사랑과 경외감이 남아있음을 보여준다. 엘리노어와 갈색 신부와의 다툼이 벌어지자 토마스는 "For more do I love thy little finger / Than all her whole body. 난 당신의 작은 손가락을 더 사랑한다오. / 그녀의 몸 전체보다."라며 엘리노어에 대한 사랑을 확인해 준다. 혼인은 갈색 소녀와 하지만 사랑은 엘리노어에게 있다는 모순된 언표이다. 이에 분노한 갈색 소녀가 엘리노어를 죽이고, 토마스는 다시 갈색 소녀를 찌른 후 자신도 죽는 참혹한 장면이 벌어진다.

The brown girl had a little penknife 갈색 소녀는 작은 펜칼을 갖고 있었네.
Which was both long and sharp; 그것은 길고 날카로웠다네.
'Twist the small ribs and the short she pricked 작은 옆구리 사이로 그녀는
　　단검을 찔렀네.
Fair Ellinor to the heart. 엘리노어양의 심장에.(중략)

Lord Thomas he had a sword by his side, 토마스경은 곁에 칼을 갖고 있었네.
As he walked through the hall; 그는 홀을 지나 걸어갔네.
He took off the brown girl's head from her shoulders 그는 갈색 소녀
　　머리를 어깨에서 떨어뜨려
And flung it against the wall. 벽을 향해 던졌네.

He put the sword to the ground, 그는 칼을 바닥 위에 놓고
The sword unto his heart 칼은 그의 가슴에 꽂혔네.
No sooner did three lovers meet 세 연인은 만나자마자
No sooner did they part. 그들은 세상을 떠났네. (Child 73)

〈이사원네 맏딸애기〉에서 맏딸애기의 저주대로 신랑이 혼인날 죽음을 맞

듯이, 이 노래에서도 엘리노어의 기원대로 토마스와 갈색 소녀의 혼인은 성사되지 못한다. 또한 토마스가 신랑이 되고 자신이 신부가 되리라는 기원은 살아서가 아니라 죽어서야 이루어진다. 두 사람이 묻힌 곳에서 피어난 장미꽃이 교회의 꼭대기까지 자라나 엉키어 사랑의 매듭을 맺는다. 이는 앞 장에서 살펴본 〈Babara Allen〉에도 나오는 모티프로, 죽어서라도 사랑을 이루고자 하는 의지가 실현된 것이라고 할 수 있다. 특히 교회의 꼭대기까지 자라나 모든 참된 연인들이 경탄하였다는 것은 두 사람의 혼인을 교회와 만인에게 인정받고자 하는 심리의식에서 나온 것이라 할 수 있다.

> Lord Thomas was buried in the church 토마스 경은 교회에 묻혔네.
> Fair Ellinor in the choir; 엘리노어 양은 찬양대 안에 묻혔네
> And from her bosom there grew a rose 그녀의 가슴에서 장미 한 송이가
> 　　자라났네
> And out of Lord Thomas the briar. 토마스경에게서 들장미가 자라났네
> They grew till they reached the church tip top, 꽃들은 교회 꼭대기에
> 　　닿도록 자랐네
> When the could grow no higher; 더 높이 자랄 수 없을 때까지
> And then they entwined like a true lover's knot, 꽃들은 엉키어 참된
> 　　사랑의 매듭을 지었네
> For all true lovers to admire. 모든 참된 연인들이 경탄하도록 (Child 73)

〈Lord Thomas and Fair Ellinor〉는 앞 장에서 살펴본 〈Barbara Allen〉과는 달리 사랑과 혼인 사이에서의 갈등을 보여준다. 토마스는 아름답지만 가난한 엘리노어양과 아름답진 않지만 부자인 갈색 소녀 사이에서 고민한다. 어머니는 갈색 소녀와 결혼해야만 축복할 것이라고 종용한다. 어머니는 이 작품에서 사회적 초자아를 대변하는 인물이다. 〈이사원네 맏딸애기〉에서 총각이 과거 급제라는 사회적 명예 추구로 인해 맏딸애기의 구애를 거

부했다면, 〈Lord Thomas and Fair Ellinor〉에서 토마스는 재력에 의해 사랑하는 여자와의 혼인을 포기한다. 두 유형 모두 사랑보다는 명예와 조건, 가문의 승인을 우선시하고 있다는 점에서 사회적 초자아에 굴복하는 남자의 모습을 보여준다. 이는 현실 속에서 가난하거나 낮은 신분에 있는 여자들에게 흔히 일어나는 현상으로서, 평민 여성들은 이로 인해 자신들의 사랑에 대한 불안감을 갖게 된다. 이러한 불안감은 노래 속에서 상대 남자와 그의 신부에 대한 증오로 나타나게 되는데, 이는 자신의 불안함에 대한 방어 기제에서 나온 것이다.

〈Lord Thomas and Fair Ellinor〉에서 방어 심리는 토마스의 신부를 갈색 소녀로 설정함으로써, 엘리노어의 신부에 대한 미적 우월의식을 드러내는 데에서도 나타난다. 엘리노어는 토마스의 결혼에 아주 화려한 드레스를 입고 나타나 자신의 미모를 뽐내고, 갈색 소녀를 무시한다. 또한 향유층 여성은 노래를 통해 토마스가 갈색 소녀를 택한 것은 토마스의 의지가 아니라 그의 어머니, 즉 사회적 현실에 의한 어쩔 수 없는 것이었으며, 토마스의 진정한 사랑은 엘리노어였음을 말하고자 한다. 노래 속에서 세 연인이 죽을 수밖에 없었던 것은 이러한 은밀한 사랑의 불안함에 대한 방어 기제로 나타난 것이다. 즉 자신의 사랑이 부모나 사회에서 허락받을 수 없는 사랑으로, 자신의 연인이 자기 아닌 다른 사람과 혼인하리라는 불안함을 세 연인의 죽음을 통해 거세하고자 한 것이다.

〈Barbara Allen〉에서와 마찬가지로 〈Lord Thomas and Fair Ellinor〉에서도 마지막 결말은 두 연인에게서 장미와 들장미가 피어나 사랑의 매듭을 짓는 것으로 끝맺는다. 사랑의 매듭 모티프가 영·미권에서 다양한 유형 속의 중심 모티프로 활발하게 전승되었다는 사실은 영·미권 역시 남녀 사이의 자유로운 연애가 자유롭지 않았으며, 이러한 사회적 억압 속에서 은밀하게 이루어지는 사랑 역시 적지 않았음을 말해 준다. 그러면서도 사랑의 실현에 대한 강렬한 의지는 죽음 이후 사랑하는 두 사람 몸에서 피어난 꽃으로 '사랑의 매듭'을 지음으로써 사회적 억압에 대한 저항을 드러내고, 마음속 억압을 풀어낼 수 있었던 것이다.

사랑의 매듭 모티프는 〈이사원네 맏딸애기〉에서 무덤 속에서 나비가 나와 맏딸애기를 무덤 속으로 데리고 들어가는 모티프에 비견된다. 무덤이 갈라져 여자가 무덤 안으로 들어가거나, 무덤 속에서 나비가 나오는 모티프는 시집 살이 노래 중 〈중되는 며느리 노래〉의 마지막 부분에 여자가 죽은 남편 무덤 앞에 다다랐을 때 나오기도 하고, 서사무가 〈추영대 양산복〉, 소설 〈양산백 전〉 등에 두루 나오기도 하는, 동아시아 보편의 모티프이기도 하다. 이러한 모티프는 현실에서 이루지 못한 사랑을 현실 너머의 세계에서라도 이루어지 길 바라는 의지와 보상심리에 의한 것으로 읽을 수 있다.

4. 맺음말

이 글에서는 한국 서사민요와 영·미 발라드에 공통적으로 나타나는 비극 적 사랑노래 〈상사병으로 죽는 총각〉과 〈다른 데로 장가가다 죽는 신랑〉 유 형을 중심으로 이를 향유해 온 두 세계 평민 여성들의 심리의식을 비교 분석 하였다. 〈상사병으로 죽는 총각〉 유형으로는 〈서답개 노래〉와 〈Barbara Allen〉을, 〈다른 데로 장가가다 죽는 신랑〉 유형으로는 〈이사원네 맏딸애 기〉와 〈Lord Thomas and Ellinor〉를 주 대상으로 삼았다. 두 세계에서 평 민 여성들이 불러온 서사적 노래에 이와 같이 유사한 소재와 주제가 나타난 다는 것은 동서의 거리에도 불구하고 중세 이후 근대 이전 평민 여성들의 삶 과 의식이 크게 다르지 않았음을 말해준다.

이들 유형에 속하는 노래들은 모두 신분이나 경제력이 다른 남녀 간의 자 유로운 사랑을 다루고 있어, 이를 쉽게 용인하지 않는 사회적 현실과 인식을 배경으로 하고 있음을 알 수 있다. 그런 사회적 인식은 노래 속에서 사회적 초자아로 기능하며, 이들 노래는 이러한 사회적 초자아와의 갈등을 그려내고 있다. 〈상사병으로 죽는 총각〉 유형의 〈서답개 노래〉와 〈Barbara Allen〉에서 처녀가 총각의 구애, 구혼을 거부하는 것은 바로 신분이 다른 처녀와 총각 사이의 자유로운 연애를 허용하지 않는 사회적 초자아에 의해 억눌린 욕망이 투사된 것이며, 이는 결과적으로 총각(또는 신랑)의 죽음을 불러온다.

〈서답개 노래〉에서 경화된 초자아의 상징인 '움직이지 않는 상여'를 풀어 내는 것은 두 가지 양상으로 나타내는데, 하나는 자아의 욕망을 죽이고 초자 아의 요구에 맞추어 살아가는 것(처녀 과부형)이며, 다른 하나는 자아의 강렬 한 의지에 의해 초자아를 변화시키는 것(환생 혼인형)이다. 〈Barbara Allen〉 에서 역시 총각의 죽음에 상심하여 처녀 역시 죽게 되고, 두 사람의 무덤에서 꽃이 피어나 사랑의 매듭을 맺는 것은 자유로운 사랑을 규제하는 사회적 초 자아에 맞선 강렬한 의지에 의한 것이다. 하지만 이러한 해결이 현실 세계가 아닌 초현실 세계에서 이루어진다는 것은 역설적으로 이러한 의지가 현실에 서는 실현 불가능함을 보여준다.

〈다른 데로 장가가다 죽는 신랑〉 유형은 총각이 사랑하는 여자를 두고 다 른 데로 혼인함으로써 비극이 발생한다. 〈이사원네 맏딸애기〉에서는 맏딸애 기가 신랑을 저주함으로써 신랑이 죽게 되고, 〈Lord Thomas and Ellinor〉 에서는 신부인 갈색소녀가 신랑의 연인을 살해함으로써 결과적으로 세 연인 이 모두 죽게 된다. 이는 사랑의 지속과 혼인으로의 연결에 대해 여성들이 겪는 불안함에 대한 방어 기제가 작용한 것으로 읽을 수 있다. 그러나 해결 부분에서 처녀가 죽은 총각의 무덤 속으로 들어간다거나 두 사람의 무덤에서 꽃이 피어나 얽힌다든가 하는 역설적 해결로 마무리함으로써 사랑을 성취하 고자 하는 강렬한 의지를 실현한다. 그러나 이 역시 초현실적으로 이루어진 다는 점에서 여전히 비극으로 남는다.

이렇게 비극적 사랑 노래에는 한국 서사민요와 영·미 발라드 모두 사랑하 는 총각(신랑)의 죽음이 나타난다는 공통점이 있다. 이는 이들 노래의 주 향유층인 평민 여성들의 사랑에 대한 욕망이 사회적 현실(초자아)에 의해 억압되고 있음을 보여준다. 하지만 대부분의 노래가 이러한 억압에 좌절하지 않고 죽음을 극복함으로써 이겨낸다. 무덤에서 나온 나비, 무덤의 열림과 처녀와 총각의 결합, 무덤에서 피어난 꽃들의 결합 등은 바로 자아의 이상이 초자아를 이겨내고 실현됨을 보여준다. 이 과정을 통해서 평민 여성들은 자신들의 내면에 내재된 억압을 풀어내고 치유할 수 있었다. 이들 유형의 노래가 각기 다른 두 세계 속에서 여러 하위유형과 수많은 각편을 형성하며 끊임없이 창작, 전승될 수 있었던 것은 바로 이러한 평민 여성들의 현실과 이상의 길항에서 온다.

한국 서사민요와 영·미 발라드의 수수께끼 노래
: 구애의 노래를 중심으로

1. 머리말

구비문학 장르로서의 수수께끼[18]에 대해서는 그 언어적 원리와 구조에 대한 연구[19]와 수수께끼가 포함된 설화를 대상으로 수수께끼와 설화의 교섭에 대한 연구가 집중적으로 이루어져 왔다.[20] 그러나 시가와 수수께끼의 관계에 대해서는 수수께끼 자체가 지닌 시적 요소-은유와 환유 등 다양한 수사법-로 인해 윤선도의 〈오우가〉, 사설시조 〈오리나무란 것은〉, 한용운의 〈알 수 없어요〉에서 수수께끼적 발상을 찾는다든지,[21] 〈각설이 타령〉 중 〈고리타

---

18 수수께끼는 질문자와 해답자 쌍방이 협동원리를 갖고 참여하는 일종의 경쟁놀이로서, 화자와 청자 쌍방이 참여한다는 점, 묘사가 극히 단순하다는 점, 문항이 형상적이고 세련된 은유로 표현되었다는 점, 문항에 풀기 어려운 오도(誤導)의 함정과 미로가 동시에 잠재되어 있다는 점 등을 특징으로 한다. 정상진·박경수, 『한국구비문학의 세계』, 세종출판사, 2004, 179쪽; 윤용식·손종흠, 『구비문학개론』, 방송대 출판부, 1998, 322-327쪽; 김태곤 외, 『한국구비문학개론』, 민속원, 1995, 416-417쪽 등 참조.

19 조희웅, 「수수께끼 소고」, 『문화인류학』 4, 한국문화인류학회, 1971; 최래옥, 「수수께끼의 구조와 의미」, 『구비문학』 4, 한국정신문화연구원, 1980; 최경숙, 「수수께끼의 소통구조 연구」, 서울대 석사학위논문, 1995; 김경섭, 「한국 수수께끼의 장르 정체성 및 소통 상황의 특성」, 『한국민속학』 36, 한국민속학회, 2002.

20 김경수, 「〈삼국유사〉 소재 수수께끼담의 서사구조」, 『한국문학형태론(산문편)』, 김병욱 외 14인 공저, 일조각, 1993; 김경섭, 「수수께끼와 수수께끼담의 관련양상」, 『구비문학연구)』 18, 한국구비문학회, 2004, 471-512쪽.

21 이재선, 「수수께끼와 그 시학적 성격」, 『창작과 비평』 8(4), 창작과 비평사, 1973.12.,

령〉, 〈장타령〉이나 참요 〈미나리 장다리〉나 〈가보세 을미적〉과 같은 민요에
서 수수께끼적 은폐 전략을 찾는 등 부분적 언급이 이루어졌을 뿐 본격적 연
구는 이루어지지 못했다.[22] 이에 비해 영·미권에서는 발라드에 대한 활발한
연구와 함께, 수수께끼를 포함하거나 수수께끼적 은유로 이루어진 노래를
'수수께끼 발라드(Riddle Ballad)' 또는 '재치 경쟁 발라드(Wit Combat Ballad)'
로 칭하면서 세심한 분석이 이루어졌다.[23]

이 글에서는 지금까지 이루어진 수수께끼의 원리와 구조에 대한 연구 결과
를 수용하면서, 기존 연구에서 이루어지지 않은 서사민요 속 수수께끼의 기능
과 의미를 구애의 노래를 중심으로 영·미 발라드와의 비교를 통해 살펴보려
고 한다.[24] 서사민요와 발라드는 모두 근대 이전 기층 여성을 중심으로 민중에

1010-1012쪽.

22 이들 노래는 언어기호를 이중약호로 사용하는 말재간을 발휘함으로써, 유희성을 드러내기
   도 하지만, 삶의 복잡한 의미를 복합기호 속에 함축하고 시대상을 빗대거나 시대상을 예감
   하는 통찰을 나타낸다고 한다. 김태곤 외, 앞의 책, 430-434쪽. 본 연구에서는 이러한
   수수께끼적 은폐 전략을 사용하고 있는 노래도 넓은 의미의 수수께끼 노래에 포함한다.
   이는 수수께끼 발라드(Riddle Ballads)를 두 가지 카테고리 '대답을 기대하는 것'과 '대답을
   기대하지 않는 것'으로 분류한 Susan Edmunds의 논문에 의하면 '대답을 기대하지 않는
   것'에 해당한다. Susan Edmunds, "The Riddle Ballad and the Riddle", *Lore &
   Language* Vol.5 No.2, 1986, pp. 35-46.

23 Susan Edmunds, 위 논문과 David Atkinson, "'...the wit of a woman it comes in
   handy,/At times in an hour os need': Some Comic Ballads of Married Life",
   Western Folklore, Vol.58, No.1, Western States Folklore Society, Winter 1999,
   pp. 57-84.

24 특히 영·미 발라드를 비교 대상으로 택한 이유는 발라드 연구자들이 거의 정전으로 택하고
   있는 자료집이 *The English and Scottish Popular Ballad*, ed by F. J. Child, New
   York; Dover Publications, 1965(First published in 1884-1898)로서, 이 자료집에
   주로 영국과 미국에서 조사된 자료가 실려 있기 때문이다. 한국 서사민요와 영·미 발라드
   의 비교는 피천득·심명호, 「영·미의 Folk Ballad와 한국 서사민요의 비교연구」, 『연구
   논총』 2, 서울대학교 교육회, 1971, 169-237쪽과 한규만, 「한국의 서사민요와 영·미의
   포크밸러드에 나타난 주제의 비교분석」, 『울산대 연구논문집』 19, 울산대학교, 1988,
   1-28쪽에서 전반적인 비교연구의 단초를 열었고, 서영숙, 「한·영 발라드에 나타난 '여성
   의 죽음'에 대한 인식 비교」, 『고시가연구』 31, 한국고시가문학회, 2013, 219-246쪽; 서영
   숙, 「한국 서사민요와 영·미 발라드에 나타난 '아내'의 형상 비교」, 『한국민요학』 38,
   한국민요학회, 2013, 105-128쪽에 의해 구체적인 유형 비교로 나아가고 있다.

의해 구비전승되어 온 서사적 노래라는 특질을 공유하고 있어,[25] 비교를 통해 동서의 두 지역 기층 여성들의 공통적 정서와 차이를 파악할 수 있으리라고 본다. 이는 한국 서사민요의 세계적 보편성과 특수성을 밝히는 작업의 일환으로서, 앞으로의 서사민요 연구가 지향해 나가야 할 방향이기도 하다.

한국 서사민요와 영·미 발라드 중 구애의 노래에서 수수께끼는 두 가지 양상으로 나타난다.[26] 하나는 구애자와 상대자가 수수께끼를 통해 대결하는 경우이다. 이때 수수께끼는 배우자감의 지혜나 지적 능력을 시험하는 도구가 되며, 구애자와 상대자 중 어느 하나가 문제 제시자(Poser)가 되고 다른 하나가 해결자(Matcher)가 된다.[27] 나머지 하나는 구애자가 상대자의 의사는 고려하지 않고 일방적으로 구애(청혼)를 제시하는 경우이다. 노래 속에 수수께끼의 질문과 대답이 함께 나오는 것이 아니라 구애(청혼)의 말이 혼인을 암시하는 수수께끼적 은유 또는 환유로 되어 있다. 그러므로 구애자의 제시에 상대자는 구애(청혼)에 대한 자신의 의사만 나타내면 된다. 영·미 발라드 Child 1 〈Riddles Wisely Expounded(현명하게 푼 수수께끼)〉, Child 46 〈Captain Wedderburn's Courtship(웨더번 경의 청혼)〉이 전자에, 한국 서사민요 〈댕기노래〉, 〈줌치노래〉가 후자에 해당된다. 여기에서는 이들 수수께끼 형태로 되어있는 구애의 노래를 대상으로, 노래 속 수수께끼의 양상과 의미를 살펴보

---

25 서사민요가 '평민 여성의 문학'임은 조동일, 『서사민요 연구』, 계명대 출판부, 1970증보판, 52-59쪽에서 밝혔고, 영·미 및 유럽 발라드 역시 주로 여성들의 부르고 듣는 '여성의 관심, 관점, 주제가 담겨 있는 여성의 문학'이라는 점이 조사돼 있다. 한규만, 『영·미 포크 밸러드의 주제연구: 인간과 사랑』, 울산대학교 출판부, 1995, 129-133쪽.

26 이는 Susan Edmunds가 수수께끼 발라드를 '대답을 기대하는 것'과 '대답을 기대하지 않는 것'으로 나눈 것에서 시사 받았다.(Susan Edmunds, op.cit., p.35) 그러나 불가능한 역설이나 은유로 이루어진 수수께끼 노래의 경우 노래 속에 수수께끼에 대한 직접적인 대답이 나오지 않고 있을 뿐, 창자는 노래 속이나 바깥 청자에게 의미의 해독과 그에 따른 행동을 기대하는 것으로 보아야 하므로 적절한 용어라 보기 어렵다.

27 David Atkinson이 David Buchan의 'Tale Role Analysis(이야기 역할 분석)' 방법을 원용하여 '재치 경쟁 발라드(wit combat ballad)를 문제 제시자(Poser)와 해결자(Matcher)로 나누어 분석한 논문에서 용어를 빌려온다. David Atkinson, op.cit., p.77.

려고 한다.[28] 단 이는 비교의 편의상 제한된 자료집에서 추출한 것으로 자료를 확대할 경우 다른 경우도 있을 수 있음을 밝혀 둔다.

2. 구애자와 상대자의 대결

수수께끼를 통해 구애자와 상대자가 대결하는 경우는 영·미 발라드에 흔히 나타난다. 영·미 발라드에서는 구애(청혼)를 하거나 받을 때 배우자감의 슬기나 지적 능력을 시험하기 위하여 수수께끼가 사용된다. 노래 속에서 수수께끼는 흔히 구애(청혼)자에 의해 제시되며 상대자는 이를 해결함으로써 수락 또는 거부의 뜻을 밝힌다. 유형 또는 각편에 따라 상대자 역시 구애(청혼)자와 마찬가지로 또 다른 수수께끼를 통해 자신의 의사를 밝히기도 한다. 영·미 발라드 중 Child 1 〈Riddles Wisely Expounded(현명하게 푼 수수께끼)〉, Child 46 〈Captain Wedderburn's Courtship(웨더번 경의 청혼)〉 등이 여기에 해당한다. 이들 유형에서 수수께끼는 구애(청혼)의 암호로 사용되며, 이 암호를 푸는 것이 혼인의 성취 또는 거부로 가는 열쇠가 된다.

영·미 발라드 Child 1에서는 기사의 구애(청혼)에 수수께끼가 사용된다. 이 유형은 한 기사가 세 자매가 있는 집에 나타나 그녀들의 방으로 들어가는 데에서부터 사건이 벌어진다. 세 자매는 모두 이 기사를 사랑했으나, 그중 막내가 이 기사가 낸 수수께끼를 맞힘으로써 기사의 아내가 된다. 각편에 따

---

28 한국 서사민요의 경우는 『한국구비문학대계』, 『한국민요대전』, 『강원의 민요』, 조동일, 『서사민요연구』, 서영숙, 『한국 서사민요의 날실과 씨실: 우리어머니들의 노래』 등의 소재 자료를 대상으로 하고, 영·미 발라드의 경우는 *The English and Scottish Popular Ballad*, ed by F. J. Child, New York; Dover Publications, 1965(First published in 1884~1898) 소재 자료를 대상으로 한다. F. J. Child의 자료집은 발라드 연구자들이 가장 많이 이용하는 것으로서, 영·미 발라드의 대표적 유형 305개(각편까지 포함하면 1,000여편) 유형이 수록돼 있다. 인용 시에는 Child 번호로 제시한다. 번호 다음의 알파벳은 Child가 추가로 제시한 각편 기호이다. 자료 원문은 http://www.sacred-texts.com/neu/eng/child에 수록돼 있어 편리하게 이용할 수 있다.

라 기사가 요정 또는 악마로 나타나기도 하는데, 이때는 소녀가 수수께끼를 맞힘으로써 악마의 구애(청혼)를 물리치기도 한다. Child는 해설에서 기사(악마)를 물리치는 경우가 더 오래된 버전으로, 혼인으로 행복한 결말을 맺는 경우는 근대적 변형이라고 설명하고 있다.[29] Child 1B를 예로 들어 살펴보자.

[앞부분 생략]

'And if you can answer questions three, 당신이 세 가지 질문에 답한다면.
O then, fair maid, I will marry with thee'. 멋진 소녀여, 난 당신과 결혼하
  겠소. //
'What is louder than an horn, 나팔소리보다 더 큰 것은?
And what is sharper than a thorn?' 가시보다 더 날카로운 것은? //
'Thunder is louder than an horn, 천둥이 나팔소리보다 더 크고,
And hunger is sharper than a thorn.' 배고픔이 가시보다 더 날카롭네. //
'What is broader than the way, 길보다 더 넓은 것은?
And what is deeper than the sea?' 바다보다 더 깊은 것은? //
'Love is broader than the way, 사랑이 길보다 더 넓고,
And hell is deeper than the sea.' 지옥이 바다보다 더 깊네. // . . .
'And now, fair maid, I will marry with thee.' 멋진 소녀여, 이제 난 당신과
  결혼하겠오.[30]

이 각편은 기사가 낸 수수께끼를 세 자매 중 막내가 맞힘으로써 기사와 혼인이 이루어지는 행복한 결말로 이루어져있다. 세 자매가 모두 기사를 사랑했다는 대목을 통해, 수수께끼는 신부감의 재치와 지혜를 시험하기 위한 도

---

29 F. J. Child, ibid., p.1 참조.
30 //는 연의 구분을 표시한다. 연마다 첫 행에는 "Jennifer gentle and rosemaree (제니퍼, 젠틀, 로즈마리)", 다음 행에는 "As the dew flies over the mulberry tree(이슬이 멀베리 나무로 날아갔네.)"라는 후렴이 반복되는데, 이는 생략하고 인용한다. 이하 모든 자료의 번역은 필자가 한 것이다.

구로 사용되었음을 알 수 있다. 수수께끼의 질문은 네 가지-'나팔소리보다 더 큰 것은?', '가시보다 더 날카로운 것은?', '길보다 너 넓은 것은?', '바다보다 더 깊은 것은?'이다. 네 질문은 모두 표면적으로는 사물이나 자연의 구체적 형상을 묻는 것으로 되어 있다. 이에 대한 대답은 각기 '천둥', '배고픔', '사랑', '지옥'이다. '나팔소리-천둥', '가시-배고픔', '길-사랑', '바다-지옥'의 대립항은 인공의 소리보다는 자연의 소리(또는 지상의 것보다는 천상의 것), 가시적인 것보다는 비가시적인 것, 물체보다는 마음, 현실의 것보다는 초현실의 것이 더 우위에 있음을 지시한다.[31]

제시된 수수께끼의 답을 구체적 형상 속에서 찾다가는 정답에 이르기 어렵다. 구체적 형상을 넘어서는 근원적, 추상적 사고를 해낼 수 있는 능력을 지닌 사람이어야만 정답을 이끌어낼 수 있다. 더욱이 천둥과 배고픔과 지옥을 두려움을 알고 대응할 수 있으며, 사랑을 베풀 수 있어야 한다는 자질을 요구하기도 한다. 특히 가시보다 더 날카로운 아픔을 '배고픔'이라 대답할 수 있다는 것은 신부의 자질을 배고픔의 고통을 아는 이로 꼽음으로써, 이 노래가 기층 민중의 노래임을 나타내주는 표지가 되기도 한다.

이외에도 각편에 따라 수수께끼의 종류는 매우 풍부하고 다양하게 나타난다. Child 1C에서는 무려 10가지의 수수께끼가 제시된다. '나무보다 더 큰 것은?, 납보다 더 무거운 것은? 빵보다 더 좋은 것은? 우유보다 더 하얀 것은? 비단보다 더 부드러운 것은?' 등과 같은 질문이 추가돼 있으며, 답은 각기 하늘, 죄, 은혜, 눈, 깃털로 제시된다. 하늘, 죄, 은혜와 같은 답은 이 노래에 종교적 교훈이 덧붙여졌음을 보여준다. 흥미로운 점은 '나팔 소리보다 더 큰 것은?'에 대한 답이 '천둥소리'가 아닌 '수치(shame)'로 나타나며, '여자보다 더 나쁜 것은?'이란 질문에 '악마'라는 대답이 제시되는 것이다. 이는 Child 278 〈Farmer's Curst Wife(농부의 저주받은 아내)〉에서 농부의 아내를

---

31 Susan Edunds, op.cit., pp.36-37에 더러 유사한 설명이 나온다.

지옥으로 데려가러 왔던 악마가 "여자는 악마보다 더 나쁘다"며 포기하는 대목과 상반되는 것으로, 당대의 '여성 혐오(mysogyny)' 의식이 팽배한 현실과 이에 대한 반발을 보여준다.[32]

이처럼 Child 1에서 수수께끼는 구애자인 남자가 상대자인 여자에게 내놓은 신부감 자질 시험의 도구로 사용된다. 구애(청혼)자는 수수께끼를 통해 상대자(신부감)의 슬기와 재치를 시험한다. 이때 제시된 수수께끼의 답은 신부가 갖추어야 할 요건이 외모나 명예, 재산, 요리, 길쌈 등과 같은 외적인 것이 아니라, 지혜와 따뜻한 마음과 같은 내적인 것임을 나타낸다. 이는 신부의 조건으로 외모, 명예, 재산, 요리, 길쌈과 같은 것을 요구하는 실제 사회적 현실을 보여주면서, 발라드 향유층인 기층 여성은 이 모든 것보다 마음이 중요하다고 인식하고 있음을 나타낸다.

한편 수수께끼는 단지 신부가 되기 위한 열쇠에 머무는 것이 아니라, 마음에 들지 않는 신랑감을 거부하는 수단이 되기도 한다. 수수께끼가 사건의 절정에서 사건의 해결 또는 파국에 이르는 결정적 요인의 기능을 하는 것이다. 이때 구애자인 남자보다 상대자인 여자가 더 중심에 놓이는 점이 주목된다. 특히 혼인에 이르는 행복한 결말형보다 더 오래된 것으로 여겨지는 '혼인 거부형'에서 여자의 독립적인 의지와 주체성이 강하게 드러난다. 수수께끼의 시험을 통과해 신부로 선택되는 수동적인 여자보다, 오히려 맘에 들지 않는 신랑감을 수수께끼를 통해 거부하는 주체적인 여자에 대한 선망과 기대가 이런 각편을 형성해냈을 것이다.

Child 46 〈Captain Wedderburn's Courtship(웨더번 경의 청혼)〉에서는 남자가 구애(청혼)를 하자 이에 대한 대답으로 여자 또한 남자에게 수수께끼를 낸다. Child 1과는 반대로 여자가 문제 제시자가 되고 남자가 해결자가 된다. 남자의 구애(청혼)를 무조건 받아들이는 것이 아니라 수수께끼를 통해

---

32 이에 대해서는 서영숙, 「한·영 발라드에 나타난 '여성의 죽음'에 대한 인식 비교」, 『고시가연구』 31, 한국고시가문학회, 2013, 231쪽을 통해 고찰한 바 있다.

남자가 자신의 신랑감이 될 수 있는 자질을 시험한 후 혼인을 허락하는 것
이다.

[앞부분 생략]

O hold away from me. 오 내게서 떨어져요.

Kind sir, I pray you let me be. 친절한 분이여. 제발 나를 놓아줘요.

For I'll not lie in your bed 나는 당신 침대에 눕지 않을 거에요.

Till I get dishes three. 내가 세 가지 음식을 받을 때까지.(중략) //

I must have to my supper 나는 내 저녁으로 먹어야 해요.

A chicken without a bone, 뼈 없는 닭을

And I must have to my supper 나는 내 저녁으로 먹어야 해요.

A cherry without stone, 씨 없는 체리를

And I must have to my supper 나는 내 저녁으로 먹어야 해요.

A bird without a gall, 담낭 없는 새를

Before I lie in your bed 내가 당신 침대에 눕기 전에

At either stock or wall. 가장자리건 벽 쪽이건 //

The chicken when it's in the shell 알 속에 있을 때 닭은

I'm sure it has no bone, 분명히 뼈가 없지요.

And when the cherry's in the bloom 꽃이 필 때 체리는

I wat it has no stone. 씨를 갖고 있지 않지요.

The dove she is a gentle bird, 온화한 새인 비둘기는

She flies without a gall, 담낭 없이 날지요.

And we'll both lie in one bed 이제 우리 함께 한 침대에 누울 거요.

And you'll lie next the wall. 당신은 벽 옆에 누울 거요. [이하생략]

이 유형 속에서 남자의 구애(청혼)은 정식 절차에 의해 이루어지지 않는
다. 숲 속에서 여자와 마주친 남자는 그녀를 자신의 침대로 데려가고자 막

아선다. 혼인 의례를 거치지 않은 채 성적 행위를 원한다는 점에서 강간과 그리 다르지 않다. 여자는 줄곧 "내 길을 가게 해줘요."라고 빌지만, 여자를 데려가려는 남자의 의지는 꺾이지 않는다. 결국 여자는 자신을 데려가기 위해서는 그 전에 세 가지 음식을 자기에게 내놓아야 한다고 제시한다. 일종의 역설적 수수께끼(Paradoxical Riddles)이다.[33] 세 가지 문제는 "뼈 없는 닭, 씨 없는 체리, 담낭 없는 새"이다. 모두 표피적 판단으로는 발견하기 어려운 형상이지만, 표피적 형상을 넘어서면 해결할 수 있는 것이다. 남자는 달걀, 체리꽃, 비둘기를 답으로 제시함으로써 문제를 해결하고, 여자를 자신의 아내로 취하는 데 성공한다. 여기에서 여자가 남자에게 요구한 세 가지 저녁은 성적 상징으로 모두 여자의 생식력과 품성을 요구하는 것으로 읽을 수 있다.[34]

생략된 마지막 연에서 여자는 그날이 바로 자신의 처녀 시절의 마지막 날이며, 지금껏 한 번도 보지 못했던 남자의 침대에 함께 눕게 됨을 노래한다. 여기에서 여자가 벽 옆에(next to the wall) 눕게 된다는 것은 여자가 남자에게 성적으로 복종하게 됨을 의미하는 것으로 읽기도 한다. 각편에 따라서는 여자가 자신은 침대의 가장자리 쪽(at the stock)에 눕겠다고 말함으로써 끝까지 자신의 자존심을 굽히지 않기도 한다.[35] 여자에게 있어 아버지의 길에서 벗어나 다른 남자의 침대로 들어간다는 것은 매우 중대하고 심각한 사건이다. 이러한 사건은 전혀 예기치 못했던 어느 날 갑자기 닥쳐오기도 했다. 이

---

33 Susan Edmunds, op.cit., p.40.
34 Susan Edmunds, op.cit., p.40. 달걀, 체리꽃, 온화한 비둘기는 여자가 남자를 만나 처녀성을 잃고, 아이를 갖게 되고, 키우게 된다는 은유로, "Cherry without a stone"은 처녀성, 처녀막을 상징하며, "Chicken without a bone"은 임신을 암시하는 것으로 보기도 한다. http://www.songfacts.com/detail.php?id=18010. 그런데 이 노래가 이후 서사가 탈락되고 The Riddle Song(수수께끼 노래)로 변형되어 동요(Nursury Rhyme)나 자장가로도 활발하게 불리고 있다는 것은 매우 아이러니컬하다. http://en.wikipedia.org/wiki/Riddle_song
35 David Atkinson, op.cit., p.62.

에 여자는 수수께끼를 구애(청혼)의 승낙 또는 거부의 수단으로 사용한다. 그러므로 Child 46은 Child 1과 달리 구애자인 남자가 수수께끼를 내는 것이 아니라 거꾸로 상대자인 여자가 수수께끼를 내는 문제 제시자가 되고, 남자가 이를 맞히는 해결자가 된다. 사건의 전개 과정에서는 남자가 여자에게 구애(청혼)를 하는 주체처럼 여겨지지만, 수수께끼를 맞혀야 구애(청혼)를 받아들이겠다는 여자의 제시로 인해 상황이 역전된다. Child 1에서는 신부감을 맞이하기 위해 남자가 시험을 부과하지만, Child 46에서는 신랑감을 맞이하기 위해 여자가 시험을 부과한다. 어느 경우이건 구애(청혼)자는 남자로 나타나긴 하지만, 이를 승낙하거나 거부하는 데 있어 상대자인 여자가 어느 정도 주체적으로 대응하고 있음을 보여준다.

영·미 발라드 Child 1 〈Riddles Wisely Expounded(현명하게 푼 수수께끼)〉, Child 46 〈Captain Wedderburn's Courtship(웨더번 경의 청혼)〉은 영·미 사회의 구애(혼인)를 둘러싼 사회적 현실을 보여준다. 구애(청혼)의 주도권을 남자가 잡고 있으며, 남자의 겁박에 의해 혼인이 이루어지기도 했음이 노래를 통해 나타난다. 또한 남성 구애자가 여성의 집을 방문했을 때 몇 가지 수수께끼를 통해 그 지적 능력을 시험했던 풍속의 일면을 보여주기도 한다.[36] 근대 이전 영·미 사회 역시 혼인이 당사자들보다는 가문이나 가족의 어른에 의해 결정되었다는 점은 한국의 근대 이전 사회와 크게 다르지 않다.[37] 기층 여성들에 의해 불린 구애의 노래는 수수께끼를 통해 혼인의 결정에 자신들의 의사를 반영하고자 하는 의지를 드러냄으로써, 그러한 사회적 현실에 대한 끊임없는 길항을 보여준다.

---

36 Elli Köngäs Maranda, Riddles and Riddling: An Introduction, *The Journal of American Folklore*, Vol. 89, No. 352, American Folklore Society, Apr.-Jun. 1976, p.127.

37 이러한 관습은 많은 비극적 발라드를 낳는 배경이 된다. 한규만, 앞의 책, 96-113쪽.

3. 구애자의 일방적 제시

영·미 발라드에서 구애의 승낙과 거부를 놓고 구애자와 상대자가 수수께끼 문답을 통해 대결하고 있다면, 한국 서사민요의 경우는 구애의 노래 속에 수수께끼의 문답을 통한 팽팽한 대결이 이루어지는 경우는 찾기 어렵다. 대부분 구애자가 일방적으로 구애(청혼)의 의사를 제시하면, 상대자는 이를 승낙하거나 거부하는 것으로 나타날 뿐이다. 이때 구애(청혼)의 의사는 직접적 언술이 아닌 은유나 환유, 역설 등 수수께끼적 표현으로 이루어져 있다.[38] 〈댕기노래〉, 〈줌치노래〉와 같은 노래가 이에 속한다. 우선 총각이 처녀의 댕기를 주워 구애(청혼)를 하는 〈댕기노래〉를 살펴보자.

> [앞부분 생략]
> 잃었다네 잃었다네 궁초댕기 잃었다네.
> 조였다네 조였다네 김토연이 조였다네
> 「토연토연 金토연아. 조은댕기 나를다오.
> 우리아배 돈준댕기 우리오배 썩인댕기
> 우리형님 접은댕기 조은댕기 나를다오.」
> 「내사내사 못주겠다. 암탉장닭 앞에놓고 꼬꼬제비 할재주마.」
> 「그래도 내사싫다.」
> 「병풍에 기린닭이 벽장앞에 칠때주마.
> 동솥걸고 큰솥걸고 시간살때 너를주마.」
> 「토연토연 金토연아 잔말말고 나를다오.」[39]

---

38 민요에서 이러한 수수께끼적 은폐 전략과 수수께끼적 발상으로 이루어진 노래를 여럿 찾아볼 수 있는데, 이들은 넓은 의미의 수수께끼 노래에 포함할 수 있다. 김태곤 외, 앞의 책, 429-434쪽.

39 댕기와 김통인노래, 고정옥, 『조선민요연구』, 수선사, 1947, 263~266쪽.

[앞부분 생략]
처매끈에 열대차고 사리살때 내주꺼마
명주수건 두자수건 횃대끝에 달아놓고
너랑내랑 낮닭을지 내주끄마 [잠시 쉬었다가]
못줄레라 못줄레라 처자댕기 못줄레라
여울물캉 개명물캉 합수할지 내주꾸마 [이하생략][40]

〈댕기 노래〉에서 구애자인 남자는 상대자인 여자의 댕기를 주워 여자에게 "암탉장닭 앞에 놓고 꼬꼬제비 할재주마"라고 한다. 암탉 장닭을 앞에 놓고 재배를 한다든가, 동솥 걸고 큰 솥 걸고 세간을 산다든가, 여울물과 개명물이 합수한다든가 하는 것은 모두 '혼인'에 대한 환유이다. 구애자는 상대자에게 "나와 결혼하자"라는 말을 이와 같은 수수께끼적 표현을 통해 일방적으로 제시한다. 남자가 제시한 수수께끼의 의미를 여자가 풀어내야만 구애(청혼)가 제대로 이루어질 수 있다.

남자가 낸 수수께끼적 표현의 의미를 알아챈 여자가 거절하자 남자는 다시 "병풍에 그린 닭이 벽장 앞에 칠 때" 댕기를 돌려주겠다고 다시 자신의 뜻을 역설적 은유를 통해 밝힌다. 이는 결코 댕기를 돌려주지 않겠다는 의미로, 고려속요 〈정석가〉의 "삭삭기 셰몰애 별혜 / 구은 밤 닷 되를 심고이다 / 그 바미 우미 도다 삭나거시아 / 유덕ᄒ신 님믈 여히ᅌᅡ와지이다"와 동일한 발상의 역설적 수수께끼이다. 남자는 이 수수께끼를 통해 자신의 강한 의지를 제시하고, 여자는 이 수수께끼의 의미 역시 풀어내지만 끝까지 자신의 거부 의사를 밝힌다.

이 노래에서 댕기는 여자의 처녀성의 상징이며, 아버지, 어머니, 오빠, 언니 등 친정 가족들과 연결되는 끈이다. "댕기를 푼다."는 것은 혼인을 한다는

---

40 [안동시 일직면 8] 댕기 노래, 김필순(여 · 64), 조탑동 탑마을, 1981.7.26., 임재해 · 서미 주 · 권태달 조사. 구비대계 7-9.

176 ··· Ⅲ. 애정 갈등 서사민요와 발라드

의미로, 여자가 이 댕기를 잃어버린다는 것은 여자에게 있어서 처녀성과 친정 가족들과의 연대를 잃게 됨을 나타낸다. 노래 속에서 여자가 통인에게 자신의 댕기를 돌려달라고 애원하는 이유는 여기에 있다. 그러나 "병풍에 그린 닭이 벽장을 칠 때"까지 돌려주지 않겠다는 통인의 의지를 꺾을 수는 없다. 노래가 사건의 결말 부분을 보여주지는 않고 있지만, 이미 사태는 남자의 우위로 기울어져 있다. 하지만 그런 가운데서도 끝까지 통인의 구애(청혼)를 거부하는 데에서 터무니없는 남자의 요구를 쉽게 응낙하지 않는 여자의 자존심을 엿볼 수 있다. 이렇게 영 · 미 발라드에서 구애자와 상대자와의 대결이 팽팽하게 이루어지고 있다면, 한국 서사민요에서는 구애자인 남자의 우위 속에 상대자인 여자는 구애자인 남자와 팽팽한 대결을 펼치지 못하고 있다. 이는 혼인 전 친정식구와의 강력한 연결 속에서 혼인에 있어 의사 결정이 자유롭지 못했던 한국 여성들의 처지를 그대로 보여주는 것이라 할 수 있다.

이에 비해 〈줌치 노래〉는 매우 예외적인 경우로, 여자가 주체적인 입장에서 구애(청혼)를 하고 있다는 점에서 매우 흥미롭다. 노래 속에서 여자는 해와 달, 별과 무지개를 따서 수를 놓은 주머니를 남대문에 걸어놓고 오르내리는 신구 감사들에게 팔고자 한다. 여기에서 해와 달로 수놓은 주머니를 팔겠다는 여자의 제안은 구애(청혼)의 수수께끼로 읽을 수 있다. 즉 여자가 구애자로서 수수께끼를 제시한다면 남자가 상대자로서 이 수수께끼를 푸는 해결자의 입장에 놓인다. 그러나 대부분의 각편에서 해결자인 남자는 제시자인 여자가 낸 수수께끼 의미를 제대로 간파하지 못하고, 또는 간파하더라도 이를 감당할 수 없어 주머니를 사지 못하고 돌아선다.

> 지애씨가 낭을숨가 삼정승이 물을주서
> 가지가지 삼천가지 잎도피서 삼천잎에
> 한가지는 달이널고 한가지는 해가널고
> 한가지는 무지개서고 한가지는 새빌널고 한가지는 중빌널고

달랑따서 안을하고 핼랑따서 겉에달고
상필따서 중침놓고 중필따서 상침놓고
쌍무지개 선두리고 중작으로 끈을달아
서울끝에 치끼달아 남대문에 걸어놓고
올라가는 신감들아 중치귀경 하고가소
질이바빠 못합니다
니리가는 구감들아 중치귀경 하고가소
질이바빠 못합니다 [말] 참,
이중치를 누가짓소 순금씨가 지었다요
순금씨가 누딸이요 좌서빌관 맏딸애기 지었다요
[말] 중치가 어즈가이도(어지간히도) 엄정하고 좋습니다. 그기라. 얼매 안
돼요.[41]

　지애씨가 심은 나무에 삼정승이 물을 주었더니 삼천 가지가 번어 삼천 잎
이 달렸다고 한다. 여기에 해, 달, 별, 무지개가 달렸다고 한다. 그러므로 이
나무는 보통 나무가 아니라 우주목으로서의 신성성을 지닌 나무이다.[42] 이
나무에 열린 해와 달을 따서 안과 겉을 달고, 상별과 중별을 따서 상침, 중침
을 박고, 무지개를 따서 끈을 달아 주머니를 만든다고 한다. 그러므로 이 주

41　[상주군 낙동면 10] 주머니(중치 노래), 김돌룡(여 77), 용포리 중룡담, 1981.7.21., 천혜
　　숙·임감랑 조사, 구비대계 7-8.
42　길태숙은 이 나무를 '오월의 신성한 나무'로, 주머니를 '다산, 풍요, 행운, 건강'을 의미하는
　　것으로, 남녀의 수작을 '남녀간의 연애 행위'로 보고 〈줌치노래〉를 경북 경산의 단오제에서
　　열리는 '한장군놀이'와 관련시켜 '처녀 총각의 애정행위를 통해 풍요와 성장을 기원하는
　　노래'로 해석한 바 있다. (길태숙,「〈줌치노래〉의 성격과 의미에 대한 고찰−한장군놀이와
　　관련하여」,『한국시가연구』 14, 한국시가학회, 2003, 297~326쪽 참조. 길태숙의 나무,
　　주머니, 남녀 수작 등에 대한 해석은 〈줌치노래〉의 은유와 상징을 잘 밝혀내고 있으나,
　　이를 경산의 '한장군놀이'와 관련시킨 것은 무리가 따른다. 〈줌치노래〉는 경북 지역뿐만
　　아니라 호남, 충청, 강원 지역을 비롯해 심지어 제주 지역에까지 널리 전승되고 있는 서사민
　　요로 특정한 의례와 관련되기보다는 남녀 간의 구애와 사랑을 수수께끼로 표현한 노래로
　　보는 것이 타당하다.

머니 역시 보통의 주머니가 아니라 해, 달, 별, 무지개와 같은 우주적 존재를 담을 수 있는 주머니이다. 이 주머니를 다른 데도 아닌 서울의 관문인 남대문에 걸어놓고 구관과 신관에게 주머니를 판다는 것은 주머니의 임자가 뛰어난 사람이어야 한다는 조건을 함축하고 있다.

여자가 남자에게 주머니를 사라고 한다는 것은 일종의 구애(청혼)이다. 한 각편에서는 남자가 "저줌치를 지은솜씨 은을주랴 금을주랴"하고 금은으로 대가를 치르려고 하자 여자가 "은도싫고 금도싫고 물명주 석자 이내허리 둘러주소."[43]라고 성적 결합의 의사를 더 구체적인 암시로 제시하기도 한다. 이 구애(청혼)가 성사되는 경우의 각편들은 대부분 이후 혼인에 대한 이야기로 이어진다. 이렇게 볼 때 주머니는 여성의 성기에 대한 은유이며,[44] 해와 달을 수놓은 주머니는 해와 달과 같은 영웅이 될 수 있는 자식을 낳아주겠다는 수수께끼라 할 수 있다. 이는 원효가 제시한 "누가 자루 없는 도끼를 허락하면, 하늘을 받칠 기둥을 찍으리"라는 수수께끼 노래와 유사한 발상으로 이루어져 있다.[45] 남자들이 이 엄청난 수수께끼의 비밀을 읽어내지 못하기에 여자의 구애(청혼)는 번번이 실패하고 만다.

하지만 이 수수께끼를 풀어내고 여자의 주머니를 삼으로써 혼인이 성사되는 다음과 같은 각편이 있어 주목된다.

---

43 안동 주머니 노래, 고정옥, 앞의 책, 272~274쪽.
44 조선시대 혼인 풍속 중에 신랑은 팥 아홉 알과 씨 박힌 목화가 든 황낭을 차는데, 이는 아들 아홉과 딸 하나를 낳으라는 의미라고 한다. 또한 삼국유사 탑상편 〈남백월이성 노힐부득 달달박박(南白月二聖 努肹夫得 怛怛朴朴)〉조에서도 달달박박이 여자로 화한 관음에게 '혈낭(피주머니)'으로 시험하지 말라'며 여자를 거부하는 장면이 나온다. 이는 주머니를 선물하는 것이 일종의 구애이며, 주머니가 여성 성기를 상징하는 수수께끼로 쓰일 수 있음을 보여준다. 안현숙, 「조선시대 주머니의 특징 및 상징성에 관한 연구」, 『한국전통문화생활학회지』 4, 한국전통생활문화학회, 2001; 길태숙, 앞의 논문, 313쪽 참조.
45 誰許沒柯斧 我斫支天柱(삼국유사 권4 원효불기元曉不羈조)

대천지 한바닥에 뿌리없는 낭을숨거
잎이피니 삼백육십 가지버니 열두가지
그나무 열매는 해캉달캉 열었드라
해를따라 겉을대고 달을따다 안을대고
중별따다 중침놓고 상별따다 상침놓고
대구팔사 별매듭에 북두칠성 둘러싸고
한양서울 지어달라 권선달네 사랑앞에
가지없는 노송에 까치잡아 걸어노니
권선달네 둘째아들 풀떡뛰어 나달으매
그주머니 누가졋노 저였니더 저였니더
그주머니 누가졋노(누가 만들었노)
저였니더 저였니더 유학열이 저였니더
그주머니 지은솜씨 삼백냥이 싸건마는
단오백냥 너받아라
어데있소 어데있소 그녀집은 어데있소
구름세상 돌아들어 안개세상 들어서니
월패두라 밝은달에 호령산이 그집이요
한번가도 못볼레라 두번가도 못볼레라
삼의시번 거듭가니 동네한칸 마루안에
사대지동 짚구섰네 [중략]
그인물을 다볼라만 무쇠라도 녹아난다
들게싫은 가매안에 앉게싫은 꽃방석에
넘게싫은 문경새재 한양서울 치어달라
들오라네 들오라네 대궐안에 들오라네
서라하네 서라하네 임금앞에 서라하네
삼의시번 절을하니 여두복숭 꽃이됐네[46]

---

46 [안동시 서후면 20] 줌치 노래(주머니 노래), 서계숙(여 60), 저전동 모시밭, 1981.7.28.,
    임재해·김혁동·김대진 조사. 구비대계 7-9.

이 각편은 서두에서 "대천지 한바닥에 뿌리없는 낭을숨거 / 잎이피니 삼백육십 가지버니 열두가지 / 그나무 열매는 해캉달캉 열었드라"며 신화적 시간과 공간을 제시한다. 대천지는 바다 또는 대지로서 여성의 상징이고, 뿌리 없는 나무는 남성 성기의 은유로 볼 수 있다. 그러므로 이는 신화적 여성과 남성의 결합을 암시한다. 그 나무에 삼백육십 개의 잎이 피고 열두 개의 가지가 벌어지고, 해와 달의 열매가 열렸다고 한다. 12달과 360일, 해와 달이라는 천체 우주의 시간과 공간의 질서가 마련되었음을 말한다. 그렇게 열린 해와 달, 별, 북두칠성을 따다 주머니를 만들었다고 한다. 이렇게 〈줌치 노래〉는 거대한 신화적 상상력과 수수께끼로 가득 찬 노래이다.

여기에서 해, 달, 별로 만든 주머니를 만들어 판다는 것은 해, 달, 별과 같이 뛰어난 영웅을 낳아주겠다는 은유적 표현이다. 이 주머니의 수수께끼를 풀어낸 사람(권선달네 둘째 아들)이 주머니를 지은 여자(유학열)의 집을 찾아간다. 여자의 집 역시 수수께끼를 풀어야만 찾을 수 있다. 그녀의 집이 어디 있느냐는 질문에 '구름세상과 안개세상을 돌아들어 월패두와 호령산'에 있다고 한다. 사설이 정확히 채록돼 있지 않아 확실히 알 수는 없지만 제보자의 말에 의하면 '월패두'는 '늘 밝은 달이 떠 있다고 하는 산'이며 '호령산'도 산 이름이라고 한다. 이 역시 '구름과 안개를 거쳐야 나오는 늘 밝은 달이 떠있는 신비스러운 산'으로 여성 상징의 수수께끼적 표현이 연달아 제시된다.

그러나 남자가 어렵사리 찾아간 여자는 쉽게 자신을 드러내지 않는다. 삼세번을 찾아간 끝에 모습을 드러낸 여자는 그 모습이 빼어나게 아름다워 "무쇠라도 녹아난다"고 한다. 여기에서 "무쇠라도 녹아난다."는 표현 역시 성적 암시로 읽는다. 결국 여자는 임금이 계신 곳에 불려가게 된다. 임금 앞에서 절을 하고, 복숭아꽃이 되었다는 것은 임금과 혼인을 하고 임금의 여자가 되었다는 말이다. 수수께끼를 풀어낸 해결자는 뛰어난 왕후감을 감별해 낸 지혜가 뛰어난 신하요, 중매자가 된 셈이다.

이처럼 〈줌치노래〉는 구애자인 여자가 해와 달, 별로 만든 주머니를 통해 구애(청혼)의 수수께끼를 제시함으로써, 이 수수께끼의 의미를 해결한 남자에 의해 신랑을 맞아들이는 노래로 읽을 수 있다. 특히 그 우주적 시간과 공간 속에서 태어난 나무에 열린 해와 달을 따서 주머니를 만든다는 거대한 상상력 속에는 바로 해와 달과 같은 영웅을 낳아줄 국량이 큰 인물을 기대하는 여자의 포부가 숨겨져 있다.

물론 이 노래 속 여자가 단순한 인물이 아닌 뛰어난 신모적 성격을 지니고 있음을 두말할 나위 없다. 위 각편에서 해결자인 남자가 단지 중매자의 역할에 머무르고 결국 여자를 임금의 아내로 만드는 것은 이 수수께끼의 의미를 제대로 풀어냈기 때문이다. 근래에 전해지는 대부분의 각편들에서 구감사(구관사또), 신감사(신관사또) 등의 관리들이 주머니를 만져만 보고 사지 못하는 데에서 끝나는 것은 기억의 상실에 의해 뒷부분이 탈락된 것이거나, 아니면 대부분의 남자들이 여자의 주머니가 함축하고 있는 포부의 거대함 때문에 선뜻 사지 못하고 돌아서는 것이라 생각된다.

이렇게 한국 서사민요에서는 구애(청혼)의 의사가 은유나 환유와 같은 수수께끼적 표현에 의해 일방적으로 제시된다. 〈댕기 노래〉에서는 구애자가 남자라면, 〈줌치 노래〉에서는 구애자가 여자이다. 〈댕기 노래〉가 여자들에게 실제 일어날 법한 현실을 노래하고 있다면, 〈줌치 노래〉는 현실에서 벗어나고픈 여자들의 환상적 꿈을 노래한다. 그러면서도 두 노래 모두 구애(청혼)가 일방적으로 제시된다는 것은 남녀 간의 자유로운 소통이 불가능하며, 그만큼 자신의 이상에 맞는 배우자를 만나기 어려운 사회적 현실에서 온 것이라 할 수 있다. 이는 구애(청혼)의 의사가 남녀 간에 수수께끼 대결을 통해 대등하게 주고받는 것으로 표현되는 영·미 발라드와 뚜렷하게 대조된다.

4. 맺음말

이 글에서는 한국 서사민요와 영·미 발라드 중 수수께끼 노래의 양상과 의미를 구애의 노래를 중심으로 비교 고찰하였다. 한국 서사민요와 영·미 발라드 중 구애(청혼)의 의사나 이에 대한 승인 또는 거부를 수수께끼를 통해 나타내는 노래로는 Child 1 〈Riddles Wisely Expounded(현명하게 푼 수수께끼)〉, Child 46 〈Captain Wedderburn's Courtship(웨더번 경의 청혼)〉과 〈댕기 노래〉, 〈줌치 노래〉 등을 들 수 있다. 이들 구애의 노래에 나타난 수수께끼의 양상은 크게 두 가지로 나타난다. 하나는 구애자와 상대자의 대결로 이루어지는 경우이고 다른 하나는 구애자의 일방적 제시로 이루어지는 경우이다. 전자의 경우는 영·미 발라드에서 주로 나타나고 후자의 경우는 한국 서사민요에서 주로 나타난다.

영·미와 한국의 구애의 노래에서 수수께끼가 구애(청혼)의 수단으로 사용하는 것은 두 지역 기층 여성들이 모두 배우자의 조건을 외모나 신분, 재력보다는 지혜에 두고 있음을 보여준다. 그러나 영·미 발라드에서 구애(청혼)를 둘러싸고 구애자와 상대자 간의 수수께끼 대결이 팽팽하게 이루어지고 있다면, 한국 서사민요에서는 구애(청혼)자가 수수께끼를 일방적으로 제시하고 있어 영·미 발라드와 크게 대조된다. 즉 영·미 발라드에서는 배우자의 자격을 본격적인 수수께끼를 통해 직접적으로 가늠하는 데 비해, 한국 서사민요에서는 구애(청혼)의 의사를 암시적 표현을 통해 넌지시 건넨다.

이는 영·미 사회와 한국 사회에서 이루어진 남녀 간의 혼인을 둘러싼 현실을 보여주는 것이기도 하다. 즉 영·미 사회에서 구애(청혼)자는 남자로 나타나긴 하지만, 이를 승낙하거나 거부하는 데 있어 상대자인 여자가 어느 정도 주체적으로 대응하고 있다면, 한국 서사민요에서는 구애(청혼)의 의사가 일방적으로 제시됨으로써 남녀 간의 자유로운 소통이 불가능하며, 그만큼 자신의 이상적인 배우자감을 만나기 어려운 현실을 보여준다. 하지만 〈댕기 노래〉에서 구애(청혼)자의 제시를 상대자인 여자가 끝까지 거부하며, 〈줌치 노래〉에서 여자가 구애(청혼)자가 되어 영웅을 낳을 포부를 드러내는 데서 이러한 현실에 대한 끊임없는 길항을 엿볼 수 있다.

한국 서사민요와 영·미 발라드의 주 향유층인 기층 여성은 모두 수수께끼로 이루어진 구애의 노래를 통해 자신들을 둘러싸고 있는 사회적 현실에 맞서 배우자 선택의 주체성과 바람직한 혼인을 꿈꾸었다. 이러한 의식은 모두 근대적 사유의 출발점이 되는 것으로, 두 지역의 문학이 중세 문학에서 근대 문학으로 이행하는 데 한국 서사민요와 영·미 발라드가 초석이 되었음을 보여준다. 그러나 이러한 문학적 가치와 의의에도 불구하고 이들 갈래에 대한 연구는 매우 미진하다. 이 글이 이러한 미진함을 풀어나가는 디딤돌이 되길 기대한다.

한국 서사민요와 영·미 발라드에 나타난 대결의 양상과 의미
: 말대답 노래를 중심으로

1. 머리말

한국 서사민요와 영·미 발라드는 모두 이야기로 된 노래로서 주로 평민 여성들에 의해 창작 전승되었다는 공통점이 있다.[47] 그러나 한국과 영·미 지역 평민 여성이 살아온 삶의 방식의 차이에 따라 두 갈래 노래는 같은 소재를 다루면서도 다른 의식과 양상을 드러내기도 한다. 두 갈래가 지니고 있는 이러한 공통점과 차이점에 대한 비교 연구는 한국문학과 세계문학의 보편성과 특수성을 밝히는 연구의 일환으로서 앞으로의 서사민요 연구가 지향해 나아가야 갈 방향의 하나이다.[48]

---

47 한국 서사민요와 영·미 발라드의 갈래적 유사성에 대해서는 조동일, 『서사민요연구』, 계명대출판부, 1979 증보판, 51쪽에서 언급한 바 있다. 평민 여성문학으로서의 서사민요에 대해서는 조동일, 같은 책, 35-42쪽을, 발라드의 평민 여성문학적 특징에 대해서는 한규만, 「포크밸러드와 여성」, 『신영어영문학』 12, 신영어영문학회, 1999, 7-10쪽 참조.

48 한국 서사민요와 영·미 발라드 비교 연구의 선구적 업적으로는 피천득·심명호, 「영·미의 Folk Ballad와 한국 서사민요의 비교연구」, 『연구논총』 2, 서울대학교 교육회, 1971, 169-237쪽; 한규만, 「한국의 서사민요와 영·미의 포크밸러드에 나타난 주제의 비교분석」, 『울산대 연구논문집』 19, 울산대학교, 1988, 1-28쪽 등을 들 수 있다. 이후 본인에 의해 「한·영 발라드에 나타난 '여성의 죽음'에 대한 인식 비교」, 『고시가연구』 31, 한국고시가문학회, 2013, 219-246쪽; 「한국 서사민요와 영·미 발라드에 나타난 '아내'의 형상 비교」, 『한국민요학』 38, 한국민요학회, 2013, 105-128쪽 등으로 비교 고찰이 이어지고 있다.

한국 서사민요와 영·미 발라드는 모두 일정한 인물들의 대결에 의한 단편적인 사건으로 이루어져 있다는 점에서도 공통적이다. 그런데 두 갈래 노래 중에는 사건이 시간의 순차적 전개에 따라 길게 서술되기보다는 주인물과 상대인물이 주고받는 대화를 통해 핵심 갈등을 드러내는 경우를 찾아볼 수 있다. 이 경우 대체로 상대인물이 갈등을 일으키는 언급을 하거나 질문을 제시하고, 주인물은 이에 대해 자신의 의견을 밝히는 말대답의 주체이자 중심인물로 나타난다. 그러므로 이들 노래 속 사건의 핵심과 해결은 주인물이 말대답을 어떻게 하느냐에 달려있다. 이 글에서는 이와 같이 한국 서사민요와 영·미 발라드 중 말대답이 사건 전개의 중심을 이루고 있는 노래를 '말대답 노래'라 지칭하고,[49] 이들 노래에 나타나는 대결의 양상과 의미에 대해 살펴보려고 한다.

말대답 노래에서 주인물은 대부분 일상 속에서의 약자이고 상대인물은 강자로 나타난다. 이들 약자들이 강자인 상대인물과의 대결에서 말대답을 어떻게 하느냐에 따라 일상에서의 우위가 뒤바뀌고 승리가 결정된다. 일상 속에서의 약자가 노래 속에는 강자가 되고, 일상 속에서의 강자가 노래 속에서는 약자가 되는 전복과 파괴가 일어나는 것이 말대답 노래의 공통적 양상이다. 그러므로 말대답 노래 속에서의 대결이 어떤 인물들 간에 이루어지는지를 살피는 것은 노래와는 다른 향유층의 일상적 현실과 의식을 추론케 하는 좋은 자료가 된다. 이에 한국 서사민요와 영·미 발라드 중 말대답이 핵심을 이루고 있는 노래들을 추출하여 크게 두 가지 카테고리—현실적 지위의 역전, 고정적 성 관념의 파괴—로 나누어 비교해 보고자 한다. 이는 한국 서사민요와

---

49 '말대답 노래'는 '문답노래'나 '수수께끼 노래'와 일정 부분 겹치기도 하나, 또 다른 면모를 지니고 있어 별도의 이름이 필요하다. '문답노래'는 질문과 대답으로 이루어져 있다면, '말대답 노래'는 질문이 아닌 지시나 명령 등 평서적 언술도 포함된다. '수수께끼 노래'는 은유, 상징, 역설 등 상식을 뛰어넘는 비일상적 표현으로 이루어져 있다면, '말대답 노래'는 반드시 수수께끼적 표현이 아닌 일상적 표현도 포함된다. '수수께끼 노래'에 대해서는 서영숙, 「한국 서사민요와 영·미 발라드의 수수께끼 노래 비교—구애의 노래를 중심으로」, 『비교민속학』 52, 비교민속학회, 2013, 203-224쪽에서 고찰하였다.

영·미 발라드에 나타나는 향유층의 삶과 의식을 비교 고찰할 수 있는 좋은 계기가 될 것이다.

대상 자료는 한국 서사민요는 『한국구비문학대계』와 『한국민요대전』 소재 자료 및 기타 지역 연구자들이 조사한 자료집을, 영·미 발라드의 경우는 F. J. Child의 발라드 선집 소재 자료를 택하기로 한다.[50]

2. 현실적 지위의 역전

말대답은 노래 속에서 주인물과 상대인물과의 수준 높은 경쟁과 싸움의 도구로서, 권력의 우열 관계를 가늠하기 위해서 사용된다. 이 유형의 노래들에서는 문제를 제시하고 이에 대한 답을 맞힘으로써 현실적 지위를 역전시키거나, 자신보다 높은 지위에 있는 자의 권위를 전복시킨다. 영·미 발라드 중 Child 3 〈The False Knight upon the Road(길 위의 가짜 기사)〉에서는 악마와 어린 소년 간에, Child 45 〈King John and the Bishop(존 왕과 주교)〉에서는 왕과 주교 간에, 한국 서사민요 〈며느리 말대꾸 노래〉에서는 시어머니와 며느리 간에, 〈꿩타령〉에서는 아내와 남편 간에 말대답을 통한 대결이 이루어진다.

---

[50] 『한국구비문학대계』(총85권), 한국정신문화연구원, 1980~1989; 『한국민요대전』(총9권), (주)문화방송, 1993~1996; 김영돈, 『제주도민요 연구(상)』, 민속원, 2002; 『울산 울주지방민요자료집』, 울산대학교 인문과학연구소 편, 울산대학교 출판부, 1990; *The English and Scottish Popular Ballad*, ed by F. J. Child, New York; Dover Publications, 1965(First published in 1884-1898) 소재 자료를 대상으로 한다. F. J. Child의 자료집은 발라드 연구자들이 가장 많이 이용하는 것으로서, 영·미 발라드의 대표적 유형 305개(각편까지 포함하면 1,000여편) 유형이 수록돼 있다. 인용 시에는 Child 번호로 제시한다. 번호 다음의 알파벳은 Child가 추가로 제시한 각편 기호이다. 자료 원문은 http://www.sacred-texts.com/neu/eng/child에 수록돼 있어 편리하게 이용할 수 있다.

[앞부분 생략]

'What's aucht they sheep?' 저 양들은 누가 갖고 있니?

'They are mine and my mither's.' 나와 나의 어머니 것이에요.∥

'How monie o them are min?' 그들 중 몇 마리나 내 것이니?

'A' they that hae blue tails.' 푸른 꼬리를 가지고 있는 한 마리요.∥

'I wiss ye were on yon tree:' 나는 네가 저 나무 위에 있길 바래.

'And a gude ladder under me.' 좋은 사다리가 내 아래에 있어요.∥

'And the ladder for to break:' 사다리가 부러진다면.

'And you for to fa down.' 그러면 당신이 떨어질 거에요.∥

'I wiss ye were in yon sie:' 나는 네가 저 바닷속에 있길 바래.

'And a gude bottom under me.' 좋은 발판이 내 아래에 있어요.∥

'And the bottom for to break:' 그 발판이 무너진다면.

'And ye to be drowned.' 그러면 당신이 물에 빠지겠죠.[51]

Child 3 〈The False Knight upon the Road(길 위의 가짜 기사)〉이다. 이 유형에서는 가짜 기사(악마)와 어린 소년의 질문과 대답이 서로 한 치의 양보도 없이 계속된다. 악마가 자신의 양이 몇 마리냐고 묻자, 소년은 푸른 꼬리를 가진 것만 그의 것이라고 한다. 푸른 꼬리를 가진 양이 있을 리 없으니 악마의 양은 한 마리도 없다는 말이 된다. 악마가 소년이 나무 위에, 바다 밑에 있기를 바란다는 말은 소년을 죽음의 세계로 데려가겠다는 위협이다. 그러나 소년은 자신이 내려올 사다리와 발 디딜 발판이 있다고 대응함으로써 악마의 위협을 간단하게 물리친다. 힘이 약한 소년이 초월적 능력을 지닌 악마를 수수께끼를 통해 간단히 물리침으로써 지혜를 통해 소년과 악마의 우위

---

[51] 각 연마다 첫 행에는 "Quo the fause knicht upon the road(길 위에서 가짜 기사가 물었네.)", 다음 행에는 "Quo the wee boy, and still he stude(아주 작은 소년이 멈춰서 서 말했네.)"라는 후렴이 반복되므로, 이는 생략하고 인용한다. 번역은 모두 본인이 직접 한 것이다.

가 역전된다. 현실의 소년이 초현실의 악마보다 우위에 있다는 믿음은 현실 세계를 긍정하는 민중적 사고방식에서 온다. 또한 이 노래를 부르는 사람들은 노래 속 말대답을 통해 죽음에 대한 공포나 위협에 맞설 당당한 용기를 기를 수 있었을 것이다.

Child 45 〈King John and the Bishop(존 왕과 주교)〉는 왕과 주교 사이의 보이지 않는 권력 서열 다툼을 보여준다. 사악한 왕이 주교에게 문제를 제시한다. 이를 맞히면 봉급을 올려주겠지만 맞히지 못하면 목숨을 가져간다는 조건이다. 삼손의 수수께끼와 같은 일종의 '목숨 건 수수께끼(neck riddle)'[52] 이다.

[앞부분 생략]

'If thou dost not answer me questions three, 당신이 세 질문에 대답하지 못하면

Thy head shall be taken from thy body. 당신 머리는 당신 몸에서 떨어질 거요. //

'When I am set so high on my steed, 내가 말 위에 높이 앉아있을 때

With my crown of gold upon my head, 머리 위에 금관을 쓰고서

Amongst all my nobility, with joy and much mirth, 품위와, 기쁨과, 환희 속에 있을 때

Thou must tell me to one penny what I am worth. 내 가치가 얼마인지 말하라. //

'And the next question you must not flout, 다음 질문도 틀려서는 안된다.

How long I shall be riding the world about; 얼마동안 나는 세상을 돌아다닐까?

And the third question thou must not shrink, 셋째 질문도 움츠려서는 안된다.

---

52 J. Barre Toelkin, "Riddles Wisely Expounded", *Western Folklore*, Vol.25, No.1, Western States Folklore Society, Jan. 1966, p. 1.

But tell to me truly what I do think.' 내가 무얼 생각하는지 맞혀라 //

[중략]

'For thirty pence our Saviour was sold, 우리 구세주는 30펜스에 팔렸지요.

Amongst the false Jews, as you have been told, 가짜 유대인들에게.
당신이 알다시피

And nine and twenty's the worth of thee, 그러니 당신은 29펜스 가치가
있어요.

For I think thou are one penny worser than he.' 내 생각에, 당신은
그보다 1펜스 적으니까요.

[이하생략]

왕은 주교에게 세 가지 질문을 던진다. 자신의 가치가 얼마이며, 자신이 얼마동안 세상을 돌아다니며, 자신이 무엇을 생각하는지 답하라는 것이다. 3일 동안 대답을 찾아야 하는 주교의 고민을 알아차린 양치기가 대신 변장을 하고, 왕에게 간다. 양치기의 대답은 왕의 가치는 예수가 팔린 30센트보다 1센트 적은 29센트이며, 왕은 해뜨기 시작해 다음날 해 뜰 때까지 다닐 것이니 24시간 돌아다니며, 왕은 자신을 주교로 생각하겠지만 사실은 양치기라는 것이다. 왕은 양치기의 지혜에 탄복해 양치기를 새 주교로 임명하며, 전 주교에게 자신의 사과를 전해달라고 한다. 양치기 지혜 덕분에 주교도 목숨을 건진다.

왕과 주교의 겨루기에서 승자는 왕도 주교도 아닌 양치기이다. 천한 신분인 양치기는 권력의 최고부에 있는 두 사람을 누르고, 새로운 지위를 얻는다. 양치기는 목숨을 건 두 최고 권력자의 어리석은 싸움을 슬기로운 대답을 통해 조롱한다. 왕의 가치를 29센트라 매기는 것은 예수보다 1센트 낮은 가치라고 하면서 겉으로는 높이는 듯하면서도 속으로는 한없이 낮은 가치로 추락시키는 풍자이다. 말대답의 참된 매력은 이러한 겉뜻과 속뜻의 차이에 있으며, 이로 인한 지위와 가치의 역전에 있다.

한국 서사민요에서 지위의 역전은 주로 며느리와 시집식구, 아내와 남편 사이에서 일어난다. 권력의 다툼에서 나타나는 지위의 역전은 주로 설화의 몫이다. 서사민요 중 며느리와 시집식구의 역전을 잘 보여주는 것으로는 〈며느리 말대꾸 노래〉, 〈양동가마 노래〉, 〈벙어리 삼년(꿩노래) 노래〉, 〈방아깨비 노래〉[53] 등을 들 수 있고, 아내와 남편의 역전을 보여주는 것으로는 〈꿩타령〉 등을 들 수 있다. 제주도에서 채록된 〈며느리 말대꾸 노래〉를 살펴보자.

메누리야 일어나 나라
늬 또꾸망에 헤 비추웜져
아이고 어멍아 거 무신 말
하락산 고고리랑 어디 비여 뒁
나 또꾸망에 헤 비추웜수광
아이고 이년아 흔 말만 짖여 도라
이제 나 나이
물보리 열 말썩은
흔 말만 짖어 두엉
동산이물에나 가 오라
산지물이랑 어디레 비여 뒁
동산이물에 갑니깡 [이하생략][54]

---

53 〈벙어리 삼년(꿩노래)〉, 〈방아깨비 노래〉 등은 겉으로는 시집식구를 추켜세우는 듯하지만, 안으로는 이들을 꿩이나 방아깨비 같은 존재로 격하시키는 조롱과 풍자로 이루어져 있다. 한국 사회의 〈시집살이 노래〉가 누구나 쉽게 이해하기 힘든, 수수께끼와 같은 노래들로 불릴 수밖에 없었던 것은 그만큼 가족 관계의 소통이 쉽게 이루어지지 못했음을 말해준다. 그런 가운데서도 노래는 같은 또래의 사람들이 모여 억압적 상황을 놀이와 웃음으로 풀어내는 수수께끼 놀이일 수 있었다. 노래를 통해 놀이를 하고, 소통을 할 수 있었기에 죽음과 같은 삶을 치유하고 견뎌낼 수 있었을 것이다. 이에 대해서는 서영숙, 「시집살이에 대한 알레고리: 〈꿩노래〉와 〈방아깨비노래〉 비교」, 『한국민요학』 31, 한국민요학회, 2011, 47-76쪽 참조.
54 〈맷돌·방아노래〉, 홍성숙(여 50), 대정읍 영악리, 김영돈, 『제주도 민요연구(상)』, 478쪽.

늦게까지 일어나지 않는 며느리에게 시어머니는 며느리 "똥구멍에 해가 비친다"고 한다. 며느리는 "한라산 꼭대기는 어디 비여두고 내 똥구멍에 해가 비치냐"고 반문한다. 며느리의 말대꾸를 듣고 제발 "한 말만 져 달라"는 시어머니의 말에 며느리는 다시 "내 나이로 열 말은 짛지 어떻게 한 말만 짛느냐"고 한다. 며느리는 시어머니의 비유적 어법을 못 알아들은 척하고 직설법으로 받아치며, '한 말만 지다'는 동음이의를 활용하여 '열 말도 더 찧다'로 대꾸한다. 며느리는 말의 애매성과 중의성을 이용해 훌륭한 말대답 놀이를 하고 있다. 상대방의 행동을 불만으로 꾸짖는 시어머니와 이 불만을 놀이로 되받는 며느리의 싸움은 그러므로 며느리의 승리로 귀결될 수밖에 없다. 현실에서의 시어머니와 며느리의 우열이 노래 속에서 역전된다.

이러한 역전은 장끼와 까투리의 해몽으로 인한 다툼을 통해서도 여실히 나타난다. 미래에 일어날 일을 암시하는 예조의 꿈은 현실에 대한 은유와 상징으로 되어 있어서 일종의 수수께끼이며, 해몽은 수수께끼의 답을 유추해내는 행위라 할 수 있다. 〈꿩타령〉에서 까투리의 꿈을 놓고, 아내 까투리는 남편이 죽을 꿈이라고 하고, 남편 장끼는 자신이 대장이 될 꿈이라며 정반대로 해석한다.

> 까토리 하는말이 그난그렇다 하는니와
> 어제밤 첫잠들어 꿈을꾸니 대불길하 하온지라
> 상금들이 무색가마 자네머리 범벅시고
> 만경창파 깊은물에 아조풍덩 빠져비니
> 자네죽을 꿈몽이라 제발그콩 먹지마소
> 까토리 하는말이 그꿈은 대밍이다
> 대명이 충언하면 구한병천 하오실 때
> 이내몸 대장되고 머리우에 투구시고
> 압록강 건너가서 중원을 평적하고
> 성천대장되올 꿈이로다 그런꿈만 많이꾸어라
> [이하생략][55]

이 각편에서 까투리가 꾼 꿈인 '머리에 범벅을 쓰고 깊은 물에 빠지는 것'은 꿩이 요리되는 과정을 은유적으로 표현한 것이다. 꿩의 살에 밀가루나 양념 범벅을 씌워 끓는 물에 삶는 과정을 말한다. 까투리는 이를 장끼가 죽을 꿈으로 풀어내고, 장끼는 투구를 쓰고 물을 건너 중원을 평정할 장수가 될 꿈이라 풀어낸다. 아내의 말을 듣지 않고 오히려 여자가 남편의 앞길을 막아 재수가 없다는 폭언을 하던 장끼는 결국 아내의 말대로 죽고 만다. 꿈으로 남편의 미래를 내다보고, 수수께끼와 같은 꿈의 뜻을 정확하게 풀어낸 아내는 결국 죽은 남편을 잊고 새 남편을 맞아들임으로써 당시로는 매우 새로운 여성의 모습을 보여준다. 아내와 남편의 주종 관계를 평등의 관계로 또는 그 관계의 역전을 꿈 풀이에 대한 말대답을 통해 꿈꾼다.

3. 고정적 성 관념의 파괴

한국 서사민요와 영·미 발라드에는 흔치는 않지만 이미 남편이나 아내를 둔 사람이 다른 사람과의 부적절한 관계를 나누는 이야기를 다룬 노래들이 있다. 이들 노래에는 외도 사실을 감추거나 발각된 현장을 모면하기 위해, 임기응변적인 말대답이 사용되는 것을 볼 수 있다. 그런데 이때 말대답의 주체가 남자가 아닌 여자, 남편이 아닌 아내로 나타나고 있어, 고정적인 성 관념으로부터 벗어나 있음을 보여준다. 한국 서사민요 중 〈찢어진 쾌자노래〉, 영·미 발라드 중 〈Our Goodman(우리의 선한 남자)〉이 대표적이다.

〈찢어진 쾌자노래〉는 외간남자가 처녀 집을 뛰어넘자 옷이 찢어지자, 처녀가 남자의 아내에게 어떻게 변명을 할 것인가를 가르쳐주는 말들이 주를 이룬다.[56]

---

55 〈까토리타령〉 1, 이방두(남 70), 대복리 대복, 『울산울주지방민요자료집』, 741~745쪽.
56 본인은 이를 '여자-외간남자 관계 서사민요' 중 〈외간남자의 옷이 찢기자 꿰매주는 여자〉

서울이라 임금아들 천냥짜리 처녀두고
만질담을 뛰어넘다 미었구나 미었구나
군때묻은 양피배자 치닷분이 무었구나
우리본처 알고보면 이말대답 어이하리
대장부라 사나그가 그말대답 못할손가
서당앞에 석노남기 석노따라 무었다소
그리해도 안듣거든
서당앞에 베자낭기 베자따가 무었다소
그리해도 안듣걸랑 내일아침 조상 끝에
소녀방에 또들오면 오삭가지 당사실로
은침댄침 금바늘로 본살같이 감춰줌세
[뒷부분 생략][57]

이 노래에서 외간남자는 '서울이라 임금아들'로 나오고, 여자는 '천냥짜리
처녀'로 나온다. 각편에 따라서는 외간남자가 '토연(통인)', 여자가 '좌수별감
맏딸애기'로 나오기도 한다. 약간의 차이가 있기는 하지만 대부분 외간남자
는 여자보다 지체가 높지만 아내가 있는 남자이며, 여자는 남자보다 지체가
낮지만 미모가 뛰어난 처녀이다. 유부남과 처녀 사이에 벌어지는 부적절한
관계는 떳떳한 일이 아니기에, 남몰래 담을 넘게 되며 그 과정에서 남자의
바지가 찢어진다. "우리본처 알고보면 이말대답 어이하리" 하고 걱정하는 남
자에게 처녀는 "대장부라 사나이가 그말대답 못할손가"라고 나무라며, "서당
앞에 석노남기 석노따다 무었다소." 또는 "서당앞에 베자낭기 베자따다 무었
다소"라고 변명하라고 한다. 이는 두 사람의 부적절한 관계에서 처녀가 매우
능동적이고 적극적인 태도를 지니고 있음을 보여준다. 일반적이고 고정적인

유형으로 분석한 바 있다. 서영숙, 『한국 서사민요의 날실과 씨실: 우리 어머니들의 노래』,
도서출판 역락, 2009, 293-299쪽 참조.
57 〈서울이라 임금아늘〉, 박정월(여, 1910-1991), 『한국민요대전』 전남 9-17.

성 관념에서 기대하는 처녀의 모습과는 매우 다르게 나타난다.

처녀가 제시한 말대답은 서당 앞에 있는 석류나무와 비자나무의 열매를 따다 찢어졌다고 하라는 것이다. 이는 거짓으로 둘러대라고 하면서도 비유적으로 보면 거짓이 아닌 말들이다. 남자가 늘 오가는 서당 근처에 처녀 집이 있을 테이니 '서당 앞에'이고, 석류나 비자와 같은 열매를 따는 것은 모두 여자의 성을 취한다는 것에 대한 은유이다. 석류와 비자는 모두 껍질을 벗기면 알이 드러나는 것으로, 일종의 여성 상징으로 볼 수 있기 때문이다. 그러므로 처녀는 남자에게 거짓이 아닌 거짓말로 둘러대라고 하면서 위기를 모면케 하는 재치를 내보이고 있다. 이는 외도에 대한 남자의 불안감을 잠재우고 자신에게 오게 하기 위한 처녀의 욕망을 드러낸다는 점에서 또한 비일상적이다.

더욱이 만일 그래도 본처가 곧이듣지 않는다면, "오색가지 당사실로 / 은침대침 금바늘로 본살같이 감춰줌세."라며 다시 한 번 들르라고 유혹까지 한다. 이러한 언술에는 외도의 부정성으로 인해 두려워하면서도, 한편으로는 이를 즐기는 양면적 태도가 내재돼 있다. 즉 일탈의 불안함과 즐거움 사이에서 아슬아슬한 줄다리기를 하는 팽팽한 긴장감이 말대답 속에 배어 있다. 이렇게 〈찢어진 쾌자 노래〉는 외간남자와 처녀 간의 부적절한 성 관계 속에서 외도 사실을 은폐하는 재치 있는 말대답을 통해 은밀한 성의 불안감과 즐거움을 함께 드러낸다. 이때 여자가 남자에게 말대답을 가르쳐 주고 있어, 남자가 주도적이고 여자가 순응적이던 고정적 성 관념을 파괴하고 있다.

그러나 이런 부류의 노래의 경우 창작과 전승의 태도가 다양하게 나타날 수 있다. 즉 노래 속 인물들의 관계를 있는 그대로 받아들이면서 상상적 일탈을 즐기는 이도 있을 터이고, 이에 대해 못마땅해 하며 경계하는 경우도 있을 터이다. 각편에 따라서는 "하늘겉은 우리부모 고치겉은 우리아내 / 뭐라카연 대책하꼬 / 토인토인 김토인아 그말일러 안될소연 / 내일밤에 새는밤에옥등산에 지름밝히 개화심지 불을밝히/ 물명주라 명주실로 허물없이 집어주렴 / 니가암만 잘하겠어 본댁같이 잘하겠어"[58] 하며 마지막 부분에 남자가 처녀에게

핀잔을 주는 말이 나오는 경우가 바로 후자에 해당한다. 이는 남자의 말에 이 노래의 향유층 중 처녀의 태도를 못마땅해 하는 본처 입장에 있는 여성들의 목소리가 침투된 것이라 할 수 있다. 그러므로 이 노래는 향유층의 다양한 태도를 이끌어 내면서 창작과 전승의 더 큰 동력을 이끌어낼 수 있었을 것이다.

한국 서사민요 〈찢어진 쾌자 노래〉가 아내 있는 남자와 처녀의 관계를 그리고 있다면, 영·미 발라드 중 Child 274 〈Our Goodman(우리의 선한 남자)〉은 반대로 남편 있는 여자와 남자의 관계를 그리고 있다.[59] 두 경우 다 말대답의 주체가 여자이며, 그 여자들이 다 외도의 당사자라는 점에서 고정적 성 관념을 파괴한다. 게다가 〈Our Goodman(우리의 선한 남자)〉에서는 여자가 남편에게 외도의 현장이 발각되고서도 이를 부인하는 말대답을 태연하게 하고 있어 대단히 파격적이다. Child 274 〈Our Goodman(우리의 선한 남자)〉를 예로 살펴보자.

> HAME came our goodman, 우리의 선한 남자가 집에 왔네.
> And hame came he, 그가 집에 왔네.
> And then he saw a saddle-horse, 그때 그는 안장이 있는 말을 보았네.
> Where nae horse should be. 거기엔 말이 있을 리 없다네./
> 'What's this now, goodwife? 지금 이게 뭐요? 선한 아내여.
> What's this I see? 내가 보고 있는 이게 뭐요?
> How came this horse here, 이 말이 어떻게 여기 와 있지?
> Without the leave o me?' 내가 남겨놓지 않았는데.
> 'A horse?' quo she. 말이요? 그녀가 말하네.

---

58 〈좌수별감 맏딸애기〉, 박남선(여·73), 옥성 1동 여수동, 『한국구비문학대계』 7-4 성주군 대가면 민요 220.

59 서영숙, 「한국 서사민요와 영·미 발라드에 나타난 '아내'의 형상 비교」, 『한국민요학』 38, 한국민요학회, 2013, 118-123쪽에서 이 작품을 '바람난 아내에 대한 남편의 대응'이란 측면에서 〈훗사나타령〉과 비교한 바 있다. 작품 해설 부분에서 공통되는 부분이 있으나 여기에서는 아내의 '말대답'에 중점을 두고 분석한다.

'Ay, a horse,' quo he. 응. 말. 그가 말하네./

'Shame fa your cuckold face, 수치스런 의심쟁이 얼굴

Ill mat ye see! 내가 보게 되나네!

'Tis naething but a broad sow, 이건 큰 암퇘지에 불과해요.

My minnie sent to me.' 내 어머니가 내게 보냈어요.

'A broad sow?' quo he. 큰 암퇘지? 그가 말하네.

'Ay, a sow,' quo shee. 예. 암퇘지. 그녀가 말하네./

'Far hae I ridden, 내가 멀리 나가봤지만,

And farrer hae I gane, 더 멀리 가봤지만

But a sadle on a sow's back 등에 안장을 한 암퇘지는

I never saw nane.' 난 전혀 본 적이 없네./(중략)

'Poor blind body, 불쌍한 눈먼 남자,

And blinder mat ye be! 더 눈이 멀게 되다니!

It's a new milking—maid, 그건 우유짜는 새 하녀예요.

My mither sent to me.' 내 어머니가 내게 보내준.

'A maid?' quo he. 하녀? 그가 말하네.

'Ay, a maid,' quo she. 예. 하녀. 그녀가 말하네./

'Far hae I ridden, 내가 멀리 가 봤지만,

And farer hae I gane, 더 멀리 가 봤지만.

But lang—bearded maidens 긴 수염이 달린 하녀는,

I saw never nane. 난 전혀 본 적이 없네.

이 노래에서 집에 돌아온 남편은 집에서 자신이 남겨놓지 않은 다른 남자의 물건들을 발견하고 아내에게 그것이 무엇인지 물어본다. 아내는 남편을 '의심쟁이(바람난 아내를 둔 남자)'로 몰아세우며 그 물건의 정체를 비슷한 형체의 다른 것으로 바꾸어 대답한다. 그때마다 남편은 자신이 멀리 다녀봤지만 그런 물건을 보지 못했다며 의아해 한다. 마당에서부터 집안으로, 마지막엔

침실에까지 들어오면서 차례차례 아내와 남편의 문답이 계속된다. 남편은 '안장을 한 말-부츠-칼-가발-코트'를 발견하고 그게 왜 거기 있는지 물어보며, 아내는 그것들을 '돼지-물병-주걱-암탉-담요'라며 대응한다. '안장을 한 돼지, 은 굽이 달린 물병, 은 손잡이가 달린 주걱, 파우더를 뿌린 닭, 단추 달린 담요'를 보지 못 했다며 의아해하면서도 아내의 부정을 막지 못하는 남편의 어수룩함은 침대에 누운 남자를 발견하면서 막바지에 다다른다. 웬 남자가 침대에 있느냐는 남편의 물음에 아내는 '우유 짜는 새 하녀'라며 대답하며 오히려 남편을 "불쌍한 눈먼 남자, 눈이 더 멀다니!" 하며 장님으로 매도한다. 남편이 "긴 수염이 달린 하녀는, 난 전혀 본 적이 없네."라고 응수하지만, 아내의 기세를 누르지는 못한다.

이렇게 〈Our Goodman(우리의 선한 남자)〉은 아내의 외도를 보고서도 막지 못하는 어리숙한 남편과 남편이 본 것을 엉뚱한 다른 것으로 바꿔 말함으로써 잘못을 회피하는 영악한 아내의 대결로 이루어져 있다. 아내의 말대답은 '안장을 한 돼지, 은 굽이 달린 물병, 파우더를 뿌린 닭, 단추 달린 담요' 등 있을 수 없는 기발한 연상을 불러옴으로써 웃음을 자아낸다. 또한 외도를 하면서도 당당한 아내와 이를 어쩌지 못하고 속수무책으로 당하는 남편의 모습을 통해 고정적 성 관념을 파괴한다. 이때 노래의 향유층은 아내의 재치 있는 대답에 폭소를 터뜨리며 그녀의 일탈을 함께 즐기기도 하고, 아내의 부적절한 행동과 당당한 태도를 나무라며 경계하기도 한다. 이는 희극적 발라드가 창작 전승되며 나타나는 공통적 양상이라 할 수 있다.[60]

---

60 희극적 발라드의 특징에 대해서는 David Atkinson, "'…the wit of a woman it comes in handy,/At times in an hour os need': Some Comic Ballads of Married Life", *Western Folklore*, Vol.58, No.1, Western States Folklore Society, Winter 1999, pp. 57-84. 참조.

4. 맺음말

이 글에서는 한국 서사민요와 영·미 발라드 중 말대답이 서사 전개의 주요 요소로 이루어져 있는 노래를 대상으로 대결의 양상과 의미를 살펴보았다. 말대답은 노래 속에서 강자와 약자 사이에 이루어지는데, 말대답을 통해 현실 속의 강자가 약자가 되거나, 현실 속의 고정 관념이 파괴된다. 이를 현실적 지위의 역전과 고정적 성 관념의 파괴로 나누어 살펴보았다. 그 결과는 다음과 같다.

첫째, 한국 서사민요와 영·미 발라드 모두 말대답을 통해 현실적 지위를 역전시킨다. 특히 영·미 발라드에서는 사회적 지위의 역전이, 한국 서사민요에서는 가족적 위계의 역전이 나타난다. 영·미 발라드 중 Child 3 〈The False Knight upon the Road(길 위의 가짜 기사)〉에서는 악마와 어린 소년 간에, Child 45 〈King John and the Bishop(존 왕과 주교)〉에서는 왕과 주교 간에, 한국 서사민요 〈며느리 말대꾸 노래〉에서는 시어머니와 며느리 간에, 〈꿩타령〉에서는 아내와 남편 간에 말대답을 통한 대결이 이루어진다. 이때 영·미 발라드의 향유층이 정치적, 종교적 권력자보다는 미천한 양치기의 승리를, 한국 서사민요의 향유층이 시집식구보다 며느리, 남편보다 아내의 승리를 그려낸 것에서 두 지역의 향유층 모두 기존 사회의 사회적, 가족적 권위에 대한 비판의식을 지니고 있음을 파악할 수 있다.

둘째, 한국 서사민요와 영·미 발라드 모두 말대답을 통해 고정적 성 관념을 파괴한다. 이때 한국 서사민요에서는 처녀와 외간 남자 사이에서, 영·미 발라드에서는 아내와 남편 사이에서 말대답이 이루어지며, 말대답의 주체가 남자가 아닌 처녀, 남편이 아닌 아내로 나타난다. 한국 서사민요 중 〈찢어진 쾌자노래〉, 영·미 발라드 중 Child 274 〈Our Goodman(우리의 선한 남자)〉이 대표적이다. 이들 노래에서는 부적절한 관계에 있으면서도 당당한 처녀와 아내의 재치 있는 말대답을 통해 고정적 성 관념을 파괴함으로써 성적 일탈의 재미와 풍자를 함께 누렸다.

이상에서 영·미 발라드에서는 말대답이 악마와 소년, 왕과 주교와 같은 초현실적 존재와 현실적 존재, 정치적 권력과 종교적 권력 간에서 이루어졌다고 한다면, 한국 서사민요에서는 며느리와 시집식구, 아내와 남편과 같은 가정 내 가족 관계 속에서 이루어진 것을 볼 수 있었다. 이는 영·미와 한국 사회에서 발라드와 서사민요의 향유층이 중요하게 여기거나 억압을 받는 권력이 무엇인지를 나타내준다. 그러나 영·미 발라드의 향유층이 말대답을 통해 악마, 왕, 주교와 같은 정치적, 종교적 권력자보다는 미천한 양치기의 승리를 그려내고, 한국 서사민요의 향유층이 시집식구보다 며느리, 남편보다 아내의 승리를 그려낸 것은 기존 사회의 통념과 권위를 뒤집는 전복과 저항의 메시지를 나타내는 것이라고 할 수 있다. 사회 속에서 유·무형으로 가해지는 억압을 말대답 노래로 부름으로써 두 사회의 민중들은 그로부터의 일탈과 자유를 꿈꾸었던 것이다.

한국 서사민요와 영·미 발라드는 동서의 거리를 뛰어넘어서 유사한 발상과 의식을 지니고 있음을 알 수 있었다. 두 사회 민중들은 모두 말대답을 통해 현실적 억압으로부터의 일탈과 자유를 꿈꾸었다. 이러한 의식은 모두 근대적 사유의 출발점이 되는 것으로, 두 지역의 문학이 중세 문학에서 근대 문학으로 이행하는 데 한국 서사민요와 영·미 발라드가 초석이 되었음을 보여준다. 그러나 이러한 문학적 가치와 의의에도 불구하고 이들 갈래에 대한 비교 연구는 매우 미진하다. 이 글이 이러한 미진함을 풀어나가는 디딤돌이 되길 기대한다.

IV

신앙·죽음 관련 서사민요와 발라드

한국 서사민요와 영 · 미 발라드에 나타난 민속신앙

1. 머리말

한국 서사민요와 영 · 미 발라드[1]에는 이 노래들을 불렀던 사람들의 삶에 대한 이야기가 담겨 있다. 이 이야기 속에는 노래를 불렀던 사람들의 현실 세계뿐만 아니라, 그들이 존재한다고 믿는 현실 너머의 세계가 그려져 있기도 하다. 그들의 믿음 속에 존재했던 초현실적 세계와 존재는 이들이 현실 너머에 존재하며 현실에 작용한다고 여기는 신앙의 체계이다.[2] 이를 공식적 종교와는 구별되는 민속신앙이라고 할 때,[3] 노래에는 이들 노래를 부른 사람

---

1   발라드의 전반적 특성에 대해서는 박일우, 『영국의 민요와 발라드』, 한양대학교 출판부, 2003 참조. 서사민요와 발라드는 모두 근대 이전 주로 평민 여성들이 일을 하면서 부른 '서사적 줄거리를 갖춘 노래'라는 점에서, 비교 대상이 될 수 있다. 발라드는 영국을 비롯한 유럽 전역에서 전승되어 왔는데, 이 글에서는 그중 발라드의 정전으로 여겨지는 F. J. Child가 편찬한 *The English and Scottish Popular Ballads* (Five Volumes), New York; Dover Publications, 1965. (First published in 1884~1898) 수록 자료인 영 · 미 발라드를 비교 대상으로 삼는다.

2   서사민요와 발라드 창자들은 이 노래들이 '실제로 일어난 진실한 노래(real true song)'라고 말하며, 자신들의 노래가 사실에 기반을 두고 있다는 강한 믿음을 지니고 있다. 이는 노래 속 사건이 현실의 삶에 거의 가깝다고 믿거나 정서적으로 진실이라고 믿는 것까지 확장된다.(David Atkinson, *The English Traditional Ballad: theory, method, and practices*, Ashgate, 2002, p.146.)

3   Carl Watkins는 민간에 퍼져있는 다양한 신앙이 모두 민중의 재산이 아니기 때문에 '민속' 보다는 '비공식적 신앙'으로 표현하는 게 더 적절하다고 보고 있으나.(Carl Watkins, "Folklore and Popular Religion in Britain during the Middle Ages", *Folklore* Vol.

들이 믿어온 민속신앙이 잘 드러나 있다.[4] 특히 서사민요와 발라드는 상층 지배계층이 아닌 기층 민중, 그중에서도 평민 여성들에 의해 불려온 노래로서,[5] 상층 지배계층이나 남성들에 의해 다듬어진 공식적 종교와 비교적 거리가 있는 토착적인 민속신앙을 담고 있다.[6]

이 글에서는 한국 서사민요와 영·미 발라드에 나타난 민속신앙의 특질을 특히 유형에 반복적으로 나타나는 초현실적 모티프를 중심으로 살펴보고자 한다. 서사민요와 발라드는 대체로 일상적인 인물이 겪는 현실적 사건을 소재로 하는 노래로서, 초현실적 모티프의 개입이 그리 흔한 것은 아니다.[7] 하지만 오히려 그 비일상적인 초현실적 모티프를 통해 일상과 현실을 넘어선 신적 존재와 세계에 대한 신앙이 구현된다. 특히 초현실적 모티프는 대부분 죽음과 관련해 나타나는데, 이는 죽음이 인간에게 있어 가장 충격적인 사건이면서 가장 큰 두려움의 대상이기 때문일 것이다.

서사민요와 발라드의 향유층은 자신과 밀접한 관계에 있던 인물의 죽음을 통해 현실 너머의 세계에 대해 경외감을 가지며, 그 세계와의 교통을 시도한다. 이는 초현실적 세계와 현상에 대한 신앙으로 자리 잡았고, 이러한 신앙은

115, No. 2, Folklore Enterprises, Taylor & Francis, Ltd., 2004, pp.140~150) 이 글의 대상인 서사민요와 발라드는 상층 계층이 아닌 기층 민중에 의해 전승된 것이므로, '민속신앙'이라고 칭하는 데 무리가 없다.

4 Hilda Ellis는 민속신앙은 공식 종교가 자리 잡은 이후에도 쉽사리 사라지지 않고 민속의 례, 놀이, 이야기, 노래로 전해져 내려왔으며, 구비문학 속에 남아있는 신앙의 모습은 단순한 상상이 아니라, 오래전 민속신앙의 모습을 말해준다고 보고 있다.(Hilda Ellis Davidson, "Myths and Symbols in Religion and Folklore", *Folklore* Vol. 100, No. 2, Folklore Enterprises, Taylor & Francis, Ltd., 1989, pp. 131~142.)

5 조동일, 『서사민요연구』, 계명대학교 출판부, 1979 증보판, 52~59쪽; 한규만, 『영·미 포크 밸러드의 주제 연구: 인간과 사랑』, 울산대학교 출판부, 2005, 130쪽.

6 발라드 연구자들도 발라드에는 기독교와 같은 종교적 내용을 다룬 노래가 거의 드물며, 기독교적 영향을 받지 않은 주제가 대부분이라고 설명한다. Chales W. Darlings, *The new American songster: traditional ballads and songs of North America*, University Press of America, 1992, p.36; Evelyn Kendrick Wells, *The Ballad Tree*, New York: The Ronald press Company, 1950, p.176.

7 조동일, 앞의 책, 2005, 48쪽.

이들 노래 속에 자연스럽게 배어들었다. 이에 이 글에서는 한국 서사민요와
영·미 발라드 중 특히 죽음과 관련된 노래에 나타난 민속신앙을 크게 두 가
지 측면—초현실적 공간과 존재, 초자연적 현상과 사건으로 나누어 비교, 고
찰할 것이다. 이는 한국 서사민요의 보편성과 특수성을 밝힐 수 있을 뿐만
아니라, 근대 이전 동과 서로 떨어진 두 지역 여성들의 삶과 의식을 심층적으
로 이해하는 데 기여할 수 있을 것이다.

한국 서사민요와 영·미 발라드 중 죽음과 관련된 초현실적 모티프를 지니
고 있는 유형들을 제시하면 다음과 같다.[8]

	초현실적 모티프와 해당 유형
초현실적 공간과 존재	**옥황상제에게 쫓겨난 여자** 〈베틀 노래〉 **저승차사(악마)가 데리러 온 여자** 〈옥단춘 노래〉, 〈애운애기(허웅애기) 노래〉, 〈278 The Farmer's Curst Wife〉 **가신들이 보호한 사람** 〈애운애기(허웅애기) 노래〉, 〈5 Gil Brenton〉, 〈6 Willie's Lady〉, 〈53 Young Bekie〉, 〈110 The Knight and the Shepherd's Daughter〉 **순례자(예수)에게 물을 준 여자** 〈21 The Maid and the Palmer(The Samaritan Woman)〉 **요정(인어, 셀키)에게 유혹된 사람** 〈37 Thomas Rymer〉, 〈38 The Wee Wee Man〉, 〈39 Tam Lin〉, 〈40 The Queen of Elfan's Nourice〉, 〈41 Hind Etin〉, 〈42 Clerk Corvill〉, 〈113 The Great Silkie of Sule Skerry〉

---

8 논의 대상 자료는 한국 서사민요는 『한국구비문학대계』와 『한국민요대전』 등을, 영·미
발라드는 F. J. Child가 편찬한 *The English and Scottish Popular Ballads*를 중심으
로 추출하였다. F. J. Child의 자료집은 하버드 대학교 교수를 지낸 편자가 영국 및 스코틀
랜드 발라드뿐만 아니라 미국에 전승된 자료들을 채록한 것으로, 발라드 학계에서 정전으
로 여겨지는 것이다. 한국 서사민요의 경우는 위 자료집 등에서 본인이 추출하고 분류한
자료 총 1,667편 73개 유형(서영숙, 「한국 서사민요와 영·미 발라드의 유형분류 방안
비교」, 『한국민요학』 40, 2014, 57~93쪽)을, 영·미 발라드의 경우는 F. J. Child가
제시한 총 1,212편 305개 유형을 대상으로 한다. 굵은 글씨는 유형의 초현실적 모티프,
〈 〉는 본인이 부여하거나 통상적으로 칭하는 유형 제목, 발라드의 숫자는 F. J. Child가
부여한 자료번호이다. 자료 인용 시에는 서사민요는 수록문헌과 자료번호를, 발라드는 본
인의 번역과 함께 자료번호를 표기하기로 한다.

	초현실적 모티프와 해당 유형
초자연적 현상과 사건	**죽은 후 다른 존재로 환생한 사람** 〈쌍가락지 노래〉, 〈중이 된 며느리 노래〉, 〈타박네 노래〉, 〈물에 빠진 시누올케 노래〉, 〈73 Lord Thomas and Fair Annet〉, 〈75 Lord Lovel〉, 〈84 Bonny Barbara Allen〉, 〈85 Lady Alice〉, 〈87 Prince Robert〉
	죽음의 징조(원한)을 알리는 물체 〈이사원네 맏딸애기 노래〉, 〈후실장가 노래〉, 〈혼인날 죽은 신랑(처자과부 노래)〉, 〈상사병으로 죽은 총각(서답개 노래)〉, 〈전쟁에 나간 자식(이경필이 노래)〉, 〈10 Twa Sisters〉, 〈68 Young Hunting〉, 〈92 Bonny Bee Hom〉, 〈215 Rare Willie Drowned in Yarrow〉
	죽음(변신)을 가져오는 저주(마법) 〈이사원네 맏딸애기 노래〉, 〈후실장가 노래〉, 〈34 Kemp Owyne〉, 〈36 The Laily Worm and the Machrel of the Sea〉, 〈216 The Mother's Malison, or, Clyde's Water〉, 〈295 The Brown Girl〉,
	저승에서 돌아온 사람 〈애운애기(허웅애기) 노래〉, 〈20 Cruel Mother〉, 〈47 Proud Lady Margaret〉, 〈49 Twa Brothers〉, 〈74 Fair Margaret and Sweet William〉, 〈77 Sweet William's Ghost〉, 〈78 The Unquiet Grave〉, 〈79 The Wife of Usher's Well〉, 〈86 Young Benjie〉, 〈243 James Harris(The Daemon Lover)〉, 〈248 The Grey Cock, or, Saw You My Father〉, 〈255 Willie's Fatal Visit〉, 〈265 The Knight's Ghost death〉
	죽은 사람을 살려낸 여자 〈상사병으로 죽은 총각(서답개 노래)〉, 〈전쟁에 나간 자식(이경필이 노래)〉, 〈15 Leesome Brand〉

2. 초현실적 공간과 존재

서사민요와 발라드의 향유층이 존재한다고 믿었던 초현실적 공간은 크게 두 부류로 나타난다. 하나는 사람이 죽은 후 거주하거나 옮겨간다고 여기는 현실 밖 공간이며, 다른 하나는 현실 세계 어딘가 보통 사람이 쉽게 접근할 수 없는 신비한 존재가 산다고 여기는 공간이다. 이를 '죽음 이후의 공간'과 '현실 속 신비 공간'으로 나누어 그곳에 거주한다고 여기는 존재와 함께 살펴보기로 한다.

1) 죽음 이후의 공간과 존재

서사민요 향유층을 비롯한 한국인 대부분은 사람은 죽으면 '이승'을 떠나 '저승'으로 간다고 믿는다. 서사민요 속에서 이 '저승'에 대한 관념은 다양하게 나타나는데, 그중 가장 원초적인 것이 바로 죽은 이가 무덤 속에 거주한다고 믿는 것이다. 무덤을 햇볕이 잘 들고 바람이 거세지 않은 자리에 터를 잡는다든지, 무덤 안에 고인이 아끼던 물품을 함께 묻는다든지, 무덤 앞에 절을 하고 무덤에 누워있는 이에게 말을 건넨다든지 하는 것은 모두 이런 믿음에서 온다.

어머니를 일찍 여읜 여자아이가 엄마 젖을 구하기 위해 무덤으로 찾아가는 〈타박네 노래〉, 무덤이 벌어져 산 사람이 무덤 속으로 빨려 들어가는 〈중이 된 며느리 노래〉, 〈상사병으로 죽은 총각(서답개 노래)〉, 〈이사원네 맏딸애기 노래〉 등은 모두 죽은 이가 무덤 속에 있다는 믿음을 드러낸다.

> 따박따박 따박네야 너 어디로 뭣허로 가냐
> 우리엄마 무덤에로 젖 먹으러 내가 가네
> 산 높어서 어쩌 갈래 산 높으면 엎혀가고
> 물 짚어서 어쩌 갈래 물 짚으면 히어가지
> 우리 엄마 묏에 가니 개꽃도 너울너울
> 그놈 하나 따먹응께 우리 엄마 젖맛일레
> 당기둥당애 둥당애다
>
> (민요대전, 영광 11-10)

〈타박네 노래〉에서 어머니의 무덤은 높은 산을 넘고 깊은 물을 건너야 있다. 어린 여자아이가 혼자 가기에는 힘든 곳인데도 아이는 엄마 젖을 먹기 위해 모든 난관을 물리치고 엄마 무덤에 도착한다. 죽은 엄마의 무덤에는 개꽃, 참외, 오이 등이 열려 있다. 그것을 따먹으니 엄마의 젖 맛이라고 한다.

아이는 이를 통해 엄마 젖을 떼고 비로소 현실로 돌아온다.[9] 〈타박네 노래〉는 대부분 이웃집 할머니가 엄마 젖을 먹고자 하는 아이에게 역설을 통해 어머니가 돌아올 수 없음을 깨닫게 하는 관용구가 되풀이된다.[10]

> ["그래 이제 따복네가 이제 하도 울어서 이제 그거 달갤그라 그랬어요."]
> 느어머니 온다더면 평풍뒤에 그렌 닭이 홰를 치믄 온다더라
> 부뚜막에 엎은 박이 줄이 나면 온다더라
> 실겅 밑에 삶은 팥이 싹시 나면 온다더라
> 뒷동산에 군밤 묻은기 삭시 나면 온다더라
> 따복 따복 따복네야 우리집에를 들어가니
> 어른 동상 젖 달라지 우매새낀 꼴 달라지
> 울어머니 죽은 눈물은 광천안에 소가 되고
> 살은 썩어 물이 되고 뼈는 썩어 흙이 됐네
>
> (민요대전, 양양 5-3)

아이는 어머니의 무덤 앞에서 어머니의 죽음을 실감하고, 집에 돌아와 어머니의 죽음을 받아들인다. 어머니의 살은 썩어 물이 되고, 뼈는 썩어 흙이 됐으리라는 생각은 죽음을 죽음 그 자체, 죽음 이후의 공간은 바로 시신이 안치되는 무덤이라는 믿음을 바탕으로 한다.

발라드에서 역시 이러한 믿음이 뚜렷하게 나타난다. 대부분의 발라드에서 죽음 이후의 공간은 천국이나 지옥과 같은 종교적 공간이 아닌, 차가운 땅 아래 무덤 속 공간으로 나타난다. 이 공간은 어둡고 차가우며, 벌레들이 들끓는 곳이기도 하다. 결혼 전에 죽은 남자 가 살아있는 연인에게 나타나 자신의 맹세를 돌려달라고 하는 노래 〈77 Sweet William's Ghost〉에서는 죽음으

---

9 서영숙, 『한국 서사민요의 날실과 씨실』, 도서출판 역락, 2009, 132~138쪽.
10 서영숙, 「죽음의 노래에 나타난 역설의 기능과 의미: 한국 서사민요와 영·미 발라드의 비교를 통해」, 『한국고전문학과 교육』 27, 한국고전문학교육학회, 2014, 107~130쪽.

로 인해 사랑을 이어나갈 수 없었던 연인의 이야기가 나온다. 죽은 남자는
자신이 누워있는 무덤 속 공간을 다음과 같이 설명한다.

> "The ground have rotten them off, my dear, 내 사랑, 땅이 그것들을 썩게
> 했어요.
> For the worms are quick and free, 재빠르고 제멋대로인 벌레들 때문에요.
> And when you're so long lying in your grave, 당신의 무덤에 오랫동안
> 누워있으면,
> The same will happen thee." 당신에게도 같은 일이 일어날 거예요.
>
> They walked, they walked to the old churchyard, 그들은 오래된 교회
> 뜰로 걸어갔네,
> Where the grass grow grassy-green: 잔디가 푸르게 자라나있는,
> "Here's the home where I live now, 이곳이 지금 내가 사는 집이요,
> The bed I do lie in." 내가 누워있는 침대라오. (Child 77)

죽은 남자가 연인을 데리고 간 곳은 교회 마당에 있는 무덤이다. 붉은 뺨과
길고 노란 머리카락은 벌레들에 의해 썩어버렸으며, 입에서는 찬 기운만이
가득하고, 흙냄새가 난다. 이는 자신에게만 일어난 일이 아니라, 연인이 죽
어도 같은 일이 일어날 것이라고 한다.

이렇게 서사민요와 발라드에는 죽음 이후의 공간은 바로 무덤 속이라는 믿
음이 공통적으로 나타난다. 하지만 일부 노래에서는 죽어서 무덤 속에 묻히
긴 하지만, 그곳이 아닌 어느 곳으론가 이동한다는 믿음이 나타난다. 이는
무덤 밖 또 다른 공간으로서의 '저승'이다. 이 저승은 다시 일원적 공간과 이
원적 공간으로 나뉘는데,[11] 서사민요와 발라드에는 대부분 일원적 공간으로

---

11   일원적 공간으로서의 '저승'은 이승을 떠나 누구나 가게 되는 곳이라면, 이원적 공간으로서
의 '저승'은 천국(극락) 또는 지옥과 같이 죽은 후 심판에 따라 가게 되는 곳이다. 이원적

나타난다. 이 경우 일원적 공간으로서의 저승은 이승과 다르지 않은 또 하나의 세계로서, 저승에서의 삶은 이승에서의 삶의 연장이라고 본다.

〈애운애기 노래/옥단춘 노래〉에서 나타나는 저승은 이승과 마찬가지로 왕이 다스리며, 여러 개의 문과 방으로 이루어져 있다. 저승에 가서 먼저 돌아가신 조상들을 만나게 되며, 특별한 고난이나 징벌은 강조되지 않는다. 일 잘하는 애운애기나 재주 좋은 옥단춘이 불려가는 것은 저승에서도 이와 같은 재능이 필요하기 때문이다.

[제보자 : 옥단춘이가 귀동딸인데 저승 채시가 델러 왔어.]
옥단춘아 춘아 저리곱기 잘났거든 저승꺼정 소문났지
춘아춘아 옥단춘아 옥단춘이 너들그라고
저승채사 강군도령 니명이 니리있다 [중략]
또한대문 널고보니 간나들이 한방이요
또한대문 널고보니 총각들이 한방이라
또한대문 널고보니 새댁들이 한방이라
또한대문 널고보니 중늙은이가 한방이라
또한대문 널고보니 할아부지가 한방이라
(구비대계 7-8, 상주군 청리면 22)

저승차사 강군도령은 서사무가 〈차사본풀이〉에 나오는 강림도령을 말한다. 시간이 없다고 재촉하는 저승차사를 옥단춘은 명주, 모시, 엽전 등 이승에서 값지고 귀한 물건들을 주어가며 저승 가는 것을 늦추려고 하지만 저승차사는 그 모든 것이 필요 없다고 한다. 하지만 정작 저승 문을 열고 들어갈 때마다 문지기에게 무엇인가를 줘야 하는 데에는 저승길에도 노잣돈이 필요하다는 인식이 드러나 있다. 열두 대문을 지나갈 때마다 '고깔' 하나씩 빼어

공간은 대체로 기독교나 불교와 같은 공식 종교가 확립되면서 형성된 신앙으로 볼 수 있다.

주고 들어간 방들에는 여러 부류의 사람들이 모여 앉아 있다. 성별과 나이별로 나뉘어 처녀, 총각, 할아버지, 할머니들이 각각 따로 앉아있는 모습이 현실과 크게 다르지 않다.

한편 흔하지는 않지만, 각편에 따라 저승은 한 공간이 아닌 극락과 지옥—두 공간으로 나뉘어 나타나기도 한다. 이러한 관념은 불교(또는 기독교)가 민중의 신앙 속에 점차 자리 잡게 되면서 이들 노래 속에도 유입된 것이라 생각된다. 특히 〈옥단춘 노래〉 중 다음 각편은 젊은 여자가 병들어 죽게 되자 저승길을 가는 과정과 저승에서 심판받는 장면을 자세히 그리고 있다.

> 또한대문 널고가니 이승에서 뭐를했소
> 무신존일 해였는가 가지가지 문초해가
> 높은산에 불당지서 염불공덕 해였느냐
> 짚은물에 다리놔서 월천공덕 해였느냐
> 배고픈이 밥을조서 활인공덕 해였느냐
> 옷없는이 옷을조서 무사공덕 해였느냐
> 좋은밭에 원두(원두막)놔서 만인해걸(해갈) 씨있느냐(시켰느냐)
> 가지가지 문초하네
> 좋은일 한사람은 염여대왕 꽃밭으로 돌리주고
> 못한일 한사람은 독새지옥 불탄지옥 보내주네
>
> (구비대계 7-8, 상주군 화서면 14)

이 각편에서는 일반적인 〈옥단춘 노래〉와는 달리 생전 삶의 선악에 따라 저승이 두 갈래로 나뉘어 나타난다. 사람이 죽으면 우선 염라대왕 앞에 가 심판을 받는다고 한다. 염라대왕은 갖가지 문초를 해서 좋은 일을 한 사람은 꽃밭—극락으로 보내고, 나쁜 일을 한 사람은 독사 지옥, 불지옥으로 보낸다고 한다.

이처럼 서사민요에서는 저승 중 지옥은 더러 나타나지만, 그와 상반되는 공간인 천국(극락)은 거의 나타나지 않는다. 단지 하늘에 올라가 선관 또는 선녀가 되었다거나, 하늘의 선녀였다가 지상으로 추방되었다든가 하는 관념이 소수 유형에서만 나타날 뿐이다. 그 대표적인 예를 〈베틀 노래〉에서 찾아볼 수 있는데, 이 노래에서 베를 짜는 여자는 천상에서 옥황상제에게 죄를 짓고 지상으로 귀양 온 선녀로 나타난다.

> 바람솔솔 부는날에 구름은둥실 뜨는날에
> 월궁에 노든선녀 옥왕님께 죄를짓고
> 인간산데로 귀양와서 좌우산천을 바라보니
> 하실일이 전이없어 금사한틀을 짜자고
> 월궁으로 지치달아 달가운데 계수나무
> 동편으로 뻗은가지 금도끼로 찍어내려
> 앞집이 김대문과 뒷집이 이대문과
> 나의집이를 들어와서 술도묵고 밥도묵고
> 양철관죽 벽통대에 담배한대를 태인후에
> 베틀한대를 지여주소
> (구비대계 6-7, 신안군 도초면 2)

이러한 인식은 평민 여성들의 마음속에 자리 잡은 자존감의 원천이 된다. 즉 자신의 전생을 월궁에서 놀던 선녀로 설정함으로써 현재 자신의 처지를 극복하고, 현실에서 겪는 고난은 옥황상제에게 죄를 지었기 때문이라고 함으로써, 자신의 고난과 슬픔을 위로한다.

죽음 이후의 공간이 무덤 속이 아닌 무덤 밖 공간으로 나타나는 양상은 발라드에서 보다 쉽게 찾을 수 있다. 발라드에서도 저승은 천국과 지옥의 구별이 없는 일원적 공간으로 나타나기도 하고, 두 공간이 구별되는 이원적 공간으로 나타나기도 한다. 〈47 Proud Lady Margaret〉의 두 각편을 살펴보기로 하자.

'For the wee worms are my bedfellows, 작은 벌레들이 내 잠자리 친구들이고,
And cauld clay is my sheets, 내 시트는 차가운 진흙이지.
And when the stormy winds do blow, 폭풍이 불 때에
My body lies and sleeps.' 내 몸은 누워서 잠자고 있지. (C 47A)

'You're straight and tall, handsome with all, 너는 꼿꼿하고 크고 멋지지.
But your pride ower goes your wit, 하지만 네 자만심은 네 슬기와 함께 가버렸어.
But if ye do not your ways refrain, 네가 네 방식을 절제하지 않는다면
In Pirie's chair ye'll sit. 심판 의자에 앉게 될 거야. (Child 47B)

　이 노래는 동생이 지나치게 교만하고 허영심이 많은 것을 경계하기 위해
죽은 오빠가 잠시 돌아오는 내용이다. 같은 유형인데도 각편에 따라 죽은 오
빠가 거처하고 있는 공간에 대한 인식 차이가 크다. 각편 A에는 천국과 지옥
의 구분이 나타나지 않는 반면, 각편 B에서는 지옥의 심판 의자가 나타난다.
즉 각편 B에서는 저승이 선과 악에 따라 천국과 지옥으로 나뉘며, 악을 저지
른 자는 지옥의 가장 낮은 곳에서 심판을 받게 될 것이라는 기독교적 믿음이
분명히 드러난다. 이렇게 발라드의 한 유형에서 저승에 대한 일원적 관념과
이원적 관념이 함께 나타나는 양상은 〈20 The Cruel Mother〉나 〈243
James Harris(The Daemon Lover)〉 등에서도 뚜렷하게 찾아볼 수 있다.
　뿐만 아니라 〈79 The Wife of Usher's Well〉에서는 집을 떠난 세 아들
이 죽었다는 소식을 들은 어머니가 아들들이 돌아오게 하기 위해 바람과 파
도를 저주하는 대목이 나오는데, 총 4편 중 한 각편에는 바람과 파도 대신
예수에게 기도하는 것으로 되어 있다. 두 계열의 각편이 함께 전승되어 왔다
는 사실은 평민 여성들의 민속신앙이 기독교의 유입 이후에도 지속되었음을
보여준다.[12]

12　Carl Watkins, op.cit., 2004, pp. 140~150.

2) 현실 속 신비 공간과 존재

서사민요와 발라드 향유층에게 대부분 현실은 즐겁고 행복한 공간이 라기보다는 힘겹고 고통스러운 공간이었다. 집 안팎의 힘겨운 노동으로 하루 종일 시달렸을 뿐만 아니라, 주변 사람들과의 관계 속에서 빚어지는 정신적 고통도 감내해야 했다. 이런 고통을 잊게 해 준 것 중 하나가 바로 현실 너머의 '신비 공간'에 대한 상상이었을 것이다. 이 '신비 공간'은 자신들 중의 누군가가 또는 예전의 누군가가 가보았다고 여겼던 믿음의 공간이기도 했다. 그 공간은 자신들이 발을 딛고 있는 땅 아래, 또는 강과 바다 건너, 또는 깊은 산 속과 같은 잘 알지 못하는 공간으로서, 때로는 선망의, 때로는 두려움의 공간이기도 했다.

사람이 죽었거나 사라진 경우에 신선이 되었다고 믿는 경우가 그에 해당한다. 대개 신선이 사는 공간은 천국이나 지옥이 아닌, 사람의 발길이 닿지 않는 깊은 산속 어딘가로 믿어졌다. 이는 이승과 저승 외의 또 다른 공간과 존재에 대한 믿음으로, 서사민요 향유층에게는 그리 보편화되지는 않았던 것으로 보인다. 이들에게 그보다 친숙했던 신앙의 대상은 집안을 지켜준다고 믿는 여러 가신들이다. 가신들은 실제로 구체적인 형상을 지니고 나타나는 것은 아니지만, 집안 구석구석에 자리 잡고 있다고 믿어진다. 이들에게 일상 공간은 신비 공간과 분리돼 있지 않으며, 일상 공간은 언제든지 신비 공간이 될 수 있었다.

대청마루나 안방의 선반 위에 모시는 성조신, 장독대에 모시는 철륭신(또는 터주신), 대문을 지키는 문신, 부엌에 모시는 조왕신, 변소에 자리 잡고 있는 측신, 집 밑을 받치고 있는 업신, 출산이나 양육을 도와준다고 믿는 삼신할미 등이 그들이다. 남성들이 모시는 유교 제례와는 별도로 여성들은 이들 가신들이 집안과 가족의 안녕을 지켜준다고 믿어 매일 아침저녁으로 빌기도 했고, 특별한 일이 있을 경우에 정화수를 떠놓고 빌기도 했다.

〈애운애기(허웅애기) 노래〉에서 저승차사가 애운애기를 잡으러 오자 모든 가신들이 나서서 막아서는 장면이 나오는데, 이는 이 노래의 향유층이 이들 가신들을 죽음으로부터 자신들을 보호해줄 수 있는 존재로 여겼음을 보여준다.

> 애운애기 잘났다고 소문듣고 저승처사 거동봐라
> 쇠도러깨 둘러미고 쇠방마치 둘러미고 날잡으러 오는구나
> 저승처사 거동봐라 사랖에 들어서니 구틀장군 막아서고
> 마당안에 들어서니 마당녀구리가 막아서고
> 굴떡우에 올라서니 굴떡장군 막아서고
> 정지(부엌)안에 들어서니 조왕님도 막아서고
> 살간(살강, 선반)에 올라가니 쟁강각시 막아서고
> 방안에 들어서니 성주님도 막아서고
> 시주님도 막아서고 시주님도 막아서고
> 여보여보 내말듣소 한시간만 참아주소
> (구비대계 8-12, 울주군 언양면 2)

사립문의 구틀장군, 마당의 마당녀구리, 굴뚝의 굴뚝장군, 정지의 조왕님, 살강의 쟁강각시, 방안의 성주님 등이 모두 나서서 저승차사를 막아보지만 결국은 실패하고 만다. 이는 죽음은 그 누구도 막을 수 없을 뿐만 아니라, 죽음의 공간에 존재하는 저승차사가 현실 공간에 존재하는 여러 가신들보다 더 높은 권위를 지닌 존재로 인식되고 있음을 나타낸다.

서사민요와는 다르게, 발라드에는 이승도 저승도 아닌 제3의 공간, 현실 속에 존재하는 신비 공간이 적지 않게 나타난다. 그 공간은 요정이 산다고 하는 숲속 요정나라(Fairyland)나 인어나 셀키가 산다고 하는 바다 속 공간으로, 간혹 살아있는 사람이 오고 갈 수 있는 곳으로 여겨졌다. 요정나라로 사라져버린 〈37 Thomas Rymer〉나 요정나라에 잡혀갔다가 연인에 의해 구출

된 〈39 Tam Lin〉, 요정여왕의 아기를 돌보기 위해 납치된 〈40 The Queen of Elfan's Nourice〉, 인어나 셀키에게 유혹되는 〈42 Clerk Corvill〉, 〈113 The Great Silkie of Sule Skerry〉과 같은 유형들이 대표적이다.[13]

〈37 Thomas Rymer〉에는 요정이 요정나라, 천국, 지옥으로 가는 세 갈래 길에 대해 설명하는 대목이 나온다.

'O see not ye yon narrow road, 저기 저 좁은 길이 보이지 않나요?
So thick beset wi thorns and briers? 두꺼운 가시와 덤불로 덮여 있는,
That is the path of righteousness, 그것은 정의의 길이에요.
Tho after it but few enquires. 아주 소수만이 들어갈 수 있는.(중략)

'And see not ye that bonny road, 저기 예쁜 길이 보이지 않나요?
Which winds about the fernie brae? 고사리 핀 언덕 주위로 돌아나가는,
That is the road to fair Elfland, 그것은 멋진 요정나라로 가는 길이에요.
Whe[re] you and I this night maun gae. 오늘밤 당신과 내가 가야만하는
(Child 37A)

토마스 라이머가 요정여왕(Queen of Elfland)을 따라간 요정나라는 40일 밤낮을 바람보다 빠른 말을 타고서 가야 하는 곳이다. 무릎깊이까지 오는 피로된 물을 건너야 했고 해도 달도 보이지 않고 으르렁대는 파도소리만이 들리는 곳을 지나야 했다. 한참을 달려서 푸른 언덕에 다다랐을 때 세 개의 길이 나타나는데, 하나는 천국으로 가는 좁은 길이고, 다른 하나는 지옥으로 가는

---

13 이외에도 〈6 Willie's Lady〉, 〈110 The Knight and the Shepherd's Daughter〉 등에는 빌리 블린(Billy Blind)과 같은 수호 요정이 주인공이 위기를 모면하도록 도와주기도 한다. 요정이 이처럼 발라드에 풍부하게 나타나는 것은 Evelyn Kendrick Wells가 지적한 것처럼 발라드에 이교도적 신앙이 풍부한 반면 기독교적 요소는 빈약함을 보여주는 것으로, 중세 시대에 기독교가 민중으로까지 깊이 스며들지 못했음을 말해준다. Evelyn Kendrick Wells, op.cit., 1950, p.176.

넓은 길이며, 마지막 하나가 요정나라로 가는 예쁜 길이라고 한다. 언덕에서 토마스가 과일 하나를 따먹으려 하자 요정여왕이 그 과일은 지옥의 것이라며 먹지 못하게 하는 대목은 에덴동산의 사과를 연상시킨다. 이에 의하면 요정나라, 천국, 지옥으로 가는 길의 교차점이 한 공간에 위치해 있다. 이는 기독교 이전부터 갖고 있었던 요정에 대한 민속신앙과 기독교 신앙이 결합된 양상을 보여준다.

요정 외에도 인어, 셀키 등에게 유혹 당해 죽음에 이르거나 셀키의 아이를 낳게 되는 〈42 Clerk Corville〉, 〈113 The Great Silkie of Sule Skerry〉도 바다 속 어딘가에 사람과 유사한 존재들이 거주하고 있다는 믿음을 보여준다. 이는 인간이 바다나 지하의 생물과 교류 또는 교혼할 수 있다는 믿음으로, 한국의 용이나 뱀, 잉어 등에 대한 신앙과 유사하다고 할 수 있다. 다만 한국에는 이들에 대한 이야기가 설화로만 전해질 뿐 서사민요로는 거의 전승되지 않는 반면, 영·미 지역에는 설화뿐만 아니라 발라드로도 풍부하게 전승된다는 차이가 있다.

3. 초자연적 현상과 사건

인간에게 있어서 죽음은 어느 한 순간 사랑하는 이를 빼앗아 가버리기도 하고, 남겨두고 떠나야하기도 하는 불가역적인 것이다. 하지만 인간은 이를 순순히 받아들이려 하지 않았으며, 초현실적 존재와의 소통을 통해 죽음의 자연 현상조차 거스를 수 있다고 믿었다. 노래 속에서 일어나는 초자연적 현상들은 바로 이런 신앙에 기반을 두고 있다. 한국 서사민요와 영·미 발라드에 나타나는 죽음과 관련된 초자연적 현상과 사건을 크게 두 가지, '죽음 이후의 환생, 귀환과 부활', '죽음의 저주와 마법'으로 나누어 살펴보기로 한다.

1) 죽음 이후의 환생, 귀환과 부활

서사민요와 발라드 향유층은 죽음 이전과 이후의 공간이 완전히 분리, 단절되어 있는 것이 아니라 서로 긴밀하게 연결되어 있으며, 두 공간을 왕래하거나 소통하는 현상이 일어날 수 있다고 믿었다. 즉, 사람은 죽어서 그냥 사라져버리는 것이 아니라 다음 생에 다른 존재로 다시 태어나며, 심지어 살아 있는 이나 죽은 이가 간절히 원하면 죽은 이가 잠시 이승을 다녀가거나 살아날 수 있다고 믿었다. 이를 차례로 환생(Transmigration), 귀환(Revenant) 그리고 부활(Resurrection)로 구분해 살펴보기로 한다.

서사민요와 발라드에는 공통적으로 죽은 이후에 다른 존재로 환생하는 모티프가 많이 나타난다. 서사민요 〈중이 된 며느리 노래〉, 〈쌍가락지 노래〉, 〈물에 빠진 시누올케 노래〉, 〈타박네 노래〉 등과 발라드 〈73 Lord Thomas and Fair Annet〉, 〈74 Fair Margaret and Sweet William〉, 〈84 Bonny Barbara Allan〉, 〈20 The Cruel Mother〉 등이 좋은 예이다.

중이된 삼일만에 집에라꼬 돌아오니
동구밖에 썩들어오니 자기집에 들어가보니 쑥대밭이 되었구나
시엄바님 미(묘)앞에는 호령꽃이 피었구나
시얼마님 미앞에는 독새꽃이 피었구나
시누아씨 미앞에는 한림재꽃이 피었구나
서방님의 미앞에는 벙글벙글 윗는 함박꽃이 피었구나
해걸(해거름을)보고 도로돌아와서 절로행하 들어가요
아이고답답 내팔자야 어쩨요리 되였는고
너거집이 그럴줄을 어던니가 몰랐겠노
사람괄세 그렇기해서 너거집이 왜 쑥대밭이 안되었겠노
(구비대계 9-5, 거창군 웅양면 34)

〈중이 된 며느리 노래〉의 마지막 부분이다. 호된 시집살이를 견디지 못하고 중이 되어 나갔던 며느리가 시집에 돌아와보니 시집식구들이 모두 죽어서 그 묘에 꽃이 피어 있다고 한다. 그런데 그 꽃들은 모두 살아있을 때 자신을 대하던 시집식구들의 모습을 그대로 닮아 있다. 이는 사람의 혼이 살아있는 다른 생물로 전이해간다고 믿는 애니미즘에 바탕을 두고 있으면서, 살아있을 때의 행실이 죽어서 환생한 생물의 모습에 그대로 반영된다는 믿음에서 오는 것이라 할 수 있다.[14]

> 이선달네 맏딸애기 시집가는 갈림질에 묻어노니
> 이선달네 맏딸애기 시집을 가다가보니
> 거게서니 시집을 가다가 거게서니
> 가매채가 닐앉고 꿈적도 아니하니
> 거게 니라노니 미대가리 벌어지디
> 새파란 나부 나오더니 치매 걸어지고가고
> 붉은 나부 나오더니 저구리 걸어지고
> 푸른 나부 나오더니 허리 담삭안고 미속으로 드까부고
> 이세상에 원한지고 시원지거 후세상에 만내가주
> 원한풀고 시원실고 다시한분 살아보자
> (조동일, 서사민요연구, G30)

〈이사원네 맏딸애기 노래〉의 마지막 부분이다. 총각의 무덤이 벌어지면서 그 속에서 나비가 나와 살아있는 처녀를 데리고 들어간다. 이 세상에서 이루어지지 못한 한을 저 세상에서 풀고 다시한번 살아보자고 한다. 각편에 따라

---

14 애니미즘은 다양한 형태의 몸, 사람의 소유물, 그리고 우리가 생명이나 영혼이 없다고 여기는 대상에 혼이나 영이 존재한다고 믿는 것이다. 사람의 혼은 거주 공간으로 몸의 특별한 부분을 택하기도 하고, 죽음에 의해 몸에서 빠져나와 동물, 나무, 식물, 꽃, 물 등을 임시 또는 영원한 집으로 택할 수도 있다. Evelyn Kendrick Wells, op.cit., 1950, p.128.

서는 처녀가 무덤 안으로 이끌려 들어간 뒤 한 쌍의 나비가 무덤 안에서 나와 날아간다고 맺고 있어, 죽음 이후의 환생에 대한 믿음이 강하게 투영돼 있다.

발라드 중 비극적인 연인들의 무덤에서 피어난 '장미와 들장미(rose and briar)' 모티프 역시 이러한 민중들의 신앙을 잘 보여준다.

> Lord Thomas was buried in the church 토마스 경은 교회에 묻혔네.
> Fair Ellinor in the choir; 엘리노어 양은 찬양대 안에 묻혔네
> And from her bosom there grew a rose 그녀의 가슴에서 장미 한 송이가
> 자라났네
> And out of Lord Thomas the briar. 토마스경에게서 들장미가 자라났네
>
> They grew till they reached the church tip top, 그들은 교회 꼭대기에
> 닿도록 자랐네
> When the could grow no higher; 더 높이 자랄 수 없을 때까지
> And then they entwined like a true lover's knot, 그들은 엉키어 참된
> 사랑의 매듭을 맺었네
> For all true lovers to admire. 모든 참된 연인들이 경탄하도록 (Child 73)

사랑하는 남자가 부모의 원대로 부자인 여자와 혼인하려 하자 버림받은 여자가 결혼식장에 나타나고 결국 세 사람이 비극적으로 죽게 되는 〈73 Lord Thomas and Fair Annet〉이다. 마지막 부분에서 본래 사랑했던 두 사람의 무덤에서 장미와 가시덤불이 자라나 엉키어 사랑의 매듭을 이룸으로써 현실에서 이루지 못한 사랑을 죽어서 이루고 있다. 이 '사랑의 매듭(Lover's Knot)' 모티프는 이 외에도 〈74 Fair Margaret and Sweet William〉, 〈84 Bonny Barbara Allan〉 등 여러 유형에 나타나는데,[15] 이는 꽃과 같은 식물 속에

---

15 이 모티프는 여러 가지 부정적 요인들로 인해 분리되었던 연인들의 육체적 결합을 상징하며, 대체로 장미는 여성의 무덤에, 들장미는 남성의 무덤에 피어난다고 한다. Barre

영혼이 깃든다는 믿음에 바탕을 두고 있다.

죽어서 식물 외에도 동물이나 다른 대상으로 다시 태어난다는 믿음에는 인과응보적인 관념이 투영되기도 한다. 특히 억울하게 죽은 사람이 현실에서의 원한을 환생을 통해서라도 풀고자 하는 믿음은 서사민요와 발라드에 공통적으로 나타난다.

> 오라바님 오라바님 이내나는 죽그들랑
> 앞산에도 묻지말고 뒷산에도 묻지마고 연대밭에 묻어주소
> 가랑비가 오그들랑 우장삿갓 던저주고
> 눈이라고 오그들랑 모지랑비짜리 씰어주소
> ["그래 고기 묻어노이 거짓말이 아이드라니더. 고 미에 들어 냉중에는 올러오는데 대가 두낱이 똑 올러오는데, 그 오라바이가 그대로 그양 나두이 또 밉어가주 그걸 뽈거뿌이 마디매중 피가 짤짤 나드라이더."]
>
> (조동일, 서사민요연구. M19)

〈쌍가락지 노래〉는 오빠가 자신의 정절을 의심하자 자살하는 동생의 노래로, 노래의 마지막 부분에 자신을 연대밭에 묻어달라고 유언하는 대목이 나온다. 여기에는 자신이 연꽃이나 연대로 피어나서 자신의 결백함을 증명해주리라는 믿음이 담겨있다. 연꽃은 진흙에서 피어나는 순결함의 상징으로 여겨지기 때문이다. 더욱이 위 각편에서는 돋아난 연대에서 피가 철철 나더라고 함으로써 자신의 억울함을 강조하고 있다.[16] 이 밖에 자신은 구하지 않고 아내만 구하는 오빠를 원망하면서 부른 〈물에 빠진 시누올케 노래〉 역시 사후

Toelken and D. K. Wilgus, "Figurative Language and Cultural Contexts in the Traditional Ballads", *Western Folklore* Vol. 45, No. 2, Western States Folklore Society, 1986, pp.128~142.

16 서영숙, 「한국 서사민요와 영·미 발라드에 나타난 남매 갈등과 치유」, 『문학치료연구』 31, 한국문학치료학회, 2014, 39~67쪽.

에 자신은 뱀이 되고 오빠는 개구리가 되어 만나자고 하고 있어 (구비대계 4-6, 공주군 반포면 5), 환생에 대한 믿음이 평민 여성들에게 깊이 자리 잡고 있음을 보여준다.

발라드 〈20 The Cruel Mother〉에도 이와 유사한 죽음 이후의 환생 모티프가 나온다.

'0 bonny babies, can ye tell me, 사랑하는 아기들아, 내게 말해줄 수 있니,
What sort of death for you I must die?' 난 어떤 죽음을 맞아야 하니?
'Yes, cruel mother, we'll tell to thee, 예, 잔인한 엄마, 우리가 당신에게 말해줄 게요.
What sort of death for us you must die. 당신이 우리를 위해 어떤 죽음을 맞아야 하는지를.

'Seven years a fowl in the woods, 7년 간은 숲 속의 새로,
Seven years a fish in the floods. 7년 간은 바다 속의 물고기로,
'Seven years to be a church bell, 7년간은 교회의 종으로,
Seven years a porter in hell.' 7년간은 지옥의 문지기로, (Child 20)

죽은 후 어머니에게 나타난 아기들은 어머니가 자신들을 죽인 응보로 여러 번의 환생을 거쳐 마지막에는 지옥의 문지기로 지내야 한다고 한다. 이와 같이 죽은 이후 환생을 통해 자신의 결백함을 드러내거나 죄 값을 치러야 한다는 생각은 식물이나 동물, 심지어 사물에까지 확장된다.[17]

이 노래뿐만 아니라 〈21 The Maid and the Palmer〉에는 환생과 지옥에 대한 믿음이 함께 나오고 있어 토착신앙과 기독교 신앙의 결합 양상을 보여주기도 한다. 이는 서사민요에서 환생에 대한 신앙이 불교의 윤회 신앙과 결

---

17 〈10 The Twa Sisters〉에서는 머리카락이나 뼈에 혼이 깃들어 이것으로 만든 바이올린을 통해 자신을 죽인 사람이 누구인지를 밝혀내 원한을 풀기도 한다.

합되는 양상과 비슷하다. 주목되는 것은 환생 이후 가장 마지막 단계의 징벌이 지옥에 가는 것으로, 노래의 향유층이 이를 가장 두려운 것으로 받아들인다는 점이다. 이는 기독교에서 강조하는 징벌 장소로서의 지옥 관념이 평민 여성들의 신앙 속에 아주 강하게 자리 잡고 있음을 보여준다.

한편 서사민요와 발라드에는 죽은 후 다른 생물이나 사물로 태어나는 환생과는 달리, 잠시 특정한 목적을 위해서 돌아오거나 아니면 아예 다시 살아나기도 하는 현상이 나타나기도 한다. 이 둘을 구별하기 위해 전자의 경우를 저승으로부터의 '귀환(Revenant)',[18] 후자의 경우를 부활(Resurrection)이라고 칭한다면, 발라드의 경우에는 특정한 목적을 위해 살아있는 사람의 모습으로 왔다가 다시 돌아가는 '귀환'이, 서사민요의 경우에는 죽었다가 다시 살아나는 '부활'이 많이 나타난다.

'귀환'의 경우, 죽은 자가 영혼이나 귀신과는 달리 온전한 육체를 지닌 모습으로 나타나는데 이는 사람이 죽은 후 육체와 영혼이 분리된다는 관념이 생겨나기 전의 민속신앙을 나타내고 있는 것으로 생각된다.[19] 드물기는 하지만 서사민요에서도 이러한 귀환 모티프를 찾아볼 수 있는데, 〈애운애기(허웅애기) 노래〉가 그 좋은 예이다.

> 이만커난 돌맹이 옛날에 덩두렁 없수까 그걸 탁 내논면서
> 그러며는 이 돌에 춤을 탁 밭앙(침을 탁 뱉어서)

---

18 발라드 연구자들은 '레버넌트(revenant)'를 저승(the Otherworld)에서 돌아왔다 할지라도, 육체를 가진 생명체이며 인간과 같은 외모를 지니고 인간처럼 행동하는 실질적 인격(person)을 지니고 있기 때문에 유령(ghost)보다 적절한 용어라 보고 있다. David Buchan, "Taleroles and revenants: A morphology of ghosts", *Westurn Folklore* Vol.45, No.2, Western States Folklore Society, 1986, pp.143~160; Lowry C,. Wimberly, *Folklore in the English and Scottish Ballads*, 1928; rpt. New York; 1965, pp. 225~269; Hugh Shields, *The Dead Lover's Return in Modern English Ballad Tradition*, Jahrbuch für Volksliedforschung, 1972, pp.98~114.

19 Lowry C. Wimberly는 이를 영혼의 관념이 아직 생겨나기 이전의 원시적, 전-애니미즘적(pre-animistic) 관념으로 보기도 한다. Lowry C. Wimberly, ibid., pp.228~229.

그 춤을 멀기(침이 마르기) 전에 이승에 갔다 오겠느냐
예 갔다 오겠습니다 경허난
이젠 동네 사난 할망 하는 말은 그 아기덜 보난
이아기야 이아기야 어멍 업서두 어떵하난 지체로 고은옷 입고
머리단장 허여놓고 이영무신이난
아이구 우리 어머니 밤에 옵네다 밤이오면 왔다 만다
애기들 젖기른애기 젖먹여두고 밥기른 애기 밥멕여두고[20]

(서영숙 자료)

이 노래는 본래 서사무가 〈허웅애기 본풀이〉로 불리던 것이 제주도에서 검
질을 매면서 부르는 서사민요로 변모한 것이라 추정된다. 육지의 〈애운애기
노래〉가 주인물을 저승차사가 데려가는 부분까지만 나오는 데 비해, 제주의
〈허웅애기 노래〉에는 허웅애기가 저승에서 울기만 하자 이승을 다녀오게 하
는 '귀환' 모티프가 나타난다. 하지만 그 귀환에는 '침이 마르기 전'이나 '새벽
닭이 울기 전'과 같이 정해진 시간 안에 저승으로 돌아와야 하는 금기가 설정
돼 있다. 허웅애기는 이 금기를 동네 할망(마고할미라고도 함)이나 가족들의 부
추김에 의해 깨트림으로써 다시는 이승에 돌아오지 못하게 된다. 〈허웅애기
노래〉의 '귀환' 모티프는 영혼과 육체가 분리되기 전, 저승과 이승이 갈라지
기 전, 산 사람과 죽은 사람이 교통하고 죽은 사람이 이승으로 돌아올 수 있
었다고 믿었던 원시 신앙의 흔적을 보여준다.[21]

특히 영·미 발라드에는 '레버넌트 발라드(Revenant Ballad)'라고도 분류
할 수 있을 만큼 '귀환' 모티프가 많이 나타나는데, 대표적인 것으로 〈77
Sweet William's Ghost〉, 〈78 The Unquiet Grave〉, 〈79 The Wife of

---

20 서영숙 조사, 〈허웅애기〉, 김태일(여 73), 제주시 한경면 고산리, 2012. 8. 15.
21 서영숙, 「〈저승차사가 데리러 온 여자〉 노래의 특징과 의미: 〈애운애기〉, 〈허웅애기〉 노래
   의 관계를 중심으로」, 『한국고전여성문학연구』 25, 한국고전여성문학회, 2012, 91~120
   쪽.

Usher's Well〉 등을 들 수 있다. 노래 속에서 죽은 이들은 살아있는 사람과의 청산되지 않은 관계를 정리하기 위해 잠시 돌아온다.[22] 즉 각기 자신의 죽음을 지나치게 애도하는 연인을 말리기 위해,[23] 자신의 죽음을 인정하지 않는 어머니의 소환에 잠시 따르기 위해, 살인한 사람의 징벌을 경고하기 위해 나타난다.[24] 그들이 산 사람이 아니라는 징표는 모자에 자작나무 가지를 꽂고 있거나,[25] 산 사람이 만들어놓은 음식을 먹을 수 없거나, 산 사람과 키스할 경우 그 사람이 죽게 되거나 하는 것일 뿐 외형상으로는 아무런 차이가 없다.

이들 '귀환' 모티프의 노래들은 결국 죽은 이들이 저승으로 돌아감으로써, 죽은 자와 산 자는 다시 만날 수 없음을 분명히 한다. 이는 산 자의 입장에서 보면 살아있는 이로서의 삶을 충실하게 살아가야 함을 이야기하는 것이고, 죽은 자의 입장에서 보면 죽은 자에게 주어진 새로운 공간에 빨리 정착하기 위한 것이다. 이는 사랑이나 혼인의 약속에서 평생 자유롭지 못했던 서사민요에 나타나는 인식과 아주 대조적이다. 그래서인가 서사민요에서는 죽은 이가 잠시 '귀환'하는 모티프보다는 다시 살아나는 '부활' 모티프가 빈번하게 나타난다. 이는 실제 이루어질 수 없는 현실에 대한 강한 부정에서 나타나는 것이라 할 수 있다. '부활' 모티프는 〈상사병으로 죽은 총각(서답개 노래)〉나 〈혼인날 죽은 신랑(처자과부 노래)〉, 〈이사원네 맏딸애기 노래〉와 같은 비극적 사랑 노래에 주로 나타난다.

〈상사병으로 죽은 총각(서답개 노래)〉에서는 한밤중에 월경 서답을 빨던 처

22 Gillian Bennett, *Alas, Poor ghost!* : *traditions of belief in story and discourse*, Logan, Utah: Utah State University Press, 1999, p.30.
23 영·미 지역에는 죽은 이에 대한 지나친 애도는 그들의 휴식을 방해한다는 민속 신앙이 있다. Chales W. Darling, op.cit., 1992, p.31.
24 Evelyn Kendrick Wells, op.cit., 1950, p.142
25 영·미 지역에는 자작나무 가지 모자는 산 사람으로부터 영혼을 보호해준다는 민속 신앙이 있다. Charles W. Darling, op.cit., 1992, p.32.

자에게 갑자기 총각이 나타나 월경수를 떠달라고 한다. 총각은 맑은 물만 떠주는 처자의 손을 잡아보고 돌아와 앓다가 죽고 만다. 총각의 상여는 장례길에 처자의 집 앞 길에 멈춰 들러붙게 되며, 처자가 상복을 입고 따라나서자 비로소 땅에서 떨어진다. 죽은 사람의 상여가 사랑하는 사람의 집 앞에 붙어 움직이지 않는 '상여 부착' 모티프는 풀지 못한 원한의 위력과 함께, '죽은 사람의 원한을 풀어주어야 편안히 저승으로 갈 수 있다.'는 평민 여성들의 믿음을 보여준다.

이는 〈혼인날 죽은 신랑(처자과부 노래)〉에서도 마찬가지다. 혼례를 올리기 전 또는 후, 신랑이 느닷없이 죽는 예기치 않은 사건이 벌어지자, 신부는 흰 상여를 타고 신랑의 집을 찾아간다. 사주만 주고받아도 여자는 이미 그 집 사람이라는 사회적 관습은 여자를 평생 수절하면서 살아야 하는 과부로 굴레를 씌운다. 이러한 삶의 질곡에서 벗어나고자 하는 열망은 서사민요에서 죽은 이를 살려내는 기적이 일어나게 한다. 이러한 '부활' 모티프는 노래의 향유층이 그런 일이 있을 수 있다고 믿는 데에서 나타날 수 있었을 것이다.

딸아딸아 셋째딸아 속중우로 벗어갖고
생이(상여)방틀 덮어주라
숨내맡고 떠나거로 땀내맡고 떠나거로
[그래도 안 떠난다.] 아부지요 들어보소
뒷대밭에 왕대쪄서 흰등(흰 가마)이나 태아주소
농밑에 노랑처매 흰등이나 덮어주소
그러구로 상두 따라가니 낭(나무)을깎아 세우나마
임상겉이 세아주소(세워주소)
돌로깎아 세아나마 임상겉이 세아주소
돌로깎아 니뭣하리 낭(나무)을깎아 니뭣하리
[쿠움서 생이(상여) 안에 총각이 나오더란다.][일동 : 웃음]

(구비대계 8-11, 의령군 지정면 21)

〈상사병으로 죽은 총각(처자과부 노래)〉의 한 각편이다. 향유층은 이 노래를 부르면서 예전에는 상사병이 들면 월경수를 마셔야 낫는다는 말을 하기도 한다. 노래 속 이야기가 이들의 일상에서 실제 행해지는 믿음에 기반을 두고 있음을 말해준다. 여성의 속적삼을 남자의 상여에 덮어준다는 것은 일종의 의사 성행위로서, 그래야 남성의 한이 풀린다고 믿었기 때문이다. 게다가 처자는 상여를 따라가며 나무와 돌로 임의 모습을 새겨 달라고 애원한다. 이러한 절박함은 결국 죽은 사람도 살려낼 수 있다는 '부활' 모티프로 노래 속에 형상화될 수 있었다.

2) 죽음의 저주와 마법

한국에서는 예로부터 "말이 씨가 된다."라는 속담이 있을 정도로 말에 주술성이 있다고 믿어왔다. 게다가 한을 품은 여자의 말은 더욱 주술적 힘이 강하다고 믿었다. "여자가 한을 품으면 오뉴월에도 서리가 내린다."라는 말이 이를 잘 말해준다. 이러한 여성의 주술적 능력에 대한 믿음은 영·미 지역에서도 예외는 아니다. 마을의 누군가가 아플 때나 가축에 문제가 생겼을 때 대개는 마을의 노파가 해결해주곤 했다. 이런 여성의 주술적 능력은 주로 남성에 의해 주도되는 공식적 종교의 배척 대상이 되어 왔다. 그럼에도 불구하고 노래 속에는 여자의 저주로 인한 죽음 또는 마법에 의한 변신이라는 초현실적 사건이 나타난다.

서사민요에서 다른 곳으로 장가가는 신랑을 저주하는 〈이사원네 맏딸애기 노래〉, 〈후실장가 노래〉나 발라드에서 자신이 반대하는 연인에게 가는 아들이나 다른 여자와 혼인하려 하는 남자를 저주한 〈216 The Mother's Malison, or, Clyde's Water〉, 〈295 The Brown Girl〉, 자연을 저주함으로써 죽은 아들들을 불러내는 〈79 The Wife of Usher's Well〉, 의붓자식을 괴물로 변신시키는 〈34 Kemp Owyne〉, 〈36 The Laily Worm and the

Machrel of the Sea〉 등이 그 대표적 예이다.

다음 노래는 후실장가 가는 남편을 죽으라고 본처가 저주하자 실제 그 저주가 실현되는 〈후실장가 노래〉이다.

　　요분장개 말아시오 장개질이나 채리가주
　　삽작걸에 나가거던 장때미나 빨리주소
　　한모랭이 돌거들랑 요시짐승 진동하소
　　두모랭이 돌거들랑 간지짐승 진동하소[중략]
　　서이깨는 앉고접고 앉어깨는 눕고접고
　　눕거들랑 아무가고 영가시오
　　그러구러 지역상을받으이께 겉머리야 속머리야
　　이방저방 나붓다가 신부방에 들어가니
　　서이께노 앉고접고 앉으깨는 서고접다
　　눕으인네 이인가인 하는구나 (구비대계 7-4, 성주군 대가면 224)

이 노래에서는 후실장가 가는 남편을 말리며, 본처가 남편을 저주한다. 장가가는 길에 산마루를 돌 때마다 갖은 짐승들이 출몰하고, 혼례상에서는 상다리가 부러지는 등 죽음의 조짐이 나타나도록 한다. 이를 보고 남편이 돌아오게 하기 위해서이다. 그러나 죽음의 조짐을 무시한 남편은 결국 본처 말대로 첫날밤 침상에서 죽고 만다. 여성에게는 개가를 금지하면서도 남성에게는 축첩을 허용했던 조선조의 가부장적 혼인제도로 인해 생겨난 여성들의 한은 죽음의 저주를 낳을 만큼 강력했음을 보여준다.

발라드 〈216 The Mother's Malison, or, Clyde's Water〉, 〈295 The Brown Girl〉에서 나타나는 저주에 의한 죽음 모티프 역시 이러한 혼인 문제로 일어나는 비극을 다루고 있어 근대 이전 한국과 영·미 여성들의 공통된 현실과 인식을 엿볼 수 있다.

한편 서사민요와는 다르게 발라드에서는 자연을 거슬러 죽은 사람을 불러내거나 살아있는 사람을 변신시키는 등의 주술을 행하는 '마법'이 많이 등장하고 있어 주목된다. 늙은 과부인 어머니가 바람과 파도를 저주함으로써 죽은 아들들을 불러내고 있는 〈79 The Wife of Usher's Well〉,[26] 계모가 의붓자식들을 흉측한 괴물로 변신시키는 〈34 Kemp Owyne〉, 〈36 The Laily Worm and the Machrel of the Sea〉 등이 대표적이다. 이들 노래에서 나쁜 마법을 일으키는 이는 모두 여자이며, 특히 전통적으로 사악하게 여겨진 계모나 시어머니로 나타난다. 이는 발라드 향유층에게 계모나 시어머니가 적대적 존재였기 때문일 것이다. 서사민요에서도 계모와 시어머니가 사악한 인물로 등장하기는 하지만, 이들 인물들이 마법을 쓰는 마녀로 그려지는 것은 발라드에만 나타나는 특징이다.

마녀가 마법을 걸어 사람을 괴물로 변신시키거나 죽이고, 죽은 사람을 불러낸다는 믿음은 중세 유럽에 널리 퍼져 있는 신앙이었다. 기독교가 공식 종교화하면서 마녀에 대한 부정적 이미지는 급속히 퍼져나갔으며, '마녀 사냥'이라는 잔혹한 사건들을 만들어내기까지 했다.[27] 그러므로 발라드 속에 계모 또는 시어머니가 마녀로 형상화된 것은 가부장제 사회 속에서 평민 여성들이 갖게 된 이들 존재에 대한 적대 감정이 기독교 신앙과 겹쳐지면서 이루어진 것이라 할 수 있다.

4. 맺음말

이 글에서는 한국 서사민요와 영·미 발라드 중 특히 죽음과 관련된 노래

---

26 '아내(Wife)'라는 타이틀은 '마녀'에 관습적으로, 매우 자주 사용되는 지칭이다. Sheila Douglas, "Ballads and the Supernatural: Spells, Channs, Curses and Enchantments", *Studies in Scottish Literature* Vol.33, Iss. 1, 2004, p.356.

27 이들 '마녀'는 대부분 실제 마법을 지녔다기보다는 오히려 자연을 숭배하고 그 힘을 믿었던 여성들로, 가부장제 사회를 공고히 하기 위한 '희생양'으로 지목됐다고 보기도 한다. Sheila Douglas, ibid., p.350.

에 나타난 민속신앙을 크게 두 가지 측면-초현실적 공간과 존재, 초자연적 현상과 사건으로 나누어 비교, 고찰하였다. 이는 주로 평민 여성들이 향유해 온 서사민요와 발라드에 나타난 민속신앙을 살펴봄으로써 근대 이전 두 지역 여성들의 현실과 인식에 대한 심층적 이해로 나아가는 것을 목적으로 한다.

서사민요와 발라드 향유층은 현실 너머에 초현실적인 또 다른 공간이 있다고 믿었으며, 이는 크게 두 부류, 죽음 이후의 공간과 현실 속 신비 공간으로 나뉜다. 우선 공통적으로 죽음 이후의 공간은 무덤이라는 믿음이 가장 많이 나타나고, 드물기는 하지만 저승은 무덤 밖 다른 공간이되 이승과 다르지 않다거나, 천국(극락)과 지옥으로 나뉘어 있다는 믿음이 나타난다. 그중에서도 천국보다는 지옥에 대한 관념이 강하게 나타나고, 지옥의 사자라 볼 수 있는 저승차사, 악마 등이 두려움과 경계의 대상으로 나타나는 것도 마찬가지다. 한편 현실세계 속에도 인간이 닿을 수 없는 신비한 공간과 존재가 있다고 믿었을 뿐만 아니라 일상 공간 속에 가신이나 요정들이 존재하면서 자신들을 보호해준다고 믿었다. 특히 발라드 향유층은 숲속이나 바다 속 보이지 않는 공간에 요정, 인어, 셀키 등과 같은 인간과 유사한 존재가 있어 교류와 교혼이 이루어진다고 믿었다.

또한 서사민요와 발라드의 향유층은 간절한 소망이나 원한 등에 의해 죽음의 자연 현상조차 거스르는 초자연적 현상과 사건이 일어날 수 있다고 믿었는데, 이는 '죽음 이후의 환생, 귀환과 부활', '죽음의 저주와 마법'으로 형상화되었다. 서사민요와 발라드 모두 매우 풍부하게 나타나는 환생 모티프나, 드물기는 하지만 죽은 자가 잠시 돌아온다거나 다시 살아나는 귀환이나 부활의 모티프를 통해 현실 세계에서 이루지 못한 사랑의 슬픔이나 원한을 해결할 수 있었다. 두 지역 노래에서 모두 공통적으로, 자신을 배신한 남자를 죽음에 이르게 하는 저주의 주체가 여자라는 점, 발라드에서 의붓자식이나 며느리를 학대하는 계모나 시어머니가 마법을 행하는 사악한 마녀로 그려진다는 점 등은 두 지역 모두 가부장제 사회 속에서 여성들이 자유로운 사랑과 주체적인 의지를 표현하는 것이 억압돼 있었기 때문에 나타난 양상이라 판단된다.

이상의 고찰을 통해 한국 서사민요와 영·미 발라드에 나타나는 민속신앙은 불교나 기독교와 같은 공식적 종교의 유입 이전부터 있어왔던 토착신앙으로, 이들 공식적 종교의 유입 이후에도 거의 영향을 받지 않고 지속적인 전승이 이루어져 왔음을 알 수 있었다. 또한 일부 각편에서 발견할 수 있었던, 토착신앙과 불교 또는 기독교 신앙과의 결합 양상은 노래의 변이 요인으로서의 민속 신앙의 변화를 보여준다는 점에서 주목할 만하다. 무엇보다도 동양과 서양의 이질적인 토양과 문화 속에서 두 지역 평민 여성들이 서사적 노래를 통해 유사한 내용의 민속신앙을 표현하고 전승해왔다는 점은 매우 흥미로운 문화 현상으로서, 앞으로 범위를 확대하여 추가적인 논의가 필요하리라 본다.

한국 서사민요와 영·미 발라드에 나타난 '여성의 죽음'에 대한 인식
: 〈죽음의 신이 데리러 온 여자〉 노래를 중심으로

1. 머리말

발라드(Ballad)는 이야기를 갖추고 있는 노래, 노래로 불리는 이야기라고
할 수 있다.[28] 한국에서는 이를 '서사민요'라는 명칭으로 부른다. 조동일은 서
사민요를 '일정한 인물과 사건을 갖춘 이야기로 된 민요'로 규정하고, 발라드
의 특징이 서사민요에도 그대로 적용된다고 보았다.[29] 그러나 지금까지 한국
의 서사민요에 대한 연구가 외국에 거의 알려진 바 없어 한국에는 서사민요
가 없는 것처럼 인식돼 왔을 뿐만 아니라, 외국의 발라드 역시 한국의 서사민
요와는 별도의 장르인 것처럼 취급돼 왔다. 이에 한국의 서사민요와 외국의
발라드에 대한 비교 연구를 통해 한국 서사민요의 보편성과 특수성을 찾아낼
뿐만 아니라, 외국의 발라드 학계에 한국 서사민요의 존재양상을 알리고 연

---

28 "A ballad is a song that tells a story, with the main focus on a situation of
    dramatic conflict, in other words, one that deals centrally with a narrative theme."
    이는 1966년에 열린 the Kommission fur Volksdichtung(KfV)의 개회식에서 정의된
    것이다. 이 글에서도 발라드에 대해 엄격하게 규정하기보다 '어떤 스토리를 이야기하는
    노래(a song that tells a story)' 정도로 범박하게 규정하기로 한다. Thomas A. McKean,
    "Introduction", *The Flowering Thorn: International ballad studies*, ed. by Thomas
    A. McKean, Utah State University Press, Book 68, 2003, pp. 10~11 참조.
29 MacEdward Leach, "Ballad", *Standard Dictionary of Folklore*, Vol.1, ed. by
    Maria Leach, New York: Funk & Wagnalls, 1940, pp. 106~111. 조동일, 『서사민요
    연구』, 증보판, 계명대출판부, 1979, 51쪽 참조.

구의 저변을 확대해 나갈 필요가 있다.[30]

이 글은 서사민요를 발라드와 동일한 범주의 것으로 보고, 한국 서사민요와 외국의 발라드 중 유사한 사건의 계기를 지니고 있는 유형을 택해 그 특징을 비교해보고자 한다. 외국 발라드 중에서는 수집과 편찬이 잘 이루어져 있는 영·미 발라드를 비교 대상으로 삼는다. 차일드(Francis J. Child 1825-1896)가 수집한 영·미 발라드[31]를 살펴보면 한국 서사민요와 비슷한 발상을 지닌 유형이 영·미권에서도 다수 전승되었음을 확인할 수 있다. 이는 서사민요와 발라드가 동서를 막론하고 여성의 문학으로서 오랜 세월 동안 주로 여성들에 의해 창작, 전승되어 왔기 때문일 것이다.[32]

한국 서사민요와 영·미 발라드 비교를 위해 우선적으로 택한 것은 여성의 죽음에 관련된 이야기를 다루고 있는 노래이다. 한국에서는 〈저승차사가 데리러 온 여자(애운애기, 허웅애기)〉 노래를, 영국에서는 〈Death and the Lady(죽음의 신과 숙녀)〉, 〈The Farmer's Curst Wife(농부의 저주받은 아내)〉

---

30 한국의 서사민요와 영·미 발라드에 대한 비교의 선구적 업적으로 피천득·심명호, 「영·미의 Folk Ballad와 한국서사민요의 비교연구」, 『연구논총』 2, 서울대학교 교육회, 1971, 169~237쪽; 한규만, 「한국의 서사민요와 영·미의 포크밸러드에 나타난 주제의 비교분석」, 『울산대 연구논문집』 19, 울산대학교, 1988, 1~28쪽 등을 들 수 있다. 이들 논문은 한국 서사민요와 영·미의 발라드의 전반적인 공통점에 대해 착안한 논문으로 의미가 있으나 개별 유형들에 대한 심층적 비교 연구로 나아갈 필요가 있다.

31 *The English and Scottish Popular Ballads* (Five Volumes), Edited by Francis J. Child, New York; Dover Publications, 1965 (First published in 1884-1898)에 약 1,000개의 발라드가 305항목으로 수록돼 있다.

32 조동일은 서사민요를 평민여성들이 길쌈을 하면서 부르는 노래로 규정하고 있으며(조동일, 앞의 책, 35~42면), 한규만은 발라드의 창자와 청중에 대해 "중세의 로맨스 문학이 남성들이 짓고 읽으며 남성들의 관심, 관점, 주제가 드러난 남성의 문학이라면, 포크 밸러드는 여성이 부르고 듣고, 여성의 관심, 관점, 주제가 담겨있는 여성의 문학"이라며 보울드(Alan Bold)의 『밸러드(The Ballad)』에서 밸러드가 예로부터 여성들이 부르고 즐기는 장르임을 증명한 다섯 가지 문헌자료를 인용하고 있다. 이를 보면 유럽에서도 발라드가 여성들이 주로 길쌈을 하거나 우유를 짜는 등의 일을 하면서 불렸음을 알 수 있다. 한규만, 「포크밸러드와 여성」, 『신영어영문학』 12, 신영어영문학회, 1999, 7~10쪽 참조.

를 택한다. 이들은 모두 저승(지옥)에서 죽음의 신(저승차사, 악마)이 여자를 데려가기 위해 오는 내용으로, 편의상 〈죽음의 신이 데리러 온 여자〉라고 명명한다. 저승에서 죽음의 신이 찾아와 이승의 여자를 데려간다는 발상, 이 발상으로 인해 형성된 노래가 한국만이 아닌, 영·미권에도 전승되고 있다는 사실은 동서의 거리를 넘어선 서사민요와 발라드의 보편성을 실감케 한다. 그러나 한국 서사민요와 영·미 발라드가 서로 직접적인 영향을 주고받았다고 보기는 어려우므로, 이들 유형의 비교는 동일한 소재에 대한 한국 서사민요와 영·미 발라드의 보편성과 특수성을 이해하는 데 좋은 대상이 되리라 본다.

여기에서는 특히 이들 노래에 나타나는 여성에 대한 인식, 죽음의 신과 저승에 대한 인식을 중심으로 비교하려고 한다. 이는 앞으로 유형을 달리해 지속적인 비교 연구를 해 나감으로써, 서사민요와 발라드 연구의 지평을 확대하는 계기가 될 수 있을 것이다.

2. 여성에 대한 인식: 착한 여자와 나쁜 여자의 역설

〈죽음의 신이 데리러 온 여자〉 노래는 모두 한 여자 주인물에게 느닷없이 죽음의 신이 나타나 저승으로 데려가고자 하는 데에서 일어나는 대립과 갈등을 그리고 있는 노래이다. 계열과 각편에 따라 차이가 있긴 하지만, 한국의 〈저승차사가 데리러 온 여자(애운애기, 허웅애기)〉 노래, 영·미권의 〈Death and the Lady(죽음의 신과 숙녀)〉, 〈The Farmer's Curst Wife(농부의 저주받은 아내)〉의 대체적인 줄거리를 서사단락으로 나누어 제시하면 다음과 같다.

한국 〈저승차사가 데리러온 여자〉 노래[33]

가) 솜씨좋은 허웅애기를 저승차사가 데리러 온다.

나) 식구들에게 인정을 달라고 하나 거절당한다. (식구들에게 대신 가달라고 부탁하나 거절당한다.)

다) 식구들과 이별하고 저승으로 간다.

라) 허웅애기가 저승에서 울기만 해서 이유를 물으니 돌봐야 할 아이들이 있다고 한다.

마) 염라대왕이 허웅애기에게 밤에만 이승에 다녀오도록 한다.

바) 아이들 차림이 깨끗하자 이웃집 할미가 허웅애기가 다녀가는 것을 알게 된다.

사) 이웃집 할미와 식구들이 허웅애기를 숨기나 저승차사가 혼만 빼간다.

아) 이후로는 사람이 이승과 저승을 오갈 수 없게 되었다.

영·미 〈Death and the Lady(죽음의 신과 숙녀)〉[34]

가) 죽음의 신: 숙녀에게 오늘밤 데리러 왔으니 값비싼 옷과 물질을 남겨두라고 한다.

나) 숙녀: 죽음의 신에게 어디서 왔는지, 자신이 어디로 가야 하는지 말하라고 한다.

---

[33] 한국의 〈저승차사가 데리러온 여자〉 노래는 크게 세 계열-〈애운애기〉 계열, 〈허웅애기〉 계열, 〈애운+허웅애기〉 계열로 나누어볼 수 있다. 〈애운애기〉 계열은 주인물이 죽기 이전의 사건에 초점이 주어져 있다면, 〈허웅애기〉 계열은 주인물이 죽은 이후의 사건에 초점이 주어져 있으며, 〈애운+허웅애기〉 계열은 두 계열의 복합으로 되어 있다. 어느 계열이건 모두 저승차사(죽음의 신)와 여자의 관계에서 벌어지는 사건을 다루고 있다는 점에서 공통적이다. 여기에서는 죽음 이전과 죽음 이후의 사건이 복합돼 있는 〈애운+허웅애기〉 계열을 중심으로 하되, 경우에 따라 모든 계열과 각편을 대상으로 논의한다. 서영숙, 「〈저승차사가 데리러 온 여자〉 노래의 특징과 의미: 〈애운애기〉, 〈허웅애기〉 노래의 관계를 중심으로」, 『한국고전여성문학연구』 25, 한국고전여성문학회, 2012. 자료 목록은 이 논문에서 제시하였으므로 여기에서는 필요한 부분만 인용하기로 한다.

[34] 〈Death and the Lady〉, Lesley Nelson-Burns, 영국 써섹스에서 1893년에 수집된 것으로, 원문은 http://www.contemplator.com/england/death.html 참조. 이후 인용시 번역은 필자가 함.

다) 죽음의 신: 자신은 모든 사람을 지배하는 신이며, 자신의 화살에서 그 누구도 자유롭지 못하다고 말한다.

라) 숙녀: 하필 자기 인생의 정점에, 그토록 빨리 왔느냐고 한다.

마) 죽음의 신: 논쟁할 시간이 없다며 모든 재물은 새 주인에게 넘겨질 것이라고 말한다.

바) 숙녀: 금을 가지면 가난한 이에게 나누어줄 수 있으며, 감옥에 갇혀있거나 늙어서 고통 받는 사람들을 데려가면 그들을 고통에서 벗어나게 해줄 수 있다고 한다.

사) 죽음의 신: 자신은 뇌물이 소용없으며, 모든 사람은 다 정해진 때가 있다고 한다.

아) 숙녀: 자신의 예쁜 딸이 결혼할 때까지 미루어줄 수 없느냐고 호소한다.

자) 죽음의 신: 하찮은 핑계라며, 그녀를 놓아줄 수 없다고 한다. 왕조차 자신이 명령을 내리면 왕관을 내려놓고 따라야 한다고 한다.

차) 숙녀: 의사를 부르며, 뛰어난 기술로 죽음의 신에게서 자신을 구해달라고 한다.

카) 죽음의 신: 의사의 기술은 자신에게 아무 소용이 없다고 한다.

타) 숙녀: 울면서 자신의 죄를 뉘우치며 신(Lord)의 가호를 빈다.

영·미 〈The Farmer's Curst Wife(농부의 저주받은 아내)〉[35]

가) 한 농부가 밭을 갈고 있는데, 악마가 그를 찾아온다.

나) 악마는 착한 농부에게 농부의 골칫거리인 아내를 데리러 왔다고 말한다.

다) 악마는 그녀를 등에 업고 지옥으로 간다.

라) 악마와 여자가 지옥문에 도달했을 때 여자는 악마의 머리를 때린다.

마) 이를 본 작은 악마들이 아빠 악마에게 여자를 도로 데려다주라고 한다.

바) 악마는 여자를 다시 업고 땅으로 내려간다.

---

35 〈The Farmer's Curst Wife〉, Child Ballad 278. 원문은 http://www.contemplator. com/child/curstwif.html 참조. 이후 인용시 후렴과 반복은 생략, 번역은 필자가 함.

사) 악마는 농부에게 아내를 데려다주며, 그녀는 자신에게 큰 골칫거리라고
말한다.

아) 악마는 여자가 남자보다 훨씬 나쁘다고 말하며 돌아간다.

여기에서 보면 한국의 〈저승차사가 데리러 온 여자〉 노래와 영·미의
〈Death and the Lady(죽음의 신과 숙녀)〉, 〈The Farmer's Curst Wife(농부
의 저주받은 아내)〉는 셋 다 어느 날 갑자기 죽음의 신이 한 여자를 데리러 온
다는 점에서 공통적이다. 셋 다 남자가 아닌 여자를 주인물로 삼고 있다는
점, 셋 다 젊은 여자로서 아직 죽음을 받아들일 준비가 되어 있지 않다는 점
도 유사하다.[36] 그러면서도 한국의 〈저승차사가 데리러 온 여자〉 노래 중
〈애운애기〉 계열 노래와 영·미의 〈Death and the Lady(죽음의 신과 숙녀)〉
는 여자가 죽음의 신에게 자신의 죽음을 조금이라도 늦추어 달라고 애원한다
는 점에서 공통적이고, 한국의 〈허웅애기〉 계열 노래와 영·미의 〈The
Farmer's Curst Wife(농부의 저주받은 아내)〉는 여자가 저승에 갔다가 이승으
로 돌아온다는 점에서 공통적이다. 단 허웅애기가 이승으로 돌아왔다가 금기
의 파기로 인해 다시 저승으로 송환된다면, 저주받은 아내는 저승에서 이승
으로 영원히 돌아오게 된다.

이렇게 죽음의 신의 타깃이 여자가 되고 있다는 점이 한국 서사민요와
영·미 발라드의 공통점이지만, 여자의 성격과 자질은 완전히 차이가 난다.
한국의 허웅애기는 살림 솜씨가 좋거나 시집살이를 잘해 소문난 여자라고 한
다면, 영·미의 숙녀나 아내는 값비싼 옷이나 보석들로 치장한 사치스런 여
자이거나 잔소리 많은 골칫거리 여자이다. 즉 한국의 허웅애기는 전형적인
선인형(善人型)의 '착한 여자'라고 한다면, 영·미의 숙녀나 아내는 전형적인
악인형(惡人型)의 '나쁜 여자'이다. 허웅애기는 살림솜씨가 저승에까지 소문나

---

36 〈The Farmer's Curst Wife (농부의 저주받은 아내)〉는 각편에 따라 주인물이 늙은 여자
로 나오기도 한다.

저승에서 쓰기 위해 데리러 온다면, 숙녀나 아내는 지나친 사치와 그릇된 행실을 징벌하기 위해 데리러 온다.

옛날에 이운애기라 카는 사람이 어떠큼 솜씨가 좋든지 일년에 누에를 두번씩 믹이가 명주비를 해가, 애들 어른들 명주옷을 부리 부리 해 놓고 재미나케 살았는데 고만 저승차사가 솜씨 좋고 한 해 명주 두번씩 한다고 잡으라 와서, 저승에 델고 가서 시킬라꼬 그래, 잡으러 왔는데 저승차사 조맹손이 이승차사 강림도령 쇠방맹이 둘러미고 쇠도루께 둘러미고 화살같이 굽은 길로 설때 같이 오는기라. [중략] 하도 솜씨가 좋아가 미초리 밭 매다가 미초리 한마리 왔능걸 호맹이 꽁치로 톡 때리주이 잡았어. 그래 잡아 가주고 열 두 상을 보고나도 한 상 볼 게 남더란다. 하도 솜씨가 좋아서 그래 하도 미느리를, 그 미느리 죽고 나이 하도 원통해서, [이하생략][37]

이 각편에서 주인물 애운애기는 길쌈을 한 해에 두 번이나 할 만큼 솜씨 좋은 인물이다. 게다가 메추리 한 마리를 잡아다가 열두 상을 보고도 남을 만큼 음식 마련 재간도 뛰어나다. 애운애기의 솜씨는 전통 사회에서 부녀자가 갖추어야 할 최고의 덕목이다. 이런 솜씨는 저승에까지 소문나 저승에서는 애운애기를 저승에 데리고 가서 시키려고 데리러 온다. 애운애기의 능력이 이승뿐만 아니라 저승에서도 통할 만큼 매우 탁월함을 나타내주는 대목이다.

그러나 영 · 미의 〈Death and the Lady(죽음의 신과 숙녀)〉에 나타나는 숙녀는 사치스럽고 교만한 여자로 묘사되어 있다.

DEATH 죽음의 신

'Fair Lady, throw those costly robes aside, 멋진 숙녀여, 그 비싼 옷을 벗어 놓아라.

No longer may you glory in your pride; 당신은 더 이상 영광을 누릴 수 없다.

---

37 [성주군 대가면 설화 22] 구비대계 7-4, 저승에서 잡아간 이운 애기, 이차계(여, 60), 칠봉 2동 사도실, 1979.4.5. 강은해 조사.

Take leave of all your carnal vain delight, 당신의 모든 세속적인 쓸모없는 기쁨에서 벗어나라.

I'm come to summon you away this night.' 나는 오늘밤 당신을 데리러 왔다.

LADY 숙녀

'What bold attempt is this? Pray let me know 도대체 이게 무슨 일에요. 제발 내게 알려줘요.

From whence you come, and whither I must go. 당신은 어디서 왔고, 나는 어디로 가야하는지.

Shall I, who am a lady, stoop or bow 숙녀인 내가 몸을 굽혀 절해야 하나요.

To such a pale-faced visage? Who art thou?'[38] 그런 창백한 얼굴에게요? 당신은 누군가요?

여기에서 볼 수 있듯이 숙녀는 값비싼 옷(costly robes)을 걸치고 있으며, 세속적인 쓸모없는 기쁨(carnal vain delight)에 사로잡혀 있다. 게다가 숙녀인 자신의 위상에 대해서 대단한 자만심을 가지고 있는 인물로 비쳐진다. 죽음의 신에게 숙녀인 자신이 몸을 굽혀 인사하는 것조차 용납하지 않는다. 자신을 데리러 온 죽음의 신에게 왜 하필 자신의 영광이 절정인 때에 데리러 왔느냐며 따져 묻는다. 이러한 모습은 애운애기나 허웅애기가 저승차사에게 낮은 위치에서 애원하는 가련한 존재로 그려지는 것과 대조적으로, 숙녀는 죽음의 신과 논쟁을 벌일 만큼 까다롭고 콧대 높은 여자로 그려진다.

한편 허웅애기는 열다섯에 시집가 여러 명의 딸을 낳은 여자로 되어 있다. 무명 짜기를 잘해서 저승에서도 무명을 짠다고 한다. 각편에 따라서는 춤과 소리를 잘한다고 되어 있는 것도 있으나, 대체로 길쌈을 잘하는 것으로 되어 있다. 저승에서 길쌈을 한다는 것은 허웅애기에게 저승의 살림을 맡아보는

---

38 〈Death and the Lady〉, 앞 자료 참조.

역할이 주어짐을 말한다. 하지만 허웅애기가 이승에 두고온 어린 아이들 걱정으로 제대로 길쌈을 못하고 울기만 하자, 저승왕은 허웅애기로 하여금 이승과 저승을 오갈 수 있게끔 한다. 허웅애기는 착하고 솜씨가 좋기는 하지만, 자신의 삶을 스스로 개척하기보다는 주어진 운명을 받아들이고 울기만 하는 소극적 모습을 보인다.

> 옛날에 옛날에 아주 먼 옛날에 하늘에는 해도 두 개 달도 두 개 잇서어 낮이는 막 뜨거워서 사름이 타죽고 밤에는 막 추워서 얼어죽고 하는 그러한 시절에 허웅애기가 잇엇는디 열다섯 살에 시집가서 뚤을 여럿을 낳고 키우는디 저싱왕이서 저싱 오라고 해서 저싱으로 갓수다. 즉 죽엇단 말입니다.
> 허웅애기는 미명짜는 걸(무명짜기를) 잘 해서 저싱에 가서도 미명을 짜는디 허웅애기는 미명짬서 이승에 두고 온 뚤이랑 서방이랑 생각이 나서 차꼬 울기만 힛수다. [이하생략]³⁹

이에 비해 〈The Farmer's Curst Wife(농부의 저주받은 아내)〉에서 아내는 남편과 악마가 저주할 정도로 악독한 여자이다.

> See here, my good man, I have come for your wife, 여길 보게 내 선한 남자여, 난 네 아내를 데리러 왔다네.
> For she's the bane and torment of your life, [이하생략]⁴⁰ 왜냐하면 그녀는 네 삶에 고통이고 골칫거리기 때문이라네.

여기에서 악마(devil)는 농부를 '나의 선한 남자'라고 부르며, 남자를 위해 여자를 데려가려고 왔다고 한다. 왜냐하면 그녀는 남자의 삶에 고통이고 골칫거리 때문이다. 그러자 농부는 대환영이라고 반기며, 자신의 아내를 어

---

39 허웅아기, 제주시, 이방아, 1964. 8. 임석재, 『한국구전설화: 임석재 전집 9』 전라남도·제주도 편, 평민사, 1992, 283~285쪽.
40 〈The Farmer's Curst Wife〉, 앞 자료 참조.

서 데려가 절대 떨어지지 말라고 한다. 악마와 농부가 완전히 한 편이 되어 아내에게 죽음을 몰아가고 있는 것이다.

다음 각편에서는 농부의 아내가 늙은 여자로 나오는데, 마찬가지로 '나쁜 아내(bad wife)로 나타난다.

> THERE was an old farmer in Sussex did dwell, 써섹스에 늙은 농부가 살고 있었네.
>
> And he had a bad wife, as many knew well. 그는 많은 사람이 잘 알고 있는, 나쁜 아내가 있었네.
>
> Then Satan came to the old man at the plough: 그때 사탄이 밭을 갈고 있는 늙은 남자에게 왔네.
>
> 'One of your family I must have now. 네 가족 중 하나를 난 지금 데려가야만 한다네.
>
> 'It is not your eldest son that I crave, 내가 원하는 건 네 맏아들이 아니라네.
>
> But it is your old wife, and she I will have.'[41] 바로 네 늙은 아내, 그녀를 내가 데려가려네.

농부의 아내는 온 세상 사람들이 알 정도로 소문난 '나쁜 아내'로 표현된다. 사탄이 농부에게 나타나 그의 늙은 아내를 데려가겠다고 하자, 농부는 "오, 환영해요, 선한 사탄이여. 내 온 마음을 다해서. / 난 당신과 그녀가 영원히 헤어지지 않길 바래요.(O welcome, good Satan, with all my heart! / I hope you and she will never more part.)"라고 응답한다. 사탄이 '선한 사탄 (good Satan)'으로 불릴 정도로 아이러니한 상황이 벌어진다.

이렇게 〈저승차사가 데리러온 여자〉 노래와 〈The Farmer's Curst Wife (농부의 저주받은 아내)〉는 죽음의 신이 여자를 데리러 온다는 점에서는 공통적이지만, 허웅애기에게는 남편을 포함한 식구들, 심지어 저승차사나 염라대왕

---

41   위 자료 참조.

까지 우호적인 데 비해, 농부의 저주받은 아내에게는 남편을 비롯한 이웃사람들, 죽음의 신인 악마들까지 적대적이다. 그러기에 허웅애기의 죽음에는 모든 사람들이 안타까워하지만, 농부 아내의 죽음에는 남편조차 환영한다. 하지만 '착한 여자' 허웅애기는 죽음의 세계에서 벗어나지 못하고, '나쁜 여자' 농부의 아내는 죽음에서 벗어난다는 역설이 이루어진다. 이 역설은 죽음의 신에 대응하는 주인물의 태도와 이에 대한 향유층의 의식에서 기인한다.

허웅애기와 농부의 아내 모두 저승에서 이승으로 돌아온다는 점에서 공통적이다. 하지만 농부의 아내는 이승으로의 귀환이 완전한 것이었다면, 허웅애기는 이승으로의 귀환이 불완전한 것이었다. 허웅애기에게는 밤에만 이승에 있고, 낮에는 저승으로 돌아와야 한다는 금기가 지워져 있었다. 각편에 따라서는 돌에 침을 뱉고는 그 침이 마르기 전에 돌아와야 한다고 하기도 한다. 이러한 불완전한 귀환은 결국 이웃집 할미(또는 마고할미)가 알게 되면서 깨어진다.

이웃집 할미는 허웅애기를 저승에 돌아가지 말라고 설득하며, 허웅애기를 비롯한 허웅애기의 식구들과 공모하여 허웅애기를 숨긴다. 이로 인해 화가 난 저승왕은 올레에 쌓아둔 가시덤불을 피해 지붕의 상모루로 내려와 허웅애기의 혼을 빼가게 되고, 다시는 허웅애기가 이승에 내려올 수 없게 만든다. 구연자들은 허웅애기로 인해 사람이 죽어서 이승과 저승을 오갈 수 없게 되었다고 말한다. 결국 세상 어디에도 없는 '착한 여자'인 허웅애기는 인간이 더 이상 이승과 저승을 오갈 수 없게 만든 '나쁜 여자'가 되고 만다.

"가지 말라 가지말라."
"어떵ㅎ영 아이 가집네까?"
"늘랑(너는) 문안에 웃앙(앉아서) 문을 중그곡.
우리랑 먼 올래(골목길)에 가시 쌓민 체스(차사)들이 못온다. 우리가 못 오게 ㅎ마."(중략)

체스님은 나오란
"이디(어디) 허궁애기가 어디 싯수가(있습니까)?"
씨어멍이 나오란.
"그년 아니가젠(아니 가려고) 올래에 가시 쌓고 문 중간(중간에) 들어앉
았수다."
"게엔, 어떵ᄒᄆᆫ 그년 잡아가질 수가 십네까?"
"지붕 상ᄆᆞ르로(상마루로) 강(가서) 혼이나 빵(뽑아서) 갑서."
그젠 체스가 지붕 상ᄆᆞ르로 간, 혼을 빤 가부난 그만 죽어지연
다신 허궁애기가 이싱을 돌아오지 못ᄒᆞ연.
그 법으로 금시상(지금 세상)이 인간이 죽으민 다시 아니오곡
씨어멍 매누리 ᄉᆞ이가 궂어집네다.[42]

여기에서 보면 허웅애기가 금기를 어기는 바람에 이후로 사람이 죽으면 이
승에 다시 돌아올 수 없게 되었고, 시어머니가 허웅애기가 숨어있는 곳을 가
르쳐주는 바람에 시어머니와 며느리 사이가 나빠지게 되었다고 설명한다. 결
국 허웅애기의 어리석은 '착함'은 도리어 인간에게 죽음으로 인한 이별의 고
통을 영원히 안겨주게 되었고, 시어머니와 며느리 사이를 갈라놓는 '악함'의
단초가 되었다.

이러한 역설의 양상은 〈The Farmer's Curst Wife(농부의 저주받은 아
내)〉에서도 마찬가지로 나타난다.

Now they say that the women are worse than the men, 이제 그들은
말하네, 여자는 남자보다 악하다고.

They went down to Hell and got kicked out again.[43] 그들은 지옥에
내려갔다가, 다시 쫓겨났다네.

---

42 허웅애기 본, 진성기, 『제주도무가 본풀이사전』, 민속원, 1991, 621~623쪽.
43 〈The Farmer's Curst Wife〉, 앞 자료 참조.

악마와 남자들은 "여자는 남자보다 더 악하다."고 말한다. 여자들은 지옥에 내려갔다가 거기서도 쫓겨난 부류이다. 즉 여자는 사람들을 괴롭히는 악마들조차 당해낼 수 없을 정도로 악한 존재로 규정되고 있다. 이는 여자들의 본성을 '악함'에 두고 증오하는, 여성혐오증(misogyny)의 일단을 보여준다. 그러나 이를 문면 그대로만 읽을 수는 없다. 농부의 아내는 악마(사탄)조차 고통스럽게 하며, 천국에도 지옥에도 적합하지 않은 존재로 나타난다. 그러나 그 때문에 오히려 이승에서의 삶이 연장되는 역설이 성립된다. '나쁜 아내'는 악마와 악마가 '나의 선한 남자(my good man)'라고 부르는 남편이 규정한 것이다. 과연 누가 '나쁜' 존재인가? 악마인가? 악마와 그와 한 통속인 농부인가? 아니면 악마와 그와 한 통속인 농부가 '나쁜 아내'이자 '골칫거리'라고 부르는 농부의 아내인가? 〈The Farmer's Curst Wife(농부의 저주받은 아내)〉는 '나쁜 아내'로 불린 농부의 아내가 오히려 악마를 이기는 역설을 보여준다. 이러한 역설로 인해 이 노래는 여자들을 악하다고 규정하는 존재들에 대한 비판과 조롱으로도 읽힌다.

이처럼 한국의 허웅애기와 영·미의 숙녀 또는 아내는 같은 여자이면서도 매우 다르다. 허웅애기는 살림 잘하고 마음씨 고운 '착한 여자'이며, 숙녀 또는 아내는 사치스럽고 잔소리 많은 '나쁜 여자'이다. 문제는 '착한 여자'인 허웅애기는 다시는 이승에 돌아오지 못하게 되는데, '나쁜 여자'인 농부의 아내는 이승으로 돌아오는 역설이 이루어진다는 것이다. 이승에 돌아와 살고자 하는 허웅애기의 시도는 좌절되고, 농부 아내의 시도는 성공한다. 그 이유는 어디에 있을까. 허웅애기의 시도가 본인의 적극적인 노력보다는 이웃집 할미(또는 마고할미)의 도움을 비는 소극적인 데 머무른다면, 농부 아내의 시도는 아무런 도움 없이 본인 스스로 죽음의 신에 도전하고 맞서는 적극적인 데로 나아간다. 허웅애기가 수동적이라면, 농부 아내는 능동적이다. 곧 한국의 허웅애기는 '착한 여자'의 콤플렉스에서 벗어나지 못한 채 자신에게 주어진 운명을 순순히 받아들인 여자라고 한다면, 영·미의 농부 아내는 '나쁜 여자'의

콤플렉스에서 벗어나 자신에게 주어진 운명을 거부하고 새로운 운명을 개척해낸 여자라 할 수 있다.

3. 죽음에 대한 인식: 운명과 반운명의 길항

〈저승차사가 데리러 온 여자〉 노래, 〈Death and the Lady(죽음의 신과 숙녀)〉, 〈The Farmer's Curst Wife(농부의 저주받은 아내)〉 노래는 모두 여자 주인물의 죽음을 다루고 있다. 이때 주인물이 자신을 데리러 온 죽음의 신에게 어떻게 대응하는지, 노래 속에서 저승은 어떻게 그려지고 있는지 등은 한국 서사민요와 영·미 발라드의 향유층이 죽음, 특히 여성의 죽음에 대해 어떻게 인식하고 있는지를 나타내는 것이라 할 수 있다.

우선 저승에서 이승으로 여자 주인물을 데리러 온 존재는 한국에서는 저승차사이고, 영·미에서는 악마(또는 사탄)로 되어 있다. 한국의 저승차사는 매우 무섭고 엄격한 존재로 그려져 있지만, 스스로 사람의 운명을 좌우할 권한은 지니고 있지 않다. 그는 단지 심부름꾼일 뿐이며 선악의 판단에 있어 중립적이다.

> 헌장삼은 폴(팔)에걸고 간단족박 손에들고
> 은천동우 폴에지고 심질로만 썩나서니
> 광주사는 이도령이 쇠사실(쇠사슬)을 목에걸고
> 쇠사방만이(쇠방망이) 손에들고 날잡으로 여겠다네
> 집이라고 도로가서 쌀서되로얻어 밥을지어
> 간단식사로 지어놓고 밥이라도 막어가오
> 밥도 내사싫네 어서가고 배삐(바삐)가세
> 내우게도(내 위에도) 많은 어른있네 [중략]
> 돈천냥 내여놓고 돈천냥도 막어가오

돈천냥도 내사싫네 어서가고 배삐가세
내우게도 많은 어른있네[44]

주인물은 저승차사에게 밥, 은동이, 돈 천냥 등으로 저승에 가는 길을 늦춰
보려고 하지만, 저승차사는 "---도 내사싫네 어서가고 배삐가세 / 내우게
도 많은 어른있네"라고 하며, 자신 위에 많은 어른이 있다고 한다. 저승차사
의 경우 저승의 시왕 밑에서 죽은 사람의 혼을 저승으로 데려가는 임무를 할
뿐, 스스로가 사람의 운명을 좌우할 수 있는 능력을 지니고 있지 못하다. 위
각편에서처럼 저승차사는 자신 역시 심부름꾼이기 때문에 자신에게 맡겨진
일을 한 시도 늦출 수 없음을 분명히 한다.

이에 비해 영·미의 악마(또는 사탄)은 매우 냉정하고 엄격하며, 스스로 사
람의 운명을 좌우할 막대한 권한을 지니고 있다. 죽음의 신은 처음 자신의
권능을 무시하고 인사조차 하지 않으려는 숙녀에게 다음과 같이 말한다.

> D: I am he that conquers all the sons of men, 나는 인간의 모든 아들을
> 지배하는 바로 그자다.
> No pitch of honour from my dart is free, 어떤 고귀한 자라도 나의 화살로부터
> 자유롭지 않다.
> [중략]
> If Death commands the King to leave his crown 죽음이 왕에게 왕관을
> 내려놓으라고 명령한다면.
> He at my feet must lay his sceptre down; 그는 내 발 밑에 그의 왕권을
> 내려놓아야 한다.
> Then, if to Kings I do not favour give[45] 왕이라 할지라도, 나는 호의를 베풀지
> 않는다.

---

44 [고흥군 도양읍 민요 29] 구비대계 6-3, 저승노래, 장옥지(여·77), 용정리 상류,
    1983.7.27., 김승찬, 한채영 조사.
45 〈Death and the Lady〉, 앞 자료 참조.

죽음의 신은 자신을 인간의 모든 아들을 지배하는 자라고 설명한다. 제아무리 고귀한 자, 심지어 왕이라 할지라도 자신의 명령—죽음의 화살—을 피해 갈 수는 없다고 한다. 이승의 절대 권력자인 왕조차 죽음의 신 앞에서는 아무런 힘과 권세를 부릴 수 없는 '죽을 수밖에 없는 존재'(mortals)일 뿐이라고 호언한다. 이렇게 한국에서의 죽음의 신은 여러 위계로 나뉘어 있어 저승차사는 아무런 힘도 없는 데 비해, 영·미에서의 죽음의 신은 단일하게 나타나며 막강한 권력을 지닌 존재로 나타난다.

그러나 죽음의 신이 단지 심부름을 온 것이건, 직접 시행하건 간에, 주인물에게는 자신을 저승으로 데리고 가는 자이기에 무섭고 두렵기는 마찬가지이다. 이때 한국과 영·미 모두 죽음을 조금이라도 늦추기 위해 저승차사나 죽음의 신에게 뇌물을 주려고 하는 점은 흥미롭다. 이승에서 문제해결의 불법적 수단으로 쓰이는 뇌물이 죽음의 신에게도 통하리라고 생각하는 것이다. 그러나 저승차사나 죽음의 신 모두 사람의 뇌물을 받아들이지 않는다. 뇌물은 인간 세계에서는 불가능한 일도 가능하게 만드는 수단이지만, 죽음의 신에게는 통하지 않는다. 이는 저승의 법이 공정하고 엄격함을 강조하는 것으로서, 이 점에 있어서는 한국 서사민요와 영·미 발라드 향유층의 인식이 동일하게 나타난다.

한편 한국 서사민요와 영·미 발라드 모두 주인물이 자기 대신 누군가가 저승에 가주기를 바라는 욕심이 공통적으로 나타난다. 그러나 이때 대신 가주기를 바라는 대상이 한국에서는 가족들로 나타난다면, 영·미에서는 현실에서 고통을 받는다고 여겨지는 사람들로 나타난다. 한국의 〈저승차사가 데리러온 여자〉 노래에서는 젊은 주인물이 어린아이들을 보살펴야하기 때문에 식구들에게 자기 대신 저승에 갈 수 있느냐고 묻는다. 하지만 식구들 모두 "쇠뿔도 각각이요, 염불도 몫몫이라"며 거절한다. 주인물이 오랫동안 식구들을 위해 베풀어온 희생이 아무런 소용이 없음이 그대로 나타난다. 각편에 따라 친정식구들이나 남편이 가겠다고 나서는 경우도 있으나 본인이 받아들이지 않거나 저승차사에 의해 거절당한다. 여기에는 저승은 누가 대신 갈 수 있는 곳이 아니라는 인식이 담겨있다.

> 저승채사 잡으러왔네 저승채사 잡으러와서
> 씨금씨금 씨어마니 이내대신 갈랍니까
> 어라이년 뭐라쿠노 소뿔도 각각이고 염줄도 목목이라
> 니대신 니가가고 내대신 니가가지 니가는데 내가가노
> 씨금씨금 아부님요 이내대신 갈랍니까
> 어라이년 뭐라쿠노 니대신 니가가고 내대신 니가가지
> 소뿔도 각각이요 염줄도 목목이라
> 군자님요 군자님요 이내대신 갈랍니까 니대신 내가가마
> 어린애기 잘키아라[46] 어라어른들 하는말이
> 어림없는 소리마라 함부래 하지마라
> 아들하나 있는거로 우찌우찌 키았다고
> 누한테 죽으라고 못된소리 니가하노[47]

이렇게 한국에서 주인물이 식구들에게 대신가기를 부탁하는 것은 한국의 가족주의적 사고방식과 가족 중심적 생활방식을 보여준다고 할 수 있다. 그러나 이러한 의식조차 죽음에 대한 거부와 공포 앞에서는 무력해지면서 개인의 몫으로 치부된다. 이 각편에서는 특히 남편이 대신 가겠다고 나서자 시부모가 나서서 "어림없는 소리 마라 함부래 하지마라 / 아들하나 있는거로 우찌우찌 키았다고 / 누한테 죽으라고 못된소리 니가하노" 하며 며느리를 나무라기까지 한다. 딸, 며느리는 온전한 가족으로 생각지 않았던 가부장제 하에서의 남성중심사상이 극명하게 나타난다.

---

46 "신랑이 제일 낫더란다"라는 설명을 하고 다시 이 대문을 반복하여 불렀다
47 [울주군 상북면 민요 7] 구비대계 8-13, 고사리 노래, 이용선(여 · 72). 명촌리 명촌, 1984.8.3., 정상박, 성재옥, 박정훈 조사.

자신의 죽음을 다른 누가 대신할 수 없다는 사고방식은 영·미의 〈Death and the Lady(죽음의 신과 숙녀)〉에서도 마찬가지로 나타난다. 그러나 영·미에서는 가족이 아닌 사회에서 소외되거나 고통 받는 사람들을 대신 데려가 달라고 함으로써, 철저히 이기적이고 개인화된 모습을 확인하게 된다. 〈Death and the Lady(죽음의 신과 숙녀)〉에서는 가족에게 대신가기를 부탁하는 것이 아니라, 악마(또는 사탄)에게 자기 대신, 노인, 병자, 죄인을 데려갈 수 없느냐고 애원한다. 노인, 병자, 죄인은 모두 이 세상에서 고통 받는 사람들이니 죽음을 통해 그 고통에서 벗어날 수 있지 않느냐는 것이 표면적 이유이다. 하지만 악마(또는 사탄)는 사람들은 각기 죽음의 시기가 정해져 있으며, 지금은 숙녀가 가야 할 때라고 단호하게 거절한다. 아무리 현실이 고통스럽다 할지라도 죽음을 앞당기길 원하는 사람은 흔치 않으며, 그 누구도 그들의 삶을 단축시킬 권리는 없다. 이는 가진 자들이 가지고 있는 부당한 생각을 숙녀를 통해 드러냄으로써, 이에 대한 비판을 이면적으로 표현한다.

> L. Here's bags of gold, if you will me excuse 여기 금 자루가 있어요. 당신이 날 놓아준다면.
>
> And seize on those; and finish thou their strife, 그걸 잡아요. 그리고 그들의 싸움을 끝내주세요.
>
> Who wretched are, and weary of their life. 그들은 삶에 지치고 비참해져 있어요.
>
> L. Are there not many bound in prison strong 감옥에 꽁꽁 묶여 사는 사람들이 많이 있잖나요?
>
> In bitter grief? and souls that languish long, 지독한 고통 속에서 오랫동안 괴롭게 살고 있는 영혼들 말에요.
>
> Who could but find the grave a place of rest 그들은 무덤에서 유일한 휴식처를 찾지요.
>
> From all their grief; by which they are opprest.[48] 그들을 억누르는 모든 고통에서 벗어날 수 있는.

이렇게 숙녀의 호소는 겉으로는 노인이나 죄인, 병자 등을 위하는 듯하지만, 정작 궁극의 목적은 그들의 생명을 앗아가는 대신 자신의 생명을 연장하기 위한 것이다. 자본주의 사회에서 돈이면 무엇이건 해결할 수 있다는 물질만능주의의 극단적 사고방식을 그대로 표출하고 있는 것이다. 그러나 죽음의 신이 이러한 물질 공세에 넘어가지 않고 저승의 법을 엄격하고 공정하게 집행한다는 점에서 이러한 인식과 시도는 용납되지 않는다.

한편 허웅애기와 숙녀 모두 죽음을 늦추게 해달라는 이유 중 절대적인 것이 돌봐야 하는 아이가 있다는 점이다. 허웅애기에게는 아직 젖도 떼지 못한 아이가 있고, 숙녀에게는 아직 시집을 못보낸 딸이 있다. 그러나 사정의 절박함과는 관계없이 죽음의 신은 여자를 재촉해 저승으로 데려간다.

> L. 'But if, oh! if you could for me obtain 그러나 혹시, 혹시 당신이 나를 위해 얻을 수 있다면.
>
> A freedom, and a longer life to reign, 자유, 그리고 누릴 수 있는 더 긴 생명을.
>
> Fain would I stay, if thou my life wouldst spare. 나는 머무르고 싶어요. 당신이 내 생명을 남겨준다면.
>
> I have a daughter, beautiful and fair, 난 딸이 하나 있어요. 아름답고 멋진.
>
> I wish to see her wed, whom I adore; 난 그애가 결혼하는 걸 보고 싶어요. 그러길 열망해요.
>
> Grant me but this, and I will ask no more?'[49] 내게 이것만은 허용해줘요. 더 이상 아무것도 요청하지 않을게요.

죽음의 신은 딸이 결혼할 때까지 죽음의 시한을 연장해 달라는 숙녀의 요청에 아주 하찮은 핑계라며 단호하게 거절한다. 본인이 원하건 원하지 않건 간에 모든 사람은 신의 섭리(Province)에 따라야 한다고 한다. 어린 딸조차

---

48 〈Death and the Lady〉, 앞 자료 참조.
49 위 자료 참조.

이 섭리에서 벗어날 수 없음을 강조하는 종교적 엄숙함이 자리 잡고 있다.

〈저승차사가 데리러 온 여자〉 노래에서는 식구들과의 이별 노래가 마지막으로 길게 이어진다. 다시는 돌아올 수 없는 세계로 떠나는 데에 대한 비장함이 역설적 표현으로 강조된다. 이에 비해 〈Death and the Lady(죽음의 신과 숙녀)〉에서는 가족과의 이별에 대한 슬픔보다는 자신이 이승에서 지은 죄에 대한 신의 심판에 대한 두려움이 강조된다. 〈저승차사가 데리러 온 여자〉 노래가 죽음이 이별로 인한 고통을 자아내는 것이라서 두렵다면, 〈Death and the Lady(죽음의 신과 숙녀)〉는 죽음이 이승에서 저지른 죄에 대한 심판을 받아야 한다는 사실 때문에 두렵다.

〈저승차사가 데리러 온 여자〉 노래에서 죽음의 신(염라대왕을 비롯한 저승 시왕)은 허웅애기가 울기만 하는 것을 살피고 그 이유를 물으며, 허웅애기가 아이들을 돌볼 수 있도록 이승을 오갈 수 있게 하는 자상함과 관대함을 지닌 존재이다. 하지만 〈The Farmer's Curst Wife(농부의 저주받은 아내)〉에서 죽음의 신(악마, 사탄)은 농부에게 나타나 농부의 고통을 덜어주기 위해 그의 아내를 데리고 왔다고 말하는 데에서부터 공정성과는 거리가 먼 편협한 존재로 여겨진다. 악마(사탄)은 만인에게 엄격하고 공평한 존재가 아니라 남자에게만 호의적인 존재이며, 농부 아내의 일격에 항복을 하고 자식들의 성화에 죽음의 심판조차 번복하는 졸렬한 존재로 나타난다.

> When they got there the gates they were shut 그들이 도착했을 때 문이 닫혀 있었네.
> With a blow of her hand she laid open his nut, 그녀는 일격에 그의 머리를 깨버렸네.
> Two little devils were playing handball, 작은 악마 둘이 공놀이를 하고 있었네.
> Take her back Daddy, she'll be the death of us all![50] 그녀를 도로

---

50 〈The Farmer's Curst Wife〉, 앞 자료 참조.

데려다줘요, 아빠. 그녀가 우릴 모두 죽일 거에요.

농부의 아내에게 일격을 맞아 머리가 깨진 악마는 농부에게 다시 아내를 돌려주면서 "왜냐하면 그녀는 내 삶에 고통이고 골칫거리기 때문이라네.(For she's the bane and torment of my life)"라고 말한다. 농부에게 고통이고 골칫거리이던 아내가 이젠 악마에게 골칫거리가 된 것이다. 심지어 다른 각편에서는 "나는 내 평생동안 남에게 고통을 주는 이였지 / 그러나 네 아내만큼 내게 고통을 주는 이는 없다네.(I have been a tormentor the whole of my life/ But I neer was tormented so as with your wife.)"[51]와 같이 말하기도 한다. 이렇게 악마(사탄)는 이승의 여자 하나 제대로 다루지 못하고 절절매는 허약하고 과단성 없는 존재로 묘사된다. 이는 물론 앞에서 말한 '나쁜 여자'의 악함을 강조하기 위한 설정이기도 하지만, 죽음의 신에 대한 공정성과 엄격성에 대한 회의를 제기하며, 그에 대한 조롱과 풍자가 담겨있다는 점에서 의미심장하다.

〈저승차사가 데리러 온 여자〉 노래의 주인물이 저승차사의 명령을 거역할 수 없는 처지에 놓여있다면, 〈The Farmer's Curst Wife(농부의 저주받은 아내)〉에서의 주인물은 악마를 때리고 차거나 각편에 따라 죽이기까지 한다. 〈저승차사가 데리러 온 여자〉 노래에서는 주인물이 저승으로 떠나가 돌아오지 못하거나(〈애운애기〉 계열), 주인물의 딱한 처지를 불쌍히 여겨 주인물을 이승에 돌려보내 준다면(〈허웅애기〉 계열), 〈The Farmer's Curst Wife(농부의 저주받은 아내)〉에서는 주인물의 거친 행동을 견디지 못해 주인물을 이승으로 다시 돌려보낸다.

〈저승차사가 데리러 온 여자〉 노래가 저승차사의 명령을 거역할 수 없는 것으로 여긴다면, 〈The Farmer's Curst Wife(농부의 저주받은 아내)〉는 인간(그것도 여자)이 악마를 이길 수 있다고 여긴다. 성질이 고약한 여자, 잔소리

---

51 위 자료 참조.

많은 여자는 악마도 어찌할 수 없다는 인식이 이 노래에 깔려 있다. 〈저승차사가 데리러 온 여자〉 노래가 이승과 저승이 갈라져 서로 오갈 수 없다는 운명론적 인식을 드러낸다면, 〈The Farmer's Curst Wife(농부의 저주받은 아내)〉는 강인함으로 인해 저승의 명령조차 거역할 수 있다는 반운명론적 인식을 보여준다.

심지어 〈저승차사가 데리러 온 여자〉 노래의 향유층은 허웅애기가 일찍 저승에 불려가게 된 것이 허웅애기가 너무 솜씨가 뛰어나기 때문이라고까지 한다. 살림을 지나치게 잘하는 것이 오히려 복이 아닌 화가 되었다는 것이다. 이런 사고방식은 한 청중이 "그래, 솜씨도 너무 야무면 복이 없다 안카나."[52]라고 한 말 속에 아주 잘 나타나 있다. 지나치게 뛰어난 사람이 이승에서는 오히려 복이 없다는 말에는 평범함 속에 자신을 감추고 살아가는 보통사람들의 운명론적인 인식과 처세관이 담겨 있다.

그러나 〈저승차사가 데리러 온 여자〉 노래와 〈Death and the Lady(죽음의 신과 숙녀)〉, 〈The Farmer's Curst Wife(농부의 저주받은 아내)〉가 나타내는 죽음에 대한 운명과 반운명적 인식은 이렇게 단순하게 읽고 말 일이 아니다. 노래의 이면에는 삶과 죽음의 갈림길에 선 여자들의 인식이 운명과 반운명 속에서 끊임없이 전복되고 있음을 보여준다. 즉 살림 잘하는 허웅애기가 일찍 저승에 가야 하는 것으로 설정한 데에는 저승에 일찍 가서는 안 될 사람이 갑자기 죽고 마는 부당한 운명에 대한 저항의식이 내재돼 있다면, 사치스런 숙녀나 골칫거리 아내가 일찍 저승에 가는 것은 주인물이 사회에 바람직하지 않은 존재임을 부각시킴으로써 죽음의 심판에 대한 긍정적 의식이 내재돼 있다. 하지만 다른 한편으로는 허웅애기의 운명에 대한 저항이 좌절됨으로써 어쩔 수 없이 죽음을 받아들여야 한다는 운명론적 시각이 드러난다면, 농부 아내의 운명에 대한 저항은 성공함으로써 죽음에 맞서 싸우는 반운명론

---

[52] [성주군 대가면 설화 22], 구비대계 7-4, 저승에서 잡아간 이운 애기, 이차계(여, 60), 칠봉 2동 사도실, 1979.4.5. 강은해 조사.

적 시각이 드러난다. 즉 한국과 영국의 노래 모두 여성의 죽음에 대해 운명론적 인식과 반운명론적 인식 사이에서 끊임없이 길항하고 있음을 보여준다.

4. 맺음말

한국의 〈저승차사가 데리러 온 여자〉 노래와 영·미의 〈Death and the Lady(죽음의 신과 숙녀)〉, 〈The Farmer's Curst Wife(농부의 저주받은 아내)〉 모두 죽음의 신이 갑자기 여자를 데리러온 공통적인 화소를 지니고 있다. 〈저승차사가 데리러 온 여자〉 노래 중 〈애운애기〉 계열과 〈Death and the Lady(죽음의 신과 숙녀)〉는 주인물이 아이를 둔 젊은 여자로서, 여자가 죽음의 신(저승차사, 악마)을 돈이나 재물로 회유하고 돌볼 자식이 있다고 호소하는 점에서 동일하다. 또한 〈저승차사가 데리러온 여자〉 노래 중 〈허웅애기〉 계열과 〈The Farmer's Curst Wife(농부의 저주받은 아내)〉는 둘 다 주인물이 저승에서 이승으로 돌아온다는 점에서 공통적이다.

그러나 〈저승차사가 데리러온 여자〉 노래의 주인물이 솜씨 좋고 시집살이를 잘하는 '착한 여자'인 반면, 〈Death and the Lady(죽음의 신과 숙녀)〉, 〈The Farmer's Curst Wife(농부의 저주받은 아내)〉는 주인물이 사치스럽거나 성질이 고약한 '나쁜 여자'이다. 하지만 '착한 여자'인 허웅애기는 저승차사와의 약속을 어김으로써 이승으로 다시 돌아오지 못하게 된다면, '나쁜 여자'인 농부의 저주받은 아내는 악마와의 대결에서 승리함으로써 이승으로 영원히 돌아오게 된다는 역설이 나타난다. 이를 통해 〈저승차사가 데리러 온 여자〉 노래와 〈Death and the Lady(죽음의 신과 숙녀)〉는 죽음에 대한 저항의식과 어쩔 수 없이 받아들여야 하는 운명론적 인식 사이에서, 〈The Farmer's Curst Wife(농부의 저주받은 아내)〉는 죽음의 심판에 대한 긍정의식과 이에 대해 맞서 싸우는 반운명론적 인식 사이에서 끊임없이 길항하는 향유층의 의식을 드러낸다.

이렇듯 한국 서사민요와 영·미 발라드는 같은 화소를 공유하면서, 한편으로는 매우 유사하게, 다른 한편으로는 전혀 다른 방향으로 사건을 풀어나가고 있다. 이는 한국과 영·미권이라는 지역적, 민족적, 역사적 차이에도 불구하고 봉건 사회 속에서 여성이 갖는 지위와 여성에 대한 인식은 그다지 큰 차이가 없었음을 보여준다. 가부장제 사회 속에서 약자였던 여성은 '착한 여자'의 이데올로기에서 자유롭지 못했고, 여기에서 조금이라도 벗어날 경우 '나쁜 여자'라는 단죄를 받아야했다. 한국의 〈저승차사가 데리러온 여자〉 노래가 이러한 '착한 여자' 이데올로기의 희생양이 된 여자를 역설적으로 보여준다면, 영·미의 〈The Farmer's Curst Wife(농부의 저주받은 아내)〉는 '나쁜 여자' 이데올로기의 허울을 벗겨내고 조롱한다.

이는 한국과 영·미권의 여성들이 살아온 생활환경과 그 속에서 형성된 여성의식 또는 여성에 대한 인식의 차이에서 빚어진 것이라 할 수 있다. 한국 여성들이 자신들에게 주어진 죽음과 같은 고통에 저항하면서도 벗어날 수 없는 '착한 여자'에 머물렀다면, 영·미권 여성들은 '나쁜 여자'라는 단죄 속에서 죽어가거나 이를 과감하게 벗어 던졌다. 운명을 순순히 받아들이는 '착한 여자'이기보다 운명을 거부하는 '나쁜 여자'가 오히려 악마를 이기고 오래 살아남는다. 어느 것이 진정 여성 자신과 가족과 사회를 위해 바른 선택인가? 사회(또는 남자)가 요구하는 '착한 여자'로 사는 것이 과연 바람직한가? 한국과 영·미권의 여성들은 이에 대한 물음과 대답을 오랜 세월 동안 발라드를 통해 피워냈다. 발라드는 '꽃을 피운 가시(Flowering thorn)'[53]로 비유된다. 여성들 스스로가 자신들에게 가해진, 죽음과 같은 가혹한 운명과 억압 속에서 피워낸 '꽃', 그 속엔 '가시'가 숨겨져 있다.

---

53 Thomas A. Mckean, "Introduction", *The Flowering Thorn: International ballad studies*, ed. by Thomas A. McKean, Utah State University Press, Book 68, 2003, p.1. 참조.

한국 서사민요와 영·미 발라드에 나타난 '어머니/자식'의 죽음
: 〈애운(허웅)애기 노래〉와 〈The Wife of Usher's Well (어셔즈웰의 부인)〉을 중심으로

1. 머리말

한국 서사민요와 영·미 발라드 모두 주로 여성에 의해 불리면서, 여성이 주인물로 등장하며 여성이 주변 인물들과의 관계 속에서 겪는 사건을 다루고 있다.[54] 한국 서사민요에는 주로 여성과 시집식구와의 관계를 다룬 노래가 많이 나타나는 반면, 영·미 발라드에는 시집식구와의 관계는 거의 나타나지 않고 사랑하는 사람이나 남편과의 관계가 많이 나타난다.[55] 두 갈래에서 공통적인 영역으로 들 수 있는 관계 중 하나가 어머니와 자식의 관계이다. 여성들은 자식의 입장에서 어머니와의 관계 속에서 일어나는 사건을 다루기도 하고, 어머니의 입장에서 자식과의 관계에서 일어나는 사건을 다루기도 한다. 한국 서사민요와 영·미 발라드에서 이들 어머니와 자식의 관계가 어떻게 나

---

54 서사민요와 발라드의 평민 여성문학적 특성은 각기 조동일, 『서사민요 연구』, 계명대 출판부, 1979 증보판, 35~42쪽과 한규만, 「포크밸러드와 여성」, 『신영어영문학』12, 신영어영문학회, 1999, 7~10쪽 참조.

55 한규만은 볼드(Alan Bold)의 견해를 빌어, 수많은 발라드 중에서 로빈 후드(Robin Hood) 발라드와 접경 발라드(Border Ballads)를 제외한다면, 포크 발라드의 소재는 남녀 간의 사랑이 압도적이라고 밝히고 있다. 한규만, 『영·미 포크 밸러드의 주제 연구: 인간과 사랑』, 울산대학교 출판부, 2005, 156쪽.

타나며, '어머니/자식'의 형상은 어떻게 그려지는지 등을 비교 고찰하는 것은 두 문화권 내에서 '어머니/자식'이 사회 또는 가정에서 차지하고 있는 지위나 역할, 그에 대한 인식 등을 가늠할 수 있는 좋은 잣대가 될 것이다.

한국 서사민요와 영·미 발라드 중 어머니와 자식의 관계를 다루고 있는 노래는 다른 관계에 비해 그리 많지는 않지만 뚜렷한 공통점을 보인다. 두 노래 모두 어머니와 자식의 관계 속에서 어느 한쪽의 죽음을 다루고 있다는 점이 그러하다. 한국 서사민요 중 〈애운(허웅)애기 노래〉, 〈친정부고 노래〉, 〈타박네 노래〉 등[56]과 영·미 발라드 중 〈The Wife of Usher's Well(어셔즈웰의 부인)〉, 〈The Cruel Mother(잔인한 엄마)〉, 〈Mary Hamilton(매리 해밀턴)〉 등[57]은 모두 어머니와 자식의 관계에서 어느 한쪽이 죽는 내용으로 되어 있다. 그러나 한국 서사민요에서는 주로 어머니의 죽음을 다루고 있는 반면, 영·미 발라드에서는 주로 자식의 죽음을 다루고 있다. 이러한 공통점과 차이점은 일정한 문학적, 사회적 의미를 내포하고 있으리라 추정된다. 죽음은 인간의 삶에서 가장 큰 상실과 상처를 주는 사건으로서, 노래 속에 죽음이 어떻게 다루어지는가를 살핌으로써, 두 사회 여성들의 삶과 내면에 좀 더 가까이 갈 수 있을 것이다.

이에 이 글에서는 한국 서사민요와 영·미 발라드 모두 왜 어머니와 자식의 관계에서 어느 한 쪽의 '죽음'을 다루고 있는지, 두 갈래는 이 모티프에 의한 사건을 어떻게 전개하고, 해결해 나가고 있는지를 〈애운(허웅)애기 노래〉와 〈The Wife of Usher's Well(어셔즈웰의 부인)〉을 중심으로 비교 분석

---

56 서영숙, 「딸-친정식구 관계 서사민요의 특성과 의미」, 『한국고전여성문학연구』18, 한국고전여성문학회, 2009, 171~206쪽에서 이들 유형에 대해 고찰한 바 있다.
57 The English and Scottish Popular Ballads (Five Volumes), ed. by F. J. Child, New York; Dover Publications, 1965. (First published in 1884-1898)에 수록돼 있는 자료로 차례로 각기 Child 79, Child 20, Child 173으로 유형 번호가 매겨져 있다. 자료 인용 시 이 유형번호로 대신한다. http://www.sacred-texts.com/neu/eng/child에 원문이 수록돼 있다.

해 보려고 한다.[58] 아울러 이들 노래 유형이 전승돼 오면서 어떻게 형성, 변이되었는지, 이는 그 근저에 어떤 사상과 의식을 바탕으로 하고 있는지를 함께 살펴볼 것이다.

2. '죽음' 모티프의 전개양상과 의미

한국 서사민요 중 어머니와 자식의 관계를 다룬 노래는 주로 어머니의 죽음을 주 모티프로 다루고 있다. 그중 〈친정부고 노래〉와 〈타박네 노래〉는 어머니가 죽어 딸이 어머니의 장례를 치르기 위해 친정에 가거나, 어머니의 묘소를 찾아가는 내용으로 되어 있다면, 〈애운(허웅)애기 노래〉는 어머니가 죽은 후 자식들을 보살피기 위해 이승을 다녀가는 내용으로 되어 있다.[59] 영·미 발라드 〈The Wife of Usher's Well(어셔즈웰의 부인)〉, 〈The Cruel Mother(잔인한 엄마)〉, 〈Mary Hamilton(매린 해밀턴)〉 등은 모두 어머니가 아닌 자식들이 죽는다. 그런데 〈The Wife of Usher's Well(어셔즈웰의 부인)〉에서는 어머니가 자식들을 타향으로 보내 항해 중에 자식들이 죽는 데 비해, 〈The Cruel Mother(잔인한 엄마)〉와 〈Mary Hamilton(매리 해밀턴)〉에서는 혼인 외의 관계에서 태어난 자식을 어머니가 죽이는 것으로 되어 있다. 흥미로운 것은 세 편 다 자식들이 죽은 뒤 어머니에게 다녀가는 '죽은 자의 귀환' 모티프가 나타난다는 점이다.[60]

---

58 〈The Wife of Usher's Well(어셔즈웰의 부인)〉은 스코틀랜드 지역에서 주로 전승된 노래로 스코틀랜드 인이 미국에 정착한 아플라히칸 지역에서도 조사되었다. 스코틀랜드 음유시인들의 변방 발라드(Border Ballad)를 기록한 프린트물인 *Minstrelsy of the Scottish Border* II(1802)에 처음 나타난다. F. J. Child의 발라드 선집에는 4편의 각편이 수록돼 있는데, 후렴은 없지만 음악의 반복에 의해 4~6행을 단위로 연을 구분해 수록하고 있다. 79A는 12연, 79B는 6연, 79C는 13연, 79D는 9연으로 이루어져 있다.

59 서영숙, 「〈저승차사가 데리러 온 여자〉 노래의 특징과 의미: 〈애운애기〉, 〈허웅애기〉 노래의 관계를 중심으로」, 『한국고전여성문학연구』 25, 한국고전여성문학회, 2012, 91~120쪽에서 이 유형의 전승양상과 계열별 특징에 대해 살펴본 바 있다.

특히 한국 서사민요 〈애운(허웅)애기 노래〉와 영 · 미 발라드 〈The Wife of Usher's Well(어셔즈웰의 부인)〉은 둘 다 어머니와 자식의 관계에서 어느 한쪽의 죽음으로 인한 큰 슬픔과 통곡으로 인해 죽은 자가 이승으로 귀환한다는 점에서 매우 유사하면서도, 전자는 어머니가 죽었다가 돌아오는 반면 후자는 자식들이 죽었다가 돌아온다는 점에서 대조적이다. 그러므로 여기에서는 '죽음'과 '죽은 자의 귀환' 모티프를 모두 지니고 있는 〈애운(허웅)애기 노래〉와 영 · 미 발라드 〈The Wife of Usher's Well(어셔즈웰의 부인)〉을 중심으로 그 전개양상과 의미를 비교 고찰해 보려고 한다. 〈The Cruel Mother(잔인한 엄마)〉와 〈Mary Hamilton(매리 해밀턴)〉의 경우도 두 모티프가 모두 나타나기는 하지만, 자연적인 죽음이 아닌 '살해'에 의한 죽음이라는 점과 정상적인 혼인 관계에서 이루어진 모자 관계가 아니라 부적절한 관계에서 이루어진 모자 관계라는 점에서 고려해야 할 더 복잡한 요소가 개재되어 있기 때문에 일단 이 글의 논의에서는 제외하기로 한다.[61]

〈애운(허웅)애기 노래〉와 〈The Wife of Usher's Well(어셔즈웰의 부인)〉의 서사단락을 나누고 주요 서사요소를 표로 나타내 보면 다음과 같다.

〈애운(허웅)애기 노래〉

핵심 사건: 죽은 어머니가 산 자식들 때문에 울자 자식들을 방문하게 하다.
-어머니(애운애기)가 살림을 잘하다.

---

60 David Buchan and Edward D. Ives, Tale Roles and Revenants: A Morphology of Ghosts, *Western Folklore, Vol. 45, No. 2, The Ballad in Context: Paradigms of Meaning*, Apr.,1986, pp.143-160에서 'Revenant Ballads'에 속하는 유형들을 소개하고 있는데, 이들 유형의 공통점은 귀환자(Revenant)는 모두 남성인 데 반해 방문받는 자(The Visited)는 모두 여성이며, 어머니, 여동생, 연인으로서의 여성이 다른 사람(자식, 오빠, 남자 연인)의 죽음으로부터 겪는 고통과 슬픔에 초점을 두고 있다는 점이다.

61 〈죽은 자의 귀환(Return of The Dead)〉이나 〈이계(저승)로의 여행〉 모티프는 영 · 미 발라드 유형에서 매우 흔하게 나타난다. 한국에서 이들 모티프는 서사민요보다는 서사무가나 설화, 소설에서 많이 나타난다. 이에 대해서는 별도의 논문으로 다루려고 한다.

-저승차사가 어머니를 데리러 오다.

-저승에 와서도 자식들 때문에 하루 종일 울기만 하다.

-밤에만 이승에 다녀오라고 허락받다.

-이승에 와서 밤 동안 자식들을 돌보다 아침이 되면 돌아가다.

-이웃 할머니(마고할미)가 돌아가지 말라고 말려 숨다.

-저승차사에게 발각돼 잡혀가 다시 돌아오지 못하다.

〈The Wife of Usher's Well(어셔즈웰의 부인)〉

핵심사건: 살아있는 어머니가 죽은 자식들 때문에 울자 자식들이 어머니를
        방문하다.

-어머니가 자식들을 타향으로 보내다.

-자식들이 죽었다는 소식을 듣다

-자식들이 돌아올 때까지 바람과 바다가 잔잔하라고 빌며 울다.

-죽은 자식들이 돌아오다.

-죽은 자식들을 위해 음식과 자리를 마련하다.

-죽은 자식들이 먹지 않다.

-닭이 울자 죽은 자식들이 돌아가다.

	〈애운(허웅)애기 노래〉	〈The Wife of Usher's Well (어셔즈웰의 부인)〉
돌아온 자 (The Revenant)	어머니	자식들
방문 받은 자 (The Visited)	자식들	어머니
보내는 자-데려간 자 (Sender-messenger)	저승왕-저승차사	구세주-구세주
원조자-적대자 (Helper-Opponent)	마고할미(가신)-시집식구	없음

　　두 유형 모두 이승과 저승, 삶과 죽음의 대결 속에서 어머니와 자식들의
관계를 그리고 있다는 점에서 동일하다. 둘 다 자식들과의 단절, 분리에서

오는 어머니의 상실감과 고통을 잘 나타내고 있는데, 이는 자식들에 대한 양육을 책임지고 있는 어머니의 모성애에 기반을 두고 있다.[62] 하지만 이들 노래에는 단순히 모성애의 발현이나 모성애의 권장 또는 찬양이라는 주제로 보아 넘길 수 없는 더 복잡하고 미묘한 주제가 함축되어 있다. 그러므로 두 유형에서 '삶'과 '죽음'의 주체가 누구로 나타나느냐, '이승에로의 귀환'을 통해 자연의 이법을 거스르는 자가 누구로 나타나느냐는 노래 부르는 사람들과 당대 사회의 인식을 보여준다는 점에서 세심하게 살펴볼 필요가 있다.

한국 서사민요 〈애운(허웅)애기 노래〉에서 죽은 자는 '어머니'이며, 살아남은 자는 '자식들'이다. 어머니는 죽음의 주체인 반면 삶의 주체는 '자식들'로 나타나며, 자식들이 모든 인식의 중심에 놓여 있다. 노래에서 어머니는 자식들을 출산하고 돌보는 존재로 부각된다. 죽어서까지 자식들에 대한 돌봄을 계속하려고 하는, 모성이 지극한 존재이다.

> 눈물을 이젠 하도 미녕을 짜면서 울어. 우니까 이계 저승 그 열세왕이 묻는 말이,
> "너는 왜 그리 우느냐?"
> "아이고 흔 술난 애기에, 두 술난 애기에, 멫 술난 애기에, 뭐 멫 술난 낭군님에 내베돈(내버려두고) 오난 영 울엄쑤다."
> "그러면 이제 너 밤이랑 이제 이승을 가고 낮이랑 저승을 오라."
> 아, 그런 법령을 느려와서 이젠. 아 게니(그러니) 요 아무 집이는 이제 어멍을 죽어 부렀다 핸 아기덜이 머리를 이제 곱게 영 다서(따아서) 이제 이렇게 머릴 앞갈라서 머릴 따쳤다 말이여. 머릴 이제 꼭꼭 집어서 이제 머리를 따쳤어. 곱게 옛날에 아기덜은(들은) 머리 ㄱ사 ㄱ질 이발을 아녀고 (아니하고). 아이고, 요 허웅애기네 집은 허웅애긴 죽어 분디(죽어 버렸는데) 애기덜이 머리를 곱게 빗기고 이제 머리를 곱게 다주거든.[63]

62   윤정귀, 「허웅애기 본풀이 연구」, 경기대학교 석사학위논문, 2014.

어머니는 저승왕의 허락을 받고 이승에 내려와 자식들의 머리를 땋아주고 의복을 깨끗하게 장만해준다. 여기에서 머리를 땋는 것과 깨끗한 의복을 입는 것은 '문화'와 '사회화'의 행위이다. 머리를 땋고 깨끗하게 차려 입음으로써 자식들은 '어린아이'에서 '어른'으로, '가족 구성원'에서 '사회 구성원'으로 성장해 간다. 어머니는 자식의 성장과 사회화를 돕는 존재로서의 역할을 죽어서까지 놓지 않는다. 하지만 여기에 파탄이 일어난다. 이 유형은 어머니 혼자서 자식들을 독차지하고 자식들을 돌보는 데 파탄을 만듦으로써, 양육은 어머니만의 몫이 아니라, 가족과 이웃과 신, 모두의 것임을 강조한다. 어머니는 자식들을 자신의 품에서 기르는 것이 아니라 내어줌으로써, '어머니'로서의 아픔을 극복하고 이겨내야 함을 강조한다. '모성'은 자식들을 방안에 가두는 것이 아니라, 이웃에 내어놓고 마음껏 클 수 있게끔 내보내는 것이다. 이는 자신을 죽이고 자신에게서 자식들을 떼어놓음으로써 가능하다. 이는 노래에서 어머니의 죽음으로 형상화된다.

> 씨금씨금 씨어마니 이내대신 갈랍니까
> 어라이년 뭐라쿠노 소뿔도 각각이고 염줄도 목목이라
> 니대신 니가가고 내대신 니가가지 니가는데 내가가노
> 씨금씨금 아부님요 이내대신 갈랍니까
> 어라이년 뭐라쿠노 니대신 니가가고 내대신 니가가지
> 소뿔도 각각이요 염줄도 목목이라
> 군자님요 군자님요 이내대신 갈랍니까
> 니대신 내가가마 어린애기 잘키아라
> 어라어른들 하는말이 어림없는 소리마라 함부래 하지마라
> 아들하나 있는거로 우찌우찌 키았다고
> 누한테 죽으라고 못된소리 니가하노

---

63 [안덕면 덕수리 설화 12] 구비대계 9-3, 허웅아기, 윤추월, 여·66, 덕수리 서부락, 1981.7.14., 현용준·현길언 조사.

가나이다 가나이다 저승채사 따러가나이다
방실방실 크는애기 밥줄라고 울거들랑
샛별겉은 동솥안에 밥들었다 내어주소
방실방실 웃는애기 젖줄라고 울거들랑
찬장안에 젖들었다 내어주소[64]

게다가 위 자료에서 볼 수 있듯이 〈애운(허웅)애기 노래〉에서 어머니는 단순히 어머니로서의 정체성만 주어져 있는 것이 아니라, 며느리로서의 정체성이 크게 부각돼 있다. 어린자식 때문에 저승 가기를 주저하는 여자에게 시집식구들은 매우 냉랭하게 대하며, 아내 대신 남편이 저승에 가겠다고 나서자 "어림없는 소리마라 함부래 하지마라 / 아들하나 있는거로 우찌우찌 키았다고 / 누한테 죽으라고 못된소리 니가하노"하며 꾸짖기까지 한다. 며느리로서의 정체성이 어머니로서의 정체성을 압도함으로써, 여자는 자식들에 대한 양육을 포기하고 저승으로 떠나고 만다. 이 유형을 부르는 여성들이 이 노래를 〈시집살이노래〉로 일컫는 이유가 여기에 있다. 즉 〈애운(허웅)애기 노래〉에서 여자는 어머니, 며느리, 아내, 자기 자신이라는 여러 역할 관계에서 온전하게 '어머니'로서의 역할을 할 수 없는 처지에 놓여 있으며, 어머니로서의 과도한 '모성'이 제한되고 있다. '어머니'보다는 '며느리'로서의 역할이 강조된다.

이에 비해 영·미 발라드 〈The Wife of Usher's Well(어셔즈웰의 부인)〉에서는 자식들이 죽는다. 어머니는 자식들을 학업 또는 장사를 위해 멀리 떠나보낸다.[65] 하지만 얼마 되지 않아 자식들의 죽음을 통보받는다. 이 유형에서

---

64 [울주군 상북면 민요 7] 구비대계 8-13, 고사리 노래, 이용선, 여·72. 명촌리 명촌, 1984.8.3., 정상박·성재옥, 박정훈 조사.

65 중세의 어린이들은 어린 시절부터 자립의 길을 걷고, 여행을 통해 자신의 운명을 개척해야 했다. 기사의 집안에서 태어난 아이라도 집에 머무르지 못하고, 여행을 떠나야 했다. 농민이나 상인의 자식은 더욱 어린 나이에 집을 나와야 했다. 중세 사회에서는 어떤 계층이건 일반적으로 3~7세까지는 어린이 취급을 받았고 여덟 살만 되면 어른처럼 경제적으로 자립해야 했다. 아베 긴야, 『중세유럽산책』, 양억관 역, 한길사, 2005, 241면, 307~310쪽.

죽음의 주체는 '자식들'이고 삶의 주체는 '어머니'로 나타난다. 어머니는 자식들의 양육을 다하지 못했음을 자식들이 죽은 후에야 깨닫는다.[66] 어머니는 그제야 후회하고 자식들이 살아있는 몸으로 자신에게 돌아오게끔 마법의 주문(바람과 바다에 대한 저주)을 반복한다.

'I wish the wind may never cease, 바람이 절대 그치지 않기를
Nor fashes in the flood, 파도도 심하게 치지 않기를
Till my three sons come home to me, 내 세 아들이 집으로 돌아올 때까지
In earthly flesh and blood.' 지상의 살과 피를 가지고서. (Child 79A)

이 주문은 자식들을 돌아오게 하지만, 이는 일시적일 뿐 자연의 이법, 신의 원리를 거스를 수 없다. 자식들은 자신들이 돌아가지 않으면, 큰 고통을 받게 될 것이라며 날이 새기 전에 돌아간다.[67] 어머니의 자식들에 대한 양육은 제한적으로 이루어지며, 이미 어머니의 품을 떠난 자식들은 이를 받아들일 수 없는 존재이며 이를 받아들이지 않는다.

'We will neither eat your bread, dear mother, 어머니, 우린 당신의 빵을
먹을 수 없어요.
Nor we'll neither drink your wine; 우린 당신의 포도주를 마실 수 없어요.
For to our Saviour we must return 우린 우리 구세주에게 돌아가야 해요.
To-night or in the morning soon.' 오늘 밤 아니면 아침에 곧.

---

66 이는 자식을 낳고 어머니가 자식들을 살해하는 다른 발라드 유형(⟨The Cruel Mother⟩, ⟨Mary Hamilton⟩)에서도 마찬가지이다. 이 두 유형에서 역시 어머니는 살아있고 죽은 자식들이 어머니에게 나타난다. 물론 이들 유형은 자식들이 모두 부적절한 관계에서 태어난 사생아라는 점에서 다른 요소가 복합돼 있어 별도의 논의가 필요하다.

67 각 편에 따라 어머니는 저승왕(구세주, 예수)으로부터 자신의 죄에 대해 회개하도록 명령받는다.

The bed was fixed in the back room; 뒷방에 침대가 마련되었네.
On it was some clean white sheet, 그 위에 깨끗한 흰 천을 덮었네.
And on the top was a golden cloth, 그 위에 금빛 천을 놓았네.
To make those little babies sleep. 그 어린 아기들이 잠들 수 있게.

'Wake up! Wake up!' says the oldest one, 일어나, 일어나, 제일 큰 형이 말하네.
'Wake up! it's almost day. 일어나! 거의 날이 밝았어.
And to our Saviour we must return 우리 구세주에게 돌아가야 해.
To-night or in the morning soon.' 오늘 밤이건, 아침이건, 빨리.

'Green grass grows at our head, dear mother, 사랑하는 어머니, 우리
    머리에 푸른 잔디가 자라요.
Green moss grows at our feet; 우리 발에 푸른 이끼가 자라요.
The tears that you shed for us three babes 우리 세 아기를 위해 당신이
    흘린 눈물이
Won't wet our winding sheet.' 우리 수의를 적시지 않아요. (Child 79D)

〈The Wife of Usher's Well(어셔즈웰의 부인)〉은 〈애운(허웅)애기 노래〉와
달리 살아남은 자는 어머니로서, 어머니가 인식의 중심에 놓여 있다. 어머니
는 저승에서 돌아온 자식들의 먹을 것과 마실 것, 자식들의 잠자리를 마련한
다. 그러나 이미 저승의 존재가 된 자식들은 어머니가 마련한 이승의 음식을
먹지 못한다. 그들은 단지 해가 지고 난 후부터 다음날 아침 해 뜨기 전까지
의 제한된 시간 동안만 이승에 머무르는 게 허락된다. 자식들은 어머니에게
자신들의 머리와 발에는 푸른 풀이 자라며, 어머니의 눈물은 자신들의 수의
를 적시지 못함을 이야기한다. 자식들은 어머니에게 자신들의 죽음을 확인시
키고, 자신들의 죽음을 받아들이게 하고자 한다. 즉 〈The Wife of Usher's
Well(어셔즈웰의 부인)〉은 어머니로 하여금 자식들을 떠나보내고 자신의 삶을
살아야 함을 강조한다. 이는 자식의 죽음으로 형상화된다.

The cock doth craw, the day both daw, 수탉이 울고, 날이 밝았네.
The cahannerin worm doth chide; 꾸룩대는 벌레가 꿈틀거리네.
Gin we be mist out o our place, 우리가 우리 장소를 벗어나면,
A sair pain we maun bide. 우린 고통 속에 있어야만 해.

'Fare ye weel, my mother dear! 안녕, 사랑하는 나의 어머니!
Fareweel to barn and byre! 안녕, 외양간의 말들과 소들!
And fare ye weel, the bonny lass 안녕, 아름다운 하녀!
That kindles my mother's fire!' 내 어머니의 화로에 불을 피우는. (Child 79A)

　수탉과 벌레, 외양간의 말과 소, 화로에 불을 피우는 하녀는 모두 이승의 존재들이다. 자식들은 이들 모두에게 작별을 고한다. 그들은 자신들이 자신들의 장소를 벗어나게 되면 고통을 받아야 한다고 한다. 이승과 저승의 존재가 자신의 영역을 벗어나서는 안 됨을 분명히 하고 있다. 어머니는 느닷없이 떠난 자식들과 짧은 시간이나마 재회함으로써 정식으로 이별의 의식을 치른다. 자식들의 목소리를 통해 나오는 작별 인사를 통해, 비로소 자식들을 자신들로부터 분리시키고 떠나보낸다. 특히 한 각편에서는 살아있는 어머니가 자신들을 잃은 슬픔과 그리움에서 벗어나게 되기를 바라는 자식들의 '어머니'에 대한 배려가 잘 표현되고 있어 주목할 만하다. 이는 이 노래가 자식들을 잃은 어머니들의 상처와 상실을 치유하고 자신들만의 새로운 삶을 열어나가는 데 관심을 두고 있음을 보여준다.

'Lie still, lie still a little wee while, 가만 누워있으렴, 잠시만 가만 누워있으렴.
Lie still but if we may; 할 수 있다면, 가만 누워있으렴.
For gin my mother miss us away 내 어머니가 우릴 그리워하지 않을 때까지.
She'll gae mad or it be day.' 아니면 그녀는 바로 실성할 거야. (Child 79B)

〈애운(허웅)애기 노래〉와 〈The Wife of Usher's Well(어셔즈웰의 부인)〉 모두 삶과 죽음의 경계에서 어머니와 자식의 관계를 다루고 있다. 두 노래 모두 어머니의 자식에 대한 지극한 모성을 보여준다. 두 노래 모두 자식들을 먹이고, 자식들의 머리를 빗기고, 자식들에게 옷을 입히는 '양육'을 통해 어머니의 모성을 다하려는 어머니의 모습을 보여준다. 하지만 그것이 참된 '모성'이 아님을 두 노래 모두 어느 한쪽의 죽음을 통해 말하고자 한다. 품 안에 품고서 자식들을 먹이고 입히고 재우는 것만이 어머니의 '모성' 실현이 아니라, 자신의 품에서 떠나보냄으로써 참된 '모성'이 실현됨을 이야기한다. 이들 노래는 단순히 '모성'을 권장하고 찬양하기보다는 오히려 지나친 모성이 자식들의 성장과 자아 형성에 해가 될 수 있으며, 모성애도 더 큰 이법인 "모든 생명은 자연으로 돌아간다."는 원리를 거스를 수 없음을 보여준다는 점에서도 일치한다. 그러므로 두 노래는 '모성'을 가르치는 노래가 아니라, 관습적 '모성'의 속박에서 벗어날 것을 이야기하는 노래이다.

하지만 〈애운(허웅)애기 노래〉와 〈The Wife of Usher's Well(어셔즈웰의 부인)〉의 큰 차이점은 〈애운(허웅)애기 노래〉에서는 자식들이 지금 이 세계(현실)의 중심인물이 된다고 한다면, 〈The Wife of Usher's Well(어셔즈웰의 부인)〉에서는 어머니가 지금 이 세계(현실)의 중심인물이 된다는 것이다. 즉 〈애운(허웅)애기 노래〉에서는 '어머니'의 죽음 이후 남겨진 자식의 성장에 무게가 주어져 있다면, 〈The Wife of Usher's Well(어셔즈웰의 부인)〉에서는 '자식'의 죽음 이후 남겨진 어머니 자신의 자아에 초점이 놓여 있다.

〈애운(허웅)애기 노래〉와 〈The Wife of Usher's Well(어셔즈웰의 부인)〉 모두 어머니와 자식의 분리, 성장을 어느 한쪽의 죽음을 통해 일깨운다. 어머니는 일정 시기를 지나면 자식과 분리되어 자식을 떠나보내고 자신의 삶을 살아야 한다. 자식 역시 어머니의 보호와 양육에서 벗어나 독립적인 개체로서 성장해야 한다. 이를 〈애운(허웅)애기 노래〉에서는 어머니의 죽음을 통해 일깨우는 반면, 〈The Wife of Usher's Wel(어셔즈웰의 부인)〉에서는 자식의 죽음을 통해 일깨운다는 점이 다를 뿐이다. 〈애운(허웅)애기 노래〉에서는 자식의 양육이 끝나면서 어머니가 죽지만, 〈The Wife of Usher's Well(어셔즈웰의 부인)〉에서는 자식의 양육이 끝나면서 어머니가 산다. 여기에서 한국과 영·미권의 어머니들이 공통적으로 자식과의 분리를 매우 큰 고통으로 여기는 '모성'을 지니고 있음을 보여주면서도, 한국의 어머니들이 '자식'의 양육 속에서 '자신'을 찾았다면 영·미권의 어머니들은 '자식'과의 분리에서 또 다른 '자신'을 찾았던 미세한 차이가 엿보인다. 그러나 그러한 차이를 넘어서서 이들 노래는 어머니들 자신이 그저 자식들을 위한 대상이 아니라 한 인간이라는 사실을 이해하고 어머니들에게 어머니 자신의 존재를 되찾게 하는 노래라는 데 의미가 있다.[68]

아울러 두 노래는 모두 나(자식)의 근원인 어머니(여신, 자연)가 나(자식)로 인해 저승의 법과 대결하지만, 저승의 법을 어김으로써 파탄이 남을 보여준다. 어머니는 나(자식)를 있게 한 존재이지만, 나는 어머니의 품을 떠나 또 다른 세계, 사회로 나아가야 하기 때문이다. 이는 자식이 어머니를 떠나 사회화하는 과정이며, 자연적 삶에서 문화적 삶으로 나아가는 과정이기도 하다. 자식은 어머니의 보호와 양육에서 벗어나야 하며, 어머니 또한 자식을 떠나보내야 한다. 두 노래는 이러한 분리의 과정 속에서 어머니와 자식에게 남겨진 상처(trauma)를 어루만지며, 어머니와 자식 모두 자신들의 참 자아를 찾아 나서게 한다.

---

68 섀리 엘 서러, 『어머니의 신화』, 박미경 역, 까치글방, 1995, 8쪽.

3. 두 노래의 전승양상과 향유의식

〈애운(허웅)애기 노래〉와 〈The Wife of Usher's Well(어셔즈웰의 부인)〉 모두 어머니 또는 자식의 '죽음'과 '죽은 자의 귀환'이라는 신비한 주제를 다루고 있으며, 노래 속에 초월적 존재들이 등장하고 있다는 점도 공통적이다. 따라서 이들 두 노래는 신앙, 종교와 일정한 관련 아래서 형성되었으며, 이들 노래를 부르는 사람(주로 여성)들의 신앙적, 종교적 의식을 보여준다는 점에서 각별한 의의를 지닌다. 이 장에서는 이 두 노래의 하위 유형별 또는 각편별 차이와 그 밑에 기반하고 있는 향유층의 의식을 살펴보고자 한다.

〈애운(허웅)애기 노래〉는 크게 세 하위유형—애운애기형, 허웅애기형, 애운+허웅애기형으로 나누어 볼 수 있다.[69] 애운애기형은 서사민요로 전승되고 있고, 허웅애기형은 서사무가(또는 신화)로 전승되고 있으며, 애운+허웅애기형은 앞의 두 하위유형이 융합된 것으로 심방에 의해 서사무가로 불리기도 하고, 일반인에 의해 서사민요로 불리기도 한다. 애운애기형은 대부분 육지의 영남과 호남 지역에서 조사되었고, 허웅애기형과 애운+허웅애기형은 제주 지역에서만 조사되었다. 이는 같은 소재의 이야깃거리를 두고 육지와 제주 지역에서 서로 다른 양상의 노래를 창작, 전승하며 일정한 지역 유형(oicotype)을 형성해 왔음을 보여준다.

이는 지역의 지리적, 문화적 차이에 따라 오랜 세월에 걸쳐 이루어진 지역 향유층의 의식세계와 밀접한 연관이 있으리라 생각된다. 애운애기형은 이승을 중심으로 전승되면서 주인물인 애운애기의 시집살이 내용이 강화되는 특

---

69 서영숙, 「〈저승차사가 데리러 온 여자〉 노래의 특징과 의미: 〈애운애기〉, 〈허웅애기〉 노래의 관계를 중심으로」, 『한국고전여성문학연구』25, 2012, 99~115쪽에서 분석한 바 있으므로 자세한 내용은 이 논문을 참조하기 바란다. 여기에서는 이 결과를 원용하여 〈The Wife of Usher's Well(어셔즈웰의 부인)〉과의 비교적 관점에서 새롭게 논의한다. 비교의 필요상, 이 논문의 결과를 요약적으로 소개하면서 논의를 전개한다.

징이 있다. 저승 이후의 세계는 다루지 않으며 현실에서의 고난이 부각돼 있는 전형적 서사민요로서의 특징을 보여준다. 애운애기는 살림살이가 야무져서 저승에 불려가게 된다. 향유층은 "살림이 너무 야무져도 일찍 죽는다"는 말을 하기도 한다.[70] 애운애기를 데리러 온 저승차사를 이승의 신(여러 가신들)이 막아서나 실패한다. 이승의 신과 저승의 신 대결에서 저승의 신이 승리한다. 저승길은 아무도 피할 수 없고 누가 대신 갈 수 없다는 운명론적 사고방식을 보여준다. 노래를 부르는 사람들은 살림 잘하는 젊은 어머니의 죽음을 안타까워하면서도 그녀에게 주어진 죽음을 운명적으로 받아들임으로써 살아남은 이들 역시 각자 주어진 운명에 따라 자신의 몫을 살아가야 함을 분명히 한다.

허웅애기형은 저승을 중심으로 전승되면서 저승왕의 너그러움과 분노를 함께 부각시킨다. 저승왕의 너그러움에 의해 이승으로 내려가는 시혜를 받았음에도 불구하고 허웅애기가 금기를 파괴함으로써 이승과 저승이 분리된다. 이승신(마고할미)과 저승신의 대결에서 저승신의 승리를 보여줌으로써, 저승신의 권위와 위력을 강조하고,[71] 생인과 사자가 말을 나누지 못하게 되었다는 기원을 설명하는 데 주 초점이 놓여있다. 저승이라는 초월적 공간을 구체적으로 설정하고, 저승왕의 위력을 보여줌으로써 신화(서사무가)로서의 면모를 잘 보여준다. 허웅애기라는 지극히 인간적인 모습의 '어머니'를 굿의 제차에서 모시고 노래함으로써,[72] 이승의 삶밖에 또 다른 저승의 삶이 있다는 믿음을 표현한다. 이는 바다라는 '죽음'의 공간을 '삶'의 터전으로 삼고 있는 제주 지역 여성들의 공포에 대한 위안의 메시지가 될 수 있었을 것이다.

애운+허웅애기형은 서사민요인 애운애기형과 서사무가인 허웅애기형의

---

70 서영숙, 앞 논문, 102쪽 참조.
71 서영숙, 앞 논문, 107~108쪽 참조.
72 허웅애기형은 〈허웅애기본풀이〉로 큰굿의 시왕맞이 제차의 〈차사본풀이〉 연장선상에서 불리거나 심방 개인의 신굿 등에서 구연되었다고 한다.

융합으로 여겨지는 유형으로, 이승에서의 고난과 저승에서의 귀환이 함께 나타난다. 애운애기형에 나타나는 현실에서의 고난과 허웅애기형에 나타나는 신화적 면모는 많이 약화되어 있지만 핵심적 모티프는 거의 갖추고 있다. 특히 허웅애기를 데리러 온 저승차사에 대한 묘사를 통해 저승에 대한 두려움을 잘 드러내고 있다. 주인물의 저승에 가기를 거부하고 애원하는 지극히 인간적인 모습과 이승과 저승을 오가는 '신의 중개자'로서의 모습이 함께 드러나 있다.[73]

애운애기형에서 향유층은 저승길은 아무도 피할 수 없으며, 대신갈 수 없다고 한다. 향유층의 의식 속에서 이승과 저승은 분리 단절된 곳으로, 한번 가면 오지 못하는 곳으로 되어 있다. 하지만 허웅애기형과 애운+허웅애기형의 향유층은 이와는 다른 사고방식을 보여준다. 그들의 의식 속에 이승과 저승은 본래 하나로 연결되어 있었다. 생인과 사자가 서로 말을 나누며, 이승과 저승을 오갈 수 있었다. 이승에서 살림을 잘하는 허웅애기가 저승의 살림을 맡기 위해서 저승에 불려가는 것처럼, 저승은 이승의 연장이며 연속선상에 있었다. 비록 제한된 시간이긴 하지만 허웅애기는 밤 시간 동안 저승에서 돌아와 이승의 어린자식들을 돌보는 것이 허락되었다. 하지만 허웅애기가 해가 뜨기 전에(또는 돌에 뱉은 침이 마르기 전에) 저승으로 돌아가야 하는 금기를 깨뜨림으로써 이승과 저승은 분리 단절되고 만다.

이처럼 〈애운(허웅)애기 노래〉는 이승과 저승의 대립과 분리를 보여준다. 특히 허웅애기형과 애운+허웅애기형에서는 이승과 저승이 하나이던 일원론적 의식에서 이승과 저승이 분리되는 이원론적 의식으로 변화하는 과정을 이야기하고 있다. 또한 이승신(마고할미, 가신 등)과 저승신의 대결에서 저승신의 승리로 귀결되는 스토리를 통해, 여신 신앙에서 남신 신앙, 재래신앙에서 외래신앙으로의 변이 양상을 보여주기도 한다. 허웅애기가 금기를 깨뜨린 것은

---

73 서영숙, 앞 논문, 112쪽 참조.

지상의 여신(마고할미)의 방해가 있었기 때문이다. 마고할미는 지모신, 산신으로서 허웅애기를 저승으로 가지 못하게 하지만, 저승신(염라대왕, 저승차사)에 의해 발각되어 잡혀가게 되며 다시는 돌아오지 못하게 된다.[74] 뿐만 아니라 저승차사가 애운애기를 잡으러 오자 구들장군, 조왕님, 쟁강각시, 성주님, 시주님 등 온갖 가신들이 나서서 막아서지만 저승차사를 막지 못한다. 이는 집안 주변의 다양한 가신들을 염라대왕(저승차사)보다 하위 신격으로 놓음으로써, 재래신앙이 외래신앙인 불교(또는 도교)에 의해 대체되어 가는 양상을 보여준다.

[앞부분 생략]
애운애기 잘났다고 소문듣고 저승처사 거동봐라
쇠도르깨 둘러미고 쇠방마치 둘러미고
날잡으러 오는구나 저승처사 거동봐라
사닮에 들어서니 구틀장군 막아서고
마당안에 들어서니 마당너구리가 막아서고
굴떡우에 올라서니 굴떡장군 막아서고
정지안에 들어서니 조왕님도 막아서고
살간에 올라가니 쟁강각시 막아서고
방안에 들어서니 성주님도 막아서고
시주님도 막아서고 시주님도 막아서고
여보여보 내말듣소 한시간만 참아주소
시굼시굼 시아바님 이내대성 갈란기요
야야야야 그말마라 소뿔도 각객이고 염불도 몽몽이다
니대성은 니가가고 내대성은 내가가지
시굼시굼 시아마님 이내대성 갈란기요

74 서영숙, 「〈저승차사가 데리러 온 여자〉 노래의 특징과 의미: 〈애운애기〉, 〈허웅애기〉 노래의 관계를 중심으로」, 『한국고전여성문학연구』 25, 2012, 107쪽, 111쪽 참조.

니대성은 니가가고 내대성은 내가가지

염불도 몼몼이고 소뿔도 각객인데

아릿방에 사랑방에 앉인양반 하늘겉은 저가장님 이내대성 갈란기요

오냐내가 가꾸마 와장창창 걷는애기 젖을믹이 잘키아라 [청중: 신랑이 제일

    낫구나.]

빠뜰빠뜰 서는애기 젖을믹이 잘키아라

와장창창 걷는애기 은종발에 밥을담아

은사랲에 내여났으이 그밥믹이 잘키아라 니대성은 내가간다

여보여보 그말마소 염불도 몼몼이고 소뿔도 각객인데

내대성은 내가가고 자기대성 자기가지

[그카민서 마 돌아서 갔거등. 인자 마 애운 애기가 마 처사한테 붙들리가

간다. 가이까네 그래 인자 가가지고 인자]

[이하생략][75]

F.J. Child가 *The English and Scottish Popular Ballads*에서 소개
하고 있는 〈The Wife of Usher's Well(어셔즈웰의 부인)〉유형의 각편은 모두
4편으로 다음과 같은 특징을 지니고 있다.

각편	A	B	C	D
채록 시기	1802	1829	1883	1896
채록 지역	the Scottish Border, West Lothian(에딘버러 주도)	the Neidpath Castle, Peeblesshire(스코틀랜드)	Shropshire(영국)	North Carolina(미국)
가창자	old woman residing near Kirkhil	an old woman, Miss Ann Gray	Mr Hubert Smith had learnt it from his grandmother in Corve Dale	Miss Emma M. Backus

---

75 [울주군 언양면 민요 2] 구비대계 8–12, 애운 애기, 이맹희, 여·77, 반곡리 진현,
    1984.7.24., 류종목·신창환 조사.

각편	A	B	C	D
주요 화소	세 아들, 늙고 부유한 부인, 바다, 죽음, 저주, 수탉, 자작나무 모자, 마틴절, 귀환, 어머니의 망토, 불, 물, 성찬, 침대	두 아들, 죽음, 성탄절, 귀환, 수탉, 나무 모자, 어머니의 망토, 음식, 침대	과부, 예수, 울음, 세 아들, 죽음, 귀환, 수탉, 9일 회개, 예수가 어머니를 데려감, 숲 길, 장례당	멋진 숙녀, 세 아기, 학교(그래머리), 질병, 죽음, 하늘왕, 금빛 왕관, 크리스마스, 귀환, 빵과 포도주, 구세주, 잔디, 눈물
특징	바다로 나갔다 죽음, 바다와 바람에 대한 저주	죽음 이후 두 아들이 왔다 돌아가는 것만 나옴, 망토에 대한 명령	예수와의 만남	구세주, 어머니의 눈물
성격	성 마틴 전설 관련, 불, 물, 성찬(생명) 거부, 자작나무 모자 (죽은 자의 보호)	성 마틴 전설 관련, 음식과 침대 거부, 어머니의 망토 거부	기독교화, 어머니를 사악한 자로 규정, 장례당 입구의 구체적 묘사	어머니의 성찬 거부, 어머니와 구세주 대결, 피에타 연상

각편 A가 가장 오래된 듯한 각편으로 기독교 이전의 고대 신앙적 요소가 가장 많이 나타난다. 어머니는 자식들이 산 육체로 돌아오기 전까지 바람도 그치지 말며, 바다에 아무런 문제가 일어나지 않기를 주문한다. 이는 일종의 '마법'이며 '주술'이다. 이에 따라 죽은 세 아들이 성 마르틴절에 돌아온다. 성 마르틴이 구걸하는 자에게 망토를 나누어 준 것처럼,[76] 어머니는 자신의 망토를 아들에게 덮어준다. 망토는 어머니의 영역과 보호의 상징으로, 자식들을 자신의 품 안에 두고자 하는 어머니의 '모성'의 발현으로 사용되었다. 하지만 아들들은 망토를 거부한다. 어머니가 불과 물 등을 이용해 성찬을 마련하는 것도 자식들을 위한 양육과 보호이다. 하지만 아들들은 이를 먹을 수가 없다. 아들들은 죽은 자를 산자로부터 보호한다는 자작나무 가지로 엮은

---

[76] 성 마르틴 축제는 유럽에서 11월 11일경 행해진다. 마르틴이 프랑스의 아미앙(Amiens)에서 복무하고 있던 어떤 추운 겨울날, 거지 한 사람이 겉옷도 없이 추위에 떨고 있음을 본 그는 자기의 겉옷을 반으로 잘라 나누어 주었는데, 다음날 그 옷이 원래대로 회복되는 기적이 나타난다. 그로부터 성 마르틴은 양복장이의 수호성인이 되었다고 한다. http://blog.daum.net/johnkchung/4211606 참조.

모자를 쓰고 있다. 아들들은 자신들이 어머니의 음식을 먹을 수 없음을 분명히 하고, 수탉이 울자 서둘러 돌아가며 어머니의 보호로부터 벗어난다. 불과 물, 망토를 사용하는 어머니와 천국의 문 앞에서 자라난 자작나무 가지 모자로 이를 방어하는 아들의 대립은 이승과 저승의 대립과 분리를 보여준다. 이승의 힘이 저승의 영역에 미칠 수 없음을, 저승의 존재 역시 이승의 영역에 머물러 있을 수 없음을 분명히 한다.

> It befell about the Martinmass, 그것은 성 마틴 축제 경에 일어났네.
> When nights are long and mirk, 밤이 길고 어두웠을 때
> The carlin wife's three sons came hame, 늙은 부인의 세 아들이 돌아왔네.
> And their hats were o the birk. 그들의 모자는 자작나무 가지로 덮여 있었네
>
> It neither grew in syke nor ditch, 개천이나 물길에서 자라지 않는.
> Nor yet in ony sheugh; 도랑에서 전혀 자라지 않는
> But at the gates o Paradise, 하지만 천국의 입구에서
> That birk grew fair enough 자작나무는 아주 풍성히 자란다네. (Child 79A)

불, 물, 망토, 자작나무, 수탉과 같은 존재들은 모두 기독교보다는 그 이전 자연신, 다신론적 신앙에서 이승과 저승의 연결 매체의 상징으로 사용되던 것이다. 노래 속에서 파도와 바람을 제어하는 주문을 외치는 늙은 부인인 어머니는 단순한 어머니가 아니라 자연의 힘을 이용하고 주술적 힘을 사용할 줄 아는, 샤먼과 같은 존재이다. 하지만 돌아온 자식들이 천국으로 돌아가는 귀결을 통해 자연신과 유일신(기독교신)의 대결에서 유일신의 승리를 보여준다. 각편 A는 기독교 이전 다신론적 신앙의 영향 아래서 형성되기 시작했으나 점차 기독교 신앙으로 통합되는 과정을 보여준다. 노래를 부르는 사람들은 자연 또는 인간의 인위적이고 일시적인 힘에 의해 유일한 신의 뜻을 거스를 수 없음을 되새길 수 있었을 것이다.

각편 B 역시 A와 유사하나 죽기 전의 과정이 나타나 있지 않음으로써 '죽은 자의 귀환' 모티프에 초점을 맞추고 있다. 저승으로부터 귀환한 자식들이 어머니의 망토를 벗어 못에 걸며, 거기에 계속 남아있으라고 주문함으로써 어머니의 보호에 대한 거부와 저승으로의 복귀를 더 분명하게 드러낸다.

> She has gaen an made their bed, 그녀는 그들의 침대를 준비했네.
> An she's made it saft an fine, 부드럽고 멋지게 만들었네.
> An she's happit them wi her gay mantel, 그녀는 그녀의 멋진 망토로 그들을 감쌌네.
> Because they were her ain. 그들은 그녀의 것이었기에.
>
> O the young cock crew i the merry Linkeum, 젊은 수탉이 울었네.
> An the wild fowl chirpd for day; 사나운 닭이 하루를 열며 울었네.
> The aulder to the younger did say, 큰형이 막내에게 말했네.
> Dear brother, we maun away. 아우야, 우린 떠나야 해.[중략]
>
> O it's they've taen up their mother's mantel, 그들은 어머니의 망토를 벗었네.
> An they've hangd it on the pin: 그것을 못에 걸었네.
> 'O lang may ye hing, my mother's mantel, 오래 걸려있어라, 어머니의 망토여.
> Or ye hap us again!' 아니면 우리를 다시 덮게 될테니. (Child 79B)

각편 C는 기독교 신앙의 영향을 받아 변형된 양상을 보여준다. 어머니가 계속 울자 예수가 나타나며, 예수에 의해 아들들이 귀환한다. 어머니가 사악한 과부로 규정되고, 회개한 후 예수가 어머니까지 데려간다. 기독교 신앙에 의해 죽음의 이치를 거스르고 받아들이지 않는 것조차가 죄악으로 여겨진다.

각편 D는 앞의 세 편이 영국에서 조사된 것과 달리 미국에서 조사된 것으로, 기독교적 신앙을 기반으로 변이된 양상을 보여준다. 어머니가 나이든 여자가 아닌 멋지고 젊은 여자로 나오며, 세 아들이 어린 아기로 되어 있다.

어머니는 자식들을 그램마(문법, 마법)를 배우게 하기 위해 멀리 보냈다가 자식들이 병으로 죽었다는 소식을 듣는다. 어머니의 울음소리를 들은 구세주가 자식들을 성탄절에 돌려보낸다. 돌아온 자식들은 어머니가 마련한 성찬(빵과 포도주)을 거부하고 구세주에게 돌아간다고 함으로써, 어머니와 구세주의 대립 양상이 뚜렷하게 나타난다.

The table was fixed and the cloth was spread, 테이블이 마련됐고, 식탁보가 펼쳐졌네.
And on it put bread and wine: 그 위에 빵과 포도주를 놓았네.
'Come sit you down, my three little babes, 와서 앉아라. 내 세 아이들아.
And eat and drink of mine.' 내 음식을 먹고 마셔라.

'We will neither eat your bread, dear mother, 어머니. 우린 당신의 빵을 먹을 수 없어요.
Nor we'll neither drink your wine; 우린 당신의 포도주를 마실 수 없어요.
For to our Saviour we must return 우린 우리의 구세주에게 돌아가야 해요.
To-night or in the morning soon.' 오늘 밤 아니면 아침에 곧. (Child 79D)

또한 어머니의 눈물이 자신들을 덮고 있는 푸른 잔디를 적시지 않는다고 함으로써, 어머니가 흘리는 눈물이 아무 소용없음을 말한다. 어머니가 마련한 성찬과 구세주의 성찬을 대립적으로 배치함으로써 기독교 이전의 신앙과 기독교 신앙의 대립에서 기독교 신앙의 승리로 귀결된다.

이상에서 볼 때 상대적으로 이른 시기에 조사된 각편 A와 B는 후기에 조사된 각편 C와 D에 비해, 기독교 이전 자연신, 다신론적 신앙의 흔적을 보여주고 있음을 확인할 수 있다. 이는 단선적으로 말하기는 어렵겠지만, 각편 A 또는 B와 같은 작품이 후대로 넘어오며 각편 C나 D와 같은 작품으로 변이되면서, 고대적 상징이 기독교적 상징으로 변화되는 양상이 나타나는 것으로 해석할 수도 있다. 심지어 기독교화한 각편 C에서는 어머니의 원초적 '모성'과 기독교의 범인류적 사랑이 대립되면서 자식을 품 안에 두려고 기독교적 윤리를 어긴 어머니를 사악한 여자라 규정하기도 한다. 물론 그 사악한 '어머니' 역시 예수에 의해 회개하고 천국에 들어갈 수 있는 기회가 주어진다. 곧 〈The Wife of Usher's Well(어셔즈웰의 부인)〉은 지역적, 시대적으로 변이를 거듭하면서 다신교적 신앙이 기독교 신앙에 의해 통합되는 과정을 보여주면서 노래를 부르는 사람들의 변화된 의식을 반영하고 있음을 알 수 있다.

이렇게 〈애운(허웅)애기 노래〉와 〈The Wife of Usher's Well(어셔즈웰의 부인)〉은 공통적으로 어머니/자식의 죽음을 통해 이승과 저승의 대립을 보여준다. 두 노래에서 각기 죽음의 존재인 애운(허웅)애기/어린 자식들이 저승에서 이승으로 돌아오나, 삶의 존재인 자식들/어머니와 함께 살지 못하고 되돌아가야 한다. 〈애운(허웅)애기 노래〉에서는 저승신의 금기를 깨뜨림으로써 다시는 왕래를 할 수 없게 되며, 〈The Wife of Usher's Well〉에서는 저승신(구세주)의 허락에 의해 일회적으로 다녀가는 것일 뿐 이미 죽은 자가 어머니의 바람대로 이승에 영원히 머무를 수 없다. 이들 노래를 부르는 사람들은 느닷없이 닥쳐오는 죽음의 공포와 상처 앞에서, 죽음을 거부할 수 없는 신의 뜻으로 받아들이고 언젠가는 또 다른 세계(저승, 천국)로 갈 것을 믿고 죽음으로 인한 두려움과 슬픔에서 벗어나라고 노래를 부르면서 끊임없이 되풀이해 각인시켰을 것이다. 그러나 이들 노래가 오랜 시간 이전에 형성돼 지금까지 전승될 수 있었던 것은 바로, 그럼에도 불구하고 여전히 죽음을 주저하고 거부할 수밖에 없는 노래 부르는 사람들의 끊임없는 일탈과 길항 의식이 있었기 때문이다.

4. 맺음말

이 글에서는 한국 서사민요와 영·미 발라드 중 어머니와 자식 관계를 다루고 있는 노래인 〈애운(허웅)애기 노래〉와 〈The Wife of Usher's Well(어셔즈웰의 부인)〉을 중심으로 노래 속에 나타난 '죽음' 모티프의 전개 양상 및 의미, 전승양상과 향유의식을 비교 고찰하였다. 두 노래 모두 어머니와 자식중 어느 한쪽의 '죽음'과 '죽은 자의 귀환' 모티프를 통해, '어머니/자식'의 상실과 분리를 통한 슬픔과 상처를 다루면서 여기에서 벗어날 것을 이야기하는 공통점을 지니고 있다. 두 노래 모두 자식과 헤어진 어머니의 모성에 기반을 두고 있으면서도, 〈애운(허웅)애기 노래〉에서는 '어머니'의 죽음 이후 남겨진 자식의 성장에 무게가 주어져 있다면, 〈The Wife of Usher's Well(어셔즈웰의 부인)〉에서는 '자식'의 죽음 이후 남겨진 어머니 자신의 자아에 초점이 놓여 있다는 차이가 있다. 하지만 이러한 미세한 차이를 넘어서 주목해야 할점은 두 노래 모두 어머니와 자식이 언젠가는 분리되어야 하며, 각자 이 분리의 슬픔과 고통에서 벗어나 새로운 '자기'로서의 삶을 살아야 함을 이야기하는 성장과 치유의 노래로서의 의미를 지니고 있다는 것이다.

〈애운(허웅)애기 노래〉와 〈The Wife of Usher's Well(어셔즈웰의 부인)〉은 지역별, 시대별로 다양한 각편과 하위유형을 형성하고 변이하면서 전승돼왔다. 그러면서 두 노래 모두 이승과 저승은 하나로 연결되어 있으며 산 자와 죽은 자가 서로 교통할 수 있다는 일원론적 의식에서, 점차 이승과 저승이 분리되어 있으며 산 자와 죽은 자는 서로 교통할 수 없다는 이원론적 의식으로의 변화 양상을 보여준다. 뿐만 아니라 이승신(마고할미, 가신/주술, 마법)과 저승신(염라대왕, 저승차사/구세주)의 대립에서 저승신의 승리를 보여줌으로써, 이승의 법보다는 저승의 법이 더 우위에 있으며, 이승의 존재는 이를 벗어날 수 없다는 의식을 명확히 한다. 이들 노래는 이러한 변화를 받아들이고자 하는 의식과 거부하는 의식의 틈새 속에서 끊임없이 주저하고 고민했던 노래하는 사람들의 길항의 자취를 보여준다.

한국 서사민요 〈애운(허웅)애기 노래〉와 영·미 발라드 〈The Wife of Usher's Well(어셔즈웰의 부인)〉은 모두 인간(자연)과 신이 하나로 연결되어 있던 시대의 흔적을 담고 있으면서, 인간(자연)과 신이 분리된 시대로의 변화를 보여준다는 점에서 중세에서 근대로의 이행기 구비 서사시로서의 보편성을 지니고 있다. 그러면서도 어머니로서의 역할과 가족 내에서의 위치, 자식과의 관계에 있어서 지역과 시대에 따라 특수성을 형성하면서 전승돼 왔음을 확인케 한다. 한국과 영·미권, 동서로 멀리 떨어진 두 지역의 여성들이 이렇게 비슷한 소재와 문제를 매우 유사한 양상의 이야기로 전개해 노래했다는 점은 경이롭기까지 하다. 이는 한국 서사민요가 영·미, 유럽 등지에서 널리 불렸던 발라드와 비슷한 시기에 형성 전승돼 오면서 비슷한 주제를 노래한 보편적 갈래임을 말해주는 것으로서, 앞으로 두 갈래 간의 비교 작업을 확대해 나감으로써 세계 서사민요로서의 보편성과 특수성을 밝히는 데 발판이 되리라 기대한다. 이 글에서 미처 밝히지 못한 작품의 사회적, 역사적 맥락과의 관계는 후일의 과제로 남겨둔다.

한국 서사민요와 영·미 발라드에 나타난 역설의 기능과 교육적 의미
: 죽음의 노래를 중심으로

1. 머리말

한국 고전문학은 한국이라는 좁은 영역에서 창작 수용된 특수한 문학이 아니라, 세계문학의 통시적, 공시적 흐름과 같이하며 창작 수용된 보편적 문학이다. 고전문학 교육에 있어서 학습자들로 하여금 한국의 고전문학이 세계의 고전문학과 함께 유사한 양식과 비슷한 주제로 인간 보편의 문제를 형상화하고 있음을 인지하고 그 보편성과 특수성을 파악하게 하는 것은 특히 2009 개정 문학 교육과정에서 강조하고 있는 사항이기도 하다. 2009 개정 문학 교육과정에서는 '한국 문학의 보편성과 특수성을 이해하고, 우리 공동체의 문학 문화 발전에 적극적으로 참여한다.'를 문학의 교육목표 중 하나로 설정하고, '보편성과 특수성의 관점에서 한국문학과 외국 문학을 이해한다.'를 그 구체적인 세부 내용으로 제시하고 있다.[77] 이 글에서는 이러한 고전문학 교육의 목표를 염두에 두면서 한국 서사민요와 영·미 발라드 중 죽음의 문제를 다루고 있는 노래에 나타난 역설적 표현을 택해 그 보편성과 특수성을 살펴보려고 한다.

---

77 「2009 개정시기 고등학교 국어과 교육과정 (5. 문학)」, 교육과학기술부, 2012. 12., 133-142면. http://ncic.re.kr/nation.dwn.ogf.inventoryList.do

사람은 살아가고 있지만 죽어가고 있는 존재이기도 하다. 삶과 죽음은 서로 동떨어져 있는 듯하지만, "대문 앞이 저승일세."라는 표현과 같이 서로 아주 가까이 붙어있기도 하다. 특히 살아가면서 늘 곁에 영원히 있으리라 여겼던 가족, 연인의 죽음이 느닷없이 닥쳤을 때, 그 죽음을 받아들이기란 쉽지 않다. 현실적으로는 죽었으나 마음속에는 살아있기에, 떠났으나 보내지 않았기에 나타나는 현상과 심정의 불일치는 죽음의 노래 속에 역설적으로 표현된다. "잔디 잔디 금잔디 / 가신임 무덤가에 금잔디", "아아 임은 갔습니다. 그러나 나는 임을 보내지 않았습니다."와 같은 시적 표현들은, 바로 이러한 삶과 죽음의 역설을 표현한 것이다.

역설(Paradox)은 표면상 모순되는 것같이 보이지만 자세히 살펴보면 진실의 요소를 내포한 진술이다.[78] 융은 역설이 인간에게 필수적이라고 믿었다. 왜냐하면 인간의 본성이 그 자체 역설적이기 때문이다. 유일한 한 개인이면서 무한한 우주의 일부라는 자아(the self)의 본질은 인간의 삶에 대한 인식이 역설적일 수밖에 없는 필연성을 낳는다. 시는 바로 이러한 자아의 역설을 해결하기 위한 시도이기도 하다.[79] 평민 여성의 노래인 서사민요와 발라드에서 역시 이러한 삶과 죽음의 길항을 역설로 표현하였으며, 이는 노래 속에서 크게 두 가지 기능—삶과 죽음의 대결, 죽음의 수용과 성장—으로 나타난다. 이

---

[78] 서울대학교 국어교육연구소, 『국어교육학 사전』, 대교, 1999, 551-552면. 이러한 역설은 앞뒤가 상호모순된 감추기 전략을 사용하므로, 수수께끼 중 하나로 보기도 한다.(김태곤 외, 『한국구비문학개론』, 민속원, 1995, 416-417쪽)

[79] Mystical religion and philosophies employ paradoxes to express something which is inexpressible in the normal terms of opposites, the terms of either/or....Jung believed that paradoxes are vital to man because man's nature is itself paradoxical, being a union of individual and the universal, the unique and the infinite. Our attempts to resolve the paradox of the self, to be both a part of the infinite and an autonomous individual, are central to our psychology and reflected in our religions and our poetry. Susan Edmunds, "The Riddle Ballad and the Riddle", *Lore & Language*, Vol.5 No.2, 1986, pp. 35-46 중 역설(paradoxes) 부분 pp.39-40 참조.

에 대한 고찰을 통해 한국과 영·미 사회 평민 여성들의 죽음에 대한 의식을 살필 수 있을 뿐만 아니라, 한국 서사민요와 영·미 발라드의 보편성과 특수성을 밝히는 데로 나아갈 수 있으리라 본다. 특히 서사적 노래의 경우 생활과 밀착되어 불리는 노래로서 생활방식과 사회구조의 차이에 따라 달리 형성되게 마련이므로, 한국문학과 세계문학의 보편성과 특수성을 살피는 데 적절한 자료라 판단된다.[80]

자료는 한국 서사민요는 『한국구비문학대계』, 『한국민요대전』, 조동일 자료, 서영숙 자료를 주 대상으로, 영·미 발라드는 F.J. Child의 *The English and Scottish Popular Ballads* 소재 자료를 대상으로 한다.[81]

2. 삶과 죽음의 대결: <애운애기 노래>, <The Elphin Knight(요정 기사)>

인간에게 있어서 '죽음'은 쉽게 받아들이기 어려운 것이기도 하지만, 또 인간이기에 피할 수 없는 것이기도 하다. 사랑하는 이를 남겨두고 죽음의 세계로 떠나야 하는 고통이나, 반대로 사랑하는 이를 죽음의 세계로 보내야 하는 고통은 그러므로 인간으로 하여금 죽음이란 현실 앞에서 죽음을 부정하고, 죽음의 존재와 맞서 싸우게 한다. 이러한 죽음의 역설적 본질은 노래 속에서

---

80 시조나 소네트와 같은 서정시의 경우에는 어떠한지, 상층의 노래와 하층의 노래에는 어떤 차이가 나타나는지 등에 대한 다각도적인 비교 고찰이 필요하나, 이에 대한 구체적 비교로는 나아가지 못했다.

81 『한국구비문학대계』(총85권), 한국정신문화연구원, 1980~1989; 『한국민요대전』(총9권), (주)문화방송, 1993~1996; 조동일, 『서사민요 연구』, 계명대 출판부, 1979 증보판; 서영숙, 『한국 서사민요의 날실과 씨실: 우리 어머니들의 노래』, 도서출판 역락, 2009; *The English and Scottish Popular Ballads*(Five Volumes), ed. by F. J. Child, New York; Dover Publications, 1965. (First published in 1884~1898). F. J. Child 의 자료는 발라드 연구의 정전으로 여겨지는 자료집으로서, http://www.sacred-texts.com/neu/eng/child에 일부 원문이 수록돼 있다. 본인은 이들 자료를 대상으로 주인물과 상대인물의 관계, 핵심사건으로 유형분류 작업을 계속하고 있으며, 이중 죽음을 소재를 한 노래 중 역설적 표현이 나타나는 노래를 추출하여 고찰 대상으로 삼았다.

삶과 죽음의 대결로 나타나며, 이러한 대결은 흔히 역설로 표현된다. 한국 서사민요 〈애운애기 노래〉와 영·미 발라드 Child 2 〈The Elphin Knight (요정 기사)〉에는 이러한 삶과 죽음의 대결이 팽팽하게 그려져 있다.

〈애운애기 노래〉는 살림솜씨가 매우 뛰어나 저승에까지 알려져 불려가게 된 여자의 이야기이다. 살림살이 솜씨가 뛰어난데 저승에 불려가게 된다는 것부터 역설적이다. 저승은 악한 사람이 불려가 징벌을 받는 공간이어야 하는데, 살림을 알뜰살뜰 잘하고 시집식구 봉양을 잘하는 여자가 그것 때문에 저승에 불려간다는 것이다. "사람이 너무 착해도 부정 탄다.", "물이 너무 맑아도 물고기가 못 논다."는 것은 이러한 역설적 현실을 말해준다. [울주군 언양면 민요 2]를 중심으로 노래에 나타나는 역설의 기능과 의미를 살펴보기로 하자.

> 첫새북에 일어나여 명지베 쉰대자는
> 나잘반에 담아놓고
> 뒷대밭에 낫한가락 거머쥐고 새끼한단 거머쥐고
> 뒷대밭에 올라가여 죽성한단 비어다가
> 새벽겉은 저동솥에 어리설쿰 데와가주
> 열두판상 갈라놓고
> 부지깽이 둘러미고 뒷동산 올라가여
> 새한마리 훌기다가 열두판에 갈라놓고
> 갈라놓고 또하는말이
> 저아릿방에 아부님요 그만자고 일어나여
> 은대에 세수하고 놋대에 세수하고 아적진지 하옵소서[중략]
> 새대가리 남았는거 구이머레 엎어놓이
> 앞집동세 줄라커이 뒷집동세 성낼끼고
> 뒷집동세 줄라커이 앞집동세 성낼끼고
> 여수겉은 저시누부 속곳말로 치키들고
> 마이와가 조와묵네[82]

노래의 서두는 주인물 애운애기가 살림살이가 매우 뛰어난 여자라는 것을 길쌈 솜씨와 식사 준비 과정을 통해서 장황할 정도로 길게 나열하며 강조한다. 여자는 첫새벽에 일어나 명주베 쉰다섯 자를 짜 담아놓고, 죽순 한단 베어와 나물을 무쳐 열두 반상에 갈라놓고, 새 한 마리 잡어다가 열두 반상에 갈라놓고 나서도 남은 새머리는 구유에 넣어줄 정도로 풍성하면서도 알뜰하게 반찬을 마련한다. 매우 부족하고 보잘 것 없는 재료로 열두 반상이나 되는 대식구의 밥상을 조금도 모자람 없이 풍족하게 차려내는 여자의 살림 솜씨는 보통을 넘어서서 경이로움을 자아낸다. 하지만 그 경이로운 솜씨 때문에 저승차사가 여자를 데리러 온다. 여자에게 저승 살림을 맡기기 위해서라는 것이다.

> 애운애기 잘났다고 소문듣고 저승처사 거동봐라
> 쇠도러깨 둘러미고 쇠방마치 둘러미고
> 날잡으러 오는구나 저승처사 거동봐라
> 사랑에 들어서니 구틀장군 막아서고
> 마당안에 들어서니 마당너구리가 막아서고
> 굴떡우에 올라서니 굴떡장군 막아서고
> 정지안에 들어서니 조왕님도 막아서고
> 살간에 올라가니 쟁강각시 막아서고
> 방안에 들어서니 성주님도 막아서고
> 시주님도 막아서고 시주님도 막아서고
> 여보여보 내말듣소 한시간만 참아주소
> 시굼시굼 시아바님 이내대성 갈란기요
> 야야야야 그말마라 소뿔도 각객이고 염불도 몫몫이다
> 니대성은 니가가고 내대성은 내가가지

82 구비대계 8-12 [울주군 언양면 2] 애운 애기, 이맹희, 여·77. 반곡리 진현, 1984.7.24., 류종목, 신창환 조사.

시굼시굼 시아마님 이내대성 갈란기요
니대성은 니가가고 내대성은 내가가지
염불도 몾몾이고 소뿔도 각객인데
아릿방에 사랑방에 앉인양반 하늘겉은 저가장님 이내대성 갈란기요
오냐내가 가꾸마 와장창창 걷는애기 젖을믹이 잘키아라 [청중: 신랑이 제일
    낫구나.]
빠뜰빠뜰 서는애기 젖을믹이 잘키아라
와장창창 걷는애기 은종발에 밥을담아 은사랖에 내여났으이
그밥믹이 잘키아라 니대성은 내가간다
여보여보 그말마소 염불도 몾몾이고 소뿔도 각객인데
내대성은 내가가고 자기대성 자기가지[83]

하지만 여자에게는 젖먹이 어린 아이가 있다. 젖을 먹인다는 것은 생명을
주관하는 삶의 영역으로, 여자의 이승에서의 역할은 이 생명을 길러내는 '어
머니'이다. '어머니'의 생명은 개인만의 것이 아니라 젖먹이 어린아이의 생명
이기도 하다. 여자가 죽음과 맞서 싸워야 하는 이유는 바로 여기에 있다. 집
안의 수호신인 구들장군, 마당너구리, 굴떡장군, 조왕, 쟁강각시, 성주님 등
모든 가신들까지 나서서 저승차사를 막아서는 모습은 이 대결이 비단 한 여
자의 싸움이 아닌, 삶의 세계와 죽음의 세계의 싸움임을 말해준다. 여자는
시아버지, 시어머니에게 자기 대신 저승을 갈 수 있느냐고 묻지만 한결같이
"소뿔도 각각이고 염줄도 몾몾이라"며 아무도 남의 죽음을 대신할 수 없다며
냉정하게 대한다. 남편이 대신 가겠다고 나서기도 하지만, 이 역시 받아들이
기 어렵다. 각편에 따라서는 "어림없는 소리마라 함부래 하지마라 / 아들하
나 있는거로 우찌우찌 키았다고 / 누한테 죽으라고 못된소리 니가하노"[84] 하

83 위 자료.
84 구비대계 8-13 [울주군 상북면 7] 고사리 노래, 이용선, 여·72. 명촌리 명촌, 1984.8.3.,
    정상박, 성재옥, 박정훈 조사.

며 시부모에 의해 묵살되기도 한다.

> 동솥에 앉힌달이(닭이) 홰치거등 내오꾸마
> 부뜩안에 흐른밥티 눈나거등 내오꾸마
> 사랎에 고목나무 잎페거등 내오꾸마
> 동솥에 앉힌달이 홰도치고
> 살강밑에 흐른물이 강되거등 올랐더니
> 살강밑에 흐른물이 강도되고
> 부뜩안에 흐른밥티 싹도나고
> 사랎에 고목나무 잎이나니
> [저기(제게) 인자 저정저정(터벅터벅) 찾아오거등. 저정저정 찾아오이까네,
> 그 여수 겉은 시누부가 어떡 오라고 요래 반갑다가 손질로 하이까네, 마,
> 가라 카는가이 가뿌더란다. 그 애운 애기가. 가뿌 놓이 요새 젊은 사람이
> 죽어가지고 못 온단다. 고기(고게) 돌아왔으먼 마 오는데, 젊은 사람이 죽어
> 가지고 하문썩(한번씩) 오는데, 고기 마 가자(가서) 마 딱 끊어뿌 놓아꺼네,
> 그래 인자 사람 죽고, 젊은 사람이 가가 이 세상에 몬 온단다. 고거 인자
> 마쳤다.][85]

　　결국 여자는 저승차사를 따라 나선다. 이때 한국 민요의 죽음과 이별의 노
래에 공통적으로 나타나는 역설이 나타난다. "동솥에 앉힌닭이 홰치거등 내
오꾸마 / 부뚜막에 흐른밥티 눈나거등 내오꾸마 / 사립문에 고목나무 잎페거
등 내오꾸마 / 살강밑에 흐른물이 강되거등 내오꾸마."고 한다. 역설은 죽음
과 삶의 대립항으로 이루어져 있다. 대상으로 언급된 '닭', '밥', '물', '나무'는
모두 '생명'과 '삶'의 상징적 존재들이나 이 모든 대상이 다시는 생명을 회
복할 수 없는 상태에 있음을 나타낸다. '동솥 안에 앉힌 닭', '부뚜막에 흘린

85　구비대계 8-12 [울주군 언양면 2] 애운 애기, 이맹희, 여·77. 반곡리 진현, 1984.7.24.,
　　류종목, 신창환 조사.

286 … Ⅳ. 신앙·죽음 관련 서사민요와 발라드

밥티', '살강 밑에 흘린 물', '사립밖에 고목나무'는 모두 죽음에 속한 것이라면, '싹이 트다', '홰를 치다', '강물이 되다', '잎이 피다'는 모두 죽음에서 다시 삶을 회복하는 것이다. 죽음의 세계로 가면서 죽음을 인정하지 않고 "내 오구마."며 삶으로의 회생을 기약하는 역설이다.

이는 죽음의 세계로 가면서도 이를 받아들일 수 없음을 역설적으로 표현한 것이다. 즉 이는 죽음에 대한 강한 부정이자 항변이며, 죽음을 그냥 받아들일 수 없다는 대결의 선언이다. 이러한 대결은 마지막 부분에 역설이 현실화되면서 삶에게 승리를 안겨준다. 과연 여자의 역설대로 "동솥에 앉힌 닭이 홰 도치고 / 살강 밑에 흐른 물이 강도 되고 / 부뚜막에 흘린 밥티 싹도 나고 / 사립문에 고목나무 잎이나"는 초현실적 기적이 일어난다. 여자가 죽음을 이겨내고 다시 삶의 세계로 돌아오게 되는 것이다. 비록 시누의 손짓을 오지 말라는 손사래로 착각한 여자가 다시 죽음의 세계로 돌아가고 말긴 했지만, 잠시나마 죽음의 세계를 삶의 세계로 바꾸어 놓을 수 있었던 것은 바로 '삶과 죽음의 대결'에서 삶이 죽음을 이길 수 있다는 믿음에서 온다.[86]

한국 서사민요에서의 역설이 저승차사와 여자의 대결에서 나타난다면, 영·미 발라드 Child 2 〈The Elphin Knight(요정 기사)〉는 표면상 기사와 여자의 대결로 나타나 있다. 그러나 여기에서 기사는 살아있는 사람이 아닌 요정 또는 악마로 규정되어 있어 죽음의 세계에 속한 존재이다. 요정 기사 또는 악마는 여자에게 와 자신의 연인이 되기 위한 과제를 제시한다. 그 과제는 보통 사람은 수행할 수 없는 불가능한 일들이다. 이 과제를 해낼 수 없다면 여자는 요정 기사를 따라가야만 한다. 요정 기사를 따라간다는 것은 죽음을 의미한다. 여자가 요정 기사를 물리쳐야만 하는 필연성은 여기에 있다.

---

[86] 서사무가 〈허웅애기 노래〉에서 주인물을 신으로 모시게 된 것은 바로 이러한 믿음과 신이함 때문이다. 육지 지역에서는 서사민요로, 제주 지역에서는 서사무가와 서사민요로 불리는데, 두 갈래 노래의 관련양상에 대해서는 서영숙, 「〈저승차사가 데리러 온 여자〉 노래의 특징과 의미: 〈애운애기〉, 〈허웅애기〉 노래의 관계를 중심으로」, 『한국고전여성문학연구』 25, 한국고전여성문학회, 2012, 91-120쪽에서 밝혔다.

이에 여자는 그보다 더 어려운 과제를 요정 기사 또는 악마에게 요구한다.
여기에서 요정 기사(악마)와 여자가 서로에게 제시한 불가능한 과제가 바로
역설로 이루어져 있다.[87] Child 2G를 살펴보자.[88]

'CAN you make me a cambrick shirt, 내게 베옷을 만들어 줄 수 있나요.
Without any seam or needle work? 솔기나 바느질 자국이 없는? //
'Can you wash it in yonder dry well, 그걸 저 마른 우물에서 빨 수 있나요.
Where never sprung water nor rain ever fell? 물 한 방울 없고 비도 내리지
    않는? //
'Can you dry it on yonder thorn, 그걸 저 가시나무에 말릴 수 있나요.
Which never bore blossom since Adam was born? 아담이 태어난 이래
    한번도 꽃피지 않은? //
'Now you have asked me questions three, 당신은 내게 세 가지 질문을 했어요.
I hope you'll answer as many for me. 난 당신이 나만큼 대답하길 바래요. //
'Can you find me an acre of land 당신은 내게 한 에이커의 땅을 찾아줄 수
    있나요.
Between the salt water ad the sea sand? 소금물과 바다 모래 사이에 있는? //
'Can you plow it with ram's horn, 그걸 양의 뿔로 갈 수 있나요.
And sow it all over with one pepper corn? 그리고 거기에 후추 한 개를
    심을 수 있나요? //
'Can you reap it with a sickle of leather, 그걸 가죽 칼로 수확할 수 있나요.

---

87 Susan Edmunds는 이를 수수께끼 발라드(Riddle Ballads) 중 하나인 불가능한 과제
    (Impossible Task)로 고찰하고 있어, 이 글에 많은 시사점을 준다. Susan Edmunds,
    op.cit., p.41.
88 각편으로 〈Scarbourgh Fair(스카보르 시장)〉, 〈The Cambrick Shirt(삼베 옷)〉, 〈The
    Deil's Courtship(악마의 청혼)〉 등이 있다. 〈Scarbourgh Fair(스카보르 시장)〉는 사이
    먼 & 가펑클 등 유명 가수들에 의해 불릴 만큼 대중화되기도 했다. 이들이 부른 노래에는
    서두 부분의 요정 기사와 여자의 만남 부분은 생략되고, 두 주체 간에 제시되는 불가능한
    과제(역설적 표현)만 남아 있다.

And bind it up with a peacock's feather? 그리고 그걸 공작 털로 묶을 수 있나요? //

'When you have done, and finished your work, 당신이 당신 일을 다 해낸다면,

Then come to me for your cambrick shirt.' 그때 내게 당신의 베옷을 받으러 오세요.[89]

요정 기사는 여자에게 먼저 불가능한 세 가지 과제를 제시하며 그 과제를 해야만 자신의 참된 연인이 될 수 있다고 한다. 기사가 제시한 과제는 첫째, 바느질 땀이 없는 베옷을 만들어서, 둘째, 그 옷을 물이 없는 우물에서 빨아서, 셋째, 한 번도 꽃핀 적 없는 가시나무에서 말려야 하는 것이다. 표면적으로 요정 기사가 여자에게 제시한 과제는 여성들의 고유한 일인 길쌈과 바느질과 빨래로 이루어져 있다. 이것들은 여성이 남성과 혼인하면 남성을 위해 해야 하는 일들로서, 삶의 영역에 속하는 살림이다. 그러나 그 삶의 일이 '바느질 땀 없는 베옷', '물 없는 우물', '꽃핀 적 없는 나무'라는 역설로 이루어져 있어 삶이 아닌 죽음의 세계로 변환된다. 요정 기사가 요구한 베옷은 죽은 사람이 입는 수의를 상징한다. 물 없는 우물과 꽃 핀 적 없는 가시나무 역시 모두 죽음의 세계에 속하는 것이다. 즉 요정 기사는 죽음의 세계에 있는 존재로서, 여자에게 살아있는 사람이 할 수 없는 불가능한 과제를 해낼 것을 요구한다.

요정 기사의 요구는 여자에게 죽음을 요구하는 것으로서, 여자는 이를 받아들일 수 없다. 이에 여자는 그 과제를 해결하는 대신, 마찬가지로 불가능한

---

[89] 각 연마다 첫 행에는 "Parsley, sage, rosemary and thyme(파슬리, 세이지, 로즈마리 그리고 타임)", 다음 행에는 "And you shall be a true lover of mine(그러면 당신은 내 참된 연인이 될 거요.)"이라는 후렴이 반복되는데, 이는 생략하고 인용한다. 여기에서 "Parsley, sage, rosemary and thyme"은 악을 몰아내는 기능을 지닌 허브들로서, 이와 같은 후렴을 지닌 노래가 혼인이나 장례에서 불려 악마를 몰아내는 제의적 기능을 했다는 주장의 근거가 되기도 한다. http://aromaticamedica.tripod.com/id22.html

과제 세 가지를 요정 기사에게 넘으로써 대결한다. 여자가 요정 기사에게 제시한 과제는 첫째, 소금물과 바다 모래 사이에 있는 한 에이커의 땅을 찾아서, 둘째, 그걸 양의 뿔로 갈아 한 개의 후추를 심어서, 셋째, 그걸 가죽 낫으로 베어서 공작 깃털로 묶어오라는 것이다. 여자가 요정 기사에게 요구한 것은 일련의 농사 과정으로 되어 있어 삶의 세계에 속한다. 요정 기사가 그걸 해내야만 여자는 그가 자신에게 요구한 것을 줄 수 있다고 한다. 밭을 갈고, 심어서, 수확하는 것은 남편으로서 여자를 위해 해야 할 삶의 의무이다. 그러나 그 과정은 소금 땅과 양의 뿔과 가죽 낫과 같은 경작하거나 수확하기 불가능한 조건들로 제시돼 있는 역설이다.[90]

요정 기사가 여자에게 요구한 것은 '바느질 땀 없는 베옷', '물 없는 우물', '꽃핀 적 없는 나무'로 살림을 죽음으로 변환시키는 것이라면, 여자가 요정 기사에게 요구한 것은 '소금땅을 갈아서', '후추 한 개를 심어서', '가죽 깃털로 수확'해 오라는 것으로 죽음을 삶으로 변환시키는 것이다. 둘 다 불가능한 역설이지만 남자는 여자에게 죽음을, 여자는 남자에게 삶을 요구한다는 점에서 차이가 있다.[91] 요정 기사와 여자의 대결은 바로 죽음과 삶의 대결이다. 여자는 죽음의 부당한 요구에 맞서 대결함으로써 요정 기사의 아내가 되는 것, 곧 죽음을 피할 수 있었다. 그러므로 이 노래는 삶의 존재인 젊은 여자가 죽음의 존재인 요정 기사(또는 악마)와 역설을 통해 맞서 대결함으로써 슬기롭게 죽음을 이겨내는 이야기로 되어 있다.

한국 서사민요 〈애운애기 노래〉에서 죽음과의 대결의 주체는 살림솜씨가 매우 뛰어날 뿐만 아니라, 젖먹이 어린아이를 둔 어머니로 나타난다. 이는 주인물이 죽음의 세계를 이겨낼 수 있는 강한 생명력을 지니고 있으며, 죽음

---

90 이러한 불가능한 조건들은 고려 속요 〈정석가〉에서 "삭삭기 셰몰애 별헤 / 구은 밤 닷 되를 심고이다 / 그 바미 우미 도다 삭나거시아 / 유덕ᄒ신 님믈 여히ᄋ와지이다"와 유사한 발상의 역설이라는 점에서 흥미롭다.

91 남자가 여자에게 요구한 것을 순결로, 여자가 남자에게 요구한 것은 생식력으로 보기도 한다. Susan Edmunds, op.cit., p.41.

과 대결할 수밖에 없는 필연성을 제공한다. 이에 비해 영 · 미 발라드 Child 2 〈The Elphin Knight(요정 기사)〉에서는 죽음과의 대결의 주체가 젊은 여성으로 나타난다. 어느 경우이건 삶의 존재는 젊은 여성이자 '어머니'로서의 정체성을 지니며, 생명과 살림을 주관함으로써 죽음을 뛰어넘거나 죽음과 맞서는 여신적 특성을 지닌다. 이들 노래가 단순한 서사민요나 발라드에 그치지 않고 제의적 기능까지 맡을 수 있었던 것은 바로 죽음에 대한 두려움을 이겨내고, 죽음을 물리치고자 하는 평민 여성들의 의지와 소망을 담고 있기 때문이라 할 것이다.

〈애운애기 노래〉와 〈The Elphin Knight(요정 기사)〉는 이렇듯 역설을 통해 죽음과 맞서 삶의 의지를 드러내는 여성상을 공통적으로 보여주면서, 각기 여성의 정체성을 한국 서사민요에서는 '자식을 돌보는 어머니'에, 영 · 미 발라드는 '슬기로운 젊은 여성'에 두고 부각시키고 있음을 볼 수 있다. 이들 노래는 학습자들로 하여금 근대 이전 두 지역 평민 여성들에 의해 향유된 노래의 보편성과 특수성을 파악하게 할 뿐만 아니라, 노래 속 여성 인물의 태도를 통해 죽음과 맞서 싸운 어머니, 여성의 지혜와 용기를 배우고 삶의 가치와 중요성을 깨닫게 하는 데 중요한 문학교육 자료가 될 수 있으리라 본다.

3. 죽음의 수용과 성장: <타박네 노래>, <The Unquiet Grave(조용하지 않은 무덤)>

앞 장에서 살펴본 것이 역설을 통해 삶과 죽음의 대결이 이루어지는 경우라고 한다면, 여기에서는 역설을 통해 타인의 죽음을 받아들임으로써 새로운 존재로 성장하는 경우를 살펴보려고 한다. 살아있는 사람은 죽은 사람을 떠나보냄으로써 이전과는 다른 성숙한 단계의 새로운 삶을 살게 된다. 앞의 경우에서는 역설이 자신에게 다가온 죽음과 대결하는 기능을 맡는다면, 이 경우에서는 역설이 타인의 죽음을 수용하는 기능을 맡는다. 이 경우에서는 한국 서사민요와 영·미 발라드 모두 살아있는 사람과 이미 죽은 사람 간의 관계를 다룬다. 사건의 갈등은 살아있는 사람이 이미 죽은 사람의 죽음을 인정하지 않는 데에서 발생한다. 살아있는 사람과 죽은 사람과의 만남은 현실적으로 불가능한데도 살아있는 사람은 죽은 사람과의 만남이나 죽은 사람의 환생을 기대한다. 노래 속에서는 이를 역설로 표현함으로써 이러한 기대가 결코 이루어질 수 없음을 나타낸다. 결국 주인물은 역설의 숨은 뜻을 풀어냄으로써 자신에게 닥쳐온 현실을 이해하고 받아들이게 된다. 한국 서사민요 중 〈타박네 노래〉와 영·미 발라드 중 Child 78 〈The Unquiet Grave(조용하지 않은 무덤)〉이 여기에 해당한다.

한국 서사민요 〈타박네 노래〉는 어머니의 죽음을 인정하지 않고 어머니의 젖을 구하기 위해 어머니 무덤을 찾아가는 여자 아이 타박네의 이야기이다. 노래는 어머니 무덤을 찾아가는 타박네와 이를 만류하는 이웃 할머니의 대화로 이루어져 있다. 타박네라는 여자 아이가 젖을 구하기 위해 어머니 무덤을 찾아가는 설정부터가 역설이다. 젖은 생명의 상징이며, 무덤은 죽음의 상징이다. 무덤에서 젖을 찾는다는 강한 역설은 죽음의 세계에 존재하는 것에서 생명을 찾는 것으로, 이미 불가능함을 전제로 한다. 이 노래는 이것이 불가능함, 곧 죽음을 깨닫지 못한 여자 아이가 역설을 통해 이를 깨닫고 새로운 존재로 성장하는 것을 보여준다.[92]

> 다복다복 다복녜야 니 어둘로 울민 가나
> 울어머니 젖줄바래 만당골로 울민간다.
> 느 어머니 오마더라

---

92 이 노래를 '딸들이 어머니에게서 벗어나 진정한 성인으로 이행하는 성장통을 그린 노래로, 일종의 입사의적 성격을 띤 노래'로 〈친정부고 노래〉와 함께 '어머니의 죽음을 통한 딸의 홀로서기를 그리는 노래'로 살핀 바 있다. 서영숙, 『한국 서사민요의 날실과 씨실: 우리 어머니들의 노래』, 도서출판 역락, 2009, 129~160쪽. 여기에서는 이 논의를 받아들이면서, 역설을 중심으로 분석하는 데에 중점을 둔다.

부뚜막에 삶은 팥이 싹틔거든 오마더라
부뚜막에 삶은팥이 썩기쉽지 싹 틔겠소 [중략]
다복다복 다복녜야 니어둘로 울민가나
울어머니 젖줄바래 만당골로 울민간다
다복다복 다복녜야 느 어머니 오마더라
삼년묵은 말뼉다구 살붙어서 짐실거든 오마더라
삼년묵은 말뼉다구 썩기쉽지 살붙겠소 [중략]
삼년묵은 소뼉다구 살 붙어서 밭 갈거든 오마더라
삼년묵은 소뼉다구 썩기 쉽지 살 붙겠소 [중략]
병푼에에 그린 닭이 홰치구선 울고더는 온다더라
병푼에야 그린 닭이 홰치기가 쉽겠어요 [이하생략][93]

여기에서는 다복녀가 젖을 구하기 위해 죽은 어머니의 무덤을 찾아간다고
하자, 이웃 할머니가 어머니가 올 수 있는 상황을 말해준다. 부뚜막에 삶은
팥이 싹이 나거나, 부뚜막에 볶은 수수가 싹이 나거나, 삼년 묵은 말 뼈다귀
가 짐을 싣거나, 삼년 묵은 소 뼈다귀가 밭을 갈거나, 병풍에 그린 닭이 홰를
치면 죽은 어머니가 온다고 한다. 모두가 고려속요 〈정석가〉식의 역설이다.
이 역설은 앞부분은 죽음이고 뒷부분은 삶의 요소로 이루어져 있다. 이는 죽
음이 다시 삶으로 환원될 수 없다는 진실을 깨닫게 하고자 하는 전략적 어법
이다. 이 역시 앞에서 살핀 〈애운애기 노래〉의 역설과 거의 동일하나, 〈애운
애기 노래〉의 역설이 죽음을 삶으로 전환하는 것이 가능하다는 데 중점을 둔
다면, 여기에서는 그것이 불가능하다는 데 중점을 둔다는 차이가 있다.
　그제야 다복녀는 어머니가 다시 올 수 없는 죽음의 세계에 있다는 현실을
깨닫는다. 한 가지 역설이 끝날 때마다 차례차례 그 말을 부정하면서 "삼년
묵은 말뼉다구 썩기쉽지 살붙겠소.", "삼년묵은 소뼉다구 썩기 쉽지 살 붙겠

93　민요대전 영월 6-3, 〈다복 다복 다복녜야〉, 전옥녀(여, 1939년생), 1994. 7. 17.

소.", "병풍에야 그린 닭이 홰치기가 쉽겠어요."라고 대답하는 것은 다복녀가 역설을 통해 비로소 그러한 상황이 불가능함을 깨닫게 되는 과정을 보여준다. 또한 다른 각편에서 집에 돌아온 다복녀가 "어른 동상 젖 달라지 우매새끼 꼴 달라지 / 울어머니 죽은 눈물은 광천안에 소가 되고 / 살은 썩어 물이 되고 뼈는 썩어 흙이 됐네"[94]라고 하는 것은 어머니의 죽음을 분명하게 인식하고, 자신에게 닥친 현실을 직시하는 존재로 변화했음을 분명하게 드러낸다[95]. 다복녀는 이제 더 이상 어머니를 그리워하는 어린 아이가 아니라 어린 동생과 우마를 돌봐야 하는 '어머니'가 되어야 함을 자각하는 것이다. 이렇게 노래 속 역설은 죽음을 받아들이지 못하던 여자 아이가 이를 받아들이고 새로운 존재로 성장하게 하는 기능을 한다. 뿐만 아니라 노래를 부르는 여성 향유층 역시 역설을 통해 어머니의 죽음과 어머니 부재의 현실을 받아들이고 '독립된 존재'로 성장할 수 있었을 것이다.[96]

영·미 발라드에서는 Child 78 〈The Unquiet Grave(조용하지 않은 무덤)〉에서 이와 같은 기능을 지닌 역설이 나타난다. 이 노래는 사랑하는 남자를 잃은 여자가 남자를 살려내기 위해 남자의 무덤 앞에서 101일 동안 운다. 그러자 편히 쉴 수 없게 된 죽은 남자의 유령이 여자 앞에 나타나 자신을 살리기 위한 과제를 제시한다. 이 과제가 바로 역설로 이루어져 있다.

[앞부분 생략]

And when twelve months and a day was passed, 열두 달하고도 하루가
　　　　지나자

The ghost did rise and speak, 유령이 일어나 말했네

"why sittest thou all on my grave "당신은 왜 내 무덤에 앉아서

94　민요대전 양양 5-3, 〈따복따복 따복네야〉, 탁숙녀(여, 1921년생), 1995. 2. 8.
95　서영숙, 앞의 책, 136쪽.
96　서영숙, 앞의 책, 156쪽.

And will no let me sleep?" 나를 잠들지 못하게 하나요?" //

"Go fetch me water from the desert, "가서 내게 가져와요, 사막의 물을,

And blood from out the stone, 그리고 돌에서 나온 피를,

Go fetch me milk from a fair maid's breast 가서 내게 가져와요, 처녀의
    가슴에서 나온 젖을,

That young man never has known." 어떤 젊은이도 알지 못한" // [중략]

"when will we meet again, sweetheart, "내 사랑, 우린 언제 다시 만나게
    되나요,

When will we meet again?" 언제 우린 다시 만나게 될까요?"

"when the autumn leaves that fall from the trees "나무에서 떨어진
    가을 잎들이

Are green and spring up again." 다시 푸르러져서 피어날 때에요."

죽은 남자가 살아있는 여자에게 제시한 과제는 세 가지로서, '사막에서 나온 물', '돌에서 나온 피', '남자를 알지 못하는 처녀의 가슴에서 나온 젖'을 가져오라는 것이다. 이는 모두 삶의 공간에서는 구하기 어려운 것들로서, 살아있는 사람으로서는 수행하기 어려운 과제이다. '사막-물', '돌-피', '처녀-젖'은 서로 상호 모순된 존재로 이루어진 역설이다. 앞의 '사막', '돌', '처녀(남자를 알지 못한)'가 모두 생산(생식)이 불가능한 존재로 죽음의 세계에 속한다면, '물', '피', '젖'은 생산과 생명이 가능하게 하는 존재로 삶의 세계에 속한다. 그러므로 죽은 남자가 여자에게 제시한 과제는 죽음의 세계를 생명의 세계로 변환시키라는 역설이다. 이는 죽음의 세계가 다시 삶의 세계로 전환될 수 없다는 진실을 함축하고 있다.

죽은 남자가 여자에게 이 역설을 제시한 것은 여자가 이것이 불가능함을 깨닫고 더 이상 자신의 무덤 앞에서 울지 않기를 기대하기 때문이다. 여기에서 죽은 남자를 만나기 위해 살아있는 여자에게 불가능한 과제를 제시하는 것은 한국 서사무가 〈도랑선비 청정각시〉를 연상케 한다. 〈도랑선비 청정각

시〉에서는 죽은 신랑을 만나기 위해 여자가 해결해야 할 과제로 맨손으로 밭의 돌을 골라내야 한다든가, 머리털 삼천 개를 뽑아 손 구멍에 꿰어서 왕복을 해야 한다든가 하는 어려운 과제가 제시된다. 그러나 그 모든 과제는 도랑선비를 만나는 영원한 해결이 되지 못하고, 청정각시는 결국 죽음을 통해서 도랑선비를 만나게 된다.[97]

죽은 남자가 제시한 역설의 의미를 채 알아채지 못한 여자가 "내 사랑, 우린 언제 다시 만나게 되나요 / 언제 우린 다시 만나게 될까요?"라고 묻자, 죽은 남자는 "나무에서 떨어진 가을 잎들이 다시 푸르러져서 피어날 때"라고 더 분명한 역설을 제시함으로써 만남이 더 이상 불가능함을 분명히 한다. 이는 앞의 '돌에서 나온 피', '처녀의 젖' 등보다 훨씬 구체적인 역설로, 한국 서사민요 〈애운애기 노래〉에서 "고목에서 잎이 필 때"라고 한 것과 동일한 발상으로 이루어져 있다. 이를 통해 여자는 죽은 남자를 다시 만날 수 없음을 분명히 깨닫게 된다. 죽음의 불가피성을 깨달은 여자는 더 이상 연인의 죽음을 받아들이지 못하던 낡은 존재가 아니다. 역설을 통해 이미 죽은 사람이 다시 살아날 수 없음을 자각함으로써, 연인의 죽음을 받아들이고 그로 인해 울지 않는 새로운 삶을 살 것임이 예견된다.

이렇게 한국 서사민요 〈타박네 노래〉와 영 · 미 발라드 〈The Unquiet Grave(조용하지 않은 무덤)〉은 모두 살아있는 이와 죽은 이와의 관계 속에서 살아있는 이로 하여금 죽음을 수용하고 새로운 삶을 개척하게 하는 데에 역설이 사용된다. 그러면서 한국과 영 · 미 모두 살아있는 젊은 여자가 죽음을 수용하고 성장한다는 공통점을 지닌다. 그러나 한국 서사민요에서는 죽은 어머니와 살아있는 딸의 관계에서, 영 · 미 발라드에서는 죽은 남자 연인과 살아있는 여자 사이에서 삶과 죽음의 경계가 설정되어 있다는 점이 다르다. 이는 한국 서사민요의 향유층에게는 어머니로서의 정체성이, 영 · 미 발라드에

---

97 〈도랑선비 청정각시〉는 김태곤 편저, 『한국무가집』 3, 집문당, 1978, 73–79쪽 등에 자료가 수록돼 있다.

서는 연인 또는 아내로서의 정체성이 중요하게 여겨졌음을 보여준다. 한편 영·미와 한국 모두 '젖'을 생명의 근원으로 여기고 있으며, 노래를 통해 그 생명의 젖 역시 영원히 존재할 수 있는 것이 아님을 자각케 한다는 점도 공통적이다. 한국 서사민요에서는 살아있는 이가 죽은 이의 젖을 요구하고, 영·미 발라드에서는 죽은 이가 살아있는 이의 젖을 상반되게 요구하면서, 두 세계의 존재는 서로 만날 수 없다는 엄연한 현실을 역설을 통해 극명하게 드러낸다.

〈타박네 노래〉와 〈The Unquiet Grave(조용하지 않은 무덤)〉은 모두 살아남은 이와 죽은 이와의 관계에서 살아남은 이가 죽은 이와의 이별을 인정하고 그들로부터 이유(離乳)해 스스로의 독립된 삶을 찾아야 함을 역설을 통해 여성의 목소리로 노래하고 있다. 또한 두 지역 노래 모두 죽음 이후의 세계와 현실 세계를 분리해 인식하며, 살아있는 이는 죽은 이의 죽음을 수용함으로써 보다 성숙한 존재로 태어나야 함을 보여준다. 단 이들 노래 역시 앞 장에서 살펴본 노래들과 마찬가지로 한국 서사민요는 어머니의 정체성이, 영·미 발라드는 젊은 연인의 정체성이 강조된다는 차이점이 있다. 이들 노래는 학습자들로 하여금 한국 고전문학과 세계 고전문학 중 평민 여성들에 의해 창작, 전승되어 온 노래의 보편성과 특수성을 발견할 뿐만 아니라, 자신과 가까운 이의 죽음으로 인한 슬픔을 이겨내고 보다 성숙한 인간으로 성장하게 하는 데 훌륭한 교육 자료가 될 수 있으리라 본다.

4. 맺음말

이 글에서는 문학 교육 목표의 하나인 한국문학과 세계문학의 보편성과 특수성을 찾기 위한 방법의 하나로, 한국 서사민요와 영·미 발라드 중 '죽음의 노래'에 나타난 역설의 기능을 비교하고 교육적 의미를 살펴보았다. 인간에게 있어서 '죽음'은 쉽게 받아들이기 어려운 것이었지만, 피할 수 없는 것이기도 했다. 이러한 죽음에 대한 역설적 인식은 두 지역 노래에서 모두 역설로 표현되며, '삶과 죽음의 대결'과 '죽음의 수용과 성장'이라는 두 가지 기능으로 나타난다. 앞의 경우에는 〈애운애기 노래〉와 〈The Elphin Knight(요정 기사)〉가, 뒤의 경우에는 〈타박네 노래〉와 〈The Unquiet Grave(조용하지 않은 무덤)〉이 해당된다.

〈애운애기 노래〉와 〈The Elphin Knight(요정 기사)〉에서는 삶과 죽음의 대결이 팽팽하게 나타난다. 〈애운애기 노래〉의 애운애기는 살림솜씨가 매우 뛰어난 여자로서, 젖먹이 아이까지 있는 젊은 여자이다. 애운애기는 죽음의 세계로 가면서 역설을 통해 다시 돌아올 것을 기약한다. 각편에 따라서는 이 역설이 실현되어 애운애기가 이승에 돌아오기까지 하는 초현실적 상황이 벌어지기도 한다. 죽음을 극복하고자 하는 애운애기의 삶에 대한 의지, 어린아이를 둔 평민 여성들의 삶에 대한 열의가 죽음과 맞서 치열하게 싸우게 한다. 〈The Elphin Knight(요정 기사)〉에서는 요정(또는 악마)이 젊은 여자를 자신의 아내로 맞이하기 위하여 여자에게 불가능한 역설로 이루어진 과제를 제시한다. 요정(또는 악마)은 죽음의 존재로서, 이 과제를 풀어야만 여자는 요정을 물리칠 수 있다. 이 위기를 여자는 또 다른 불가능한 역설을 요정(또는 악마)에게 제시함으로써 물리친다.

〈타박네 노래〉와 〈The Unquiet Grave(조용하지 않은 무덤)〉에서는 삶과 죽음이 치열하게 대결하기보다는 주인물이 죽음을 받아들이는 것으로 나타난다. 〈타박네 노래〉는 어머니의 죽음을 인정하지 않던 타박네가 결국 어머니의 죽음을 받아들이고 성장하는 과정으로 이루어져 있다. 역설은 젖을 구하기 위해 어머니 묘소를 찾아가는 타박네를 이웃 할머니가 설득하는 데서 나타나며, 이를 통해 타박네는 어머니의 죽음을 이해하고 현실 속으로 돌아선다. 〈The Unquiet Grave(조용하지 않은 무덤)〉은 101일이 넘도록 죽은 연인의 무덤 앞에서 우는 여자의 이야기이다. 결국 무덤 속 연인이 나타나 자신을 살리기 위한 과제를 제시하는데, 이는 불가능한 역설로 이루어져 있으며 이를 통해 여자는 연인으로부터 독립해 홀로 서야함을 깨닫는다.

한국 서사민요와 영·미 발라드 중 죽음의 노래는 이렇게 죽음과 맞선 치열한 삶의 의지와 함께 죽음으로 인한 슬픔을 이겨내고 성장하는 평민 여성들의 의식을 역설을 통해 보여준다. 이로써 두 지역 평민 여성들의 죽음을 대하는 태도와 의식은 동서의 거리에도 불구하고 매우 유사함을 확인할 수 있다. 그러면서도 한국에서는 주로 어머니와 아이의 관계에서 어머니로서의 정체성을, 영·미에서는 주로 남녀 관계에서 연인, 아내로서의 정체성을 강하게 드러낸다는 데서 차이가 발견된다. 한국 서사민요와 영·미 발라드에 나타나는 이러한 공통점과 차이점은 한국문학과 세계문학의 보편성과 특수성을 교육하는 교육 자료로 적절하게 활용될 수 있다. 또한 이 글에서 살핀 노래들은 학습자들로 하여금 삶과 죽음에 대해 성찰하고, 삶을 건강하게 영위해나갈 수 있는 성숙한 인간으로 성장하게 하는 계기를 만들어준다는 점에서 문학과 삶을 다루는 대단원에서도 다루어볼 만한 좋은 자료라 판단된다. 단 이 자료들은 한국 서사민요와 영·미 발라드의 일부에 속하는 것으로 논의의 결과를 일반화하기에는 다소 무리가 있다. 앞으로 갈래와 자료를 확대하여 다양하고 심층적인 비교 연구가 이루어지기를 기대한다.

V

Comparison between Narrative Songs and Ballads

Meaning of Death in Tragic Love songs

: Comparison between Korean Narrative Songs and Anglo-American Ballads

Abstract

In this paper, I investigate how the meaning of death is presented in tragic love songs by comparing Korean narrative songs and Anglo—American ballads. I explore tragic love songs in which couples could only make a real marriage after their deaths. Particularly, I shed light on how the circumstances of marriage and a sequence of events appear in the songs by looking at the structures and metaphors of the songs and singers' perceptions of the songs. In the Korean narrative song "Mr. Lee's first daughter", for example, a man cannot accept a woman due to their different social classes. A similar case appears in the Anglo—American ballad "Lord Thomas and fair Annet" (Child 73). A man abandons his lover and chooses another girl due to her large dowry. In both contexts, those marriages without love were common in the middle ages. The marriages, however, were broken up by death in these songs. This means that the couple can escape from reality only through death. Furthermore, singers expressed their desires to make their love come true in songs with these unbelievable, mysterious motifs such as transmigration to butterflies in Korean songs or the roses and briars in Anglo-American ballads. This can be interpreted as people wanting to be united with their love even after death and wishing for their love not to be forbidden by anyone.

Keywords

Korean Narrative Song, Anglo-American Ballad, Tragic Love Song, death, transformation, butterflies, the roses and briars.

1. Introduction

There are plenty of love songs represented in the collection of Korean narrative songs and Anglo-American ballads.[1] However, they are mostly tragic; one of the lovers or both of them die because their love cannot be requited. Moreover, it is worthy of note that the dead lovers are revived as other living things in these love songs. The songs show the primitive beliefs of the women who have mainly transmitted them. I will investigate the meaning of death and revival in the tragic love songs. "Mr. Lee's first daughter"[2] of the Korean narrative songs and "Lord Thomas and

---

[1] Korean narrative songs and Anglo-American ballads are orally transmitted folksongs and tell stories which include specific characters, events and settings. The genre names are used conventionally in this paper without discussing generic differentiation. Anglo-American ballads means English, Scottish and American ballads transmitted in English.

[2] This is my translation of the Korean song title "이사원네 맏딸애기(Leesaweonne

fair Annet"(Child 73) of the Anglo-American ballads will be exemplified as the representative types. Each of these types is amongst the most popular narrative songs in the Korean and Anglo-American traditions.

In addition, I will explore not only the commonalities and differences of two types formed in different cultures, but also the status and circumstances of women since the middle ages. The comparison between Korean narrative songs and Anglo-American songs will shed light on how women in distant countries have expressed their own feelings and situations either similarly or differently through these songs. It will show the cultural features and the common or different methods of women's expression during the middle ages in Western and Eastern societies.[3] The materials of Korean narrative songs are selected mainly from *The Comprehensive Collection of Korean Folklore* (85 volumes, the Academy of Korean Studies 1980–1989) and other collections of traditional folksongs, the materials of Anglo-American ballads are

---

Mattalaegi)" into English. I am going to use the English title translated as the representative title of this type in this paper.

3 Dongil Cho (1970) examined the generic features and functions of Korean narrative songs as the weaving songs of common women. I (Youngsook Suh 2009) have surveyed and researched the type structure and meaning of these songs after type classification of these narrative songs. Comparison between Korean narrative songs and English ballads was explored by Cheondeuk Pi and Myeongho Sim (1971), Gyuman Han (1988), and me (Youngsook Suh 2014a, 2014b, 2015a, 2015b). These were all published in Korean, so this paper would be the first work of Korean narrative songs written in English. An earlier version of this paper was presented at the 46th Kommission für Volksdichtung International Ballad Conference (27th June–1st July 2016, University of Limerick).

chosen from *The English and Scottish Popular Ballads* (5 volumes, F. J. Child 1882–1898).[4]

2. Meaning and Narrative Characteristics of "Mr. Lee's first daughter"

The Korean narrative song "Mr. Lee's first daughter" is a type about the tragic love between an elite man and a common, but beautiful, woman.[5] This type consists of a shocking story, where a woman calls down a curse upon a man who is going to marry another woman. As a result of the curse, he dies on his wedding day. It deals with the most important and substantial subjects of humanity such as love, marriage and death, and it shows the various aspects of social reality and women's perceptions related to marriage.

The story of "Mr. Lee's first daughter" is as follows;

1) A man falls in love with Mr. Lee's first daughter. He tries to

---

4   The Academy of Korean Studies surveyed and collected over 21,000 materials of oral literature. These materials have been digitized and serviced on the Jangseogak Royal Archives. (http://yoksa.aks.ac.kr/ main.jsp) I could find 1,667 narrative songs and classified them into 64 types. The five volume series edited by F. J. Child include 305 types and their variants (there are 1,212 versions in total). These have been the groundwork for English language ballad scholarship.

5   This type is one of the most popular narrative song types along with "a daughter-in-law who becomes a Buddhist nun", "a wife who kills herself due to her husband's affair" and "a woman who weaves her husband's cloth". I could find 67 versions of "Mr. Lee's first daughter" in *The Comprehensive Collection of Korean Folklore* and other collections.

see her several times, but fails.

2) Mr. Lee's first daughter tempts him to come into her room, but he rejects her invitation because he has to study hard for the examination to become an official.

3) She curses him to die on his wedding day.

4) On the day of his wedding, which was prearranged by his parents, he dies. His bride laments his death and her miserable fate.

5) His bier clings to the ground in front of the Mr. Lee's house and is detached when Mr. Lee's first daughter puts her underwear on his coffin.

6) He is buried in a place where Mr. Lee's first daughter will pass through on her wedding day. When she goes to marry, she rests beside his grave.

7) His grave opens suddenly and she enters into his grave. After a while, a couple of butterflies come out of his grave and fly up to heaven.

"Mr. Lee's first daughter" is composed of core events and many auxiliary events.[6] The core events of this type are; 1) a woman

---

6   A narrative song consists of several events. They can be divided into core events and auxiliary events. Core events are fixed ones to a certain type, while auxiliary events are floating ones common to several types and other narrative genres. Therefore, core events are essential elements for a certain type, while the auxiliary events are attached to core events to make a rich story. Many variants of a type are formed according to how the auxiliary events are combined with the core events. Youngsook Suh (2011) analyzed the structure and transmission aspects of ⟨Mr. Lee's first daughter⟩. The term core events are similar to 'Plot Gist' (G. List 1968) or 'Narrative Unit' (D. K. Wilgus 1970).

tempting a man to come into her room, and 2) the woman cursing him to die as the man refuses it. These events are the specific ones that are fixed in this type. Many variants are formed according to how the auxiliary events are combined with the core events. The auxiliary events appear not only in this type but also in the other types and other narrative genres. The auxiliary events of "Mr. Lee's first daughter" are as follows; a man loses his parents in his childhood, a woman adorns herself and a man tries to see her, a man remarries a concubine and his wife curses him, a bride laments over the groom's death and her misfortune, a woman and her beloved are transmigrated into butterflies after death.

어제아래 왔는 새선보가 숨이깔딱 넘어갔다
The new bridegroom who came yesterday breathed his last breath.

천동겉이 올러와가 머리로 짚어보니 숨이깔딱 넘어 죽었구나
The bride comes like thunder and touches his forehead, "He breathed his last breath."

이웬일고 이웬일고
What's happened? What's happened?

겉머슴아 사방을 댕기메여 상두꾼을 구해바라
Servants outside, go around and bring bier-carriers.

큰머슴아 짚동한동 풀어씰어 행상방을 씰케하라
Servants inside, cut straws and spread them down in the bier room.

서른둘이 상두군이 발을맞차 신체싣고 간다간다 나는간다
Thirty two bier-carriers march in step carrying the body, "go, go, I go."

이선달네 맏딸애기 시집가는 갈림질에 묻어노니
He is buried under the road Mr.Lee's daughter takes to go to her wedding.

이선달네 맏딸애기 시집을 가다가보니
Mr.Lee's daughter is on the way to her wedding.

거게서니 시집을 가다가 거게서니
Her palanquin stops on the way to her wedding,

가매채가 닐앉고 꿈적도 아니하니
Her palanquin is stuck in the ground and doesn't move,

거게 니라노니 미대가리 벌어지디
The top of the grave cracks all of a sudden,

새파란 나부 나오더니 치매 검어지고가고
A blue butterfly comes out and takes her skirt into the grave,

붉은 나부 나오더니 저구리 검어지고
A red butterfly comes out and takes her coat into the grave,

푸른 나부 나오더니 허리 담삭안고 미속으로 드까부고
A blue butterfly comes out and clasps her waist into the grave,

이세상에 원한지고 시원지거 후세상에 만내가주
The resentment and hatred we had in this world,

원한풀고 시원실고 다시한분 살아보자
Let's cast off the resentment and live again in the other world

(Dongil Cho 1970, G30, translated by Youngsook Suh)

This is the ending part of a version of "Mr. Lee's first daughter". In this part, the bridegroom dying on his wedding day is the core event; while his burial under the road Mr. Lee's daughter takes to her wedding, the butterflies coming out of his grave, and taking Mr. Lee's first daughter being taken into the grave are the auxiliary events. These auxiliary events make this song not only rich and beautiful but also more fantastic and romantic.

This type, "Mr. Lee's first daughter", can be classified into two main subtypes according to who curses the bridegroom; the subtype 'death caused by a maiden's curse' and the subtype 'death caused by a wife's curse'. These subtypes have in common the desire for love and frustration with it. Moreover, they also express the hope of a true relationship between husband and wife tied with love. On the other hand, each subtype expresses different narrative characteristics and perceptions of reality.

The subtype 'death caused by a maiden's curse' expresses the maiden's desire for love and focuses on the frustration of hopeless love as the most simple, basic one of this type. This subtype has supernatural motifs – i.e., the transmigration to butterflies or birds – and illustrates the paradoxical realization of hopeless love.[7] On the contrary, the subtype 'death caused by a wife's curse' focuses on the legal wife's criticism of the husband getting a concubine. In this subtype, the hero is a married man and is cursed by his wife because he remarries another woman. In this case, Mr. Lee's first daughter is the other woman who becomes a second wife, or concubine. Moreover, the supernatural transformation motif does not appear in this subtype, so it becomes more realistic than the subtype 'death caused by a maiden's curse'. This subtype 'death caused by a wife's curse' could have been changed by the perspective of the first wives who were the main audience of this type.

The various subtypes have been formed by a sense of criticism of the society in which love and marriage by free will was impossible.

---

7   Some versions concentrate on the bride's sorrow and frustration with her deprived life as a widow. It could be classified into another subtype, 'a bride's lament over her groom's death', but I assume that it is a variation of the subtype 'death caused by a maiden's curse'.

The suppressed desire for love in reality changed to hatred for a man (or husband) who betrayed her, so the hatred was expressed with the curse for the man in these songs. Moreover, "Mr. Lee's first daughter" revealed the compassion and sense of camaraderie between women who lived unfortunately because of the absence of love. As a result of that, "Mr. Lee's first daughter" could have been transmitted not only by maidens who had the desire for love, but also by married women who had critical perceptions of irrational reality.

3. Meaning and Narrative Characteristics of "Lord Thomas and fair Annet"

The Anglo-American ballad "Lord Thomas and fair Annet"(Child 73) is a type known as the most widely distributed in Britain as well as in America, with the exception of "Bonny Barbara Allan"(Child 84). This type tells the shocking, tragic story of a bride who kills her bridegroom's former lover, and, as the result of it, the three main characters – the bride, bridegroom and his lover – all die on the wedding day. Moreover, the narrative aspects that this type has, the supernatural motifs, and the transmissions into many subtypes are worthy of note.

The story of "Lord Thomas and fair Annet" is as follows;

1) Lord Thomas and Annet love each other, but they do not

express their feelings well.

2) The mother (and other relatives except a sister) of Thomas compels him to marry the 'brown girl' for her dowry.

3) Lord Thomas makes up his mind to get married to the brown girl and lets Annet know about his wedding.

4) Fair Annet adorns herself and appears at the wedding.

5) The bride, brown girl, is jealous of Annet and kills her. So, Lord Thomas kills the bride and himself.

6) Thomas and Annet are buried side by side in the churchyard.

Roses and briars grow from their graves and become entwined.

"Lord Thomas and fair Annet" is composed of core events and many auxiliary events. The core events are specific ones that are fixed in this type. These are as follows; 1) a man consults his mother as to whether he should marry his lover or the brown girl with large dowry, 2) the forsaken lover goes to his wedding, 3) the lover and the bride confront each other and the bride is jealous of the lover, 4) the lover and the bridegroom die and are buried.

Plenty of versions are formed according to how the auxiliary events combine with the core events. The auxiliary events are not essential to this type, but describe details of the story. These are as follows; A man and a woman have a quarrel, a woman adorns herself and prepares to go to her beloved's wedding, the bride kills the groom's former lover, the bridegroom kills the bride and himself, the forsaken woman dies at home and appears at the foot of bride & groom's bed, the groom dreams of his lover's death, the groom goes to his dead lover's bower and dies by kissing her corpse, roses and briars which grow from the lovers' graves are entwined.

These auxiliary events are not fixed in this type, but are combined in other types, for example, in "Fair Margaret and Sweet William" (Child 74) and "Lord Lovel" (Child 75), the forsaken woman is not murdered by the bride, but dies from her own frustration and grief. However, "Lord Thomas and fair Annet" and these types have a correlative relation owing to the shared motifs of the protagonist man dying due to his beloved's death and the love of the man and his beloved proven by the roses and briars growing from their graves.[8]

"Lord Thomas and fair Annet" can be classified into two main subtypes according to the reason of the lover's death: the subtype 'death caused by murder' and the subtype 'death caused by grief'. The subtype 'death caused by murder' consists of the following auxiliary events: the bride killing the former lover and the bridegroom killing himself and the bride. On the contrary, the auxiliary events of the subtype 'death caused by grief' are that the forsaken woman dies at home and appears at the foot of the bride and groom's bed; that the groom dreams of his lover's death; and that the groom goes to his dead lover's bower and dies because he

---

8   Barre Toelken and D. K. Wilgus (1986:130) argued, "This image appears only at the end of ballads in which lovers have been separated by such negative factors as bad parental advice, war, or travel. The reuniting of the plants over the graves of the young couple provides a physical union not allowed them in the action of the story."

kisses her corpse.

73A.25   The bride she drew a long bodkin
Frae out her gay head—gear,
And strake Fair Annet unto the heart,
That word spak nevir mair.

73A.26   Lord Thomas he saw Fair Annet wex pale,
And marvelit what mote bee;
But whan he saw her dear heart's blude,
A' wood—wroth wexed hee.

73A.27   He drew his dagger, that was sae sharp,
That was sae sharp and meet,
And drave it into the nut—browne bride,
That fell deid at his feit.

73A.28   'Now stay for me, dear Annet,' he sed,
'Now stay, my dear,' he cry'd;
Then strake the dagger untill his heart,
And fell deid by her side.

73A.29   Lord Thomas was buried without kirk—wa,
Fair Annet within the quiere,
And o the tane thair grew a birk,
The other a bonny briere.

73A.30   And ay they grew, and ay they threw,
As they wad faine be neare;
And by this ye may ken right weil
They were twa luvers deare. (Child 73A)

This is the ending part of "Lord Thomas and fair Annet" (Child 73A). The core event in this part is that the bridegroom and his lover die and are buried. The auxiliary events combined with the core event are that the bride kills the groom's former lover, that the bridegroom kills the bride and himself, and that the roses and briars grow out of their grave. Therefore, the A version is included in the subtype 'death caused by murder', because the cause of death in this version is murder.

The subtype 'death caused by murder' expresses the forsaken woman's resentment directly and extremely. The heroine's pride and self-esteem are revealed through her attitude and adornment, while the murder convinces the groom of his love for the heroine. This subtype shows the common reality of middle ages, that love marriages were impossible, and emphasizes that marriages should not be made up by financial interest, but by the love.

> 73F.32　　Her father was at her heed, her heed,
> 　　　　　　Her mother at her feet,
> 　　　　　　Her sister she was at her side,
> 　　　　　　Puttin on her winding sheet.
>
> 73F.33　　'It's kiss will I yer cheek, Annie,
> 　　　　　　And kiss will I your chin,
> 　　　　　　And I will kiss your wan, wan lips,
> 　　　　　　Tho there be no breath within.
>
> 73F.34　　'Ye birl, ye birle at my luve's wake
> 　　　　　　The white bread and the wine,
> 　　　　　　And or the morn at this same time

Ye'll brile the same at mine.'

73F.35   They birled, they birled at Annies wake

The white bread and the wine,

And ere the morn at that same time

At his they birled the same.

73F.36   The one was buried at Mary's kirk,

The other at Mary's quire,

And throw the one there sprang a birk,

And throw the other a brier.

73F.37   And ay at every year's ane

They grew them near and near,

And every one that passed them by

Said, They be lovers dear. (Child 73 F)

This is another ending part of "Lord Thomas and fair Annet" (Child 73F). The core event in this part is the same as version A, but the auxiliary events are absolutely different. Either the forsaken woman dies at home and appears at the foot of the bride and groom's bed, or the groom dreams of his lover's death; then the groom goes to his dead lover's bower and dies by kissing her corpse. Therefore, the version F is included in the subtype 'death caused by grief'.

The subtype 'death caused by grief' does not show a big difference compared to the former subtype 'death caused by murder'. However, this subtype becomes more moral through deleting the violent murder motifs. Instead, it carries supernatural motifs such as the revenant of a dead woman,[9] the dream of the beloved's death, and the prophecy of one's own death. These motifs effectively emphasize the couple's tragic, sincere love through phenomena transcending reality. It shows the paradoxical reality that such a love marriage cannot be accomplished in reality.

4. Commonalities and Differences between Korean Narrative Songs and Anglo-American Ballads

I examined the meaning and characteristics of the Korean narrative song "Mr. Lee's first daughter" and the Anglo-American ballad "Lord Thomas and fair Annet". These songs both deal with subjects of love, marriage and death. I could find commonalities between these two types of narrative songs transmitted in different cultures. These are as follows;

1) A man and a woman fall in love. However, their love is not completed because of their status differences such as class and wealth.
2) A man is going to get married to another woman.
3) The wedding is broken up because of the groom's death.
4) The woman who loved the groom also dies.

---

9   It can be considered a 'revenant'. David Buchan(1986:145) explained, "The term 'revenant' is employed rather than 'ghost' since it connotes a corporeal creature, a substantial person acting like a human being because he or she is to all appearances a human being, though one returned from the Otherworld." Lowry C. Wimberly (1928, rpt. 1965) and Hugh Shields (1972) also researched the revenant in ballad traditions.

5) After the lovers' deaths, their love is accomplished through transmigration.

However, these types have some differences.

1) The reason of death

In the Korean type "Mr. Lee's first daughter", the woman curses the man to die when he gets married to another woman. The curse is realized through his death. However, in the Anglo-American type "Lord Thomas and fair Annet", specifically in the subtype 'death caused by murder', the woman is killed by the bride and then the bridegroom kills his bride and himself. In the end, the main characters – bride, bridegroom and the forsaken woman – all die. However, in the subtype 'death caused by grief', the killing does not happen, but the forsaken woman's revenant appears in front of the groom and, like the forsaken woman, he dies of grief instead.

The cause of death in one is the curse, in the other murder (or grief). It is supernatural for a human to die by a curse. Korean people have believed in the power of curse and, moreover, that the power of a woman's curse is much stronger. Therefore, curses were considered to be indirect murder. We can find many historical examples where black magic was used to harm someone in the middle ages.

On the contrary, in "Lord Thomas and fair Annet", the cause of death is murder. Unwanted marriage calls for killing the rival or himself (or herself). The forsaken woman goes to her beloved's wedding, even though everybody around her opposed it. This Anglo-American type is more realistic than the Korean type "Mr. Lee's first daughter". In "Lord Thomas and fair Annet", the grief of the main characters is emphasized more strongly by the realness of the situation. However, it is interesting that the case becomes similar to "Mr. Lee's first daughter" in the subtype 'the death caused by grief' by increasing the supernatural motifs.

2) The method of reunion after death.

In both the Korean type and the Anglo-American type, these miserable couples are reunited after death. They show the paradox of reality that it was impossible for common people to accomplish their desire for love in life. However, the methods of reunion are different. In the Korean type, the man's grave opens and the woman goes into the grave, then they are transmigrated into a couple of butterflies. In the Anglo-American type, roses and briars grow from the lovers' graves and become entwined.

Korean people have believed humans are reborn as other living things after death. Butterflies are creatures which fly free and seem very close together in a couple. Singers who have sung this type might desire to fly out from oppressed circumstances. Breaking up the grave and changing into butterflies signifies the hidden, strong desire to break up the social system.

Anglo-American people seem to have similar beliefs as Korean people. They also believed in transmigration; however, it is less apparent compared to the Korean type. This Anglo—American type seems influenced by Christianity, although transmigration is a sort of ancient, pagan belief. The fact that the roses and briars grow to the top of church indicates the mixture of folk beliefs and Christianity.[10] Moreover, it symbolizes that their love transcends all sorts of authorities and should not be forbidden by any kind of obstacles.

5. Conclusion: Meaning and Function of Tragic Love Songs.

Korean narrative songs and Anglo—American ballads have very similar motifs and ideas, even though these two genres have been transmitted in different cultures. However, they also show distinct features in the details of the types. In this paper, I investigated how the narrative characteristics are presented in tragic love songs by comparing the Korean narrative songs and Anglo—American ballads. I specifically explored the meaning of love songs about tragedies in which couples could only have real marriages after their deaths.

In the middle ages, all decisions regarding marriage, even who to

---

10 Evelyn Kendrick Wells (1950:176) argued, "Ballad matter is largely secular, embodying themes not limited to Christian times or moral attitudes; and for many reasons traditional song has absorbed very little, either in theme or allusion, that may be attributed to Christian influences." Youngsook Suh and Pori Park (2017) investigated the mixture of folk beliefs and the official religion (Buddhism or Christianity) in Korean narrative songs and Anglo—American ballads.

be married to, were decided by parents and other family members, not the couple themselves. From the groom's family's perspective, getting married has been considered a way of increasing assets as the bride had to bring a dowry to her family-in-law. Marriage was not considered a union between a male and a female, but rather a union of families. These circumstances are well reflected in the traditional narrative songs and ballads.

In the Korean narrative song "Mr. Lee's first daughter", a man cannot accept a woman due to their different social classes. A similar case appears in the Anglo-American ballad "Lord Thomas and fair Annet" (Child 73). A man abandons his lover and chooses another girl due to her large dowry. In both social contexts, those marriages without love were common in the middle ages. The marriages, however, were broken up by death in these songs. This means that the couple can escape reality only through death.

Furthermore, singers expressed their desires to make their love come true through songs with unbelievable, mysterious motifs such as the transmigration to butterflies in Korean narrative songs or to roses and briars in Anglo-American ballads. It can be interpreted that these motifs showed that women wanted to be united with their lovers even after death and that love could not be forbidden by anyone. They could break the social customs prohibiting free love marriages in their imagination.

Therefore, the tragic love songs have functioned not only as healers of pain from unwanted marriages, but also as the apparatus to overcome the patriarchal marriage system. We cannot deny the fact that women could have recognized their circumstances as suppression which could be removed through singing these songs, and this recognition has been the basis of gender equality oriented society.

Works cited

The Comprehensive Collection of Korean Folklore. 85 volumes. (1980–1989) ed. by the Academy of Korean Studies.
The English and Scottish Popular Ballads. 5 volumes. (1882–1898) ed. by Child, F. J.

Buchan, David(1986), "Tale roles and revenants: A morphology of ghosts", *Western Folklore*, Vol.45, No.2, Western States Folklore Society.
Cho, Dongil(1970). *A Study of the Korean Folk Ballad.* Ulsan: Gyemyeong University Press.
Han, Gyuman(1988). "A Study of Themes in Korean Narrative Folk Songs and Anglo-American Ballads". *University of Ulsan Report* No. 19. Ulsan: University of Ulsan.
List, G.(1968). "Toward the Indexing of Ballad Texts", *The Journal of American Folklore* Vol.81, No.319. the American Folklore Society.
Pi, Cheondeuk & Sim, Myeongho (1971). "Comparative Study between Korean Narrative Songs and Anglo-American Folk Ballad". *Education Research* No.2. Seoul: Society of Education in Seoul National University.
Shields, Hugh(1972). "The Dead Lover's Return in Modern English Ballad Tradition" *Jahrbuch fiir V olksliedforschung* 17. Zentrum für Populäre Kultur und Musik.
Suh, Youngsook(2009). *Warp and Weft of Korean Narrative Songs.* Seoul: Yeokrak.
_____(2011). "Oral Tradition Aspects of Folk Ballad ⟨Mr. Lee's first daughter⟩. *Journal of the Research Society of Language and Literature* No.67. The Research Society of Language and Literature.

_____(2014a). "Comparison of Psychological Consciousness in Korean Narrative Songs and Anglo-American Ballads: Focused on Tragic Love Songs". *Journal of the Research Society of Language and Literature* No.84. The Research Society of Language and Literature.

_____(2014b). "Comparison of Type Classification Methods in Korean Folk Narrative Songs and Anglo-American Ballads". *The Korean Folksong* Vol. 40. The Society of Korean Folksong.

_____(2015a). "Death of Mother/Children in Korean Narrative Songs and Anglo-American Ballads: Focused on Comparison of ⟨Heoungaegi⟩ and ⟨The Wife of Usher's Well⟩". *Journal of Literary Therapy* No. 34. The Korean Society of Literary Therapy.

_____(2015b). "Comparison of Transmission Aspects and Underlying Awareness in Korean Narrative Songs and Anglo-American Ballads". *The Korean Folksong* Vol. 43. The Society of Korean Folksong.

Suh, Youngsook and Park, Pori (2017). "Comparison of Folk Beliefs in Korean Narrative Songs and Anglo-American Ballads". *The Korean Folksong* Vol. 48. The Society of Korean Folksong.

Toelken, Barre and Wilgus, D. K. (1986). "Figurative Language and Cultural Contexts in the Traditional Ballads". *Western Folklore* Vol. 45, No. 2, Western States Folklore Society.

Wells, Evelyn Kendrick(1950). *The Ballad Tree.* New York: The Ronald press Company.

Wilgus, D. K.(1970) "A type-Index of Anglo-American Traditional Narrative Song". *Journal of the Folklore Institute* Vol.7, No. 2/3. Indiana university press.

Wimberly, Lowry C. (1928; rpt. 1965). *Folklore in the English and Scottish Ballads.* New York: Dover Publications.

Impossible Conditions and Tasks to Meet a Dead Person

: Comparison Women's Perception in Korean Narrative Songs and Anglo-American Ballads

Abstract

This paper investigates the impossible conditions and tasks for the purpose of comparing women's perception in Korean narrative songs and Anglo-American ballads. The "Aeunaeggi Norae (A Miserable Woman's Song)" and the "Tabakne Norae(A Slow-Walking Girl's Song)" in Korean narrative songs and "The Elphin Knight" (Child 2) and "The Unquiet Grave" (Child 78) in Anglo-American Ballads are examined.

These Korean narrative songs and Anglo-American ballads have similar expressions to depict the women's perceptions of the reality despite of two different traditions. The impossible conditions and tasks to meet a dead person suggested in these songs consist of paradoxes between life and death in common. They also show women's realization that they should accept death in order to become adults and to live their own lives independently. Therefore, these songs which have impossible conditions and tasks are a kind of 'coming of age' story—songs for women.

However, there are some distinct differences between the two genres. The Korean narrative songs mainly focus on the relationship between a mother and her children. Usually the mother is dead and the children are alive. Contrary to this, the Anglo—American ballads focus on the relationships between man and woman. The dead lover is a man, and the living bereaved one is a woman. In addition, the Korean narrative songs tell that children should realize the reality of death and accept it, whereas the Anglo—American ballads state that a woman should be independent and live her own life without relying on a man.

Keywords

Korean Narrative Songs, Korean Folk Songs, Korean Oral Literature, Anglo—American Ballads, Traditional Folk Ballads, Women's Folk Songs, Women's Literature, "Aeunaeggi Norae(A Miserable Woman's Song)", "Tabakne Norae(A Slow—Walking Girl's Song)", "The Elphin Knight" (Child 2), "The Unquiet Grave" (Child 78), Impossible Conditions and Tasks, Death, Coming of Age, Story—Songs.

1. Introduction

There are some traditional folk songs that have impossible conditions and tasks. The impossible conditions and tasks are beyond human limits or transcend natural phenomena, for example, filling a broken jar with water, finding a needle in the haystack, and making clothes without a needle and thread. These are usually given to humans, especially to women by a being of the other world to show them the irresistible rules of their existence. Therefore, these impossible conditions and tasks are mostly related with women and dead persons.

This paper will compare the women's perception in Korean narrative songs and Anglo-American ballads through investigating the metaphors and meanings of these impossible conditions and tasks.[11] The "Aeunaeggi Norae (A Miserable Woman's Song)" and the "Tabakne Norae(A Slow-Walking Girl's Song)" in Korean narrative songs and "The Elphin Knight" (Child 2) and "The Unquiet Grave" (Child 78) in Anglo-American ballads will be examined meticulously.[12] This article will state the relation between life and death as well as the characteristics of the folk narrative songs from two disparate traditions. In addition, the comparison of these songs will shed light on, not only the commonalities and differences of two genres formed in different countries and cultures, but also the status and circumstances of women since the middle ages.

The materials of investigation are selected from *The Compendium*

---

11 This paper was orally presented with the title "The Impossible Conditions in Korean Narrative Songs and Anglo-American Ballads" in the 75th annual meeting of Western States Folklore Society (8-9 April 2016, the University of California, Berkeley). Korean narrative songs and Anglo-American ballads are folk narrative songs orally transmitted mainly by women. Anglo-American ballads means English, Scottish and American ballads transmitted in English. Korean narrative songs have been investigated by Cho, Dongil (1970), Han, Gyuman (1988), Pi, Cheondeuk & Sim, Myeongho (1971) and Suh, Youngsook (2009). I have conducted comparative studies between Korean narrative songs and Anglo-American ballads, the recent paper (Suh, Youngsook: 2017) was published in English.

12 The educational meaning of these songs were investigated in my former article, Suh, Youngsook(2014).

of Korean Oral Literature (1980–1989, in Korean, ed. by the Academy of Korean Studies) *and The English and Scottish Popular Ballads* (1882–1898, ed. by F. J. Child The Academy of Korean Studies surveyed and collected over 21,000 materials of oral literature including about 1,012 narrative songs and published them in 85 books during 1980s. F. J. Child's five volume series include 305 types and their variants.

2. The impossible conditions to meet the dead mother in Korean narrative songs

In the Korean narrative songs, two types of songs have the impossible conditions motif. One is the "Aeunaeggi Norae (A Miserable Woman's Song)" which is a type about "a woman who is summoned by the king of the world of the dead." The other is the "Tabakne Norae (A Slow–Walking Girl's Song)" which is a type about a girl who goes to her mother's grave to get breast milk.

In "Aeunaeggi Norae (A Miserable Woman's Song)", the protagonist is a woman who is very skilled at weaving and household tasks, serves her family well, and raises many children including a breast–feeding baby. The story is as follows;

1) A woman is very diligent and exceptional at household chores, especially weaving, which was a highly valued skill at that time, and so she becomes well known in the other world as well as in this world. Consequently, the king of the dead sends a

messenger to take her to the world of the dead because his world needs someone to take care of their household chores.

2) When she is preparing food for her husband's family, the messenger visits her to take her to the world of the dead. Worrying for her children who will be motherless, she begs the messenger to postpone his call, but he does not accept her pleas.

3) She asks her parents-in-law if they will go to the world of the dead in her place; however, they heartlessly distance themselves from her, quoting a proverb: "horns of a cow separated, beads of a necklace separated." In some versions, even though her husband agrees to go to the world of the dead instead of her, her parents-in-law refuse to let him.

4) She follows the messenger from the king of the world of the dead. When she goes after the messenger from the world of the dead, she tells her family the impossible conditions to enable her to come back. These are as follows;

동솥에 앉힌달(닭)이 홰치거등 내오꾸마.
If the cock in the boiling pot cries, I will come back.

부뜩안에(부뚜막 안에) 흐른밥티 눈나거등 내오꾸나.
If the steamed rice spilled over the fireside has sprouts, I will come back.

사랖에 고목나무 잎 페거등 내 오꾸마.
If the dead tree beside the gate has new green leaves, I will come back.[13]

(Uljugun Eonyangmyeon folk song 2,
The Comprehensive Collection of Korean Folklore 8-12. Trans. by Youngsook Suh)

---

13 This is a part of the Korean narrative song "Aeunaeggi Norae (A Miserable Woman's Song)" translated into English by me.

These things wouldn't happen in this world. In these phrases, 'the cock', 'the rice' and 'the tree' are all beings that symbolize the living, real world. However, they are all in a state of death, not to be recovered; the cock is boiled, the rice is steamed, and the tree is dead. The protagonist of this song says she will come back if these conditions are accomplished, but this could never happen.

These phrases are all paradoxes which show that the protagonist denies the reality that she is destined to die. Even if she tries to avoid death, it's impossible. These paradoxical phrases show the self-contradiction of the human condition: we are living, but awaiting death. Moreover, the death of the mother in this song could symbolize the separation of mother and child. A mother should let her children go away from her bosom, and children also ought to leave their mother's shadow. Therefore, this song states not only that all humans should accept death, but also that mothers/children should accept the separation from their children/mothers.

In "Tabakne Norae (A Slow-Walking Girl's Song)", there are also impossible conditions to meet the dead mother. The song starts with the scene of a young girl who goes crying to her mother's grave, craving her mother's breast milk. She walks very slowly, carrying her youngest sibling on her back. Finding this girl on the street, an old woman tells her the way to bring her mother back from the dead. These are also impossible conditions.

부뚜막에 삶은 팥이 싹 틔거든 오마더라
If the steamed red beans have sprouts, your mother will come back.

삼년 묵은 말뼉다구 살 붙어서 짐 실거든 오마더라
If the bones of a horse which has been dead 3 years have new flesh and carry a load, your mother will come back.

삼년 묵은 소뼉다구 살 붙어서 밭 갈거든 오마더라
If the bones of a cow which has been dead 3 years have new flesh and plow a field, your mother will come back.[14]

(Youngweol 6-3 Gangweon Province,
The Grand Collection of Korean Folk Song, Trans. by Youngsook Suh)

However, the girl does not believe it and denies the old woman's words. When she arrives at her mother's grave, she finds oriental melons growing from the grave; she drinks their juice, and feels it is very sweet and delicious. Finally, the girl returns home to take care of her younger sisters and brothers as well as the household chores by herself.

This song also shows that the dead cannot return to this world. The young girl who lost her mother realizes this reality after visiting her mother's grave. At first, she wanted to get her mother's breast milk, but at last she is satisfied drinking the juice of the fruit instead. In the beginning, she was a child, but in the end she has grown up into a woman who takes care of her younger siblings. Since the fruits sprung from the grave, they could represent a transmigration of the mother. Through drinking the juice, she succeeds her mother in her responsibilities. Therefore, this song is

---

14 This is my translation of a part of the Korean narrative song "Tabakne Norae(A Slow-Walking Girl's Song)".

a sort of 'coming of age' story—song. The protagonist girl learns of death and recognizes that the dead cannot come back. Through this recognition she finally becomes an adult.

3. The impossible tasks to meet a dead lover in the Anglo-American ballads

In the Anglo—American ballads, "The Elphin Knight" (Child 2) and "The Unquiet Grave" (Child 78) have impossible tasks and conditions. These songs depict the relation between a dead man (or supernatural being) and a living woman. In the former song, an elf knight and a girl compete by challenging each other to impossible tasks; in the latter song, a dead man persuades a bereaved girl through impossible tasks.

"The Elphin Knight" is a song about an elf knight who asks a girl for marriage, but he gives her three tasks to become his bride. These are all impossible tasks for humans to accomplish.

'CAN you make me a cambrick shirt,
Parsley, sage, rosemary and thyme
Without any seam or needle work?
And you shall be a true lover of mine

'Can you wash it in yonder dry well,
Where never sprung water nor rain ever fell?

'Can you dry it on yonder thorn,

Which never bore blossom since Adam was born? (Child 2G)

However, the girl also gives him three impossible tasks to be her
  bridegroom.

'Can you find me an acre of land
Between the salt water ad the sea sand?

'Can you plow it with ram's horn,
And sow it all over with one pepper corn?

'Can you reap it with a sickle of leather,
And bind it up with a peacock's feather? (Child 2G)

She suggests that if he finishes these tasks, she will give him a
cambric shirt. She must have noticed that the knight was not a real
human. To be his bride means her death, so she rejects his proposal
in the same way as he proposes.

The tasks which the knight gave to the girl are all women's work;
making clothes, washing and drying. These jobs are all for the
living. However, they are all included in the other world, because
the cambric shirt has no seam, the well has no water, and the
thorn tree has no blossoms. The cambric shirt without any seam is
a cloth for the dead, the well without any water and the tree
without any blossom are also in the world of the dead. These are
all paradoxes and these tasks are asking for her death.

Contrary to this, the tasks which the girl asked of the elf knight
are all men's work; plowing, sowing, and reaping. These tasks, if

completed, would change the dead to the living. But they are all impossible for the dead. Therefore, this song is about the battle between the dead and the living as well as the battle between a man and a woman. The girl wins the combat of wits over the elf knight, this means this world beats the other world. The heroine of this song is not merely a girl craving love, she has the wisdom to select a good bridegroom for herself. She convinces herself that marriage should not be the road to her death, but the path to her life. Therefore, "The Elphin Knight" is a song that makes audiences (mainly women) consider how to have a happy marriage, choose a good husband, and decide her own way.

"The Unquiet Grave" also has paradoxes consisting of impossible tasks. The woman who lost her lover weeps in front of his grave for twelve months and a day, based on the belief that excessive mourning could make the dead return to this world. The lover's ghost (or, more accurately, revenant) rises from the grave and tells her he can't sleep well because of her, but he could return if she accomplishes his tasks. These tasks are as follows;

> "Go fetch me water from the desert,
> And blood from out the stone,
> Go fetch me milk from a fair maid's breast
> That young man never has known."[Sic.]
>
> (Child 78, http://www.contemplator.com/child/unquiet.html)

Moreover, to her question about when they will meet again, he answers that they will meet when the autumn leaves that fall from the trees are green and spring up again in the last verse of this version.

The tasks that the dead man suggested to the living woman are three: water from the desert, blood from out of the stone, and milk from a fair maid's breast. These three pairs: water–desert, blood–stone, milk–fair maid (that young man never has known) are all in contradiction with each other. The first of each pair are included in the world of the living and are able to give life, whereas the latter are in the world of the dead and cannot produce anything. The dead man's tasks are to revive the dead, which is impossible for a human. Therefore, the purpose of these impossible tasks is to make the woman accept the death of her lover and overcome her sorrow. This song tells that the dead lover cannot come back, so the living woman should realize it and continue her own life.

4. Commonalities and differences of women's perception in Korean narrative songs and Anglo-American ballads

I have shed light on the women's perception through the impossible conditions and tasks expressed in the Korean narrative songs and the Anglo-American ballads. Even though these two genres have been transmitted in different cultures, they have very similar motifs and ideas. The songs investigated in this article have paradoxes between life and death in common. They also tell that humans, specifically women should accept death in order to fully become adults.

However, there are some distinct differences between the two genres:

1) The Korean narrative songs mainly focus on the relationship between a mother and her children. Usually the mother is dead and the children are alive. The revenant is the mother, while the visited are her children. Contrary to this, the Anglo-American ballads focus on the relationships between man and woman. The dead lover is the man, and the living bereaved one is the woman. The revenant is the man, and the visited is the woman.[15]

2) The Korean narrative songs tell that children should realize the reality of death and accept it. They show the process of growing up. However, the Anglo-American ballads state that a woman should be independent and live her own life without relying on a man. These songs describe the passage from being an immature person to a mature person.

The differences of Korean narrative songs and Anglo-American ballads are summarized as follows;

---

[15] David Buchan (1986) analyzed the tale roles and revenants in ballads. Korean narrative songs show the similar tale roles of revenants.

	Korean Narrative Songs	Anglo—American Ballads
Focus on Relationship	A mother & her children	Man & woman
Dead	Mother	Man
Alive	Children	Woman
Theme	Children to realize the reality of death and accept it	Woman to be independent and live her life

5. Conclusion

This paper investigated the impossible conditions and tasks for the purpose of comparing women's perception in Korean narrative songs and Anglo—American ballads. In Korean narrative songs, "Aeunaeggi Norae (A Miserable Woman's Song)" a type about a woman being summoned by the king of the world of the dead and "Tabakne Norae (A Slow—Walking Girl's Song)" a type about a girl going to her mother's grave to get breast milk were analized. In Anglo—American Ballads, "The Elphin Knight" (Child 2) a type about an elf knight and a girl competing by impossible tasks and "The Unquiet Grave" (Child 78) a type about a dead man persuading a bereaved girl through impossible tasks were examined.

Singers of Korean narrative songs and Anglo—American ballads, mainly women have used similar expressions to depict their circumstances and perceptions of the world despite of a few differences formed in two different traditions. The impossible conditions and tasks to meet a dead person suggested in these songs consist of paradoxes between life and death in common. They also show women's realization that they should accept death in order to become adults and to live their own lives independently.

Therefore, these songs which have impossible conditions and tasks are a kind of 'coming of age' story—songs for women. These songs let women grow from the immature person to the mature person. Women who were main singers of Korean narrative songs and Anglo-American ballads could recover from the pain of the death of a mother, lover or husband, comfort each other and overcome many adversities through singing these songs.

Works cited

The Comprehensive Collection of Korean Folklore. 85 volumes (1980–1989), ed. by the Academy of Korean Studies.

The English and Scottish Popular Ballads. 5 volumes (1965, first published in1882–1898), ed. by Child, F. J., New York: Dover Publications.

The Grand Collection of Korean Folk Song, 9 volumes (1993–1996), Munhwa Broadcasting Corporation.

Lesley Nelson (aka the Contemplator)'s Child Ballad Website http://www.contemplator.com/child/unquiet.html

Buchan, David (1986), "Tale roles and revenants: A morphology of ghosts", *Western Folklore,* Vol.45, No.2, Western States Folklore Society.

Cho, Dongil (1970). *A Study of the Korean Folk Ballad.* Ulsan: Gyemyeong University Press.

Han, Gyuman (1988). "A Study of Themes in Korean Narrative Folk Songs and Anglo–American Ballads". *University of Ulsan Report* No. 19. Ulsan: University of Ulsan.

Pi, Cheondeuk & Sim, Myeongho (1971). "Comparative Study between Korean Narrative Songs and Anglo–American Folk Ballad". *Education Research* No.2. Seoul: Society of Education in Seoul National University.

Suh, Youngsook(2009). *Warp and Weft of Korean Narrative Songs.* Seoul: Yeokrak.

_____(2014). "Educational Meaning and Function of Paradoxes in Songs of Death", *Journal of Korean Classical Literature and Education* Vol. 27.

_____(2017). "Meaning of Death in Tragic Love songs: Comparison between Korean Narrative Songs and Anglo–American

Ballads" has been published in *Journal of Ethnography and Folklore* 1−2.

참고문헌

〈자료〉

『강원의 민요』 I · II, 강원도, 2001.

『강원의 설화』 3, 강원도 동해안 지역_동해시편, (http://www.oneclick.or.
　　kr/contents/nativecult/area09.jsp?cid=79923)

『백록어문』 1집~19집(학술조사보고), 제주대학교 백록어문학회, 1986~2004.

『울산울주지방민요자료집』, 울산대학교 인문과학연구소 편, 울산대학교 출판
　　부, 1990.

『한국구비문학대계』(총85권), 한국정신문화연구원, 1980~1989.

『한국민요대전』(총9권), (주)문화방송, 1993~1996.

김태곤 편저, 『한국무가집』 3, 집문당, 1978.

임석재, 『한국구전설화: 임석재 전집 9』 전라남도·제주도 편, 평민사, 1992.

진성기 편, 『탐라의 신화』, 민속원, 1980.

진성기, 『제주도무가본풀이사전』, 민속원 1991.

『2009 개정시기 고등학교 국어과 교육과정』, 교육과학기술부, 2012.

Child, F. J. *English and Scottish Popular Ballads*, ed. by Sargent,
　　Helen Child and Kittredge, George Lyman, Boston & New York:
　　Houghton Mifflin Company, 1904.

The English and Scottish Popular Ballads(Five Volumes), ed. by
　　Child, F. J., New York; Dover Publications, 1965. (First published
　　in 1884-1898).

Child ballad etext http://www.sacred-texts.com/neu/eng/child/

Lesley Nelson (aka the Contemplator)'s Child Ballad Website
　　http://www.contemplator.com/child/

〈논저〉

강권용, 「제주도 특수본풀이연구: 〈원천강본풀이〉, 〈세민황제본풀이〉, 〈허궁
　　애기본풀이〉를 중심으로」, 경기대학교 석사학위논문, 2002.

강진옥, 「여성서사민요에 나타난 관계양상과 향유의식」, 『한국 고전여성작가 연구』, 태학사, 1999.

_____, 「서사민요에 나타나는 여성인물의 현실대응양상과 그 의미: 시집살이, 애정갈등노래류의 '여성적 말하기' 방식을 중심으로」, 『구비문학연구』 9, 한국구비문학회, 1999.

고정옥, 『조선민요연구』, 수선사, 1947.

고혜경, 『서사민요의 일유형 연구: 부부결합형을 중심으로』, 이화여대 석사학위논문, 1983.

_____, 「서사민요의 장르적 성격」, 『민요론집』 4, 민요학회, 1995.

김경섭, 「한국 수수께끼의 장르 정체성 및 소통 상황의 특성」, 『한국민속학』 36, 한국민속학회, 2002, 53~82쪽.

_____, 「수수께끼와 수수께끼담의 관련양상」, 『구비문학연구』 18, 2004, 471~512쪽.

김경수 외, 『한국문학형태론(산문편)』, 일조각, 1993.

김열규 외, 『민담학개론』, 일조각, 1982.

김영돈, 『제주도민요 연구(상)』, 민속원, 2002.

김영희, 「비극적 구전서사〈액운애기〉 연구」, 『고전문학연구』 26, 한국고전문학회, 2004, 383~431쪽.

김용신, 『심리학, 한국인을 만나다』, 시담, 2010.

김태곤 외, 『한국구비문학개론』, 민속원, 1995.

김학성, 「시집살이노래의 서술구조와 장르적 본질」, 『한국시가연구』 14, 2002.

박경수, 「한국민요의 기능별 분류 체계」, 『한국구비문학대계』 별책부록(III), 한국정신문화연구원, 1992.

_____, 「민요의 서술성과 구성원리: 서사민요의 장르적 성격과 관련하여」, 『한국서술시의 시학』, 태학사, 1998.

_____, 『한국민요의 유형과 성격』, 국학자료원, 1998.

박일우, 『영국의 민요와 발라드』, 한양대학교 출판부, 2003.

서영숙, 「서사민요의 구조적 성격과 의미: '며느리-시집식구'형을 중심으로」,

『한국문학이론과 비평』 제2집, 한국문학이론과 비평학회, 1998, 221~246 쪽.

_____, 「남매관계 서사민요의 구조적 특징과 의미」, 『한국민요학』 25, 한국민요학회, 2009, 153~186쪽.

_____, 『한국 서사민요의 날실과 씨실: 우리 어머니들의 노래』, 도서출판 역락, 2009.

_____, 「딸-친정식구 관계 서사민요의 특성과 의미」, 『한국고전여성문학연구』 18, 한국고전여성문학회, 2009, 171~206쪽.

_____, 「〈쌍가락지 노래〉의 서사구조와 전승양상」, 『어문연구』 65, 어문연구학회, 2010, 207~237쪽.

_____, 「시집살이에 대한 알레고리: 〈꿩노래〉와 〈방아깨비노래〉 비교」, 『한국민요학』 31, 한국민요학회, 2011, 47~76쪽.

_____, 「〈저승차사가 데리러 온 여자〉 노래의 특징과 의미: 〈애운애기〉, 〈허웅애기〉 노래의 관계를 중심으로」, 『한국고전여성문학연구』 25, 한국고전여성문학회, 2012, 91~120쪽.

_____, 「한·영 발라드에 나타난 '여성의 죽음'에 대한 인식 비교」, 『고시가연구』 31, 한국고시가문학회, 2013, 219~246쪽.

_____, 「한국 서사민요와 영·미 발라드에 나타난 '아내'의 형상 비교」, 『한국민요학』 38, 한국민요학회, 2013, 105~128쪽.

_____, 「한국 서사민요와 영·미 발라드의 수수께끼 노래 비교-구애의 노래를 중심으로」, 『비교민속학』 52, 비교민속학회, 2013, 203~224쪽.

_____, 「제주 지역 서사민요의 전승양상 연구」, 『한국민요학』 37, 한국민요학회, 2013, 99~110쪽.

_____, 「말대답 노래에 나타난 대결의 양상과 의미: 한국 서사민요와 영·미 발라드의 비교를 중심으로」, 『고시가연구』 33, 한국고시가문학회, 2014, 217~238쪽.

_____, 「한국 서사민요와 영·미 발라드에 나타난 심리의식 비교: 비극적 사랑 노래를 중심으로」, 『어문연구』 79, 어문연구학회, 2014, 247~276쪽.

_____, 「한국 서사민요와 영 · 미 발라드의 유형분류 방안 비교」, 『한국민요학』 40, 2014, 57~93쪽.

_____, 「죽음의 노래에 나타난 역설의 기능과 의미: 한국 서사민요와 영 · 미 발라드의 비교를 통해」, 『한국고전문학과 교육』 27, 한국고전문학교육학회, 2014, 107~130쪽.

_____, 「한국 서사민요와 영 · 미 발라드에 나타난 남매 갈등과 치유」, 『문학치료연구』 31, 한국문학치료학회, 2014, 39~67쪽.

_____, 「한국 서사민요와 영 · 미 발라드의 전승양상과 향유의식 비교: 가족 관계 유형을 중심으로」, 『한국민요학』 43, 한국민요학회, 2015, 55~91쪽.

_____, 「한국 서사민요와 영 · 미 발라드에 나타난 '어머니/자식'의 죽음: 〈애운(허웅)애기 노래〉와 〈The Wife of Usher's Well(어셔즈웰의 부인)〉의 비교를 중심으로」, 『문학치료연구』 34, 한국문학치료학회, 2015, 249~279쪽.

_____, 「한국 서사민요와 영 · 미 발라드에 나타난 민속신앙 비교」, 『한국민요학』 48, 한국민요학회, 2016, 133~165쪽.

이부영, 「분석심리학과 민담」, 『민담학개론』, 김열규 외, 일조각, 1982, 111~142면.

_____, 『한국민담의 심층분석-분석심리학적 접근』, 집문당, 2008.

서울대학교 국어교육연구소, 『국어교육학 사전』, 대교, 1999.

안현숙, 「조선시대 주머니의 특징 및 상징성에 관한 연구」, 『한국전통문화생활학회지』 4, 한국전통생활문화학회, 2001, 19~27쪽.

윤용식 · 손종흠, 『구비문학개론』, 방송대 출판부, 1998.

윤정귀, 「허웅애기 본풀이 연구」, 경기대학교 석사학위논문, 2014.

이재선, 「수수께끼와 그 시학적 성격」, 『창작과 비평』 8(4), 1973.12. 998~1015쪽.

이정아, 『서사민요 연구: 양식적 특성을 중심으로』, 이화여대 석사학위논문, 1993.

정상진 · 박경수, 『한국구비문학의 세계』, 세종출판사, 2004.

조동일, 『서사민요 연구』, 계명대 출판부, 1970초판 1979 증보판.

_____, 「한국구비문학대계의 자료수집과 설화 분류의 원리」, 『한국정신문학연구』 27, 한국학중앙연구원, 1985, 3~16쪽.

조희웅, 「수수께끼 소고」, 『문화인류학』 4, 한국문화인류학회, 1971, 71~77면.

최경숙, 「수수께끼의 소통구조 연구」, 서울대 석사학위논문, 1995.

최래옥, 「수수께끼의 구조와 의미」, 『구비문학』 4, 한국정신문화연구원, 1980, 133~166쪽.

최재천 외, 『살인의 진화심리학: 조선 후기의 가족 살해와 배우자 살해』, 서울대 출판부, 2003.

최현재, 「서사민요 '처녀의 저주로 죽는 신랑' 유형에 나타난 양가성 고찰」, 『우리말글』 제43집, 2008, 135~159쪽.

피천득·심명호, 「영·미의 Folk Ballad와 한국 서사민요의 비교연구」, 『연구논총』 2, 서울대학교 교육회, 1971, 169~237쪽.

한규만, 「한국의 서사민요와 영·미의 포크밸러드에 나타난 주제의 비교분석」, 『울산대 연구논문집』 19, 울산대학교, 1988, 1~28쪽.

_____, 「포크밸러드와 여성」, 『신영어영문학』 12, 신영어영문학회, 1999, 7~31쪽.

_____, 『영·미 포크 밸러드의 주제 연구: 인간과 사랑』, 울산대학교 출판부, 2005.

허남춘, 「서사민요란 장르규정에 대한 이의」, 『고전시가와 가악의 전통』, 도서출판 월인, 1999.

홍성표, 『서양 중세사회와 여성』, 느티나무, 1999.

황인덕, 「'열녀시험'형 설화의 유형적 성격과 열 인식의 의미」, 『학산조종업박사 화갑기념논총』, 1990, 435~456쪽.

섀리 엘 서러, 『어머니의 신화』, 박미경 역, 까치글방, 1995.

아베 긴야, 『중세유럽산책』, 양억관 역, 한길사, 2005.

알프레드 알바레즈, 『자살의 연구』, 최승자 역, 청하, 1995.

카르린 푀게-알더, 『민담, 그 이론과 해석』, 이문기 역, 유로, 2009.

클라리사 에스테스, 『늑대와 함께 달리는 여인들』, 손영 · 미 역, 이루, 2013.

Abrahams, R. D., "Patterns of Structure and Role Relationships in the Child Ballad in the United States", *The Journal of American Folklore* Vol.79, No. 313, American Folklore Society, 1966, pp. 448~462.

Atkinson, David, "'...the wit of a woman it comes in handy,/At times in an hour os need': Some Comic Ballads of Married Life", *Western Folklore*, Vol.58, No.1, Western States Folklore Society, Winter 1999, pp. 57~84.

_____, *The English Traditional Ballad: theory, method, and practices*, Ashgate, 2002.

Beatie, B. A., *Traditional Structures and the Structure of Tradition: A Functional System of Ballad Classification, Ballads and Ballad Research*, ed. by Patrica Conroy, 1978.

Ben-Amos, D., "Toward a definition of Folklore in Context", *Toward New Perspectives in Folklore*, Austin & London: The Univ. of Texas Press, 1972.

Buchan, David, "Tale roles and revenants: A morphology of ghosts", *Westurn Folklore* Vol.45, No.2, Western States Folklore Society, 1986, pp.143~160.

_____, Propp's Tale Role and a Ballad Repertoire, *The Journal of American Folklore*, Vol.95, No. 376, American Folklore Society, 1982, pp. 159~172.

Coffin, Tristan P., "Mary Hamilton" and the Anglo-American Ballad as an Art Form, *The Journal of American Folklore*, Vol. 70, No.277, American Folklore Society, 1957, pp. 208~214.

_____, "The Folk Ballad and the Literary Ballad: An Essay

in Classification", *Midwest Folklore* Vol.9, No.1, Indiana University Press, 1968, pp.5~18.

Darling, Chales W. *The New American Songsters: Traditional Ballads and Songs of North America,* Lanham, New York, London: University Press of America, 1992.

Douglas, Sheila, "Ballads and the Supernatural: Spells, Channs, Curses and Enchantments", *Studies in Scottish Literature* Vol.33, Iss. 1., 2004, pp.349~365.

Edmunds, Susan, "The Riddle Ballad and the Riddle", *Lore & Language,* Vol.5 No.2, 1986, pp. 35~46.

Engle, D., "Types of the Scandinavian Medieval Ballad: Some Consideration", *Jahrbuch fur Volksliedforschung,* Deutches Volksliedarchiv, 1979, pp.161~166.

_____, "An Integrated System of Ballad Classification, Print Culture", *New Perspectives on International Ballad,* 1991.

Georges, Robert A. and Dundes, Alan, "Toward a Structural Definition of the Riddle", *The Journal of American Folklore,* Vol.76, No.300, American Folklore Society, Apr. – Jun. 1963, pp. 111~118.

Gilchrist, Anne G. "Death and the Lady in English Balladry", *Journal of the English and Song Society,* Vol. 4, No. 2, Dec. 1941, pp. 37~48.

Gillian, Bennett, *Alas, Poor ghost! : traditions of belief in story and discourse,* Logan, Utah: Utah State University Press, 1999.

Henderson, L., "Folk belief and Scottish traditional literatures". In: Dunnigan, S. and Gilbert, S. (eds.) *The Edinburgh Companion to Scottish Traditional Literatures.* Series: Edinburgh companions to Scottish literature, Edinburgh: Edinburgh University Press, 2014, pp. 26~34.

Hilda Ellis Davidson, "Myths and Symbols in Religion and Folklore", *Folklore* Vol. 100, No. 2, Taylor & Francis, Ltd. on behalf of Folklore Enterprises, Ltd., 1989, pp. 131~142.

Hyman, S. E., "The Child Ballad in America: Some Aesthetic Criteria", *The Journal of American Folklore* Vol.70, No. 277, 1957.

Lau, Kimberly J., "Structure, Society, and Symbolism: Toward a Holistic Interpretation of Fairy Tales", *Western Folklore* Vol. 55, No. 3, Western States Folklore Society, 1996, pp. 233~243.

Leach, MacEdward, "Ballad", *Standard Dictionary of Folklore*, Vol.1, ed. by Maria Leach, New York: Funk & Wagnalls, 1940.

_____, *The Ballad Book*, New York: A.S.Barnes & Company, INC., 1955.

List, G., "Toward the Indexing of Ballad Texts", *The Journal of American Folklore* Vol.81, No.319, the American Folklore Society, 1968, pp.44~61.

Long, E. R., "Thematic Classification and 'Lady Isabel'", *The Journal of American Folklore* Vol.85, No.335, The American Folklore Society, 1972, pp.32~41.

Lord, A. B., *The singer of tales*, New York: Harvard University Press, 1973.

Maranda, Elli Köngäs, "Riddles and Riddling: An Introduction", *The Journal of American Folklore*, Vol. 89, No. 352, American Folklore Society, Apr.−Jun. 1976, pp.127~137.

Mckean, Thomas A., "Introduction", *The Flowering Thorn: International ballad studies*, ed. by Thomas A. McKean, Utah State University Press, Book 68, 2003, pp. 1~16.

Moore, Arthur K., Types of the Folk Song "Father Gtrumble", *The Journal of American Folklore*, Vol 64, No. 251, American Folklore

Society, 1951, pp. 89~94.

Porter, J., "Principles of Ballad Classification: A Suggestion for Regional Catalogues of Ballad Style", *Jahrbuch fur Volksliedforschung, Deutches Volksliedarchive*, 1980.

Renwick, R. de V., *English Folk Poetry*, Philadelphia: University of Pennsylvania Press, 1980.

Shields, Hugh, *The Dead Lover's Return in Modern English Ballad Tradition*, Jahrbuch fiir Volksliedforschung 17, Zentrum für Populäre Kultur und Musik, 1972.

Suh, Youngsook, "The Impossible Conditions in Korean Narrative Songs and Anglo-American Ballads", in the 75th annual meeting of Western States Folklore Society, the University of California, Berkeley, 8-9 April 2016.

_____, "Meaning of Death in Trgic Love Songs: Comparison between Korean Narrative Songs and Anglo-American Ballads", *Journal of Ethnography and Folklore*, 1-2/2017, pp. 119~130.

Thompson, S., *Motif Index of Folk Literature: A Classification of Narrative Elements in Folktales, Ballads, Myths, Fables, Medieval Romances, Exempla, Fabliaux, Jest-Books, and Local Legends*, Indiana University Press, Bloomington and London, 1955 rev. ed.

_____, *The Types of the Folktale*, Helsinki, 1961 1st ed., 1963 2nd ed. 1973 3rd ed.

Toelkin, J. Barre, "Riddles Wisely Expounded", *Western Folklore*, Vol.25, No.1, Western States Folklore Society, Jan. 1966, pp. 1~16.

_____, "Silence, Ellipsis, and Camouflage in the English-Scottish Popular Ballad", *Western Folklore* 62, 1-2, Winter-Spring 2003, pp.82~96.

Toelken, Barre and Wilgus, D. K., "Figurative Language and Cultural Contexts in the Traditional Ballads", *Western Folklore* Vol. 45, No. 2, Western States Folklore Society, 1986, pp. 128~142.

Turner, J. W., "A Morphology of the 'True Love' Ballad", *Journal of American Folklore* Vol.85 No.335, 1972, pp.21~31.

Watkins, Carl, "Folklore and Popular Religion in Britain during the Middle Ages", *Folklore* Vol. 115, No. 2, Folklore Enterprises, Taylor & Francis, Ltd., 2004, pp. 140~150.

Wells, Evelyn Kendrick, *The Ballad Tree*, New York: The Ronald press Company, 1950.

Wilgus, D. K., "Ballad Classification", *Midwest Folklore* Vol.5, No.2, Indiana University Press, 1955, pp.95~100.

_____, "A Type-Index of Anglo-American Traditional Narrative Songs", *Journal of the Folklore Institute*, Vol. 7, No. 2/3, [Special Issue: The Anglo-American Folklore Conference], 1970, pp. 161~176.

Wimberly, Lowry C., *Folklore in the English and Scottish ballads*, Ungar, New York: 1959.

Wollstadt, Lynn, "Reading Gender in the Ballads Scottish Women Sang", *Western Folklore*, Vol.61, No.3/4, Western States Folklore Society, 2002, pp.295~317.

자 료

서사민요와 발라드 원문과
번역문

* 표기 원칙

- 서사민요의 경우 원 자료의 표기를 따르되, 되도록 4음보에 맞춰 적는다. 난해한 어구는
  원 자료의 주석을 참고하여 (　)안에 풀이한다.
- 발라드의 경우 F. J. Child의 *English and Scottish Popular Ballads* 중 본문에 인용한 유형의
  대표적 각편을 출처를 밝혀 인용하고, 필자의 번역을 함께 적는다.
- 발라드의 번역은 거칠더라도 되도록 원문에 가까운 직역으로 한다. 고어나 사투리 등
  사전에 나오지 않는 난해한 어구가 많은 것이 번역에 큰 장애이다. 번역상의 오류에 대해서
  는 독자들의 조언을 부탁드린다.

자료 차례

I. 가족 갈등(Family Conflicts)

자식-부모 관계(Child & Parent)

〈중 노래〉 (시집살이로 중이 된 며느리)

〈계모가 의붓자식을 죽게 하는 노래〉

〈맷돌·방아 노래〉 (며느리 말대답)

Child 20 The Cruel Mother (잔인한 엄마)

Child 34 Kemp Owyne (켐프 오윈)

Child 36 The Laily Worm and the Macrel of the Sea (흉측한 벌레와 바다의 고등어)

Child 173 Mary Hamilton (메리 해밀턴)

아내-남편 관계(Wife & Husband)

〈진주낭군 노래〉 (남편 외도로 자살한 아내)

〈징기 멩기 갱피뜰에〉 (남편이 책만 읽자 집나간 아내)

Child 62 Fair Annie (아름다운 애니)

Child 275 Get Up and Bar the Door (일어나 문을 잠가요)

Child 277 The Wife Wrapt in Wether's Skin (양 가죽에 싸인 아내)

Child 278 The Farmer's Curst Wife (농부의 저주받은 아내)

자매, 남매 관계(Sisters & Brothers)

〈생가락지〉 (오빠에게 의심받자 자살하는 동생)

〈생금생금〉 (오빠에게 의심받자 자살하는 동생)

〈시누올케 노래〉 (오빠가 구해주지 않자 원망하는 동생)

Child 10 The Twa Sisters (두 자매)

Child 11 The Cruel Brother (잔인한 오빠)

Child 246 Redesdale and Wise William (리디스데일과 현명한 윌리엄)

Ⅰ. 가족 갈등(Family Conflicts)

자식-부모 관계(Child & Parent)

〈중노래〉 (시집살이로 중이 된 며느리)[1]

못허겄네 못허겄네 시집살이 못허겄네
시집오는 사흘만에 양동가매를 깼더니
시금시금 시아바니 대청마루에 나옴성
어서네집이 당장 건네가거라
시금시금 시어머니 대청마루에 나옴성
네집이 날래(빨리) 건네가거라
["양동 가매를 깼거등."]
시금시금 시누애기 어마님도 그말마시기오
아부님도 그말 마래기오 삼잎같은 우리오라버니
하나를보고 외겄지(시집왔지) 뉘를보고 외겼오
아무리 생각해도 에라요노릇 못하겠다
이내방문 여다리고 [청취불능]
열두폭 주리치매 줄만잡고 말만집어
[청취불능] 세폭뜯어 장삼허고
두폭뜯어서 바랑을 짓고

---

1 [새터 152] 이임순(여 89), 1981. 7. 30, 서영숙 조사, 『한국 서사민요의 날실과 씨실』, 486-488쪽.

머리를깎고 깎고또깎고 두밑머리 마저깎고

눈물이 치매앞이 강변이 되었구나

바랑을 질머지고 대문밖에 나가는데

중노릇을 성낙을씨고 갈거나

내나이 열다섯먹은 초립댕이(초립을 쓴 아이, 신랑을 말함)

대문앞에 쏙들어섬성 못가느니 못가느니

중노릇을 갈라고 성낙을 씨고가니

저기 친정땅에를 가서보니

쏙들어심성 요집이 동냥조깨(동냥 조금) 주시라고

즈거머니(자기 어머니)가 쏙나심성

아이고 우리딸도 도심해라

즈가바니(자기 아버지) 쏙나심성 우리딸도 도심하네

우리올케 정지에서 우리시뉘 도심허네

[청취불능] 뱁일라끈 짓걸라끈 짓소마는

소밥으로 지어주소

["몇년을 살다가."]

시가동네 찾아와보니 쑥대밭이 되았구나

다둘러보고 시금시금 시어머니 산소를 둘러보니

시살꽃이 피었구나

시금시금 시뉘애기 묏솔보니 여시꽃이 피었구나

서방님 뫼솔보니 함박꽃이 피어갖고

묏등문이 딱벌어져 나비되어 들어가네

울어무니 살아서는 들 가운데 바닥(바다)겉은 저논배미
호망동군(호미를 사용하는 젊은이들)이 매더마는
울어무니 죽고나니 우리 형자(형제) 매라 허요
굵은 지심 묻어놓고 잔 지심을 띄야놓고
물깨(물꼬)물깨 돌아놓고
정심으 때가 일쩍에서 들 가운데 정자밑에
잠든 듯이 누웠으니 계모 어마니 거둥보소
어제그제 묵던 밥을 식기에 눈만 덮어 이고
어제 그제 묵던 반찬 중발로만 덮어 이고
가만가만 나오더니 오던 길로 돌아간다
집으로 돌아가서
아이고 영감 무작헌(우악스럽고 무지한) 저 놈들이
논은 아니 매고 들 가운데 정자 밑에
잠만 자고 누어있소
집으로 돌아오니 저그 아버지 거둥보소
은장도라 드는 칼을 댓잎겉이 갈아들도
날 직일라 작두허요
형님 목을 먼제 비매 동성마음 어떻겠소
동성 목을 먼저 비매 형님마음어떻겠소
한 칼로 목을 비어 궤짝안에 배반하여(배치하여)
대천 하고 한 바닥에 고기밥으로 띄아놓고
논에 가서 돌아보니 어허둥둥 내 자슥아
굵은 지심 묻어 놓고 잔 지심을 띄야 놓고

2   임부근(여 41), 남해 서면 옻개, 1967. 7. 23., 임석재 조사, 『한국구연민요자료집』,
    504-505쪽.

물깨물깨 돋아놓고

어허 둥둥 내 자슥아 전처에 자슥 두고

후실 장개는 들지 마소

물명지 석 자 수건 눈물닦기 다 젖는다

⬤ 〈맷돌 · 방아 노래〉(며느리 말대답)[3]

메누리야 일어나 나라 (며느리야 일어나 나거라)

늬 또꾸망에 헤 비추월져 (네 똥구멍에 해 비춘다)

아이고 어멍아 거 무신 말 (아이고 어머니여 그게 무슨 말)

하락산 고고리랑 어디 비여 뒁 (한라산 꼭대길랑 어디 버려 두고)

나 또꾸망에 헤 비추월수광 (내 똥구멍에 해 비춥니까)

아이고 이년아 흔 말만 짛여 도라 (아이고 이년아 한 말만 찧어 달라)

이제 나 나이 멧 나이광 (이제 내 나이 몇 나이오)

풋보리 열 말썩은 짛으쿠다 (풋보리 열 말씩은 찧겠어요)

흔 말만 짛어 두엉 (한 말만 찧어 두어)

동산이물에나 가 오라 (동산이물[대정읍 하모리 우물]에나 갔다 오너라)

산지물이랑 어디레 비여 뒁 (산지물일랑 어디 버려 두어)

동산이물에 갑니깡 (동산이물에 갑니까)

아이고 어멍 난 일본 가쿠다 (아이고 어머니 난 일본 가겠오)

나두민 늬 소나이 들어온다 (두어두면 네 남편 들어온다)

일본디레 감이옌 흔단 (일본으로 간다고 하다가)

놈의 소나이 쿰에 아기 베연 (남의 남편 품에 아기 배어)

선반 아레로 곱암서라 (선반 아래로 숨고 있더라)

---

3   [제주도 민요 478] 홍성숙(여 50), 대정읍 영악리, 김영돈, 『제주도 민요연구(상)』, 124-125쪽.

Child 20 The Cruel Mother (잔인한 엄마)

Version C: The Cruel Mother [4]

1   SHE leaned her back unto a thorn, 그녀는 등을 가시나무에 기댔네.

Three, three, and three by three 셋, 셋, 그리고 셋에 셋

And there she has her two babes born. 거기에서 그녀는 두 아기를 낳았네.

Three, three, and thirty-three 셋, 셋, 그리고 서른 셋

2   She took frae 'bout her ribbon-belt, 그녀는 리본 벨트를 벗었네.

And there she bound them hand and foot. 그녀는 아기들의 손발을 묶었네.

3   She has taen out her wee pen-knife, 그녀는 작은 펜 칼을 꺼냈네.

And there she ended baith their life. 그녀는 아기들의 생명을 앗았네.

4   She has howked a hole baith deep and wide, 그녀는 깊고 넓게 구멍을 팠네.

She has put them in baith side by side. 그녀는 그들을 나란히 넣었네.

5   She has covered them oer wi a marble stane, 그녀는 그들을 대리석으로 덮었네.

Thinking she would gang maiden hame. 친정으로 가야겠다고 생각하면서.

6   As she was walking by her father's castle wa, 그녀 아버지 성을 지날 때.

She saw twa pretty babes playing at the ba. 그녀는 예쁜 두 명의 아기가 공놀이를 하는 걸 보았네.

---

4   Motherwell's Minstrelsy, p. 161. F. J. Child, *English and Scottish Popular Ballads*, ed. by Helen Child sargent and George Lyman Kittredge, Boston & New York: Houghton Mifflin Company, 1904, p.38.

7   '0 bonnie babes, gin ye were mine, 오 예쁜 아기들아, 너희가 내 아기였다면, I would dress you up in satin fine. 난 너희에게 멋진 비단옷을 입혔을 텐데.

8   '0 I would dress you in the silk, 오 나는 너희에게 비단옷을 입혔을 텐데. And wash you ay in morning milk.' 너희를 아침 우유로 씻겼을 텐데.

9   '0 cruel mother, we were thine, 오 잔인한 어머니, 우린 당신의 아기에요, And thou made us to wear the twine. 당신은 우리에게 삼베옷을 입혔어요.

10 '0 cursed mother, heaven 's high, 오 저주받은 어머니, 하늘은 높아요, And that's where thou will neer win nigh. 그곳은 당신이 갈 수 없는 곳이에요.

11 '0 cursed mother, hell is deep, 오 저주받은 어머니, 지옥은 깊어요, And there thou'll enter step by step.' 그곳으로 당신은 서서히 들어가게 될 거에요.

Child 34. Kemp Owyne (켐프 오윈)

Version A: Kemp Owyne[5]

1 HER mother died when she was young, 그녀가 어렸을 때, 어머니가
돌아가셨네.

Which gave her cause to make great moan; 그녀는 큰 시름에 잠겼네.

Her father married the warst woman 그녀 아버지는 가장 사악한 여인과
결혼했네.

That ever lived in Christendom. 크리스텐돔에 살았던.

2 She served her with foot and hand, 딸은 그녀를 손발을 다해 모셨네.

In every thing that she could dee, 그녀가 할 수 있는 모든 것을.

Till once, in an unlucky time, 그때, 불운한 시간에.

She threw her in ower Craigy's sea. 그녀가 딸을 크레이기 바다에 던질
때까지.

3 Says, 'Lie you there, dove Isabel, 거기 누워있어라. 이사벨.

And all my sorrows lie with thee; 내 모든 슬픔이 너와 함께 누워있기를

Till Kemp Owyne come ower the sea, 켐프 오윈이 바다 건너 와서

And borrow you with kisses three, 네게 세 번 키스를 할 때까지

Let all the warld do what they will, 온 세계가 뭘 한다고 해도,

Oh borrowed shall you never be!' 넌 결코 돌아오지 못할 게다.

4 Her breath grew strang, her hair grew lang, 그녀의 숨은 거칠어졌
고, 그녀 머리는 길게 자랐네.

And twisted thrice about the tree, 그리고 나무를 세 번 감았네.

---

5 'Kemp Owyne,' Buchan, Ballads of the North of scotland, Ⅱ. 78, from Mr Nicol
of strichen, as learned in his youth from old people ; Motherwell's Minstrelsy,
p. 374 ; 'Kemp Owayne,' Motherwell's MS., p. 448. F. J. Child, ibid., pp.59-60.

And all the people, far and near, 모든 사람들이, 멀건 가깝건,

Thought that a savage beast was she. 그녀를 야만적인 짐승으로 여겼네.

5 These news did come to Kemp Owyne, 이 소식이 켐프 오윈에게 들렸네.

Where he lived, far beyond the sea; 그가 사는 곳, 바다 건너 멀리까지.

He hasted him to Craigy's sea, 그는 크레이기 바다로 서둘러갔네.

And on the savage beast lookd he. 그는 야생의 짐승을 보았네.

6 Her breath was strang, her hair was lang, 그녀의 숨은 거칠었고, 그녀 머리는 길게 자랐네.

And twisted was about the tree, 그리고 나무를 감고 있었네.

And with a swing she came about: 한 번 돌아 그녀가 나타났네.

'Come to Craigy's sea, and kiss with me. 크레이기 바다로 와서 내게 키스해줘요.

7 'Here is a royal belt,' she cried, "여기 왕실 벨트가 있어요, 그녀가 소리쳤네.

'That I have found in the green sea; 내가 푸른 바다에서 발견한 것이에요.

And while your body it is on, 당신의 몸에 그것이 있는 한.

Drawn shall your blood never be; 당신 피는 결코 빠져나가지 않게 될 거에요.

But if you touch me, tail or fin, 그러나 만일 당신이 내 꼬리나 지느러미를 만지면.

I vow my belt your death shall be.' 맹세코 내 벨트가 당신을 죽게 할 거에요."

8 He stepped in, gave her a kiss, 그는 발을 내딛어, 그녀에게 한번 키스했네.

The royal belt he brought him wi; 왕실의 벨트를 갖게 되었네.

Her breath was strang, her hair was lang, 그녀의 숨은 거칠었고, 그녀의 머리칼은 길었네.

And twisted twice about the tree, 그리고 나무 주위를 두 번 감았네.

And with a swing she came about: 그리고 한 번 돌아 그녀가 나타났네.

'Come to Craigy's sea, and kiss with me. 크레이기 바다로 와서 내게

키스해줘요.

9 'Here is a royal ring,' she said, "여기 왕실 반지가 있어요. 그녀가 말했네.
'That I have found in the green sea; 내가 푸른 바다에서 발견한.
And while your finger it is on, 당신 손가락에 그게 있는 한.
Drawn shall your blood never be; 당신 피는 빠져나가지 않을 거예요.
But if you touch me, tail or fin, 그러나 당신이 내 꼬리나 지느러미를 만진다면
I swear my ring your death shall be.' 맹세코 내 반지가 당신을 죽게
할 거에요."

10 He stepped in, gave her a kiss, 그는 발을 내딛어. 그녀에게 한 번 키스했네.
The royal ring he brought him wi; 왕실 반지를 그는 가져왔네.
Her breath was strang, her hair was lang, 그녀의 숨은 거칠었고, 그
녀의 머리칼은 길었네.
And twisted ance about the tree, 그녀는 한번 나무를 휘감았네.
And with a swing she came about: 그리고 한번 돌아 그녀가 나타났네.
'Come to Craigy's sea, and kiss with me. 크레이기 바다로 와서 내게
키스해줘요.

11 'Here is a royal brand,' she said, "여기 왕실 브랜드가 있어요. 그녀가 말
했네.
'That I have found in the green sea; 내가 푸른 바다에서 발견한.
And while your body it is on, 당신의 몸에 그게 있는 한.
Drawn shall your blood never be; 당신의 피는 결코 나오지 않을 거에요.
But if you touch me, tail or fin, 그러나 당신이 내 꼬리나 지느러미를 만진다면
I swear my brand your death shall be.' 맹세코 내 브랜드가 당신을 죽게
할 거에요."

12 He stepped in, gave her a kiss, 그는 발을 내딛어. 그녀에게 한 번 키스했네.
The royal brand he brought him wi; 왕실 문장을 그는 가져왔네.

Her breath was sweet, her hair grew short, 그녀의 숨은 달콤했고, 그녀의 머리카락은 짧아졌네.

And twisted nane about the tree, 나무를 한 번도 감지 않았네.

And smilingly she came about, 웃으며 그녀가 나타났네.

As fair a woman as fair could be. 가장 아름다운 여성의 모습으로.

Child 36. THE Laily Worm and the Machrel of the Sea
(흉측한 벌레와 바다의 고등어)[6]

1   'I WAS but seven year auld 내가 일곱 살이었을 때,

When my mither she did die; 나의 어머니가 돌아가셨네.

My father married the ae warst woman 아버지는 가장 사악한 여인과 결혼했네.

The warld did ever see. 세상에 일찍이 없었던.

2   'For she has made me the laily worm, 그녀는 나를 흉측한 벌레로 만들었네.

That lies at the fit o the tree, 나무 그루터기에 누워 있는.

An my sister Masery she's made 내 누이 매즈리를, 그녀는

The machrel of the sea. 바다의 고등어로 만들었네.

3   'An every Saturday at noon 토요일 정오마다

The machrel comes to me, 고등어가 내게로 와,

An she takes my laily head 내 흉측한 머리를 들어

An lays it on her knee, 그녀의 무릎에 올려놓네.

She kaims it wi a siller kaim, 그녀는 은색 빗으로 빗어서,

An washes't in the sea. 그것을 바닷물에 씻네.

4   'Seven knights hae I slain, 일곱 명의 기사를 나는 죽였네.

Sin I lay at the fit of the tree, 내가 나무 그루터기에 누워 있은 후로.

An ye war na my ain father, 당신이 내 아버지가 아니었다면.

The eight ane ye should be.' 당신이 여덟 번째가 되었을 거네.

5   'Sing on your song, ye laily worm, 네 노래를 불러라, 흉측한 벌레야,

That ye did sing to me:' 네가 내게 들려주었던 노래를.

'I never sung that song but what 나는 그런 노래를 부르지 않는다네.

6   The Old Lady's MS., No.2. F. J. Child, op.cit., pp.62-63.

I would it sing to thee. 내가 네게 불러주었던.

6 'I was but seven year auld, 난 겨우 일곱 살이었네.

When my mither she did die; 그때 내 어머니가 돌아가셨네.

My father married the ae warst woman 나의 아버지는 가장 사악한 여인과 결혼했네.

The warld did ever see. 세상에 일찍이 없었던.

7 'For she changed me to the laily worm, 그녀는 나를 흉측한 벌레로 변하게 했네.

That lies at the fit o the tree, 나무 그루터기에 놓여있는

And my sister Masery 내 누이 매즈리는

To the machrel of the sea. 바다의 고등어로.

8 'And every Saturday at noon 토요일 정오마다

The machrel comes to me, 고등어가 내게 와서,

An she takes my laily head 내 흉측한 머리를 들어서

An lays it on her knee, 그녀 무릎에 올려놓네.

An kames it wi a siller kame, 은빛 빗으로 빗어서

An washes it i the sea. 바닷물에 씻네.

9 'Seven knights hae I slain, 난 일곱 명의 기사를 죽였네.

Sin I lay at the fit o the tree, 내가 나무 그루터기에 놓여있을 때.

An ye war na my ain father, 당신이 내 아버지가 아니라면,

The eighth ane ye shoud be.' 당신이 여덟 번째가 되었을 거네.

10 He sent for his lady, 그는 그의 숙녀를 보냈네.

As fast as send could he: 그가 할 수 있는 한 빨리,

'Whar is my son that ye sent frae me, 네가 나로부터 떠나보낸 내 아들과

And my daughter, Lady Masery?' 내 딸, 레이디 매즈리는 어디 있느냐?

11 'Your son is at our king's court, 당신 아들은 우리 왕의 궁전에 있어요,

Serving for meat an fee, 고기로 임금을 지불하기 위해.

An your daughter's at our queen's court, 당신 딸은 우리 여왕의 궁전에 있어요.

. . . . . '

12 'Ye lie, ye ill woman, 거짓말을 하는구려. 사악한 여자.

Sae loud as I hear ye lie; 네 거짓말이 아주 크게 들린다.

My son's the laily worm, 내 아들은 흉측한 벌레가 되고.

That lies at the fit o the tree, 나무 그루터기에 누워 있는.

And my daughter, Lady Masery, 내 딸 레이디 매즈리는

Is the machrel of the sea!' 바다의 고등어가 되었네.

13 She has tane a siller wan, 그녀는 은빛 막대를 들어서.

An gien him strokes three, 그를 세 번 쳤네.

And he has started up the bravest knight 그는 가장 용감한 기사가 되었네.

That ever your eyes did see. 당신 눈이 볼 수 있었던.

14 She has taen a small horn, 그녀는 작은 나팔을 들어서.

An loud an shrill blew she, 크고 높게 불었네.

An a' the fish came her untill 고기가 그녀에게 올 때까지

But the proud machrel of the sea: 그러나 바다의 당당한 고등어는

'Ye shapeit me ance an unseemly shape, 넌 날 한번 흉측한 모습으로 바꾸었지만.

An ye's never mare shape me.' 더 이상 내 모습을 바꿀 수 없네.

15 He has sent to the wood 그는 그녀를 숲으로 보냈네.

For whins and for hawthorn, 검은 바위와 산사나무가 있는.

An he has taen that gay lady, 그는 그 여자를 잡아서.

An there he did her burn. 그곳에서 불에 태워버렸네.

Child 173. Mary Hamilton (메리 해밀턴)

Version A[7]

1 WORDRR'rrS gane to the kitchen, 소문이 부엌에 퍼졌네.
And word's gane to the ha, 소문이 홀에 퍼졌네.
That Marie Hamilton gangs wi bairn 메리 해밀턴이 아이를 가졌다는
To the hichest Stewart of a'. 가장 고귀한 스튜워트의.

2 He's courted her in the kitchen, 그는 부엌에서 그녀를 유혹했네.
He's courted her in the ha, 그는 홀에서 그녀를 유혹했네.
He's courted her in the laigh cellar, 그는 지하저장고에서 그녀를 유혹했네.
And that was warst of a'. 그것이 가장 나빴네.

3 She's tyed it in her apron 그녀는 아이를 그녀의 앞치마로 묶었네.
And she's thrown it in the sea; 그녀는 아이를 바다에 던졌네.
Says, Sink ye, swim ye, bonny wee babe! 말하네. 가라앉아라, 헤엄쳐
라, 예쁘고 작은 아기야!
You'l neer get mair o me. 넌 내게 다시 올 수 없을 거야.

4 Down them cam the auld queen, 늙은 여왕이 그들에게 내려왔네.
Goud tassels tying her hair: 좋은 끈으로 그녀 머리를 묶으면서.
'O marie, where's the bonny wee babe 오 메리, 예쁜 작은 아기는 어디
있니?
That I heard greet sae sair?' 내가 크고 슬픈 울음소리를 들었던.

5 There never was a babe intill my room, 내 방에 아기는 있지 않았어요.
As little designs to be; 아무 것도 꾸며져 있지 않아요.

7 a. 'Marie Hamilton,' Sharpe's Ballad Book, 1824, p. 18. F. J. Child, op. cit.,
pp. 421-422.

It was but a touch o my sair side, 내 흔적 외에는요.

Come oer my fair bodie.' 오셔서 내 멋진 몸을 보세요.

6 'O Marie, put on your robes o black, 오 메리, 네 검은 옷을 입어라.

Or else your robes o brown, 아니면 네 갈색 옷을 입어라.

For ye maun gang wi me the night, 너는 나와함께 밤에 가야하기에,

To see fair Edinbro town.' 멋진 에딘버러 타운을 보러.

7 'I winna put on my robes o black, 난 내 검은 옷을 입지 않을 거에요.

Nor yet my robes o brown; 내 브라운 옷도 입지 않을 거에요.

But I'll put on my robes o white, 난 내 하얀 옷을 입을 거에요.

To shine through Edinbro town.' 에딘버러 타운을 빛내기 위해.

8 When she gaed up the Cannogate, 그녀가 캐노게이트에 올라갔을 때,

She laughd loud laughters three; 그녀는 크게 세 번 웃었네.

But whan she cam down the Cannogate 그녀가 캐노게이트를 내려왔을 때,

The tear blinded her ee. 눈물이 그녀의 눈을 가렸네.

9 When she gaed up the Parliament stair, 그녀가 의회 계단을 올라갔을 때,

The heel cam aff her shee; 힐이 그녀의 구두에서 벗겨졌네.

And lang or she cam down again 그리고 오래 그녀가 다시 내려왔을 때

She was condemnd to dee. 그녀는 죽음을 선고받았네.

10 When she cam down the Cannogate, 그녀가 캐노게이트에 내려왔을 때,

The Cannogate sae free, 캐노게이트는 텅 비었네.

Many a ladie lookd oer her window, 많은 숙녀가 그녀의 창을 올려보았네.

Weeping for this ladie. 이 숙녀를 위해 울면서.

11 'Ye need nae weep for me,' she says, 나를 위해 울지 말아요, 그녀가 말하네.

'Ye need nae weep for me; 나를 위해 울지 말아요.

For had I not slain mine own sweet babe, 왜냐하면 내가 내 예쁜 아기
를 죽이지 않았다면.

This death I wadna dee. 난 이 죽음을 맞지 않았을 거예요.

12 'Bring me a bottle of wine,' she says, 내게 포도주 한 병을 가져와줘요.
그녀가 말하네.

'The best that eer ye hae, 당신이 가진 가장 좋은 것을.

That I may drink to my weil-wishers, 내 행복을 비는 이에게 따라줄
수 있도록.

And they may drink to me. 그들이 내게 따라줄 수 있도록.

13 'Here's a health to the jolly sailors, 건강한 뱃사공들이 있네.

That sail upon the main; 바다 가운데를 헤쳐 나가는.

Let them never let on to my father and mother 그들이 내 아버지와
어머니에게 알리게 하지 마오.

But what I'm coming hame. 내가 왜 집에 가고 있는지를.

14 'Here's a health to the jolly sailors, 건강한 뱃사공들이 있네.

That sail upon the sea; 바다를 헤쳐 나가는.

Let them never let on to my father and mother 그들이 내 아버지와
어머니에게 알리게 하지 마오.

That I cam here to dee. 내가 여기에 죽으러 왔다는 것을.

15 'Oh little did my mother think, 오, 내 어머니는 생각지 못했으리.

The day she cradled me, 그녀가 나를 요람에 재운 날.

What lands I was to travel through, 어떤 땅을 내가 여행하게 될지.

What death I was to dee. 어떤 죽음을 내가 맞을지.

16 'Oh little did my father think, 오, 내 아버지는 생각지 못했으리.

The day he held up me, 그가 나를 들어 올린 날.

What lands I was to travel through, 어떤 땅을 내가 여행하게 될지,
What death I was to dee. 어떤 죽음을 내가 맞을지.

17 'Last night I washd the queen's feet, 어젯밤 나는 여왕의 발을 씻겼네,
And gently laid her down; 그녀를 부드럽게 뉘였네.
And a' the thanks I've gotten the nicht 그 밤에 내가 받은 보상이
To be hangd in Edinbro town! 에딘버러 타운에서 처형되는 것이라니.

18 'Last nicht there was four Maries, 어젯밤엔 네 명의 메리가 있었네,
The nicht there'l be but three; 그 밤에는 오직 셋이 있게 될 거네.
There was Marie Seton, and Marie Beton, 메리 세튼, 메리 베튼,
And Marie Carmichael, and me.' 메리 카미챌, 그리고 나였네.

〈진주낭군 노래〉 (남편 외도로 자살한 아내)[8]

시집오는 삼년만에 시어머니 하신말씀
아가아가 며느리아가 진주낭군 오셨으니
아랫방에 내려가라
[나 이것 못하겠다. 청중: 아무쌋도 안해.
조사자: 진주남강에 빨래가라 아니에요?]
진주낭군이 오셨으니 진주낭군 빨래를 가거라
진주낭군 빨래를 가서보니 물도좋고 돌도좋게
빨래를 빨다가보니 난데없는 발자국소리
얼큰덩덜튼덩 나서 곁눈으로 슬쩍보니
하늘같은 갓을쓰고 요왕같은 말을타고
못본 듯이 지내강구나 못본 듯이 지내강구나
검은빨래 검게빨고 흰빨래는 희게빨아
집에라고 들어가보니 시어머니 하시는말씀
아가아가 며느리아가 아랫방에 내려가봐라
진주낭군 오셨다 보선발로 뛰어가보니
기상첩을 양쪽에끼고 아홉가지 술잔벌에
통땅통땅 하는구나
그것을 보던부인 보선발로 뛰어나와
석자가끈 명주수건 목에걸고

8 [옥갓 3] 조남순(여 61), 곡성군 오곡면 오지리 옥갓, 1981. 7. 11. 서영숙 조사, 『한국서사
민요의 날실과 씨실』, 529-531쪽.

아홉가지 약을 입에넣고 목을매어 죽었네

시어머니 하시는말씀 진주낭군 애야

며느리애기 숨겼다 저것보아라

진주낭군 보선발로 뛰어나와 보니

여영갔네 여영갔네 기상첩은 삼년이오

우리둘이는 백년뿐이란데 그순간을 못참았던가

당신은죽었고 나비가되어 나는죽어 나비가되어

화초밭에 만내 이별없이 살자구나

<징기 멩기 갱피뜰에> (남편이 책만 읽자 집나간 아내)[9]

징기 멩기 갱피뜰에 갱피 훑는 저 마느래

그 마느래 팔자 좋아 갱피자루 못면하고

이내 나는 팔자 험해 경상감사 살러가네

갱피 훑던 그 마느래

고개를 버쩍들고 체다보니

하늘같은 갓을 쓰고 구름겉은 말을 타고

번개겉이 가는 모양 본냄편이 아니던가

여보시오 서방님은 나도 같이 가옵시다

나도 같이 가옵시다

말물이나 들어주께 나도 같이 가옵시다

쇠물이나 들어주께 나도 같이 가옵시다

들은체도 본체도 아니하고 번개겉이 달아나네

9 [영동 3-3] 김소용(여, 1911), 영동군 용산면 신항2리 수리, 1993. 12. 9. 『한국민요대전』 충북편, 119쪽.

미루나무 상상봉에 올라가서
여보시오 서방님은 매림정도 하옵니다
매옴매옴 울다보니 매미가 됐더래요

Child 62 Fair Annie (아름다운 애니)

1 LEARN to mak you bed, honey, 여보, 침대 정리하는 걸 배워요.
And learn to lye your lane, 그리고 홀로 눕는 걸 배워요.
For I'm gaun owre the salt seas, 왜냐하면 나는 바다를 건너가서,
A fair lady to bring hame. 한 멋진 숙녀를 집에 데려올 거요.

2 'And with her I'll get gold and gear, 그녀와 함께, 난 금과 가구를 가져올 거요.
With thee I neer got nane; 당신에게서 난 아무 것도 받지 못했소.
I took you as a waaf woman, 난 당신을 첩으로 택했소.
I leave you as the same.' 난 당신을 그대로 내버려둘 거요.

3 'What aileth thee at me, my lord, 낭군님, 당신은 내게 무슨 짓을 하십니까.
What aileth thee at me, 당신은 내게 무슨 짓을 하십니까.
When seven bonnie sons I have born, 일곱 명의 멋진 아들을, 난 낳았어요.
All of your fair bodie? 모두 당신의 멋진 몸을 닮은.

4 'The eldest of your seven sons, 일곱 아들 중 맏아이는,
He can both read and write; 그 앤 읽고 쓸 줄 알아요.
The second of your sons, my lord, 당신 아들 중 둘째는, 낭군님,
Can do it more perfyte. 그걸 더 완벽하게 할 수 있어요.

5 'The third one of your sons, my lord, 당신 아들 중 셋째는, 낭군님,
He waters your milk—white steed; 그는 당신의 우윳빛 말에게 물을 먹여요.
The fourth one of your sons, my lord, 당신 아들 중 넷째는, 낭군님,

---

10 Motherwell's manuscript, p. 351, from the recitation of Janet Holmes, an old woman in Kilbarchan, who derived the ballad from her mother; July 18, 1825. http://www.sacred−texts.com/neu/eng/child/ch062.htm

With red gold shines his weed. 그의 농기를 붉은 금빛이 나게 닦아요.

6 'The fifth one of your sons, my lord, 당신 아들 중 다섯째는, 낭군님.

He serves you when you dine; 그는 당신이 식사할 때 시중을 들어요.

The sixth one now you do behold, 여섯 째 아이는 지금 당신이 보다시피,

How he walks out and in. 걸어서 들어왔다 나갔다 해요.

7 'The seventh one of your sons, my lord, 당신의 아들 중 일곱째는, 낭군님.

Sucks hard at my breast—bane; 내 젖가슴을 힘껏 빨고 있어요.

When a' the house they are at rest, 그 애들이 집에서 쉬고 있을 때,

For him I can get nane. 그 애 때문에 난 아무 것도 할 수 없어요.

8 'And if you leave me thus forlorn, 당신이 날 그토록 쓸쓸하게 버려둔다면,

A wainless wife I'll be, 난 아무 쓸모없는 아내가 될 거에요.

For anybody's gold or gear 누군가의 금이나 가구 때문에요.

That is beyond the sea.' 바다 저 건너에 있는.

9 'O wha will bake my bridal bread, 오 내 신부의 빵을 누가 구울 것인가.

Or wha will brew my ale? 아니면 누가 내 맥주를 담글 것인가?

Or wha will cook my kitchen neat, 아니면 누가 내 부엌에서 요리할 것인가,

Or give my men their meal?' 아니면 내 시종들에게 음식을 줄 것인가?

10 'For love I'll bake your bridal bread, 사랑으로 내가 당신 신부의 빵을 구 울게요.

To brew your ale I'm fain, 내가 기꺼이 당신의 맥주를 담글 게요.

To cook your kitchen, as I have done, 내가 해온 것처럼, 당신의 부엌에 서 요리할 게요.

Till you return again.' 당신이 다시 돌아올 때까지.

11 'O wha will bake my bridal bread, 오 누가 내 신부의 빵을 구울 것인가.

Or wha will brew my ale? 아니면 누가 내 맥주를 담글 것인가.

Or wha will welcome my braw bride, 아니면 누가 내 훌륭한 신부를 환영

할 것인가.

That I bring owre the dale?' 내가 산골짜기 너머에서 데려올.

12 'For love I'll bake your bridal bread, 사랑으로 내가 당신 신부의 빵을 구울게요.

For love I'll brew your ale, 사랑으로 내가 당신의 맥주를 담글 게요.

And I will welcome your braw bride 그리고 내가 당신의 훌륭한 신부를 환영할 게요.

That you bring owre the dale.' 당신이 산골짜기 너머에서 데려올.

13 Her mind she keeped, but sair she weepd 그녀는 마음을 단단히 먹었네. 하지만 그녀는 슬프게 울었네.

The time that he was gane 그가 가버렸을 때.

· · · · · ·

· · · · · ·

14 'Go up, go up, my eldest son, 올라가봐라. 올라가봐라. 내 맏아들아.

Go to the upmost ha, 가장 높은 곳으로 가봐라.

And see if you see your father coming, 네 아버지가 오시는 걸 볼 수 있는지 봐라.

With your mother-to-be-in-law.' 네 새엄마가 될 사람과 함께.

15 'Put on, put on, O mother dear, 옷을 입어요. 옷을 입어요. 오 사랑하는 어머니.

Put on your gouns so braw, 당신의 멋진 가운을 입어요.

For yonder is my father coming, 저 건너 우리 아버지가 오고 있어요.

With my mother-to-be-in-law.' 내 새엄마가 될 사람과 함께.

16 She's taen the wheat-bread in one hand, 그녀는 한 손에 호밀 빵을 들었네.

The red wines, which plenty were, 붉은 포도주를 가득 채웠네.

And she's gane to the outmost gate, 그리고 그녀는 가장 바깥문으로 나갔네.

And bid them welcome there. 그리고 거기에서 그들을 환영했네.

17 'You're welcome here, my brother dear, 여기 오신 걸 환영해요, 사랑하는 오빠.

Ye're welcome, brother John; 환영해요, 존 오빠.

Ye're welcome a' my brethern dear, 환영해요, 모든 사랑하는 내 형제여.

That has this journey gone.' 이 여행을 따라온.

18 'I thank you, sister Annie,' he says, 고마워요, 시스터 애니. 그가 말하네.

'And I thank you heartilie, 당신에게 진심으로 고마워요.

And as you've welcomed home myself, 당신이 집에 온 걸 환영해요.

You'll welcome my fair ladye.' 나의 멋진 여주인으로 환영해요.

19 'If I had roses to my feet, 내 발밑에 장미가 있다면.

And ribbons to my gown, 그리고 내 가운에 리본이 있다면.

And as leal a maid as your braw bride, 당신의 멋진 신부만큼 충실한 하녀라면.

I would speak without a frown.' 난 한 번도 찡그리지 않고 말할 텐데.

20 He's given her roses to her feet, 그는 그녀 발밑에 장미를 깔아주었네.

And ribbons to her gown, 그리고 그녀 가운에 리본을 달아주었네.

And she has welcomed his braw bride, 그녀는 그의 멋진 신부로 환영받았네.

But weel that was her own! 그러나 그것은 그녀의 것이었네!

21 'I thank you, sister Annie,' she says, 고마워요, 시스터 애니. 그녀가 말하네.

'I thank you heartilie, 진심으로 고마워요.

And if I be seven years about this place, 내가 이곳에서 7년 동안 있게

된다면.

Rewarded you shall be.' 당신은 보상을 받게 될 거에요.

22 She served them up, she served them down, 그녀는 그들에게 위로, 아래로 시중들었네.

And she served all their cries, 그리고 그녀는 그들의 모든 요구에 시중들었네.

And aye as she came down the stair 그녀가 계단 아래로 내려왔을 때,

The tears fell from her eyes. 눈물이 그녀의 눈에서 흘러내렸네.

23 When mass was sung, and all bells rung, 미사곡이 불리고, 모든 벨이 울리자.

And all men boune for bed, 모든 사람이 자러 돌아갔네.

The good lord and his fair lady 그 선한 주인과 그의 멋진 숙녀는

Were in their chamber laid. 그들의 침실에 누웠네.

24 But poor Annie and her seven sons 그러나 불쌍한 애니와 그녀의 일곱 아들은

Was in a room hard by, 옆방에 고통스럽게 있었네.

And as she lay she sighed and wept, 그녀는 누워서 한숨 쉬고 흐느꼈네.

And thus began to cry: 그리고 소리 내 울기 시작했네.

25 'O were my sons transformed to cats, 오 내 아들들이 고양이로 변한다면.

To speel this castle wa, 이 성벽 위로 기어 올라가련만.

And I mysell a red blood-hound 그리고 난 붉은 빛 사냥개가 되어,

That I might worry them a'!' 그들 모두를 쫓아다닐 텐데!

26 The bride she overhearing all, 신부가 그 모든 것을 들었네.

And sair she rued her fate: 그녀는 그녀의 운명을 슬프게 여겼네.

'Awauk, awauk, my lord,' she said, 아, 아, 낭군님, 그녀가 말했네.

'Awauk, for well you may; 아, 당신이 잘해야 해요.

For There's a woman in this gate 왜냐하면 이 집 안에 한 여자가 있기에.

That will go mad ere day. 날이 밝기 전 미치게 될 거에요.

27 'I fear she is a leman of thine, 난 그녀가 당신의 전 부인이라는 게 두려워요.

And a leman meek and mild; 유순하고 부드러운 전 부인.

Get up and pack her down the stairs, 일어나서 그녀를 하녀 방으로 보내요.

Tho the woods were neer sae wild.' 사실 숲도 그리 나쁘지 않아요.

28 'O yes, she is a leman of mine, 오 그래요. 그녀는 내 전 부인이에요.

And a leman meek and kind, 부드럽고 친절한 전 부인이죠.

And I will not pack her down the stairs, 난 그녀를 하녀 방으로 보내지 않을 거에요.

For a' the gear that's thine.' 왜냐하면 당신 것인 그 모든 가구들 때문에.

29 'O wha's your father, Ann?' she says, 오, 당신 아버지가 누구에요, 앤? 그녀가 말하네.

'Or wha's your mother dear? 아니면 당신의 사랑하는 어머니가 누구에요?

Or wha's your sister, Ann?' she says, 아니면 당신 자매는 누구에요, 앤? 그녀가 말하네.

'Or brother? let me hear.' 아니면 오빠는요? 내게 말해줘요.

30 'King Easter he's my father dear, 이스터 왕. 그가 내 사랑하는 아버지에요.

The Queen my mother was; 여왕은 내 어머니였고요.

John Armstrang, in the west-airt lands, 서쪽 지방에 있는 존 암스트롱이

My eldest brother is.' 나의 가장 큰 오빠에요.

31 'Then I'm your sister, Ann,' she says, 그러면 내가 당신 자매에요, 앤. 그녀가 말하네.

'And I'm a full sister to thee; 그리고 난 당신에게 단 하나뿐인 자매에요.

You were stolen awa when very young, 당신은 어렸을 때 잡혀갔어요.

By the same lord's treacherie. 같은 영주의 배신에 의해.

32 'I've seven ships upon the sea, 난 바다에 일곱 척의 배가 있어요.

All loaded to the brim, 모든 것이 꽉 채워져 있는.

And five of them I'll give to thee, 그들 중 다섯 척을 당신에게 줄게요.

And twa shall carry me hame. 두 척은 내가 집으로 가져갈게요.

33 'My mother shall mak my tocher up, 나의 어머니는 내 지참금을 보충할 거에요.

When I tell her how you thrive; 언니가 어떻게 살아있는가를 말한다면,

For we never knew where you was gone, 왜냐하면 우리는 언니가 어디로 갔는지 알지 못했기에.

Or if you was alive.' 또는 언니가 살아있는지조차 알지 못했기에.

Child 275 Get Up and Bar the Door (일어나 문을 잠가요.)

Version A[11]

1 IT fell about the Martinmas time, 마틴마스 성인절이었네,

And a gay time it was then, 그때는 멋진 시간이었네,

When our goodwife got puddings to make, 우리의 선한 아내는 푸딩을 만들고,

And she's boild them in the pan. 그녀는 그것을 팬에 끓였네.

2 The wind sae cauld blew south and north, 바람이 남으로 북으로 불었네,

And blew into the floor; 그리고 마루로 불어 들어왔네,

Quoth our goodman to our goodwife, 우리의 선한 남자가 우리의 선한 아내에게 말했네,

'Gae out and bar the door.' '나가서 문을 잠가요.'

3 hand is in my hussyfskap, 내 손은 정신없이 바빠요,

Goodman, as ye may see; 선한 남자여, 당신이 보다시피,

An it shoud nae be barrd this hundred year, 그건 근 100년 동안 잠가본 적 없어요,

It's no be barrd for me.' 난 잠그자고 안할래요.

4 y made a paction tween them twa, 둘은 협상을 했네,

They made it firm and sure, 그들은 그것을 굳건하고 확실하게 했네,

That the first word whaeer shoud speak, 누구든지 먼저 말을 하는 사람이,

---

11   A. Herd, 'Get up and bar the Door,' The Ancient and Modern Scots Songs, 1769, p. 330; Ancient and Modern Scottish Songs, 1776, Ⅱ, 159. F. J. Child, op.cit., p.600.

Shoud rise and bar the door. 일어나서 문을 잠가야 한다고.

5 Then by there came two gentlemen, 그때 두 명의 신사가 왔네.

At twelve o clock at night, 밤 12시에.

And they could neither see house nor hall, 그들은 집에서도 홀에서도,

Nor coal nor candle—light. 석탄 연료나 촛불조차 볼 수 없었네.

6 'Now whether is this a rich man's house, 지금 이 집이 부잣집인가?

Or whether is it a poor?' 아니면 가난한 집인가?

But neer a word wad ane o them speak, 그러나 둘 중 누구도 한 마디도

하지 않았네.

For barring of the door. 왜냐하면 문을 잠가야 하니까.

7 And first they ate the white puddings, 먼저 그들은 하얀 푸딩을 먹었네.

And then they ate the black; 그러고 나서 그들은 검은 푸딩을 먹었네.

Tho muckle thought the goodwife to hersel, 선한 아내는 많은 것을

생각했네.

Yet neer a word she spake. 하지만 결코 한 마디도 하지 않았네.

8 Then said the one unto the other, 그때 한 남자가 다른 남자에게 말했네.

'Here, man, tak ye my knife;' 여기, 내 칼을 잡아서.

Do ye tak aff the auld man's beard, 늙은 남자의 수염을 깎아라.

And I'll kiss the goodwife.' 그리고 난 선한 아내에게 키스할 테니.

9 'But there's nae water in the house, 하지만 집에 물이 없네.

And what shall we do than?' 그러면 무엇으로 하지?

'What ails ye at the pudding—broo, 푸딩 국물로 하는 건 어떤가,

That boils into the pan?' 팬에서 끓고 있는.

10 O up then started our goodman, 오 그때 우리의 선한 남자가 일어났네.

An angry man was he: 그는 화가 났네.

'Will ye kiss my wife before my een, 내 눈 앞에서 내 아내에게 키스하겠다고?

And scad me wi pudding—bree?' 푸딩 국물로 나를 데이게 하겠다고?

11 Then up and started our goodwife, 그러자 우리의 선한 아내가 일어났네.

Gied three skips on the floor: 마루 위에서 세 발을 뛰었네.

Goodman, you've spoken the foremost word, 선한 남자여. 당신이 먼저 말을 했네요.

Get up and bar the door.' 일어나 문을 잠가요.

Child 277 The Wife Wrapt in Wether's Skin (양 가죽에 싸인 아내)

Version A: The Wife Wrapt in Wether's Skin[12]

1 SHE wadna bake, she wadna brew, 그녀는 빵을 굽지도 않고 차를 끓이지
도 않는다네.

Hollin, green hollin 홀린, 푸른 홀린

For spoiling o her comely hue. 그녀의 깔끔한 외모를 망치기 때문에.

Bend your bow, Robin 로빈, 네 머리를 숙여라.

2 She wadna wash, she wadna wring, 그녀는 빨래하지도 않고, 짜지도 않
는다네.

For spoiling o her gay goud ring. 그녀의 화려하고 좋은 반지를 망치기 때
문에.

3 Robin he's gane to the fald 로빈 그는 양 우리로 갔다네.

And catched a weather by the spauld. 그리고 막대기로 숫양을 한 마리
잡았다네.

4 And he has killed his weather black 그는 검은 양을 죽였네.

And laid the skin upon her back. 그리고 그녀의 등에 그 가죽을 놓았네.

5 'I darena pay you, for your kin, 나는 네 가족에게 네 값을 지불할 수 없네.

But I can pay my weather's skin. 하지만 난 내 양의 가죽 값은 지불할
수 있네.

6 'I darena pay my lady's back, 난 내 숙녀의 등 값을 지불할 수 없네.

But I can pay my weather black.' 하지만 난 내 검은 양 값을 지불할 수
있네.

---

12 a. 'Sweet Robin', Jamieson's Popular Ballads, I, 319. "From the recitation of a
friend of the editor's in Morayshire." F. J. Child, op.cit., p.603.

7   'O Robin, Robin, lat me be, 오 로빈, 로빈, 나를 놓아줘요,

And I'll a good wife be to thee. 그러면 난 당신에게 좋은 아내가 될 거에요.

8   'It's I will wash, and I will wring, 난 빨래도 하고, 짜기도 할 거에요,

And never mind my gay goud ring. 그리고 내 화려하고 좋은 반지는 신경

쓰지 않을게요.

9   'It's I will bake, and I will brew, 난 빵도 굽고 차도 끓일 거에요,

And never mind my comely hue. 그리고 내 깔끔한 외모를 신경 쓰지 않을

거에요.

10   'And gin ye thinkna that eneugh, 그런데도 당신이 그걸 충분하다고 생각지

않는다면,

I'se tak the goad and I'se ca the pleugh. 난 가축 몰이 막대기도 쥐고

쟁기도 잡을게요.

11   'Gin ye ca for mair whan that is doon, 해놓은 일보다 당신이 더 요구한

다면,

I'll sit i the neuk and I'll dight your shoon.' 난 구석에 앉아서 당신

구두를 수선할 거에요.

Child 278 The Farmer's Curst Wife (농부의 저주받은 아내)

Version A: The Farmer's Old Wife (농부의 늙은 아내)[13]

1　THERE was an old farmer in Sussex did dwell, 써섹스에 늙은 농부가 살고 있었네.

There was an old farmer in Sussex did dwell, 써섹스에 늙은 농부가 살고 있었네.

And he had a bad wife, as many knew well. 많은 사람이 잘 알고 있듯이, 그는 나쁜 아내가 있었네.

2　Then Satan came to the old man at the plough: 그때 사탄이 밭을 갈고 있는 늙은 남자에게 왔네.

'One of your family I must have now. 네 가족 중의 하나를 난 지금 가져야만 하네.

3　'It is not your eldest son that I crave, 내가 원하는 건 네 첫째 아들이 아니라,

But it is your old wife, and she I will have.' 네 늙은 아내라네. 그녀를 내가 가지려하네.

4　'0 welcome, good Satan, with all my heart! 오 환영해요, 선한 사탄이여. 내 진심으로!

I hope you and she will never more part.' 난 당신과 그녀가 영원히 헤어지지 않길 바래요.

5　Now Satan has got the old wife on his back, 이제 사탄은 그 늙은 아내를 등에 업었다네.

13　Dixon, Ancient Poems, Ballads, and Songs, p. 210, Percy Society, vol. xvii. F. J. Child, op.cit., p.605.

And he lugged her along, like a pedlar's pack. 그는 그녀를 여행자의 짐처럼 끌고 갔다네.

6 He trudged away till! they came to his hall-gate; 그는 터벅터벅 걸었다네. 지옥문에 다다를 때까지.

Says be, Here, take in an old Sussex chap's mate '여기, 늙은 써섹스 농부의 짝을 집어넣으시오'라고 말하네.

7 0 then she did kick the young imps about; 오 그때 그녀는 어린 악마들을 발로 찼다네.

Says one to the other, Let 's try turn her out. 한 악마가 다른 악마에게 말하네. 그녀를 돌려보내자.

8 She spied thirteen imps all dancing in chains, 그녀는 사슬에 엮여 춤추고 있는 열세 마리 악마를 보았네.

She up with her pattens and beat out their brains. 그녀는 나무신을 들어 그들의 머리를 내려쳤네.

9 She knocked the old Satan against the wall: 그녀는 늙은 사탄을 벽에 내동댕이쳤네.

'Let 's turn her out, or she 'll murder us all.' '그녀를 돌려보내자. 그녀는 우릴 모두 죽일 거야.'

10 Now he's bundled her up on his back amain, 그는 그녀를 그의 등에 다시 묶었네.

And to her old husband he took her again. 그는 그녀를 늙은 남편에게 다시 데려갔네.

11 'I have been a tormentor the whole of my life, '난 내 평생 고통을 주는 이였지.

But I neer was tormented so as with your wife.' 하지만 네 아내만큼 내게 고통을 주는 이는 없다네.'

〈생가락지〉 (오빠가 의심하자 자살하는 동생)[14]

생금생금 생가락지 호작질로 딱어내여
먼데보니 달일레라 곁에보니 처잘레라
그처자야 자는방에 숨소리도 둘일레라
말소리도 둘일레라
오라바님 오라바님 거짓말씀 말어주소
앞문에는 물레놓고 딧문에는 비틀놓고
거기어디 둘이잘데있어
멩주전대 목을매여 자는듯이 죽구제라
오라바님 오라바님 이내나는 죽그들랑
앞산에도 묻지마고 딧산에도 묻지마고
연대밭에 묻어주소
가랑비가 오그들랑 우장삿갓 던저주고
눈이라고 오그들랑 모지랑비짜리 씰어주소
그래 고기 묻어노이 거짓말이 아이드라니더
고 미에 들어 냉중에는 올러오는데
대가 두낱이 똑 올러오는데
그 오라바이가 그대로 그냥 나두이 또 밉어가주
그걸 뽑거뿌이 마디매중 피가 짤짤 나드라이더.

---

14   [M19] 남봉기(여 43, 안덕면 신성동), 청송군 부남면 감연 2동, 1970. 2. 19., 조동일
      조사, 『서사민요 연구』, 358~359쪽.

● 〈생금생금〉(오빠가 의심하자 자살하는 동생)[15]

쌩금쌩금 쌩가락지 호독질로(손장난질로) 딱아내니
먼 데 보니 달일레라 자태 보니 처잘레라
그 처자야 자는 방에
숨소리도 둘일레라 말소리도 둘일레라
홍덜홍덜 오라바니 거짓 말씀 말아주소
동지 섣달 서난풍에(서남풍에) 문풍지 우난 소리
에라 조년 요망한 년 문풍지 소리 모리고
인간 숨소리 모릴소냐
죽고져라 죽고져라 자는듯이 죽고져라
열두가지 옷을 입고 아홉가지 약을 먹고
맹지 수건 석자 수건 목을 매여 죽고져라
내 죽거든 내 죽거든
앞산에도 묻지 말고 뒷산에도 묻지 말고
연당밭에 묻어 주소
연당꽃이 피거들랑 날만 이게 돌아보고
울 아부지 날 찾거등 약주 한 잔 대접하고
우리 엄마 날 찾거든 떡을 갖다 대접하고
우리 오빠 날 찾거든 책칼 한 잘 대접하고
우리 언니 날 찾거든 연지 한통 대접하고
내 친구야 날 찾거든 연대밭에 보내주고
내 동상야 날 찾거든 연대꽃을 끊어주소

---

15 [포항 14-32] 김선이(여 1927), 포항시 흥해읍 북송리 북송, 1993. 2. 24 ,『한국민요대전』
    경북편, 694쪽.

〈시누올케 노래〉(오빠가 구해주지 않자 원망하는 동생)[16]

빵긋빵긋 잔솔밭에 유자당파 꽃이피어
시누올케 꽃을꺾다 난데없는 물에나
빠졌구나 빠졌구나 시누올케 빠졌네
[청중 : 웃음]
거동보소 거동보소 우리오빠 거동보소
우리올케 건져내고 요내나는 아니건져
물살아 물살아 쉬지를마라
분통같은 요내얼굴 시내강변 다쩍인다
물살아 물살아 쉬지를 말아라
삼단같은 요내마리 하롱산에 다걸친다
[재조사 시(7. 30)에는
"나도야야 어서죽어 연필목통을 생길소냐"가 첨가되었다.]

---

16 [새터 44] 백형순(여, 47) 1981. 곡성군 곡성읍 신기리 새터, 7. 21. 서영숙 조사, 『한국서사
민요의 날실과 씨실』, 566쪽.

Child 10. The Twa Sisters (두 자매)

Version A: The Miller and the King's Daughter (제분공과 왕의 딸)[17]

1 THERE were two sisters, they went playing, 두 자매가 있었네. 그들은 놀러나갔네.

With a hie downe done a downe-a 위드 어 하이 다운 던 어 다운 아

To see their father's ships come sayling in. 그들 아버지의 배가 노 저어오는 것을 보려고.

With a hy downe downe a downe-a 위드 어 하이 다운 다운 어 다운 아

2 And when they came unto the sea-brynn, 그들이 바닷가에 도착했을 때.

The elder did push the younger in 언니가 동생을 밀어 넣었네.

3 '0 sister, 0 sister, take me by the gowne, 오 언니. 오 언니 내 옷을 잡아줘요.

And drawe me up upon the dry ground.' 나를 마른 땅 위로 끌어 올려 줘요.

4 '0 sister, 0 sister, that may not bee, 오 동생. 오 동생. 그럴 수 없어.

Till salt and oatmeale grow both of a tree. 소금과 오트밀이 자라서 나무가 될 때까지.

5 Somtymes she sanke, somtymes she swam, 그녀는 때로는 가라앉고. 때로는 헤엄쳐서.

Until she came unto the mill-dam. 방앗간 둑까지 다다랐네.

6 The miller runne hastily downe the cliffe, 제분공이 절벽으로 서둘러 달려왔네.

---

17 a. Broadside "printed for Francis Grove, 1656," reprinted in Notes and Queries, Ist S., v, 591. F. J. Child, op.cit., pp.18-19.

And up lie betook her withouten her life. 생명이 없는 그녀를 건져 뉘였네.

7   What did he doe with her brest—bone? 그는 그녀의 가슴뼈로 무엇을 했나?

He made him a violl to play thereupon. 그는 거기서 연주할 바이올린을 만들었네.

8   What did he doe with her fingers so small? 그는 그녀의 작은 손가락들로 무엇을 했나?

He made him peggs to his violl withall. 그의 바이올린을 연주할 줄감개를 만들었네.

9   What did he doe with her nose—ridge? 그는 그녀의 콧날로 무엇을 했나?

Unto his violl he made him a bridge. 그의 바이올린에 줄받침을 만들었네.

10   What did he doe with her veynes so blew? 그는 그녀의 머리카락으로 무엇을 했나?

He made him strings to his violl thereto. 그의 바이올린의 줄을 만들었네.

11   What did he doe with her eyes so bright? 그는 그녀의 밝은 눈으로 무엇을 했나?

Upon his violl he played at first sight. 그의 바이올린을 첫눈에 보고 연주했네.

12   What did he doe with her tongue so rough? 그는 그녀의 혀로 무엇을 했나?

Unto the violl it spake enough. 그 바이올린이 충분히 말하게 했네.

13   What did lie doe with her two shinnes? 그녀의 두 정강이로 무엇을 했나?

Unto the violl they danc'd Moll Syms. 바이올린 위에서 여범죄자 곡을 춤추었네.

14 Then bespake the treble string, 그리고 떨리는 줄이 말했네.

'0 yonder is my father the king.' 저기에 내 아버지 왕이 계시네.

15 Then bespake the second string, 다음에 두 번째 줄이 말했네.

'0 yonder sitts my mother the queen.' 저기에 내 어머니 여왕이 앉아계시네.

16 And then bespake the strings all three, 다음에 세 줄이 함께 말했네.

'0 yonder is my sister that drowned mee.' 저기에 나를 빠뜨린 내 언니가

있네.

17 'Now pay the miller for his payne, 이제 제분공에게 죄 값을 지불하네.

And let him bee gone in the divel's name.' 그를 악마의 이름으로 가게

하네.

Version A: [The] Cruel Brother, or the Bride's Testament (잔인한 오빠, 또는 신부의 유언)[18]

1 THERE was three ladies playd at the ba, 세 명의 숙녀가 공놀이를 하고 있었네.

Refrain: With a hey ho and a lillie gay 후렴. 헤이 호 아름다운 릴리를 가지고

There came a knight and played oer them a'. 한 기사가 와서 그들과 놀았네.

Refrain: As the primrose spreads so sweetly 프림로즈가 아주 달콤하게 퍼질 때.

2 The eldest was baith tall and fair, 가장 나이 많은 숙녀는 키 크고 멋졌네.
But the youngest was beyond compare. 하지만 막내는 비교를 뛰어넘었네.

3 The midmost had a graceful mien, 가운데 숙녀는 우아한 태도를 지녔네.
But the youngest lookd like beautie's queen. 하지만 막내는 미의 여왕처럼 보였네.

4 The knight bowd low to a' the three, 기사가 세 숙녀에게 고개 숙여 인사했네.
But to the youngest he bent his knee. 하지만 막내에겐 무릎을 꿇었네.

5 The ladie turned her head aside, 숙녀는 고개를 돌렸네.
The knight he woo'd her to be his bride. 기사는 그녀에게 신부가 돼달라고 청했네.

---

18 a. Alex. Fraser Tytler's Brown MS. F. J. Child, op.cit., pp.20-21.

6   The ladie blushd a rosy red, 숙녀는 장미처럼 얼굴을 붉혔네.

And sayd, 'Sir knight, I'm too young to wed.' 그리고 말했네. "기사님, 전 결혼하기에 너무 어려요."

7   'O ladie fair, give me your hand, 오 멋진 숙녀여, 내게 당신 손을 주세요.

And I'll make you ladie of a' my land.' 난 당신을 내 땅의 여주인으로 만들 거요.

8   'Sir knight, ere ye my favor win, 기사여, 내 허락을 받기 전에.

You maun get consent frae a' my kin.' 당신은 내 가족으로부터 승낙을 받아야 해요.

9   He's got consent frae her parents dear, 그는 그녀의 사랑스런 아버지에게서 승낙을 받았네.

And likewise frae her sisters fair. 그리고 또한 그녀의 아름다운 자매들로부터도.

10   He's got consent frae her kin each one, 그는 그녀의 가족 각자에게서 승낙을 받았네.

But forgot to spiek to her brother John. 하지만 그녀의 오빠 존에게 말하는 걸 잊었네.

11   Now, when the wedding day was come, 이제, 혼인날이 왔네.

The knight would take his bonny bride home. 기사는 그의 아름다운 신부를 데리러 집에 왔네.

12   And many a lord and many a knight, 그리고 많은 영주들과 기사들이,

Came to behold that ladie bright. 멋진 숙녀를 바라보러 왔네.

13   And there was nae than that did her see, 단지 그녀를 보기만 하는 사람은 없었네.

But wishd himself bridegroom to be. 하지만 자신이 신랑이 되기를 원했네.

14 Her father dear led her down the stair. 사랑스런 그녀 아버지가 그녀를 데리고 계단으로 내려왔네.

And her sisters twain they kissd her there. 그리고 그녀의 두 자매가 거기에서 그녀에게 키스했네.

15 Her mother dear led her thro the closs. 사랑스런 그녀 어머니가 그녀를 데리고 현관을 통과했네.

And her brother John set her on her horse. 그리고 그녀 오빠 존이 그녀를 말에 태웠네.

16 She leand her oer the saddle—bow. 그녀는 말안장 아래로 몸을 기울였네. To give him a kiss ere she did go. 떠나기 전에 그에게 키스하기 위해.

17 He has taen a knife, baith lang and sharp. 그는 칼을 꺼냈네. 길고 날카로운.

And stabbd that bonny bride to the heart. 그리고 아름다운 신부의 심장을 찔렀네.

18 She hadno ridden half dim the town. 그녀는 마을의 절반도 달리지 못했네.

Until her heart's blude staind her gown. 그녀 심장의 피가 그녀 옷을 적실 때까지.

19 'Ride softly on,' says the best young man. 부드럽게 달리렴. 젊은 남자 들러리가 말하네.

For I think our bonny bride looks pale and wan.' 내 생각에 우리의 아름다운 신부가 창백하고 아파 보이네.

20 'O lead me gently up you hill. 오 나를 저 언덕 위로 데려다 주세요. And I'll there sit down, and make my will' 거기에 앉아서 내 유언을 할 거에요.

21 'O what will you leave to your father dear?' 오 당신은 당신의 사랑스

런 아버지에게 무엇을 남길 건가요?

'The silver-shod steed that brought me here.' 여기 내게 주신 은 편자를 씌운 말이요.

22 'What will you leave to your mother dear?' 당신의 사랑스런 어머니에게 무엇을 남길 건가요?

'My velvet pall and my silken gear.' 나의 벨벳 관 덮개와 실크 옷이요.

23 'What wiil you leave to your sister Anne?' 당신의 자매 안느에겐 무엇을 남길 건가요?

'My silken scarf and my gowden fan.' 내 실크 스카프와 내 금으로 된 부채요.

24 What will you leave to your sister Grace?' 당신 자매 그레이스에겐 무얼 남길 건가요?

'My bloody cloaths to wash and dress.' 빨아서 입을 내 피 묻은 옷이요.

25 'What will you leave to your brother John?' 당신 오빠 존에게는 무얼 남길 건가요?

The gallows-tree to hang him on.' 그를 매달 교수대를요.

26 'What will you leave to your brother John's wife?' 당신 오빠 존의 부인에겐 무얼 남길 건가요?

'The wilderness to end her life.' 그녀의 목숨을 끝낼 용감함을요.

27 This ladie fair in her grave was laid, 아름다운 숙녀는 그녀 무덤에 뉘였네.
And many a mass was oer her said. 많은 사람들이 그녀에 대해 말했네.

28 But it would have made your heart right sair, 하지만 그건 당신 가슴을 아프게 만들 것이네.

To see the bridegroom rive his haire. 신랑이 자신의 머리를 쥐어뜯는 것을 보는 것이.

Version A: Reedisdale and Wise William[19]

1 WHEN Reedisdale and Wise William 리디스데일과 현명한 윌리엄이

Were drinking at the wine, 포도주를 마시고 있을 때,

There fell a roosing them amang, 그들 사이에 자랑이 시작됐네,

On an unruly time. 제어하기 어려운 시간에.

2 For some o them hae roosd their hawks, 그들 중 몇은 매를 자랑했고,

And other some their hounds, 다른 이들 몇은 사냥개를,

And other some their ladies fair, 다른 이들 몇은 멋진 자신들의 숙녀를,

And their bowers whare they walkd in. 그들이 걸어 들어갔던 방을.

3 When out it spake him Reedisdale, 리디스데일에게 그 얘기를 하자,

And a rash word spake he; 그는 빠르게 말했네,

Says, There is not a lady fair, 멋진 숙녀는 존재하지 않아,

In bower wherever she be, 그녀가 있는 어떤 방에서건

But I could aye her favour win 난 그녀의 호의를 얻을 수 있어.

Wi ae blink o my ee. 내 눈을 한 번 깜박이면.

4 Then out it spake him Wise William, 현명한 윌리엄에게 그 얘기를 하자,

And a rash word spake he; 그는 빠르게 말했네,

Says, I have a sister of my own, 난 누이동생이 있어,

In bower wherever she be, 그녀가 있는 방에서,

And ye will not her favour win 너는 그녀의 호의를 얻을 수 없어.

---

19 Buchan's Ballads of the North of Scotland, Ⅱ, 701, writ-ten down from memory by Mr Nicol, Strichen, as learned in his earlier years from old people; Motherwell's MS., p. 452; Motherwell's Min-strelsy, p.298. F. J. Child, op.cit., pp.549−550.

With three blinks of your ee. 네 눈을 세 번 깜박인다 해도.

5 'What will ye wager, Wise William? 무얼 걸겠나. 현명한 윌리엄?

My lands I'll wad with thee;' 난 네게 내 땅을 걸겠네.

'I'll wad my head against your land, 난 네 땅에 맞서 내 목을 걸지.

Till I get more monie.' 내가 더 많은 돈을 얻을 때까지.

6 Then Reedisdale took Wise William, 그러자 리디스데일은 현명한 윌리엄을 데려가,

Laid him in prison strang, 그를 단단한 감옥에 넣었네.

That he might neither gang nor ride, 그가 걸어갈 수도, 말 타고 갈 수도 없게.

Nor ae word to her send. 그녀에게 한 마디 말도 전하지 못하게.

7 But he has written a braid letter, 하지만 그는 긴 편지를 썼네.

Between the night and day, 밤과 낮 사이에

And sent it to his own sister 그것을 누이동생에게 보냈네.

By dun feather and gray. 회색 오리털로.

8 When she had read Wise William's letter, 그녀가 현명한 윌리엄의 편지를 읽었을 때

She smil d and she leugh; 그녀는 미소 짓고 크게 웃었네.

Said, Very well, my dear brother, 잘 했어요. 나의 사랑스런 오빠.

Of this I have eneuch. 이것을 난 충분히 갖고 있어요.

9 She looked out at her west window 그녀는 서쪽 창문 밖을 내다보았네.

To see what she could see, 그녀가 볼 수 있는 것을 보기 위해.

And there she spied him Reedisdale 거기에서 그녀는 그 리디스데일을 보았네.

Come riding ower the lea. 초원 위로 말을 타고 달려오는 것을

10 Says, Come to me, my maidens all, 내게 와라, 모든 나의 하녀들이여.

Come hitherward to me; 내게 가까이 오라.

For here it comes him Reedisdale, 여기로 그 리디스데일이 온다.

Who comes a-courting me. 나를 유혹하러 온다.

11 'Come down, come down, my lady fair, 내려와요, 내려와요, 나의 멋진 숙녀여.

A sight of you give me;' 당신의 모습을 내게 보여줘요.

'Go from my yetts now, Reedisdale, 내 성에서 나가줘요, 리디스데일.

For me you will not see.' 당신은 나를 볼 수 없을 거에요.

12 'Come down, come down, my lady fair, 내려와요, 내려와요, 나의 멋진 숙녀여.

A sight of you give me; 당신의 모습을 내게 보여줘요.

And bonny are the gowns of silk 실크로 된 멋진 가운이 있어요.

That I will give to thee.' 그걸 당신에게 줄 거에요.

13 'If you have bonny gowns of silk, 당신이 멋진 실크 가운이 있다면.

O mine is bonny tee; 나에게도 멋진 것이 있어요.

Go from my yetts now, Reedisdale, 지금 내 성에서 나가줘요, 리디스데일.

For me you shall not see.' 당신은 나를 볼 수 없을 거에요.

14 'Come down, come dow, my lady fair, 내려와요, 내려와요, 나의 멋진 숙녀여.

A sight of you I'll see; 당신 모습을 내가 볼 수 있게요.

And bonny jewels, brooches and rings 멋진 보석과 브로치와 반지를.

I will give unto thee.' 당신에게 줄 거에요.

15 'If you have bonny brooches and rings, 당신이 멋진 브로치와 반지가 있다면.

O mine are bonny tee; 내게도 멋진 것이 있어요.

Go from my yetts now, Reedisdale, 지금 내 성에서 나가줘요, 리디스데일.

For me you shall not see.' 당신은 나를 볼 수 없을 거에요.

16 'Come down, come down, my lady fair, 내려와요, 내려와요, 나의 멋진 숙녀여.

One sight of you I'll see; 당신 모습을 한 번이라도 볼 수 있게요.

And bonny are the ha's and bowers 그리고 멋진 집과 방을

That I will give to thee.' 당신에게 줄 거에요.

17 'If you have bonny ha's and bowers, 당신이 멋진 집과 방이 있다면,

O mine are bonny tee; 내게도 멋진 것이 있어요.

Go from my yetts now, Reedisdale, 지금 내 성에서 나가줘요, 리디스데일,

For me you shall not see.' 당신을 나를 볼 수 없을 거에요.

18 'Come down, come down, my lady fair, 내려와요, 내려와요, 나의 멋진 숙녀여.

A sight of you I'll see; 당신의 모습을 볼 수 있게요.

And bonny are my lands so broad 나의 아주 넓은 멋진 땅을

That I will give to thee.' 당신에게 줄 거에요.

19 'If you have bonny lands so broad, 당신이 아주 넓은 멋진 땅이 있다면,

O mine are bonny tee; 내게도 멋진 것이 있어요.

Go from my yetts now, Reedisdale, 내 성에서 당장 나가줘요, 리디스데일,

For me ye will not see.' 당신은 날 볼 수 없을 거에요.

20 'Come down, come down, my lady fair, 내려와요, 내려와요, 나의 멋진 숙녀여.

A sight of you I'll see; 당신 모습을 내가 볼 수 있게요.

And bonny are the bags of gold 그리고 금으로 된 멋진 가방들을

That I will give to thee.' 당신에게 줄 거에요.

21 'If you have bonny bags of gold, 당신이 금으로 된 멋진 가방들이 있다면,

I have bags of the same; 내게도 그와 같은 가방들이 있어요.

Go from my yetts now, Reedisdale, 내 성에서 당장 나가줘요, 리디스데일.
For down I will not come.' 난 절대 내려가지 않을 거에요.

22 'Come down, come down, my lady fair, 내려와요, 내려와요, 나의 멋진
숙녀여.
One sight of you I'll see; 당신을 한번만이라도 볼 수 있게.
Or else I'll set your house on fire, 아니면 당신 집에 불을 놓을 거요.
If better cannot be.' 일이 잘 되지 않는다면.

23 Then he has set the house on fire, 그리고 그는 집에 불을 놓았네.
And all the rest it tuke; 불은 모든 것들에 붙었네.
He turned his wight horse head about, 그는 흰 말의 머리를 돌렸네.
Said, Alas, they'll ne'er get out! 아, 아, 그들은 결코 나오지 못할 거야.

24 'Look out, look out, my maidens fair, 내다봐, 내다봐, 나의 멋진 하녀들아.
And see what I do see, 내가 뭘 보고 있는지 보렴.
How Reedisdale has fired our house, 리디스데일이 우리 집에 어떻게 불
을 놓았는지.
And now rides oer the lea. 그리고 지금 초원 위로 달려가는 것을.

25 'Come hitherwards, my maidens fair, 이리로 오렴, 나의 멋진 하녀들이여.
Come hither unto me; 내게로 가까이 오렴.
For thro this reek, and thro this smeek, 이 악취 사이를, 이 연기 사이를.
O thro it we must be!' 그 사이를, 우리는 통과해야만 해!

26 They took wet mantles them about, 그들은 젖은 망토를 뒤집어썼네.
Their coffers by the band, 그들의 귀중품들을 묶어서.
And thro the reek, and thro the flame, 악취 사이로, 불꽃 사이로.
Alive they all have wan. 그들은 모두 살아나왔네.

27 When they had got out thro the fire, 그들이 불길을 지나 나왔을 때
And able all to stand, 모두 서 있을 수 있었네.

She sent a maid to Wise William. 그녀는 하녀 한 명을 현명한 윌리엄에게 보냈네.

To bruik Reedisdale's land. 리디스데일의 땅을 가지기 위해.

28 'Your lands is mine now, Reedisdale, 네 땅들은 이제 내 것이네. 리디스데일.

For I have won them free;' 나는 그것들을 공짜로 얻었네.

'If there is a gude woman in the world, 이 세상에 훌륭한 여성이 있다면,

Your one sister is she.' 그녀는 네 여동생이네.

Ⅱ. 애정 갈등(Love Conflicts)

 〈이사원네 맏딸애기 노래〉 (처녀 저주로 죽은 신랑)[20]

　　한살먹어 어마죽고 두살먹어 아바죽고

　　호붓다섯 글로배와 열다섯제 과게가니 과게라고 가니끄네

　　이선달네 맞딸애기 밀창문을 밀체놓고

　　저게가는 저손볼랑 앞을보니 시선보고 뒤로보니 글선본데

　　이내집에 와가주고 잠시잠판 노다가나 가이시소

　　아그락신 배운글로 잠신들 잊을소냐

　　글코말고 잼이나 한숨 둘러가소

　　아그락신 배운글로 잠신들 잊을소냐

　　조게가는 조선부는 과게라고 해가주고

　　장개라도 가그들랑 가매타고 타그들랑 가매잛이 닐앉이소

　　삽찍거레 들거들랑 청삽사리 물어주고

　　마당안에 들거들랑 사삽사리 물어주고

　　모리모리 돌거들랑 천살급살 맞어주고 짱때비나 따라주고

　　방안에야 드가거든 문천이나 널쪄주고

　　구들에라 앉거들랑 구들쩡이나 띤세주고

　　경방상을 받그들랑 판다리나 꺾어주고

　　그술로 들거들랑 수절이나 꺾어주고

　　다례청에 수물두폭 백패아래

20　[G30] 이해수(여 59 죽전동), 영천군 화북면 용소동, 1969. 8. 21., 조동일 조사, 『서사민
　　요 연구』, 322-324쪽.

서발가웃 꼬지때에 한장대이나 뿔어지소

암달잡어 총포싸고 장달잡어 황포싼거 달졸가리 뿔거지고

황새병에 목지다 자래병에 목짜리다 황새병에 병목아지 뿔어지소

첫날밤을 채리거든 겉머리가 떠끔하고 속머리가 떠끔하고

우야주야 아퍼가주 숨이깔딱 넘어가소 이말대로 다되여

첫날지녁 가이께네 겉머리가 하도아퍼

평풍넘에 앉인각시 내머리나 짚어도고

언제봤던 선보라고 머리조창 짚어주노

글꼬말고 이내머리 짚어도고

내죽겠네 내죽겠네 할수없이 내죽겠네 머리나 짚어도고

평풍넘에 앉인각시 이내머리 짚어도고

사정해도 아니짚고 숨이딸깍 넘어가니 참으로 죽었구나

웃방에 쫓어가여 엄마엄마 울엄마야

어제왔던 새선보가 숨이깔딱 넘어갔다

애고야야 이웬일고 느가부지 한테가가 그캐바라

아래방에 내려가서 무신잠을 글키자노

어제 아래왔는 새선보가 숨이깔딱 넘어갔다

천동겉이 올러와가 머리로 짚어보니

숨이깔딱넘어 죽었구나 이웬일고 이웬일고

졑머슴아 사방을 댕기메여 상두꾼을 구해바라

큰머슴아 짚동한동 풀어썰어 행상방을 씰케하라

서른둘이 상두군이 발을맞차 신체실고 간다간다 나는간다

이선달네 맞딸애기 시집가는 갈림질에 묻어노니

이선달네 맞딸애기 시집을 가다가보니

거게서니 시집을 가다가 거게서니

가매채가 닐앉고 꿈적도 아니하니

거게 니라노니 미대가리 벌어지디
새파란나부(나비) 나오더니 치매 검어지고가고
뷹은나부 나오더니 저구리 검어지고
푸른나부 나오더니 허리담삭안고 미(묘)속으로 드가뿌고
이세상에 원한지고 시원진거 후세상에 만내가주
원한풀고 시원실고 다시한분 살아보자

〈서담개 노래〉 (상사병으로 죽은 총각)[21]

강남서나온 백달백사주는 금자옥자 둘러잡고
구부구부 서슨구부 은가세를 손에들고
어리썽둥 베어내서 외무릎팍에 엉거놓고
엉침덩침 누빈 것이 쉰닷줄을 누볐구나
["아그, 짜잔해서 못 허겠구마."]
[청중 : "아, 해 주시오. 그렇게도 우린 못 헝게."]
[재조사에서는 창자가 "그것이 다 너그 몸뚱이다."라고 했다. 또한 "남방
　　사죽 골을달아 북방사죽 선을둘러"가 첨가된다.]
밤중밤중 야밤중에 허리아로 둘러두고 세조금 사흘만에
[재조사시에 창자는 "지랄이야 사흘까지 차고 있었나 몰라."라고 했다.]
어리선득 끌러내서
상나무 바가치에다 담갔다가
전나무 방아치를 손에들고
상나무 바가치를 옆에찌고

21　[새터 60] 신순임(여 83), 곡성군 곡성읍 신기리 새터, 1981. 7. 22., 서영숙 조사, 『한국서
　　사민요의 날실과 씨실』, 630-633쪽.

열두모퉁 돌아가서 은돌놋돌 마주놓고
아리찰찰 씻노랑게 도령보소 도령보소
["아그 짜잖어, 잉?"]
[청중 : "아니요, 그렇게 유식한 노래가 좋다요."]
삼단같은 조소머리 물길같이 흘려빗고
반비단 모란뱅이 붕애만치 물려들여
허리아래 떤져놓고 열두쪽 세경보선
감당까신에 아리살득 세워서
떠달라네 떠달라네 세숫물을 떠달라네
한번그래도 아니듣고 두 번그래도 아니듣고
삼세번을 거듭해서 상나무 바가치를 씻고씻고 또씻고
[청중 : 웃음]
월경수를 제쳐놓고 익경수를 떠다중게
익경수를 마다하고 월경수를 떠달라네
[청중 : "옛날에는 그리 상한이 셌어".]
나떠준물 마다하고 자네손수 해여보소
수절비단 자리토시 이손저손 놀려두고
영초단 도리정치 팔대동자 정치꾼이 이손저손 놀려보소
이천근 은가락지를 작거등 대족지기 놀려중게
이손저손 놀려보소
세월아 존날받아 우리둘이 놀아보세
두문을 마조닫고 우리둘이 놀고나니
["놀고나니, 참 재미가 있더란다."]
닭히우네 닭히우네 각성에서 닭히우네
밝아오네 밝아오네 대룡산에서 밝아오네
날지다리네 날지다리네 학광서당이 날지달려

학광서당을 높이올라 공자자를 들여다봉게

공자자를 다잊어 부렸다네

동자를 앞세우고 이간문전 들어강게

[재조사시에는 "열두대문 열고 들어강게"라고 함.]

정지 내 종아들이 쏙나심서

도련님 진지조반 늦어졌소

진지상을 들려들고 한번뜨고 두 번뜨고 세 번뚱게

먹을질이 전혀없네

아부님도 들어오시고 어머님도 들어오시래라

그래서 들어강게

초당안에 삼석순은 눈에든 보름눈이 되었다고

죽어불드라네

[재조사시에는 "콩단으로 매장하고 백비단 소로베에"가 첨가됨.]

["그렁게 인자."]

열두대문은 어느뉘가 지킬래

마흔두칸 지아집은 어느뉘가 지킬래

삼십일명 종아들은 어느뉘가 지킬래

[테이프 바뀜]

소리치고 잘도가라고

["그렇게 함성, 대처 잘 강게 초당 문 앞에 감성."]

초당안에 삼석순은 임인줄 알걸랑은

속적삼이나 던져달라고 ["그렁게로"]

삼십일명 종아들아 팔십일명 행상꾼들 질위에 행상놓고

["질아래로 물러가라고 하더란다. 대처 질위에 행상 놓고 질아래로 물러
    성게."]

흰꽃을 문대면서 일어나오 일어나오

이승부부 될라그당 어서배삐 일어나오
새파랑꽃을 문대면서 일어나오 일어나오
이승부부 될라그당 어서배삐 일어나오
뻘건꽃을 문대면서 일어나오 일어나오
이승부부 될라그당 어서배삐 일어나오
["항게 벌떡 일어나 불드란다. 그런데 인쟈 저 뭐라그냐 또."]
삼대독자 외아들 무남동자 외아들
살랐으니 무슨지사가 나올까
["그렁게로"]
열녀충신 내며늘아 효자충신 내며늘아
무남독녀 내며늘아
남한산성 관솔불은 꺼진불로 살가내고
어그뱅뱅 나락밥은 팔십노인도 살가낸단다
["그르고 끝이여."]
[재조사시에는 "그르고 잘 살드래."라고 함.]

⚪ 〈서울이라 임금아들〉 (처자 집 담 넘다 찢어진 옷)[22]

서울이라 임금아들 천냥짜리 처녀두고
만질담을 뛰어넘다 미었구나 미었구나(찢어졌구나)
군때묻은 양피배자 치닷분(한 치 다섯 푼)이 무었구나
우리본처 알고보면 이말대답 어이하리
대장부라 사나그가 그말대답 못할손가

---

22 [신안 9–17] 박정월(여, 1910–1991), 신안군 송산면 지은리, 1989. 9. 2. 『한국민요대전』
    전남편, 359쪽.

서당앞에 석노남기(석류나무) 석노따라 무었다소

그리해도 안듣거든

서당앞에 베자낭기(비자나무) 베자따가 무었다소

그리해도 안듣걸랑 내일아침 조상(아침상) 끝에

소녀방에 또들오면 오삭가지(오색 가지) 당사실로

은침댄침(은바늘 가는 바늘) 금바늘로 본살(본래 천)같이 감춰줌세

⟨훗사나타령⟩ (바람난 아내)[23]

오오 덜구야 가시내 거동바래이 / [/ 은 후렴 표시]

김도령의 음성소리 / 넌즉히도 알아듣고 /

대문아칸에 마중나오이 / 대문을걸고 중문닫고 /

섬섬에옥술 이끌잡고 / 대청에마루 올라서세이 /

분합문을 장짓문에이 / 방안으로 들어갈제 /

체다가보니 소로반자 / 나리다보니 각자장판 /

자개나함농 반다지에 / 각개나수리 더욱좋대이 /

은빛같은 놋요강에이 / 발치나 끝에 밀어놓고 /

모란병풍 둘러치고이 / 홍공단이불 피어놓고이 /

둘이나비자 두폭비게 / 무자나비게 돋우놓고이 /

인조나법단 전주새로이 / 홀홋이 벗어놓고이 /

전동에겉은 팔을비고이 / 분동에겉은 젓을쥐고이 /

원앙에금침 잣비게에 / 둘이몸이 한몸되어 /

장포리밭에 금자라에 / 아기자기 잘도논대이 /

23 조차기(남 49), 안동군 서후면 저전동, 1967. 12. 16. 조동일 조사, 『서사민요연구』,
   389-393쪽.

둥실둥술 밤은깊고 / 시장해도 하실적에 /

잡수고나 싶거들래이 / 소원아대로 일러다괴이 /

홋사나 김도령에이 / 내가 잘먹는 범벅오로이 /

기집년에 거둥바래이 / 이월아달에 쓰레기요 /

삼월아달에 느르치래이 / 사월달에 쑥이로대이 /

오월아달에 수리치로이 / 유월아달에 미밀이래이 /

칠월달에 수수로대이 / 팔월달에 꿀이로대이 /

구월달에 귀리로대이 / 시월달에 흰떡이로이 /

동지달에 동지로대이 / 섣달에는 무수로대이 /

정월달에 달떡이로이 / 열두나가지 범벅캘때에 /

대문아칸에 소리나네 / 기집애년에 거동바래이 /

본남편에 이도령에 / 음성에소래 넌직듣고 /

겁이나서 혼을잃고 / 발가나벗은 김도령을 /

두주나속에 집어넣고이 / 대문칸에 마중나오이 /

임아임아 서방임요이 / 무정도하다 낭군임요이 /

외방에장사 간다더니 / 아니나밤중 워에왔내이 /

외방장사 나가다보이 / 돌팔이할마이 만났더래이 /

일년아신수 가렸더데이 / 우리집두주를 살아야 /

외방장사 잘된다고 / 두주를살로 내가왔네 /

기집애년아 거동바래이 / 애고답답 애내일이요이 /

삼대사대 나러오던 / 세전아재물 그뿐인데 /

무정하다 서방님요 / 두주를왜살라 하시니껴 /

오오 덜구야 / 두주를 살라하네 /

유정하다 서방님요이 / 애고나답답 내일이요이 /

세전아재물 그뿐인데이 / 이도령에 본남편에이 /

들은채도 아니하고 / 썩으나새끼 서발에다 /

두주를 걸어지고 / 북망에 산천 살로가네 /
북망산천 살로갈 때 / 두주속에 김도령은 /
겁이나서 혼을잃고 / 빈지틈으로 오줌싸네 /
북망에산천 올라가서 / 두주에문을 열고보니 /
발가벗은 김도령이 / 살려주오 살려주오 /
잔명을 살려주오 / 이도령이 하는말이 /
나도남우집에 아달로 / 너도 남우집에 아달이라 /
기집년이 행실글러 / 이지경이 된것이지 /
잔말말고 돌아가래이 / 이도령은 빈뒤주에 /
불을놓고 나려오네 / 기집년에 거동바래이 /
후사나 김도령이 / 죽었다고 물떠놓고 /
머리풀고 통곡한대이 / 이도령은 달려들어 /
머리채를 휘여잡고 / 엎어놓고 목때리고 /
젖혀놓고 배때리고 / 기집년에 하는말이 /
무정하다 낭군임요 / 홋사나하나 내봤다고 /
죽자사자 왜때리노 / 오동동춘양 달밝은데 /
정든임생각 절로나네 / 그만하고 용서하세이 /

〈댕기와 김통인 노래〉(주운 댕기로 구애하는 총각)[24]

삼단같은 이내머리 구름같은 헌튼머리
반달같은 어룽으로 어리설설 빗겨내려
짐반두리 넓이따아(인두판처럼 넓게 땋아)
궁초댕기 끝만물어 어깨넘어로 귀던지고

---

24 [조선민요 183] 의성군, 고정옥, 『조선민요연구』, 수선사, 1947, 263~266쪽.

송금비단 쪽저고리 꺼칠비단 안을대여
실피실피 깃을달아 맹자고를 실피달아
남새달아 끈을달아 한고름에 銀조롱
한고름에 놋조롱 오롱조롱 재있드라.
무명주라 고사치매 주름 휘어잡고
앞집의 동모들아 뒷집의 벗님들아
놀로가세 놀로가세 客숨뜰에 놀로가세.
잃었다네 잃었다네 궁초댕기 잃었다네.
조였다네 조였다네 金토연이 조였다네
잃었다네 잃었다네 궁초댕기 잃었다네.
조였다네 조였다네 김토연이 조였다네.
「토연토연 金토연아. 조은댕기 나를다오.
우리아배 돈준댕기 우리오배 썩인댕기
우리형님 접은댕기 조은댕기 나를다오.」
「내사내사 못주겠다. 암탉장닭 앞에놓고 꼬꼬제비 할재주마.」
「그래도 내사싫다.」
「병풍에 기린닭이 벽장앞에 칠때주마.
동솥걸고 큰솥걸고 시간살때 너를주마.」
「토연토연 金토연아 잔말말고 나를다오.」

〰️ 〈댕기 노래〉 (주운 댕기로 구애하는 총각)[25]

형님머리 두자머리 이내머리 석자머리
형님댕기 두자댕기 이내댕기 석자댕기
우리아배 떠온댕기 우리형님 접은댕기
[노래가 막히니 웃고는]
우리어메 들인댕기 앞집이 동무네야
뒷집이 벗이네야(벗들네야) 도화들에 놀러가세
강에강축 넘게뛰다 이내댕기 빠졌구나
주었도다 주었도다 이토연이 주었도다
이내댕기 주라무다(주려무나)
못줄레라 못줄레라 처자댕기 못줄레라
주라무다 주라무다 이내댕기 주라무다
못줄레라 못줄레라 처자댕기 못줄레라
너어메랑 울어메랑 사돈할찌(사돈 할 때) 내주꺼마
처매끈에 열대차고(열쇠 차고) 사리살때 내주꺼마
명주수건 두자수건 횃대끝에 달어놓고
너랑내랑 낮닦을지 내주끄마
[잠시 쉬었다가]
못줄레라 못줄레라 처자댕기 못줄레라
여울물캉 개명물캉 합수할지 내주꾸마
주라무다 주라무다 이내댕기 주라무다
못줄레라 못줄레라 요늠요늠 요망한넘
서울가신 울오라배 금바라지 열고닫고

25 [안동시 일직면 8] 김필순(여 64), 조탑동 탑마을, 1981.7.26., 임재해 · 서미주 · 권태달
    조사, 『한국구비문학대계』 7-9, 1203-1205쪽.

414 ⋯ 자 료: 서사민요와 발라드 원문과 번역문

쫀독쫀독 견뎌봐라 구비구비 겹친댕기
사리살짝 거스를데
[웃음][더 없다.]
[모두들 잘한다고 칭찬이다.]

〈줌치 노래(주머니 노래)〉 (주머니로 구애하는 처녀)26

대천지 한바닥에 뿌리없는 낭을숨거
잎이피니 삼백육십 가지버니 열두가지
그나무 열매는 해캉달캉 열었드라
해를따라 겉을대고 달을따다 안을대고
중별따다 중침놓고 상별따다 상침놓고
대구팔사 별매듭에 북두칠성 둘러싸고
한양서울 지어달라 권선달네 사랑앞에
가지없는 노송에 까치잡아 걸어노니
권선달네 둘째아들 풀떡뛰어 나달으매
그주머니 누가졋노 저였니더 저였니더
그주머니 누가졋노(누가 만들었노)
저였니더 저였니더 유학열이 저였니더
그주머니 지은솜씨 삼백냥이 싸건마는
단오백냥 너받아라
어데있소 어데있소 그녀집은 어데있소
구름세상 돌아들어 안개세상 들어서니

26 [안동시 서후면 20] 서계숙(여 60), 저전동 모시밭, 1981.7.28., 임재해 · 김혁동 · 김대진
   조사. 『한국구비문학대계』 7-9, 612-615쪽.

월패두라 밝은달에 호령산이 그집이요
한번가도 못볼레라 두번가도 못볼레라
삼의시번 거듭가니 동네한칸 마루안에
사대지동 짚구섰네
순금비단 접조구리 억만실에 짖을다고
맹자고름 실피달아 한고름을 들구보니
인물쌍캉 거울쌍캉 쌍쌍이도 쌔였구나
두고름을 들고보니 은초롱캉 놋초롱캉
쌍쌍이도 차있구나
이씨갈아 잇당처에 허리남방 둘러입고
[잠시 멈추었다가]
그인물을 다볼라만 무쇠라도 녹아난다
들게싫은 가매안에 앉게싫은 꽃방석에
넘게싫은 문경새재 한양서울 치어달라
들오라네 들오라네 대궐안에 들오라네
서라하네 서라하네 임금앞에 서라하네
삼의시번 절을하니 여두복숭 꽃이됐네

Child 1 Riddles Wisely Expounded (현명하게 푼 수수께끼)

Version A[27]

1 THERE was a lady of the North Country, 북쪽 나라에 한 숙녀가 있었네.
Refrain: Lay the bent to the bonny broom 후렴: 예쁜 빗자루에 풀을 놓아라.
And she had lovely daughters three. 그녀는 사랑스런 딸이 셋 있었네.
Refrain: Fa la la la, fa la la la ra re 후렴: 파 라라라, 파 라라라 라 레

2 There was knight of noble worth 고상한 기사가 있었네.
Which also lived in the North. 그 역시 북쪽에 살았네.

3 The knight, of courage stout and brave, 기사는 용기 있고 용감했네.
A wife he did desire to have. 그는 아내를 갖고 싶었네.

4 He knocked at the ladie's gate 그는 숙녀의 문을 두드렸네.
One evening when it was late. 어느 날 늦은 저녁에.

5 The eldest sister let him in, 첫째 딸이 그를 들어오게 했네.
And pin'd the door with a silver pin. 문을 은색 핀으로 잠갔네.

6 The second sister she made his bed, 둘째 딸이 그의 침대 자리를 마련했네.
And laid soft pillows under his head. 그의 머리 아래 부드러운 베개를 놓았네.

7 The youngest daughter that same night, 같은 밤, 막내딸은,
She went to bed to this young knight. 그녀는 이 젊은 기사의 침대로 갔네.

8 And in the morning, when it was day, 그리고 다음 날 아침이 되었다네.

---

footnote
27 'A noble Riddle Wisely Expounded,' broadside in the Rawlinson collection, 4to, 566, fol. 193, Wood, E. 25, fol, 15. F. J. Child, op.cit., pp.1-2.

These words unto him she did say: 그에게 그녀는 이런 말을 했네.

9 'Now you have had your will,' quoth she, '이제 당신이 원하는 것을 가졌으니.' 그녀가 말하네.

'I pray, sir knight, will you marry me?' '바라건대, 기사님, 나와 결혼해 줄래요?'

10 The young brave knight to her replyed, 그 젊은 용감한 기사는 그녀에게 대답했네.

'Thy suit, fair maid, shall not be deny'd. 당신 같이 멋진 소녀는 거절당하지 않아요.

11 'If thou canst answer me questions three, 당신이 내 세 가지 질문에 대답한다면.

This very day will I marry thee.' 바로 그날 나는 당신과 결혼할 거요.

12 'Kind sir, in love, O then,' quoth she, '친절하고, 사랑스런, 기사여.' 그녀가 말하네.

'Tell me what your [three] questions be.' '당신의 세 가지 질문을 내게 말해요.'

13 'O what is longer than the way, 길보다 더 긴 것은?
Or what is deeper than the sea? 바다보다 더 깊은 것은?

14 'Or what is louder than the horn, 나팔 소리보다 더 큰 것은?
Or what is sharper than a thorn? 가시보다 더 날카로운 것은?

15 'Or what is greener than the grass, 잔디보다 더 푸른 것은?
Or what is worse then a woman was?' 여자보다 더 나쁜 것은?'

16 'O love is longer than the way, 사랑이 길보다 더 길어요.
And hell is deeper than the sea. 지옥이 바다보다 더 깊어요.

17 'And thunder is louder than the horn, 천둥이 나팔소리보다 더 커요.
And hunger is sharper than a thorn. 배고픔이 가시보다 더 날카로워요.

18 'And poyson is greener than the grass, 독이 잔디보다 더 푸르러요.
And the Devil is worse than woman was.' 악마가 여자보다 더 나빠요.

19 When she these questions answered had, 그녀가 이 세 질문에 대답하자

The knight became exceeding glad. 기사는 매우 기뻤네.

20 And having [truly] try'd her wit, 그녀의 재치를 시험하고서.
He much commended her for it. 그는 그녀를 매우 칭찬했네.

21 And after, as it is verifi'd, 그리고 그것이 증명되자.
He made of her his lovely bride. 그는 그녀를 그의 사랑스런 신부로 삼았네.

22 So now, fair maidens all, adieu, 그리고 이제 멋진 소녀들이여, 안녕.
This song I dedicate to you. 이 노래를 나는 당신들에게 바치네.

23 I wish that you may constant prove 난 당신들이 줄곧 증명하기를 바라네.
Vnto the man that you do love. 당신들이 사랑하는 남자에게.

Version A[28]

1 IN the third day of May 오월 세 번째 날에
   to Carleile did come 카렐르에 나타났네.
   A kind curteous child, 한 친절하고 예의바른 아이가,
   that cold much of wisdome. 지혜로 가득 차 있는.

2 A kirtle and a mantle 짧은 코트와 망토를
   this child had vppon, 이 아이는 걸치고 있었네.
   With brauches and ringes 브로치와 깃이
   full richelye bedone. 풍성하게 장식된.

3 He had a sute of silke, 그는 실크로 된 옷을
   about his middle drawne; 그의 몸 안에 걸쳤네.
   Without he cold of curtesye, 예법이 없는 것을
   he thought itt much shame. 그는 매우 수치스럽게 생각했네.

4 'God speed thee, King Arthur, 아더 왕이여. 신의 가호가
   sitting att thy meate! 당신 곁에 있기를!
   And the goodly Queene Gueneuer! 아름다운 여왕 기네비어여!
   I cannott her forgett. 난 그녀를 잊을 수 없네.

5 'I tell you lords in this hall, 왕께 말씀드리기를. 이 홀 안에
   I hett you all heede. 난 당신에게 말할 수 있어요.
   Except you be the more surer, 당신이 더 안전하지 않다면
   is you for to dread.' 당신은 두려워하게 될 거에요.

6 He plucked out of his potewer, 그는 주머니에서 뽑았네.

28 Percy MS, p.284; Hales and Furnivall, II, 304. F. J. Child, op.cit., pp.46-49.

and longer wold not dwell, 오래 머뭇거리지 않고,

He pulled forth a pretty mantle, 그는 멋진 망토를 꺼냈네,

betweene two nut—shells. 두 개의 너트 껍질 사이에서

7 'Haue thou here, King Arthure, 여기 있습니다, 아더 왕이여,

haue thou heere of mee; 제게서 받으십시오,

Giue itt to thy comely queene, 그것을 당신의 어여쁜 여왕에게 주세요,

shapen as itt is alreadye. 이미 모양을 갖추고 있어요.

8 'Itt shall neuer become that wiffe 그것은 부인에게는 절대 맞지 않아요,

that hath once done amisse:' 한번이라도 외도를 한 부인에게는,

Then euery knight in the kings court 왕의 궁정에 있는 모든 기사들이

began to care for his. 그의 망토에 관심을 보였네.

9 Forth came dame Gueneuer, 기네비어 여왕이 앞으로 나왔네,

to the mantle shee her bed; 그녀의 침대에 놓여있는 망토로

The ladye shee was new—fangle, 그녀는 새로운 바람둥이였네,

but yett shee was affrayd. 하지만 그녀는 두려웠네.

10 When shee had taken the mantle, 그녀가 망토를 들었을 때

shee stoode as she had beene madd; 그녀는 정신이 나간 것처럼 서있었네,

It was from the top to the toe 머리부터 발끝까지

as sheeres had itt shread. 마치 갈기갈기 찢긴 것처럼.

11 One while was itt gaule, 한 순간 그것은 붉은색이었다가,

another while was itt greene; 다른 한 순간 녹색이 되었고

another while was itt wadded; 다른 한 순간 옅은 푸른색이 되었다가

ill itt did her beseeme. 그것은 그녀에게 맞지 않았네.

12 Another while was it blacke, 다른 한 순간 검은 색이 되었고

and bore the worst hue; 최악의 상태가 되었네,

'By my troth,' quoth King Arthur, '진실을 말하면', 아더왕이 말했네,

'I thinke thou be not true.' '내 생각에 당신은 진실하지 않은 것 같소.'

13 Shee threw downe the mantle, 그녀는 망토를 집어던졌네.

that bright was of blee, 밝은 빛으로 이루어진.

Fast with a rudd redd 붉어진 얼굴로 빠르게

to her chamber can shee flee. 그녀 방으로 숨어들었네.

14 Shee curst the weauer and the walker 그녀는 그것을 짠 이를 저주했네.

that clothe that had wrought, 그 천을 짠.

And bade a vengeance on his crowne 그의 왕에 대해 복수가 내리길 빌었네.

that hither hath itt brought. 이곳으로 그것을 가져온.

15 'I had rather be in a wood, 차라리 숲에 있는 게 나을 텐데.

vnder a greene tree, 녹색 나무가 드리워진.

Then in King Arthurs court 아더왕의 궁정에서

shamed for to bee.' 수치를 당하다니.

16 Kay called forth his ladye, 케이는 그의 아내를 불렀네.

and bade her come neere; 그녀를 가까이 오게 했네.

Saies, 'Madam, and thou be guiltye, 말하길, "부인이여, 당신이 죄가 있다면.

I pray thee hold thee there.' 난 당신이 저걸 잡기를 바라오."

17 Forth came his ladye 그의 숙녀가 나와서

shortlye and anon, 짧게 한번에

Boldlye to the mantle 과감하게 그 망토에로

then is shee gone. 그녀가 다가갔네.

18 When she had tane the mantle, 그녀가 그 망토를 잡고

and cast it her about, 걸치려고 했을 때

Then was shee bare 그녀에겐 거의

all aboue the buttocckes. 엉덩이 위에 걸쳐졌네.

19 Then euery knight 그러자 모든 기사들이

that was in the kings court 왕의 궁정에 있었던.

Talked, laughed, and showted, 떠들고, 웃고, 소리쳤네.

full oft att that sport. 경기장에 있는 것처럼.

20 Shee threw downe the mantle, 그녀는 망토를 집어던졌네.

that bright was of blee, 밝은 빛으로 이루어진.

Ffast with a red rudd 붉은 얼굴이 되어 빠르게.

to her chamber can shee flee. 그녀의 방으로 도망갔네.

21 Forth came an old knight, 한 늙은 기사가 나왔네.

pattering ore a creede, 십계명을 외우면서.

And he proferred to this little boy 그는 이 작은 소년에게 주었네.

twenty markes to his meede, 그의 음식 값으로 20마르크를.

22 And all the time of the Christmasse 크리스마스에는 언제나

willinglye to feede; 기꺼이 제공한다네.

For why, this mantle might 왜냐하면, 이 망토는

doe his wiffe some need. 그의 아내에게 필요할 수 있으므로.

23 When shee had tane the mantle, 그녀가 그 망토를 입었을 때.

of cloth that was made. 천으로 만들어진.

Shee had no more left on her 그녀에게 아무 것도 남아있지 않았네.

but a tassell and a threed: 오직 장식과 깃만.

Then euery knight in the kings court 왕의 궁정에 있는 모든 기사가

bade euill might shee speed. 악마가 그녀를 데려가길 빌었네.

24 Shee threw downe the mantle, 그녀는 망토를 집어 던졌네.

that bright was of blee, 밝은 빛으로 이루어진.

And fast with a redd rudd 붉은 얼굴로 빠르게.

to her chamber can shee flee. 그녀의 방으로 도망갔네.

25 Craddocke called forth his ladye, 크레독이 그의 아내를 불렀네.

and bade her come in; 그녀를 들어오게 했네.

Saith, 'Winne this mantle, ladye, 말하길, 아내여, 이 망토를 얻으면,

with a litle dinne. 작은 흠이 있는.

26 'Winne this mantle, ladye, 아내여 이 망토를 얻으면,

and it shalbe thine 그것은 당신 것이 될 것이오.

If thou neuer did amisse 당신이 한눈을 팔지 않았다면

since thou wast mine.' 당신이 내 아내로 된 뒤로.

27 Forth came Craddockes ladye 크레독의 아내가 나왔네.

shortlye and anon, 짧게 단번에.

But boldlye to the mantle 하지만 과감하게 망토에

then is shee gone. 그녀는 다가갔네.

28 When shee had tane the mantle, 그녀가 망토를 잡고,

and cast itt her about, 그녀 위로 던졌을 때.

Vpp att her great toe 그녀의 위대한 발 위로,

itt began to crinkle and crowt; 그것은 주름을 잡고 맞추기 시작했네.

Shee said, 'Bowe downe, mantle, 그녀가 말했네, 굽혀라, 망토야

and shame me not for nought. 내가 아무 것에도 부끄러워하지 않게.

29 'Once I did amisse, 난 단 한번 부정을 했네.

I tell you certainlye, 단 확실하게 네게 말하네.

When I kist Craddockes mouth 난 크레독의 입에 키스했네.

vnder a greene tree, 푸른 나무 아래서.

When I kist Craddockes mouth 내가 크레독의 입에 키스할 때

before he marryed mee.' 그가 내와 결혼하기 전이었네.

30 When shee had her shreeuen, 그녀가 그것을 고백하고,

and her sines shee had tolde, 그녀의 죄를 말했을 때.

The mantle stoode about her 망토는 그녀에게

right as shee wold; 그녀가 원하는 대로 꼭 맞았네.

31 Seemelye of coulour, 온갖 가지 색이 빛나고,

glittering like gold; 금처럼 반짝이면서.

Then euery knight in Arthurs court 아더왕의 궁정에 있는 모든 기사가

did her behold. 그녀를 우러러봤네.

32 Then spake dame Gueneuer 그때 기네비어 여왕이 말했네.

to Arthur our king: 아더 우리의 왕에게.

'She hath tane yonder mantle, 그녀는 저 망토를

not with wright but with wronge! 잘 입은 것이 아니고, 잘못 입은 것이에요.

33 'See you not yonder woman 당신은 저 여자를 보지 못했나요?

that maketh her selfe soe clene? 그녀 자신을 아주 깨끗하게 만드는 것을?

I haue seene tane out of her bedd 난 그녀의 침대에서 봤어요,

of men fiueteene; 열다섯 명의 남자들을.

34 'Preists, clarkes, and wedded men, 사제와 사도와 결혼한 남자들을

from her by-deene; 그녀의 침대에서.

Yett she taketh the mantle, 하지만 그녀는 그 망토를 입어서

and maketh her-selfe cleane!' 그녀 자신을 깨끗하게 만들었어요.

35 Then spake the litle boy 그러자 그 작은 소년이 말했네.

that kept the mantle in hold; 망토를 가져왔던.

Sayes 'King, chasten thy wiffe; 말하길, 왕이시여, 바람난 당신의 부인은

of her words shee is to bold. 그녀는 용감하게 말을 하네요.

36 'Shee is a bitch and a witch, 그녀는 창녀이고 마녀에요.

and a whore bold; 대담한 첩이죠.

King, in thine owne hall 왕이시여, 당신의 홀에서

thou art a cuchold.' 당신은 바람난 부인을 둔 남자가 돼요.

37 The litle boy stoode 작은 소년은 서있었네.

looking ouer a dore; 문밖을 바라보면서.

He was ware of a wyld bore, 그는 사나운 멧돼지를 보고 있었네.

wold haue werryed a man. 남자들을 두렵게 하는.

38 He pulld forth a wood kniffe, 그는 나무로 된 칼을 끄집어냈네.

fast thither that he ran; 그가 달려간 것보다 훨씬 더 빠르게.

He brought in the bores head, 그는 멧돼지의 머리를 가져왔네.

and quitted him like a man. 그리고 남자답게 끝내버렸네.

39 He brought in the bores head, 그는 멧돼지의 머리를 가져왔네.

and was wonderous bold; 굉장히 용감했네.

He said there was neuer a cucholds kniffe 그는 말했네. 바람난 아내를

둔 남자의 칼 중에는 없다고.

carue itt that cold. 그것을 자를 수 있는 것은.

40 Some rubbed their kniues 몇 명이 자신들의 칼을 갈았네.

vppon a whetstone; 숫돌 위에.

Some threw them vnder the table, 몇 명이 테이블 아래로 그것을 던졌네.

and said they had none. 그리고 그들은 가지고 있지 않다고 말했네.

41 King Arthur and the child 아더왕과 아이는

stood looking them vpon; 그것들을 보며 서있었네.

All their kniues edges 모든 칼의 끝이

turned backe againe. 다시 무뎌져 있었네.

42 Craddoccke had a litle kniue 크래독은 작은 칼을 가지고 있었네.

of iron and of steele; 철과 스틸로 된.

He birtled the bores head 그는 멧돼지의 머리를 잘랐네.

wonderous weele. 굉장히 멋지게.

That euery knight in the kings court 왕의 궁정에 있던 모든 기사가

had a morssell. 조금씩 가졌네.

43 The litle boy had a horne, 작은 소년은 나팔을 갖고 있었네,

of red gold that ronge; 붉은 금으로 둘러있는.

He said, 'There was noe cuckolde 그는 말했네. 바람난 아내를 둔 남자는

shall drinke of my horne, 내 나팔로 마실 수 없어요.

But he shold itt sheede, 하지만 그는 그것을 쏟게 되요.

either behind or beforne.' 뒤로나 앞으로요.

44 Some shedd on their shoulder, 몇 명은 그들의 어깨위로 쏟았네.

and some on their knee; 몇 명은 그들의 무릎 위로.

He that cold not hitt his mouth 그는 그의 입에 댈 수 없었네.

put it in his eye; 그의 눈 안에 쏟았네.

And he that was a cuckhold, 그는 바람난 아내를 둔 남편이었네.

euery man might him see. 모든 남자가 그를 보았네.

45 Craddoccke wan the horne 크래독이 나팔을 얻었네.

and the bores head; 또한 곰의 머리를.

His ladye wan the mantle 그의 아내는 망토를 얻었네.

vnto her meede; 그의 행동에 대한 보상으로.

Euerye such a louely ladye, 모든 것을 그렇게 사랑스러운 숙녀에게

God send her well to speede! 신이 그녀에게 재빨리 보내주었네!

Child 46. Captain Wedderburn's Courtship (웨더번 경의 구애)[29]

The Laird of Rosslyn's daughter 로슬린 영주의 딸이

Walked through the wood her lane. 그녀의 숲길을 걸었네.

And by came Captain Wedderburn, 웨더번 경이 다가왔네.

A soldier of the king. 왕의 군인인.

He said unto his serving man, 그가 그의 시종에게 말했네.

Were't not against the law, 법을 어겨서는 안 되겠지만.

I would take her to my own bed 난 그녀를 내 침대로 데리고 가서

And lay her next the wall. 그녀를 벽 옆에 눕히겠네.

I'm walking here my lane, says she, 난 여기 내 길을 걷고 있어요. 그녀가 말하네.

Among my father's trees. 내 아버지의 나무들 사이로.

And you may let me walk my lane, 당신은 내가 내 길을 걷게 해줘요.

Kind sir, now, if you please. 친절한 분. 이제. 부탁드려요.

The supper bell it will be rung 저녁 식사 종이 울릴 거예요.

And I'll be missed awa', 난 놓치게 될 거예요.

So I'll not lie in your bed 난 당신 침대에 눕지 않을 거예요.

At neither stock nor wall. 가장자리건 벽 옆이건.

Then said the pretty lady, 그리고 예쁜 숙녀가 말했네.

I pray tell me your name. 내게 당신 이름을 말해줘요.

My name is Captain Wedderburn, 내 이름은 웨더번 경이오.

---

29 http://www.contemplator.com/scotland/captwed.html

428 ••• 자 료: 서사민요와 발라드 원문과 번역문

A soldier of the king. 왕의 군인.

Though your father and all his men were here, 당신 아버지와 그의 모든
    시종이 여기 있다 해도,

I would take you from them all, 난 당신을 그들 모두에서 빼앗을 거요.

I would take you to my own bed 난 당신을 내 침대로 데려갈 거요.

And lay you next the wall. 그리고 당신을 벽 옆쪽으로 누일 거요.

O hold away from me, 오 내게서 떨어져요.

Kind sir, I pray you let me be, 친절한 분, 나를 놓아줘요.

For I'll not lie in your bed 난 당신 침대에 눕지 않을 거예요.

Till I get dishes three. 내가 세 가지 음식을 받을 때까지.

Three dishes for my supper, 내 저녁을 위한 세 가지 음식을,

Though I eat none at all, 내가 전혀 먹을 수 없다 해도,

Before I lie in your bed 내가 당신 침대에 눕기 전에

At either stock or wall. 가장자리건 벽 옆이건.

I must have to my supper 난 내 저녁 식사로 먹어야 해요.

A chicken without a bone, 뼈가 없는 닭을.

And I must have to my supper 난 내 저녁 식사로 먹어야 해요.

A cherry without stone, 씨앗이 없는 체리를.

And I must have to my supper 난 내 저녁 식사로 먹어야 해요.

A bird without a gall, 담낭 없는 새를.

Before I lie in your bed 내가 당신 침대에 눕기 전에

At either stock or wall. 가장자리건 벽 옆이건.

The chicken when it's in the shell 그 껍데기 안에 있을 때 닭은

I'm sure it has no bone. 확실히 뼈가 없지요.

And when the cherry's in the bloom 꽃이 필 때 체리는

I wat it has no stone. 씨앗을 갖고 있지 않지요.

The dove she is a gentle bird. 온화한 새일 때 비둘기는,

She flies without a gall. 담낭 없이 날지요.

And we'll both lie in one bed 우린 한 침대에 눕게 될 거에요

And you'll lie next the wall. 그리고 당신은 벽 옆에 누울 거에요.

O hold away from me. kind sir. 오 내게서 떨어져요, 친절한 분,

And do not me perplex. 날 당황케 하지 말아요,

For I'll not lie in your bed 난 당신 침대에 눕지 않을 거에요.

Till you answer questions six. 당신이 여섯 가지 질문에 답할 때까지.

Six questions you must answer me. 여섯 가지 질문에 당신은 답해야 해요,

And that is four and twa. 그것은 넷 하고도 둘,

Before I lie in your bed 내가 당신 침대에 눕기 전에

At either stock or wall. 가장자리건 벽 옆이건.

O what is greener than the grass. 오 무엇이 잔디보다 푸른가요,

What's higher than the trees. 무엇이 나무보다 더 높은가요,

O what is worse than a woman's wish. 오 무엇이 여자의 소원보다 나쁜가요,

What's deeper than the seas. 무엇이 바다보다 깊은가요,

What bird crows first, what tree buds first. 어느 새가 제일 먼저 울고,

   어느 나무가 제일 먼저 싹이 나나요,

What first on them does fall. 그들 위에 무엇이 제일 먼저 떨어지나요,

Before I lie in your bed 내가 당신 침대에 눕기 전에

At either stock or wall. 가장자리건 벽 옆이건.

Death is greener than the grass, 죽음이 잔디보다 더 푸르고,

Heaven's higher than the trees, 하늘이 나무보다 더 높고,

The devil's worse than woman's wish, 악마가 여자의 소원보다 더 나쁘고,

Hell's deeper than the seas, 지옥이 바다보다 더 깊지요,

The cock crows first, the cedar buds first, 수탉이 제일 먼저 울고, 삼나무

가 제일 먼저 싹이 나요.

Dew first on them does fall, 그들 위에 이슬이 제일 먼저 떨어지지요,

And we'll both lie in one bed, 우리는 함께 한 침대에 눕게 될 거요,

And you'll lie next the wall. 당신은 벽 옆에 눕게 될 거요.

Little did this lady think, 이 숙녀는 아무 것도 생각할 수 없었네,

That morning when she raise, 그 아침 그녀가 일어났을 때,

It was to be the very last 그날이 마지막 날이었네,

Of all her maiden days, 그녀의 처녀 시절의,

For now she's Captain Wedderburn's wife, 이제 그녀는 웨더번 경의 아

내이네,

A man she never saw, 그녀가 결코 보지 못했던,

And now they lie in one bed, 이제 그들은 한 침대에 눕네,

And she lies next the wall. 그리고 그녀는 벽 옆으로 눕네,

Lord Thomas was a bold forester; 토마스경은 용감한 삼림관리원이었네.
And the lodge-keeper of the king's deer. 왕의 사슴 목장의 관리인이기도
했네.
Fair Ellinor was as a gay lady; 엘리노어양은 쾌활한 숙녀였네.
Lord Thomas he loved her dear. 토마스경은 그녀를 매우 사랑했네.

Now riddle me, dear mother, said he, 내 문제를 해결해주세요. 어머니. 그가
말했네.
And riddle it all in one, 문제를 한 번에 해결해주세요.
Whether I shall marry the brown girl, 난 갈색 소녀와 결혼해야 할까요,
or bring fair Ellinor home. 아니면 엘리노어양을 집으로 데려와야 할까요.

The brown girl she has houses and land 갈색 소녀는 집과 땅이 있어요.
Fair Ellinor she has none; 엘리노어양은 아무것도 없어요.
Wherefore I charge you upon my blessing, 네가 나의 축복을 받으려면.
To bring the brown girl home. 갈색 소녀를 집으로 데려와야 한다.

So way he flew to fair Ellinor's bow'r, 그길로 그는 엘리노어의 집으로 달려
갔네.
And tingled so loud at the ring 그리곤 종을 크게 울렸다네.
No one was so ready as fair Ellinor 엘리노어양만이 준비가 되어있었네.
To let Thomas in. 토마스를 들어오게 할.

30 http://www.contemplator.com/child/thomas.html

What new, what news, what news? she cried, 무슨 새 소식이 있나요,
그녀가 소리쳤네.

What news hast thou brought unto me? 당신이 내게 가져온 새 소식이 무엇
인가요?

I am come to bid thee to my wedding, 난 당신에 대한 내 결혼 약속을 파하러
왔어요,

Beneath the sycamore tree. 단풍나무 아래에서 했던.

O God forbid that any such thing 오 신이 그런 일을 막으시기를.

Should ever pass by my side; 그런 일이 내게서 비껴가기를.

I thought that thou wouldst have been my bridegroom 난 당신이 내
신랑이 되리라 생각했어요.

And I should have been the bride. 난 당신의 신부가 되고요.

She rode till she came to Thomas's house; 그녀는 달려서 토마스의 집에
도착했네.

She tingled so loud at the ring, 종을 크게 울렸네.

There was none so ready as Lord Thomas himself 토마스 외에는 아무
도 준비가 되지 않았네.

To let fair Ellinor in. 엘리노어양을 들어오게 할.

He took her by the lilywhite hand 그는 그녀의 백합처럼 흰 손을 잡았네.

And led her through the hall, 그리고 그녀를 이끌고 홀을 지나갔네.

And sat her down in the noblest chair, 그녀를 가장 고급스런 의자에 앉혔네.

Amongst the ladies all. 모든 숙녀들 사이에서.

Is this your bride, Lord Thomas, she said 토마스경, 이이가 당신의 신부인가요, 그녀가 말했네.

Methinks she looks wonderfully brown; 내 생각에 그녀는 아주 갈색 빛이네요.

When you could have had the fairest lady 당신은 가장 멋진 숙녀를 가질 수 있었어요.

That ever trod English ground. 영국 땅을 밟은 숙녀 중.

Despise her not, Lord Thomas then said, 그녀를 무시하지 말아요, 토마스경이 말했네.

Despise her not unto me; 그녀를 내 앞에서 무시하지 말아요.

For more do I love thy little finger 난 당신의 작은 손가락을 더 사랑한다오.

Than all her whole body. 그녀의 몸 전체보다.

The brown girl had a little penknife 갈색 소녀는 작은 펜 칼을 갖고 있었네.

Which was both long and sharp; 그것은 길고 날카로웠다네.

'Twist the small ribs and the short she pricked 작은 옆구리를 틀어서 작은 그녀는 찔렀네.

Fair Ellinor to the heart. 엘리노어양의 심장에.

Oh! what is the matter, Fair Ellen, he said 오! 무슨 일이오, 엘렌, 그가 말했네.

Methinks you look wondrous wan; 당신은 무척이나 파리해 보여요.

You used to have a fair a colour 당신은 눈부신 빛깔을 가지고 있었어요.

As ever the sun shone on. 마치 태양이 빛나는 것처럼.

Oh! are you blind, Lord Thomas? she said, 오! 눈이 멀었나요? 토마스경, 그녀가 말했네.

Oh! can you not very well see? 오! 당신은 잘 볼 수 없나요?

Oh! can you not see my own heart's blood 오! 당신은 내 심장의 피를 볼 수 없나요?

Come tinkling down my knee? 내 무릎으로 흘러내리는.

Lord Thomas he had a sword by his side, 토마스경은 곁에 칼을 갖고 있었네.

As he walked through the hall; 그는 홀을 지나 걸어갔네.

He took off the brown girl's head from her shoulders 그는 갈색 소녀의 머리를 어깨에서 떨어뜨려

And flung it against the wall. 벽을 향해 던졌네.

He put the sword to the ground, 그는 칼을 바닥 위에 놓았고,

The sword unto his heart 칼은 그의 가슴에 꽂혔네.

No sooner did three lovers meet 그보다 더 빨리 세 연인은 만날 수 없었고

No sooner did they part. 그보다 더 빨리 그들은 헤어질 수 없었네.

Lord Thomas was buried in the church 토마스 경은 교회에 묻혔네.

Fair Ellinor in the choir; 엘리노어 양은 찬양대 안에 묻혔네.

And from her bosom there grew a rose 그녀의 가슴에서 장미 한 송이가 자라났네.

And out of Lord Thomas the briar. 토마스경에게서 들장미가 자라났네.

They grew till they reached the church tip top, 꽃들은 교회 꼭대기에 닿도록 자랐네.

When the could grow no higher; 더 높이 자랄 수 없을 때까지,

And then they entwined like a true lover's knot, 꽃들은 엉켜 참된 사랑
의 매듭을 지었네.

For all true lovers to admire. 모든 참된 연인들이 경탄하도록.

Child 74 Fair Margaret and Sweet William
(어여쁜 마가렛과 달콤한 윌리엄)

Version A [31]

1   As it fell out on a long summer's day, 긴 여름날이 지고 있을 때,
    Two lovers they sat on a hill; 두 연인이 언덕에 앉아있었네.
    They sat together that long summer's day, 긴 여름날 함께 앉아있었네.
    And could not talk their fill. 자신들의 느낌을 얘기할 수 없었네.

2   'I see no harm by you, Margaret, 마가렛. 난 당신에게서 아무 상처도 입지 않을 거고,
    Nor you see none by me; 당신도 내게서 아무 상처도 입지 않을 거요.
    Before tomorrow eight a clock 내일 8시가 되기 전에
    A rich wedding shall you see.' 당신은 부유한 혼인식을 보게 될 거요.

3   Fair Margaret sat in her bower-window, 마가렛은 그녀의 방 창가에 앉아있었네.
    A combing of her hair, 그녀의 머리를 빗으면서,
    And there she spy'd Sweet William and his bride, 그녀는 달콤한 윌리엄과 그의 신부를 보았네.
    As they were riding near. 그들이 나란히 달리고 있는 것을.

4   Down she layd her ivory comb, 그녀는 상아빛 빗을 내려놓았네.
    And up she bound her hair; 그리고 그녀는 머리를 올려 묶고,
    She went her way forth of her bower, 그녀는 그녀 방 앞으로 나왔네,
    But never more did come there. 그러나 그보다 더 갈 수 없었네.

5   When day was gone, and night was come, 낮이 가고 밤이 왔을 때,

---

31   a. 'Fair Margaret's Misfortune,' etc., Douce Ballads, I, fol. 72. F. J. Child, op.cit., pp.157-158.

And all men fast asleep, 모든 남자들이 깊이 잠들었을 때,

Then came the spirit of Fair Margaret, 그때 마가렛의 영혼이 왔네.

And stood at William's feet. 그리고 윌리엄의 발 쪽에 섰네.

6 'God give you joy, you two true lovers, 신이 당신들에게 기쁨을 주길, 진정한 두 연인에게.

In bride−bed fast asleep; 신혼 침대에서 잠들 때.

Loe I am going to my green grass grave, 나는 내 푸른 잔디 무덤으로 가려고 해요.

And am in my winding−sheet.' 그리고 수의에 감겨 있을 거예요.

7 When day was come, and night was gone, 낮이 오고 밤이 갔을 때.

And all men wak'd from sleep, 모든 남자가 잠에서 깨어났을 때.

Sweet William to his lady said, 달콤한 윌리엄이 그의 숙녀에게 말했네.

My dear, I have cause to weep. 내 사랑, 나는 울어야 할 이유가 있네.

8 'I dreamd a dream, my dear lady; 나는 꿈을 꾸었네, 나의 숙녀여.

Such dreams are never good; 아주 좋지 않은 꿈을.

I dreamd my bower was full of red swine, 내 방이 붉은 돼지로 가득 찬 꿈을 꾸었네.

And my bride−bed full of blood.' 내 신혼 침대가 피로 가득 찬 꿈을 꾸었네.

9 'Such dreams, such dreams, my honoured lord, 그런 꿈은, 그런 꿈은, 존경하는 낭군님.

They never do prove good, 결코 좋은 꿈이 아니에요.

To dream thy bower was full of swine, 당신의 방이 돼지로 가득 찬 꿈,

And [thy] bride−bed full of blood.' 당신의 신혼 침대가 피로 가득 찬.

10 He called up his merry men all, 그는 그의 들러리들을 모두 불렀네.

By one, by two, and by three, 하나, 둘, 그리고 셋.

Saying, I'll away to Fair Margaret's bower, 난 마가렛의 방으로 떠나

려 하네.

By the leave of my lady. so 내 숙녀의 허락을 받아.

11 And when he came to Fair Margaret's bower, 그가 마가렛의 방에
도착했을 때.

He knocked at the ring; 그는 종을 두드렸네.

So ready was her seven brethren 그녀의 일곱 형제가 준비하고 있었네.

To let Sweet William in. 달콤한 윌리엄을 들어오게 하려고.

12 He turned up the covering-sheet: 그는 덮여진 시트를 들쳤네.

'Pray let me see the dead; 내가 죽은 이를 보게 해줘요.

Methinks she does look pale and wan, 내 생각에 그녀는 창백하고 파리
해 보여요.

She has lost her cherry red. 그녀는 체리 같은 붉은 빛을 잃어버렸어요.

13 'I'll do more for thee, Margaret, 마가렛. 난 당신을 위해 할 게 많아요.

Than any of thy kin; 당신의 가족 중 어느 누구보다.

For I will kiss thy pale wan lips, 난 당신의 창백한 입술에 입 맞출 거에요.

Tho a smile I cannot win.' 난 당신의 미소를 얻을 수 없다 하더라도.

14 With that bespeak her seven brethren, 그녀의 일곱 형제가 말하네.

Making most pitious moan: 가장 애처로운 탄식을 하면서.

'You may go kiss your jolly brown bride, 당신은 가서 당신의 대단한
갈색 신부에게 키스하시오.

And let our sister alone.' 내 여동생은 홀로 내버려두시오.

15 'If I do kiss my jolly brown bride, 내가 내 대단한 갈색 신부에게 키스하면.

I do but what is right; 난 오직 옳은 일을 한 것이라오.

For I made no vow to your sister dear, 왜냐하면 난 당신들의 사랑스런
여동생에게 아무런 맹세도 하지 않았다오.

By day or yet by night. 낮이건 밤이건.

16 'Pray tell me then how much you'll deal 당신들이 얼마나 지불했는지 내게 말해주오.

Of your white bread and your wine; 당신들의 흰 빵과 포도주에 대해.

So much as is dealt at her funeral today 오늘 그녀의 장례식에 얼마나 드는지

Tomorrow shall be dealt at mine.' 내일 나의 장례식에 얼마나 들지.

17 Fair Margaret dy'd today, today, 마가렛은 오늘 죽었네. 오늘.

Sweet William he dy'd the morrow; 달콤한 윌리엄은 다음날 죽었네.

Fair Margaret dy'd for pure true love, 마가렛은 순수한 사랑 때문에 죽었네.

Sweet William he dy'd for sorrow. 달콤한 윌리엄은 슬픔으로 죽었네.

18 Margaret was buried in the lower chancel, 마가렛은 낮은 제단에 묻혔네.

Sweet William in the higher; 달콤한 윌리엄은 높은 곳에 묻혔네.

Out of her breast there sprung a rose, 그녀 가슴에서 장미 한 송이가 피어났네.

And out of his a brier. 그에게서는 들장미 한 송이가 피어났네.

19 They grew as high as the church-top, 그들은 교회의 꼭대기만큼 높이 자랐네.

Till they could grow no higher, 그들이 더 높이 자랄 수 없을 때까지.

And then they grew in a true lover's knot, 그들은 자라나 진실한 사랑의 매듭을 맺었네.

Which made all people admire. 그것은 모든 사람을 경탄케 했네.

20 There came the clerk of the parish, 거기에 교구의 사무계원이 왔네.

As you this truth shall hear, 당신이 이 참된 이야기를 들을 때.

And by misfortune cut them down, 불행히도 그들을 잘라버렸네.

Or they had now been there. 그러지 않았으면 지금도 거기에 있었을 텐데.

Child 84 Bonny Barbara Allan (아름다운 바바라 알랜)

Barbara Allen[32]

In Scarlet town where I was born, 난 스칼렛 타운에서 태어났다네.
There was a fair maid dwellin' 거기엔 한 멋진 소녀가 살고 있었지.
Made every youth cry Well-a-day, 모든 청년을 하루 종일 울게 만든.
Her name was Barb'ra Allen. 그녀의 이름은 바바라 알렌.

All in the merry month of May, 모두가 즐거운 멋진 오월에.
When green buds they were swellin' 초록 봉오리들이 피어날 때,
Young Willie Grove on his death-bed lay, 젊은 윌리 그로브는 죽음 침상에
    누워있었네.
For love of Barb'ra Allen. 바바라 알렌에 대한 사랑 때문에

He sent his servant to her door 그는 하인을 그녀의 집으로 보냈네.
To the town where he was dwellin' 그가 살고 있는 도시로
Haste ye come, to my master's call, 서둘러 와야 해요, 내 주인님이 부르셨어요.
If your name be be Barb'ra Allen. 당신 이름이 바바라 알렌이라면.

So slowly, slowly got she up, 천천히, 아주 천천히 그녀는 일어났네.
And slowly she drew nigh him, 그리고 천천히 그에게 다가갔네.
And all she said when there she came: 그녀가 거기 가서 말한 것은
"Young man, I think you're dying!" "젊은이여, 내 생각에 당신은 죽어가는 것
    같아요!"

---

32 http://www.contemplator.com/child/brballen.html

He turned his face unto the wall 그는 자신의 얼굴을 벽 쪽으로 돌렸네.

And death was drawing nigh him. 그리고 죽음이 그에게로 가까이 왔네.

Good bye, Good bye to dear friends all, 안녕, 안녕, 내 모든 사랑하는 친구들이여.

Be kind to Bar'bra Allen 바바라 알렌에게 친절히 해주게.

When he was dead and laid in grave, 그가 죽어서 무덤에 묻힐 때,

She heard the death bell knelling. 그녀는 조종이 울리는 것을 들었네.

And every note, did seem to say 그리고 모든 음이 말하는 것 같았네.

Oh, cruel Barb'ra Allen 오 잔인한 바바라 알렌

"Oh mother, mother, make my bed 오 어머니, 어머니 내 침대를 만들어줘요.

Make it soft and narrow 부드럽고 좁게 만들어줘요.

Sweet William died, for love of me, 달콤한 윌리엄이 죽었어요. 나에 대한 사랑 때문에.

And I shall of sorrow." 난 슬픔으로 죽게 될 거에요.

They buried her in the old churchyard 그들은 그녀를 오래된 교회묘지에 묻었네.

Sweet William's grave was neigh hers 달콤한 윌리엄의 무덤은 그녀 곁에 있네.

And from his grave grew a red, red rose 그의 무덤에서 붉고 붉은 한 송이 장미가 자랐네.

From hers a cruel briar. 그녀의 무덤에서 피어난 한 송이 잔인한 들장미.

They grew and grew up the old church spire 그들은 오래된 교회 탑 위로

자라고 자랐네.

Until they could grow no higher 그들이 더 이상 오를 수 없을 때까지.

And there they twined, in a true love knot, 그들은 엉키었네. 참된 사랑의
매듭으로.

The red, red rose and the briar. 붉고 붉은 장미와 들장미로.

1 IN SCARLET TOWN, where I was bound, 스칼렛 타운에 나는 머물고 있었네.

There was a fair maid dwelling, 거기에 한 멋진 소녀가 살고 있었지.

Whom I had chosen to be my own, 난 그녀를 나의 여자로 택했네.

And her name it was Barbara Allen. 그녀의 이름은 바바라 알렌이었네.

2 All in the merry month of May, 오월의 멋진 달이었네.

When green leaves they was springing, 초록 잎들이 피어나고 있었지.

This young man on his death−bed lay, 이 젊은이는 그의 죽음자리에 누워있네.

For the love of Barbara Allen. 바바라 알렌에 대한 사랑 때문에.

3 He sent his man unto her then, 그는 그의 시종을 그녀에게 보냈네.

To the town where she was dwelling: 그녀가 살고 있는 마을로.

'You must come to my master dear, 당신은 내 주인에게 가야만 해요

If your name be Barbara Allen. 당신 이름이 바바라 알렌이라면

4 'For death is printed in his face, 그의 얼굴에 죽음이 드리워있어요.

And sorrow's in him dwelling, 슬픔이 그의 안에 살고 있어요.

And you must come to my master dear, 당신은 내 주인에게 가야만 해요

If your name be Barbara Allen.' 당신 이름이 바바라 알렌이라면

5 your name be Barbara Allen.' 당신 이름이 바바라 알렌이라면

'If death be printed in his face, 죽음이 그의 얼굴에 드리워지고

And sorrow's in him dwelling, 슬픔이 그 안에 살고 있을지라도,

Then little better shall he be 그는 조금 나아지게 될 거에요.

---

33 b. Roxburghe Ballads, Ⅲ, 522. F. J. Child, op. cit. pp.180−181.

For bonny Barbara Allen.' 아름다운 바바라 알렌을 보게 된다면.

6 So slowly, slowly she got up, 아주 천천히, 천천히 그녀는 일어났네.
And so slowly she came to him, 그리고 아주 천천히 그에게 갔네.
And all she said when she came there, 그녀가 거기에서 한 말은 기껏.
Young man, I think you are a dying. 젊은이여, 내 생각에 당신은 곧 죽을 거에요.

7 He turnd his face unto her then: 그는 그의 얼굴을 그녀에게로 돌렸네.
'If you be Barbara Allen, "당신이 바바라 알렌이라면,
My dear,' said he, 'Come pitty me, 그가 말했네. 나를 가엾게 여겨줘요.
As on my death-bed I am lying.' 죽음의 침상에 누워있는 나를."

8 'If on your death-bed you be lying, 당신이 죽음의 침상에 누워있다고 해도,
What is that to Barbara Allen? 그것이 바바라 알렌에게 무슨 의미가 있나요?
I cannot keep you from [your] death; 난 당신의 죽음을 지켜볼 수가 없어요.
So farewell,' said Barbara Allen. 안녕히 가세요, 바바라 알렌이 말했네.

9 He turnd his face unto the wall, 그는 그의 얼굴을 벽 쪽으로 돌렸네.
And death came creeping to him: 죽음이 그에게 다가왔네.
'Then adieu, adieu, and adieu to all, 그러면 안녕, 안녕, 모두들 안녕.
And adieu to Barbara Allen!' 바바라 알렌도 잘 있으시오.

10 And as she was walking on a day, 그녀가 어느 날 걷고 있을 때,
She heard the bell a ringing, 그녀는 벨이 울리는 것을 들었네.
And it did seem to ring to her 그 소리는 그녀에게 말하는 것 같았네.
'Unworthy Barbara Allen.' '가치 없는 바바라 알렌'

11 She turnd herself round about, 그녀는 몸을 돌렸네.
And she spy'd the corps a coming: 그녀는 장례 행렬이 오는 것을 보았네.

'Lay down, lay down the corps of clay, 내려놓아요, 흙이 된 시신을 내려 놓아요.

That I may look upon him.' 내가 그를 볼 수 있도록.

12 And all the while she looked on, 그녀가 그를 들여다보는 동안

So loudly she lay laughing, 매우 크게 그녀는 웃었네.

While all her friends cry'd [out] amain, 그녀의 모든 친구들이 소리칠 동안.

So loudly she lay laughing, 매우 크게 그녀는 웃었네.

While all her friends cry'd [out] amain, 그녀의 모든 친구들이 소리칠 동안.

'Unworthy Barbara Allen!' "가치 없는 바바라 알렌"

13 When he was dead, and laid in grave, 그가 죽어서 무덤에 누웠을 때.

Then death came creeping to she: 죽음이 그녀에게로 찾아왔네.

'O mother, mother, make my bed, 오 어머니, 어머니, 내 침대를 마련해 줘요.

For his death hath quite undone me. 그의 죽음이 내게로 왔어요.

14 'A hard-hearted creature that I was, 난 몰인정한 사람이었어요.

To slight one that lovd me so dearly; 날 진심으로 사랑한 사람을 무시했 지요.

I wish I had been more kinder to him, 난 그에게 더 친절해야 했어요.

The time of his life when he was near me.' 그의 생전에 그가 내 곁에 있었을 때.

15 So this maid she then did dye, 그렇게 이 소녀는 죽었네.

And desired to be buried by him, 그리고 그의 곁에 묻히기를 원했네.

And repented her self before she dy'd, 그리고 그녀는 죽기 전에 후회했네.

That ever she did deny him. 그녀가 그를 거부한 것을.

Child 85 Lady Alice (레이디 앨리스)

Version A: Lady Alice[34]

1   LADY ALICE was sitting in her bower-window, 숙녀 앨리스가 그
녀의 방 창문가에 앉아있었네.

  Mending her midnight quoif, 그녀의 밤에 쓰는 두건을 수선하면서.

  And there she saw as fine a corpse 거기에서 그녀는 아름다운 시신을
보았네.

  As ever she saw in her life. 그녀가 평생에 본 것 중에서.

2   'What bear ye, what bear ye, ye six men tall? 무엇을 메고 있나요,
무엇을 메고 있나요, 키 큰 여섯 장정님?

  What bear ye on your shoulders?' 당신들 어깨에 무엇을 메고 있나요?

  'We bear the corpse of Giles Collins, 우리는 질 콜린스의 시신을 메고
있어요.

  An old and true lover of yours.' 당신의 오래되고 진실한 연인을요.

3   '0 lay him down gently, ye six men tall, 오 그를 부드럽게 내려놓아요.
키 큰 여섯 장정님.

  All on the grass so green, 모두 저 푸른 잔디 위에.

  And tomorrow, when the sun goes down, 그리고 내일, 해가 질 때.

  Lady Alice a corpse shall be seen. 숙녀 앨리스의 시신을 보게 될 거에요.

4   'And bury me in Saint Mary's church, 날 성 메리 교회에 묻어주세요.

  All for my love so true, 나의 진실한 사랑을 위해.

  And make me a garland of marjoram, 나에게 마조람 꽃다발을 만들어주세요.

---

34 a. Bell's Ancient Poems, Ballads, and Songs of the Peasantry of England, p.
127. F. J. Child, op. cit. pp.181-182.

And of lemon-thyme, and rue.' 그리고 레몬, 다임, 루의 꽃다발도요.

5 Giles Collins was buried all in the east, 질 콜린스는 동쪽에 묻혔네.

Lady Alice all in the west, 숙녀 앨리스는 서쪽에.

And the roses that grew on Giles Collins's grave, 질 콜린스의 무덤

에서 자라난 장미가.

They reached Lady Alice's breast. 숙녀 앨리스의 가슴에까지 닿았네.

6 The priest of the parish he chanced to pass, 교회의 신부가 우연히

지나가다가.

And he severed those roses in twain; 그 장미들을 둘로 갈라놓았네.

Sure never were seen such true lovers before, 그렇게 진실한 연인들

은 다시 볼 수 없다네.

Nor eer will there be again. 거기에 다신 없게 될 테니.

Child 235 The Earl of Aboyne (애보닌의 백작)

Version A: 'The Earl of Aboyne'[35]

1 THE Earl of Aboyne he's courteous and kind, 애보닌 백작은 예의바르고 친절했네.

He's kind to every woman, 그는 모든 여인에게 친절했네.

And the Earl of Aboyne he's courteous and kind, 애보닌 백작은 예의바르고 친절했네.

But he stays ower lang in London. 그러나 그는 런던에 너무 오래 머물렀네.

2 The ladie she stood on her stair–head, 숙녀는 계단 머리 쪽에 서있었네.

Beholding his grooms a coming; 그의 신랑이 오는 것을 바라보면서.

She knew by their livery and raiment so rare 그녀는 그들의 제복과 복장이 매우 드문 것을 알았네.

That their last voyage was from London. 그들의 지난 여행은 런던으로부터였네.

3 'My grooms all, ye'll be well in call, 나의 시종들아. 부름에 잘 응하라.

Hold all the stables shining; 모든 마굿간을 빛나게 닦고,

With a bretther o degs ye'll clear up my nags, 낡은 옷과 천들로 내 조랑말도 깨끗이 하렴.

Sin my gude lord Aboyne is a coming. 나의 훌륭한 주인 애보닌이 오고 계시니.

4 'My minstrels all, be well in call, 나의 음악가들아. 부름에 응하라.

Hold all my galleries ringing; 나의 모든 갤러리들을 울리게 해라.

---

35 Kinloch MSS., V, 351; in the handwriting of John Hill Burton. F. J. Child, op.cit., pp.534–535.

With music springs ye'll try well your strings, 음악 샘으로 현들을 가다듬어라.

Sin my gude lord's a coming. 나의 훌륭한 주인이 오고계시니.

5 'My cooks all, be well in call, 모든 나의 요리사들아, 부름에 응하라.

Wi pots and spits well ranked; 냄비와 꼬챙이가 잘 진열됐는지,

And nothing shall ye want that ye call for, 너희가 원하는 대로 할 수 있게.

Sin my gude Lord Aboyne's a coming. 나의 훌륭한 주인 애보닌이 오고 계시니.

6 'My chamber-maids, ye'll dress up my beds, 나의 침실 하녀여, 내 침대보를 갈아라.

Hold all my rooms in shining; 내 모든 방들이 반짝이게 해라.

With Dantzic waters ye'll sprinkle my walls, 단츠 물로 내 벽에 뿌려라.

Sin my good lord's a coming.' 내 선한 주인이 오고 계시니.

7 Her shoes was of the small cordain, 그녀의 구두는 작은 코데인 가죽으로 되어 있고,

Her stockings silken twisting; 그녀의 스타킹은 실크로 짜여있네.

Cambrick so clear was the pretty lady's smock, 작고 예쁜 숙녀의 겉옷은 깨끗한 셔츠이고,

And her stays o the braided sattin. 그녀의 코르셋은 실로 짠 공단이네.

8 Her coat was of the white sarsenent, 그녀의 코트는 하얀 비단이고,

Set out wi silver quiltin, 은색 퀼팅으로 되어 있네.

And her gown was o the silk damask, 그녀의 가운은 비단 다마스크로 돼 있고,

Set about wi red gold walting. 붉은 금색 장식으로 되어 있네.

9 Her hair was like the threads of gold, 그녀의 머리는 금색 실타래 같네.

Wi the silk and sarsanet shining, 실크와 비단이 빛나는 듯한,

Wi her fingers sae white, and the gold rings sae grite, 그녀의 손가락은 매우 하얗고, 금반지는 매우 멋지네.

To welcome her lord from London. 런던에서 오는 그녀의 주인을 환영하기 위해.

10 Sae stately she steppit down the stair, 그녀는 계단을 당당하게 내려갔네.

And walkit to meet him coming; 그가 오는 것을 맞이하기 위해.

Said, O ye'r welcome, my bonny lord, 말했네. 환영해요. 나의 아름다운 주인님.

Ye'r thrice welcome home from London! 런던에서 집에 오신 걸 매우 환영해요!

11 'If this be so that ye let me know, 이 일을 당신이 내게 알게 했더라면,

Ye'll come kiss me for my coming, 당신이 내가 올 때 내게 키스하러 올 것을.

For the morn should hae been my bonny wedding−day 왜냐하면 그 아침은 나의 멋진 혼인날이라.

Had I stayed the night in London.' 난 런던에서 밤을 지냈어요.

12 Then she turned her about wi an angry look, 그러자 그녀는 화난 얼굴로 변했네.

O for such a sorry woman! 오 저런 가련한 여인!

'If this be so that ye let me know, 이런 일을 당신이 내게 알게 했더라면,

Gang kiss your ladies in London.' 런던에 있는 당신의 숙녀에게 가서 키스하세요.

13 Then he looked ower his left shoulder 그때 그는 그의 왼쪽 어깨 너머로 보았네.

To the worthie companie wi him; 그와 함께 온 고귀한 일행들을,

Says he, Isna this an unworthy welcome 그가 말하네, 이건 가치 없는 환영 아니오?

The we've got, comin from London! 우린 막 런던에서 왔소!

14 'Get yer horse in call, my nobles all, 나의 모든 고귀한 손님들이여, 말을 부르시오.

And I'm sorry for yer coming, 당신들이 오게 해서 죄송하오.

But we'll horse, and awa to the bonny Bog o Gight, 우리는 말을 타고 아름다운 기히트 늪지로 갈 거요.

And then we'll go on to London.' 그리고 거기서 런던으로 계속 갈거요.

15 'If this be Thomas, as they call you, 이이가 토마스라면, 그들이 당신을 부르듯이,

You'll see if he'll hae me with him; 당신은 그가 나와 함께 있는 것을 보게 될 거에요.

And nothing shall he be troubled with me 그는 나와 아무런 문제가 없을 거에요.

But myself and my waiting-woman.' 내 자신과 내 들러리 외에는.

16 'I've asked it already, lady,' he says, 난 이미 요청했어요, 숙녀여, 그가 말하네.

'And your humble servant, madam; 당신의 겸손한 하인에게도요, 부인.

But one single mile he winna lat you ride 하지만, 그는 당신을 단 일 마일도 가지 못하게 할 거에요.

Wi his company and him to London.' 런던으로 가는 그의 동료와 그도.

17 A year and mare she lived in care, 일 년 그리고 더 그녀는 보살핌 속에 살았네.

And docters wi her dealin, 의사들의 간호 속에.

And with a crack her sweet heart brack, 그녀의 달콤한 심장에 금이

가 부서졌네.

And the letters is on to London. 편지가 런던으로 갔네.

18 When the letters he got, they were all sealed in black, 그가
편지를 받았을 때. 편지는 검은 색으로 봉해져있었네.

And he fell in a grievous weeping; 그는 슬픔에 빠져 울었네.

He said, She is dead whom I loved best 그는 말했네. 내가 가장 사랑했
던 그녀가 죽었네.

If I had but her heart in keepin. 난 오직 그녀만을 가슴에 담고 있었네.

19 Then fifteen o the finest lords 가장 멋진 영주 열다섯 명을

That London could afford him, 런던에서 그에게 제공했네.

From their hose to their hat, they were all clad in black, 양말
부터 모자까지. 그들은 온통 검은 색으로 입었네.

For the sake of her corpse, Margaret Irvine. 그녀 마가렛 어빈의 시
신을 위해.

20 The furder he gaed, the sorer he wept, 나아갈수록. 그는 더 심하게
울었네.

Come keping her corpse, Margaret Irvine. 그녀 마가렛 어빈의 시신에
다가가면서.

Until that he came to the yetts of Aboyne, 그가 애보닌에 올 때까지.

Where the corpse of his lady was lying. 그곳은 그녀 시신이 누워
있는 곳.

Child 243 James Harris, (The Daemon Lover)
(제임스 해리스, 악마 연인)

Version C: James Harris, (The Daemon Lover) [36]

1 'O ARE ye my father? Or are ye my mother? 오 당신은 나의 아버지
세요, 아니면 나의 어머니인가요?

Or are ye my brother John? 아니면 나의 오빠 존인가요?

Or are ye James Herries, my first true-love, 아니면 내 첫 번째 진실
한 사랑, 제임스 헤리스인가요,

Come back to Scotland again?' 다시 스코틀랜드로 돌아온?

2 'I am not your father, I am not your mother, 난 당신 아버지가 아니
오, 당신 어머니도 아니오,

Nor am I your brother John; 난 당신 오빠 존도 아니오,

But I'm James Herries, your first true-love, 난 제임스 헤리스요, 당
신의 첫 번째 진실한 사랑,

Come back to Scotland again.' 스코틀랜드로 다시 돌아온,

3 'Awa, awa, ye former lovers, 멀리 멀리, 옛 연인이여,

Had far awa frae me! 내게서 멀리 떨어지세요!

For now I am another man's wife 이제 난 다른 남자의 부인이에요

Ye'll neer see joy o me.' 당신은 더 이상 내 즐거움을 볼 수 없어요,

4 'Had I kent that ere I came here, 내가 여기 오기 전에 내가 알았더라면,

I neer had come to thee; 난 당신에게 오지 않았을 거요,

For I might hae married the king's daughter, 왜냐하면 난 왕의 딸과
결혼할 수 있었소,

---

36 Buchan's Ballads of the North of Scotland, I, 214. http://www.sacred-texts.
com/neu/eng/child/ch243.htm

Sae fain she woud had me. 그녀는 나를 가지려 했소.

5 'I despised the crown o gold, 난 금으로 된 왕관을 경멸했소.

The yellow silk also, 노란 실크 역시.

And I am come to my true—love, 그래서 난 나의 진실한 사랑에게 왔소.

But with me she'll not go.' 하지만 그녀가 나와 함께 가지 않으려 하다니.

6 'My husband he is a carpenter, 내 남편은 목수에요.

Makes his bread on dry land, 그의 빵을 마른 땅에서 만들죠.

And I hae born him a young son; 그리고 난 그의 어린 아들을 낳았어요.

Wi you I will not gang.' 난 당신과 가지 않을 거예요

7 'You must forsake your dear husband, 당신은 당신의 사랑하는 남편을 버려야 해요.

Your little young son also, 당신의 어린 아들 역시.

Wi me to sail the raging seas, 나와 함께 일렁이는 바다로 노저어가야 해요.

Where the stormy winds do blow.' 폭풍이 불어오는.

8 'O what hae you to keep me wi, 오 당신은 내게 무엇을 약속할 건가요.

If I should with you go, 내가 당신과 함께 간다면.

If I'd forsake my dear husband, 내가 내 사랑하는 남편을 버린다면.

My little young son also?' 나의 작고 어린 아들 또한?

9 'See ye not yon seven pretty ships? 저 일곱 척의 예쁜 배가 보이지 않나요?

The eighth brought me to land, 여덟 번째 배를 내가 육지로 가져왔소.

With merchandize and mariners, 상인들과 뱃사람들과 함께.

And wealth in every hand.' 그리고 모든 손에 재물을 가지고.

10 She turnd her round upon the shore 그녀는 해안을 돌아보았네.

Her love's ships to behold; 그녀 연인의 배를 바라다보기 위해.

Their topmasts and their mainyards 그 배들의 돛대들과 아래활대들이

Were coverd oer wi gold. 금으로 가득 덮여 있었네.

11 Then she's gane to her little young son, 그때 그녀는 그녀의 작고 어린 아들에게 갔네.

And kissd him cheek and chin; 그리고 그의 뺨과 턱에 키스했네.

Sae has she to her sleeping husband, 그녀의 자고 있는 남편에게도 가서,

And dune the same to him. 그리고 그에게도 똑같이 했네.

12 'O sleep ye, wake ye, my husband? 오 자고 있나요, 깨어있나요? 나의 남편이여.

I wish ye wake in time! 당신이 제때에 일어나기를!

I woudna for ten thousand pounds 내가 일만 파운드 때문만은 아니라는 걸

This night ye knew my mind.' 오늘밤 당신이 내 마음을 알게 되기를.

13 She's drawn the slippers on her feet, 그녀는 슬리퍼를 발에 신었네.

Were coverd oer wi gold, 금으로 덮여 있고,

Well lined within wi velvet fine, 안쪽은 좋은 벨벳으로 잘 박혀있는.

To had her frae the cold. 그녀가 추위를 타지 않게 하기 위해.

14 She hadna sailed upon the sea 그녀는 바다로 나아갈 수 없었네.

A league but barely three 한 리그 아니 거의 세 리그도 못가서,

Till she minded on her dear husband, 그녀는 그녀의 사랑스런 남편이 마음에 걸렸네.

Her little young son tee. 그녀의 작고 어린 아들 역시.

15 'O gin I were at land again, 오 내가 다시 육지에 있을 수 있다면.

At land where I woud be, 난 육지에 있을 텐데.

The woman neer shoud bear the son 아들을 낳은 여자라면 결코

Shoud gar me sail the sea.' 내가 바다를 건너가게 해서는 안 되네.

16 'O hold your tongue, my sprightly flower, 오 혀를 멈춰라, 내 작은 요정 꽃아.

Let a' your mourning be; 너를 위한 애도를 하렴.

I'll show you how the liles grow 내가 네게 백합이 어떻게 자라는지 보여주지.

On the banks o Italy.' 이탈리아의 강둑 위에서.

17 She hadna sailed on the sea 그녀는 바다로 나아가지 못했네.

A day but barely ane 하루도 겨우 하루도.

Till the thoughts o grief came in her mind, 슬픈 생각이 그녀 마음에 떠올라.

And she langd for to be hame. 그녀는 집을 그리워했네.

18 'O gentle death, come cut my breath, 오 점잖은 죽음이시여, 내 숨을 끊으러 오네요.

I may be dead ere morn! 난 아침이 되기 전에 죽게 되겠지요!

I may be buried in Scottish ground, 난 스코틀랜드 땅에 묻히게 되겠지요.

Where I was bred and born!' 내가 태어나고 자란!

19 'O hold your tongue, my lily leesome thing, 오 네 혀를 멈춰라, 나의 백합 같은 이여,

Let a' your mourning be; 너를 위한 애도를 하렴.

But for a while we'll stay at Rose Isle, 잠시 우리는 로즈 섬에 멈출 테니,

Then see a far countrie. 그때 먼 고국을 보렴.

20 Ye'se neer be buried in Scottish ground, 넌 스코틀랜드 땅에 묻힐 수 없고,

Nor land ye's nae mair see; 그 땅을 더 이상 볼 수도 없네.

I brought you away to punish you 난 너에게 벌을 주기 위해 데려왔지.

For the breaking your vows to me. 내게 한 네 맹세를 어긴 것에 대해.

21 'I said ye shoud see the lilies grow 난 네가 백합이 자라는 것을 볼 것이라고 말했지.

On the banks o Italy; 이탈리아의 강둑 위에서.

But I'll let you see the fishes swim, 하지만 난 네가 헤엄치는 고기들을 보게 할 거야.

In the bottom o the sea.' 바다의 밑바닥에서.

22 He reached his hand to the topmast, 그는 그의 손을 돛대로 뻗어,

Made a' the sails gae down, 돛이 아래로 내려가게 했네,

And in the twinkling o an ee 눈 깜빡할 사이에

Baith ship and crew did drown. 배와 선원 모두 가라앉았네.

23 The fatal flight o this wretched maid 이 비참한 소녀의 치명적 항해는

Did reach her ain countrie; 그녀 자신의 나라에 닿았네,

Her husband then distracted ran, 그녀의 남편은 정신이 나가 달렸네,

And this lament made he: 그리고 그는 이렇게 탄식했네:

24 'O wae be to the ship, the ship, 아 그 배, 그 배로,

And wae be to the sea, 그리고 아 그 바다로,

And wae be to the mariners 그리고 아 그 선원들에게로,

Took Jeanie Douglas frae me! 지니 더글라스를 내게서 빼앗다니!

25 'O bonny, bonny was my love, 오 아름답고, 아름다웠네, 나의 사랑,

A pleasure to behold; 바라보는 것만으로도 즐거웠네;

The very hair o my love's head 내 사랑의 머리에 있는 그 머리칼은

Was like the threads o gold. 마치 금으로 이루어진 실타래 같았네.

26 'O bonny was her cheek, her cheek, 오 아름다웠네, 그녀의 뺨, 그녀의 뺨,

And bonny was her chin, 그리고 아름다웠네, 그녀의 턱,

And bonny was the bride she was, 그리고 그녀는 아름다운 신부였네,

The day she was made mine!' 그날, 그녀는 나의 것이 되었네!

Child 268 The Twa Knights (두 명의 기사)

Version A: The Twa Knights[37]

1　There were twa knights in fair Scotland, 멋진 스코틀랜드에 두 기사가
있었네.

　And they were brothers sworn; 그들은 형제가 되기로 맹세했네.

　They made a vow to be as true 그들은 진실하기로 서약했네.

　As if they'd been brothers born. 그들이 형제로 태어난 것처럼.

2　The one he was a wealthy knight, 한 명은 부자 기사였네.

　Had lands and buildings free; 땅과 건물을 무상으로 갖고 있었네.

　The other was a young hynde squire, 다른 한 명은 시골의 지주였네.

　In rank of lower degree. 낮은 등급에 있는.

3　But it fell ance upon a day 그 일은 어느 날 일어났네.

　These squires they walkd alone, 이 기사들은 외따로 걷고 있었네.

　And to each other they did talk 서로 이야기를 나누었네.

　About the fair women. 멋진 숙녀에 대해.

4　'O wed a may,' the knight did say, 결혼을 한다면, 기사가 말했네.

　'For your credit and fame; 너의 신뢰와 명성을 위해.

　Lay never your love on lemanry, 정부에게 네 사랑을 주지 마라.

　Bring nae gude woman to shame.' 좋은 여성을 수치스럽게 하지 마라.

5　'There's nae gude women,' the squire did say, 좋은 여성은 없어요.
지주가 말했네.

　'Into this place but nine;' 이곳에는 아무도 없어요.

　O well falls me,' the knight replied, 나에겐 있다네, 기사가 대답했네.

37　Buchan's Ballads of the North of Scotland, Ⅱ, 271. F. J. Child, op.cit., pp.580–582.

'For ane o them is mine.' 그중 한 명이 내게 있다네.

6 'Ye say your lady's a gude woman, 당신의 숙녀가 좋은 여성이라고 말하지만.

But I say she is nane; 난 그녀가 그렇지 않다는 데 걸어요.

I think that I could gain her love 난 그녀 사랑을 얻을 수 있다고 생각해요.

Ere six months they are gane. 여섯 달이 가기도 전에.

7 'If ye will gang six months away, 당신이 여섯 달을 떠나서 있다면.

And sail upon the faem, 바다 건너 먼 곳에.

Then I will gain your lady's love 난 당신 숙녀의 사랑을 얻을 거에요.

Before that ye come hame.' 당신이 집에 오기 전에.

8 'O I'll gang till a far countrie, 난 먼 나라로 가 있겠소.

And far beyond the faem, 바다 건너 먼 곳에.

And ye winna gain my lady's love 네가 내 숙녀의 사랑을 얻을 수 없을 거야.

Whan nine lang months are gane.' 아홉 달이 지나간다 해도.

9 When the evening sun did set, 저녁 해가 지고.

And day came to an end, 낮이 끝나갈 때.

In then came the lady's gude lord, 숙녀의 선한 주인이 돌아왔네.

Just in at yon town's end. 저 마을의 끝에 있는.

10 'O comely are ye, my lady gay, 이리 와요. 나의 멋진 숙녀여.

Sae fair and rare to see; 보기 드물 만큼 아주 멋진;

I wish whan I am gane away 난 내가 멀리 떠나있을 때.

Ye keep your mind to me.' 당신이 나에 대한 당신 마음을 지키길 바라오.

11 She gae 'm a bason to wash in, 그녀는 그에게 씻을 그릇을 주었네.

It shin'd thro a' the ha; 그것은 집 전체에 빛났네.

But aye as she gaed but and ben 그러나 그녀가 주고 구부렸을 때.

She loot the saut tears fa. 그녀는 짠 눈물이 떨어지는 것을 보았네.

12 'I wonder what ails my gude lord 무엇이 내 선한 주인을 괴롭히는지

He has sic jealousie; 그는 의심을 하고 있어.

Never when we parted before, 우리가 전에 떨어졌을 때는 전혀.

He spak sic words to me.' 그는 내게 그런 말을 하지 않았어.

13 When cocks did craw, and day did daw, 수탉이 울자, 날이 밝았네.

This knight was fair at sea; 기사는 바다로 멀리 나갔네.

Then in it came the young hynde squire, 그때 젊은 시골 지주가 왔네.

To work him villanie. 그의 나쁜 짓을 하기 위해.

14 'I hae a coffer o gude red gowd, 난 좋은 붉은 금으로 된 금고가 있어요.

Another o white monie; 다른 하나는 흰 돈으로 된;

I woud gie you 't a', my gay lady, 난 그 모두를 당신에게 줄 거요, 나의 멋진 숙녀여.

To lye this night wi me.' 오늘밤 나와 함께 눕는다면.

15 'If ye warna my lord's brother, 당신이 내 주인의 형제라면.

And him sae far frae hame, 그를 집으로부터 멀리 보낸.

Even before my ain bower−door 내 집 문 바로 앞에서라도

I'd gar hang you on a pin.' 난 당신을 못 위에 매달 거예요.

16 He's gane frae the lady's bower, 그는 숙녀의 집에서 떠나갔네.

Wi the saut tear in his ee, 그의 눈에 짠 눈물을 흘리며.

And he is to his foster−mother 그는 그의 유모에게 갔네.

As fast as gang coud he. 그가 할 수 있는 한 빠르게 갔네.

17 'There is a fancy in my head 내 머리에 좋은 생각이 있어요.

That I'll reveal to thee, 내가 당신에게 가르쳐줄게요.

And your assistance I will crave 난 당신 도움이 절실히 필요해요.

If ye will grant it me. 당신이 내게 허락해준다면.

18 'I've fifty guineas in my pocket, 내 주머니에 오십 기니가 있어요,
I've fifty o them and three, 그들 중의 오십과 셋을 가지고 있어요,
And if ye'll grant what I request 당신이 내가 요청한 것을 허락한다면,
Ye'se hae them for your fee.' 그것들을 대가로 가질 수 있어요.

19 'Speak on, speak on, ye gude hynde squire, 말하렴, 말하렴, 선한 시골 지주여,
What may your asking be? 네 요구는 무엇이니?
I kenna wha woud be sae base 난 누가 그렇게 나쁜 짓을 했는지 알지 못한다,
As nae serve for sic a fee.' 그런 대가를 치러야 할 만큼.

20 'O I hae wagerd wi my brother, 오 난 내 형제와 내기를 했어요,
When he went to the faem, 그가 먼 곳에 가 있을 때,
That I woud gain his lady's love 그의 숙녀의 사랑을 얻겠다고
Ere six months they were gane. 여섯 달이 지나기 전에

21 'To me he laid his lands at stake 그는 그의 땅을 내기로 걸었어요,
Tho he were on the faem, 그가 먼 곳에 있는 동안,
I wudna gain his lady's love 내가 그의 숙녀의 사랑을 얻는다면
Whan nine lang months were gane. 아홉 달이 갔을 때.

22 'Now I hae tried to gain her love, 지금 난 그녀의 사랑을 얻으려고 노력했어요.
But finds it winna do; 그러나 할 수 없다는 것을 알게 됐어요.
And here I'm come, as ye her know, 그래서 여기 왔어요, 당신이 그녀를 잘 알기 때문에.
To seek some help frae you. 당신에게서 도움을 구하기 위해.

23 'For I did lay my life at stake, 난 내 생명을 내기로 걸었어요,
Whan my brother went frae hame, 내 형제가 집을 떠나 있을 때,
That I woud gain his lady's love 내가 그의 숙녀의 사랑을 얻는다면,

Whan he was on the faem.' 그가 먼 곳에 있는 동안.

24 But when the evening sun was set, 하지만 저녁 해가 지고 있을 때,

And day came to an end, 낮이 끝나가고 있을 때,

In it came that fause carline, 거짓된 노파가 왔네,

Just in at yon town's end. 저 마을의 끝에.

25 'O comely are ye, my gay lady, 이리 오렴, 나의 멋진 숙녀여,

Your lord is on the faem; 네 주인은 멀리 가 있다.

Yon unco squire will gain your love, 저 낯선 지주가 네 사랑을 얻을 것이네,

Before that he come hame.' 그가 집에 돌아오기 전에.

26 'Forbid it,' said the lady fair, 그러지 마세요, 멋진 숙녀가 말했네,

'That eer the like shoud be, 그런 일이 일어난다면,

That I woud wrang my ain gude lord, 난 나의 선한 주인을 어기게 돼요,

And him sae far at sea.' 바다 멀리 나가있는 그를.

27 'O comely are ye, my gay lady, 오 이리 오렴, 나의 멋진 숙녀여,

Stately is your fair bodie; 너의 멋진 몸은 위엄이 있지,

Your lovely visage is far chang'd, 너의 사랑스런 외모는 변해버렸어,

That is best known to me. 내게 잘 알려진.

28 'You're sair dune out for want o sleep 넌 잠이 모자라 매우 지쳐있어,

Sin your lord went to sea; 네 주인이 바다에 간 이후로;

Unless that ye do cease your grief, 네가 네 슬픔을 그치지 않는다면,

It will your ruin be. 널 망치게 될 거야.

29 'You'll send your maids unto the hay, 네 하녀들을 건초를 말리러 보내라,

Your young men unto the corn; 네 하인들을 옥수수를 따러 보내라,

I'll gar ye sleep as soun a sleep 내가 널 가능한 빨리 잠들게 하마.

As the night that ye were born.' 네가 태어난 그 밤처럼.

30 She sent her maids to ted the hay, 그녀는 건초를 말리러 하녀들을 보냈네,

Her men to shear the corn, 그녀의 하인들을 옥수수를 따러 보냈네.

And she gard her sleep as soun a sleep 그녀는 그녀를 가능한 빨리 잠들게 했네.

As the night that she was born. 그녀가 태어난 그 밤처럼.

31 She rowd that lady in the silk, 그녀는 숙녀를 실크로 감쌌네.

Laid her on holland sheets; 그녀를 홀란드 시트에 뉘였네;

Wi fine enchanting melodie, 멋진 매혹적인 멜로디로,

She lulld her fast asleep. 그녀는 그녀를 완전히 잠들게 했네.

32 She lockd the yetts o that castle 그녀는 그 성의 문을 잠갔네.

Wi thirty locks and three, 서른 하고도 세 개의 자물쇠로,

Then went to meet the young hynde squire 그리고 젊은 지주를 만나러 갔네.

To him the keys gae she. 그녀는 그에게 열쇠를 주었네.

33 s opend the locks o that castle, 그 성의 자물쇠를 열었네.

Were thirty and were three, 서른 하고도 세 개의,

And he's gane where that lady lay, 그는 그 숙녀가 누워있는 곳으로 갔네.

And thus to her said he. 그는 그녀에게 말했네.

34 'O wake, O wake, ye gay lady, 일어나요, 일어나요, 멋진 숙녀여,

O wake and speak to me; 일어나서 내게 말해요;

I hae it fully in my power 완전히 내 힘에 달려있어요,

To come to bed to thee.' 당신을 침대로 데려가는 것은.

35 'For to defile my husband's bed, 내 남편의 침대를 더럽히는 것은,

I woud think that a sin; 난 죄악이라고 생각해요,

As soon as this lang day is gane, 이 긴 밤이 가자마자,

Then I shall come to thine.' 난 당신에게 갈 거에요.

36 Then she has calld her niece Maisry, 그리고 그녀는 그녀의 유모 매스리

를 불렀네.

Says, An asking ye'll grant me, 네가 내게 해 줄 부탁이 있어 라고 말하며.

For to gang to yon unco squire 저 낯선 지주에게 가서

And sleep this night for me. 날 위해 오늘밤 자 다오.

37 'The gude red gowd shall be your hire, 붉고 좋은 금이 네 몫이 될 거야.

And siller's be your fee; 은전이 네 대가가 될 거야;

Five hundred pounds o pennies round, 오백 파운드와 둥근 페니가.

Your tocher it shall be.' 네 지참금이 될 거야.

38 She turnd her right and round about, 그녀는 그녀를 즉시 보냈네.

And thus to her did say; 그녀에게 말했네.

O there was never a time on earth 오 전혀 시간이 없어

So fain's I woud say nay. 기꺼이 내가 아니라고 할 만한.

39 But when the evening sun was set, 하지만 저녁 해가 졌을 때.

And day drawn to an end, 낮이 끝에 다다랐을 때.

Then Lady Maisry she is gane, 숙녀 매스리가 갔네.

Fair out at yon town—end. 저 마을 끝으로.

40 Then she is to yon hynde squire's yates, 그녀는 저 젊은 지주의 문에 있네.

And tirled at the pin; 그리고 고리를 흔들었네.

Wha was sae busy as the hynde squire 무엇이 젊은 시골 지주만큼 바쁠까

To lat that lady in! 그 숙녀를 들어오게 하는 데!

41 He's taen her in his arms twa, 그는 그녀를 팔에 안았네.

He was a joyfu man; 그는 유쾌한 남자였네.

He neither bade her meat nor drink, 그는 그녀에게 고기도 음료도 주지 않았네.

But to the bed he ran. 오직 침대로 달려갔네.

42 When he had got his will o her, 그가 그녀에 대한 그의 뜻을 가졌을 때,
His will as he lang sought, 그가 오랫동안 갈구했던 그의 뜻은,
Her ring but and her ring-finger 그녀의 반지와 그녀의 약지를
Away frae her he brought. 그녀에게서 취하는 것이었네.

43 With discontent straight home she went, 그녀는 불만에 차서 즉시 집
으로 갔네.
And thus lamented she; 그녀는 투덜거렸네.
Says, Wae be to yon young hynde squire! 말하길, 저 젊은 시골 지주는!
Sae ill as he's used me. 나를 아주 나쁘게 다루었네.

44 When the maids came frae the hay, 하녀들이 건초 밭에서 돌아왔을 때,
The young men frae the corn, 젊은 하인들이 옥수수 밭에서 돌아왔을 때,
Ben it came that lady gay, 멋진 숙녀가 왔네.
Who thought lang for their return. 그들이 돌아오기를 오랫동안 고대했던.

45 'Where hae ye been, my maidens a', 내 하녀들아, 너희는 어디 있었니,
Sae far awa frae me? 나로부터 멀리 떨어져서,
My foster-mother and lord's brother 내 유모와 주인의 형제가
Thought to hae beguiled me. 나를 속였다고 생각하도록.

46 'Had not she been my foster-mother, 그녀가 내 유모가 아니었다면,
I suckd at her breast-bane, 그녀의 가슴 젖을 빨았던,
Even before my ain bower-door, 내 집문 앞이라 할지라도,
She in a gleed shoud burn. 그녀는 타오르는 불 속에 있게 될 거야.

47 'The squire he thought to gain my love, 그 지주는 내 사랑을 얻었다고
생각하겠지,
He's got but Lady Maisry; 하지만 그는 숙녀 매스리를 취했네.
He's cutted her ring and her ring-finger, 그는 그녀의 반지와 약지를

잘랐네.

A love-token for to be. 사랑의 징표를 삼기 위해.

48 'I'll tie my finger in the dark, 난 내 손가락을 어둠 속에서 묶을 거야.

Where nae ane shall me see; 아무도 나를 보지 못하는 곳에서.

I hope to loose it in the light, 난 그걸 불빛 속에서 풀길 바래.

Amang gude companie.' 좋은 친구들 사이에서.

49 When night was gane, and birds did sing, 밤이 가고 새가 노래했네.

And day began to peep, 날이 새기 시작했네.

The hynde squire walkd alang the shore, 시골 지주가 해변 가로 걸어

갔네.

His brother for to meet. 그의 형제를 만나기 위해.

50 'Ye are welcome, welcome, landless lord, 환영해요, 환영해요, 땅 없는

영주여.

To my ha's and my bowers; 내 집과 내 방에 온 걸.

Ye are welcome hame, ye landless lord, 환영해요, 땅 없는 영주여.

To my lady white like flowers' 꽃처럼 흰 내 숙녀에게 온 걸.

51 'Ye say I am a landless lord, 넌 내가 땅 없는 영주라고 말하네.

But I think I am nane, 난 아니라고 생각하네.

Without ye show some love-token 네가 사랑의 징표를 보여주지 않는다면,

Awa frae her ye've tane.' 네가 그녀에게서 취한.

52 He drew the strings then o his purse, 그는 그의 가방에서 실을 꺼냈네.

And they were a' bludie; 그것들은 한 묶음이었네.

The ring but and the ring-finger 반지와 그 반지를 낀 약지를

Sae soon as he lat him see. 그는 가능한 빨리 그에게 보여줬네.

53 'O wae be to you, fause hynde squire, 무슨 짓을 한 건가, 거짓 시골

지주야.

Ane ill death mat ye dee! 넌 비참한 죽음을 맞게 될 거야!

It was too sair a love-token 그런 사랑의 징표를

To take frae my ladie. 나의 숙녀에게서 취하다니.

54 'But ae asking of you, hynde squire, 네게 부탁이 있다, 시골 지주야,

In your won bowers to dine;' 네가 얻은 집에서 식사를 하는 것;

'With a' my heart, my brother dear, 내 마음을 다해, 사랑하는 내 형제여,

Tho ye had asked nine.' 당신은 아무 것도 부탁하지 않을지라도.

55 Then he is to his lady's father, 그는 그의 숙녀의 아버지에게 갔네.

And a sorrow man was he: 그는 슬픈 남자였네.

'O judge, O judge, my father dear, 판단해줘요, 판단해줘요, 나의 사랑하는
아버님.

This judgment pass for me. 나를 위해 판단해줘요.

56 'What is the thing that shoud be done 무엇이 행해져야 할지,

Unto that gay lady 그 멋진 숙녀에게

Who woud gar her lord gae landless, 누가 그녀 주인을 땅을 잃게 했는지,

And children bastards to be?' 아이들을 사생아가 되게 했는지?

57 'She shoud be brunt upon a hill, 그녀는 언덕에서 불태워져야 해.

Or hangd upon a tree, 아니면 나무위에 목 매달리거나.

That woud gar her lord gang landless, 그녀 주인을 땅을 잃게 하고,

And children bastards be.' 아이들을 사생아가 되게 했다면.

58 'Your judgment is too rash, father; 당신 판단은 너무 성급해요, 아버님;

Your ain daughter is she 그녀는 당신의 딸이에요.

That this day has made me landless; 오늘 나를 땅을 잃게 만든,

Your squire gaind it frae me. 당신의 지주가 나로부터 그걸 취했어요.

59 'Yet nevertheless, my parents dear, 하지만 그럼에도 불구하고, 사랑하
는 아버님,

Ae favour ye'll grant me, 당신이 내게 호의를 베푼다면,

And gang alang to my lost ha's, 내 잃어버린 집으로 같이 가서,

And take your dine wi me.' 나와 함께 식사를 해주세요.

60 He threw the charters ower the table, 그는 식탁 위로 문서를 던졌네,

And kissd the yates o tree; 나무로 된 문에 키스했네.

Says Fare ye well, my lady gay, 잘 가오, 나의 멋진 숙녀여 라고 말하며,

Your face I'll never see. 당신 얼굴을 난 다시 보지 않을 거요.

61 Then his lady calld out to him, 그때 그의 숙녀가 그를 불렀네,

Come here, my lord, and dine; 이리 오세요, 나의 주인이여, 그리고 드세요;

There's nae a smith in a' the land 땅 위에 그런 장인은 없어요,

That can ae finger join. 손가락을 붙일 수 있는.

62 'I tied my finger in the dark, 난 내 손가락을 어둠 속에서 묶었어요,

Whan nae ane did me see; 아무도 나를 볼 수 없는 때에;

But now I'll loose it in the light, 지금 난 그걸 불빛 속에서 풀 거에요,

Amang gude companie. 좋은 친구들 사이에서.

63 'Even my niece, Lady Maisry, 내 조카, 레이디 매스리여,

The same woman was she; 그녀는 같은 여성이에요;

The gude red gowd shall be her hire, 붉고 좋은 금이 그녀의 몫이 될 거에요.

And likeways white monie. 하얀 돈도 마찬가지로,

64 'Five hundred pounds o pennies round 오백 파운드와 둥근 페니가

Her tocher then shall be, 그녀의 지참금이 될 거에요,

Because she did my wills obey, 그녀는 내 뜻에 따랐기 때문에,

Beguild the squire for me.' 나를 위해 그 지주를 속이기 위해.

65 Then they did call this young hynde squire 그들은 이 젊은 시골 지주를 불렀네,

To come right speedilie. 즉시 재빠르게 오라고.

Likeways they calld young Lady Maisry. 마찬가지로, 젊은 숙녀 매스리를 불렀네.

To pay her down her fee. 그녀에게 대가를 지불하기 위해.

66 Then they laid down to Lady Maisry 그들은 숙녀 매스리에게 내려놓았네.

The brand but and the ring; 낙인과 반지를;

It was to stick him wi the brand. 그에게 낙인을 찍든지.

Or wed him wi the ring. 아니면 반지를 가지고 그와 결혼하도록.

67 Thrice she minted to the brand. 그녀는 세 번 낙인에 다가갔네.

But she took up the ring; 하지만 그녀는 반지를 들었네.

And a' the ladies who heard o it 이 얘기를 들은 숙녀들은 모두

Said she was a wise woman. 그녀는 현명한 여자라고 말했네.

Child 274 Our Goodman (우리의 선한 남자)

Version A[38]

1 HAME came our goodman, 집에 왔네. 우리의 선한 남자가.
And hame came he, 집에 왔다네. 그가.
And then he saw a saddle—horse, 그때 그는 안장이 있는 말을 보았네.
Where nae horse should be. 거기엔 말이 있을 리 없다네.

2 'What's this now, goodwife? 지금 이게 뭐요? 선한 아내여.
What's this I see? 이게 뭐요, 내가 보는 게?
How came this horse here, 이 말이 여기에 어떻게 와 있지?
Without the leave o me?' 내가 남겨놓지 않았는데.
'A horse?' quo she. 말? 그녀가 말하네.
'Ay, a horse,' quo he. 응, 말, 그가 말하네.

3 'Shame fa your cuckold face, 수치스러워라. 바람난 아내를 둔 얼굴.
Ill mat ye see! 내가 당신에게서 보다니!
'Tis naething but a broad sow, 그건 큰 암퇘지에 불과해요.
My minnie sent to me.' 나의 어머니가 내게 보냈어요.
'A broad sow?' quo he. 큰 암퇘지? 그가 말하네.
'Ay, a sow,' quo shee. 예, 암퇘지, 그녀가 말하네.

4 'Far hae I ridden, 내가 멀리 나가봤지만,
And farrer hae I gane, 그리고 더 멀리 가봤지만
But a sadle on a sow's back 등에 안장을 한 암퇘지는
I never saw nane.' 난 전혀 본 적이 없네.

---

38 Herd's MSS., I, 140; Herd's Ancient and Modern Scottish Songs, 1776, II, 172.
F. J. Child, op.cit., pp.597-598.

5   Hame came our goodman, 우리의 선한 남자가 집에 왔다네.

And hame came he; 그가 집에 왔다네.

He spy'd a pair of jack-boots, 그는 한 쌍의 잭 부츠를 보았네.

Hwere nae boots should be. 부츠가 있을 리 없는 곳에서.

6   'What's this now, goodwife? 지금 이게 뭐요, 선한 아내여.

What's this I see? 내가 보는 이게 뭐요?

How came these boots here, 어떻게 이 부츠가 여기에 있지?

Without the leave o me?' 내가 남겨놓지 않았는데

'Boots?' quo she. 부츠? 그녀가 말하네.

'Ay, boots,' quo he. 응. 부츠. 그가 말하네.

7   'Shame fa your cuckold face, 수치스러워라, 바람난 아내를 둔 남자 얼굴.

And ill mat ye see! 내가 당신에게서 보다니!

It's but a pair of water-stoups, 그건 한 쌍의 물병일 뿐에요.

My minnie sent to me.' 내 어머니가 내게 보내준.

'Water-stoups?' quo he. 물병? 그가 말하네.

'Ay, water-stoups,' quo she. 예. 물병. 그녀가 말하네.

8   'Far hae I ridden, 내가 멀리 가봤지만.

And farer hae I gane, 더 멀리 가 봤지만.

But siller spurs on water-stoups 하지만 은 받침이 달린 물병은

I saw never nane.' 난 전혀 본 적이 없네.

9   Hame came our goodman, 우리의 선한 남자가 집에 왔다네.

And hame came he, 그가 집에 왔다네.

And he saw a sword, 그는 칼 하나를 보았네.

Whare a sword should na be. 칼이 있을 리 없는 곳에서.

10   'What's this now, goodwife? 이게 뭐요. 선한 아내여?

What's this I see? 내가 보는 이게 뭐요?

How came this sword here, 어떻게 여기에 칼이 있지?

Without the leave o me?' 내가 남겨놓지 않았는데도

'A sword?' quo she. 칼? 그녀가 말하네.

'Ay, a sword,' quo he. 응. 칼. 그가 말하네.

11 'Shame fa your cuckold face, 수치스러워라. 바람난 아내를 둔 남자 얼굴.

Ill mat ye see! 내가 당신에게서 보다니!

It's but a porridge—spurtle, 그건 죽 주걱일 뿐이에요.

My minnie sent to me.' 나의 어머니가 내게 보내준.

'A spurtle?' quo he. 주걱? 그가 말하네.

'Ay, a spurtle,' quo she. 예. 주걱. 그녀가 말하네.

12 'Far hae I ridden, 내가 멀리 가봤지만.

And farer hae I gane, 더 멀리 가봤지만.

But siller—handed spurtles 하지만 은 손잡이가 있는 주걱을

I saw never nane.' 난 전혀 본 적이 없네.

13 Hame came our goodman, 우리의 선한 남자가 집에 왔네.

And hame came he; 그가 집에 왔다네.

There he spy'd a powderd wig, 거기에서 그는 가발을 보았네.

Where nae wig shoud be. 가발이 있을 리 없는 곳에서.

14 'What's this now, goodwife? 지금 이게 뭐요. 선한 아내여?

What's this I see? 내가 보고 있는 이게 뭐요?

How came this wig here, 어떻게 이 가발이 여기 있지.

Without the leave o me?' 내가 남겨놓지 않았는데도?

'A wig?' quo she. 가발? 그녀가 말하네.

'Ay, a wig,' quo he. 응. 가발. 그가 말하네.

15 'Shame fa your cuckold face, 수치스러워라. 바람난 아내를 둔 남자 얼굴.

And ill mat you see! 내가 당신에게서 보다니!

'Tis naething but a clocken-hen, 시간을 알리는 암탉이에요.

My minnie sent to me.' 나의 어머니가 내게 보냈어요.

'Clocken hen?' quo he. 시계 닭? 그가 말하네.

'Ay, clocken hen,' quo she. 예. 시계 닭. 그녀가 말하네.

16 'Far hae I ridden, 내가 멀리 가봤어도,

And farer hae I gane, 더 멀리 가봤어도,

But powder on a clocken-hen 그러나 분가루 입힌 시계 닭을

I saw never nane.' 난 전혀 본 적이 없네.

17 Hame came our goodman, 우리의 선한 남자가 집에 왔다네.

And hame came he, 그가 집에 왔다네.

And there he saw a muckle coat, 거기에서 그는 큰 코트를 보았네.

Where nae coat shoud be. 코트가 전혀 있을 리 없는 곳에서.

18 'What's this now, goodwife? 지금 이게 뭐요. 선한 아내여?

What's this I see? 내가 보는 이것이 뭐요?

How came this coat here, 어떻게 이 코트가 여기에 있지.

Without the leave o me?' 내가 남겨놓지 않았는데도?

'A coat?' quo she. 코트? 그녀가 말하네.

'Ay, a coat,' quo he. 응. 코트. 그가 말하네.

19 'Shame fa your cuckold face, 수치스러워라. 바람난 아내를 둔 남자 얼굴.

Ill mat ye see! 내가 보게 되다니!

It's but a pair o blankets, 그건 담요일 뿐이에요.

My minnie sent to me.' 나의 어머니가 내게 보내준.

'Blankets?' quo he. 담요? 그가 말하네.

'Ay, blankets,' quo she. 예. 담요. 그녀가 말하네.

20 'Far hae I ridden, 내가 멀리 가봤어도,

And farer hae I gane, 더 멀리 가봤어도,

But buttons upon blankets 버튼 달린 담요는

I saw never nane.' 난 전혀 본 적이 없네.

21 'Ben went our goodman, 우리의 선한 남자가 안방에 갔네.

And ben went he, 그가 안방에 갔네.

And there he spy'd a study man, 거기에서 그는 건장한 남자를 보았네.

Where nae man shoud be. 남자가 거기 있을 리 없는 곳에서.

22 'What's this now, goodwife? 지금 이게 뭐요, 선한 아내여?

What's this I see? 내가 보고 있는 이게 뭐요?

How came this man here, 어떻게 여기에 이 남자가 왔지.

Without the leave o me?' 내가 남겨놓지 않았는데도?

'A man?' quo she. 남자? 그녀가 말하네.

'Ay, a man,' quo he. 응. 남자. 그가 말하네.

23 'Poor blind body, 불쌍한 눈먼 남자여.

And blinder mat ye be! 더 눈이 멀게 되다니!

It's a new milking—maid, 그건 우유 짜는 새 하녀일 뿐이에요.

My mither sent to me.' 나의 어머니가 내게 보내신.

'A maid?' quo he. 하녀? 그가 말하네.

'Ay, a maid,' quo she. 예. 하녀. 그녀가 말하네.

24 'Far hae I ridden, 내가 멀리 가봤지만.

And farer hae I gane, 더 멀리 가봤지만.

But lang—bearded maidens 긴 수염이 있는 하녀를

I saw never nane. 난 전혀 본 적이 없네.

Ⅲ. 신앙과 죽음(Faith & Death)

〈허웅애기〉(저승에서 이승을 다녀간 여자)[39]

열두마당 씰어두고(쓸어 두고) 열두정지[옛날정지옌 부엌이]] 씰어두고
열두소띠(열두 솥에) 깨볶아두고
앞동산에 뒷동산에 간보난
날잡으레 오는체시(차사) 홍배홍배 둘러매고
갓벗언(갓 벗어) 등에지고 망근벗언(망건 벗어) 폴에걸고
오람시때는 이말은 어디 아니
한착눈은(한쪽 눈은) 쟁기리며(찡그리며) 한착발은 절축이며 오람시난
허웅애기 하는말이 어머님신디간
어머님아 어머님아 쇠나있건(소나 있으면) 대령헙소
멀이나(말이나) 있건 대령헙소
날잡으레 오는채시 뒷동산에 앞동산에 가난보난
한착눈은 쟁기리멍 한착발은 절축이멍(절뚝이며)
갓벗은 등에지고 망근벗은 폴에걸고 오람시대다라난
어머님이 허는말이
이아기야 이아기야 쇠도없다 멀도없다
쇠뿔도 각각이여 가친도 먹먹이여(뭇뭇이여)
기집년은 헐필요업다하난
아이그 이제 울멍이젠(울먹이면서)

---

39 김태일(여 73), 제주시 한경면 고산리, 2012. 8. 15. 서영숙 조사.

이제 아바님신디 내려가사야

아바님아 아바님아

열두마당 씰어두고 열두소띠 깨볶아두고

열두정지 씰어두고 열두마리 씰어두고

앞동산에 뒷동산에 간보난

날잡으래 오는체시 홍배홍배 둘러메고

갓벗은 등에지고 망근벗은 폴에걸고

한착눈은 장기리멍 한착발은 절축이멍 오람시때다

아바님아 아바님아 쇠나잇건 대령헙소

멀이나잇건 대령헙소

이아기야 이아기야 쇠도없다 멀도 없다

쇠뿔도 각각이여 가친도 먹먹이여

지집아기 어신폭지케나난

아이그이만 어미 어떵허리 잘자불명

성님신디 내려들언 성님성님 성님머리에

이나하나 잘아주그뎅은

이아시야 이아시야 어떤말도 허난

뒷동산에 앞동산에 큰불이래 가다보난

날잡으레 오는채시 오람시대대

[간단하게 허구다. 이제 성님이 허는말이]

이아시야 나시야 이내말을 들어보라

저회에 열두폭치마 시내 그걸로 인정걸어 가래나난

허웅아긴 그걸거전 저승에 들어가잰하난

이문엽소 이문엽소 이문은 인정걸어서 가는 문이

[경하난. 아이구 인저 한가단 열두문을 열어 들어가난

이젠 막 눈물이 주룩주룩 나는거라에 그 허웅아기가.

이젠 채사님이 그 관장이 채사님이 어떻해선 그렇게 눈물 나남시난.

어린애기 젖주는 아기 떼고 밥주는 애기 다 떼고

다 애기들이 다 떼고 왔수니까 이렇게 눈물 납니다.

이젠 이만커난 돌맹이 옛날에 덩두렁 없수까 그걸 탁 내노면서

그러며는 이 돌에 춤을(침을) 탁 밭앙(뱉어서)

그 춤을 멀기(마르기) 전에 이승에 갔다 오겠느냐.

예 갔다 오겠습니다. 경허난 이젠]

동네 사난 할망 하는 말은 그 아기덜 보난

이아기야 이아기야 어멍 업서두 어떵하난

지체로 고은옷 입고 머리단장 허여놓고 이엉무신이난

아이구 우리 어머니 밤에 옵네다 밤이오면 왔다 만다

애기들 젖기른애기 젖먹여두고 밥기른 애기 밥멕여두고

[이거 심방(무당) 헌거라] 같수다 나난

아갸 아갸 따시랑(다시) 오건 따신디 고라주민

따신(다시는) 어멍 못가게 허게나난 경업수니다

[이제 도시(다시) 오라]

그 동네 할망 하는 말은

아이고 우리 정아 죽으면 둘이둘이 다 종가주고

[나가지 못하게 경하난 이젠 아기들 나가지 못하게]

저승에 들어가게 되난

어머님아 어머님아

한코만 우겨줍소 두코만 우겨줍소

문을 열어두 열지못하구

올레에 딱허냥 채시가 못들어오두냥

[경허니시냥 상머루루 저 지붕으루

지붕으로 이젠 채시가 와 확 잡아가니냥

그다음은 저 저승에 들어가두 나오지 못하게 되었다]

[그것이 그 마고할망이야]

[청중: 아조 왕이야 완전 좋구라.]

[조사자: 그 누구 심방한테 배웠어요.]

[제보자: 아니 우리 어머니 친정어머니한테 배웠어요.

옛날에 검질매면서 김매면서 했어요.]

[조사자: 근데 왜 허웅애기가 불려갔어요.]

[제보자: 허웅애기는 옛날에 경한 사람이 있어났다.

젊을 때 죽어지니 어멍신지가 이영 살아나제]

[청중: 어릴 때 검질 맬 때 들은 말이네.]

[제보자: 검질 매며 할 때가 몇 살 안 돼. 한 열두 살 될 거라]

● 〈애운 애기〉(저승차사가 데리러 온 여자)[40]

[애운 애기가 시집을 가이꺼네,

그래 키 작다고 나무래고 손 작다고 나무래고 그라더란다.

이것도 이바구(이야기) 안 된다.]

[조사자: 다했습니까?] [청중:하다 카구마는.] [조사자: 하이소.]

애운애기 거동봐라 애리다고 시집으로 가니꺼네

키작다고 나무래고 발작다고 나무래고

발이크먼 뭐로하며 키도크머 하늘에 별따가오나

[그래 시집을 가가지고 그 인자 지가 인자 그거로 한다.

인자 하도 인자 키 작다고 나무래 쌓이꺼네.]

---

40 [울주군 언양면 2] 이맹희(여 77), 반곡리 진현, 1984.7.24., 류종목·신창환 조사.『한국
    구비문학대계』8-12, 588-594쪽.

[조사자: 숭(흉)을 보이꺼네.]

[응, 인자 골이 나거등. 골이 나가(나서) 그래]

첫새북에 일어나여 명지베 쉰대자는(쉰 다섯자는)

나잘반에 담아놓고 뒷대밭에 낫한가락 거머쥐고

새끼한단 거머쥐고 뒷대밭에 올라가여

죽성한단 비어다가(죽순 한단 베어다가) 새별겉은 저동솥에

어리설쿰 데와가주 열두판상 갈라놓고

부지깽이 둘러미고 뒷동산 올라가여

새한마리 홀기다가(후려 잡아다가) 열두판에 갈라놓고

갈라놓고 또하는말이 저아릿방에 아부님요

그만자고 일어나여 은대에 세수하고

놋대에 세수하고 아적진지(아침 진지) 하옵소서

아릿방에 시굼시굼 시어마님 그만자고 일어나여

은대에 세수하고 놋대에 세수하고

아적진지 하옵소서 아릿방에 하늘겉은 가장님요

그만자고 일어나여 은대에 세수하고

놋대에 세수하고 아적진지 하옵소서

아릿방에 머슴들아 웅덩에가 낱을씩고

오지랖에 낱을닦고 지게목발 두드리고

아적진지 하고시는 나무하러 안갈라나

그만자고 일어가주 아적묵고 나무하러

가여보자 조그마는 재퍼방에

여수겉은(여우 같은) 시누부야 미구겉은(매구 같은) 시누부야

그만자고 일어가주 웅덩에 낱을씩고

아적이나 묵어봐라 부지깽이 둘러미고

새한마리 홀는거 열두판상 갈라놓고

새대가리 남았는거 구이머레(구유 머리에) 얹어놓이

앞집동세 줄라커이 뒷집동세 성낼끼고

뒷집동세 줄라커이 앞집동세 성낼끼고

여수겉은 저시누부 속곳말로 치키들고

마이와가 조와묵네

[청중1: 웃음] [청중2: 참 우습다.]

애운애기 잘났다고 소문듣고 저승처사 거동봐라

쇠도러깨 둘러미고 쇠방마치 둘러미고

날잡으러 오는구나 저승처사 거동봐라

사랖에 들어서니 구틀장군 막아서고

마당안에 들어서니 마당너구리가 막아서고

굴떡우에 올라서니 굴떡장군 막아서고

정지안에 들어서니 조왕님도 막아서고

살간에 올라가니 쟁강각시 막아서고

방안에 들어서니 성주님도 막아서고

시주님도 막아서고 시주님도 막아서고

여보여보 내말듣소 한시간만 참아주소

시굼시굼 시아바님 이내대성 갈란기요

야야야야 그말마라 소뿔도 각객이고 염불도 몫몫이다

니대성은 니가가고 내대성은 내가가지

시굼시굼 시아마님 이내대성 갈란기요

니대성은 니가가고 내대성은 내가가지

염불도 몫몫이고 소뿔도 각객인데

아릿방에 사랑방에 앉인양반 하늘겉은 저가장님 이내대성 갈란기요

오냐내가 가꾸마 와장창창 걷는애기 젖을믹이 잘키아라

[청중: 신랑이 제일 낫구나.]

빠뜰빠뜰 서는애기 젖을믹이 잘키아라

와장창창 걷는애기 은종발에 밥을담아

은사랖에 내여놨으이 그밥믹이 잘키아라 니대성은 내가간다

여보여보 그말마소 염불도 몫몫이고 소뿔도 각객인데

내대성은 내가가고 자기대성 자기가지

[그카민서 마 돌아서 갔거등.

인자 마 애운 애기가 마 처사한테 붙들리가 간다.

가이까네 그래 인자 가가지고 인자]

동솥에 앉힌달이(앉힌 닭이) 홰치거등 내오꾸마

부뜩안에(부뚜막 안에) 흐른밥티 눈나거등 내오꾸마

사랖에 고목나무 잎페거등 내오꾸마

동솥에 앉힌달이 홰도치고 살강밑에 흐른물이

강되거등 올랐더니 살강밑에 흐른물이 강도되고

부뜩안에 흐른밥티 싹도나고 사랖에 고목나무 잎이나니

[저기(저게) 인자 저정저정(터벅터벅) 찾아오거등. 저정저정 찾아오이
    까네,

그 여수 곁은 시누부가 어떡 오라고 요래 반갑다가 손질로 하이까네,

마, 가라 카는가이 가뿌더란다. 그 애운 애기가. 가뿌 놓이 요새 젊은 사
람이 죽어가지고 못 온다. 고기(고게) 돌아왔으먼 마 오는데, 젊은 사람
이 죽어가지고 하문썩(한번씩) 오는데, 고기 마 가자(가서) 마 딱 끊어뿌
놓아꺼네, 그래 인자 사람 죽고, 젊은 사람이 가가 이 세상에 몬 온단다.
고거 인자 마쳤다.]

춘아춘아 옥단춘아 버들잎에 시단춘아

콩밭굴에 쌍단춘아 옥단춘이 거동보소

아즉절에(아침 나절에) 성턴몸이 저역나잘 병이들어

물맛이 달라지고 밥맛이 시워져니(써지니)

사방산천 둘러보니 [제보자 :또 먼지 했다.]

분벽사창 너른방에 월판겉이 두루누서

부르느기 어머니요 찾는것이 냉수로다

사방산천 둘러보니 백발부모 돌아앉아

약탕건을(약탕관을) 걸어놓고 한손에는 미물들고

한손에는 시수를들고(수저를 들고) 권커니 잣커니

관수대리 경열거도 경택인들 입을소냐

인삼녹용 약을써도 약발이나 받을손가

높은산에 불당지서 염불공덕 해여봐도

어는 부처님이 희망감동 아니하네

원수백발 속질없이 나죽겠네 옥단춘이 거동보소

저승채사 강림도령 이승채사 이명준이

시도루깨(쇠 도리깨) 둘러미고 시밍치를(쇠망치를) 손에들고

시사실을(쇠사슬을) 목에걸고 삽작걸에 달라들미

춘아춘아 옥단춘아 어서배피 나서거라 시간없고 때가늦다

옥단춘이 거동봐라 신사당에

구사당에 야배하고(향배하고) 신사당에 화직하고(하직하고)

닫은방문 박차민성 가네가네 나는가네

---

41 [상주군 화서면 14] 김영희(여 77), 신봉 1 리 화령장, 1981.12.1., 천혜숙, 임갑랑 조사,
『한국구비문학대계』 7-8, 1071-1076쪽.

이승질을 이별하고 저승질로 당도하네

춘아춘아 옥단춘아 인지가만 언제오나

내연봄에 춘삼월 호시절에

꽃이피서 만발하고 잎이피서 청산되만

그때다시 오마다라 옥단춘이 거동봐라

반달겉은 냄핀두고 물매겉은 종을두고

아장아장 걷는애기 밥을주서 달개놓고

아랫묵에 눗는애긴 젖을주서 달개놓고

보름새 밍지비는(명주베는) 잉애다(잉앗대)라 던지놓고

가네가네 나는가네 저승질이 머다하더이 대문밖이 저승일세

궂은비는 술술오고 어내완개(안개) 잦았는데

밤중새빌은 완연하고 어내완개 찌있는데 실피울고 돌아가네

닫은방문 박차민성 대문밖에 썩나서니

적삼내서 손에들고 혼박불러 초혼을하니 없던곡소리가 낭자하네

춘아춘아 옥단춘아 불티겉이 날라가라

가다가 가다가 물가운데 앉져마라 수살귀신 달래든다

가다가 가다가 나무밑에 앉져마라

나무목신 달래들만 인도환상(인도환생) 못하느니

옥단춘이 가는길은 할짱겉이(활장같이) 굽은질에

설대겉이 곳하놓고 볼티겉이 날라가라

저승질을 당도하니 저승문을 널고보니(열고 보니)

무섭기도 한량없고 두렵기도 칙량없네

인장달라 달랬더니 굵기가 한량없네

또한대문 널고가니 이승에서 뭐를했소

무신존일 해였는가 가지가지 문초해가

높은산에 불당지서 염불공덕 해였느냐

짚은물에 다리놔서 월천공덕 해였느냐

배고픈이 밥을조서 활인공덕 해였느냐

옷없는이 옷을조서 무사공덕 해였느냐

좋은밭에 원두놔서(원두막을 지어서)

만인해걸(만인해갈) 씨있느냐(시켰느냐) 가지가지 문초하네

좋은일 한사람은 염여대왕 꽃밭으로 돌리주고

못한일 한사람은 독새지옥 불탄지옥 보내주네

〈다복 다복 다복녀야〉(엄마 무덤 찾아간 딸)[42]

다복다복 다복녀야 니 어둘로 울민 가나

울어머니 젖줄바래 만당골로 울민간다.

느 어머니 오마더라

부뚜막에 삶은 팥이 싹틔거든 오마더라

부뚜막에 삶은팥이 썩기쉽지 싹 틔겠소

다복 다복 다복녀야 니 어둘로 울민 가나

울어머니 젖줄 바래만당골로 울민 간다

다복 다복 다복녀야 느 어머니 오마더라

부뚜막에 볶은 조이(조가) 싹틔거든 오마더라

부뚜막에 볶은 서슥 썩기 쉽지 싹 틔겠소

다복 다복 다복녀야 니 어둘로 울민 가나

울어머니 젖줄 바래 만당골로 울민 간다

다복 다복 다복녀야 느 어머니 오마드라

---

42 [영월 6-3] 전옥녀(여, 1939년), 영월군 수주면 무릉리 톡실, 1994. 7. 17. 『한국민요대전』
    강원편, 274-275쪽.

삼년 묵은 말뼉다구 살 붙어서 짐 실거든 오마더라
삼년 묵은 말뼉다구 썩기 쉽지 살 붙겠소
다복 다복 다복녜야 니 어둘로 울민 가나
울어머니 젖줄 바래 만당골로 울민 간다
다복 다복 다복녜야 느어머니 온다드라
삼년 묵은 소뼉다구 살 붙어서 밭 갈거든 오마더라
삼년묵은 소뼉다구 썩기 쉽지 살 붙겠소
다복 다복 다복녜야 니 어둘로 울민 가나
울어머니 젖줄 바래 만당골로 울민 간다
느어머니 온다드라
병푼에에(병풍 위에) 그린 닭이 홰치구선 울고더는 온다더라
병푼에야 그림닭이 홰치기가 쉽겠어요
다복 다복 다복녜야 니 어둘로 울민 가나
울어머니 젖줄 바래 만당골로 울민 간다

Child 2 The Elphin Knight (요정 기사)

Version A: The Elfin Knight [43]

MY plaid awa, my plaid awa, 내 플레이드가 날아가네. 내 플레이드가 날아가네.

And ore the hill and far awa, 언덕 위로 멀리멀리.

And far awa to Norrowa, 멀리 노르웨이까지.

My plaid shall not be blown awa. 내 플레이드는 날리지 않을 텐데.

1 The elphin knight sits on yon hill, 요정 기사가 저 언덕에 앉아있었네.

Ba, ba, ba, lilli ba 바, 바, 바, 릴리 바

He blaws his horn both lowd and shril. 그는 그의 나팔을 크고 날카롭게 부네.

The wind hath blown my plaid awa 바람이 내 플레이드를 벗겨버렸네.

2 He blowes it east, he blowes it west, 그는 그것을 동쪽으로, 서쪽으로 부네.

He blowes it where he lyketh best. 그는 그것을 그가 가장 좋아하는 곳으로 부네.

3 'I wish that horn were in my kist, 저 나팔이 내 함 속에 있다면.

Yea, and the knight in my armes two.' 아 그 기사가 내 두 팔에 안긴다면.

4 She had no sooner these words said, 그녀가 이 말을 내놓자마자

When that the knight came to her bed. 기사는 그녀의 침대로 왔네.

5 'Thou art over young a maid,' quoth he, 어린 소녀여, 그가 말하네.

'Married with me thou il wouldst be.' 당신이 원한다면 나와 결혼할 수 있어요.

---

43 'A proper new ballad entitled The Wind hath blown my Plaid Away, or A Discourse betwixt a young [Wo]man and the Elphin Knight;' a broadside in the black letter in the Pepysian library, bound up at the end of a copy of Blind Harry's 'Wallace,' Edinburgh, 1673. F. J. Child, op.cit., pp.3-4.

6 'I have a sister younger than I, 나보다 더 어린 동생이 있어요.

And she was married yesterday.' 그녀는 어제 결혼했어요.

7 'Married with me if thou wouldst be, 당신이 원하면, 나와 결혼할 수 있어요.

A courtesie thou must do to me. 당신은 내게 의례를 해야 해요.

8 'For thou must shape a sark to me, 당신은 내게 셔츠를 만들어줘야 해요.

Without any cut or heme,' quoth he. 자르거나 재단하지 않고, 그가 말하네.

9 'Thou must shape it knife-and-sheerlesse, 당신은 칼이나 가위자국 없이 그걸 만들어야 해요.

And also sue it needle-threedlesse.' 그걸 바늘 자국 없이 기워야 해요.

10 'If that piece of courtesie I do to thee, 그 예물을 내가 당신에게 한다면

Another thou must do to me. 다른 것을 당신은 내게 해야 해요.

11 'I have an aiker of good ley-land, 나는 한 에이커의 좋은 땅이 있어요.

Which lyeth low by yon sea-strand. 그건 저 바닷가 낮은 곳에 있어요.

12 'For thou must eare it with thy horn, 당신은 그것을 당신 나팔로 갈아야 해요.

So thou must sow it with thy corn. 당신은 당신의 옥수수를 뿌려야 해요.

13 'And bigg a cart of stone and lyme, 그리고 돌과 라임으로 만들어진 수레에 실어서.

Robin Redbreast he must trail it hame. 붉은 가슴 로빈새가 그것을 집으로 가져와야 해요.

14 'Thou must barn it in a mouse-holl, 당신은 그걸 쥐구멍에 저장해서,

And thrash it into thy shoes soll. 당신의 구두 주걱으로 타작해야 해요.

15 thou must winnow it in thy looff, 그걸 당신의 손바닥으로 까불러서

And also seck it in thy glove. 당신의 장갑 안에 넣어야 해요.

16 'For thou must bring it over the sea, 당신은 그걸 바다 위로 가져와서,

And thou must bring it dry home to me. 말려서 집으로 가져와야 해요.

17 en thou hast gotten thy turns well done, 당신이 당신의 일을 잘 해내면,
Then come to me and get thy sark then.' 그때 내게로 와서 당신 셔츠
를 가지세요.

18 'I'l not quite my plaid for my life; 나는 내 플레이드를 내 삶에 걸지 않을
거요.
It haps my seven bairns and my wife.' 그건 내 일곱 명의 아이와 내
아내를 보장할 거요.
The wind shall not blow my plaid awa 바람은 내 플레이드를 날리지
않을 거요.

19 'My maidenhead I'l then keep still, 내 처녀성을 난 지킬 거예요.
Let the elphin knight do what he will.' 요정 기사가 하고픈 것을 하게
두세요.
The wind's not blown my plaid awa 바람은 내 플레이드를 날리지 않을
거예요.

The Smart Schoolboy (현명한 학교 소년) [44]

Oh, where be ye going? 오 어디에 가고 있니?
Said the knight on the road, 길 위에서 기사가 말했네.
I be going to school, 학교에 가고 있어요.
Said the boy as he stood. 소년이 서서 말했네.
And he stood and he stood 그는 섰네 그리고 섰네.
And 'twas well that he stood, 그는 잘 섰네.
I be going to school, 학교에 가고 있어요.
Said the boy as he stood. 소년이 서서 말했네.

Oh what do ye there? 넌 거기서 무얼 하니?
Said the knight on the road, 길 위에서 기사가 말했네.
I read from my book 난 책을 읽어요.
Said the boy as he stood. 소년이 서서 말했네.
And he stood and he stood 그는 섰네 그리고 섰네.
And 'twas well that he stood, 그는 잘 섰네.
I read from my book, 난 책을 읽어요.
Said the boy as he stood. 소년이 서서 말했네.

Oh what have ye got? 넌 무얼 갖고 있니?
Said the knight on the road, 길 위에서 기사가 말했네.
'Tis a bait of bread and cheese. 빵과 치즈 약간이요.

---

44 http://www.contemplator.com/america/school.html

Said the boy as he stood. 소년이 서서 말했네.

And he stood and he stood 소년이 섰네 그리고 그는 섰네.

And 'twas well that he stood. 소년이 잘 섰네.

Said the boy as he stood. 소년이 서서 말했네.

Oh pray give me some 오 내게 조금만 주렴.

Said the knight on the road, 길 위에서 기사가 말했네.

Oh no, not a crumb. 오 안돼요, 한 조각도요.

Said the boy as he stood. 소년이 서서 말했네.

And he stood and he stood 소년이 섰네 그리고 그는 섰네.

And 'twas well that he stood, 소년이 잘 섰네.

Oh no, not a crumb, 오 안돼요, 한 조각도요.

Said the boy as he stood. 소년이 서서 말했네.

I hear your school bell, 네 학교 종소리가 들린다.

Said the knight on the road, 기사가 길 위에서 말했네.

Hit's a—ringing you to hell. 널 지옥에 데려가는 소리야.

Said the boy as he stood. 소년이 서서 말했네.

And he stood and he stood 그는 섰네 그리고 그는 섰네.

And 'twas well that he stood, 그는 잘 섰네.

Hit's a—ringing you to hell. 당신을 지옥에 데려가는 소리에요.

Said the boy as he stood. 소년이 서서 말했네.

Child 37 Thomas Rymer (토마스 라이머)

Version A: Thomas Rymer[45]

1 TRUE THOMAS lay oer yond grassy bank, 진실한 토마스가 저 잔디 둑에 누웠네.

And he beheld a ladie gay, 그는 멋진 숙녀를 바라보았네.

A ladie that was brisk and bold, 숙녀는 활발하고 대담했네.

Come riding oer the fernie brae. 요정의 숲으로 달려오고 있네.

2 Her skirt was of the grass—green silk, 그녀의 치마는 푸른 잔디색 실크로 되어 있었네.

Her mantel of the velvet fine, 그녀의 망토는 멋진 벨벳으로,

At ilka tett of her horse's mane 그녀 말의 갈기에는 각각

Hung fifty silver bells and nine. 오십 개 하고 아홉 개의 은종이 달려있었네.

3 True Thomas he took off his hat, 진실한 토마스는 모자를 벗고,

And bowed him low down till his knee: 무릎을 낮게 굽혀 인사했네.

'All hail, thou mighty Queen of Heaven! 환영해요, 권능하신 하늘의 여왕이여!

For your peer on earth I never did see.' 당신 같은 이를 난 지상에서 본 적 없어요.

4 'O no, O no, True Thomas,' she says, 오 노, 오 노, 진실한 토마스, 그녀가 말하네.

'That name does not belong to me; 그 이름은 내게 맞지 않아요,

I am but the queen of fair Elfland, 난 멋진 요정나라의 여왕일 뿐이에요.

---

45 'Thomas Rymer and Queen of Elfland,' Alexander Fraser Tytler's Brown MS., No. 1 ; Jamieson's Popular Ballads, Ⅱ, 7. F. J. Child, op.cit., pp.64–65.

And I'm come here for to visit thee. 난 당신을 만나러 여기에 왔어요.
．．．．．'

5 'But ye maun go wi me now, Thomas, 그러나 당신은 지금 나와 가야해
요, 토마스,

True Thomas, ye maun go wi me, 진실한 토마스, 당신은 나와 가야만 해요,
For ye maun serve me seven years, 당신은 내게 7년 동안 봉사해야 해요,
Thro weel or wae as may chance to be.' 제발 그럴 기회가 있기를.

6 She turned about her milk—white steed, 그녀는 우유빛 말에게로 몸을
돌렸네,

And took True Thomas up behind, 그리고 진실한 토마스를 뒤에 태웠네,
And aye wheneer her bridle rang, 그녀의 재갈을 칠 때마다,
The steed flew swifter than the wind. 말은 바람보다 더 빠르게 달렸네.

7 For forty days and forty nights 마흔 날의 낮과 마흔 날의 밤 동안
He wade thro red blude to the knee, 그는 무릎까지 오는 핏물을 건넜네,
And he saw neither sun nor moon, 그는 해도 달도 볼 수 없었네,
But heard the roaring of the sea. 오직 바다가 울부짖는 소리만 들었네.

8 O they rade on, and further on, 오 그들은 계속해서 달렸네, 앞으로,
Until they came to a garden green: 그들이 푸른 정원에 이를 때까지,
'Light down, light down, ye ladie free, 내려와요, 내려와요, 자유로운
숙녀여,

Some of that fruit let me pull to thee.' 저 과일 몇 개를 내가 당신께
따다드릴게요.

9 'O no, O no, True Thomas,' she says, 오 노, 오 노, 진실한 토마스, 그녀
가 말하네,

'That fruit maun not be touched by thee, 저 과일은 당신이 만져서는
안되요,

For a' the plagues that are in hell 왜냐하면 지옥에 있는 독이

Light on the fruit of this countrie. 이 나라의 과일 속에 들어있어요.

10 'But I have a loaf here in my lap, 하지만 여기 내 무릎에 빵 하나가 있어요.

Likewise a bottle of claret wine, 한 병의 클라렛 포도주도 있고요.

And now ere we go farther on, 이제 우리가 더 멀리 가기 전에.

We'll rest a while, and ye may dine.' 우리 잠시 쉴 테니, 당신은 먹어도 돼요.

11 When he had eaten and drunk his fill, 그가 다 먹고 배부르게 마셨을 때.

'Lay down your head upon my knee,' 당신 머리를 내 무릎에 뉘여요.

The lady sayd, re we climb yon hill, 숙녀가 말했네. 우리가 저 언덕을 오르기 전에.

And I will show you fairlies three. 그리고 내가 당신에게 세 가지 길을 보여줄게요.

12 O see not ye yon narrow road, 저기 저 좁은 길이 보이지 않나요?

So thick beset wi thorns and briers? 두꺼운 가시와 덤불로 덮여 있는.

That is the path of righteousness, 그것은 정의의 길이에요.

Tho after it but few enquires. 아주 소수만이 들어갈 수 있는.

13 'And see not ye that braid braid road, 그리고 저기 넓고 넓은 길이 보이지 않나요.

That lies across yon lillie leven? 저 백합 핀 호수 너머 가로질러있는?

That is the path of wickedness, 그것은 사악함의 길이에요.

Tho some call it the road to heaven. 어떤 이는 그걸 천국으로 가는 길이라고 부르죠.

14 'And see not ye that bonny road, 저기 예쁜 길이 보이지 않나요?

Which winds about the fernie brae? 고사리 핀 언덕 주위로 돌아나가는.

That is the road to fair Elfland. 그것은 멋진 요정나라로 가는 길이에요.

Whe[re] you and I this night maun gae. 오늘밤 당신과 내가 가야만 하는.

15 'But Thomas, ye maun hold your tongue, 하지만 토마스, 당신은 말을 해서는 안돼요.

Whatever you may hear or see, 당신이 무엇을 보고 듣건 간에,

For gin ae word you should chance to speak, 왜냐하면 만일 당신이 말 한마디라도 하게 되면,

You will neer get back to your ain countrie.' 당신은 결코 당신의 나라로 돌아갈 수 없게 되니까.

16 He has gotten a coat of the even cloth, 그는 평범한 천으로 된 코트를 입었네.

And a pair of shoes of velvet green, 그리고 푸른 벨벳으로 된 한 쌍의 구두도.

And till seven years were past and gone 그리고 일곱 해가 지나고 사라질 때까지

True Thomas on earth was never seen. 진실한 토마스는 지상에서 결코 보이지 않았네.

Version B: King John and the Bishop [46]

1 IRR'rrLL tell you a story, a story anon, 네게 이야기 하나를 하마. 이야기 하나를 곧.

Of a noble prince, and his name was King John; 고상한 왕자에 대해서. 그의 이름은 존왕이었네.

For he was a prince, and a prince of great might, 그는 왕자였네. 위대한 힘을 지닌 왕자.

He held up great wrongs, he put down great right. 그는 나쁜 짓을 권장하고, 그는 옳은 일을 벌했네.

Refrain: Derry down, down hey, derry down 후렴: 데리 다운. 다운 헤이. 데리 다운

2 I'll tell you a story, a story so merry, 네게 이야기 하나를 하지. 아주 재미있는 이야기를.

Concerning the Abbot of Canterbury, 캔터베리 대수도원장에 대한.

And of his house-keeping and high renown, 그의 집값이 높기로 유명한.

Which made him resort to fair London town. 그것은 멋진 런던 타운에서 그에게 휴식을 제공하지.

3 'How now, father abbot? 'Tis told unto me 어떻게 지금. 대수도원장님. 내게 말하길.

That thou keepest a far better house than I; 당신은 나보다 훨씬 더 좋은 집이 있을 수 있나요.

---

46 'King John and the abbot of Canterbury,' broadside, printed for P. Brooksby, at the Golden Ball in Pye-corner (1672-95). F. J. Child, op.cit., pp.81-83.

And for [thy] house-keeping and high renown, 당신 집은 비싸기로 유명하죠.

I fear thou has treason against my crown.' 난 당신이 내 왕관에 반역할까 두렵소.

4 'I hope, my liege, that you owe me no grudge 바라건대, 나의 주군님, 당신이 제게 원한을 갖지 않기를,

For spending of my true-gotten goods:' 내 정직한 재산의 소비 때문에.

'If thou dost not answer me questions three, 당신이 세 가지 질문에 대답하지 못하면,

Thy head shall be taken from thy body. 당신 머리는 당신 몸에서 떨어질 거요.

5 'When I am set so high on my steed, 내가 말 위에 높이 앉아있을 때,

With my crown of gold upon my head, 머리 위에 금관을 쓰고서,

Amongst all my nobility, with joy and much mirth, 품위와, 기쁨과, 환희 속에 있을 때,

Thou must tell me to one penny what I am worth. 내 가치가 얼마인지 말하시오.

6 'And the next question you must not flout, 다음 질문도 틀려서는 안 되오,

How long I shall be riding the world about; 얼마동안 나는 세상을 돌아다닐까?

And the third question thou must not shrink, 셋째 질문도 움츠려서는 안 되오,

But tell to me truly what I do think.' 내가 무얼 생각하는지 진실하게 맞히시오.

7 'O these are hard questions for my shallow wit, 오 이것들은 제 얕은 지혜로는 어려운 질문이에요.

For I cannot answer your grace as yet; 왜냐하면 전 당신의 은혜에 대답
할 수 없기에.

But if you will give me but three days space, 하지만 당신이 제게
사흘만 여유를 주신다면.

I'll do my endeavor to answer your grace.' 전 당신의 은혜에 대답하기
위해 제 노력을 다할 거예요.

8 'O three days space I will thee give, 오 사흘 여유를 당신에게 주겠소,
For that is the longest day thou hast to live. 그것이 당신이 살 수
있는 가장 긴 날이오.

And if thou dost not answer these questions right, 당신이 이 질문
들을 잘 대답하지 못한다면.

Thy head shall be taken from thy body quite.' 당신 머리는 당신
몸에서 떨어지게 될 테니.

9 And as the shepherd was going to his fold, 양치기가 그의 우리에
가고 있었을 때.

He spy'd the old abbot come riding along: 그는 그 늙은 대수도원장이
말을 타고 오는 것을 보았네.

'How now, master abbot? You'r welcome home; 안녕하세요, 대수도
원장님? 집에 오신 걸 환영해요.

What news have you brought from good King John?' 당신은 선한
존왕에게서 어떤 소식을 가져오셨나요?

10 'Sad news, sad news I have thee to give, 슬픈 소식, 슬픈 소식을 난
네게 가져왔다네.

For I have but three days space for to live; 왜냐하면 난 살 수 있는
날이 사흘 밖에 없거든.

If I do not answer him questions three, 내가 그의 세 가지 질문에 대답

하지 못한다면,

My head will be taken from my body. 내 머리가 내 몸에서 떨어지게
된다네.

11 **'When he is set so high on his steed,** 그가 말 위에 높이 앉아있을 때
With his crown of gold upon his head, 그의 머리 위에 금으로 된 왕관을
쓰고서,

Amongst all his nobility, with joy and much mirth, 품위와, 기쁨
과, 환희 속에 있을 때,

I must tell him to one penny what he is worth. 난 그가 얼마나
가치가 있는지 그에게 말해야 하네.

12 **'And the next question I must not flout,** 그 다음 질문을 난 무시해서는
안 되네.

How long he shall be riding the world about; 얼마 동안 그가 세상을
돌아다니게 될지,

And the third question I must not shrink, 세 번째 질문을 난 움츠려서
는 안 되네.

But tell him truly what he does think.' 그가 무엇을 생각하는지 그에게
진실하게 말해야 하네.

13 **'O master, did you never hear it yet,** 오 주인님, 당신은 아직 들어보지
않았나요,

That a fool may learn a wiseman wit? 바보가 현자의 지혜를 배울 수
있다는?

Lend me but your horse and your apparel, 제게 당신의 말과 의복을
빌려주세요,

I'll ride to fair London and answer the quarrel.' 제가 멋진 런던으로
가서 그 질문에 대답할게요.

14 'Now I am set so high on my steed, 이제 나는 내 말 위에 높게 올랐네.
With my crown of gold upon my head, 내 머리에 금으로 된 왕관을 쓰고,
Amongst all my nobility, with joy and much mirth, 품위와, 기쁨
과, 환희 속에 있을 때.
Now tell me to one penny what I am worth.' 내가 얼마나 가치가
있는지 내게 말하시오.

15 'For thirty pence our Saviour was sold, 우리 구세주는 30펜스에 팔렸지요.
Amongst the false Jews, as you have been told, 가짜 유대인들에게,
당신이 아시다시피.
And nine and twenty's the worth of thee, 그러니 당신은 29펜스 가치
가 있어요.
For I think thou are one penny worser than he.' 내 생각에, 당신은
그보다 1펜스 적으니까요.

16 'And the next question thou mayst not flout; 다음 질문은 당신이
무시해서는 안 되오.
How long I shall be riding the world about.' 얼마 동안 내가 세상을
돌아다니게 될지.
'You must rise with the sun, and ride with the same, 당신은
태양과 함께 일어나, 그와 함께 돌아다니게 되죠.
Until the next morning he rises again, 다음날 아침 태양이 다시 떠오를
때까지.
And then I am sure you will make no doubt 그러니 분명히 당신은
의심할 것 없이.
But in twenty—four hours you'l ride it about.' 24시간 동안 돌아다니
게 될 거에요.

17 'And the third question you must not shrink, 세 번째 질문을 당신은

움츠려서는 안 되오.

But tell me truly what I do think.' 내가 무엇을 생각하는지 내게 진실하게
말하시오.

'All that I can do, and 'twill make you merry; 제가 할 수 있는 것은
당신을 즐겁게 할 거에요.

For you think I'm the Abbot of Canterbury, 당신은 저를 캔터베리의
대수도원장으로 생각하실 테니.

But I'm his poor shepherd, as you may see, 하지만 저는 그의 가난한
양치기에요. 당신이 보시다시피.

And am come to beg pardon for he and for me.' 저는 그와 저에
대한 용서를 빌러 왔어요.

18 The king he turned him about and did smile, 왕은 그에게 몸을 돌려
미소 지었네.

Saying, Thou shalt be the abbot the other while: 말하길. 그대는
나머지 기간 동안 대수도원장이 될 것이오.

'O no, my grace, there is no such need, 오 안돼요, 은혜로운 이여. 그럴
수 없어요.

For I can neither write nor read.' 전 쓸 수도 읽을 수도 없기 때문에.

19 'Then four pounds a week will I give unto thee 그러면 한 주에 4파
운드를 내가 그대에게 주지.

For this merry jest thou hast told unto me; 이 즐거운 농담을 그대가
내게 해주었으니.

And tell the old abbot, when thou comest home, 그리고 그 늙은
대수도원장에게 말하게. 그대가 집에 갔을 때.

Thou hast brought him a pardon from good King John.' 그대가
선한 존왕의 용서를 그에게 가져왔다고.

Child 47 Proud Lady Margaret (거만한 숙녀 마가렛)

Version A: Proud Lady Margaret [47]

1 RR'rrTWAS on a night, an evening bright, 어느 날 밤, 한 맑은 저녁,
   When the dew began to fa, 이슬이 떨어지기 시작했을 때,
   Lady Margaret was walking up and down, 숙녀 마가렛이 위아래로
   걷고 있었네,
   Looking oer her castle wa. 그녀의 성 밖을 내다보면서.

2 She looked east and she looked west, 그녀는 동쪽을 보았네, 그녀는 서쪽
   을 보았네,
   To see what she could spy, 그녀가 볼 수 있는 것을 보기 위하여,
   When a gallant knight came in her sight, 멋진 기사가 그녀 시야에
   들어왔을 때,
   And to the gate drew nigh. 성문으로 가까이 왔을 때.

3 'You seem to be no gentleman, 당신은 신사가 아닌 것처럼 보이네요,
   You wear your boots so wide; 당신은 부츠를 너무 넓게 신고 있어요,
   But you seem to be some cunning hunter, 하지만 당신은 약간 교활한
   사냥꾼처럼 보여요,
   You wear the horn so syde.' 당신은 뿔을 너무 기울여 쓰고 있어요.

4 'I am no cunning hunter,' he said, 난 교활한 사냥꾼이 아니오, 그가 말
   했네,
   'Nor neer intend to be; 그리고 싶지도 않소

---

47 'Pround Lady Margaret,' Scott's Minstrelsy, Ⅲ, 275, ed. 1803. Communicated
    "by Mr. Hamilton, music—seller, Edinburgh." Sts. 7, 8, Abbotsford MS., Scotch
    Ballads, Materials for Border Minstrelsy, No. 117 (also from Hamilton). F. J.
    Child, op.cit., pp.86—87.

But I am come to this castle 하지만 난 이 성에 왔소.

To seek the love of thee. 당신의 사랑을 구하기 위하여.

And if you do not grant me love, 당신이 내게 사랑을 허락하지 않는다면,

This night for thee I'll die.' 오늘 밤 난 당신을 위해 죽을 거요.

5 'If you should die for me, sir knight, 당신이 나를 위해 죽는다면, 기사님,

There's few for you will meane; 당신을 위해 애도할 사람이 거의 없어요.

For mony a better has died for me, 더 많은 사람이 나를 위해 죽었기 때문에.

Whose graves are growing green. 그들 무덤에 푸른 잔디가 자라고 있어요.

6 'But ye maun read my riddle,' she said, 하지만 당신은 내 수수께끼를 읽어야 해요. 그녀가 말했네.

'And answer my questions three; 그리고 내 세 가지 질문에 대답하세요.

And but ye read them right,' she said, 그러나 당신이 그것을 읽자마자, 그녀가 말했네.

'Gae stretch ye out and die. 곧바로 나가서 죽어야 해요.

7 'O wherein leems the beer?' she said, 오 맥주는 어디서 빛이 나나요? 그녀가 말했네.

'Or wherein leems the wine? 또는 포도주는 어디서 빛이 나나요?

O wherein leems the gold?' she said, 오 금은 어디서 빛이 나나요? 그녀가 말했네.

'Or wherein leems the twine?' 아니면 삼실은 어디서 빛이 나나요?

8 'The beer is put in a drinking—horn, 맥주는 마시는 뿔 컵에 있지요.

The wine in glasses fine, 포도주는 멋진 잔에 있지요.

There's gold in store between two kings, 금은 두 왕 사이의 창고에 있지요.

when they are fighting keen, 그들이 날카롭게 싸울 때에요.

And the twine is between a lady's two hands 실실은 숙녀의 두 손

사이에 있지요.

when they are washen clean.' 그것들이 깨끗이 씻길 때에요.

9 'Now what is the flower, the ae first flower, 이제 그 꽃은, 첫 번째

꽃은 무엇인가요,

Springs either on moor or dale? 봄에 들판이나 산골짜기에 피는?

And what is the bird, the bonnie bonnie bird, 새는, 아름답고 아름다

운 새는 무엇인가요,

Sings on the evening gale?' 바람 부는 저녁에 노래하는?

10 'The primrose is the ae first flower 프림로즈가 그 첫 번째 꽃이에요.

Springs either on moor or dale, 봄에 들판이나 산골짜기에 피는.

And the thristlecock is the bonniest bird 씨슬콕이 가장 아름다운 새

에요.

Sings on the evening gale.' 바람 부는 저녁에 노래하는.

11 'But what's the little coin,' she said, 하지만 작은 동전은 무엇인가요, 그

녀가 말했네.

'Wald buy my castle bound? 내 성을 모두 살 수 있는?

And what's the little boat,' she said, 그리고 작은 배는 무엇인가요, 그녀

가 말했네.

'Can sail the world all round?' 세계 전체를 노 저어 갈 수 있는?

12 'O hey, how mony small pennies 오 헤이, 얼마나 많은 작은 페니들이

Make thrice three thousand pound? 천 파운드의 셋하고도 세 배를 만

들까요?

Or hey, how mony salt fishes 아니면 헤이, 얼마나 많은 짠 고기가

Swim a' the salt sea round?' 짠 바다를 돌며 헤엄칠까요?

13 'I think you maun be my match,' she said, 내 생각에 당신은 내 짝이

되어야 해요, 그녀가 말했네.

'My match and something mair; 나의 짝이나 그 이상의 무엇이.

You are the first eer got the grant 당신은 허락받은 첫 번째 사람이에요.

Of love frae my father's heir. 나의 아버지 후계자의 연인이 될.

14 'My father was lord of nine castles, 나의 아버지는 아홉 성의 영주였어요.

My mother lady of three; 나의 어머니는 세 성의 여주인이었어요.

My father was lord of nine castles, 나의 아버지는 아홉 성의 영주였어요.

And there's nane to heir but me. 그리고 나 이외에는 후계자가 없어요.

15 'And round about a' thae castles 저 성들 주변을 돌아서

You may baith plow and saw, 당신은 밭을 갈고 씨를 뿌리고,

And on the fifteenth day of May 오월의 열다섯 번째 날에

The meadows they will maw.' 그것들을 수확할 수 있을 거에요.

16 'O hald your tongue, Lady Margaret,' he said, 오 혀를 멈춰요, 숙녀 마가렛., 그가 말했네.

'For loud I hear you lie; 나는 당신이 거짓말하는 것을 크게 들었네.

Your father was lord of nine castles, 당신 아버지는 아홉 성의 영주였네.

Your mother was lady of three; 당신 어머니는 세 성의 여주인이었네.

Your father was lord of nine castles, 당신 아버지는 아홉 성의 영주였네.

But ye fa heir to but three. 하지만 당신은 세 성의 후계자이지.

17 'And round about a' thae castles 그리고 저 성들을 돌아

You may baith plow and saw, 당신은 밭을 갈고 씨를 뿌릴 수 있지.

But on the fifteenth day of May 그러나 오월의 열다섯 번째 날에

The meadows will not maw. 그것들을 수확할 수 없을 걸세.

18 'I am your brother Willie,' he said, 난 너의 오빠 윌리라네. 그가 말했네.

'I trow ye ken na me; 내 생각에 넌 나를 알지 못할 거야.

I came to humble your haughty heart, 난 네 교만한 마음을 겸손하게

하려고 왔네.

Has gard sae mony die.' 그렇게 많은 사람이 죽는 것을 지켜봐온.

19 'If ye be my brother Willie,' she said, 당신이 내 오빠 윌리라면, 그녀가 말했네.

'As I trow weel ye be, 내 생각에 당신이 맞다면,

This night I'll neither eat nor drink, 오늘밤 나는 먹지도 마시지도 않고,

But gae alang wi thee.' 당신을 따라 갈 거예요.

20 'O hold your tongue, Lady Margaret,' he said, 오 혀를 멈춰라, 숙녀 마가렛.

'Again I hear you lie; 난 네가 거짓말 하는 것을 또 듣게 되네,

For ye've unwashen hands and ye've unwashen feet, 넌 손을 씻지도 않고, 넌 발을 씻지도 않았기 때문에,

To gae to clay wi me. 나와 함께 흙으로 가기 위해.

21 'For the wee worms are my bedfellows, 작은 벌레들이 내 잠자리 친구들이고,

And cauld clay is my sheets, 차가운 진흙이 내 시트라네,

And when the stormy winds do blow, 폭풍이 불어 올 때에

My body lies and sleeps.' 내 몸은 누워서 잠들어 있지.

Version A[48]

1 THERE came a ghost to Margret's door, 마가렛의 문 앞에 한 유령
이 왔네.

With many a grievous groan, 슬픈 신음을 하면서.

And ay he tirled at the pin, 그는 문고리를 흔들었네.

But answer made she none. 그녀 외에는 아무도 대답할 이가 없었네.

2 'Is that my father Philip, 나의 아버지 필립인가요,

Or is't my brother John? 아니면 나의 오빠 존인가요?

Or is't my true-love, Willy, 아니면 내 진정한 연인 윌리 아닌가요,

From Scotland new come home?' 스코틀랜드에서 집으로 돌아온?

3 "Tis not thy father Philip, 당신 아버지 필립이 아니에요,

Nor yet thy brother John; 당신 오빠 존도 아니에요,

But 'tis thy true-love, Willy, 그러나 당신의 진정한 연인 윌리에요,

From Scotland new come home. 스코틀랜드에서 집으로 돌아온.

4 'O sweet Margret, O dear Margret, 오 달콤한 마가렛, 사랑스런 마가렛,

I pray thee speak to me; 난 당신이 내게 말하길 빌어요,

Give me my faith and troth, Margret, 내게 내 믿음과 서약을 돌려줘요,
마가렛.

As I gave it to thee.' 내가 당신에게 했던 것처럼.

5 'Thy faith and troth thou's never get, 당신의 믿음과 서약을 가질
수 없어요,

---

48 'Sweet William's Ghost,' Ramsay's Tea Table Miscellany, "4th volume, 1740;" here
from the London edition of 1750, p. 324. F. J. Child, op.cit., pp.165-166.

Nor yet will I thee lend. 난 당신에게 주지 않을 거예요.

Till that thou come within my bower, 당신이 내 집안으로 들어와서,

And kiss my cheek and chin.' 내 뺨과 볼에 키스할 때까지는.

6 'If I shoud come within thy bower, 내가 당신 방으로 들어간다면,

I am no earthly man; 난 더 이상 지상의 사람이 아니에요.

And shoud I kiss thy rosy lips, 내가 당신의 장밋빛 입술에 키스한다면,

Thy days will not be lang. 당신의 생은 얼마 남지 않게 되요.

7 'O sweet Margret, O dear Margret, 오 달콤한 마가렛, 사랑스런 마가렛,

I pray thee speak to me; 난 당신이 내게 말해주길 빌어요.

Give me my faith and troth, Margret, 내게 내 믿음과 서약을 돌려줘요,
마가렛,

As I gave it to thee.' 내가 당신에게 했던 것처럼.

8 'Thy faith and troth thou's never get, 당신의 믿음과 서약을 가질
수 없어요.

Nor yet will I thee lend, 난 당신에게 주지 않을 거예요.

Till you take me to yon kirk, 당신이 나를 저 교회로 데려가,

And wed me with a ring.' 내게 반지를 주며 결혼할 때까지.

9 'My bones are buried in yon kirk-yard, 내 뼈는 저 교회 뜰에 묻혀
있어요.

Afar beyond the sea, 바다 건너 멀리.

And it is but my spirit, Margret, 그리고 이건 내 혼이에요, 마가렛,

That's now speaking to thee.' 지금 당신에게 말하고 있는 것은.

10 She stretchd out her lilly-white hand, 그녀는 그녀의 백합처럼 흰 손을
뻗었네.

And, for to do her best, 그녀의 최선을 다하기 위해.

'Hae, there's your faith and troth, Willy, 여기, 당신의 믿음과 서약이

있어요, 윌리.

God send your soul good rest.' 신이 당신의 영혼을 보내어 편히 쉬게 하기를.

11 Now she has kilted her robes of green 그녀는 그녀의 초록 옷을 꺼냈네.

A piece below her knee, 그녀의 무릎 아래를 덮을 수 있는,

And a' the live-lang winter night 길고 긴 겨울 밤

The dead corp followed she. 그녀는 그 죽은 시신을 따라갔네.

12 'Is there any room at your head, Willy? 당신 머리 쪽에 빈 공간이 있나요, 윌리?

Or any room at your feet? 당신 발쪽에 빈 공간이 있나요?

Or any room at your side, Willy, 당신 옆에 빈 공간이 있나요, 윌리,

Wherein that I may creep?' 내가 들어가 누울 수 있는?

13 'There's no room at my head, Margret, 내 머리 쪽에 빈 공간이 없어요, 마가렛.

There's no room at my feet; 내 발쪽에 빈 공간이 없어요,

There's no room at my side, Margret, 내 옆에 빈 공간이 없어요, 마가렛,

My coffin's made so meet.' 내 관은 아주 작게 만들어졌어요.

14 Then up and crew the red, red cock, 그때 붉고 붉은 수탉이 울었네.

And up then crew the gray: 회색 닭도 울었네.

'Tis time, tis time, my dear Margret, 시간이, 시간이 다됐어요, 사랑스런 마가렛.

That you were going away.' 당신이 가야 할 시간.

15 No more the ghost to Margret said, 유령은 마가렛에게 더 이상 말이 없었네.

But, with a grievous groan, 하지만, 슬픈 신음소리와 함께,

Evanishd in a cloud of mist, 안개구름 속으로 사라졌네.

And left her all alone. 그리고 그녀만 홀로 남겨졌네.

16 'O stay, my only true—love, stay,' 오 머물러요, 내 진정한 사랑, 머물러요.
The constant Margret cry'd; 변함없는 마가렛이 소리쳤네.
Wan grew her cheeks, she closd her een, 그녀의 뺨이 창백해지며, 그녀는 눈을 감았네.
Stretchd her soft limbs, and dy'd. 그녀의 부드러운 팔다리를 뻗고, 그리고 죽었네.

The Unquiet Grave [49]

Cold blows the wind to my true love, 내 진실한 사랑에게 차가운 바람이 부네.

And gently drops the rain. 그리고 부드럽게 비가 내리네.

I've never had but one true love, 난 단 한 명의 진실한 사랑 외엔 가진 적이 없네.

And in green-wood he lies slain. 그런데 그가 초록 숲에 죽어 누워있네.

I'll do as much for my true love, 난 내 진실한 사랑을 위해 모든 것을 하려네.

As any young girl may, 한 젊은 소녀가 할 수 있는.

I'll sit and mourn all on his grave, 난 그의 무덤에 앉아서 애도하려네.

For twelve months and a day. 열두 달 그리고 하루 동안.

And when twelve months and a day was passed, 열두 달과 하루가 지났을 때

The ghost did rise and speak, 유령이 일어나 말했네.

"why sittest thou all on my grave "왜 당신은 내 무덤에 앉아

And will no let me sleep?" 날 잠자지 못하게 하는 거요?"

"Go fetch me water from the desert, "가서 내게 사막의 물을 가져다줘요.

And blood from out the stone, 그리고 돌에서 나온 피를.

Go fetch me milk from a fair maid's breast 가서 내게 아름다운 소녀 가슴에서 나온 우유를 가져다줘요.

---

49 http://www.contemplator.com/child/unquiet.html

That young man never has known." 젊은 남자가 전혀 알지 못하는."

"My breast is cold as clay, "내 가슴은 진흙처럼 차가워요.
My breath is earthly strong, 내 숨은 땅처럼 굳어있어요.
And if you kiss my cold clay lips, 당신이 내 차가운 흙빛 입술에 키스한다면
You days they won't be long." 당신 삶도 오래가지 않을 거요."

"How oft on yonder grave, sweetheart, "내 사랑, 저 무덤 위를 얼마나 자주
Where we were want to walk, 우리가 함께 걸었던 가요.
The fairest flower that e'er I saw 내가 보았던 가장 멋진 꽃도
Has withered to a stalk." 시들어 건초가 되었네요."

"when will we meet again, sweetheart, "내 사랑, 우리 언제 다시 만날까요.
When will we meet again?" 언제 우리 다시 만날까요?"
"when the autumn leaves that fall from the trees "가을 잎이 나무에서
떨어져

Are green and spring up again." 다시 푸르러지고 싹이 돋아날 때."

Version A: The Unquiet Grave[50]

1   'THE wind doth blow today, my love, 내 사랑, 오늘 바람이 부네요.
And a few small drops of rain; 빗방울도 조금씩 떨어지네요.
I never had but one true-love, 난 한 명의 진정한 사랑 외에는 가진 적이

---

50 'The Unquiet Grave,' communicated to the Folk Lore Record, I, 60, 1868, by
Miss Charlotte Latham, as written down from the lips of a girl in Sussex. F.
J. Child, op.cit., pp.167-168.

없어요.

In cold grave she was lain. 차가운 무덤 속에 그녀는 누워있어요.

2 'I'll do as much for my true-love 내 진정한 사랑을 위해 모든 것을 할 거에요,

As any young man may; 한 젊은 남자가 할 수 있는 한,

I'll sit and mourn all at her grave 난 그녀 무덤에 앉아서 애도할 거에요,

For a twelvemonth and a day.' 열두 달하고도 하루 동안요.

3 The twelvemonth and a day being up, 열두 달하고도 하루가 지나자,

The dead began to speak: 죽은 자가 말하기 시작했네.

'Oh who sits weeping on my grave, 오 누가 내 무덤 앞에 앉아 울고 있나요,

And will not let me sleep?' 그리고 날 잠들지 못하게 하나요?

4 "Tis I, my love, sits on your grave, 그건, 나에요, 내 사랑, 당신 무덤에 앉아,

And will not let you sleep; 당신을 잠들지 않게 할 거에요.

For I crave one kiss of your clay-cold lips, 왜냐면 난 당신의 흙처럼 찬 입술을 갈망해요.

And that is all I seek.' 그것이 내가 바라는 모든 거에요.

5 'You crave one kiss of my clay-cold lips; 당신은 내 흙처럼 찬 입술을 갈망하지만,

But my breath smells earthy strong; 하지만 내 숨은 강한 흙냄새가 나요.

If you have one kiss of my clay-cold lips, 당신이 내 흙처럼 찬 입술에 키스하면,

Your time will not be long. 당신의 시간은 길지 않을 거에요.

6 "Tis down in yonder garden green, 저 아래 푸른 정원이 있어요,

Love, where we used to walk, 내 사랑, 우린 그곳을 걷곤 했었죠.

The finest flower that ere was seen 우리가 보았던 가장 멋진 꽃이

Is withered to a stalk. 시들어 건초가 되었어요.

7 'The stalk is withered dry, my love, 줄기는 말라 시들었어요. 내 사랑.

So will our hearts decay; 곧 우리 심장도 썩어갈 거에요.

So make yourself content, my love, 당신 스스로 만족하세요. 내 사랑.

Till God calls you away.' 신이 당신을 부를 때까지.

The Wife of Usher's Well[51]

There lived a wife at Usher's Well, 어셔즈 웰에 한 부인이 살았네.
And a wealthy wife was she; 그녀는 부유한 여인이었네.
She had three stout and stalwart sons, 그녀는 튼튼하고 충직한 세 아들이 있었네.
And sent them over the sea. 그들을 바다 건너로 보냈다네.

They hadna been a week from her, 그들이 그녀를 떠난 지 일주일이 되지 않았네.
A week but barely ane. 일주일 아니 단 하루도 안 돼.
Whan word came to the carline wife, 부고가 늙은 부인에게 왔네.
That her three sons were gane. 그녀의 세 아들이 죽었다는.

They hadna been a week from her, 그들이 그녀를 떠난 지 한 주도 되지 않았네.
A week but barely three, 한 주 아니 겨우 사흘도 안 돼.
Whan word came to the carlin wife 부고가 늙은 부인에게 왔네.
That her three sons were gone. 그녀의 세 아들이 죽었다는.

"I wish the wind may never cease, "바람이 결코 멈추지 않길.
Nor fashes in the flood. 바다에 파도가 그치지 않길.
Till my three sons come hame to me, 내 세 아들이 내게 돌아올 때까지.
In earthly flesh and blood." 지상의 피와 살을 가진 채로."

---

51 http://www.contemplator.com/child/usher.html

It befell about the Martinmass, 그 일은 성 마틴 축제 경에 일어났네.

When nights are long and mirk, 밤이 길고 어두웠을 때.

The carlin wife's three sons came hame, 늙은 부인의 세 아들이 돌아왔네.

And their hats were o the birk. 그들의 모자는 자작나무 가지로 덮여 있었네.

It neither grew in syke nor ditch, 개천이나 물길에서 자라지 않는.

Nor yet in ony sheugh; 도랑에서 전혀 자라지 않는.

But at the gates o Paradise, 하지만 천국의 입구에서.

That birk grew fair enough 자작나무는 아주 풍성히 자란다네.

"Blow up the fire my maidens, 하녀들아, 불을 붙여라.

Bring water from the well; 우물에서 물을 길어 와라.

For a' my house shall feast this night, 오늘 밤 우리 집에서 만찬을 열 것이다.

Since my three sons are well." 내 세 아들이 무사히 돌아왔으니.

And she has made to them a bed, 그녀는 그들의 잠자리를 준비했네.

She's made it large and wide, 크고 넓게 만들었네.

And she's taen her mantle her about, 그녀의 망토를 두르고

Sat down at the bed—side. 침대 가장자리에 앉았네.

Up then crew the red, red, cock, 그때 붉고 붉은 수탉이 울었네.

And up the crew the gray; 또 회색 수탁이 울었네.

The eldest to the youngest said, 큰형이 막내에게 말했네.

'Tis time we were away. 이제 우리 떠날 시간이다.

The cock he hadna crawed but once, 수탉이 한번 울었네.

And clappd his wings at a', 그리고 날개를 퍼덕였네.

When the youngest to the eldest said, 그때 막내가 형에게 말했네.

Brother, we must awa. 형, 우리 떠나야 해요.

The cock doth craw, the day both daw, 수탉이 울고, 날이 밝았네.

The cahannerin worm doth chide; 웅성대는 벌레가 꿈틀거리네.

Gin we be mist out o our place, 우리가 우리 장소를 벗어나면,

A sair pain we maun bide. 우린 고통 속에 있어야만 하네.

"Fare ye weel, my mother dear! 안녕, 사랑하는 나의 어머니!

Fareweel to barn and byre! 안녕, 외양간의 말들과 소들!

And fare ye weel, the bonny lass 안녕, 아름다운 하녀!

That kindles my mother's fire!" 내 어머니의 화로에 불을 피우는.

Version C: The Wife of Usher's Well [52]

1 There was a widow-woman lived in far Scotland, 먼 스코틀랜드에
한 과부가 살았네.

And in far Scotland she did live, 먼 스코틀랜드에 살았네.

And all her cry was upon sweet Jesus, 종일 우는 그녀의 울음소리가
인자한 예수에게 들렸네.

Sweet Jesus so meek and mild. 인자한 예수는 온유하고 부드러웠네.

2 Then Jesus arose one morning quite soon, 예수는 어느 날 아침 꽤
일찍 일어났네.

And arose one morning betime, 어느 날 아침 때맞춰 일어났네.

And away he went to far Scotland, 그는 멀리 스코틀랜드로 갔네.

And to see what the good woman want. 그 선한 여자가 원하는 것을
알기 위해.

3 And when he came to far Scotland, 그가 스코틀랜드에 왔을 때

· · · · · · ·

Crying, What, O what, does the good woman want, 울고 있는
선한 여자여, 무엇을 원하느냐?

That is calling so much on me? 나에게 요구하는 것이 무엇이냐?

4 'It's you go rise up my three sons, 당신이 가서서 내 세 아들을 일어나게
해주세요.

Their names, Joe, Peter, and John, 그 애들 이름은 조, 피터, 존이에요.

---

52 'The Widow-Woman,' Shropshire Folk-Lore, edited by Charlotte Sophia Burne,
1883-86, p. 541; "taken down by Mr Hubert Smith, 24th March, 1883, from the
recitation of an elderly fisherman at Bridgworth, who could neither read nor
write, and had learnt it some forty years before from his grandmother in Corve
Dale." F. J. Child, op.cit., pp.169-170.

And put breath in their breast, 그 애들 가슴에 숨을 불어주세요.

And clothing on their backs, 그 애들 등에 옷을 입혀주세요.

And immediately send them to far Scotland, 그 애들을 먼 스코틀랜드로 즉시 보내주세요.

That their mother may take some rest.' 그 애들 엄마가 안식을 취할 수 있게.

5 Then he went and rose up her three sons, 그는 가서, 그녀의 세 아들을 일으켰네.

Their names, Joe, Peter, and John, 그들 이름은 조, 피터 그리고 존.

And did immediately send them to far Scotland, 그들을 즉시 먼 스코틀랜드로 보냈네.

That their mother may take some rest. 그들 어머니가 안식을 취할 수 있게.

6 Then she made up a supper so neat, 그녀는 만찬을 근사하게 차렸네.

As small, as small, as a yew—tree leaf, 상록수 잎만큼 조금도, 조금도.

But never one bit they could eat. 그들은 한 입도 먹지 않았네.

7 Then she made up a bed so soft, 그녀는 침대를 아주 부드럽게 준비했네.

The softest that ever was seen, 지금까지 본 것 중 가장 부드럽게.

And the widow—woman and her three sons 과부와 그녀의 세 아들은

They went to bed to sleep. 잠자러 침대로 들어갔네.

8 There they lay; about the middle of the night, 그들은 누웠네. 한 밤중에.

Bespeaks the youngest son: 가장 어린 아들이 속삭였네.

'The white cock he has crowed once, "하얀 수탉이 한번 울었어요.

The second has, so has the red.' 두 번째 붉은 수탉도 울었어요."

9 And then bespeaks the eldest son: 그때 가장 큰 아들이 말했네.

'I think, I think it is high time "내 생각에 지금이 적절한 때야.

For the wicked to part from their dead.' 사악한 자가 죽은 자와 헤어지기에."

10 Then they laid [led] her along a green road, 그들은 그녀를 녹색길로 인도했네.

The greenest that ever was seen, 지금까지 본 것 중 가장 푸르른.

Until they came to some far chaperine, 그들이 멀리 장례당에 올 때까지.

Which was builded of lime and sand; 그것은 석회와 모래로 지어졌네.

Until they came to some far chaperine, 그들이 멀리 장례당에 올 때까지.

Which was builded with lime and stone. 그것은 석회와 모래로 지어졌네.

11 And then he opened the door so big, 그는 큰 문을 열었네.

And the door so very wide; 그 문은 매우 넓었네.

Said he to her three sons, Walk in! 그가 세 아들에게 말했네. 들어가라!

But told her to stay outside. 그녀에겐 바깥에 머물러있으라고 말했네.

12 'Go back, go back!' sweet Jesus replied, 돌아가라. 돌아가라. 인자한 예수가 대답했네.

'Go back, go back!' says he; 돌아가라. 돌아가라. 그가 말하네.

'For thou hast nine days to repent 네겐 회개할 아홉 날이 있다.

For the wickedness that thou hast done.' 네가 저지른 사악한 행동에 대해.

13 Nine days then was past and gone, 아홉 날이 지나가버렸네.

And nine days then was spent, 아홉 날이 다 사라졌네.

Sweet Jesus called her once again, 인자한 예수가 그녀를 다시 한 번 불렀네.

And took her to heaven with him. 그녀를 그와 함께 천국으로 데려갔네.